पुस्तक की प्रशंसा में

जब विनय हमारे साथ अमेरिका में पढ़ाई कर रहे थे तब हमें लगा कि जितना उन्होंने हमसे सीखा, उससे कहीं ज्यादा हमने उनसे सीखा। किसी जटिल समस्या को देखने के उनके व्यावहारिक और गहन तरीके ताज़गी भरे और जानकारीपूर्ण थे। उनकी बुद्धिमत्ता उनकी उम्र और अनुभव से बढ़कर है। समस्याओं के प्रति उनके रवैये ने लोगों को निराशा और अलगाव की भावना से बाहर आने में मदद की है। उन्होंने मुझे सिखाया कि कितने ही लोग अकथनीय समस्या के साथ सामंजस्य स्थापित कर सकते हैं।

वॉल्टर टी साइमन,
पीएच.डी.
प्रेसिडेंट, प्रोग्रेसिव थेरेपी सिस्टम्स – डेनवर, कोलोराडो, यूएसए

यह पुस्तक डॉ. विनय मिश्रा के मनोविज्ञान के क्षेत्र के सैद्धांतिक और व्यावहारिक अनुभवों का प्रमाण है। वे आत्म-प्रभावकारिता पर किए गए अपने शोध कार्य को बड़ी बेहतरी से अपने लेखन में समाहित करते हैं। साथ ही हर खंड के साथ दिए गए उदाहरण पाठकों का न केवल विषय से सीधा जुड़ाव बनाते हैं, बल्कि समस्याओं के लिए तत्काल समाधान भी उपलब्ध कराते हैं। उन्हें दैनिक मनोविज्ञान से सम्बंधित मानव मस्तिष्क के कई जटिल विवरणों को इस पुस्तक में सरल करके बताते हुए देखना अद्भुत है।

डॉ. प्रीति माथुर
कन्सल्टिंग साइकोलॉजिस्ट, भोपाल

मनोवैज्ञानिक समस्याओं के विषय पर लिखी गई उत्कृष्ट पुस्तक जो हर व्यक्ति के उपयोग के लिए है। यह मनोविज्ञान की समस्याओं, उनके उपचार, स्वसहायता समूह और समाजिक सहयोग से समस्याओं के निदान के बारे में सटीक रूप से, सरल भाषा में जानकारी देती है। डॉ. मिश्रा अकादमिक मनोविज्ञान को बेहतर तरीके से उन लोगों तक पहुँचाते हैं जिन्हें इसकी आवश्यकता है।

पीटर यूट मैटिस
क्लिनिकल साइकोलॉजिस्ट
मेम्बर ऑफ़ द हैसियन बोर्ड ऑफ़ फ़ैमिली काउंसलिंग सेंटर, जर्मनी

दैनिक जीवन में
मनोविज्ञान

विनय मिश्रा, पीएच.डी.

अनुवाद : भारती पंडित

MANJUL
मंजुल पब्लिशिंग हाउस

MANJUL

मंजुल पब्लिशिंग हाउस

कॉरपोरेट एवं संपादकीय कार्यालय

• द्वितीय तल, उषा प्रीत कॉम्प्लेक्स, 42 मालवीय नगर, भोपाल-462 003

विक्रय एवं विपणन कार्यालय

• 7/32, अंसारी रोड, दरियागंज, नई दिल्ली-110 002

वेबसाइट : www.manjulindia.com

वितरण केन्द्र

अहमदाबाद, बेंगलुरू, भोपाल, कोलकाता, चेन्नई,
हैदराबाद, मुम्बई, नई दिल्ली, पुणे

विनय मिश्रा द्वारा लिखित मूल अंग्रेजी पुस्तक
एवरीडे साइकोलॉजी का हिन्दी अनुवाद

यह हिन्दी संस्करण 2018 में पहली बार प्रकाशित

ISBN 978-93-88241-41-0

हिन्दी अनुवाद : भारती पंडित
कवर डिज़ाइन : मंजुल पब्लिशिंग हाउस

मुद्रण व जिल्दसाज़ी : रेप्लिका प्रेस प्राइवेट लिमिटेड

मेरे पिता, डॉ. सुरेश मिश्रा को

जिन्होंने मुझे कभी भी यह नहीं सिखाया कि जीवन जिया कैसे जाता है,
उन्होंने जीवन जीकर दिखाया और मुझे उसे देखने और अपनी तरह से
उसका अर्थ ग्रहण करने की स्वतंत्रता दी।

अनुक्रम

भाग-II : रास्ते के उतार-चढ़ाव

IV. *युवा हमेशा निश्चिंत नहीं होते*

V. *वयस्कों के पास भी बहुत कुछ होता है*

VI. *अभिभावक - ईश्वर करें उनकी सारी मुश्किलें छोटी-सी रह जाएँ*

आभार

मनोविज्ञान और मानवीय व्यवहार पर एक पुस्तक लिखना उन सभी लोगों की स्मृतियों को खँगालने जैसा है, जिन्हें व्यवहार संबंधी ख़ास दिक़्क़तें थीं और जिनके बारे में मैंने इस पुस्तक में लिखा है। इसमें वर्णित घटनाएँ और मामले मेरे द्वारा लोगों को दिए गए परामर्श के अनुभव से लिए गए हैं। उनकी निजता को गोपनीय रखने के दिशा-निर्देशों के पालन के बावजूद मैं इस ऋण से मुक्त नहीं हो सकता कि उन्होंने मुझे मानव मनोविज्ञान के बारे में अपनी समझ बढ़ाने का अवसर दिया।

अपने परिवार को मेरा धन्यवाद कि उनके साथ बिताए जाने वाले समय की क़ीमत पर मैंने इस पुस्तक को लिखने की चुनौती स्वीकार की और उन्होंने बड़े धैर्य से इसमें मेरी सहायता की। मेरी पत्नी प्रीति, जिन्हें इसके लिए ख़ासा त्याग करना पड़ा। जैसे-जैसे मैंने अपने पेशे में आगे बढ़ने के उद्देश्य से अपने ज्ञान का दायरा बढ़ाने का प्रयास किया, वह हमेशा से मेरी प्रेरणा का स्रोत रहीं। मैं अपने अद्भुत बच्चों - अनादि, मेरा बेटा और अवनि, मेरी बेटी - का भी आभारी हूँ कि उन्होंने हमेशा मुझे प्रसन्न रखने का प्रयास किया। विशेषतः सप्ताहांत की उन सुबहों में, जब मैं उनके साथ समय बिताने के बजाय इस पुस्तक को लिखने में व्यस्त रहता था। मेरे ससुराल पक्ष के लोगों सहित परिवार ने मेरी समस्त पेशेवर यात्रा में मेरा सहयोग किया है। इस पुस्तक को लिखने में भी उनका सहयोग रहा, जिसके लिए मैं आभारी हूँ। उन्होंने और मेरी स्वर्गवासी माँ ने मेरे व्यक्तित्व को गढ़ा है और मेरी हर उपलब्धि का श्रेय उन्हें भी है।

मेरे सारे विद्यार्थियों और दोस्तों को भी धन्यवाद, जिन्होंने इस प्रोजेक्ट के शुरू होने से लेकर इसके समाप्त होने तक और बीच में जब इसे पूरा करना मुश्किल लगने लगा था, मेरा हौसला बढ़ाया। प्रोत्साहन के संदर्भ में मैं मंजुल प्रकाशन संस्थान की प्रकाशन पूर्व समिति का भी उल्लेख करना चाहता हूँ, जिसने प्रस्तुत आलेखों में एकरूपता लाने में मदद की।

भूमिका

डॉ. विनय मिश्रा एक प्रतिष्ठित अध्येता और शिक्षक हैं। मुझे उनसे मिलने का सौभाग्य डेन्वर विश्वविद्यालय, कोलोराडो के प्रोफ़ेशनल एक्सचेंज कार्यक्रम के दौरान मिला। इस कार्यक्रम में अपनी सहभागिता के दौरान उन्होंने मुझे और मेरे सहकर्मियों को अपनी बुद्धिमत्ता, पहल करने की ललक और लोगों के भले की चिंता की भावना से काफ़ी प्रभावित किया। यह पुस्तक भी ऐसी ही भावनाओं की एक मिसाल है।

मानव मनोविज्ञान और मनोविकारों को गहराई से समझने की प्रक्रिया में अध्यापन के दौरान कक्षा की सीमाओं से बाहर जाकर कुछ नया करने के प्रति डॉ. मिश्रा के झुकाव ने उनकी ख़ासी मदद की। उन्होंने अकादमिक करियर के दौरान स्नातक और स्नातकोत्तर स्तर पर कई उपलब्धियाँ तो पाई ही हैं, साथ ही वे संयुक्त राज्य अमेरिका में भारत के सांस्कृतिक राजदूत के रूप में भी काम कर चुके हैं। मैं भरोसे के साथ यह देख सकती हूँ कि उन्होंने भारतीय चित्रकला और संगीत से संबंधित कई मुद्दों पर स्टेट ऑफ़ इंडियाना में साथी अमेरिकियों को प्रभावित किया है।

यह बात भी विशेष रूप से उल्लेखनीय है कि वे पहले भारतीय मनोवैज्ञानिक हैं, जिन्हें दक्षिण ध्रुव पर भारतीय वैज्ञानिक अभियान के तहत अंटार्कटिका में मानव व्यवहार के अध्ययन का अवसर मिला था। उन बेहद प्रतिकूल प्राकृतिक परिस्थितियों में अपना शोध पूरा करने की उनकी रोमांच और साहस भरी कहानियाँ सुनने के अनुभवों का मैं पुनः स्मरण कर पा रही हूँ। मुझे विश्वास है कि जीवन के लिए जोखिम भरी परिस्थितियों में अंटार्कटिका में तनाव पर किए गए अध्ययन ने उन्हें ऐसे हालात में इंसानी जज़्बे के बारे में स्पष्ट दृष्टिकोण विकसित करने में मदद की होगी।

मनोविज्ञान के क्षेत्र में सामान्य रुचि रखने वाले किसी पाठक की दृष्टि से मैं इस पुस्तक की पाठ्यवस्तु को स्पष्टता से रखने के लिए डॉ. मिश्रा की ख़ासतौर पर सराहना करती हूँ। उन्होंने जटिल मनोवैज्ञानिक विकारों को भी ऐसी भाषा और प्रारूप में प्रस्तुत किया है कि वह सामान्य व्यक्ति की समझ में आने योग्य है और उसके लिए उपयोगी भी है, साथ ही मनोविज्ञान के क्षेत्र में काम करने वाले पेशेवरों के लिए भी वह उतना ही उपयोगी है।

मैं अनुशंसा करती हूँ कि जो लोग आम मानसिक स्थितियों और रोगों तथा उनके द्वारा उत्पन्न की जाने वाली चुनौतियों के बारे में जानना चाहते हैं, उन्हें यह पुस्तक अवश्य पढ़नी चाहिए।

—लिन डेन्सम-चेम्बर, एमए

लेखिका और पूर्व कार्यकारी निदेशक

डेन्वर अंतरराष्ट्रीय कार्यक्रम, कोलोराडो, यूएसए

प्रस्तावना

जब मैंने पहली बार मनोविज्ञान पढ़ाना शुरू किया, तो मुझे यह बहुत ही मुश्किल भरा और संस्थागत ढंग से पढ़ाने की तुलना में कहीं अधिक कठिन लगा।

धीरे-धीरे मैंने अपने विद्यार्थियों की मदद करने के लिए कुछ तकनीकें ढूँढ़ लीं, ताकि मेरे विद्यार्थी कम-से-कम उन बातों को समझ सकें, जिन्हें मैं महत्त्वपूर्ण समझता हूँ। मुझे समझ में आया कि मनोविज्ञान मेरे छात्रों के लिए मायने रखती है, लेकिन मुझे उन्हें यह स्पष्ट करने की दरकार है कि यह क्यों मायने रखती है। इसलिए मैंने व्यवहार की थीम पर सतत ध्यान केंद्रित किया। मनोविज्ञान का सबसे आधारभूत समेकित सिद्धांत व्यवहार पर ध्यान केंद्रित करना है, फिर भी इसके बारे में विद्यार्थियों को स्पष्टता से बताया नहीं जाता।

दो दशक से अधिक समय तक मैंने कई अध्याय ऐसे देखे, जिनमें विद्यार्थियों की विशेष रुचि होती थी। चूँकि मेरे विद्यार्थियों को पढ़ाए जा रहे अध्याय के मुताबिक़ कक्षा में प्रश्न पूछने, व्यवहार से जुड़ी घटनाएँ साझा करने और व्यवहार संबंधी मुद्दों पर चर्चा करने की आज़ादी थी, इसलिए ऐसे कई अध्याय थे जो सालभर बार-बार चर्चा में आते रहे।

इसके बाद एक और उत्साहवर्धक घटना हुई, जब मैंने *दैनिक भास्कर* और *हिंदुस्तान टाइम्स* अख़बारों में नियमित रूप से एक स्तंभ लिखना शुरू किया। पाठकों से मिली प्रतिक्रियाओं और फ़रमाइशों ने मुझे व्यवहार संबंधी विशेष शोधों की जाँच करके उन्हें सरल भाषा और प्रारूप में प्रस्तुत करने को प्रोत्साहित किया, ताकि उन्हें ग़ैर-मनोवैज्ञानिक पृष्ठभूमि के लोग भी पढ़कर समझ सकें। साथ ही मुझे एहसास हुआ कि बहुत-से लोग व्यवहार संबंधी घटनाओं को समझने में उतनी रुचि नहीं लेते, जितना वे यह जानने में दिलचस्पी रखते हैं कि उनका प्रबंधन कैसे किया जाए। सामान्यतः उनकी जिज्ञासा 'क्यों' की जगह यह जानने में होती है कि अब 'क्या करें?'

मनोविज्ञान का क्षेत्र न केवल ज्ञान का व्यापक दायरा अपने आप में समेटे हुए है, वरन यह अपने आसपास की दुनिया को देखने और समझने का तरीक़ा भी होता है। दरअसल, हम जो घटनाएँ देखते हैं, वे हमें कई जटिल मुद्दों के पीछे के

जटिल व्यवहार संबंधी कारण जानने के लिए मजबूर करती हैं। मनोविज्ञान विषय की सामान्य समझ और पेशेवर सलाह के मध्य अंतर के बीच पुल बनाने वाले मनोविज्ञान के यही नट-बोल्ट इस पुस्तक की प्रेरणा हैं। इस पुस्तक में उल्लेखित व्यवहार संबंधी अधिकांश उदाहरण मेरे परामर्श सत्रों के हैं। एक ओर इनका उद्देश्य पाठकों को चर्चा के माध्यम से मुद्दे की गहनता को समझाना है, तो दूसरी ओर क्लाइंट्स की गोपनीयता को, निजता को सुरक्षित रखना भी है।

कुल मिलाकर, मुझे लगता है कि यह पुस्तक व्यवहार संबंधी जटिलताओं को समझने और उनके साथ निबटने की सार्थक समझ विकसित करेगी। मैंने पेड़ों के बजाय जंगल पर ध्यान केंद्रित किया है और मनोविज्ञान को इस तरह से जीवन में लाने का प्रयास किया है कि जो लोग व्यवहार के विविध पहलुओं को समझना चाहते हैं, उन्हें इससे मदद मिले।

भाग-I

यह हम सबके साथ होता है

I. आपके लिए - तरुण : हमारा भविष्य

II. अब हम बड़े हो गए हैं

III. परवरिश - धरती का सबसे महत्त्वपूर्ण काम

I

आपके लिए – तरुण : हमारा भविष्य

1. अपनी दोस्ती का दायरा बढ़ाइए

जिन लोगों के प्रति हम सहज रूप से आकर्षित होते हैं, उनसे जान-पहचान बढ़ाने से हमारा परिचय दोस्ती के ऐसे रिश्ते में बदल जाता है, जिसमें दो या अधिक लोग एक स्नेहिल सूत्र में बँध जाते हैं।

'पुराने दोस्त जैसा कोई दोस्त नहीं,' यह प्रचलित कहावत है। पुराने दोस्तों के साथ हम अस्वीकृति के भय के बिना अपने आप को व्यक्त कर सकते हैं, जैसे हैं वैसे उनके सामने प्रस्तुत हो सकते हैं। हम एक-दूसरे के तौर-तरीक़ों को समझते हैं और एक-दूसरे की कमियों से भी वाकिफ़ होते हैं और उन्हें स्वीकार भी करते हैं। मनोविज्ञान के क्षेत्र में हुए अनुसंधान बताते हैं कि एक व्यापक सामाजिक संपर्क तनाव के प्रतिरोधक का काम करता है। सामाजिक संपर्क हमें अपने आप को अभिव्यक्त करने का मौक़ा देते हैं और फ़ीडबैक तथा कभी-कभार महत्त्वपूर्ण सूचनाएँ व व्यावहारिक मदद प्राप्त करने के विकल्प उपलब्ध कराते हैं। कुछ लोगों को दोस्त बनाने में महारत हासिल होती है, मगर हममें से अधिकांश लोगों को इस पर काम करना होता है। हाल ही में हुए एक शोध के आँकड़े बताते हैं कि 85% लोगों का यह मानना है कि किसी एक बिंदु पर आकर वे झिझक महसूस करते हैं और अन्य लोगों से मिलने या उनकी उपस्थिति में असहज हो जाते हैं।

आप किसके पास जा सकते हैं?

एक पुरानी कहावत है – दोस्त वही जो मुसीबत में काम आए। उन सभी लोगों के बारे में सोचें, जिन्हें आप अपना दोस्त मानते हैं। अब उन लोगों की सूची बनाएँ, जो सचमुच आपके साथ हैं।

- ✓ ऐसे दोस्त जिनके साथ आप अपनी भावनाओं को साझा कर सकते हैं
- ✓ ऐसे दोस्त जिनसे जब आप कुछ कहना चाहें, तो वे आपको वास्तव में सुनेंगे
- ✓ ऐसे दोस्त जिनके पास आप बहुत परेशानी की अवस्था में जा सकते हैं
- ✓ ऐसे दोस्त जिनके सामने आप अपने असली स्वरूप में रह सकते हैं
- ✓ ऐसे दोस्त जिन्हें आप मुसीबत के समय पुकार सकते हैं

यदि आपके ज़ेहन में केवल दो या तीन ही नाम ऐसे आते हैं, जिन्हें आप उपर्युक्त

स्थितियों में पुकार सकें, तो आपका सामजिक संपर्क बहुत ही सीमित है। संभव है कि आपका नाम लोगों की प्राथमिकता की सूची में हो ही नहीं। आख़िरकार दोस्ती दो-तरफ़ा रिश्ता है। आवश्यकता के समय युवा अपने परिवार के बजाय दोस्तों से मदद लेना मुनासिब समझते हैं, जबकि मध्यम और अधिक आयु के लोग अपने परिवार के प्रति अधिक झुकाव रखते हैं।

अपना सामाजिक दायरा बढ़ाएँ

हम जिन लोगों के संपर्क में हैं, उनसे सामाजिक संपर्क बढ़ाना और इस संपर्क को दोस्ती में तब्दील करना हमारे सामने एक चुनौती है। यहाँ इस चुनौती को आसान बनाने के कुछ तरीक़े दिए जा रहे हैं।

1. *लोगों से वास्तविक आत्मीयता दर्शाएँ* - दूसरे व्यक्ति को यह महसूस कराना महत्त्वपूर्ण है कि आप उसे तवज्जो देते हैं। चर्चा के सूत्र बढ़ाएँ और उनकी बातों को ध्यान से सुनें। जब भी आप उनसे मिलें, मुस्कराएँ और उन्हें उनके नाम से संबोधित करें।
2. *दोस्ती का प्रदर्शन करें* - अपने आसपास के लोगों को यह जताना आवश्यक है कि आप उनके प्रति दोस्ताना ख़याल रखते हैं। 'सुप्रभात,' 'हैलो,' 'आप कैसे हैं?' आदि के साथ उनका अभिवादन करें।
3. *संपर्क बनाएँ* - किसी पुराने दोस्त को, जिससे आपकी लंबे समय से बातचीत न हुई हो, फ़ोन करें या लिखित संदेश भेजें।
4. *लोगों से बातचीत करें* - अपने पड़ोसी के साथ पाँच मिनट की छोटी-सी बातचीत करें। दफ़्तर में चाय के अवकाश के समय लोगों से मिलें या किसी सामाजिक समारोह में हिस्सा लें।
5. *शुभकामनाएँ भेजें* - जन्मदिन, त्योहार, नववर्ष और ऐसे ही महत्त्वपूर्ण अवसरों पर शुभकामनाएँ देकर अपनी भावनाएँ व्यक्त करें।
6. *नए आयोजनों में शामिल हों* - किसी कोर्स या सायंकालीन पाठ्यक्रम या क्लब में दाख़िला लें। एक बार प्रवेश कर डालें, धीरे-धीरे सब आसान होता जाएगा।
7. *प्रयास करें* - उन लोगों की सूची बनाएँ, जिनसे आप घनिष्ठता बढ़ाना चाहते हैं। उनसे बात करने का प्रयास करें। समय निकालकर उन्हें चाय या रात के खाने पर भी आमंत्रित करें।

याद रहे, दोस्ती बढ़ाने की प्रक्रिया में पहली रुकावट खुद को नकार दिए जाने का भय है। यह स्वीकार करें कि यह अस्वीकृति रोज़ाना की ज़िंदगी का अभिन्न हिस्सा है। अपने आप से कहें, 'इस सप्ताह "मैं" आठ लोगों से बातचीत करूँगा, भले ही

उनमें से आधे लोग मुझे नकार दें।' अगर आपको लगता है कि लोग आपको उबाऊ मानते हैं, तो अपने बारे में इन नकारात्मक बयानों को सकारात्मक कथन में बदलने का प्रयास करें। उदाहरण के लिए, 'ज़्यादातर लोग उबाऊ होने को लेकर चिंतित रहते हैं, मगर मेरे पास बहुत कुछ ऐसा है, जो दिलचस्प है।' अपने लिए ऐसा सकारात्मक कथन ढूँढ़ें, जो आपके बारे में नकारात्मक कथन को पछाड़ दे। लोग आपके बारे में क्या सोचेंगे, इस बात की चिंता छोड़कर अपने बारे में सोचना शुरू करें।

अपने वास्तविक स्वरूप में रहें

अपनी तरह के लोगों को खोजने की चुनौती तब बहुत आसान हो जाएगी, जब आप ख़ुद को अपनी पसंदीदा गतिविधियों में व्यस्त रखेंगे। पुस्तकालय में आपको वही लोग मिलेंगे, जो आप ही के समान पुस्तकें पढ़ना पसंद करते हैं। किसी संगीत समारोह में श्रोता के रूप में संगीत प्रेमी ही उपस्थित रहेंगे। इसी तरह, खेल के कार्यक्रम भी एक-सी अभिरुचि के लोगों को निकट लाते हैं। स्वभाव से शर्मीले लोग भी जब लगातार थियेटर या सांस्कृतिक कार्यक्रमों में शिरकत करेंगे, तो वे धीरे-धीरे उन कार्यक्रमों के बारे में हो रही चर्चा में हिस्सा लेने लगेंगे।

सामाजिक संपर्क बढ़ाने का दूसरा अद्भुत तरीक़ा आपका आस-पड़ोस है। चूँकि पड़ोसियों की चिंताएँ या ज़रूरतें भी एक जैसी होती हैं, जैसे- कचरे का निस्तारण या सड़क पर बिजली न होना आदि, अतः दोस्त बनाने का ख़ुशनुमा तरीक़ा यही होगा कि अपने साथ कुछ मिठाई या फल रखें, जो दोस्ताना शुरुआत में आपकी मदद करेंगे। पड़ोसी एक-दूसरे की सुरक्षा के कारणों से भी आपस में जुड़ते हैं। उनमें से कुछ को निश्चित ही आप अपने दोस्तों में शामिल कर सकते हैं।

अपने बच्चों के दोस्तों के अभिभावकों से मिलना भी सुखद हो सकता है। यहाँ भी आपके बीच में विद्यालय के कैलेंडर और उसकी गतिविधियों जैसी साझा बातें हो सकती हैं। स्कूल में पीटीए के बाद कुछ लोगों को चाय-नाश्ते पर बुलाया जा सकता है। बच्चों को पढ़ने के लिए प्रेरित किस तरह करें जैसे समान रुचि के मुद्दों पर बात करके दोस्ती का ठोस आधार बनाया जा सकता है।

> *अच्छे दोस्त सितारों की तरह होते हैं। आप भले ही उन्हें हमेशा देख न पाएँ, पर आपको पता होता है कि वे वहाँ हैं।*
>
> -क्रिस्टी इवान्स

2. अपने आकर्षण का उपयोग आकर्षित करने के लिए करें (हाँ, ऐसा करें)

क्या आपने अनुभव किया है कि कुछ लोग जब मुँह खोलते हैं, तो उनके बोलने में

कितना आकर्षण होता है? वे कैसे दिखते हैं या उनके पास कितना धन है इससे कोई फ़र्क़ नहीं पड़ता। वे किसी भी कमरे में घुस सकते हैं और वहाँ बैठे हरेक व्यक्ति के आकर्षण का केंद्र बन सकते हैं। आकर्षक होने का अर्थ है मोहक और चुंबकीय व्यक्तित्व का धनी होना। हरेक व्यक्ति इस आकर्षण के साथ भले ही न जन्मे, मगर यह ऐसा हुनर है जिसे जीवन यात्रा के दौरान बढ़ाया और निखारा जा सकता है। यह कैसे किया जा सकता है, इसी के कुछ तरीक़े आगे दिए जा रहे हैं।

विनम्र रहें

यदि आप आकर्षक व्यक्तित्व के धनी बनना चाहते हैं, तो आपको विनम्र बनना पड़ेगा। अच्छा व्यवहार और विनम्रता सामाजिक संपर्क बढ़ाने में सहायक सिद्ध होते हैं। कोई भी ऐसे व्यक्ति को पसंद नहीं करता, जो हमेशा क्रोध और अशिष्टता भरा व्यवहार करता हो। यदि आप अपने आसपास के लोगों के प्रति दयालु और विनम्र हैं, तो वे निश्चित ही आपकी मौजूदगी को सराहेंगे। विनम्र होना बहुत मददगार होता है। यह दूसरे लोगों में भी विनम्रता का भाव जगाता है। मैत्री और सौहार्दपूर्ण वातावरण सभी के लिए सुखद होता है। विनम्र व्यवहार करने वाले व्यक्ति को दुनिया में सबसे ज़्यादा पसंद किया जाता है।

अपना अंग विन्यास ठीक करें

यदि शारीरिक मुद्रा (पॉश्चर) अच्छी होती है तो आत्मविश्वास झलकता है, भले ही आप भीतर से स्वयं को उतना आत्मविश्वासी महसूस न कर रहे हों। चलते समय भी आरामदायक तरीक़े से चलें, मगर रीढ़ सीधी रखें, कंधों को पीछे खींचें और गर्दन को ज़मीन की सीध में रखें।

समानुभूति का प्रदर्शन करें

जब आप अपने आसपास के लोगों के प्रति समानुभूति दिखाते हैं, तो आपका आकर्षण और भी बढ़ जाता है। लोगों के बारे में राय मत बनाएँ। किसी निष्कर्ष पर न कूद जाएँ। उनके लिए अफ़सोस न करें। उनकी स्वायत्तता और उनके चयन का आदर करें। किसी के बारे में कठोर निष्कर्ष निकालने के बजाय यह समझने की कोशिश करें कि वह अपने जीवन में किस दौर से गुज़र रहा है।

खरे और ईमानदार रहें

यदि आपकी नम्रता और समानुभूति झूठी है, तो वह एक न एक दिन सामने आ ही जाएगी। यदि आप लोगों के साथ अपने वास्तविक रूप में रहते हैं, उनके दिल जीतना चाहते हैं और उनकी आँखों में अपने लिए आकर्षण देखना चाहते हैं, तो

आप उनके बारे में जो कहते हैं, उसे दिल से महसूस भी करना होगा। बातों में अतिरिक्त मिठास न घोलें। सिर्फ़ तारीफ़ करने के लिए ही बिना कारण तारीफ़ न करें। अपनी टिप्पणियों को प्रामाणिक बनाने के लिए दूसरों में गुणों की तलाश करें।

हास-परिहास करें

सर्वाधिक आकर्षक स्त्री-पुरुष वे होते हैं, जिनमें लोगों को हँसाने की सहज क्षमता होती है। इस क्षमता को विकसित करने के लिए आपको खुले मन से अपने आप पर हँसना सीखना होगा। हर किसी को अपने इर्द-गिर्द मज़ाक़िया लोगों का रहना अच्छा लगता है, क्योंकि ऐसे लोग हरेक को उसकी ज़िंदगी की दिक़्क़तों और उदासी से उबार सकते हैं।

आशावादी बनें

चीज़ों के उजले पहलू देखना सीखें। इससे दुनिया बेहतरीन जगह बन जाएगी। यदि आप एक आकर्षक व्यक्तित्व के रूप में पहचाने जाना चाहते हैं, तो आप में लोगों को समझाने और मनाने की क़ाबिलियत होनी चाहिए। यदि आप ऐसा करने में सफल हो गए, तो वास्तविक धरातल पर चीज़ें कितनी ही ख़राब क्यों न हों, वे अच्छी हो जाएँगी।

अच्छे दिखें

आप कैसी पोशाक पहनते हैं, कैसे बाल रखते हैं, कैसा बनाव-सिंगार करते हैं, इस सबका आकर्षक व्यक्तित्व के निर्माण में बड़ा महत्त्व होता है। भले ही आकर्षक व्यक्तित्व पाने का यही एकमात्र महत्त्वपूर्ण तरीक़ा नहीं है, मगर इसका सकारात्मक प्रभाव पड़ता है। अपने लुक पर ध्यान दें और ऐसा बिना किसी दंभ, दिखावे और बनावटीपन के करें। आपके आसपास के लोग निश्चित ही आपकी सराहना करेंगे।

लोगों में रुचि लें

यदि आप किसी नए परिचित, जैसे- अपने सहकर्मी, सहपाठी, मित्र आदि से मिलते हैं, तो उसके परिवार, कार्य आदि में रुचि दिखाएँ। उसके परिवार के सदस्यों के नाम पूछना न भूलें और उन नामों को याद भी रखें। जीवन में उसके क्या शौक़ हैं, क्या रुचियाँ हैं, यह भी जानें। ये दो विषय छोटी-सी बातचीत की शुरुआत सुनिश्चित कर सकते हैं। अपने बारे में बहुत ज़्यादा बात करने से बचें। दो के बीच चर्चा हो या समूह के बीच, आप सबकी रुचि के विषय पर सहज बातचीत करें। किसी विषय पर सशक्त राय रखना, गहराई में जाकर प्रश्न करना या राय और सुझाव देना तब उचित होता है जब वहाँ केवल संबंधित व्यक्ति ही उपस्थित हो।

ऐसे बनें कि लोगों को एहसास हो सके कि वे कुछ हैं।

-टोनी गैस्किन

3. अपने अभिभावकों के सामने बड़ों के समान व्यवहार करें

सालों पहले मैंने एक हिंदी कहावत सुनी थी, 'एक लड़का तब तक बड़ा नहीं होता, जब तक उसके पिता ज़िंदा रहते हैं।' आप कह सकते हैं कि बड़े होने की यह क़ीमत चुकाना आपको डरावना लगता है। फिर भी यह सत्य है कि अभिभावकों से इज़्ज़त की अपेक्षा रखने से पहले बच्चों को अपने जीवन की कुछ ज़िम्मेदारियाँ भी उठानी होंगी। बड़ों की तरह बर्ताव करें। यदि बड़े बच्चे भी अपने जीवन के लिए अभिभावकों पर निर्भर करें और अपने जीवन में घटने वाली अच्छी-बुरी बातों के लिए उन्हीं को दोष दें, तो ऐसे बच्चों को इज़्ज़त नहीं मिलती।

यदि बराबरी का विचार किया जाए, तो यह समझना होगा कि आपने अपने अभिभावकों को जो सबसे महत्त्वपूर्ण तोहफ़ा दिया है, वह है उन्हें आपको बड़ा करने का अवसर। एक बच्चे को उसके अभिभावकों से जो कुछ भी मिलता है, उसकी तुलना अभिभावकों को बच्चे को बड़ा करने से मिले सुख और अनुभव से नहीं की जा सकती। केवल स्वयं अभिभावक बनकर ही यह जाना जा सकता है कि बच्चे माता-पिता के जीवन को किस तरह नया और अनोखा अर्थ देते हैं।

क्या आप वास्तव में बड़े हैं?

जब आप अपने अभिभावकों के सामने बड़ों की स्थिति में आते हैं, तो आप कई बातें कर सकते हैं। आपके अभिभावक आपके लिए वे सब नहीं कर सकते। वे आपको बड़ा नहीं बना सकते। यह आपको स्वयं ही करना होगा।

1. *बालिग ज़िम्मेदारी लेते हैं* - अपने जीवन की ज़िम्मेदारी लें। भले ही हर काम पूर्णता से न हो सके, मगर अपनी ग़लतियों की ज़िम्मेदारी लें। स्वीकार करें : 'मैंने ऐसा किया और यह ग़लत था। आपको क्या लगता है? क्या मुझे अगली बार इसे अलग तरीक़े से करना होगा?'
2. *सलाह माँगें और सलाह स्वीकार करें* - बड़े होने के नाते आप उन सभी लोगों से सलाह और सुझाव लेने के योग्य हैं, जो आपको जानते हैं और आपसे प्रेम करते हैं। यदि वे आपको प्रेम नहीं करते या आपको जानते नहीं हैं, फिर भी वे सुझाव देने के अधिकारी हैं। लोग, विशेषतः अभिभावक सलाह देना बहुत पसंद करते हैं। यदि आप उनसे सलाह माँगते हैं, तो वे आपकी परिपक्वता की तारीफ़ करेंगे।

3. *अनुभव के समान जादू नहीं है* - आपके अभिभावक न तो आपकी समस्याओं को सुलझा सकते हैं, न ही वे आपको वापस बच्चा बना सकते हैं। वे अब तक यह जान चुके होते हैं कि उनके पास कोई जादुई ताक़त नहीं है। मगर अब यह समय है, जब आपको इस बात के प्रति जागरूक होना है। वे तो आपको वापस बच्चा नहीं बना सकते, लेकिन जब आप मुसीबतों से घबराकर टूटते हैं, बच्चे की तरह डरते हैं और अपने अभिभावकों को सशक्त मानते हैं, तो आप अपने साथ यही कर रहे होते हैं। आपके अनुभव आपको सिखा सकते हैं कि विपरीत परिस्थितियों और ग़लतियों के साथ सामंजस्य किस तरह बिठाया जा सकता है।
4. *अपने अभिभावकों को क्षमा करें* - भले ही आपके अभिभावकों ने आपको सही तरीक़े से बड़ा नहीं किया, उनके अति प्रेम या कम सहनशीलता के कारण हुई ग़लतियों को माफ़ कर देने से आप संतुलित और सुलझे हुए वयस्क के रूप विकसित होंगे। सभी अभिभावक अपनी भूमिकाओं को निभाते समय वे सारी हरकतें करते हैं, जिससे आप स्वयं को बच्चा महसूस करें। जब आपके बच्चे होंगे, तो आप भी उनके लिए वही सब करेंगे और बाद में उस पर हँसेंगे भी।
5. *वर्तमान में जीना सीखें* - अभिभावक कई बार अपने बच्चों के साथ वह सब कर बैठते हैं, जो नहीं करना चाहिए, जैसे- उन्हें मारना-पीटना या अन्य तरीक़ों से नुक़सान पहुँचाना। इन स्थितियों का भी सामना करना चाहिए। जब उन्हें पूरी तरह से समझ लिया जाए, तो उन्हें माफ़ कर देना चाहिए। अन्यथा बच्चे कभी भी अपने अभिभावकों द्वारा उनके लिए किए जा रहे इस अपरिपूर्ण प्रेम और अपरिपूर्ण निवेश के बीच सुरक्षित महसूस नहीं कर पाएँगे। इसके चलते हो सकता है कि बच्चे प्रेम की भावनाओं को समझ ही न पाएँ। एक गुस्सैल, क्षमा न करने वाला बच्चा जीवन भर स्वयं को ग़लत परवरिश का शिकार मानता रहेगा। इसके चलते वह जीवन में कभी भी रिश्तों को लेकर परिपक्व नहीं हो पाएगा। अभिभावकों के प्रति कभी न ख़त्म होने वाला गुस्सा विकास के मार्ग को हमेशा के लिए अवरुद्ध कर देता है।

जब अभिभावक बूढ़े या बीमार हो जाते हैं, तो बच्चे उनकी सेवा करने योग्य हो जाते हैं, यह देखना अच्छा लगता है। अपने अभिभावकों को अपराधबोध से मुक्त करने और अपने बड़े होने के एहसास को मज़बूत बनाने के लिए वृद्धावस्था पर खड़े अपने अभिभावकों की देखभाल करने से ज़्यादा अच्छी बात कोई और हो ही नहीं सकती। यह एहसास ही आपको अपूर्व ख़ुशी से भर देगा कि अब आपके अभिभावकों को आपकी बहुत आवश्यकता है, बनिस्बत आपको उनकी। फिर भी यदि आप अब भी अपराधबोध से ग्रस्त हैं कि आपने अब तक कुछ नहीं किया है, उनका क़र्ज़ नहीं

चुकाया है या अभिभावकों के लिए अधिक कष्ट नहीं सहे हैं, तो आप किसी गुलाम के समान महसूस करने लगेंगे। यह तो आपको ही तय करना है कि कब आपने अपनी स्वतंत्रता बेच दी है। बेहतर होगा कि आप अपने अभिभावकों के लिए थोड़ा और करें। जब आपको ऐसा लगे कि आपके अभिभावकों ने जो भी किया, आप उनके लिए उतना या उससे अधिक कर चुके हैं, तब आप स्वतंत्र व्यक्तित्व बन सकेंगे।

दुनिया का सबसे ख़ूबसूरत एहसास इस बात को जानना है कि आपके अभिभावक आपकी वजह से मुस्करा रहे हैं।

–अज्ञात

4. सक्रिय रूप से सीखना

अपने चिकित्सकीय कामकाज में मेरी बातचीत ऐसे विद्यार्थियों के साथ होती रहती है, जिनके पास मददगार समर्पित शिक्षकों की कमी होती है। वे अलग से ट्यूशन नहीं ले सकते और उनके अभिभावक भी उन पर ध्यान नहीं देते और इसके चलते वे अच्छे अंकों से उत्तीर्ण होने के लिए संघर्ष करते रहते हैं। अकादमिक क्षेत्र में ख़राब प्रदर्शन का एक बड़ा कारण निष्क्रिय दृष्टिकोण होता है, जिसके चलते विद्यार्थी प्राप्त सूचनाओं को व्यवस्थित रूप से उस स्तर पर ग्रहण नहीं कर पाते, जब स्वयं और दूसरों के लिए प्रश्न उठने बंद हो जाएँ। समय के साथ-साथ लोगों का शिक्षा प्रणाली से लाभान्वित न हो पाना आम हो जाता है।

आज महाविद्यालयों के कई शिक्षक इस निष्क्रिय शिक्षा प्रणाली को सक्रिय शिक्षण में बदलना चाहते हैं, ताकि विद्यार्थी उससे जुड़ सकें। फिर भी कई शिक्षकों को यह कल्पना करने में मदद की आवश्यकता होती है कि उन्हें अपनी कक्षा में और उसके बाहर ऐसा क्या करना चाहिए, जिससे सार्थक शिक्षण गतिविधियों का एक सेट तैयार हो सके। आगे दिया गया मॉडल सीखने की प्रक्रिया की अवधारणा ऐसे तरीक़े से तैयार करता है, जो सक्रिय शिक्षण प्रक्रियाओं की पहचान करने में शिक्षकों की सहायता कर सकता है और विद्यार्थियों को लाभान्वित कर सकता है।

सक्रिय शिक्षण प्रक्रिया का मॉडल

घटकों का विवरण – यह मॉडल कहता है कि सीखने की सभी गतिविधियों में या तो कुछ तरह के अनुभव शामिल होते हैं या किसी तरह के संवाद शामिल होते हैं।

संवाद दो तरीक़े के होते हैं – दूसरों के साथ संवाद और अपने साथ संवाद। अनुभव भी दो तरह के होते हैं – अवलोकन और कार्यवाही (कार्य)।

स्वयं के साथ संवाद – जब सीखने वाला किसी विषय के बारे में चिंतन करता है, तो वह स्वयं से संवाद करता है। वह स्वयं से पूछता है कि उसे इस विषय के बारे में क्या लगता है, इसे पढ़ते समय वह कैसा महसूस करता है। इसे अपनी सोच के बारे में विचार करना कहा जाता है। मगर यह केवल संज्ञानात्मक चिंताओं के हल से आगे बढ़कर, बड़े प्रश्नों के भी हल सुझाता है। एक शिक्षक छोटे पैमाने पर विद्यार्थियों से किसी पाठ्यक्रम का जर्नल रखने को कह सकता है या बड़े पैमाने पर सीखने का पोर्टफ़ोलियो बनाने की बात भी कह सकता है। दोनों ही मामलों में विद्यार्थी वे क्या सीख रहे हैं, कैसे सीख रहे हैं, इस ज्ञान की उनके जीवन में क्या भूमिका है, इसे सीखकर उन्हें कैसा महसूस हो रहा है आदि के बारे में लिख सकते हैं।

दूसरों के साथ संवाद – इसे कई अलग-अलग तरीक़ों से किया जाता है और किया जाता रहा है। पारंपरिक शिक्षा व्यवस्था में जब विद्यार्थी पाठ्यपुस्तक पढ़ते हैं या किसी व्याख्यान को सुनते हैं, तो वे दूसरे व्यक्ति (शिक्षक, लेखक, पुस्तक) को सुन रहे होते हैं। इसे आंशिक संवाद के रूप में देखा जा सकता है, मगर चूँकि यह एकांगी होता है, इसलिए इसकी सीमा होती है। इसमें विचारों का आदान-प्रदान नहीं होता। इससे बेहतर और अधिक सक्रिय संवाद तब होता है, जब शिक्षक किसी विषय पर सघन चर्चा या विमर्श के लिए छोटे समूह बनाता है। कभी-कभी शिक्षक, विद्यार्थियों को कक्षा के अंदर या उसके बाहर अन्य विशेषज्ञों/लोगों के साथ चर्चा का अवसर देने के रचनात्मक तरीक़े भी खोज सकते हैं। यह संवाद आमने-सामने की बातचीत के रूप में हो सकता है, या ई-मेल द्वारा भी।

अवलोकन – जब सीखने वाला किसी अन्य व्यक्ति को किसी उस काम को करते हुए देखता है, जिसके बारे में वह सीख रहा होता है, तो वहाँ अवलोकन हो रहा होता है। उदाहरण के लिए, किसी शिक्षक को कुछ करते हुए देखना। 'मैं इस तरह से किसी उपन्यास की समीक्षा करती हूँ।' किसी को साक्षात अपनी कला का प्रदर्शन करते हुए देखना, जैसे- संगीतज्ञ द्वारा प्रदर्शन या किसी सामाजिक, प्राकृतिक या सांस्कृतिक परिघटना को घटते हुए देखना। अवलोकन भी प्रत्यक्ष और अप्रत्यक्ष हो सकते हैं। प्रत्यक्ष अवलोकन में सीखने वाला उस परिघटना को घटते हुए देखता है और अप्रत्यक्ष अवलोकन में सीखने वाला उस घटना के प्रतिरूप को होते हुए देखता है। उदाहरण के लिए, ग़रीबी का प्रत्यक्ष अवलोकन करने के लिए विद्यार्थी किसी ग़रीब बस्ती का रहन-सहन देखने जा सकते हैं, मगर अप्रत्यक्ष अवलोकन में वे ग़रीबी पर आधारित कोई फ़िल्म या नाटक देखकर उसके बारे में जान सकते हैं या ग़रीबी की पृष्ठभूमि पर कोई कहानी या उपन्यास पढ़ सकते हैं।

क्रियाविधि – इसका अर्थ उस कार्य से है, जिसमें सीखने वाला सक्रिय रूप से संलग्न है। जैसे- किसी बाँध की डिज़ाइन बनाना, हाई स्कूल में म्यूज़िक बैंड चलाना, प्रकृति

विज्ञान में किसी प्रयोग को संचालित करना, मानविकी विषय में किसी साहित्यिक रचना की समालोचना करना, इतिहास में स्थानीय ऐतिहासिक संसाधनों की खोज करना, संवाद के लिए मौखिक प्रस्तुति की तैयारी करना आदि। ये क्रियाएँ प्रत्यक्ष या अप्रत्यक्ष हो सकती हैं। केस स्टडीज़, रोल प्ले और सिम्युलेशन गतिविधियाँ विद्यार्थियों को अप्रत्यक्ष गतिविधियों से जुड़ने के मौक़े देती हैं। ऊपर दिए गए उदाहरणों में से किसी एक को लें, तो यदि कोई बच्चा यह सीखने की कोशिश कर रहा है कि हाई स्कूल का बैंड कैसे बनाया जाएगा, तो इसके लिए प्रत्यक्ष क्रिया तो उस बैंड को वास्तव में बनाना होगी, मगर अप्रत्यक्ष क्रियाविधि के रूप में कुछ विद्यार्थियों को लेकर बैंड बनाने की समस्त गतिविधि का अभिनय किया जा सकता है। इसी तरह से वाणिज्य के पाठ्यक्रम में केस स्टडीज़ के साथ काम करना अर्थात निर्णय क्षमताओं के बारे में बात करना होगा, जो शिक्षण में कई कोर्स का लक्ष्य होता है।

सक्रियता से सीखने के इस मॉडल का क्रियान्वयन

अब यदि कोई शिक्षक इस मॉडल का उपयोग अपनी कक्षा में करना चाहे, तो वह क्या-क्या कर सकता है? इसके लिए हम तीन बेहतरीन सुझाव दे रहे हैं, जिनमें से हरेक में सक्रियता से सीखने के तरीक़े निहित हैं।

1. *अपनी कक्षा में सीखने के अनुभवों का दायरा बढ़ाइए* – पारंपरिक शिक्षण प्रक्रिया में समान्यतः विद्यार्थियों को किसी पाठ्यवस्तु को पढ़ने या किसी व्याख्यान को सुनने के लिए कहा जाता है, जिसमें आपसी संवाद की गुंजाइश बहुत ही कम या न के बराबर होती है। इसके स्थान पर संवाद के और गतिशील तरीक़ों का इस्तेमाल सुझाया जा रहा है। उदाहरण के लिए :

   ✓ विद्यार्थियों को छोटे समूहों में बाँटिए, जो किसी विशेष प्रश्न का उत्तर दें या कोई निर्णय लें।

   ✓ विद्यार्थी अपने सहपाठियों के अलावा भी अन्य विषयों के विशेषज्ञ लोगों से सार्थक संवाद साध सकें, इसके तरीक़े खोजें। यह संवाद मेल, वेब या सीधे, किसी भी माध्यम से हो सकता है।

   ✓ विद्यार्थियों को उनके अपने विचारों, सीखने की प्रक्रिया, अनुभव, भावनाओं आदि के बारे में दैनंदिनी लिखने या कोई पोर्टफ़ोलियो बनाने के लिए कहा जा सकता है।

   ✓ विद्यार्थी जिस विषय या गतिविधि को सीखने में जुटे हैं, उसे प्रत्यक्ष या अप्रत्यक्ष रूप से होता हुआ देख सकें, इसमें उनकी मदद करें।

   ✓ जहाँ आवश्यकता हो विद्यार्थियों को प्रत्यक्ष या अप्रत्यक्ष रूप से काम करने का अवसर प्रदान करें (जैसा कि ऊपर बताया गया है)।

2. *आपसी बातचीत की ताक़त का लाभ उठाएँ* - सीखने के चारों तरीक़ों का अपना महत्त्व है। इन सभी का प्रयोग करना सीखने में विविधता लाता है, जिससे सीखने वाले की रुचि बढ़ती है। इसके अलावा, जब गतिविधियाँ सही तरीक़े से एक-दूसरे से जुड़ती हैं, तो इनका प्रभाव और भी अधिक होता है। ये आपसी संवाद वाली हो सकती हैं, जिससे शैक्षणिक प्रभाव में वृद्धि होती है। उदाहरण के लिए, छोटे समूह में चर्चा और लेखन में संलग्न होने (दूसरों से संवाद) से पहले विद्यार्थी किसी विषय पर अपने विचार लिख सकते हैं (स्व से संवाद)। इसके बाद समूह में चर्चा और भी सार्थक और गहन हो जाएगी। यदि वे ये दोनों करते हैं और इन दोनों गतिविधियों की प्रक्रियाओं का अवलोकन भी करते हैं, तो ऐसी स्थिति में अवलोकन का स्तर उनके अधिक संलग्न होने के कारण बढ़ जाएगा। इसके बाद यदि विद्यार्थियों को स्वयं किसी गतिविधि में लगने के लिए कहा जाएगा, तो क्या करना है और किस तरह करना है, इसका अंदाज़ उन्हें हो सकेगा। इसके बाद यदि विद्यार्थी सीखने के अपने समस्त अनुभव को लिखते हैं और दूसरों के साथ साझा करते हैं, तो इससे अंतर्दृष्टि में और विकास होगा। सीखने की गतिविधियों का यह क्रम शिक्षक और विद्यार्थी दोनों को ही संवाद की ताक़त का लाभ दिलाएगा। इसके समानांतर समस्या आधारित सीखने के तरीक़ों की वकालत करने वाले यह कहेंगे कि शिक्षक को विद्यार्थियों के सामने एक वास्तविक समस्या रखनी चाहिए, उसके बाद उन्हें इस प्रक्रिया पर एक-दूसरे से संवाद के अवसर देने चाहिए कि यह प्रक्रिया कैसी थी, उन्हें यह कितनी प्रभावी लगी। इसमें सीखने वाले सीखने के कई विकल्पों का इस्तेमाल करेंगे, जिनमें स्वयं से और दूसरों से संवाद भी शामिल होगा।

3. *अनुभव और संवाद के बीच आवाजाही रखना* - संवाद के सिद्धांत में एक संशोधन यह है कि सक्रिय रूप से सीखने के दो सिद्धांतों, अर्थात अनुभव और संवाद के बीच सतत आवाजाही बनाए रखना। नए अनुभव चाहे वे कार्य हों या अवलोकन, उनमें सीखने वालों को अपनी धारणाओं में से क्या सही है और क्या ग़लत और दुनिया की दृष्टि से कौन-सा मूल्य सही है, इस बारे में नया दृष्टिकोण देने की क्षमता होती है। स्वयं और दूसरों के साथ किए जा रहे संवाद में भी वह ताक़त होती है, जो सीखने वालों को अनुभवों से विविध अंतर्दृष्टि विकसित करने में मदद करती है। एक शिक्षक रचनात्मक रूप से सीखने की इन विधियों का उपयोग करते हुए कक्षा में बच्चों को सार्थक संवाद के द्वारा नए अनुभव प्राप्त करने और उनके साथ गहराई से जुड़ने में मदद करते हैं। इससे सीखने वालों का सीखना सार्थक और उचित होने की संभावना बढ़ जाती है।

मैंने सुना, मैं भूल गया। मैंने देखा, मुझे याद रहा। मैंने करके देखा, मैं समझ गया।

–कन्फ़्यूशियस

5. अपने सीखने के तरीक़ों का भरपूर इस्तेमाल करें

यदि आपका नए साल का संकल्प यह है कि आप पहले से ज़्यादा अच्छी तरह से अध्ययन करेंगे, तो इसके लिए आपको सीखने के अपने तरीक़े को जानना होगा। सीखने के कई तरीक़े होते हैं। अक्सर ये तरीक़े आपके व्यक्तित्व के अनुरूप भी होते हैं। हममें से हरेक के सीखने के तरीक़े अलग-अलग और एक या अधिक तरीक़ों का समन्वय भी हो सकते हैं। अपने तरीक़े का फिर से आकलन करना मददगार हो सकता है। हम सभी अलग-अलग, मगर प्रभावी तरीक़े से सीखते हैं। अपने सीखने के तरीक़े को पहचानना और इसका प्रयोग कक्षा में बेहतर परिणामों के लिए करना ज़रूरी है।

आप सुनकर सीखने वालों में से हैं या देखकर सीखने वालों में?

आप सुनी हुई बात बेहतर तरीक़े से याद रख पाते हैं या पढ़ी हुई बात को?
आप टीवी देखने को वरीयता देते हैं या समाचार पत्र पढ़ने को?

कुछ लोग पढ़कर अच्छे तरीक़े से सीखते है। उन्हें किसी बात को याद रखने के लिए उसे देखना ज़रूरी लगता है। कुछ लोग सुनकर सीखते हैं। एक बार सुनने के बाद ही वे सूचनाओं को ग्रहण कर लेते हैं।

यदि आप देखकर सीखने वालों में से हैं, तो आपको ऐसे शिक्षक के साथ दिक़्क़त हो सकती है, जो यह मानते हैं कि सिखाने का अर्थ लोगों को कुछ बता देना होता है। जो शिक्षक कक्षा में चर्चा पर अधिक ज़ोर देते हैं, उनके साथ भी आपको दिक़्क़त हो सकती है। आलेख, पाठ्यपुस्तक और ब्लैक बोर्ड पर लिखी गई सूचनाएँ आपकी मदद कर सकती हैं।

दूसरी ओर, यदि आप सुनकर सीखने वालों में से हैं, तो आपको ऐसे शिक्षक की कक्षा में दिक़्क़त महसूस हो सकती है, जो लिखते बहुत हैं और ऐसे आलेख पढ़ने के लिए देते हैं जिन पर कोई चर्चा न हुई हो। आपके लिए कक्षा की चर्चाएँ और अध्ययन समूह में बातचीत बेहतर तरीक़े होंगे।

आपको अकेले पढ़ना चाहिए या समूह में?

आपको क्या लगता है, आप समूह में पढ़ने के बाद ठीक से याद रख पाते हैं या अकेले पढ़ते हैं तब?

कुछ लोग बाहरी दुनिया से ऊर्जा प्राप्त करते हैं, अर्थात लोगों से बातचीत करके, गतिविधियाँ करके और अन्य बातों द्वारा सीखते हैं। इसे बहिर्मुखता (extraversion) कहा जाता है। अन्य लोग अपने स्वयं के विचारों, भावनाओं और प्रभावों से ऊर्जान्वित होना पसंद करते हैं।

इसे अंतर्मुखता (introversion) कहा जाता है।

यदि आप अधिक बहिर्मुखी हैं, तो आप बातचीत में आसानी से जुड़ते हैं और अपने आसपास लोगों की उपस्थिति को पसंद करते हैं। अतः समूह में काम करना और लोगों से चर्चा करना आपकी समझ को बढ़ाने और नए विचारों के सतत और समग्र प्रवाह में मदद करता है। आप अकेले में काम करने पर धीरज खो सकते हैं, ध्यान विचलित हो सकता है। आपको सक्रिय, ऊर्जावान और उत्साही शिक्षक पसंद आते हैं। आप दोस्ताना और निजी तरीक़े को पसंद करते हैं। साथ ही आपको अधिक उपस्थिति वाली कक्षाएँ रोमांचक लगती हैं।

यदि आप अंतर्मुखी हैं, तो आप अकेले रहकर, जुटकर काम करना पसंद करते हैं। शायद आपको किसी परियोजना पर लंबे समय तक बिना किसी व्यवधान के सतत काम करने में कोई परेशानी न हो। यूँ भी आप कक्षा में ज़्यादातर चुप ही रहते हो और शोरगुल वाली, भीड़ भरी कक्षाएँ, समूह गतिविधियाँ और प्रस्तुतियाँ आपको अच्छी नहीं लगतीं। कई बार लोगों से संवाद स्थापित करना कठिन होता है। आपकी प्रस्तुति तब अच्छी होती है, जब आप किसी पाठ को पढ़ते हैं या प्रस्तुति से पहले लिखते हैं, सहभागिता से पहले सोचते हैं और किसी काम को करने से पहले प्रश्न पूछते हैं। आपको वे सहपाठी अच्छे लगते हैं, जो विचारशील और मननशील हों। संभव है, आपको ऐसे प्राध्यापक अच्छे न लगते हों, जो अधिक समीप आने का प्रयास करें या अधिक ध्यान दें। शांत और व्यवहार-कुशल तरीक़ा आपके लिए बेहतर होता है। कम लोगों की कक्षा आपकी प्राथमिकता होती है।

शिक्षण के तरीक़े और सीखने के तरीक़े के बीच के तालमेल बिठाना

✓ हर पाठ्यक्रम में ज़्यादा से ज़्यादा रुचि लेने का प्रयास करें।

✓ उपलब्ध पाठ्यवस्तु को ऐसे लेख में बदलें, जो आपके समझने के लिए आसान हो।

✓ प्रश्न पूछें, अपने सहपाठियों के प्रश्नों, उत्तरों और टिप्पणियों में रुचि लें।

✓ शिक्षक से बात करें। आपकी दुविधा दूर हो या प्रश्नों के उत्तर खोजने का स्रोत प्राप्त हो, यह सुनिश्चित करें।

✓ अपनी आवश्यकता के बारे में बताएँ कि आपको क्या चाहिए (फ्रेमवर्क,अधिक स्वायत्तता, अधिक आलेख, पाठ्यक्रम के उद्देश्यों की स्पष्टता)।

- ✓ सीखने के लिए स्पष्ट, सीधी और ज़िम्मेदारी से की गई बातचीत आवश्यक है। यह संवाद शाब्दिक और अशाब्दिक, दोनों तरह का होना चाहिए।
- ✓ यह ध्यान रखें कि हम सभी को पढ़ते रहना है।
- ✓ अपने अध्ययन के बीच छोटे-छोटे अवकाश भी लें, जैसे- सैर या जॉगिंग करना, साइकिल पर एक चक्कर लगा लेना या कुछ खाना आदि।
- ✓ ध्यान रखें कि आप अपने भविष्य का निर्माण कर रहे हैं।
- ✓ अधिक आत्मविश्वास के लिए अपने नोट्स की जाँच अपने मित्र से करवाएँ।
- ✓ पाठ से संबंधित किसी सहपाठी की दुविधा को हल करने का प्रयास करें, आपको अपनी दुविधाओं के हल भी मिलते जाएँगे।

पढ़ने के लिए सबसे अच्छा स्थान

पढ़ने के लिए अच्छा स्थान ढूँढ़ना भी महत्त्वपूर्ण है। पढ़ाई के लिए सबसे अच्छी जगह साफ़-सुथरी मेज़ है, जहाँ दूसरा कोई सामान न हो। जहाँ तक संभव हो, मेज़ पर ऐसी वस्तुएँ कम-से-कम होनी चाहिए, जिनसे ध्यान बँटता हो। प्रकाश और हवा की अच्छी व्यवस्था होनी चाहिए। शाम के समय टेबल लैंप का इस्तेमाल करना अच्छा होता है। आपकी आवश्यकता की सभी वस्तुएँ आपके निकट ही होनी चाहिए। हर दिन एक ही जगह पर पढ़ने की आदत डालें। खाना खाने, आराम करने और पढ़ने के बीच-बीच में ब्रेक लेने की योजना बनाएँ और उसी के मुताबिक़ काम करें।

चिंता पर लगाम लगाएँ

चिंता पढ़ाई को बाधित करने वाला वास्तविक और स्वाभाविक व्यवधान है। चिंता का उजला पक्ष यह है कि एक स्तर तक यह प्रेरणा देने का भी काम करती है। दूसरे स्तर पर यह बाधा बन जाती है। जो भी हो, चिंता से निबटने के भी तरीक़े होते हैं।

- ✓ जहाँ तक संभव हो, अपनी तैयारी पूरी रखें।
- ✓ चिंता बढ़ाने वाले विचारों से दूरी बनाएँ।
- ✓ परीक्षा से पहले ऐसा कोई काम न करें जिससे चिंता बढ़े।
- ✓ पढ़ाई करते समय और परीक्षा देते समय चिंता रहित, शांत रहना ज़रूरी है।
- ✓ मन को शांत करने के कुछ तरीक़े सीखें।
- ✓ योग और प्राणायाम विद्यार्थियों के लिए मददगार हैं।
- ✓ मानसिक चित्रण की तकनीक का इस्तेमाल भी चिंता को कम करता है (महसूस करें कि आप किसी बाग़ीचे या ऐसी ही शांत जगह पर हैं)।
- ✓ श्वास के विविध अभ्यास सीखें। धीमी-गहरी साँस लें।

- ✓ कई बार हमारे अपने विचार हमें पराजित करते हैं, अतः अपने विचारों की जाँच करें।
- ✓ यदि आपको ऐसी दिक़्क़तें हैं जिनसे आपकी पढ़ाई प्रभावित हो रही है, तो किसी ऐसे व्यक्ति से बात करें जो आपकी दिक़्क़त को समझे और आपके दर्द को कम कर सके। यह व्यक्ति मनोचिकित्सक, आपका मित्र या परिवार का सदस्य, कोई भी हो सकता है।

पढ़ाई करते समय आपका ध्यान कितनी बार विचलित होता है? यह ऐसा प्रश्न है जिसे सुनकर हमेशा हँसी आती है। सही है न? हममें से अधिकांश लोगों का ध्यान पढ़ते समय हर दिन कई बार विचलित होता है। हमें महत्त्वपूर्ण ई-मेल और फ़ोन आते हैं। हमें अपने जीवन के महत्त्वपूर्ण लोगों- परिवार के सदस्यों, रिश्तेदारों और मित्रों को समय देना होता है। हम अपना फ़ोन देखने के लिए भी पढ़ाई के बीच समय निकाल लेते हैं। पड़ोसी छोटी-सी बातचीत के लिए हमारे घर चले आते हैं, बाक़ी लोग मज़ेदार मैसेज भेजते हैं। कभी-कभी हम अस्वस्थ या ऊबा हुआ महसूस करते हैं। ध्यान विचलित होने के बाद उस ध्यान को पुनः प्राप्त करना महत्त्वपूर्ण होता है। ध्यान बँटना कैसे कम करना है, यह सीखने से आपका तनाव कम होगा, जिससे उत्पादकता और प्रभावशीलता अपने आप बढ़ जाएँगी।

योगेश अर्थशास्त्र के प्राध्यापक के रूप में अपना भविष्य बनाना चाहता था। इसके लिए नेट (NET) की परीक्षा उत्तीर्ण करने का उसे बड़ा उत्साह था। अध्ययन की आवश्यक सामग्री जुटाने के बाद उसके लिए अपने लिए शौक़ का चुनाव करना भी ज़रूरी था। उसके पिताजी पढ़ने के बड़े शौक़ीन थे और वे चाहते थे कि उनका बेटा अध्ययन से हटकर दिल-दिमाग़ को थोड़ा सुकून दे, ताकि उसे तरोताज़ा होने के मौक़े मिलें। उसकी माँ और बहन हमेशा नई-नई पाक विधियों को आज़माती रहती थीं, जिनमें से कुछ का सारा परिवार आनंद लिया करता था। योगेश के लिए खाना पकाना एक ऐसा शौक़ था, जिसके लिए वह पढ़ाई के बीच-बीच में अंतराल भी ले सकता था और अपनी रचनात्मक का प्रदर्शन कर सकता था। सबसे बढ़िया बात यह कि इसमें उसे किसी तरह के निवेश की आवश्यकता नहीं थी, न ही मौसम या आने-जाने के साधन जैसे मुद्दों की परवाह करने की ज़रूरत थी। और उसका परिवार रसोई में उसके द्वारा किए जा रहे प्रयोगों का आनंद भी लेता था।

अपना सर्वश्रेष्ठ करो, बाक़ी छोड़ दो!

-केन पिचर

6. गणित की चिंता

हाल में अख़बारों में यह ख़बर आई थी कि एक बच्ची ने गणित के प्रश्नपत्र की

चिंता के चलते अपनी जान दे दी। परीक्षा के समय बहुत से विद्यार्थियों को चिंता अपनी चपेट में ले लेती है, वहीं गणित विषय से जुड़ी चिंताएँ ख़तरनाक होती जा रही हैं। क्या आप भी उन विद्यार्थियों में से हैं, जो गणित की परीक्षा के नाम से ही चिंतित हो उठते हैं? क्या आपको भी विश्वास है कि आपके पास गणितीय बुद्धि नहीं है? क्या आप भी ऐसी सारी गतिविधियों से भागने की कोशिश करते हैं, जिनमें गणित शामिल होती है? यदि इनमें से एक या अधिक बातें आपके लिए सही हैं, तो इसका सीधा अर्थ है आप गणित की चिंता से पीड़ित हैं।

गणित की चिंता, चिंता की एक गहन भावनात्मक अनुभूति होती है, जिसके तहत लोग गणित विषय को समझने और हल करने की अपनी क़ाबिलियत पर शंका रखते हैं। जो लोग इस चिंता से ग्रस्त होते हैं, उन्हें लगता है कि वे उन गतिविधियों को नहीं कर पाएँगे जिनमें गणित शामिल है। गणित की चिंता बुद्धि की समस्या न होकर भावनात्मक समस्या है। जो भी हो, गणित विषय की चिंता व्यक्ति की गणित सीखने की क्षमता पर बुरा प्रभाव डालती है, परिणामस्वरूप यह एक बौद्धिक समस्या बन जाती है।

गणित की चिंता का कारण क्या है?

गणित की चिंता किसी एक कारण से नहीं उपजती। गणित की चिंता अक्सर विद्यार्थियों के प्रारंभिक कक्षाओं में गणित के साथ या गणित के शिक्षकों के साथ हुए बुरे अनुभव और उनसे उपजी नकारात्मकता का परिणाम होती है। इस तरह के अनुभवों से विद्यार्थियों के मन में यह धारणा बन जाती है कि वे गणित में अच्छे नहीं हैं। यह धारणा कक्षा में ख़राब प्रदर्शन का कारण बन जाती है और ख़राब प्रदर्शन विद्यार्थियों के मन में इस धारणा को पक्का कर देता है कि वे गणित में अच्छे नहीं हैं। इस परिघटना को ख़ुद पूरी होने वाली भविष्यवाणी कहते हैं। गणित की चिंता कुछ अच्छा तो नहीं करती, बल्कि प्रदर्शन को ख़राब ही करती है।

गणित के बारे में व्याप्त भ्रांतियाँ

गणित के बारे कुछ सामान्य ग़लतफ़हमियाँ और धारणाएँ ये हैं –

- ✓ लड़कियों की तुलना में लड़के गणित में अच्छे होते हैं – शोधों से ऐसा कहीं भी प्रमाणित नहीं किया जा सका है कि लिंग भेद का गणितीय क्षमता पर कोई प्रभाव पड़ता है।
- ✓ गणितीय समस्याओं को हल करने का कोई एक सर्वश्रेष्ठ तरीक़ा होता है – अधिकांश गणितीय समस्याएँ एक से अधिक तरीक़ों से सुलझाई जा सकती हैं।

- ✓ कुछ लोगों के पास गणितीय बुद्धि होती है और कुछ के पास नहीं - कई लोग गणित में ज़्यादा अच्छे होते हैं और उन्हें इसका पता तक नहीं होता।
- ✓ अँगुलियों पर गणना करना ग़लत होता है - अँगुलियों पर गणना करने से अंकगणित की समझ स्पष्ट होती है।
- ✓ जो गणित में अच्छे होते हैं वे गणितीय समस्याओं को दिमाग़ में ही हल कर लेते हैं - वास्तव में गणित के प्राध्यापक भी कक्षा में पढ़ाने से पहले गणित के सवाल हल करके देखते हैं।

गणित की चिंता इस विषय के प्रति मनोवैज्ञानिक प्रतिक्रिया होती है, जो विद्यार्थी की गणितीय क्षमता में हस्तक्षेप करती है और गणित विषय में उसके प्रदर्शन को प्रभावित करती है। यह विद्यार्थी की गणित में प्रदर्शन की वास्तविक योग्यता का प्रतिबिंब नहीं होता। ऐसे कई तरीक़े हैं, जिन्हें अपनाकर विद्यार्थी गणित की चिंता से मुक्त हो सकते हैं।

1. *अंकगणित के बुनियादी सिद्धांतों और तरीक़ों को सीखें और उनका अभ्यास करें* - कई विद्यार्थी शायद अपने पहले के नकारात्मक अनुभवों के कारण गणित की ठोस बुनियाद, विशेषतः गुणा-भाग में तैयार ही नहीं कर पाते। गणित में एक अवधारणा दूसरी के ऊपर ही खड़ी की जाती है और पहली सरल अवधारणा पक्की न होने की स्थिति में दूसरी जटिल अवधारणा की समझ बनना कठिन होता है। अतः यदि किसी विद्यार्थी को आधारभूत अवधारणाओं की पक्की समझ नहीं है, तो उसे आगे गणित में कठिनाई आएगी ही। अंकगणित के छोटे कोर्स, जिनमें प्रारंभिक अवधारणाओं को मज़बूत किया जाता हो, करने से गणित की चिंता घटाई जा सकती है।
2. *अपने विचारों, भावनाओं और कार्यों के प्रति सतर्क रहें* - ये सभी गणित से संबंध रखते हैं। गणित की चिंता विद्यार्थियों को अलग-अलग तरीक़े से प्रभावित करती है। अतः आप ख़ुद को लेकर किस तरह के विचार रखते हैं, इस बारे में सचेत होना आवश्यक है। यदि आप अपने मन में आ रहे अवास्तविक और अतार्किक विचारों को पहचान पाते हैं, तो उन्हें दूर करके उनके स्थान पर सकारात्मक और वास्तविक विचार लाने का काम कर सकते हैं।
3. *गणितीय शब्दावली सीखें* - गणित सीखने में विद्यार्थियों को सबसे ज़्यादा परेशानी इसलिए आती है कि वे गणित की शब्दावली से अपरिचित होते हैं। गणित में प्रयुक्त शब्द अन्य विषयों से बिलकुल अलग होते हैं। जैसे- गुणनखंड शब्द कहीं और इस्तेमाल में नहीं आता। विद्यार्थियों को

इस शब्दावली की समझ नहीं होती और उन्हें लगता है कि वे गणित में कमज़ोर हैं।

4. *चिंता को कम करने और उसके प्रबंधन के तरीक़े सीखें* - चिंता आपकी एकाग्रता, ध्यान और स्मृति को बुरी तरह से प्रभावित कर सकती है, अतः इसके प्रबंधन के तरीक़े सीखें।
5. *गणित के लिए सकारात्मक रुख़ अपनाने का प्रयास करें* - सकारात्मक रुख़ आत्मविश्वास बढ़ाएगा और चिंता कम करेगा।
6. *अपने आप से सकारात्मक बातचीत करना सीखें* - अपने आप से सकारात्मक भाव से बातचीत करने से गणित के बारे में और अपने बारे में मन में व्याप्त भ्रांतियों को तोड़ने में मदद मिलती है। इससे चिंता उत्पन्न करने वाले नकारात्मक विचार छँटते हैं और सकारात्मक विचार उत्पन्न होते हैं, जो चिंता को कम करते हैं।
7. *पीछे मुड़कर देखना, आगे की सोचना भी लाभ देता है* - पिछली कक्षा के गणित का अभ्यास भी मज़ेदार हो सकता है। जैसे- कक्षा 5 का बच्चा कक्षा 2 या 3 के गणित का अभ्यास करें। इन अभ्यासों को हल करने से आत्मविश्वास बढ़ेगा, जो बच्चों को यह समझने में मदद करेगा कि वे गणित की चुनौतियों का सामना कर सकते हैं।

गणित से डरने वाले विद्यार्थी कक्षा में हँसी उड़ने के डर से प्रश्न पूछने से भी बचते हैं। वे कक्षा में पीछे की सीट पर बैठे रहते हैं, शिक्षकों से मदद नहीं माँग पाते। वे गणित की पढ़ाई अंतिम क्षणों में यानी परीक्षा सिर पर आने के बाद ही करते हैं। विद्यार्थी यह सबकुछ गणित की चिंता दूर करने के लिए किया करते हैं, मगर वास्तव में इन सबसे चिंता और भी बढ़ जाती है। इसके विपरीत, सकारात्मक व्यवहार विद्यार्थियों को गणित की कक्षाओं में सीखने और प्रदर्शन को बेहतर बनाने में मदद करता है। पहली बात यह कि कक्षा में सबसे आगे बैठने का प्रयास करें, जहाँ कम से कम व्यवधान हों और आप कक्षा में चल रही चर्चा में हिस्सा ले सकें। दूसरी बात यह कि यदि मन में कोई प्रश्न है, तो उसे पूछें। निश्चिंत रहें कि यह प्रश्न पूछने वाले आप अकेले ही नहीं हैं। कक्षा के बाद या आधी छुट्टी के समय में अपने शिक्षकों से मदद माँगने में भी न हिचकिचाएँ। पाठ्यपुस्तक में दी गई जानकारी को ध्यान से पढ़ें, सवाल हल करें। गणितीय कौशल अभ्यास और दोहराव से भी आते हैं। अंतिम बात यह कि कक्षा के बाद पढ़ाई गई बातों को पुनः पढ़ें, उनकी समीक्षा करें, ताकि अवधारणाओं को पक्का किया जा सके। अभ्यास और लगातार समीक्षा गणित विषय में प्रदर्शन को सुधारने के सबसे अचूक और सुरक्षित तरीक़े हैं।

गणित के प्रति अपने भय पर विजय पाने के 3 चरण हैं - 1. अपने डर को स्वीकार करें 2. अपनी ग़लतियों से सीखें 3. अभ्यास, अभ्यास और अभ्यास करें।

–अज्ञात

7. ध्यान केंद्रित करें

बहुत से विद्यार्थी ध्यान केंद्रित करने में दिक़्क़त महसूस करते हैं। पहले तो उन्हें काम शुरू करने में ही मुश्किल होती है। कुछ को लगता है कि उन्हें और माहिर होना चाहिए। यह ज़रूरी है कि ध्यान केंद्रित करके तय समय का शत प्रतिशत उपयोग किया जाए। जहाँ तक संभव हो, बाहरी व्यवधानों को कम किया जाए और अंदरूनी व्यवधानों पर काम शुरू किया जाए।

एक समाचार पत्र में नोट्स लेने के बारे में मेरा आलेख प्रकाशित होने के तुरंत बाद कई विद्यार्थियों ने मुझसे एकाग्रता बढ़ाने पर कोई लेख लिखने का आग्रह किया। मुझे विश्वास है कि जो विद्यार्थी अकादमिक कठिनाइयों को दूर करते हुए विश्वविद्यालय तक पहुँचते हैं, वे चीज़ों को बदलने की अपनी क्षमता को प्रेरणा के रूप में परिभाषित करते हैं : आपको यहाँ तक पहुँचने की चाह होनी ही चाहिए। स्व-प्रेरणा की राह में आने वाली मुश्किलों से जूझने की रणनीतियों में साधारण लक्ष्य निर्धारण से लेकर स्वयं की सराहना तक शामिल हैं।

खाने, सोने और व्यायाम के लिए समय तय करें। ऐसा इसलिए कि ध्यान केंद्रित करने की योग्यता अच्छी नींद और पर्याप्त पोषक तत्वों के मिलने पर निर्भर करती है। इसी तरह, व्यायाम से स्वास्थ्य ठीक रहता है और हम अच्छा महसूस करते हैं। इन तीनों बातों का ध्यान रखने वाले विद्यार्थी अच्छे अंक प्राप्त करते हैं।

मिले हुए कार्य से संबंधित आलेखों और अन्य सामग्री में रुचि लेना और कार्य के उद्देश्यों को समझकर काम करना भी महत्त्वपूर्ण है। क्यों? क्योंकि जब दिए गए कामों से जुड़ाव महसूस न हो, तो लोग ऊबने लगते हैं। अतः आपको काम की प्रासंगिकता पैदा करनी होगी। ऐसा काम के बारे में दूसरों से बात करके और सामग्री को अपनी रुचि से जोड़कर किया जा सकता है। साथ ही, जब उदेश्य स्पष्ट हो और काम क्या है इसकी स्पष्टता हो, तो काम करना आसान हो जाता है।

जब मन में शंकाएँ और चिंताएँ घुमड़ रही हों, तो उन्हें लिख डालना अच्छा होता है। क्योंकि चिंता तो अतीत और भविष्य की होती है और आपको वर्तमान पर काम करना है। चिंताओं को लिख डालने से ही उनका ख़ात्मा होना शुरू हो जाता है।

कुछ महत्त्वपूर्ण बातें

1. पढ़ने के लिए किसी अलग जगह पर बैठें -

अ. ऐसी जगह की तलाश करें, जहाँ आप केवल पढ़ने के लिए निश्चिंत होकर बैठ सकें। जैसे- पुस्तकालय, ख़ाली कक्षाएँ, स्कूल या कॉलेज के शांत स्थान, घर में सोने का कमरा आदि।

ब. एक जगह को केवल पढ़ने के लिए आरक्षित कर दें। ऐसा करके आप ऐसी आदत डाल सकेंगे कि उस स्थान पर आते ही आप केवल पढ़ाई ही करें। अतः अपने पढ़ने के स्थान को किसी चर्चा, पत्र लिखने या अन्य कामों के लिए उपयोग में न लाएँ।

स. यह सुनिश्चित करें कि आपके पढ़ने के स्थान पर नीचे लिखी सहूलियतें हैं -

i. भरपूर प्रकाश हो

ii. हवादार हो

iii. आरामदायक कुर्सी हो, पर इतनी भी आरामदायक नहीं कि नींद आए

iv. एक इतनी लंबी-चौड़ी मेज़ हो कि आपकी चीज़ें रखी जा सकें

द. आपके पढ़ने के स्थान पर नीचे लिखी बातें नहीं हैं, यह भी सुनिश्चित करें -

i. ऐसी गतिविधियों का जायज़ा मिलना जिनमें आप हिस्सा लेना चाहें, जैसे : टीवी कार्यक्रम, पास के मैदान में चल रहा क्रिकेट मैच, जन्मदिन की पार्टी की तैयारी आदि

ii. टेलीफ़ोन और मोबाइल फ़ोन

iii. म्यूज़िक का साउंड बॉक्स

iv. टीवी

v. सहपाठी, दोस्त, बहन या भाई, जो आपसे या आपस में बातचीत करना चाहता हो

vi. खाने की बेहतरीन चीज़ों से भरा हुआ फ्रिज

2. अपने काम को छोटे-छोटे, कम अवधि के लक्ष्यों में विभाजित करें -

अ. अपने लिए भारी-भरकम और असंभव-से दिखने वाले लक्ष्य तय न करें, जैसे- मैं शनिवार को पूरे दिन पढ़ाई करूँगा। यह आप भी जानते हैं कि ऐसा करना संभव नहीं होगा, अतः ऐसे लक्ष्य तय करके आप केवल अपनी असफलता और असंतोष का मार्ग प्रशस्त कर रहे हैं।

ब. पढ़ाई के लिए तय किया गया समय केवल पढ़ाई में ही ख़र्च करें और तय लक्ष्यों तक पहुँचने का प्रयास करें। (उदाहरण के लिए : पाठ 7 के तीसरे हिस्से का वाचन पूरा करना या गणित के सवाल हल करना या अँग्रेज़ी के गृहकार्य का पहला ड्राफ़्ट लिखना आदि)।

स. जब पढ़ने के लिए बैठें, तो पढ़ाई शुरू करने से पहले अपने लिए लक्ष्य तय कर लें।

ऐसे लक्ष्य चुनें, जिन्हें आप पूरा कर सकें। हो सकता है कि आप तय लक्ष्य से ज़्यादा भी कर लें, मगर एक ठीकठाक लक्ष्य तय करें। और हाँ, प्रतिदिन लक्ष्य पूरा कर लेने के बाद अपनी पीठ थपथपाना न भूलें।

कृपया इस स्टाइल को नोट कर लें - 'रूपरेखा' कही जाने वाली बात नोट लिखने का प्रभावी तरीक़ा है!

एकाग्रता के तीन आयाम हैं - ध्यान केंद्रण, प्रसार और दिशा।

–अज्ञात

8. परीक्षा देने का कौशल

यह स्वीकार करना आवश्यक है कि परीक्षाएँ जीवन का हिस्सा हैं। जीवन के हर हिस्से में आपको कोई न कोई परीक्षा देनी है। स्कूल की परीक्षा के बाद कॉलेज की परीक्षा, फिर नौकरी के लिए परीक्षा, फिर पदोन्नति के लिए... जब परीक्षा जीवन का अभिन्न अंग है, तो क्यों न कुछ ऐसे कौशल सीख लिए जाएँ जो हमें लंबे समय तक मदद करें?

परीक्षा के लिए पढ़ना और लिखना अर्जित की हुई तकनीकें या कौशल हैं। परीक्षा के लिए पढ़ना कैसे है, इसे एक कौशल के रूप में शायद ही स्कूल में पढ़ाया जाता हो। बेहद प्रतिभाशाली विद्यार्थियों के लिए भी परीक्षा के नाम से चिंतित होना, डरना स्वाभाविक है। इस ऊर्जा का उपयोग स्वयं को प्रेरित करने के लिए करें। यदि आपका दिमाग़ नकारात्मक विचारों से घिरा रहेगा, तो आपके विचार भी अतिवादी हो जाएँगे और एकाग्रता को भंग करेंगे। इन विचारों के द्वारा आप ऐसे घातक अनुमान लगाए जा रहे होते हैं, जिन्हें वास्तव में चुनौती दी जानी चाहिए, ख़ारिज या अनदेखा किया जाना चाहिए।

यदि आपके आसपास का माहौल ख़ुशनुमा और व्यवस्थित हो, तो इससे मदद मिलती है। अपनी पढ़ाई के घंटों को छोटे-छोटे कालखंडों में बाँटें और बीच-बीच में अंतराल लेते रहें। एक बार में 90 मिनट से अधिक समय तक पढ़ाई न करें। यह समय ख़त्म हो जाने के बाद बिस्किट या पेय पदार्थ जैसा कुछ लें।

परीक्षा से पहले की पढ़ाई करते समय चयन पर ध्यान दें। इस समय आप पूरी पुस्तक नहीं पढ़ सकते, अतः ख़ास हिस्सों को पढ़कर उनके नोट्स बनाएँ। इस सबके साथ परीक्षा को एक ऐसे खेल के समान मानें, जिसमें आप अवश्य जीतना चाहते हैं। और यदि व्यवस्थित रूप से तैयारी की जाए व परीक्षा का सामना करने का साहस जुटाया जाए, तो जीत हासिल करना संभव है।

ख़ुद को परीक्षा के लिए तैयार करें

1. *जायज़ा लें :* अपनी क्षमताओं और कमज़ोरियों का जायज़ा लें, ताकि आपको यह पता चल सके कि किस क्षेत्र में काम करना है। ऐसे कई क्षेत्र हो सकते हैं, जिन पर अतिरिक्त काम करने की आवश्यकता महसूस हो। पुराने प्रश्नपत्रों को भी देखें, ताकि आपको अपनी तैयारी का अनुमान हो सके और किस पर काम करना बाक़ी है, यह भी पता चल सके।
2. *पुनरावृत्ति की तालिका बनाएँ :* हर दिन किस विषय का और कितनी देर अभ्यास करेंगे, इसकी तालिका बनाएँ। बीच में कुछ समय रिक्त छोड़ें, कुछ ढील रखें। अपनी समय सारणी को दीवार पर लगाएँ।
3. *अपने नोट्स को संक्षिप्त करें :* बड़े काग़ज़ पर बिंदुवार बॉल पेन या स्केच पेन से हाईलाइट करते हुए नोट्स बनाएँ। इन्हें इस तरह लगाएँ कि इनके प्रमुख विचार एक इंडेक्स कार्ड पर लिखे हों, ताकि परीक्षा देने के लिए जाते समय आप इन्हें एक नज़र देख सकें।
4. *दोहराने की अवधि तय करें :* यदि आप दोहराने की अवधि में अंतराल बढ़ाते जाते हैं, तो आप ज़्यादा सीखते हैं। अपने नोट्स पढ़ने के बाद उनका रिव्यू करें, उसके बाद उन्हें अगले दिन ही देखें और फिर दो दिन बाद। एक पाठ की पुनरावृत्ति के बीच का अंतराल बढ़ाएँ, मगर उन पर ख़र्च किया गया समय कम करते जाएँ।

परीक्षा के दिन

अपना दिन इस भावना के साथ शुरू करें कि आप सबसे बेहतर हैं। पौष्टिक और हल्का आहार लें। शांत रहें। अब इस समय नया कुछ नहीं सीखा जा सकता, अतः संक्षिप्त नोट्स पर ही ध्यान केंद्रित करें। बल्कि अच्छा यही होगा कि नोट्स को इस समय न देखें। परीक्षा कक्ष में बेहतर प्रदर्शन के लिए अपने आप को शांत और एकाग्रचित्त स्थिति में लाएँ। परीक्षा कक्ष में ले जाने वाली सामग्री, जैसे- प्रवेश पत्र, स्टेशनरी सामान आदि की तैयारी एक रात पहले ही कर लें। यदि परीक्षा केंद्र स्कूल के अलावा किसी अन्य स्थान पर है, तो उसका पता लगा लें और आप वहाँ कैसे, किस साधन से जाएँगे, यह भी तय कर लें।

यदि आप अपने शहर से बाहर परीक्षा देने जा रहे हैं, तो परीक्षा केंद्र का पता लगा लें, साथ ही अपने शहर से दूसरे शहर और वहाँ से परीक्षा केंद्र तक की अपनी यात्रा की व्यवस्थित योजना बनाएँ।

परीक्षा से पहले दिए जा रहे निर्देशों को ध्यान से सुनें। उनमें यह भी शामिल होगा कि उत्तर देने का सही तरीक़ा क्या है। साथ ही पानी, शौचालय आदि की व्यवस्था से जुड़े निर्देश भी होंगे।

परीक्षा का प्रश्नपत्र हाथ में या स्क्रीन पर आने पर

प्रश्नों को सावधानी से पढ़ें। उसके बाद उत्तर लिखने की तैयारी करें।

पूरे प्रश्नपत्र को बहुत ध्यान से पढ़ें। सारे निर्देश स्पष्ट हैं, यह सुनिश्चित करें। यदि कोई बात साफ़ नहीं है, तो उसके बारे में पूछें। विवरणात्मक प्रश्न लिखते समय क्रमांक डालने के लिए हाशिए का उपयोग करें। समय की योजना बनाएँ। पहले वे प्रश्न हल करें, जो आपको सरल प्रतीत हो रहे हों। जब बहु विकल्पीय और निबंधात्मक उत्तर वाले, सभी तरह के प्रश्न हों तो पहले बहुविकल्पीय प्रश्न हल करें।

परीक्षा में अंतिम पंद्रह मिनट उत्तर पुस्तिका पढ़ने और अपने लिखे हुए उत्तरों को जाँचने के लिए रखें। लघु उत्तरीय और निबंधात्मक प्रश्नों में वर्तनी और स्पष्टता की जाँच करें, जबकि बहुविकल्पीय प्रश्नों के विकल्पों की जाँच करें। यदि इनमें कोई प्रश्न छोड़ा है, तो उसे भी एक बार देख लें।

लिखे गए की जाँच करना बेहद आवश्यक है। समय समाप्ति या लिखना बंद करने की घोषणा होने तक किसी प्रश्न का उत्तर लिखते रहना परीक्षा परिणाम के लिहाज़ से नुक़सानदेह हो सकता है।

ऑनलाइन परीक्षाएँ

ऑनलाइन परीक्षाएँ दोहरी चुनौती उपस्थित करती हैं। ये विषय के ज्ञान के साथ-साथ आप कंप्यूटर पर काम करने के कितने अभ्यस्त हैं, इसकी भी जाँच करती हैं। ऑनलाइन उपलब्ध प्रश्नपत्रों को हल करने का अभ्यास करें। इस तरह की तैयारी आपको आज की आधुनिक परीक्षा प्रणाली के साथ अभ्यस्त होने में सहायता करेगी।

करने योग्य बातें

1. अंतिम समय की दुविधा से बचने के लिए ऑनलाइन मॉक टेस्ट के प्रश्नपत्र पहले से ढूँढ़कर रखें। इसके निर्देश हमेशा संस्था की वेबसाइट पर या नौकरी के विज्ञापन के साथ उल्लेखित रहते हैं।
2. परीक्षा कक्ष में नियत समय से आधा घंटा पहले पहुँचें।

3. स्क्रीन में कोई तकनीकी ख़राबी महसूस होने पर परीक्षा कक्ष में तैनात पर्यवेक्षक को सूचित करें।
4. अपने उत्तरों के प्रति आश्वस्त होने के बाद ही उन्हें अंकित करें। कई ऑनलाइन परीक्षाओं में पीछे जाकर उत्तर जाँचना या पीछे छूटे हुए प्रश्नों को बाद में हल करना स्वीकार्य नहीं होता। बहुविकल्पीय प्रश्नों के उत्तर देते समय नकारात्मक अंक देने की व्यवस्था का ध्यान रखें।

क्या न करें

1. परीक्षा देते वक़्त निर्दिष्ट स्थान के अलावा स्क्रीन पर कहीं और क्लिक न करें, न ही अन्य बटन दबाएँ। इससे आपकी स्क्रीन लॉक हो सकती है, जिससे आपका समय नष्ट हो सकता है।
2. यदि आपका कंप्यूटर ठीक से काम न कर रहा हो, तो उसे ठीक करने में समय ज़ाया न करें। तुरंत पर्यवेक्षक को सूचित करें और अपनी दिक़्क़त के बारे में साफ़-साफ़ बताएँ।

परीक्षा केवल आपके अकादमिक/प्रायोगिक ज्ञान की ही जाँच नहीं होती, बल्कि आपके धैर्य, स्थिरता और साहस का भी परीक्षण होती है।

—अमित कक्कड़

9. स्कूल में होने वाली प्रताड़ना से निबटना

गर्मी की छुट्टियाँ बीतते-बीतते जहाँ अधिकांश विद्यार्थी स्कूल खुलने का बेसब्री से इंतज़ार करने लगते हैं, वहीं कुछ ऐसे भी होते हैं जिन्हें अपने दोस्तों से मिलने की ख़ुशी के बजाय कक्षा में प्रताड़ना का डर सता रहा होता है। विद्यार्थियों में उपजा यह डर स्कूल जाने के प्रति सारे उत्साह, मज़े और सीखने की इच्छा को ख़त्म कर देता है।

प्रताड़ना या बुलीइंग कई बच्चों और किशोरों के लिए एक आम अनुभव है। अध्ययन बताते हैं कि स्कूल जाने वाले बच्चों में से आधे प्रताड़ना का शिकार होते हैं और उनमें से 10 प्रतिशत बच्चे नियमित रूप से इसके शिकार बनते हैं।

प्रताड़ना शारीरिक और मानसिक, दोनों तरह की हो सकती है। लड़के शारीरिक रूप से प्रताड़ित करते हैं, यह ध्यान दिए बिना कि उनका शिकार लड़का है या लड़की। लड़कियों द्वारा दी जाने वाली प्रताड़ना ज़्यादातर मौखिक होती है और उनका शिकार भी लड़कियाँ ही होती हैं।

जो बच्चे धौंस, धमकी या प्रताड़ना की इस यातना से गुज़रते हैं, उनके

सामाजिक और भावनात्मक विकास पर इसका असर पड़ सकता है, साथ ही इससे स्कूल में उनका प्रदर्शन भी ख़राब हो सकता है। यहाँ तक कि कुछ बच्चे तो इस प्रताड़ना और तकलीफ़ से बचने के लिए आत्महत्या भी कर लेते हैं।

जो बच्चे या किशोर दूसरों को प्रताड़ित करते हैं, उनका उद्देश्य लोगों पर नियंत्रण करना और उन पर अपनी श्रेष्ठता थोपना होता है। ऐसा करने वाले बच्चे स्वयं भी घर या स्कूल की किसी घटना से गुस्सा, आहत या निराश हो सकते हैं। प्रताड़ित किए जाने वाले बच्चे भी ख़ास श्रेणी में आने वाले बच्चे ही होते हैं। इसके लिए ऐसे ही बच्चों को चुना जाता है, जो थोड़े निष्क्रिय हैं, जिनके दोस्तों की संख्या कम है और जो आसानी से अपमानित किए जा सकते हैं। इसके अलावा, आयु में छोटे बच्चों को भी इसका निशाना बनाया जाता है और उन्हें अपने बचाव के लिए बहुत कठिनाई उठानी पड़ती है।

यदि आपको शक है कि आपका बच्चा दूसरों को परेशान करता है, तो जितनी जल्दी हो सके यह आदत छुड़वाने के लिए मदद का इंतज़ाम करें। यदि इसमें दख़ल न दिया जाए, तो यह प्रताड़ना गंभीर अकादमिक, सामाजिक, भावनात्मक और वैधानिक परेशानियों में बदल सकती है। अपने बच्चे के शिक्षकों, प्राचार्य और काउंसलर से बात करें। इसके बाद भी यदि प्रताड़ना थमती नहीं है, तो किसी मनोचिकित्सक द्वारा स्थिति का विश्लेषण किया जाना आवश्यक हो जाता है। यह आकलन आपके बच्चे द्वारा दूसरों को परेशान किए जाने की भावना के पीछे छिपे कारण स्पष्ट करेगा और बच्चे के विध्वंसात्मक व्यवहार को बदलने की योजना बनाने में भी मददगार होगा।

इसके विपरीत, यदि आपको ऐसा लगता है कि आपके बच्चे को प्रताड़ित किया जा रहा है, तो उससे पूछें कि स्कूल में क्या चल रहा है। इसके लिए आप उसे अवसर उपलब्ध करा सकते हैं, जहाँ वह खुलकर और ईमानदारी से अपनी परेशानी आपसे कह सके।

अक्सर वही बच्चे प्रताड़ना का शिकार होते हैं, जो हमेशा चिंतित रहते हैं या जिनमें आत्मविश्वास का अभाव होता है और जो ख़ुद को कक्षा के माहौल के अनुरूप ढालने में दिक़्क़त महसूस करते हैं। ऐसे में, दोस्तों के साथ छोटे-छोटे कार्यक्रम आयोजित करके या बच्चे को अपने दोस्तों को घर बुलाने के लिए प्रोत्साहित करके उसमें आत्मविश्वास भरा जा सकता है। बच्चों की बात का उत्तर सकारात्मक, सहयोगी और शांतिपूर्ण तरीक़े से दिया जाना भी महत्त्वपूर्ण है। आपके बच्चे को यह एहसास होना चाहिए कि उसके साथ घटने वाली घटनाओं के लिए वह ज़िम्मेदार नहीं है और उसने अपनी प्रताड़ना के बारे में आपको बताकर कोई ग़लती नहीं की है।

कैसे मदद करें

अपने बच्चों से पूछें कि इस स्थिति में उनके मुताबिक़ क्या किया जाना चाहिए? उन्होंने किस तरह के प्रयास कर लिए हैं? कौन-से प्रयास उपयोगी रहे और कौन से नहीं?

- ✓ अपने बच्चे के शिक्षक से या स्कूल के प्राचार्य से मदद माँगें। प्रताड़ना की अधिकतर घटनाएँ खेल के मैदान में, आधी छुट्टी के दौरान, बाथरूम में, स्कूल बस में या कक्षा में शिक्षक के न होने की स्थिति में घटती हैं।
- ✓ अपने बच्चे को पलटकर जवाब देने या लड़ने के लिए न उकसाएँ। उसे यही सलाह दें कि ऐसी स्थिति निर्मित होने पर बेहतर होगा कि वह वहाँ से हट जाए। अगर यह संभव न हो, तो वह शिक्षक, खेल प्रशिक्षक या अन्य बड़े विद्यार्थियों से मदद माँगे।
- ✓ प्रताड़ित करने वाले बच्चों से किस तरह बात की जाए, यह भी अपने बच्चे को सिखाएँ, ताकि वह आगे के लिए तैयार रहे।
- ✓ अपने बच्चे को दृढ़ता से अपनी बात रखना सिखाएँ। प्रताड़ित करने वाले बच्चे से केवल यह कहने भर से कि उसे अकेला छोड़ दिया जाए, आश्चर्यजनक परिणाम दे सकता है। अपने बच्चे को समझाएँ कि परेशान करने वाले बच्चे का एकमात्र उद्देश्य प्रतिक्रिया प्राप्त करना है।
- ✓ अपने बच्चे को प्रोत्सहित करें कि स्कूल से आते-जाते समय और अन्य स्थानों पर जाते समय वह अपने दोस्तों के साथ जाए, यानी समूह में रहे। प्रताड़ित करने की मंशा रखने वाले बच्चे सामान्यतः समूह में जा रहे बच्चों को निशाना कम ही बनाते हैं।

यदि आपका बच्चा परेशान है, स्कूल जाने के प्रति अनिच्छा और अरुचि रखने लगा है, तो इस बारे में उससे और उसके कक्षा शिक्षक से चर्चा करें। जब बच्चे के अकादमिक प्रदर्शन में गिरावट दिखाई दे, उस समय भी अतिरिक्त ध्यान एवं बातचीत की आवश्यकता पड़ सकती है। एक पेशेवर मनोचिकित्सक या मानसिक स्वास्थ्य समस्याओं का जानकार इस तरह की प्रताड़ना से निबटने और स्कूल के प्रति रुचि विकसित करने में बच्चे की मदद कर सकता है।

> *कुछ लोग तब तक ख़ुश नहीं होते, जब तक कि वे आपको ज़मीन पर गिरा न दें। ऐसी स्थिति में आपको पैरों पर दृढ़ता से टिके रहने का साहस जुटाना है। उन्हें ऐसा मौक़ा ही न दें। अपनी पूरी ताक़त लगा दें और छोड़ें नहीं।*
>
> -डोना शोएनरॉक

10. मोबाइल फ़ोन के बुनियादी शिष्टाचार

आजकल अधिकांश लोगों के पास मोबाइल फ़ोन होते हैं। और तो और, इनके बिना ज़िंदगी कैसी होगी, आज इसकी कल्पना तक नहीं की जा सकती। हालाँकि लोग मोबाइल फ़ोन इस्तेमाल करने वालों की शिकायत भी करते हैं कि वे निजी बातों के बारे में सार्वजानिक स्थानों पर तेज़ आवाज़ में चर्चा करते हैं। यह भी शिकायत है कि सिनेमा हॉल में और सांस्कृतिक कार्यक्रमों के दौरान भी मोबाइल बजते रहते हैं। यह भी आम शिकायत है कि लोग फ़ोन पर बात करने के चक्कर में गाड़ी चलाने पर पूरा ध्यान नहीं देते।

मोबाइल फ़ोन इस्तेमाल के क़ायदे

निजी दायरे का सम्मान करें - दूसरों के निजी दायरे का सम्मान करते हुए फ़ोन पर बात करते समय पास बैठे व्यक्ति से कम-से-कम दस फ़ीट की दूरी पर रहें। अच्छा होगा कि एकांत स्थानों पर ही बात करें। किसी ऐसे स्थान पर फ़ोन पर बात न करें, जहाँ लोग आपकी बातचीत सुनने के लिए बाध्य हों, जैसे- लिफ़्ट या बस में।

फ़ोन बंद रखें - आपको यह पता होना चाहिए कि फ़ोन को कब बंद रखना है, जैसे- कक्षा, मीटिंग, सिनेमा, पूजा स्थल, अंतिम यात्रा आदि में। जब आप फ़ोन रिसीव कर सकने की स्थिति में हैं, मगर दूसरों को परेशान नहीं करना चाहते, तो इसे वाइब्रेशन पर रखें।

संक्षिप्त बात करें - जब आप अपने दोस्तों या किसी और के साथ हैं, तो फ़ोन की बातचीत को संक्षिप्त रखें। क्योंकि आप जहाँ उपस्थित हैं, भले ही दफ़्तर के काम से हों या परिवार के साथ ख़ाली समय में, उसका भी कोई उद्देश्य है। अतः मोबाइल को अपने उस अनुभव में बाधा न बनने दें।

अनुमति लें - किसी बैठक से पहले यह अनुमति लेना कि आपको एक महत्त्वपूर्ण फ़ोन आने वाला है जिसे आपको उठाना है, सही शिष्टाचार है।

विनम्र रहें - मोबाइल फ़ोन सामान्य फ़ोन की अपेक्षा अधिक ध्वनि संवेदी होते हैं। अतः आपको ज़ोर लगाकर बोलने की आवश्यकता नहीं होती। यदि कनेक्टिविटी कम है, तो लाख चिल्लाने पर भी आपकी आवाज़ सामने वाले को सुनाई नहीं देगी।

आमने-सामने बात करने को प्रधानता दें - जब आप किसी से बात कर रहे हों, तो उस समय फ़ोन कॉल को महत्त्व न दें। आपके सामने बैठे व्यक्ति आपका ध्यान चाहते हैं। उन्हें प्राथमिकता दें। यदि आप उस व्यक्ति के सामने फ़ोन पर बात करते हैं, तो ऐसा करके आप यह दर्शा रहे होते हैं कि सामने बैठा व्यक्ति आपके लिए

कम महत्त्व का है। इससे बचने का सबसे अच्छा तरीक़ा फ़ोन करने वाले व्यक्ति से यह कहना है कि फ़ुर्सत मिलते ही आप उसे दुबारा कॉल करेंगे।

दूसरों का ध्यान भंग न करें - ऐसे स्थान पर बात करने से बचें, जहाँ आपकी बातचीत से दूसरों का ध्यान भंग होने का ख़तरा हो।

ड्राइव करते समय मोबाइल फ़ोन पर बात न करें - ड्राइव करते समय फ़ोन पर बात करना न केवल ख़तरनाक होता है, बल्कि क़ानून के ख़िलाफ़ भी है। गाड़ी चलाते समय भले ही आप फ़ोन स्पीकर पर रखकर बात करते हों, मगर सुरक्षा के दृष्टि से यह भी ख़तरनाक है। इसके बजाय गाड़ी सड़क के किनारे खड़ी करके बात करना अधिक उचित है। ऐसे समय में संक्षिप्त बात करते हुए विस्तृत बातचीत के लिए अन्य समय तय कर लेना ठीक होता है।

मोबाइल फ़ोन की रिंगटोन का चुनाव सावधानी से करें - नई-नई रिंगटोन का चुनाव करते समय सावधानी बरतें। जितनी बार भी आपका मोबाइल फ़ोन बजेगा, हर कोई ब्रिटनी स्पीयर्स की धुन या बीथोवन का गीत रिंगटोन के रूप में सुनना शायद पसंद न करे। सामूहिक स्थलों पर अपने फ़ोन को वाइब्रेशन पर रखें। अपने बारे में दूसरों की प्रतिक्रिया जानना और उसका लिहाज़ रखना महत्त्वपूर्ण है।

> *घर पर भी फ़ोन का उपयोग समझदारी से ही करें और 'भोजन के समय फ़ोन को दूर रखा जाएगा,' इस नियम का पालन करें।*
>
> -क्रिस्टीना देसमारेस

11. पालतू पशु-पक्षियों की मृत्यु की स्थिति का सामना करना

बरसों से हमारे घरों में कोई न कोई जानवर पाला जाता रहा है। मैं उन दिनों को याद करता हूँ, जब मेरा कुत्ता सर्दी की सुबह भी मेरे साथ बस स्टॉप पर आया करता था। घर में ही पाला गया गुस्सैल मुर्ग़ा मुझे मुर्ग़ियों के अंडे इकट्ठे नहीं करने देता था और मेरे दोस्तों को भी घर से भगाकर ही दम लेता था। इसके अलावा, एक तोता था जो कॉलोनी भर में मेरे साथ-साथ मेरे सिर पर मँडराता रहता था और हर शाम चुपचाप अपने पिंजरे में चला जाता था। फ़िलहाल मेरे पास ज़ूबी नाम का सॉसेज के आकार का छोटा-सा कुत्ता है, जिसे देखकर बच्चे हैरान होते हैं कि वह कुत्ता है या बिल्ली है।

यदि आपके घर में भी कोई पालतू पशु या पक्षी है, तो आपको पता ही होगा कि वे सच्चे दोस्त का काम कर सकते हैं। फिर भी उनसे स्नेह और लगाव की भावना के साथ-साथ हमें यह भी एहसास होता है कि इंसानों की तरह ही जानवर भी कभी-न-कभी अधिक आयु, बीमारी या किसी दुर्घटना के चलते मृत्यु का ग्रास बनते हैं।

जब पालतू पशु-पक्षी की मौत होती है, तो भावनाओं को क़ाबू में करना बड़ा कठिन हो जाता है। आप दुख को तो स्वीकार कर लेते हैं, मगर इसके अलावा भी कई भावनाएँ होती हैं। उदाहरण के लिए, जब आपके दोस्त यह न समझ पा रहे हों कि आपका पालतू आपके लिए क्या मायने रखता था, तो इस पर आपको गुस्सा आ सकता है या शायद आपको अपराधी-सा महसूस हो सकता है कि आप अपने पालतू के मरने के पहले उसके साथ अधिक समय न बिता सके। किसी पालतू के मरने पर कई तरह की भावनाओं का उमड़ना-घुमड़ना बहुत सामान्य बात है।

दुख से निबटने के तरीक़े

कई लोगों के लिए पालतू की मौत, किसी की मृत्यु को क़रीब से देखने का पहला अनुभव होती है। ऐसे में, अपनी भावनाओं को जानना-पहचानना बड़ा मददगार साबित हो सकता है। अपने दुख के बारे में बात करना हक़ीक़त का सामना करने का एक तरीक़ा हो सकता है और इसी के चलते लोग किसी के अंतिम संस्कार के बाद एकत्रित होते हैं और मृतक के बारे में अपनी यादें साझा करते हैं। अपने दुख को मित्रों और परिवार के लोगों के साथ बाँटने से आपको बेहतर महसूस करने में मदद मिल सकती है।

अपनी भावनाओं और विचारों को अभिव्यक्त करने के और भी तरीक़े हैं। उन्हें किसी डायरी में लिख लेना कई लोगों के लिए लाभदायक साबित होता है। अपने पालतू के बारे में कोई कहानी या कविता भी लिखी जा सकती है, चित्र बनाया जा सकता है या तस्वीरों का कोलाज बनाया जा सकता है। कुछ लोग अपने पालतू की स्मृति में सहायता निधि बनाते हैं या पौधे लगाते हैं। ये सारे तरीक़े आपको अपने पालतू की मधुर स्मृतियों को जीवित रखने में मदद कर सकते हैं।

बच्चों को दुख का सामना करने में मदद करना

अधिकांश बच्चों के लिए उनके पालतू, परिवार द्वारा पाले गए पशु या पक्षी भर नहीं होते। वे परिवार के सदस्यों की तरह माने जाते हैं। कई बार तो उन्हें सबसे अच्छे दोस्तों का दर्जा दिया जाता है। और क्यों न हो, पालतू सुबह-सवेरे सबसे पहले और स्कूल से आने के बाद बच्चों का स्वागत करते हैं, उनके पास दौड़े चले जाते हैं। आपके पालतू आपके बच्चों के लिए सुकून के अमूल्य स्रोत हैं। पालतू उन्हें प्यार और सहयोग प्रदान करते हैं, विशेषतः तब जब वे दुख या निराशा की अवस्था में या बीमार होते हैं।

पालतू की मृत्यु के बाद सबसे कठिन होता है उसके न होने की बुरी ख़बर बच्चों तक पहुँचाना। कोशिश करें कि यह सूचना आप स्वयं बच्चे को दें और ऐसे स्थान पर दें, जहाँ बच्चा सुरक्षित और सहज महसूस करे और अधिक विचलित

न हो। यदि पालतू की मृत्यु अचानक ही हुई हो, तो शांति से बताएँ कि घटना कैसे घटी। संक्षेप में बात कहें और बच्चों के प्रश्नों के अनुसार ही अपनी बात को विस्तार दें।

पालतू को खोने से हुए दुख को छिपाने के लिए स्वयं को मजबूर महसूस न करें। अपनी भावनाओं को व्यक्त करें। जब आप इसके बारे में खुलकर बात करते हैं, तो ऐसा करके आप बच्चों के सामने उदाहरण प्रस्तुत कर रहे होते हैं। आप उन्हें दिखाते हैं कि अपने प्रियजनों को खोने के बाद दुख मनाना, बात करना या रोना कोई बुरी बात नहीं है। और इससे बच्चों को भी ढाँढस मिलता है कि कोई और भी उनके दुख में शमिल है। जब आप बच्चे या युवा थे, उस समय अपने पास रहे पालतू पशु/पक्षी की कहानियाँ सुनाएँ, उनके खोने की बातें साझा करें।

सबसे महत्त्वपूर्ण यह कि अपने पालतू के बारे में बार-बार और प्यार से बातचीत करें। अपने बच्चों को यह जानने दें कि पालतू को खोने का दुख धीरे-धीरे दूर हो जाएगा और ख़ुशनुमा स्मृतियाँ हमेशा बनी रहेंगी। सही समय आने पर आप दूसरा पालतू लाने का विचार भी कर सकते हैं। यह पहले का विकल्प नहीं होगा, मगर परिवार में एक नए दोस्त का स्वागत करने की पहल होगी।

जानवर ऐसे दोस्त होते हैं, जो हमेशा हमसे सहमत रहते हैं। वे कोई प्रश्न नहीं पूछते, किसी तरह की कोई आलोचना नहीं करते।

–जॉर्ज इलियट

12. विद्यार्थी और टालमटोल

टालमटोल या देर करना सामान्यतः समय प्रबंधन की दिक़्क़त है। हरेक व्यक्ति एक हद तक काम को टालता है, विलंब करता है, मगर यह समस्या सिर पर आ खड़ी परीक्षा के समय में और भी गंभीर रूप ले लेती है।

- परीक्षा के समय बहुत सारा पढ़ना होता है। भले ही आप कितना भी समय पढ़ने में बिताएँ, समय कम ही पड़ता है और उतने समय में सबकुछ पढ़ पाना असंभव ही लगता है।
- इसके अलावा पढ़ाई से ज़्यादा रुचिकर ऐसी कई चीज़ें होती हैं, जो आपको लुभाती हैं।
- एक सप्ताह में कई गतिविधियाँ होती हैं, जिन्हें सीमित समय में ख़त्म किया जाना होता है। ऐसे में, पढ़ाई अक्सर प्राथमिकता सूची में सबसे निचले पायदान पर आ जाती है।
- आप परीक्षा में कम अंक मिलने की चिंता और आशंका से इस क़दर

ग्रस्त हो जाते हैं कि आपका अधिकांश समय पढ़ाई के बजाय इस चिंता में बीतता है कि परीक्षा में क्या होगा।

इन स्थितियों को देखते हुए यह समझना मुश्किल नहीं है कि विलंब होना या टालमटोल करना विद्यार्थियों की एक सामान्य समस्या क्यों है। इस स्थिति पर नियंत्रण करने के लिए कुछ रणनीतियों को सीखकर तनाव और चिंता को कम किया जा सकता है। समय के सही प्रबंधन से आशय कठोर परिश्रम करना या ज़्यादा काम करना हरगिज़ नहीं है। इसका मतलब होता है काम को होशियारी से करना।

विलंब या टालमटोल की समस्या से कैसे पार पाया जाए

यथार्थवादी लक्ष्य तय करें - विलंब का एक सामान्य कारण एक ही गतिविधि में लगातार लंबे समय तक लगे रहना भी होता है। एक ही बैठक में तीन घंटे में पचास पृष्ठ पढ़ने की योजना बनाने के बजाय तीन दिन एक-एक घंटे में दस-दस पृष्ठ पढ़ने की योजना अधिक कारगर साबित होगी।

अधिक कठिन या उबाऊ लगने वाले विषयों की पढ़ाई के समय यह महत्त्वपूर्ण है। यदि आप एक सप्ताह तक लगातार एक ही विषय पढ़ने की योजना बनाने के बजाय इन पर रोज़ 30 से 60 मिनट भी देते हैं, तो जल्द-से-जल्द काम समाप्त करने की स्थिति में आ जाएँगे।

काम और खेल की योजना बनाना

खेलना भी काम का ही हिस्सा है। पढ़ाई में बीच-बीच में अंतराल रखना दिमाग़ को तरोताज़ा बनाने के लिए आवश्यक है। आपको ऐसी कार्ययोजना की बनाने की आवश्यकता है, जिसमें जॉगिंग, तेज़ी से चलना या शरीर को सक्रिय बनाने वाला कोई खेल शामिल हो। योजना वह शब्द है, जो सामान्यतः टालमटोली करने वालों की शब्दावली में शामिल नहीं होता।

योजना बनाने का अर्थ एक कठोर और व्यापक समय सारणी बनाना नहीं है, मगर इसे बनाने में कुछ कौशल और समझदारी भरे निर्णयों का होना आवश्यक है। समय का सही तरह से नियोजन करना संभवतः विलंब या टालमटोल को दूर करने का अकेला और प्रभावी तरीक़ा है। पढ़ाई का खेल के साथ संतुलन बनाए रखना आपको सही रास्ते पर रहने में मदद करेगा।

काम को छोटे-छोटे टुकड़ों में तोड़ना

छोटे-छोटे क़दमों से रास्ता आसानी से तय हो जाता है। टालमटोल की प्रवृत्ति तब जन्म लेती है, जब काम कठिन, नीरस और अधिक श्रम वाला लगता है। इससे बचने के लिए, मिले हुए काम को छोटे-छोटे टुकड़ों में तोड़ा जा सकता है। जैसे ही आपको

कठिन लक्ष्य मिलता है, इस पर काम करने के लिए हर दिन 10 से 15 मिनट का समय तय कीजिए और इस काम के लिए पूरा सप्ताह दीजिए। सप्ताह के अंत तक आप इस काम के लिए एक घंटा दे चुके होंगे।

तब संभवतः आपको एहसास हो कि यह काम उतना डरावना नहीं है, जितना दिखाई दे रहा था। लगातार लंबे समय तक पढ़ने के बजाय थोड़े-थोड़े समय अंतराल में पढ़ना ज़्यादा लाभ देता है। मसलन, यदि आप 60 मिनट लगातार पढ़ते हैं और फिर बीच में 10-10 मिनट का अवकाश लेते हैं, तो इससे आप ज़्यादा पढ़ पाएँगे, बनिस्बत इसके कि आप लगातार 2 से 3 घंटे लगातार बिना किसी अंतराल के पढ़ें। अपना काम पूरा कर लेने के बाद अपने आप को शाबाशी देना न भूलें।

अपने आसपास के माहौल में परिवर्तन करें

आपको शांति का एक टुकड़ा चाहिए। काम करते समय ध्यान भंग न हो या कम-से-कम हो, इसका ध्यान रखें। कमरे में पर्याप्त प्रकाश सुनिश्चित करें। ज़रूरी वस्तुओं को लेने-वापस रखने के लिए बार-बार न उठें।

पढ़ते समय बहुत आराम की स्थिति में न रहें। एक टेबल और सीधी पीठ वाली कुर्सी बढ़िया रहती है। बिस्तर पर लेटकर पढ़ना बिलकुल भी अच्छा तरीक़ा नहीं है। अपनी कुर्सी पर थोड़ी देर शांति से बैठें। इससे दिवास्वप्न देखना कम हो जाएगा।

टालमटोल की प्रवृत्ति को यदि समय रहते नियंत्रित न किया गया, तो यह हमारे पूरे जीवन को अपने नियंत्रण में कर लेती है। कितने ही लोग इसके नियंत्रण में आ जाते हैं और कहते हैं, 'मैं आलसी हूँ' और समझते हैं कि इतना कह देना काफ़ी है। वास्तविकता में, आलस्य टालमटोल के हावी हो जाने का ही परिणाम होता है। टालमटोल के इस दुष्चक्र को तोड़ने में काफ़ी मेहनत लगती है, मगर परिणाम मनोनुकूल ही मिलते हैं।

टालमटोली समय को चुरा ले जाती है।

-एडवर्ड यंग

13. सामाजिक चिंता से पार पाना

'सभी मेरी तरफ़ ही टकटकी लगाए देख रहे हैं।' 'मैं यहाँ के लिए सही नहीं हूँ।' 'मेरे पास कहने के लिए कुछ नहीं है।' 'लोगों को पता चल जाएगा कि मैं कितना घबराया हुआ हूँ।' 'मैं मूर्खों के समान दिखाई दे रहा हूँ।'

क्या आपको भी इस तरह के विचार आते हैं और उनसे तकलीफ़ होती है?

वास्तव में कभी-न-कभी हम सभी इस तरह की स्थिति का सामना करते हैं, पर हममें से कई लोग इसका बुरी तरह शिकार हो जाते हैं और बहुत परेशान हो जाते हैं। इसे सामाजिक चिंता कहते हैं। सामाजिक चिंता का तात्पर्य उस चिंता, डर और असहजता से है, जिसका अनुभव कुछ लोग औरों से संवाद में करते हैं। इसके पीछे अपने आप को लोगों द्वारा नकारात्मक रूप से देखे जाने और नीचा दिखाए जाने के डर छिपे रहते हैं। सामान्यतः ऐसा सामाजिक मेलजोल के दौरान होता है, मगर इसके अलावा यह सामाजिक कार्यक्रमों की कल्पना करते समय और उसके बाद अपने प्रदर्शन के बारे में सोचते हुए भी हो सकता है।

सामाजिक चिंता उस समय परेशानी का सबब बन सकती है, जब इसकी मात्रा आवश्यकता से अधिक हो जाए और यह रोज़मर्रा के जीवन में अड़ंगा लगाने लगे और इससे जीवन की गुणवत्ता प्रभावित होने लगे। जब यह चिंता हमारे दिलो-दिमाग़ पर हावी हो जाती है, तो हम सामाजिक आयोजनों में जाना और लोगों से घुलना-मिलना क्रमशः कम कर देते हैं या फिर ऐसा करते समय बहुत ही तनावग्रस्त हो जाते हैं। इसका कारण हमारे मन में स्वयं को दूसरों के द्वारा नकारात्मक रूप से आकलित किए जाने का भय होता है। इसके चलते हम उन सभी बातों से दूर हो जाना चाहते हैं, जिनमें अन्यथा हमें आनंद ही आता।

सामाजिक चिंता के कारण

वैसे सामाजिक चिंता के कई कारण हो सकते हैं, मगर इनमें से कुछ प्रमुख कारणों में हमारे आनुवंशिक गुणसूत्र, आत्मबल का कम होना, दूसरों की स्वीकृति के प्रति अधिक चिंतित होना और सामाजिक मेल-मिलाप को लेकर अतीत के ख़राब अनुभवों को शामिल किया जा सकता है।

सामाजिक चिंता से पार पाना

नीचे दिए जा रहे उपाय आपको अपने सामाजिक परिवेश के साथ बेहतर तरीक़े से तालमेल बिठाने में मदद कर सकते हैं।

1. *अपने दृष्टिकोण को संतुलित करें* - इसे दो मोर्चों पर किया जा सकता है। एक तो यह कि अपने आप से अति अपेक्षाएँ करना छोड़ दें और साथ ही इस धारणा को बदल लें कि यदि आप सर्वगुण-संपन्न नहीं दिखाई दिए, तो लोग आपकी निंदा करेंगे, हँसी उड़ाएँगे। अपने मन से स्वयं की आलोचना करने वाले विचारों को सहयोगात्मक और सकारात्मक विचारों से बदलने का प्रयास करें। वास्तव में, जब कोई ग़लती हो जाए, तो अधिकांश लोग ऐसा कर सकते हैं। उस समय यह सोचा जाना चाहिए

कि इस ग़लती के साथ दुनिया ख़त्म नहीं हो गई है। यह अंत नहीं है। दुनिया में कोई भी संपूर्ण और सर्वगुण-संपन्न नहीं है।

2. *छोटे-छोटे सकारात्मक हाव-भावों के साथ शुरू करें* - मुस्कराना, गर्दन हिलाना और लोगों से मिलने पर उनका अभिवादन करना, हैलो कहना शुरू करें। आसपास बैठे सहयोगियों के साथ काम के बारे में या उससे इतर छोटी-छोटी बातचीत शुरू करें, जैसे- आज शहर में काफ़ी गर्मी है, या किसी क्रिकेट मैच के बारे में चर्चा आदि। अगली बार उसी व्यक्ति के साथ पुनः बातचीत करें और इस वार्तालाप में एक और व्यक्ति को भी शामिल करें। इस प्रक्रिया को तब तक दोहराते रहें, जब कुछ लोग आपसे बातचीत करने में सहजता महसूस न करने लगें और आपके लिए उनसे बातचीत करना सहज न लगने लगे।

3. *आपको अपनी बात कहनी चाहिए* - सामान्य स्वर में अपनी बात कहें। यदि आपका कथन पहले बोल रहे व्यक्ति की बात ख़त्म होने के थोड़ा पहले ही शुरू हो जाता है, तो भी घबराएँ नहीं। आज संवाद करते समय अक्सर आँखों में देखना आवश्यक है। एक आरामदायक और चैतन्य शारीरिक मुद्रा उदासीन मुद्रा की तुलना में बेहतर होगी। सामयिक घटनाओं, खेल समाचार आदि के बारे में जानकारी रखें। यदि आपका कोई ख़ास शौक़ है, तो उसके बारे में भी बात करना शुरू करें, ताकि लोग आपको जान और समझ सकें। सुनाने के लिए मज़ेदार चुटकुले और कहानियाँ इकट्ठा करें।

4. *ध्यान से सुनें* - खुले सिरे वाले प्रश्न पूछें, ऐसे प्रश्न जिनका उत्तर केवल हाँ या नहीं में न दिया जा सके। ऐसे प्रश्न कैसे, क्यों, कब, कहाँ से शुरू होंगे। जहाँ उचित लगे, सराहना करें। सामाजिक वार्तालाप में शर्मीले-से दिखाई देने वाले व्यक्ति से भी बातचीत करने का जोख़िम उठाएँ।

5. *अभ्यास* - अपने कौशल को निखारने का कोई भी अवसर न चूकें। इसे ऐसे लोगों के साथ शुरू करें, जो आपका मज़ाक़ नहीं उड़ाएँगे, जैसे- माता-पिता, रिश्तेदार या अन्य समूह। बातचीत के लिए चुनने से पहले शख़्स के लिंग, उम्र, सामाजिक स्तर आदि के फेर में न पड़ें। यह दायरा जितना अधिक होगा, आपका आत्मविश्वास उतना ही बढ़ेगा।

चिंता करना झूलने वाली कुर्सी पर बैठने जैसा है। इस पर बैठकर आप कुछ करते तो हैं, मगर पहुँचते कहीं नहीं हैं।

—अँग्रेज़ी कहावत

14. परामर्श के बारे में व्याप्त भ्रांतियाँ

यह देखने में बड़ा विचित्र लगता है कि यदि लोगों को दाँत में दिक़्क़त हो, तो वे दंत चिकित्सक के पास जाने को लेकर ज़रा भी नहीं झिझकते और चले जाते हैं, मगर यदि वे किसी मानसिक या भावनात्मक परेशानी से जूझ रहे हों, तो मनोचिकित्सक के पास जाने से पहले हज़ार बार सोचते हैं। ऐसा क्या है जो लोगों को मनोचिकित्सक के पास जाने से रोकता है? आइए, मनोचिकित्सक के परामर्श, यानी काउंसलिंग के बारे में व्याप्त भ्रांतियों पर बात करते हैं –

मैं अपनी परेशानियों को स्वयं हल कर लूँगा

कुछ लोगों के लिए यह स्वीकार करना निहायत मुश्किल होता है कि वे अपनी परेशानियों को स्वयं हल नहीं कर सकते। उन्हें लगता है कि यदि वे ऐसा नहीं कर पाए, तो यह उनकी बड़ी नाकामी होगी। जबकि वास्तविकता यह है कि हम सामाजिक प्राणी हैं और हम एक-दूसरे के साथ व सहयोग से ही विकसित होते हैं। ऐसा सोचना ही अविश्वसनीय होगा कि किसी व्यक्ति का समूचा जीवन बिना किसी दूसरे की मदद लिए बीत जाए।

परामर्श भी मदद का ही दूसरा रूप है।

मनोचिकित्सक 'अजीब,' 'विचित्र' और 'पागल' लोग होते हैं

अधिकांश मनोचिकित्सक न तो 'अजीब' होते हैं, न 'पागल' और न ही 'विचित्र।' आप स्थानीय मॉल में ख़रीदारी करते हुए या सिनेमाघर में उपस्थित भीड़ में यह नहीं पहचान सकते कि वहाँ मनोचिकित्सक कौन हैं।

मनोचिकित्सक 'मेरा दिमाग़ पढ़ सकते हैं'

ज़रा सोचें। क्या डॉक्टर आपके बताए गए लक्षणों के बिना आपकी परेशानी या बीमारी का पता लगा सकता है? इसी तरह से मनोचिकित्सक भी तब तक आपके दिमाग़ को नहीं पढ़ सकते, जब तक कि आप उन्हें अपनी तकलीफ़ के बारे में न बताएँ। यदि मनोचिकित्सक किसी का दिमाग़ पढ़ पाते, तो आज वे सभी अरबपति होते और उन्हें जीवन भर कोई काम न करना पड़ता।

मनोचिकित्सक मेरे साथ अजीब बातें कर सकते हैं और मुझे भी ऐसा करने को बाध्य कर सकते हैं

मनोचिकित्सक आपकी परेशानी हल करने के लिए हैं। हम लोगों को विशेष रूप से विकसित किए गए तरीक़ों से प्रशिक्षित किया जाता है, ताकि हम आपकी परेशानी हल करने में आपकी मदद कर सकें। इसके अंतर्गत चर्चा के साथ-साथ कोई

प्रश्नोत्तरी, महत्त्वपूर्ण संकेत, विशिष्ट उत्तर आदि को केवल प्रशिक्षित परामर्शदाता द्वारा ही समझा जा सकता है, जिसे कभी-कभी नैदानिक मनोचिकित्सक (क्लीनिकल साइकोलॉजिस्ट) भी कहा जाता है। हमारे पास कोई जादुई ताक़त नहीं होती। हमारे मन में आपके साथ कोई भी अन्यथा या अजीब बात करने का ख़याल भी नहीं होता।

सफ़ेद कोट और सोफ़ासेट

कई लोग यह सोच सोचकर आशंकित होते रहते हैं कि यदि मैं मनोचिकित्सक के पास जाऊँगा, तो मुझे सोफ़े पर लिटा दिया जाएगा और सफ़ेद कोट वाला एक मनोचिकित्सक मैं जो कुछ कहूँगा उसे दर्ज करता जाएगा। किसी भी मनोचिकित्सक के पास न तो सफ़ेद कोट होता है, न ही वे आपको किसी सोफ़े पर लिटाते हैं। हम केवल इतना सुनिश्चित करते हैं कि आप सुविधाजनक रूप से बैठ सकें और बातचीत के लिए सहज हो सकें। अपने जीवन के बेहद तकलीफ़देह मुद्दों को साझा करने के लिए गुंजाइश बनाने हेतु सहज स्थिति में होना आवश्यक होता है।

'पागल' लोग ही मनोचिकित्सक के पास जाते हैं

निश्चित रूप से अपने आसपास आपको ऐसे लोग बहुत कम मिलेंगे, जो मनोचिकित्सक के पास जाते हों, या संभव है कि ऐसे लोग हों, मगर वे मनोचिकित्सक के पास जाते हैं यह आपकी जानकारी में न हो। लोग आज भी इस तरह के उपचार के प्रति बहुत सतर्क रहते हैं। यह समझना ज़रूरी है कि मानसिक रोग या संत्रास भी अन्य शारीरिक रोगों के ही समान सामान्य अवस्था होती है और इसके लिए भी प्रशिक्षित विशेषज्ञ की सलाह की ज़रूरत होती है।

लोग क्या कहेंगे?

कुछ लोगों को लग सकता है कि मनोचिकित्सक के पास जाने वाला व्यक्ति पागल या सनकी है। जो लोग ऐसा सोचते हैं, वे शायद परामर्श के बारे में जानकारी नहीं रखते। वास्तव में, यह भी संभव है कि उनके मन में स्वयं की तकलीफ़ों को लेकर भी मनोचिकित्सक के पास जाने का साहस न हो। परामर्श और परामर्शदाता या मनोचिकित्सक के बारे में कई ग़लत धारणाएँ फैली हैं। एक प्रशिक्षित मनोचिकित्सक प्रभावी चिकित्सा कर सकता है। जब हम किसी ऐसे व्यक्ति से मिलते हैं, जो मानसिक या भावनात्मक समस्याओं से घिरा हो, तो हम उसे मनोचिकित्सक से मदद लेने के लिए प्रोत्साहित कर सकते हैं। कई बार विशेषज्ञ असंभव-सी दिखाई देने वाली समस्या का त्वरित आकलन करके सरल-सा समाधान सुझाते हैं।

कुछ बीमारियों में लगातार परामर्श और दवा आदि की आवश्यकता हो सकती है।

मेरा रहस्य सभी के सामने आ जाएगा

इस डर का मन में रहना भी स्वाभाविक है कि मनोचिकित्सक से बात करने पर वह मेरा रहस्य किसी और के साथ साझा कर लेगा, मेरी गोपनीय जानकारी बाहर आ जाएगी। यह सही नहीं है। मनोचिकित्सकों को प्राप्त जानकारी को गोपनीय रखने के लिए प्रशिक्षित किया जाता है। हरेक मनोचिकित्सक आपके द्वारा दी गई जानकारी को विशेष ध्यान से गोपनीय रखता है। यह आपका उन पर विश्वास हासिल करने का महत्त्वपूर्ण क़दम है। जब आप दोनों एक साथ किसी समस्या को सुलझाने की दिशा में काम कर रहे हों, तो आपसी विश्वास ज़रूरी है।

वास्तव में, आपसे बातचीत के दौरान वे ऐसे किसी भी व्यक्ति को अंदर नहीं आने देते, जो मनोचिकित्सक न हो। एक मनोचिकित्सक उन सभी निजी बातों को जिन्हें गोपनीय रहना चाहिए, अपने तक ही सीमित रखता है।

एक महाविद्यालय में काउंसलर होने के नाते मैं अलग-अलग विभागों से आए मामलों में परामर्श देने का काम करता हूँ। एक बार एक शिक्षिका ने मुझे बार-बार पूछा कि उन्होंने जिस छात्रा को मेरे पास भेजा था वह आई कि नहीं। मेरे नहीं कहने पर वे स्वयं उस छात्रा को मेरे पास लेकर आईं। बाद में बातचीत के दौरान उस छात्रा ने बताया कि वह मेरे पास आने से डर रही थी कि कहीं मैं उसे सम्मोहित न कर दूँ। वार्तालाप के सत्र के बाद वह सहज हुई कि ऐसा कुछ नहीं था। बल्कि वह बड़ी खुश थी कि मैंने उसे कठघरे में खड़ा करके सवाल नहीं किए। बातचीत की सहजता और उत्तरोत्तर प्रगति कई लोगों के लिए आश्चर्यजनक होती है।

मानसिक रूप से सशक्त लोग छह बातें करते हैं –

- ✓ वे आगे बढ़ते हैं। ख़ुद को लेकर अफ़सोस करने में समय ख़राब नहीं करते।
- ✓ बदलाव को स्वीकार करते हैं। वे परिवर्तन का स्वागत करते हैं।
- ✓ वे हमेशा ख़ुश रहते हैं। वे ऐसी बातों में अपना समय नष्ट नहीं करते जिन पर उनका नियंत्रण न हो।
- ✓ वे दयालु, ईमानदार और सही बात कहने का साहस रखते हैं।
- ✓ वे योजनाबद्ध तरीक़े से जोख़िम लेने की इच्छा रखते हैं।
- ✓ वे दूसरों की सफलता का दुख नहीं मनाते, वरन उस पर ख़ुश होते हैं।

एक मनोचिकित्सक और परामर्शदाता होने के नाते मेरा उद्देश्य आपके लिए एक सुरक्षित स्थान बनाना है, जहाँ आप अपने आप के बारे में जान सकें और मैं आपको आपकी आगे की राहें खोजने में मदद कर सकूँ।

–ब्रेंडा सॉयर

15. अपने शौक़ के साथ ख़ुश रहना

गर्मियों में कोई भी अख़बार देखें, तो उसमें समर कैंप पर ढेरों फ़ोटो, आलेख और विज्ञापन पढ़ने को मिल जाएँगे। अलग-अलग संस्थाओं द्वारा चलाए जा रहे इन कैंप में नामांकन करवाकर आप काँच पर पेंटिंग से लेकर बास्केटबॉल तक, सब कुछ सीख सकते हैं। दिक़्क़त यह है कि ये सारी गतिविधियाँ बच्चों के लिए होती हैं। अधिकांश अभिभावक जो अपने बच्चों को इन स्थानों पर लाने-ले जाने का काम करते हैं, वे अक्सर आश्चर्य करते हैं कि जब वे ख़ुद बच्चे थे तो ऐसी गतिविधियाँ क्यों नहीं करवाई जाती थीं। इससे भी ज़्यादा बुरा यह लगता है कि उनके अभिभावकों ने उन्हें अपनी रुचि का कोई काम करने को प्रेरित क्यों नहीं किया? क्या इसका अर्थ यह है कि अब हम बड़े हो गए हैं और अपनी रुचि का कोई काम शुरू नहीं कर सकते?

ख़ुशी कैसे मिले, इस विषय पर दस साल किए गए अध्ययन से यह सामने आया कि लंबे समय तक ख़ुश रहने का सबसे स्थायी उपाय है स्वयं को किसी शौक़ या मनपसंद काम से जोड़ा जाए। यह शौक़ क्या है, इससे कोई ख़ास फ़र्क़ नहीं पड़ता, बशर्ते यह आपके लिए चुनौतीदायक और मज़ेदार हो। शोधकर्ताओं ने गतिविधियों को अंक देते समय उनसे कितनी ख़ुशी मिलती है, इसका ध्यान रखा था। इस सूची में नृत्य पहले क्रमांक पर था। इसका कारण यह था कि नृत्य करते समय व्यायाम, संगीत और सामाजिक संपर्क, तीनों ही होते हैं। अन्य ऊँचे अंकों वाली गतिविधियों में सामूहिक खेल और धार्मिक आयोजन थे, जिनमें प्रभावी सामाजिक संपर्क होता है।

शोध की ही दूसरी शाखा ने यह दिखाया है कि पालतू पशु-पक्षी की देखभाल करना भी ख़ुशी देता है। यह आपको एहसास दिलाता है कि किसी के लिए आप बहुत ख़ास हैं और जीवन को एक नया अर्थ देता है। इसके अलावा अपने पालतू को खेलते देखना या मछली को तैरते देखना भी तनाव को कम करके रक्तचाप और दिल की धड़कनों को सामान्य बना सकता है।

नई अभिरुचियाँ पैदा करना यानी जोख़िम लेने के लिए तैयार होना या अपने सुकून के दायरे से बाहर निकलकर नई बातें करने को राज़ी होना। यदि आप नए क्लब की सदस्यता या नृत्य कक्षा में दाख़िला लेते हैं, तो शुरुआत में आपको थोड़ी निराशा होना स्वाभाविक है। आपको नए लोगों को जानना होगा, उनके साथ तालमेल

बिठाना होगा। आपको ऐसा भी लग सकता है कि आप उनके साथ शामिल नहीं हो पा रहे हैं या आप इस सबमें फ़िट नहीं हो पा रहे हैं। संतुष्टि और आनंद एकदम नहीं मिलेगा। मगर आपको धैर्य के साथ स्थिति ठीक हो जाने तक इंतज़ार करना होगा। आत्मविश्वास बनाए रखें और दूसरे क्या सोचेंगे इसकी चिंता बिलकुल न करें। उदाहरण के लिए, यदि आप संगीत की कक्षा में प्रवेश लेते हैं, तो आपके मन में यह विचार आ सकता है कि उन्हें मेरी आवाज़ पसंद नहीं है, या लोग सोचते होंगे कि मुझे अपने पति और बच्चों के साथ घर पर होना चाहिए, यहाँ युवा लोगों के साथ मज़े नहीं करने चाहिए। इन अतार्किक विचारों को चुनौती दें। नई रुचियों को विकसित करने के लिए सकारात्मक विचारों का होना आवश्यक है। यदि सब ठीक नहीं भी है, फिर भी आपको स्वयं से कहते आना चाहिए कि यह मेरी असफलता नहीं है, क्योंकि इससे भी मैंने कुछ सीखा ही है।

अपनी रुचियों को योजनाबद्ध करें

इस सरल अभ्यास के द्वारा आप यह पता लगा सकेंगे कि आप अपना ख़ाली समय किस तरह से बिताना चाहते हैं।

1. किस गतिविधि को आपने पिछले दस सालों से मज़े से किया है?
2. दस ऐसी गतिविधियों के नाम लिखिए, जिन्हें आप करते नहीं हैं, मगर करना पसंद करेंगे।
3. अब अपने आप से वादा करें कि सूची की कम-से-कम एक गतिविधि आप हर माह करेंगे। लिखिए कि इन गतिविधियों के अनुरूप अपने आप को ढालने के लिए आपको क्या करना होगा।

अगर हमारे सामने चुनौतियाँ नहीं होंगी, तो हम तनावग्रस्त हो जाएँगे, ऊब महसूस करने लगेंगे। ऐसा कभी न सोचें कि ऐसी गतिविधियाँ हैं ही नहीं, जो आपकी रुचि के मुताबिक़ हों। यदि आप ध्यान से देखते हैं और लोगों से बात करते हैं, तो निश्चित ही ऐसी गतिविधियाँ मिलेंगी। यदि हम ऐसा नहीं करते, सावधानी नहीं बरतते, तो हम एक ऐसे जाल में फँसते जाते हैं, जो हमें नीरस महसूस करने और दया का पात्र बना देने का काम करता है। इसके चलते हम जोख़िम उठाने से बचने लगते हैं, नाख़ुश रहते हैं और जीवन को नीरस बना लेते हैं।

> *वही व्यक्ति ख़ुश रहता है, जो अपने शौक़ को ही आजीविका बना लेता है।*
>
> -जॉर्ज बर्नार्ड शॉ

16. अपनी चिंताओं को अपने वश में करना

अपने दैनिक जीवन में हम चिंता और तनाव से शायद ही दूर रह पाते हैं। तनाव और चिंता हमारी प्राकृतिक रक्षा प्रणाली का हिस्सा हैं, जो डर का चचेरा भाई है। डर के साथ जुड़े ख़तरे या आशंकाएँ पहचानी जा सकती हैं, जैसे- किसी का आपके सामने चाकू लहराना। डर के ही समान चिंता शरीर के लिए ख़तरे की घंटी है कि कुछ गड़बड़ है। इस प्रक्रिया में मस्तिष्क एड्रेनलिन हॉरमोन स्रावित करता है। ऐसे में पुतलियाँ चौड़ी हो जाती हैं, हृदय हाथ-पाँवों में तेज़ गति से रक्त प्रवाहित करने लगता है, ताकि व्यक्ति खड़ा हो सके और लड़ या भाग सके। चिंता का सामान्य-सा स्तर कई बार हमारे प्रदर्शन में सुधार करता है। जैसे- किसी परीक्षा की तैयारी के लिए प्रेरित करना, सतर्कता के साथ वाहन चलाना या ख़ुद को किसी जटिल टकराव के लिए तैयार करना। मगर समस्या तब होती है, जब यही चिंता अत्यधिक हो जाती है, समस्या के मुक़ाबले बहुत बड़ी हो जाती है या हमारी ताक़त इस क़दर खींच लेती है कि हम कुछ कर ही नहीं पाते।

टाइप 1 का तनाव

इस बिंदु पर तनाव के दोनों प्रकारों को अलग-अलग पहचान लेना अच्छा होगा। टाइप 1 प्रकार के तनाव का कोई एक विशेष कारण होता है, जैसे- शयनकक्ष में कॉकरोच का आना, अर्धवार्षिक परीक्षाएँ आदि। इस तरह के तनाव को समझा और वर्णित किया जा सकता है और यह सीमित समय के लिए होता है। जैसे ही वह घड़ी बीत जाती है या हम उचित निर्णय ले लेते हैं, तनाव ख़त्म हो जाता है।

टाइप 2 का तनाव

इस तरह का तनाव हरदम बना रहने वाला और अवर्णनीय होता है। मसलन, वित्तीय समस्याएँ, विभाजित परिवार में बड़े होना, अपने भविष्य की या सारी दुनिया के भविष्य की चिंता होना आदि। इस तरह के तनाव के चलते व्यक्ति सतत परेशान रहता है, इस तनाव को नाम नहीं दे पाता और इसे हल करने के लिए स्वयं को अकेला और असहाय पाता है। टाइप 2 तनाव पैदा करने वाले घटक प्रबल व्यक्तिपरक होते हैं। अच्छी ख़बर यह है कि इस चिंता से कई तरीक़ों से निबटा जा सकता है।

गहरी साँस लेने की विधि

जब हम चिंतित होते हैं उस समय हमारी साँस उथली और तेज़ होती है। गहरी और धीमी साँस मन-मस्तिष्क को शांत करती है। इसके अभ्यास के लिए किसी आरामदायक कुर्सी पर बैठें या लेट जाएँ। अपने हाथ को पेट पर रखें। साँस लेने की प्रक्रिया में डायफ़्राम ऊपर उठेगा। साँस के साथ अपने हाथ को ऊपर-नीचे जाता

महसूस करें। साँस अंदर लेकर 1 से 4 तक गिनें, इसी तरह साँस छोड़ते समय चार तक गिनें। फिर अगले चार सेकेंड तक साँस रोककर रखें। इस अभ्यास को 3 से 5 मिनट तक दोहराएँ।

शरीर पर ध्यान लगाना

एक शांत कमरा खोजें और सोफ़े या बिस्तर पर लेट जाएँ। कुछ गहरी साँसें लें। अपना ध्यान बाहरी दुनिया से हटाकर अपने शरीर पर केंद्रित करें। पहले अपने पाँव के अँगूठों को आराम की स्थिति में आया महसूस करें। फिर तलवे को, एड़ी को और सारे पैर को आराम की स्थिति में आता महसूस करें। अपने मन की आँखों को अपने पूरे शरीर पर घुमाएँ। शरीर के हर हिस्से को आराम की अवस्था में आया महसूस करें। ऐसा तब तक करें, जब तक आप सिर तक न पहुँच जाएँ। आप इस भाव को महसूस करने के लिए मन में दोहरा सकते हैं – मेरे पाँव आराम महसूस कर रहे हैं, मेरे घुटने आराम की स्थिति में आ रहे हैं आदि। आपका ध्यान इन पर लाना और लंबे समय तक केंद्रित करना आवश्यक है, ताकि आपका शरीर क्या महसूस कर रहा है इसका एहसास किया जा सके। उदाहरण के लिए, आपको शरीर में झुनझुनी, भारीपन या गरमाहट महसूस होगी। जब झुनझुनी होगी, उसे शरीर में फैलने दें। इस तरह से आप अपने शरीर को जितना आराम की स्थिति में महसूस कर सकें, करें। शरीर के साथ-साथ आपका मन भी आराम की स्थिति में आ जाएगा।

मानसिक तरीक़े

हमारी आंतरिक चिंताओं में बदलाव का पहला क़दम है कि हम उन चिंताओं के बारे में जागरूक हों। इसका एक तरीक़ा तो यह है कि मन में चल रही हर बात को लिख लिया जाए। अपने मन में चल रहे इस तरह के संवाद पर ध्यान दें, जिससे आपकी चिंता बढ़ती है या इच्छाशक्ति कम हो जाती है। इसका अगला क़दम चिंता पैदा करने वाले हर कथन का सामना करने के लिए एक संतुलित, विश्वास जगाने वाला विचार मन में जगाना होगा। मिसाल के लिए, पार्टी के दौरान या पार्टी के पहले यदि आप अपने आप से कहते हैं, 'मैं बेवकूफ़ हूँ। कोई भी मुझसे बात करना नहीं चाहेगा।' इसके समक्ष अधिक संतुलित विचार यह होगा, 'अधिकांश लोग थोड़ा चिंतित महसूस करते हैं, ज़रूरी नहीं कि हरेक व्यक्ति मेरे साथ समय बिताना चाहे... कभी-कभी मैं पार्टी के मूड में नहीं होता। मैं केवल एक और व्यक्ति को जानना चाहूँगा। यदि मैं इतना भी कर सका, तो मेरे लिए काफ़ी होगा।'

सकारात्मक भाव के कथन कई बार प्रभावी संज्ञानात्मक रणनीति की तरह काम करते हैं। यहाँ विचार यही है कि अपने मन के नकारात्मक विचारों को पुनः टटोलना और उनकी जगह सकारात्मक विचारों को स्थान देना। सकारात्मक कथन

हमारा आत्मविश्वास और इच्छाशक्ति बढ़ाते हैं और चिंता से निबटने के लिए हमें तैयार करते हैं व हमारे सुरक्षा तंत्र को मज़बूत करते हैं। सबसे अच्छे कथन वे होते हैं जिनके द्वारा आप ख़ुद को तैयार करते हैं, सशक्त महसूस कराते हैं। उदाहरण के लिए, 'मैं योग्य और दयालु व्यक्ति हूँ। मैं प्रेम बाँटता हूँ और प्रेम को ही अपनी ओर आकर्षित करता हूँ। मैं जीवन की पाठशाला का एक विद्यार्थी हूँ, जो अपनी सफलता और ग़लतियों से सीख रहा हूँ।' भले ही ये कथन आपको नक़ली-से लगें, पर कम-से-कम 'मैं बेवकूफ़ हूँ,' 'सभी सोचते हैं कि मैं बेकार हूँ' जैसे कथनों से तो ये बेहतर ही हैं। यदि हमारे पास आंतरिक संवाद के चयन का मौक़ा है, तो क्यों न ऐसा संवाद किया जाए जो हमारे स्वाभिमान को उन्नत करे, न कि हीन महसूस कराए। दूसरी संज्ञानात्मक रणनीति यह है कि जैसे ही अपने अंदर चिंता का जाल फैलता पाएँ, स्वयं को चेतावनी दें।

उपचार की प्रक्रिया क्या होगी?

चिंता के उपचार के लिए दवा दी जाए या नहीं, इसे तय करने के पीछे कई घटक काम करते हैं। कुछ मनोचिकित्सक मानते हैं कि मुख्य धारा का समाज आजकल मानसिक तकलीफ़ों को जैविक तकलीफ़ मानने लगा है, जिसके चलते किसी भी मनोवैज्ञानिक समस्या के लिए दवाइयाँ लिखने का चलन बढ़ गया है। हाल ही के वर्षों में जबसे मीडिया में प्रचार-प्रसार बढ़ा है, इस तरह की दवाओं की बाढ़-सी आ गई है। यदि आप दवाओं के बारे सोच रहे हैं, तो इनके लाभ और हानि दोनों के बारे में जानना महत्त्वपूर्ण होगा। एक फ़ायदा यह ज़रूर दिखता है कि दवा लेने से लक्षणों में सुधार आता है, विशेषतः जब चिंता घातक रूप में सामने हो। दवा उस समय भी उपयोगी होती है, जब चिंता उस स्तर तक पहुँच जाती है कि वह रोज़मर्रा के जीवन में या स्कूल और कॉलेज में व्यक्ति के प्रदर्शन को प्रभावित करने लगती है। दवा का दूसरा लाभ उन लोगों के लिए है, जो परामर्श और शरीर-मस्तिष्क के प्रशिक्षण के बजाय दवा का सहारा लेना उचित समझते हैं।

दवाओं से होने वाले साइड इफ़ेक्ट्स के अलावा एक बड़ा नुक़सान यह है कि ये दवाएँ केवल लक्षणों का उपचार करती हैं, बीमारी के कारणों के निवारण पर काम नहीं करतीं। इसके अलावा इनका आदी हो जाने (लत लग जाने) का भी ख़तरा होता है। इसके अलावा, अच्छा महसूस करने के लिए हमेशा किसी बाहरी साधन पर निर्भर रहने की प्रवृत्ति के चलते स्वयं विकसित होने का विश्वास और इच्छा समाप्त होने का भी ख़तरा बना रहता है।

- ✓ मुझे विश्वास है कि चीज़ें ठीक से काम करेंगी।
- ✓ मैं अपने आप पर विश्वास करता हूँ कि मैं हर तरह की परिस्थिति का सामना कर सकता हूँ।

- ✓ जब हक़ीक़त मेरी अपेक्षाओं से भिन्न होगी, तो मैं अपनी अपेक्षाओं को विराम दूँगा। न सोची गई घटनाएँ जीवन को और मज़ेदार बना देती हैं।
- ✓ अपना भविष्य मैं बनाऊँगा और वह मेरी अपेक्षाओं के अनुरूप और रुचिकर होगा।
- ✓ मैं हरेक को ख़ुश नहीं रख सकता। लोगों की ख़ुशी या नाख़ुशी के लिए वे स्वयं ज़िम्मेदार हैं। अपने लिए मैं ज़िम्मेदार हूँ।

स्वयं में विश्वास रखें और आप जो कुछ करते हैं उसमें भी। यह जानें कि आपके अंदर ऐसा कुछ है, जो आपकी राहों में आने वाली रुकावटों से बहुत बड़ा है।

-क्रिस्टीन डी. लार्सन

17. चिंता छोड़ें, ख़ुश रहें

हम सभी कभी न कभी चिंतित हो जाते हैं। हम सभी इस बात पर तो सहमत होंगे कि कभी-कभी चिंता हमें आगे क़दम बढ़ाने और समस्या के हल तक पहुँचने में मदद करती है। जो भी हो, जब हमारे दिमाग़ में पहले से ही कुछ चल रहा होता है और हम हमेशा आशंकित रहते हैं, तो चिंता अपने आप में परेशानी का रूप ले लेती है। आशंकाएँ और डर प्रेरित करने या उत्पादकता बढ़ाने के बजाय हमें पंगु बनाते हैं, शक्तिहीन करते हैं। ये आपकी भावनात्मक ऊर्जा को नष्ट कर देते हैं, चिंता के स्तर को उछाल देते हैं और आपकी रोज़मर्रा की ज़िंदगी में अड़चनें पैदा करने लगते हैं। नीचे दिए गए तरीक़ों को अपनाकर आप चिंता का सामना कर सकते हैं -

अनिश्चितता को स्वीकार करना सीखें

अनिश्चितता का सामना करने में अक्षमता चिंता और घबराहट को बढ़ाने में बड़ी भूमिका निभाती है। भयानक चिंताएँ आशंकाओं और अनिश्चितता के बल पर ख़त्म नहीं की जा सकतीं। जो कुछ घटने वाला है, उसकी उन्हें शत-प्रतिशत निश्चितता चाहिए होती है। चिंता को भविष्य के गर्भ में क्या है, यह जानने के तरीक़े के रूप में भी देखा जाता है। ख़ुद से ही पूछें कि क्या इस जीवन में भविष्य की हर घटना के प्रति सुनिश्चित होना संभव है?

चिंता करने का समय निर्धारित करें

दैनिक जीवन में जब चिंता आपके दिलो-दिमाग़ पर हावी हो जाती है, तो आपमें कोई भी उत्पादकता शेष नहीं रह सकती। आप अपना ध्यान थोड़ी देर के लिए हटा

सकते हैं, मगर अपने चिंतित विचारों को हमेशा के लिए अपने दिमाग़ से हटा नहीं सकते। ऐसा करने का प्रयास इन चिंताओं को बढ़ा देता है। फिर भी, इसका मतलब यह नहीं है कि आप इसके लिए कुछ नहीं कर सकते। आपको बस तरीक़े बदलने होंगे। चिंता करने का समय निर्धारित करें। चिंता करने के लिए रोज़ सही स्थान और सही समय चुनें। यह समय रोज़ एक-सा ही होना चाहिए (उदाहरण के लिए, बैठक में शाम 7 से 7:20 तक)। समय ऐसा हो, जो आपके सोने से काफ़ी पहले का हो, ताकि नींद में ख़लल न पड़े। इस चिंता के समय में आपके दिमाग़ में जो कुछ भी है, आप उसके बारे में सोचने के लिए स्वतंत्र हैं। दिन के बाक़ी हिस्से में आपको चिंता से मुक्त रहना होगा। उस समय में यदि कोई चिंता पैदा करने वाला विचार आपके मन में आता है, तो उसे लिख लें। ऐसा करके आप चिंता की अवधि को आगे ठेल सकते हैं। अपने आप को याद दिलाएँ कि इन चिंताओं के बारे में सोचने के लिए समय निर्धारित किया गया है, अतः इनके बारे में अभी नहीं सोचना है।

अपने नकारात्मक विचारों का सामना करें

यदि आप चिंताओं से निरंतर घिरे रहते हैं, तो बहुत संभावना है कि आप दुनिया को इस तरीक़े से देखने लगते हैं, जिनसे ये चिंताएँ वास्तविकता से कहीं ज़्यादा ख़तरनाक दिखाई देने लगती हैं। आप नकारात्मकता को वास्तविकता से कहीं बढ़कर देखने लगते हैं। इसके साथ-साथ आप जीवन की परेशानियों से मुक़ाबला करने की अपनी क्षमताओं के प्रति भी आशंकित हो जाते हैं। यह अतार्किक और निराशावादी नज़रिया आपके नकारात्मक विचारों के कारण उपजता है। आपको कौन-सी बातें चिंता में डाल रही हैं, इसके बारे में विस्तार से सोचें और नकारात्मक विचारों को पहचानें। ख़ुद से सवाल करें कि क्या इस स्थिति को देखने का कोई और अपेक्षाकृत सकारात्मक और वास्तविक नज़रिया हो सकता है? सदैव नकारात्मक विचारों से घिरे रहने के चलते बहुत संभव है कि आप ऐसी भीषण स्थिति में पहुँच जाएँ, जहाँ आप सारे सकारात्मक विचारों को बाहर निकालते हुए केवल नकारात्मक विचारों पर ही केंद्रित होकर रह जाएँ। संभव है, आप बहुत-सी सही बातों को छोड़कर केवल एक ग़लत बात पर ही ध्यान देंगे।

अपने आप को शांत होना सिखाएँ

जब आप शांत होते हैं, आराम की अवस्था में होते हैं, तो इससे एकदम विपरीत कुछ घटित होता है। आपकी हृदय गति धीमी हो जाती है, साँसें शांत और धीमी हो जाती हैं, शरीर की पेशियाँ आराम की अवस्था में आ जाती हैं और रक्त दाब स्थिर हो जाता है। चूँकि एक ही समय पर शांत और चिंतित, दोनों होना असंभव है, ऐसे में चिंता से बचने के लिए आराम की मुद्रा को बेहतर बनाना कारगर तकनीक

हो सकती है। यदि आप भयानक चिंता करने के आदी हैं, तो शारीरिक आराम की अवस्था में आने के तरीक़े, जैसे- शरीर को ढीला छोड़ना, गहरी साँस लेना, ध्यानमग्न होना आपको शांति दे सकते हैं। बस, आपको इनके सतत अभ्यास की आवश्यकता होगी। दिन में कम-से-कम 30 मिनट का समय इसके लिए निर्धारित करें। समय के साथ-साथ शरीर और मन तेज़ी से शांत होने लगेंगे और धीरे-धीरे शांत रहना शरीर की प्रकृति बनता जाएगा।

अपना ध्यान रखें

दिन की शुरुआत नाश्ते से करें और दिन भर में थोड़ा-थोड़ा खाते-पीते रहें। बहुत देर तक बिना खाए रहना रक्त शर्करा को कम करता है, जिससे आप चिड़चिड़ाहट और चिंता महसूस करने लगते हैं। साबुत अनाज, फल और सब्ज़ियाँ पर्याप्त मात्रा में लें।

जब आप शक्तिहीन और अकेला महसूस करते हैं, उस समय चिंता शिखर पर पहुँच जाती है। इसके लिए मदद का सिस्टम बनाने का प्रयास करें। आप दूसरे लोगों के जितने अधिक संपर्क में रहेंगे, चिंता की चपेट से उतने ही दूर महसूस करेंगे। यदि आप स्वयं को भयानक चिंता से घिरा पा रहे हैं, तो अपने विश्वासपात्र व्यक्ति को- चाहे वह आपका परिजन, मित्र या रिश्तेदार हो- फ़ोन करें और उससे अपनी चिंता के बारे में बात करें। अपनी चिंताओं के बारे में खुलकर बात करने मात्र से वे कम भयावह लगने लगती हैं।

व्यायाम चिंता को दूर करने के लिए एक प्राकृतिक और प्रभावी इलाज है। चिंता से अधिकाधिक राहत पाने के लिए दिन भर में कम-से-कम 30 मिनट एरोबिक गतिविधि करनी चाहिए। एरोबिक गतिविधियाँ तनाव और चिंता दूर करती हैं, शारीरिक और मानसिक ऊर्जा बढ़ाती हैं और मन को आनंद का एहसास कराने वाले एंड्रोफ़िन हॉर्मोन के स्राव में मदद करती हैं।

> *तनाव केवल शारीरिक स्वास्थ्य को ही नुक़सान नहीं पहुँचाता, बल्कि अक्सर यह हमारी आशाओं, विश्वास और आस्थाओं की भी बलि ले लेता है।*
>
> -चार्ल्स एफ़. ग्लासमैन

18. अपने मित्र की मदद करना - एक बेहतरीन एहसास

अपने कॉलेज में मैं विद्यार्थियों के लिए एक परामर्श केंद्र चलाता हूँ। कुछ विद्यार्थी अक्सर कॉलेज में और उसके बाहर अपने मित्रों को मदद की पेशकश करते हैं। मित्रों

की मदद करने की इच्छा रखना सचमुच बढ़िया बात है, मगर अक्सर लोग मदद की कैसे जाएगी, इस बारे में कोई जानकारी नहीं रखते। दूसरे व्यक्ति की सहायता करने का मतलब उसे सुनना, समझना, उसकी चिंता करना और उसके साथ योजना बनाना है। यदि आप अपने किसी मित्र की मदद करना चाहते हैं, तो नीचे कुछ मार्गदर्शक बिंदु दिए जा रहे हैं -

केवल सुनें - ऐसा करना ही बड़ी मदद हो सकती है

किसी की मदद करने का सबसे आसान तरीक़ा यह होता है कि उसकी बात गंभीरता से सुनी जाए। बहरहाल, यह जितना दिखता है, उतना आसान नहीं है। इसके लिए हमें दूसरे व्यक्ति के विचारों, शब्दों और भावनाओं पर ध्यान केंद्रित करना होगा। सुनने का अर्थ दूसरे व्यक्ति के नज़रिए को समझना और उसके नज़रिए से दुनिया को देखना भी है। यदि हम दूसरे की बात सुनते समय यह सोच रहे हैं कि इसके जवाब में क्या कहना है या उस समय हम अपनी परेशानी के बारे में विचार कर रहे हैं, तो इसे सुनना नहीं कहा जाएगा। हम अक्सर सलाह और समाधान देने के लिए लालायित रहते हैं। हालाँकि, हमारी सलाह उसकी भलाई को ध्यान में रखकर ही दी जा रही होती है, पर ऐसे में सुनने की क्रिया प्रकट में निष्क्रिय प्रतीत हो सकती है, मानो हम कुछ न कर रहे हों।

जो भी हो, जब हम दूसरे की बात को ध्यान देकर सुनते हैं, तो हमारी एकाग्रता का पता दूसरे व्यक्ति को भी चलता है। ध्यान से सुनने में दूसरे व्यक्ति को नज़र भरकर देखना, जो बात समझ में न आई हो उसे स्पष्ट करने को कहना, उन्हें आश्वस्ति भरा स्पर्श देना आदि शामिल हैं। आप उसकी बात को सार रूप में दुहरा सकते हैं। इससे सामने वाले व्यक्ति को एहसास हो जाता है कि उसके द्वारा कही गई बात आप पूरी तरह समझ रहे हैं। आप उसकी बात के संदर्भ में कुछ प्रश्न पूछ सकते हैं, जिससे उसे अपनी बात को और स्पष्ट करने में मदद मिलेगी। हो सकता है कि वह आपकी कही हुई बात को अस्वीकार कर दे या आपसे बहस करे। ऐसे में आप अपने आप से यह पूछें कि क्या आपने उसकी बात को ध्यान से सुना था? या आप सलाह देने के फेर में ही फिसल गए थे?

व्यक्ति को खुलने में मदद करें

मदद का दूसरा महत्त्वपूर्ण तरीक़ा है व्यक्ति के लिए ऐसा माहौल तैयार करना, जिसमें वह अपने दुख, निराशा, गुस्से या बेचैनी को व्यक्त कर सके। अक्सर हम अपने दोस्तों की भावनाओं को यह कहकर रोक देते हैं कि सब ठीक हो जाएगा। जैसे ही हम अपने प्रिय व्यक्ति को परेशानी में देखते हैं, तो हमारी पहली प्रतिक्रिया उसे अच्छा महसूस कराने वाले शब्द कहने के रूप में होती है। यदि हम ऐसा करने में जल्दबाज़ी

दिखाएँ, तो संभव है लोग अपनी भावनाओं को पूरी तरह से व्यक्त न कर पाएँ। उन्हें ऐसा भी लग सकता है कि उनकी भावनाएँ बहुत ख़राब हैं, इसीलिए उन्हें पूरी तरह से बाहर निकलने से पहले ही रोक दिया गया है। वास्तव में, लोगों को अपनी भावनाओं से निबटने से पहले, उन्हें पूरी तरह अभिव्यक्त करने की आवश्यक होती है। 'जो हुआ उससे आपको कैसा लग रहा है?' ऐसे प्रश्न लोगों को उस स्थिति में अपनी भावनाओं को टटोलने में मदद कर सकते हैं। बजाय इसके कि परेशानी से निजात के लिए उन्हें कोई सुझाव दिया जाए, जब वे अपनी भावनाओं और विचारों को खोलने की कोशिश में हों, तब आपकी समझदारी और सहयोगात्मक उपस्थिति ही बहुत महत्त्वपूर्ण होगी।

विकल्प ढूँढ़ने में मदद करें

मदद करने का तीसरा महत्त्वपूर्ण तरीक़ा नए विकल्प सुझाना और हर विकल्प पर सावधानी से विचार करना है। हर विकट स्थिति से बाहर निकलने के कई संभावित विकल्प होते हैं, भले ही उन्हें परेशानी में घिरा व्यक्ति न देख पाए। कुछ विकल्प ऐसे भी होंगे, जिन्हें व्यक्ति न चुनना चाहे या उनके बारे में सोचना न चाहे और कुछ ऐसे हो सकते हैं, जिनके बारे में उसने विचार ही न किया हो। उदाहरण के लिए, किसी परीक्षा में अनुत्तीर्ण हुए व्यक्ति के सामने कई विकल्प होते हैं। जैसे- उस विषय में अलग से ट्यूशन लेना, पढ़ने की नई आदतें डालना, अध्ययन के लिए ज़्यादा समय निकालना, अपनी दिनचर्या फिर से बनाना, शिक्षकों से बात करना, विषय बदलना या पढ़ाई छोड़ देना आदि। इनमें से कुछ अवास्तविक विकल्प भी हो सकते हैं, जो अन्य उद्देश्यों और लक्ष्यों को बाधित करें। मगर जब व्यक्ति अपनी स्थिति को और वस्तुनिष्ठ होकर आकलित करता है, तो पहले अवास्तविक दिखाई देने वाले विकल्प भी सही लगने लगते हैं।

योजना बनाने में मदद करें

अंतिम क़दम व्यक्ति को आगे की योजना बनाने में मदद करना है। हालाँकि हम दोस्त होने के नाते विकल्पों के बारे में बताने और हर विकल्प के संभावित फ़ायदे-नुक़सान समझाने में मदद कर सकते हैं, फिर भी अंतिम निर्णय सामने वाले व्यक्ति के हाथ में होता है। कई बार वैसे किसी समाधान को अधिक बढ़ावा देने का प्रलोभन भी मन में आता है, जो हमें ज़्यादा अच्छा लगता है। ऐसे में यह ज़रूरी है कि वह व्यक्ति अपने लिए कार्ययोजना तय करे। जब तक वह स्वयं किसी कार्ययोजना के लिए तैयारी नहीं करेगा, कुछ भी नहीं बदलेगा और समस्या ज्यों-की-त्यों बनी रहेगी।

हमेशा ऐसा ज़रूरी नहीं है कि मदद करने के लिए आपको चारों क़दम अपनाने ही होंगे। अक्सर आपका अच्छा श्रोता होना भी काम करता है। क्योंकि उस समय

परेशान व्यक्ति को अपनी समस्या का तत्काल समाधान नहीं, बल्कि अपनी भावनाओं को अभिव्यक्त करने का मौक़ा चाहिए होता है और वह उन्हें सुनने की अपेक्षा रखता है।

हमें इस बारे में भी सचेत होना होगा कि आपसे बात करने के बाद हर व्यक्ति को 'अच्छा' महसूस हो, यह भी ज़रूरी नहीं है। उन्हें उसके बाद भी अपनी स्थिति के लिए या अपने नुक़सान के लिए बुरा महसूस हो सकता है। यदि उन्होंने किसी महत्त्वपूर्ण और स्नेहिल रिश्ते को खो दिया हो, तो संभव है उन्हें उस दुख से उबरने के लिए थोड़ा समय लगे। यह समय कुछ दिन, कुछ माह या साल का भी हो सकता है। हम यदि इसे स्वीकार करते हैं, तो यही हमारी ओर से बड़ी मदद होगी। हमारा सहयोग, स्वीकार्यता और समझदारी हमारे दोस्तों को आगे बढ़ने, अन्य सार्थक रिश्तों को स्वीकार करने तथा सामान्य जीवन की ओर लौटने में मदद करेगी।

बातचीत जारी रखें

एक बार कार्ययोजना पर सहमति बनने के बाद यह न सोचें कि आपका काम पूरा हो गया। उस पर काम शुरू हो जाए, तब भी अपने दोस्त के साथ बने रहें। उसे नई योजना की प्रगति के बारे में अपनी भावनाओं को साझा करने के लिए उत्साहित करें। आपको लग सकता है कि योजना में कुछ परिवर्तन आवश्यक हैं। उनके बारे में भी बातचीत करें। मित्रों की मदद करने का अनुभव किसी पुरस्कार से कम नहीं।

किसी के जीवन की काली घटाओं में इंद्रधनुष बनें।

–माया एंगेलू

19. बौद्धिक क्षमता से अधिक महत्त्व रखती है भावनात्मक बुद्धिमत्ता

क्या आप भी उन लोगों में से हैं, जिन्हें अक्सर इस बात पर आश्चर्य होता है कि कक्षा में बहुत मेधावी माने जाने वाले छात्र भी ऐसी साधारण-सी नौकरियाँ करते क्यों नज़र आ रहे हैं, जिनमें उनके लिए कोई चुनौती नहीं है? यह बात उनके शिक्षकों और अन्य मित्रों को भी हैरान करती है। दरअसल, यह वह अनोखी स्थिति है, जब बौद्धिक क्षमता, यानी आईक्यू उच्च होने के बाद भी कुछ लोग जीवन में कुछ भी बड़ा नहीं कर पाते।

कल्पना करें कि आपने किसी छह साल के बच्चे को चॉकलेट दी है। आप उस बच्चे को यह बताने का प्रयास करते हैं कि यदि वह इस चॉकलेट को दो घंटे तक अपने हाथ में रखेगा और खाएगा नहीं, तो उसे एक और चॉकलेट मिलेगी।

आश्चर्यजनक बात है कि कुछ बच्चे ऐसा करते हैं, क्योंकि वे जानते हैं कि चॉकलेट को दो घंटे तक पकड़े रहने के क्या फ़ायदे हैं। मगर इसके विपरीत कुछ बच्चे तुरंत रैपर फाड़कर चॉकलेट को मुँह में डाल लेते हैं। दोनों तरह के बच्चों के व्यवहार में इतना अंतर क्यों होता है और कुछ बच्चे तत्काल आनंद पाने की इच्छा को टालने में समर्थ कैसे हो जाते हैं? इसका एक उत्तर यह हो सकता है कि वे अन्य लोगों की तुलना में अपनी भावनाओं को अधिक अच्छी तरह से नियंत्रित कर पाते हैं। आप किसी विषय विशेष की पढ़ाई में कितने अच्छे हैं या समस्याओं का समाधान कितनी जल्दी निकल लेते हैं, इससे ज़्यादा फ़र्क़ नहीं पड़ता- यदि आप आपनी भावनाओं पर नियंत्रण करना नहीं जानते। इसे मनोविज्ञान की भाषा में भावनात्मक बुद्धिमत्ता (इमोशनल क़ोशंट) कहा जाता है और इसके कम होने की स्थिति में आप अपने जीवन में बेहतर परिणामों की अपेक्षा नहीं कर सकते। लोग इसकी कमी के चलते जीवन में बड़ी सफलताओं से वंचित रह जाते हैं।

भावनाओं से क्या तात्पर्य है?

इमोशन (भावना) शब्द लैटिन शब्द 'इमोवर' से निकला है, जिसका अर्थ है आगे बढ़ना, उत्साहित होना या जोश में आना। आज इमोशन शब्द का उपयोग एक बड़े दायरे के रूप में किया जाता है, जिसके अंदर प्रेम, घृणा, आकर्षण या इसी तरह की भावनाएँ शामिल हैं। दैनिक जीवन के अधिकतर कार्य व्यापार इन्हीं भावनाओं के साथ जुड़े होते हैं। किसी के साथ बिताए गए सुखद समय को याद करके हमारे चेहरे पर चमक आ जाती है, हम अपनी पार्टियों और पिकनिक में ख़ुशी की आशा करते हैं। दूसरी ओर जब हमारी भावनाएँ बहुत ही गहरी होती हैं या हमारे नियंत्रण से बाहर होती हैं, तो वे हमें लगातार तकलीफ़ में डालती रहती हैं। भावनाएँ हमारे निर्णय पर प्रभाव डाल सकती हैं, दोस्तों को दुश्मनों में बदल सकती हैं- वास्तव में भावनाएँ बाहरी दुनिया के साथ हमारे संपर्क को दयनीय भी बना सकती है।

अब तक पारंपरिक बुद्धिमत्ता के आकलन में तार्किक चिंतन, सीखने और चीज़ों को याद रखने की क्षमता को अधिक महत्त्व दिया जाता था। बहरहाल, मनोवैज्ञानिक अब भावनाओं के महत्त्व और नित्यप्रति के जीवन की घटनाओं में अपनी भावनाओं की साज-संभाल पर गंभीरता से विचार कर रहे हैं। अतः जीवन में आपकी पूर्ण सफलता के लिए केवल शैक्षिक बुद्धिमत्ता ही महत्त्वपूर्ण नहीं है, वरन भावनाओं को प्रबंधित करने की आपकी योग्यता भी इसमें बड़ी भूमिका निभाती है। अतः कोई हैरानी नहीं कि आजकल कई कंपनियाँ, स्कूल और संस्थाएँ अपने कर्मचारियों को भावनाओं को समझने की क्षमता निखारने का प्रशिक्षण दे रही हैं, ताकि वे व्यावसायिक और निजी जीवन की रोज़मर्रा की घटनाओं में भावनाओं को संतुलित तरीक़े से संभाल पाएँ, उनसे निबट पाएँ।

डैनियल गोलमेन द्वारा 1995 में लिखी गई पुस्तक *इमोशनल इंटेलिजेंस-वॉट इट कैन मैटर मोर देन आईक्यू* में कहा गया है कि भावनात्मक बुद्धिमत्ता हमें अधिक रचनात्मक तरीक़े से सोचने के लिए प्रेरित करती है और समस्याओं के समाधान में अपनी भावनाओं के इस्तेमाल करने का मौक़ा देती है। भावनात्मक बुद्धिमत्ता को मापने के लिए बनाए गए परीक्षण उन क्षेत्रों को पहचानने में मदद करते हैं जिनमें व्यक्ति को अधिक काम करने की आवश्यकता है।

भावनात्मक बुद्धिमत्ता को निखारने के लिए दिए जाने वाले सुझाव मुख्यतः दो क्षेत्रों पर केंद्रित होते हैं, जो कि भावनात्मक क्षमता के विकास में मुख्य भूमिका निभाते हैं। ये हैं- निजी क्षमता अर्थात हम अपने आप को कैसे प्रबंधित करते हैं और दूसरा, सामाजिक क्षमता अर्थात हम रिश्तों का प्रबंधन किस तरह से करते हैं। इनमें से हर क्षेत्र में कई विशिष्ट क्षमताएँ शामिल होती हैं।

निजी क्षमताएँ

स्वयं के बारे में जागरूक होना (अपनी मानसिक अवस्था, संसाधन और सहज ज्ञान की जागरूकता) स्व का नियमन (अपनी मानसिक अवस्था, आवेगों और संसाधनों का नियमन) प्रेरणा (लक्ष्य तक पहुँचने के लिए मौजूद प्रवृत्तियाँ)

सामाजिक क्षमताएँ

समानुभूति (दूसरों की भावनाओं, आवश्यकताओं और चिंताओं के प्रति जागरूकता) सामाजिक कौशल (दूसरों को वांछनीय प्रतिक्रियाओं के लिए प्रेरित करना)

आप जीवन में और विशेषतः सामाजिक रिश्तों में अधिक व्यावहारिक होकर अपनी भावनात्मक बुद्धिमत्ता को बढ़ा सकते हैं। ख़ुद को याद दिलाते रहें कि आपको ऊँचे लक्ष्यों को प्राप्त करना है और आपकी अनुमति के बिना कोई भी आपको नाख़ुश नहीं कर सकता। अपने लक्ष्य से मेल न खाने वाली सभी सूचनाओं को अनदेखा, अनसुना करें। विश्राम और ध्यान की तकनीक भी लाभदायक सिद्ध होती है। इन सबसे बढ़कर, आपके लक्ष्य की सार्थकता और उसके प्रति आपकी आस्था आपको अपनी भावनाओं को सही दिशा में और सही तरीक़े से इस्तेमाल करने में हमेशा मदद करेगी।

> *बढ़िया व्यवहार से दिन अच्छा बनता है, अच्छा दिन एक महीने को बेहतर बनाता है, इससे साल बेहतरीन बनता है और इन सबसे जीवन शानदार बन जाता है।*
>
> –मैंडी हेल

20. अपने कार्यक्षेत्र का चुनाव करना

कार्यक्षेत्र का चुनाव करने में व्यवस्थित मार्गदर्शन न होना आज दुनिया में सबसे बड़ी ख़ामी है। आज के युग में चिकित्सा और इंजीनियरिंग या मैनेजमेंट और लॉ के अलावा भी चुनाव के लिए ढेरों विकल्प मौजूद हैं। ये विकल्प विविध क्षेत्रों में क्षमताओं पर आधारित हैं, जैसे- मीडिया और यहाँ तक कि प्रकाशन व्यवसाय भी। इन विकल्पों में से सही विकल्प के चयन के लिए किसी करियर काउंसलर से सीधे या इंटरनेट के ज़रिए मिलना युवाओं की मदद कर सकता है।

शिक्षण के साथ-साथ मनोवैज्ञानिक का काम करने के अपने लाभ हैं। अक्सर नए विषयों का चुनाव करने वाले विद्यार्थियों के अभिभावक उन विषयों में आगे उपलब्ध अवसरों के बारे में शिक्षकों से जानकारी लेना चाहते हैं या अपने निर्णय पर मनोवैज्ञानिक की सहमति का ठप्पा लगवाना चाहते हैं। मनोवैज्ञानिक अनिर्णय की स्थिति में उलझे विद्यार्थी की सहायता व्यावसायिक योग्यता परीक्षण के द्वारा कर सकते हैं। कई ऑनलाइन परीक्षण भी इसके विकल्प के रूप में उपलब्ध हैं, जिनके बारे में सोचा जा सकता है। ये विषय-क्षेत्र पारंपरिक नहीं हैं, क्योंकि इनमें मिक्सोलॉजी और टेक्सीडर्मी जैसे अपारंपरिक व्यवसाय भी शामिल हैं।

मनोवैज्ञानिक किसी भी करियर विकल्प को अनुभवों के एक सेट के रूप में जिसमें शिक्षा भी शामिल होती है, वर्णित करते हैं। ये आपको अपनी क्षमताओं का उपयोग किसी तरह के लाभ पाने के लिए करने की अनुमति देते हैं। किसी करियर का चुनाव करते समय लाभ एक निर्णायक शब्द सिद्ध होता है। एक व्यक्ति के लिए करियर के रूप में चुना गया क्षेत्र दूसरे के लिए शौक़ या ख़ाली समय बिताने के लिए की जाने गतिविधि भी हो सकता है। यदि आप सिलाई-कढ़ाई का काम आनंद के लिए करते हैं, तो यह आपका करियर नहीं हो सकता। मगर जैसे ही आप कढ़ाई के नमूने बेचने के लिए निकालते हैं, आप शौक़ से नए करियर की कगार पर आ जाते हैं।

करियर व्यापक तौर पर व्यक्ति के जीवन के कामकाजी पहलुओं से भी जुड़ता है। करियर को परिभाषित करने का एक और तरीक़ा इसे एक कार्य या व्यवसाय के रूप में देखना है, जिसमें सामान्यतः तकनीकी प्रशिक्षण या विशेष दिशा-निर्देशों की आवश्यकता होती है। यह व्यक्ति के जीवनभर का काम बन जाता है।

अपने लिए करियर का चुनाव करना आपके जीवन का बहुत ही महत्त्वपूर्ण निर्णय होता है। आप जो काम चुनते हैं, वह न केवल आपके जीवन में संतोष के अनुभव के लिए ज़िम्मेदार है, वरन यह आपके जीवनस्तर और आर्थिक सुरक्षा को भी प्रभावित करता है। करियर का चुनाव करना केवल स्कूल और कॉलेज के विद्यार्थियों के लिए ही समस्या नहीं है। हालाँकि कम आयु में करियर का चुनाव अधिक मदद

कर सकता है, कई लोग बीस, तीस और चालीस के दशक में उसी करियर में बने रहते हैं, उसे बढ़ाते हैं। कुछ लोग सेवानिवृत्ति के बाद दूसरा करियर चुनते हैं।

किसी अनुपयुक्त करियर में फँसने से बचने के लिए निम्नलिखित बातों पर ध्यान दिया जा सकता है -

अपनी स्थिति का आकलन करें

आपके द्वारा चुने जा रहे पेशे का चयन बहुत हद तक आपके लिए उपलब्ध पूँजी पर निर्भर करेगा। यह समझने का प्रयास करें कि गुणवत्तापूर्ण शिक्षा के लिए कुछ धन की भी आवश्यकता होगी। अपने लिए चुने गए विकल्प के प्रशिक्षण के लिए एक विशेषज्ञतापूर्ण संस्थान का चुनाव करना भी महत्त्वपूर्ण है। अपने कौशल को बढ़ाने के लिए आपको कुछ अतिरिक्त हुनर भी सीखने होंगे, जैसे- कंप्यूटर या देश से बाहर पढ़ने जाने के लिए उस देश की भाषा आदि। प्रशिक्षण, शिक्षा आदि के लिए धन की कमी को आप बैंक से ऋण लेकर भी पूरा कर सकते हैं, जो कि आजकल बहुतायत में और आसानी से उपलब्ध हैं। यह भी ध्यान रहे कि कॉलेज की डिग्री होने मात्र से अच्छी नौकरी मिलना सुनिश्चित नहीं हो जाता। सफल पेशेवर बनने के लिए योग्यता और रुचि का होना भी आवश्यक है।

अपनी योग्यताओं का आकलन करें

अपनी ख़ूबियों और कमज़ोरियों का आकलन करने का सर्वश्रेष्ठ तरीक़ा अपनी सफलता और असफलता को याद करना है। यदि आपने जीवविज्ञान की कक्षा में अच्छा प्रदर्शन किया है, मगर अँग्रेज़ी में परेशानी महसूस की है तो संभवतः आपकी वैज्ञानिक योग्यता भाषिक योग्यता से बेहतर है। इस तरीक़े की एकमात्र ख़ामी यह है कि स्कूल में किसी विषय विशेष में आपकी योग्यता शिक्षक और सहपाठियों के सहयोग पर भी निर्भर करती है। उन ख़ूबियों को याद करें, जिनके लिए आपके शिक्षक और सहपाठी आपकी तारीफ़ किया करते थे और प्रोत्साहित करते थे। मित्र और शिक्षक आपकी कमज़ोरियों का भी आकलन करते हैं। यदि लोग लगातार आपके एक-से नकारात्मक और सकारात्मक पहलुओं के बारे में बताते हैं, तो संभवतः उनका आकलन विश्वासयोग्य माना जा सकता है। इसी के साथ मनोचिकित्सक किसी विशेष क्षेत्र में भविष्य बनाने की संभावना देखने और आपकी क्षमता की जाँच के लिए अभिरुचि परीक्षण भी करते हैं।

अपने मूल्यों और रुचियों का निर्धारण करें

इससे पहले कि आप किसी व्यवसाय विशेष को अपने भविष्य के लिए चुनें, अपने मूल्यों और रुचियों का निर्धारण करना लाभदायक होगा। यदि आप अपने परिवार

और मित्रों की राय को महत्त्व देते हैं, तो आप पेशे के चुनाव में उनकी सहमति को भी महत्त्व देंगे, और साथ ही आप स्वयं को भी प्रसन्न रखना चाहेंगे। आप समूह में काम करना पसंद करते हैं या अकेले? आप एक सुव्यवस्थित नौकरी करना चाहेंगे या अपना काम स्वयं प्रबंधित और व्यवस्थित करना चाहेंगे? आप अलग-अलग पेशे के विकल्पों को वेतन और स्तर के हिसाब से भी जाँचना चाहेंगे। कुछ लोग बड़ी कंपनियों में काम करने में रुचि रखते हैं, जबकि कुछ छोटी कंपनियों को प्राथमिकता देते हैं। आप यात्राओं में रुचि रखते हैं या नहीं, इस बारे में भी गंभीरता से सोचना आवश्यक है। कई व्यवसायों में लगातार और सघन प्रवास की माँग रहती है। इसी तरह से महिलाएँ अपने पेशे के बारे में निर्णय लेने से पहले पारिवारिक जीवन में अपनी रुचि पर भी विचार सकती हैं। कई महिलाएँ यह तय करती हैं कि पहले वे बच्चे बड़े करेंगी और फिर काम पर जाएँगी। बाक़ी महिलाएँ शादी से पहले ही किसी न किसी व्यवसाय में जुटना पसंद करती हैं। फिर भी अधिकांश महिलाएँ ऐसे पेशों में जाना चाहती हैं, जिनके साथ उनके पारिवारिक जीवन का साम्य स्थापित हो सके।

व्यावहारिक विकल्पों का आकलन करें

किसी भी विकल्प की जाँच करने का पहला मानक उस क्षेत्र में उपलब्ध अवसर होते हैं। संभव है, भविष्य में तकनीकी विस्तार के चलते आज के विकल्प तब न रहें। पर आज के कुछ विकल्प ख़त्म होने के साथ-साथ तकनीक के विस्तार के चलते कुछ पेशों की प्रकृति बदलेगी और कुछ नए अवसर भी जन्म लेंगे। कुछ पेशे लोगों से स्वयं को लगातार अद्यतन रखने की माँग करते हैं। एक बार आप इस बारे में आश्वस्त हो जाएँ कि कोई जॉब आने वाले वर्षों में क़ायम रहेगा, तो आप ख़ुद को इस पेशे के लिए आवश्यक कौशल और अन्य ज़रूरतों से अद्यतन करते रहेंगे। अपनी रुचि के क्षेत्र में काम कर रहे लोगों से लगातार बातचीत करते रहना भी काफ़ी अच्छा होता है। अपने इच्छित पेशे के बारे में विस्तृत विवरण पुस्तक से भी प्राप्त किए जा सकते हैं। यदि संभव हो, तो थोड़ा समय काम के अवलोकन में भी बिताएँ। कई बार दूर से आकर्षक और मज़ेदार दिखाई देने वाला व्यवसाय समय बीतने के साथ उबाऊ और जड़-सा दैनिक कार्य बनता जाता है।

> *आपको खेल के नियम सीखने होंगे और उसके बाद आपको अन्य सभी से बेहतर खेलना भी होगा।*
>
> –अलबर्ट आइन्स्टीन

21. सेक्स के बारे में निर्णय लेते समय

छोटी आयु से ही हमें यौन व्यवहार में सही-ग़लत के बारे में बताया जाता है। सेक्स

के बारे में नैतिकता के आधार पर कोई राय बनाना भले ही आसान हो, मगर यौन संबंधों के बारे में कोई निर्णय लेना बहुत कठिन साबित हो सकता है। अपने किसी साथी के साथ शारीरिक संबंध बनाना बहुत भयावह, उत्तेजक या गहन हो सकता है। किसी भी अन्य निर्णय की ही तरह ऐसा निर्णय लेने के पहले भी आपको इस बारे में पूरी जानकारी हासिल करनी चाहिए, ताकि आपका निर्णय सही और जानकारी युक्त हो।

कुछ बातें जिन पर सोचना चाहिए

हमारे समाज में सेक्स संबंधी गतिविधियों को लेकर कई तरह की धारणाएँ, मान्यताएँ हैं। यदि आप किसी तरह के यौन संबंधों की ओर क़दम बढ़ाना चाहते हैं, तो नीचे लिखी गई बातों पर ग़ौर करें। साथ ही किसी निर्णय पर पहुँचने से पहले अपनी धारणाओं और निष्कर्षों को भी टटोलें।

- ✓ क्या मेरा व्यवहार मुझे या दूसरे व्यक्ति को शारीरिक या मानसिक रूप से आहत करेगा? क्या इसके बाद भी मैं अपने आप से प्रेम कर पाऊँगा? इस संबंध के संभावित परिणाम क्या होंगे?
- ✓ क्या मेरा व्यवहार मुझे भविष्य में अच्छा पति/पत्नी या अभिभावक बनने में मदद करेगा? क्या मुझे लगता है कि शादी से पहले यौन संबंध बनाने में कोई हानि नहीं है? क्या ऐसा व्यवहार मेरे सिद्धांतों के अनुकूल रहेगा?
- ✓ क्या मैं अपने धर्म के सिद्धांतों का पालन करने का इच्छुक हूँ? यदि मैं ऐसा नहीं करता हूँ, तो मुझे कैसा महसूस होगा?
- ✓ क्या मेरी यौन अभिव्यक्ति मेरे आत्मबल, आत्मसम्मान, अपने बारे में सकारात्मक एहसास को बढ़ाती है? क्या मुझे लगता है कि इस तरह के रिश्ते मुझे सम्मान दिलाएँगे और आनंद देंगे? यदि नहीं, तो क्या मुझे इन्हें आगे बढ़ाना चाहिए?
- ✓ किसी व्यक्ति के साथ शारीरिक संबंध बनाने से उस व्यक्ति और मेरे रिश्तों पर क्या प्रभाव पड़ेगा?

हमउम्र युवाः दबाव का विरोध करें

यौन संबंधों के बारे में हमउम्र लोगों के दबाव में न आएँ। आपको अपने शरीर के साथ क्या करना है, यह आपको कोई दूसरा नहीं बता सकता है। किसी समूह में बने रहने भर के लिए यौन संबंध स्थापित करना आपको अच्छा या समझदार महसूस नहीं कराएगा। इसके विपरीत, ऐसा करने से आपकी वैसी छवि बन सकती है, जिससे आपको अच्छा महसूस न हो।

किसी को भी यह न कहने दें कि यदि आप उससे सचमुच प्यार करते हैं, तो

उसके साथ यौन संबंध बनाएँ। आप उस व्यक्ति को सचमुच पसंद करते हों, फिर भी इस रास्ते पर न जाएँ। किसी का साथ बनाए रखने के लिए यौन संबंध बनाना रिश्तों को लंबे समय तक टिकाए नहीं रख सकता। यदि ऐसा हो भी जाए, तो आपको अपने निर्णय को लेकर सहजता महसूस नहीं होगी। यदि कोई आपसे इसलिए दूर होना चाहता है कि आप उसके साथ संबंध नहीं बनाना चाहते, तो पहली बात यह समझें कि वह व्यक्ति आपके लिए ठीक नहीं है।

साथ ही ऐसा भी मानकर न चलें कि आजकल तो ऐसा सभी करते हैं। आपके दोस्त भले ही ऐसा कहते हों, मगर संभव है वे ख़ुद को आधुनिक, प्रगतिशील या दुस्साहसी दिखाने के लिए ऐसी डींगें भर मार रहे हों। हो सकता है, वे सच को अतिशयोक्तिपूर्ण तरीक़े से बयाँ कर रहे हों या पत्रिकाओं, टीवी, इंटरनेट या फ़िल्मों में देखे-सुने को अपनी बात कहते हुए बता रहे हों। पहली बात तो यह कि आपको क्या करना है, यह आपका निजी निर्णय है। आपने यौन संबंध बनाएँ हैं या नहीं, यह नितांत निजी जानकारी है। इसे सबके साथ साझा करने की कोई आवश्यकता नहीं है। यह किसी का भी अधिकार नहीं है कि आपके यौन जीवन के बारे में फ़ैसला सुनाए या आपके निर्णय को नियंत्रित करें।

ख़तरे जिनकी जानकारी होनी चाहिए

यौन संबंधों के कुछ ख़तरे गर्भाधान और यौन संक्रमण के हैं, जिनमें हर्पिस, गोनोरिया, जननांगों में छाले, सिफ़लिस, एड्स आदि शामिल हैं। शरीर यौन संबंधों के लिए तैयार हो, इससे पहले यौन संबंध बनाना आपको शारीरिक और मानसिक, दोनों ही तरह से आहत कर सकता है।

जब आप यौन संबंध स्थापित करने का निर्णय लेते हैं, तो आपकी मान्यताएँ, मूल्य और भावनाएँ इसमें महत्त्वपूर्ण भूमिका निभाती हैं। यदि आप इन संबंधों के दौरान दबाव में या भयभीत महसूस करते हैं, तो इसका अर्थ है कि आप इसके लिए तैयार नहीं हैं। थोड़ी घबराहट सामान्य मानी जा सकती है, मगर आपको अपनी भावनाओं पर ध्यान देना चाहिए।

एक क़दम पीछे लीजिए। आपको वास्तव में क्या चाहिए, इसे जानने का प्रयास कीजिए। किसी विश्वासपात्र व्यक्ति, जैसे- अपने अभिभावक, मनोचिकित्सक, शिक्षक, पारिवारिक चिकित्सक या परिवार के सदस्य से बातचीत कीजिए।

किसी बात का अनुभव लेना लुभावना विचार है, मगर केवल अनुभव के लिए ख़तरों से खेलना और इस तरह की गतिविधियों में संलग्न होते रहना ख़तरनाक हो सकता है। आपको अपनी सामाजिक संरचना में भी यह देखना होगा कि इस तरह के अनुभव मान्य हैं या आपको विवाह के बाद ही ऐसे अनुभव लेने चाहिए।

पढ़ाई के लंबे समय तक चलने या शादी लायक़ बड़े भाई-बहन होने से आपकी शादी में देरी के ख़याल से आपको चिंता हो सकती है। जो भी हो, अपने जीवन के बारे में सही निर्णय लेना जिसमें स्वास्थ्य सुरक्षा भी शामिल हो, यह आपके हाथ है।

सावधान रहें

आपके सामने ऐसी स्थिति भी आ सकती है कि हमउम्र लोगों के दबाव के चलते आपको ऐसी गतिविधियों में संलग्न होना पड़े, जिनमें आप नहीं पड़ना चाहते। यह सुनिश्चित करना आपकी अपनी ज़िम्मेदारी है कि आप सही लोगों की संगत में हैं, ऐसे स्थान पर हैं जहाँ आप अपने लिए सही निर्णय ले सकते हैं। आप किशोर हों या वयस्क, अपने चयन और निर्णयों के परिणाम की ज़िम्मेदारी आप पर होगी।

22. 'नहीं' कहना और उस पर अडिग रहना

कई बार सीधे-सीधे 'नहीं' कहना कठिन होता है। किसी सामान को ख़रीदने का आग्रह करते सेल्समैन से लेकर अनायास दबाव बनाने वाले नियोक्ता तक, सभी को नहीं कहना आवश्यक होता है। मगर यह उतना आसान नहीं होता। यदि आपको भी नहीं कहना कठिन लगता है, तो संभव है कि आप अपना अधिकांश समय उन कामों में बिताते हैं, जो लोगों द्वारा आपको थमा दिए जाते हैं और जिनसे आपका निजी लाभ नहीं होता और जिन्हें करना आपकी प्राथमिकता में भी नहीं होता। लगातार ऐसा होते रहने से असंतोष और निराशा का भाव जागता है, जिसका असर रिश्तों पर पड़ता है। दूसरों की माँग के लिए हाँ कहते रहना, वह भी तब जब वास्तव में आप उन्हें नहीं कहना चाहते हैं, आपके भीतर तनाव और चिंता को जन्म देता है। इससे सिरदर्द जैसे तनाव के लक्षण उभरते हैं। अतः 'नहीं' कहना स्वयं को जीवन रूपी गाड़ी की ड्राइविंग सीट पर बिठाना और अपने जीवन व समय का नियंत्रण अपने हाथों में लेने जैसा है। इसके साथ-साथ सीधे 'नहीं' कहना आपके आत्मविश्वास को भी बढ़ाता है।

'नहीं' कैसे कहा जाए

1. अपने उत्तर को संक्षिप्त और सटीक रखें और बेवजह की सफ़ाई देने से बचें।
2. विनम्र रहें और मदद का निवेदन करने वाले व्यक्ति को महत्त्व दें।
3. गर्मजोशी से और सहज रहकर 'नहीं' कहें, ताकि उसमें छिपी कठोरता को कम किया जा सके।
4. अपनी भावनाओं को सामान्य-सहज शब्दावली में ईमानदारी और स्पष्टता से जताएँ।

5. 'नहीं' कहकर वहाँ से हट जाएँ। आपके वहाँ बने रहने से लोग समझ सकते हैं कि आप अनिश्चय की स्थिति में हैं और आपका निर्णय बदल भी सकता है।
6. 'नहीं' कहने के ढंग का अभ्यास आप पहले किसी दर्पण के सामने भी कर सकते हैं, ताकि अपनी भावनाओं पर नियंत्रण कर सकें।

जिन लोगों को नहीं कहने में दिक़्क़त होती है, उनकी मान्यता एक-सी रहती है। जैसे, वे मानते हैं कि अच्छे लोग दूसरों की मदद करते हैं और नहीं कहना स्वार्थ व कठोर व्यवहार के अंतर्गत आएगा। या दूसरे लोग मुझसे ज़्यादा महत्त्वपूर्ण हैं, अतः मैं उन्हें मना नहीं कर सकता। यदि मैं नहीं कहूँगा, तो उन्हें बुरा लगेगा या वे नाराज़ हो जाएँगे और मुझे नापसंद करने लगेंगे। यदि आपकी भी ये मान्यताएँ हैं, तो आपको उन्हें पहचानना होगा और चुनौती देनी होगी। अन्यथा आप दूसरों की अपेक्षाओं के बोझ से दबते जाएँगे।

'नहीं' कहने की योग्यता न होना अक्सर दो बुनियादी ग़लतियों की ओर इशारा करता है। पहला यह कि आप निवेदन को अस्वीकार करने को व्यक्ति को अस्वीकार करने से जोड़कर देख रहे हैं। दूसरा, आप उस व्यक्ति को आपके न कहने से पहुँचने वाली तकलीफ़ को ज़्यादा आँक रहे हैं। यदि सही तरीक़े से इनकार किया जाए, तो बहुत-से लोग सीधे 'नहीं' सुनकर भी ख़ुश होते हैं। बल्कि इससे रिश्ते मज़बूत ही होंगे, क्योंकि आपने अपनी भावनाओं को ईमानदारी से व्यक्त किया है, अतः सामने वाला व्यक्ति भी अपनी भावनाओं को प्रदर्शित कर पाएगा।

'नहीं' कहने की तकनीक

सीधे 'नहीं' कहा जाए - अर्थात 'नहीं' कहते समय किसी तरह की क्षमायाचना की आवश्यकता नहीं है। सीधे किया गया इनकार अधिक प्रभावी होता है, विशेषतः उन लोगों के लिए जो ज़बरन पीछे पड़ जाते हैं, जैसे सेल्समैन आदि। उन्हें यह कहा जाए कि नहीं, मुझे इसकी आवश्यकता नहीं है, तो इसका प्रभाव ज़्यादा पड़ेगा।

'नहीं' को प्रदर्शित करना - इसमें अंत तक अपने इनकार को जताना और उस पर क़ायम रहना शामिल है। यह 'नहीं' कहने का अंतिम तरीक़ा है और इसके बाद किसी भी तरह के मोलतोल या बातचीत की गुंजाइश नहीं बचती, जैसे- 'मुझे पता है कि पत्र आवश्यक हैं, मगर मैं अभी पोस्ट ऑफ़िस नहीं जा सकता।'

कारण सहित 'नहीं' कहना - यह तरीक़ा इनकार के लिए एक संक्षिप्त और प्रामाणिक कारण देता है। इसे आप तब इस्तेमाल कर सकते हैं, जब आप काम से बचना नहीं चाहते हैं, मगर आपके पास उसे न कर पाने का ठोस कारण है। जैसे- 'मैं इन पत्रों को पोस्ट नहीं कर सकूँगा, क्योंकि मुझे एक मित्र से दोपहर के भोजन पर मिलना है।'

पूछताछ करते हुए 'नहीं' कहना - इस तरह से कहा गया 'नहीं' ठोस नहीं होता और इसमें आगे बातचीत की गुंजाइश होती है। जैसे- 'अभी तो नहीं, पर क्या किसी और समय में यह किया जा सकता है?'

सहायता करने वाला 'नहीं' - यह वर्तमान आग्रह के लिए इनकार करते हुए उसे किसी और समय में किए जाने की पेशकश करता है, जैसे- 'इस काम को मैं अभी तो नहीं कर पाऊँगा, मगर घर जाते समय कर दूँगा।'

पहली बार 'नहीं' कहते समय आपको दिक़्क़त महसूस हो सकती है। जो भी हो, अभ्यास के साथ यह सरल-सहज होता जाएगा। अलग-अलग स्थितियों में अलग-अलग प्रतिक्रियाओं की आवश्यकता होगी। अतः नहीं कहने के विभिन्न तरीक़ों से अवगत होना मददगार होगा। आप परिस्थिति के अनुरूप सही तकनीक का उपयोग कर सकते हैं, ताकि आगे इस बारे में आपको अच्छा महसूस हो।

> *नहीं कहने से ही आगे आप उन बातों पर ध्यान केंद्रित कर पाएँगे, जो वास्तव में महत्त्वपूर्ण हैं।*
>
> -स्टीव जॉब्स

II

अब हम बड़े हो गए हैं

23. बदलाव ही जीवन है और जीवन का नाम ही बदलाव है

हममें से ज़्यादातर लोगों ने 200 साल पहले लिखी गई यह प्रार्थना सुनी होगी -

> *हे ईश्वर! मुझे उन बदलावों को करने की ताक़त दे जो मेरे लिए आवश्यक हैं, जो बदलाव मैं न कर पाऊँ उनको स्वीकार करने का धीरज दे और इस सबसे बढ़कर इनके अंतर को समझने की बुद्धि दे।*
>
> -रीनहोल्ड निएबहर

आज के समय में भी यह प्रार्थना जीवन में बदलावों को स्वीकार करने के हुनर के बारे में बात करती है।

कुछ साल पहले मैं भारतीय वैज्ञानिकों के अंटार्कटिका अभियान का हिस्सा बना था। इस अभियान के लिए एक गहन शोध प्रस्ताव और कठोर प्रशिक्षण ज़रूरी शर्तें थीं। जैसे-जैसे हमारे जाने का दिन निकट आया, मेरे मन में अपनी भागीदारी को लेकर दूसरी तरह के विचार आने लगे। इस अभियान पर जाना न तो मेरी पेशेवर आवश्यकता में शामिल था, न ही इसके लिए कहीं से कोई आर्थिक पुरस्कार मिलने वाला था। मैं इस बात पर अचरज करने लगा कि ऐसा क्या था, जिसने मुझे इस ओर आकर्षित किया। आख़िरकार, इस विशिष्ट रोमांचक सफ़र के लिए परिवार से महीनों दूर रहने, जमा देने वाले तापमान में रहने और अपनी खानपान की आदतों में बदलाव लाने की दरकार थी। इस तरह की आशंकाओं को जानते-बूझते ख़त्म कर देना आसान न था। जो भी हो, आज जब पीछे मुड़कर देखता हूँ तो इस अभियान में शामिल होने का श्रेय ख़ुद को देने से रोक नहीं पाता हूँ। यदि मैं जीवन के इस मोड़ पर आने वाले इस बदलाव को सकारात्मक रूप से स्वीकार करने का साहस न करता, तो भय पर विजय पाने और तनाव का प्रबंधन करने के निजी सबक़ों से हरगिज़ वाकिफ़ न हो पाता।

बदलाव बड़े हों या छोटे, जन्म से ही हमारे जीवन को तभी से प्रभावित करते चलते हैं। हालाँकि रोज़मर्रा के बदलावों से हम अनजाने ही सामंजस्य बिठाते चलते हैं, मगर बड़े बदलाव तनाव देने वाले हो सकते हैं। ज़ाहिर है, वे जीवन में बड़े पुनर्संयोजन की माँग करते हैं, साथ ही भावनात्मक उथल-पुथल भी मचा देते हैं। कुछ बदलाव, जैसे नौकरी बदलना आदि पर कुछ हद तक हमारा नियंत्रण हो सकता है और इन्हें हम योजनाबद्ध रूप से कर सकते हैं, मगर अन्य परिवर्तन, जैसे घनिष्ठ

रिश्तों का टूटना आदि के बारे में सहज पूर्वानुमान नहीं लगाया जा सकता। अक्सर ये हमारे नियंत्रण के परे होते हैं।

आप बदलाव को किस तरह देखते हैं

अपने जीवन के किसी एक क्षेत्र में आए बदलाव के बारे में सोचिए और बदलाव के प्रति आपकी दृष्टि क्या है, इसे जानने के लिए इन प्रश्नों के उत्तर दीजिए -

- क्या आप बदलावों को चुनौती के समान लेते हैं या ऐसी बात की तरह जिससे आप बचना चाहते हों?
- इसके क्या लाभ हैं? इससे क्या हानि होगी?
- किस तरह के बदलाव आपको भयभीत करते हैं? क्या इन बदलावों के बाद आपको स्वयं को या अपने जीवन को लेकर किसी तरह का डर महसूस होता है?
- इन बदलावों का बुरे-से-बुरा हश्र क्या हो सकता है?
- क्या इस बदलाव का कोई दूरगामी परिणाम होगा?
- ये बदलाव आपके आसपास के लोगों को किस तरह से प्रभावित करेंगे?
- इन बदलावों को बेहतर बनाने के लिए अब आप क्या प्रयास करेंगे?

जैसे-जैसे आप बदलावों के साथ सामंजस्य बिठाने की प्रक्रिया में आगे जाएँगे, कुछ खोने, गुस्से या दुख के भाव आना स्वाभाविक है। संभवतः आपके मन में अनिश्चितता और स्वयं पर शंका जैसे भाव भी आएँ। साथ ही भविष्य के अनजानेपन को लेकर कुछ भय भी लगेगा। यदि आपको अपने जीवन के बड़े परिवर्तनों के साथ सामंजस्य बिठाना है, तो अपनी पुरानी आदतें भुलाकर नए उचित व्यवहार सीखने के लिए भी तैयार होना पड़ेगा। आपको भावनात्मक उतार-चढ़ाव को स्वीकार करने के लिए भी तैयार रहना होगा, जो अक्सर किसी भी नई दिनचर्या में जाने से पहले उत्तेजना और फिर शांति के दौर के रूप में सामने आते हैं।

बदलाव के साथ सामंजस्य न बिठा पाने के परिणाग भावनात्मक परेशानियों जैसे अवसाद, गुस्सा, असंतोष या माफ़ न कर पाने जैसे विकारों के रूप में सामने आते हैं। बजाय यह कहने के कि आज जीवन जैसा है, मैं उसे स्वीकार करता हूँ, आप अपने आप को अक्सर अतीत में झाँकते हुए यह कहते पाएँगे कि वे दिन कितने बेहतर थे। बदलाव को स्वीकारने में समय लगता है। यह प्रक्रिया धीमी और क्रमिक होती है। जो भी हो, हम एक लगातार बदलती दुनिया में रह रहे हैं, अतः बदलाव को स्वीकार करना भी जीवन का आवश्यक कौशल बन गया है।

खुद को तैयार करना

1. *सकारात्मक रवैया विकसित करें* - बदलाव के प्रति अपने रवैये की जाँच करें। इसे अपने आप को सबल और अच्छा व्यक्ति बनाने के अवसर की तरह देखें।
2. *अधिक जानकारी हासिल करें* - बदलाव के क्षेत्र के बारे में अधिक जानकारियाँ जुटाएँ। इससे आप बदलाव के लिए तैयार हो सकेंगे। बदलाव की चिंता करने के बजाय सारे मामले के बारे में सुव्यवस्थित तरीक़े से सोचें।
3. *अपनी भावनाओं को व्यक्त करें* - बदलाव के बारे में अपनी भावनाओं को बाहर निकालें, उनके बारे में बात करें। 'ऐसा होना चाहिए' पर आधारित विचारों से बचें, जैसे- मुझे अब इसका आदी हो जाना चाहिए।
4. *व्यवस्थित कार्य योजना बनाएँ* - अपने आप से पूछें कि मैं इस स्थिति को कैसे बेहतर बना सकता हूँ। नुक़सान को कम करने और लाभ को बढ़ाने के तरीक़े खोजें।
5. *अपना ध्यान रखें* - बदलाव के दौरान समय पर खाना, सोना और पर्याप्त व्यायाम करना आवश्यक है। इसके अतिरिक्त, हमेशा प्रसन्न रहने का प्रयास करें, जिससे आपमें और आपके आसपास ख़ुशी का संचार होगा।
6. *सहयोगी संजाल विकसित करें* - सबकुछ अपने ऊपर न ओढ़ें। परिवार और मित्रों को साथ लें, अपनी आशंकाओं-कुशंकाओं को उनसे साझा करें, उन्हें बताएँ कि आप बदलाव को लेकर कैसा महसूस कर रहे हैं।

> *अपनी ऊर्जा को पुरानी बातों के साथ लड़ने में ख़र्च न करके नए के निर्माण में लगाना ही बदलाव का रहस्य है।*
>
> -सुकरात

24. क्या आप प्रेम में हैं?

वैलेंटाइन डे बीत जाने के बाद भी हवा में प्रेम की अभिव्यक्तियाँ तैरती रहती हैं। कवियों की तुलना में प्रेम को परिभाषित करने में मनोचिकित्सक कुछ ख़ास नहीं कर पाते। प्रेम में डूबे कुछ जोड़ों के सर्वे के बाद कुछ मनोचिकित्सकों ने प्रेम की इस भावना को गहन आकर्षण या चाहत का नाम दिया। आप अपने अनुभव से संभवतः यह महसूस कर सकते हैं कि प्रेम केवल वयस्कों या विपरीत लिंगी लोगों तक ही सीमित नहीं होता। एक बच्चा अपने माता-पिता और दादा-दादी के प्रति भी प्रेम महसूस करता है। आप कुत्ते-बिल्ली जैसे अपने पालतू पशुओं को भी प्यार करते हैं। हालाँकि इस अध्याय में हम पशुओं नहीं, बल्कि हमउम्र के साथ गहरे प्रेम के बारे में बात करेंगे।

हालाँकि जुनूनी प्रेम किसी भी आयु में हो सकता है, पर युवाओं के बीच यह प्रश्न बड़ा लोकप्रिय होता है- 'आप कैसे जानते हैं कि आप सचमुच प्रेम में हैं?' मनोचिकित्सक कई बार इस प्रश्न का उत्तर देते हुए कहते हैं, 'यदि आपको यह पूछना पड़ रहा है, तो इसका अर्थ है कि आप प्रेम में नहीं हैं।' कुछ सुझाते हैं कि कोई भी रिश्ता प्रेम में तब बदलता है, जब दो दोस्तों को यह लगने लगता है कि वे योग्य सेक्स पार्टनर हैं। विद्यार्थियों और सामान्य लोगों पर बड़े स्तर पर किए गए अध्ययन यह बताते हैं कि दोस्ती कब प्रेम में बदल जाती है, इसका कोई सटीक विवरण नहीं मिलता। बल्कि 'प्रेम में पड़ने' की माप के कारक 'दोस्ती में बँधने' की माप के कारकों से बहुत अलग होते हैं।

जब लोगों से प्रेम और दोस्ती में पड़ने के उनके अनुभवों के बारे में पूछा गया, तो उनकी प्रतिक्रियाओं से पता चला कि प्रेम के पीछे कई वांछनीय पहलू शामिल होते हैं, जैसे- आकर्षक व्यक्तित्व और रूप-रंग। इसके अलावा एक-दूसरे के प्रति सराहना और आदर का भाव भी होता है। दोस्ती और प्रेम कई मायनों में एक समान होते हैं, मगर एक-दूसरे के प्रतिरूप नहीं होते। दो व्यक्तियों की आपसी निर्भरता शायद इन दोनों के बीच का एक समान सूत्र है।

जो लोग अपने आप को प्रेम में डूबा हुआ मानते हैं, उन पर किए गए अध्ययन कई समान लक्षणों की ओर इशारा करते हैं। रोमांटिक प्रेम में डूबा व्यक्ति अपने साथी के ख़यालों में घिरा रहता है। उनमें एक-दूसरे को आदर्श मानने की प्रवृत्ति होती है। जब व्यक्ति एक-दूसरे के संपर्क में होते हैं, तो शारीरिक आकर्षण होता है और एक-दूसरे की ख़ुशहाली का भाव भी रहता है। प्रेम में स्थित व्यक्ति रिश्तों में कुछ दिक़्क़तें आने पर बहुत दुखी हो उठता है और अपने साथी के साथ ही रहना चाहता है। प्रेम में पड़े व्यक्ति के लिए यह जानना आवश्यक है कि उनकी भावनाएँ साझा हैं, अर्थात उसका साथी भी वही सब महसूस करता है जो वह कर रहा है और दोनों ही एक-दूसरे की उतनी ही परवाह करते हैं।

एक प्रश्न हमेशा हरेक के मन में उठता रहता है, 'क्या मैं सचमुच प्रेम में हूँ?' क्या प्रेम पर हुए अध्ययन इस महत्त्वपूर्ण प्रश्न का कोई उत्तर सुझाते हैं? शायद हाँ। आप नीचे दिए गए निर्देशों का पालन करके किसी व्यक्ति के बारे में अपने प्रेम का पता लगा सकते हैं।

किसी ऐसे व्यक्ति के बारे में सोचें, जिसके बारे में आपको लगता हो कि आपको उससे प्रेम है। हर कथन के नीचे उस व्यक्ति का नाम लिखें और हर प्रश्न का उत्तर उसके सामने कोई अंक लिखते हुए दें। यदि आप कथन से पूरी तरह से सहमत हैं और उसे बिलकुल सही मानते हैं, तो उसके आगे 9 लिखें। यदि असहमति है और आपको लगता है कि कथन पूरी तरह ग़लत है तो 1 लिखें। इस तरह आप अपने प्रेम को मापने के लिए 1 और 9 अंक का उपयोग कर सकते हैं।

1. मुझे लगता है मैं _____ को सारी बातें (गुप्त रखने वाली भी) बता सकती/सकता हूँ।
2. मैं _____ के लिए कुछ भी कर सकती/सकता हूँ।
3. यदि मैं _____ के साथ नहीं होती/होता हूँ, तो मैं दुखी रहती/रहता हूँ।
4. यदि मैं अकेलापन महसूस करती/ करता हूँ, तो मेरे ज़ेहन में पहला ख़याल _____को देखने का आता है।
5. मेरी पहली चिंता _____ की भलाई है।
6. मैं _____ को किसी भी बात/ग़लती के लिए माफ़ कर सकती/सकता हूँ।
7. मैं _____ की भलाई के लिए अपने आप को ज़िम्मेदार मानती/मानता हूँ।
8. मैं _____ के साथ छुप-छुपकर होने से बहुत आनंद महसूस करती हूँ/ करता हूँ।
9. _____ के बिना मेरे लिए जीना बहुत मुश्किल होगा।

सारे प्रश्नों के जवाब देने के बाद अपने अंकों का योग करें। गहन प्रेम के अंक-81, सबसे कम के अंक-9, यदि अंकों का योग 60-65 के बीच है तो संभवतः आप प्रेम में हैं। 70 से ऊपर के अंक बताते हैं कि प्रेम को लेकर आपकी भावनाएँ प्रबल और गहन हैं।

प्रेम के लिए शुभकामनाएँ!

मैंने तुम्हें सैकड़ों जन्मों में चुना है, सैकड़ों दुनियाओं में चुना है, वास्तविकता के किसी भी संस्करण में मैं तुम्हें ढूँढ़ लूँगी और तुम्हें ही चुनूँगी।

–कर्स्टन वाइट

25. तुम्हारे कहने से पहले 'मैं कर देता हूँ/देती हूँ'

वैलेंटाइन डे जैसे अवसरों के बाद कामदेव के बाण से आहत सभी जोड़ों को अपने रिश्ते को विवाह में बदलने से पहले बहुत कुछ सोचना होगा। विवाह का अर्थ है ख़ुद को किसी अन्य के साथ साझा करना, उसे अपने निजी क्षेत्र में दाख़िला देना। किसी दूसरे व्यक्ति के साथ अपने जीवन का बँटवारा करना सीखना इतना आसान नहीं होता। इसके लिए समर्पित इरादे के साथ-साथ इस पर लगातार काम करने की भी आवश्यकता होती है। निश्चित रूप से इसका प्रभाव भविष्य में आपके जीवन और आपकी ख़ुशियों पर पड़ेगा।

किसी भी रिश्ते में प्रेम एक से अधिक तरह का हो सकता है। प्यार के साथ पहले-पहल जुनून, रोमांच और रोमांस की भावनाएँ प्रबल रहती हैं। इसके बाद अपने रिश्ते को स्थायित्व देने की भावना मन में उभरती है। प्रारंभिक रोमांस वाला प्रेम मज़ेदार होता है, मगर ऐसा अंत तक बना नहीं रह सकता। किसी मादक पेय को पीने के बाद मन में संचारित हुआ उत्साह असर ख़त्म होने के बाद उतर जाता है। मगर दुर्भाग्य से कुछ लोग इसी भावना के आदी हो जाते हैं और अपने जीवन में लगातार इसी पहले प्यार के रोमांस की तलाश में लगे रहते हैं। वे स्वयं को किसी स्थायी रिश्ते में बाँधने में नाकाम रहते हैं। यही कारण है कि रिश्ते की शुरुआत में ही लंबे समय की योजनाएँ बनाना मुफ़ीद नहीं होता।

एक बार प्यार का जादू ख़त्म हो जाने के बाद कई बातें ऐसी आती हैं, जिनसे रिश्ते ख़त्म होने के कगार पर आ जाते हैं। आप और आपके साथी का वास्तव में एक-दूसरे को पसंद करना ज़रूरी है। साथ ही विचारों का खुलापन और एक-दूसरे को समझने और मिलकर चलने की इच्छा का होना बहुत ज़रूरी है। इन सबसे बढ़कर, आपको यह स्पष्टता होना ज़रूरी है कि आप जोड़े के रूप में एक-दूसरे के योग्य या अनुकूल हैं। अनुकूलता को मापने के चार महत्त्वपूर्ण मापदंड होते हैं -

- ✓ साझे लक्ष्य, मूल्य और भविष्य के आदर्श
- ✓ समान अभिरुचियाँ एक समान पृष्ठभूमि
- ✓ साझा शारीरिक आकर्षण
- ✓ एक-दूसरे के पूरक व्यक्तित्व

उदाहरण के लिए, यदि आप बहिर्मुखी और सहज हैं और आपका साथी शायद शर्मीला और शांत है, मगर स्थिर और विश्वसनीय है, तो आप एक-दूसरे की कमियों को पूरा करने में सफल हो सकते हैं।

एक परामर्श के सत्र के दौरान एक युवती अपने चुनाव के बारे में आशंकित थी। मैंने उससे प्रश्न किया, 'क्या आप सचमुच उससे प्यार करती हैं?'

'हाँ, मगर मुझे डर है। मैं आश्वस्त नहीं हूँ। क्या मुझे उससे वादा करना चाहिए?'

अपने कितनी बार यह सुना है या अपने आप से यह कहा है? कई लोग कहते हैं कि उन्हें रिश्ते के प्रति किसी भी तरह प्रतिबद्धता दर्शाने से डर लगता है। कई बार वे अपने साथी के बारे में आपने आकलन को लेकर आश्वस्त नहीं होते। उन्हें अपने साथी में अच्छी और बुरी, दोनों बातें दिखाई देती हैं। इसके साथ-साथ भारत ही नहीं, संपूर्ण दक्षिण एशिया में साथी के चुनाव पर दोनों के परिवारों की सहमति की मुहर लगना भी आवश्यक समझा जाता है।

आप एक-दूसरे के कितने अनुकूल हैं?

यहाँ कुछ प्रश्न दिए जा रहे हैं, जिनका सामना आपको और आपके साथी को करना होगा, ताकि आप एक-दूसरे की अनुकूलता को जाँच सके। आप इनके उत्तर अलग-अलग दीजिए। उसके बाद अपने उत्तरों की तुलना कीजिए और उन पर चर्चा कीजिए।

1. क्या आप सचमुच अपने साथी को पसंद करते हैं? क्या आप उसको अपना दोस्त बनाएँगे?
2. क्या आपका साथी आपको हँसाता है?
3. आप अपने साथी की किस बात का सम्मान करते हैं?
4. आप दोनों की समान रुचियाँ क्या हैं?
5. क्या आप अपने साथी के प्रति यौन आकर्षण महसूस करते हैं?
6. क्या आप दोनों एक-दूसरे से अपनी भावनाओं को कह पाते हैं और रचनात्मक आलोचना को बर्दाश्त कर पाते हैं?
7. दस वर्ष के समय में आप साथ रहते हुए अपनी ज़िंदगी को कैसा देखते हैं?
8. आप अपनी-अपनी भूमिकाओं को किस तरह देखते हैं?
9. बच्चों के बारे में आपकी क्या योजना है?
10. जब बातें ग़लत होती हैं, तो आपकी प्रतिक्रिया क्या होती है?

किसी भी विवाह या रिश्ते की सफलता को प्रभावित करने वाले कई कारक होते हैं, जो सफलता की राह में जोख़िम पैदा करते हैं। इनके बारे में सावधानी से सोचना चाहिए। जैसे- एक रिश्ता टूटने पर तुरंत किसी और से शादी कर लेना। ऐसा या तो आप ख़ुद को और दूसरों को समझाने के लिए करते हैं कि आप भी प्यार किए जाने के क़ाबिल हैं या फिर वर्तमान जीवन में आ रही तकलीफ़ों से भागने के लिए। अध्ययन यह भी कहते हैं कि जब जोड़ों के बीच आयु का अंतर दस साल से ज़्यादा का होता है, तो ऐसी शादियाँ सुखी नहीं होतीं।

मैं यह वादा नहीं कर सकता कि मैं तुम्हारी सभी परेशानियों को दूर कर दूँगा, पर यह वादा करता हूँ कि उन्हें तुम्हें अकेले नहीं झेलने दूँगा।

–अज्ञात

26. अपनी अतार्किक धारणाओं को विदा करें

वास्तविक जीवन में हमारी कुछ दुर्बल भावनाएँ बहुत-से अतार्किक विचारों को मानने से पनपती हैं, जो हमें बेतुके निष्कर्षों की ओर ले जाती हैं और हमारे व्यवहार को बुरी तरह से प्रभावित करती हैं। हम सामान्यतः अपने व्यवहार को नियंत्रित करने वाली इन धारणाओं और विचारों के प्रति बहुत जागरूक नहीं रहते। अतः अपने अतार्किक विचारों को परे करना भविष्य में तरक़्क़ी की राहें खोलता है।

परिपूर्णता का भ्रम

जो लोग परिपूर्णता के भ्रम में रहते है, वे इस बात पर विश्वास करते हैं कि उन्हें हरेक स्थिति का सामना पूरे आत्मविश्वास और कुशलता से करना चाहिए। सच यह है कि हरेक परिस्थिति का सामना एक जैसे आत्मविश्वास और कौशल के साथ करने की अपेक्षा ही अपने आप में अतार्किक है। आप इस स्तर तक पहुँचें, यह अपेक्षा ही बेमानी है। परिपूर्णता या प्रवीणता का यह भ्रम न केवल आपको दूसरों की पसंद में शुमार होने से रोकता है, वरन आपके आत्मसम्मान को भी कम करता है। आप ख़ुद को कैसे पसंद कर पाएँगे, जब आप स्वयं अपने मानकों पर खरे न उतरते हों? इसके विपरीत, जैसे ही आप यह सोचना शुरू कर देते हैं कि आप एकदम कुशल नहीं हैं, आपमें भी कुछ कमियाँ होना स्वाभाविक है, तो आप स्वयं ही दबाव-मुक्त हो जाते हैं। यह ज़रूरी है कि आप किसी भी काम में अपना सर्वश्रेष्ठ दें, पर थोड़ी कमियों को स्वीकार भी करें।

दूसरों की स्वीकृति की भ्रांति

एक और भ्रांति है- हर काम के लिए दूसरों की स्वीकृति की अपेक्षा करना। इस भ्रामक धारणा से जुड़े रहने पर अपनी ग़लती न होने पर भी हम हमेशा भयभीत और क्षमाशील-सा महसूस करते हैं। इस धारणा को दूर करने का तात्पर्य स्वार्थ भरी ज़िंदगी जीना नहीं होता। दूसरों की ज़रूरतों को समझना और कुछ लोगों को आदर देना बेशक महत्त्वपूर्ण है, मगर यदि आप अपनी आवश्यकताओं और सिद्धांतों को दरकिनार करके यह करते हैं, तो लोगों की स्वीकृति प्राप्त करने के लिए आप बहुत बड़ी क़ीमत चुका रहे हैं।

क्या है और क्या होना चाहिए का भ्रम

हमारी अप्रसन्नता का एक बड़ा कारण क्या है और क्या होना चाहिए के बीच अंतर न कर पाना होता है। मसलन, कई लोग 'है' और 'होना चाहिए' के बीच भ्रमित रहते हैं और सोचते हैं –

'उन्हें और दोस्ताना व्यवहार रखना चाहिए।'

'उसे इतना विचारशून्य नहीं होना चाहिए।'

ऐसे मामलों में व्यक्ति यह पसंद करता है कि लोग भिन्न-भिन्न व्यवहार करें। चीज़ें ठीक रहे यह इच्छा रखना बिलकुल ठीक है, फिर भी उन्हें बदलना भी ज़रूरी है। यह बहुत ही अव्यावहारिक होगा कि कोई यह सोचे कि दुनिया के हरेक व्यक्ति की प्राथमिकताएँ उसके समान ही होंगी। दुनिया अपनी मर्ज़ी से चलती है न कि आपकी मर्ज़ी से। 'मुझे ऐसा चाहिए' का जुनून बेवजह की नाखुशी को जन्म देता है। यह दूसरों को बचाव की मुद्रा में ला देता है। आपके आसपास के लोग आपकी अपेक्षाओं के चलते स्वतःस्फूर्त होकर कुछ करने से बचेंगे, क्योंकि उन्हें आशंका रहेगी कि वे आपके ऊँचे मानकों तक प्रदर्शन कर पाएँगे या नहीं। सही दिशा में चलने के लिए एक महत्त्वपूर्ण क़दम यह स्वीकार करना है कि आप स्वयं को बदल सकते हैं। जैसे कि एक कहावत है- 'ताश के अपने पत्तों के बारे में शिकायत करने के बजाय जो हाथ में है, उसी से बेहतर खेलो।'

अति सामान्यीकरण का भ्रमजाल

यह तब घटता है, जब व्यक्ति थोड़े-से साक्ष्यों के बल पर इस तरह की बातें करता है :

'मैं बिलकुल मूर्ख हूँ। मैं धन का ठीक से निवेश कभी भी नहीं कर पाऊँगा।'

'मैं किस तरह का दोस्त हूँ? मैं अपने सबसे ख़ास मित्र का जन्मदिन ही भूल गया।'

इस तरह के मामलों में लोग किसी एक कमी को इस तरह से लेते हैं, जैसे इससे हर बात का पता चल रहा हो। ऐसा सोचते समय लोग यह भूल जाते हैं कि कई परेशानियों के बावजूद उन्होंने बड़ी-बड़ी समस्याएँ हल की हैं। वे यह भी भूल जाते हैं कि वे सामान्यतः स्नेहिल और विचारशील हैं।

अपने आप को अस्वीकार करने से भी ज़्यादा घातक है दूसरों को आँकते रहना या उनके बारे में राय बनाते रहना। मुमकिन है कि समूह के हर सदस्य में फलाँ ख़ासियत हो या न हो। जैसे-जैसे आप किसी समूह के सदस्यों से परिचित होते जाएँगे, आपको उनकी कोई न कोई ख़ासियत पता चलती जाएगी। यह पहले बनी धारणाओं या पूर्वाग्रहों को दूर करता जाएगा, जैसे- लोग कंजूस हैं या भरोसेमंद नहीं हैं आदि। अक्सर हम लोगों के स्वभाव के बारे में उनकी राशियों के आधार पर भी राय बनाते हैं और ऐसा मानते हैं कि फलाँ राशि का व्यक्ति ऐसे स्वभाव का होगा। ऐसा करना हल्की-फुल्की, मन बहलाव के लिए की जाने वाली बातचीत के लिए तो ठीक है, मगर जैसे ही हम यह सोचने लगते हैं कि हमारा व्यवहार हमारे अपने कारण नहीं, बल्कि आसमान के सितारों के कारण नियंत्रित हो रहा है, तो यह सबसे घातक

अवस्था होती है, जब हम अपने व्यवहार की ज़िम्मेदारी स्वयं उठाना नहीं चाहते। इस तरह के सामान्यीकरण पर पुनः विचार करना चाहिए। इससे अपने व्यवहार की ज़िम्मेदारी स्वयं लेने और अपने आप को बेहतर बनाते जाने का भाव विकसित होगा।

असहाय होने का भ्रामक विचार

यह भ्रम कहता है कि जो शक्तियाँ हमारे नियंत्रण से बाहर हैं, वहीं हमारे संतोष और आनंद का निर्धारण करती हैं। इस तरह का दृष्टिकोण रखने वाले लोग स्वयं को हमेशा पीड़ित के समान देखने लगते हैं। जैसे-

'पुरुषों द्वारा शासित इस दुनिया में स्त्री के लिए आगे बढ़ने के कोई तरीक़े नहीं हैं। अतः सबसे बढ़िया तरीक़ा यही होगा कि मैं भी इसे स्वीकार कर लूँ।'

'मैं शर्मीले व्यक्तित्व के साथ ही जन्मा हूँ... मुझे भी बिंदास होना है, मगर अब मैं इसके लिए कुछ भी नहीं कर सकता हूँ।'

एक बार आप ख़ुद को यह विश्वास दिला देते हैं कि अब कोई उम्मीद बाक़ी नहीं रही है, तो कोशिश छोड़ देना आसान हो जाता है। दूसरी ओर, जब हम यह स्वीकार करते हैं कि बदलाव की संभावना बाक़ी है भले ही कुछ कठिनाइयाँ हों, तो फिर उनको पार करके आगे बढ़ने का रास्ता खोजने की ज़िम्मेदारी हम अपने ऊपर लेते हैं।

विनाशकारी अपेक्षाओं का जाल

कुछ लोग अनायास ही बेहद डरे हुए होते हैं और हमेशा यही आशंका लिए रहते हैं कि शायद कुछ न कुछ बुरा घटने वाला है। जैसे-

'यदि मैं उन्हें पार्टी में बुलाऊँगा, तो वे नहीं आएँगे।'

'यदि मैं उन्हें बताऊँगा कि मुझे कैसा लग रहा है, तो वे मेरी हँसी उड़ाएँगे।'

एक बार जब आप भयानक परिणामों की कल्पना कर लेते हैं, तो ये परिणाम स्वतः ही आपकी भविष्यवाणी बनते चले जाते हैं। केवल बुरी स्थिति का अनुमान लगा लेने और काम को इस आशंका से शुरू ही न करने के बजाय अपनी स्थिति को वस्तुपरकता से देखना आवश्यक है।

यदि आप अपनी अतार्किक धारणाओं को परखना चाहते हैं, तो इन तीन चरणों पर काम करके देखें- पहला, यह तय करें कि आपकी हर धारणा तार्किक है या अतार्किक। दूसरा, स्वयं को यह बताएँ कि आपकी धारणा सारयुक्त या निरर्थक क्यों है। अंत में, यदि आपको लगता है कि आपकी धारणा तर्कहीन है, तो इसके स्थान पर तर्कसंगत विकल्प क्या होगा उसे लिखें। इससे

आपको अच्छा महसूस होगा और संभवतः जब भविष्य में आप ऐसी ही किसी स्थिति में उलझें, तो उस समय आपकी प्रतिक्रिया बेहतर होगी।

मुझसे वादा करो कि तुम हमेशा यह याद रखोगे कि तुम अपनी धारणा से कहीं अधिक साहसी हो, जितने दिखते हो उससे अधिक ताक़तवर हो और जितना सोचते हो उससे अधिक होशियार हो।

–ए.ए. मिल्ने

27. मन को शांत करना - सभी के लिए मन को आराम देने की तकनीक

आप महानगर, शहर, क़स्बे या गाँव कहीं भी रहते हों, आज की जीवनशैली ने हमारी ख़ुशहाली के लिए नई वजहें पैदा कर दी हैं। अपने आप में ख़ुश और आनंदित महसूस करना अभिभावक, विद्यार्थी या पेशेवर के रूप में अपनी भूमिकाओं का निर्वाह करने के लिए आज अत्यंत आवश्यक हो चला है। कंप्यूटर, इंटरनेट और मोबाइल के आने से सूचनाओं का जो विस्फोट हुआ है, उसके चलते अपने काम को मेहनत से करने के साथ-साथ मस्त और शांत रहने की बढ़ती आकांक्षाओं ने भी ज़ोर पकड़ा है और ऐसा करना महत्त्वपूर्ण भी हो चला है।

मन को शांत कैसे किया जाए

अपने आप को शांत करना दुनिया की सबसे स्वाभाविक बात है, मगर फिर भी यह आज के युग में भूली-बिसरी कला हो चली है। बहुत कम लोग ऐसे होंगे, जो यह दावा कर सकें कि वे अपने काम के घंटों में भी शांत महसूस करते हैं। इससे आज के जीवन में बढ़ते तनाव का अनुमान सहज ही लगाया जा सकता है। आज जब हम पर लगातार तनाव पैदा करने वाले उकसावों का हमला हो रहा है, हमारे लिए जहाँ तक संभव हो ख़ुद ही स्वयं को शांत बनाए रखने का कौशल विकसित करना आवश्यक हो चला है। आगे मन को शांत करने के कुछ उपाय दिए जा रहे हैं। हरेक उपाय हर किसी के लिए उपयुक्त नहीं होता। अतः आपके शरीर और मन के लिए क्या उपयुक्त होगा, यह आपको ही चुनना होगा।

त्वरित आराम या शांति की मुद्रा

अपने कपड़े ढीले करें और आराम की मुद्रा में आ जाएँ। अपने तलवों की पेशियों को कड़ा करें। दस तक गिनते हुए इसी स्थिति में रहें। अब आराम की मुद्रा में आएँ और इस तनाव के समाप्त होने का एहसास करें। इसी तरह से इसे पाँव, टाँगों,

पेट, पीठ, गर्दन, चेहरे की पेशियों के साथ दोहराएँ। इस समय धीमी और गहरी साँस लें और छोड़ें।

लंबे समय के लिए आराम या शांति की मुद्रा

किसी भी आरामदायक स्थिति में आएँ। अपने दाएँ हाथ की मुट्ठी को बंद करें, ताकि आप हल्का तनाव महसूस करें। इसे महसूस करते रहें। इस समय लगातार गहरी साँस लें... अब मुट्ठी खोलें और आराम की मुद्रा में आएँ... दाएँ और बाएँ हाथ की मुट्ठी और बाँहों के बीच अंतर को महसूस करें।

अब इसी तरह से बाईं मुट्ठी बाँधें। थोड़ी देर इसी स्थिति में रहें। अब मुट्ठी खोलें... आराम की स्थिति में आ जाएँ। यह आराम सारे शरीर को महसूस करने दें। इसी तरह से शरीर के अन्य हिस्सों को जकड़ें और फिर ढीला छोड़ें।

(हर समय अंगों में उतना ही तनाव लाएँ, जिसे 'महसूस' किया जा सके और आप उसे चैतन्य अवस्था में जान सकें। कुछ देर उसी अवस्था में रहें और यह सुनिश्चित करें कि आप इच्छित पेशी पर ही कसाव निर्मित कर रहे हैं, जबकि बाक़ी हिस्से आराम की मुद्रा में हैं। हर बार जब आप आराम की अवस्था में आएँ, तो उन हिस्सों को और ज़्यादा शांत और आराम की मुद्रा में आने दें)। अब खोपड़ी पर तनाव महसूस करें... फिर आराम की अवस्था में आएँ... अब चेहरे को शांत और कोमल होने दें... आँखों को उनके कोटरों में धँसने दें... अब जबड़े और गर्दन को सिकोड़ें, थोड़ी देर इसी स्थिति में रहें... आराम की मुद्रा में आ जाएँ।

साँस लेते रहें और ट्राईसेप्स को थोड़ा-सा सिकोड़ें। ध्यान रहे कि गर्दन, आँखें और जीभ आराम की अवस्था में हों।

अपने कंधों को कानों तक खींचें। आपकी गर्दन ढीली हो। इसका अनुभव करें कि कैसे कंधे बाक़ी शरीर से अलग महसूस कर रहे हैं... अब शरीर को ढीला छोड़ें। सारे शरीर में शांति गहराती जा रही है, इसका अनुभव करें... अब अपने पेट को कसें। गहरी साँस लेते रहें... अब पुट्ठों को कसें... फिर आराम की अवस्था में आ जाएँ। इसी तरह से शरीर के निचले अंगों पर तनाव महसूस करें और हौले-हौले आराम की मुद्रा में आ जाएँ। अब स्वयं को शांति के और गहरे स्तर तक जाने दें और उसे महसूस करें।

अब शरीर की हरेक पेशी पर धीरे-धीरे तनाव डालें, ताकि आप थोड़ा-थोड़ा तनाव महसूस करें... जबड़े... आँखें... कंधे... बाँहें... सीना... पीठ... टाँगें... पेट... यह सुनिश्चित करें कि आप इस बीच गहरी साँस लेते रहें। शरीर के हर हिस्से पर तनाव को महसूस करें। अब सारे शरीर को आराम की मुद्रा में आने दें। आराम की मुद्रा में आते हुए सारे शरीर में शांति का एहसास फैलता महसूस करें।

अब आँखें बंद रखते हुए एक गहरी साँस लें और थोड़ी देर साँस रोक लें। तनाव को महसूस करें और साँस बाहर छोड़ते हुए यह महसूस करें कि साँस के साथ सारा तनाव बाहर जा रहा है... शांति और आराम को आते और भारीपन के एहसास को जाते हुए महसूस करें।

श्वास लेना

श्वास पर ध्यान केंद्रित करना ध्यान की अवस्था में आने के लिए सबसे सामान्य और आधारभूत तकनीक है।

शरीर की गहरी लय है श्वास, जो हमें अपने आसपास की दुनिया से घनिष्ठता से जोड़ती है।

अपनी आँखें बंद कर लें, गहरी और नियमित श्वास लें और श्वास के शरीर से बाहर जाने और शरीर के अंदर आने की प्रक्रिया पर ध्यान केंद्रित करें। अपना संपूर्ण ध्यान आती और जाती हुई श्वास पर लगा दें। जब भी आपको अपना ध्यान भटकता हुआ लगे, उसे नरमी से वापस श्वास की ओर लेकर आने का प्रयास करें।

अपनी नाक के द्वारा धीरे-धीरे और गहरी श्वास लें। अनुभव करें कि पेट और सीने का निचला हिस्सा किसी गुब्बारे की तरह फूल गया है। पाँच सेकेंड तक इसी अवस्था में रहें।

अब श्वास को गहराई से और धीमे-धीमे बाहर छोड़ें। पेट और सीने का निचला हिस्सा किसी हवा निकले गुब्बारे की तरह पिचकता महसूस करें। अगले पाँच सेकेंड इसी अवस्था में बने रहें।

ऐसा तीन या चार बार करें। उसके बाद श्वास को सामान्य गति पर आने दें। आप अपने समूचे शरीर में परिवर्तन आता महसूस करेंगे। धीरे-धीरे आप श्वास के प्रति जागरूक और अपने दिमाग़ में चलते विचारों के प्रति उदासीन होते जाएँगे। आप अपने आप में स्थित होते जाएँगे, अर्थात आप वहाँ केवल साक्षी भाव से, सबसे विलग होकर 'उपस्थित रहेंगे।'

सुनना

अपने आसपास की दुनिया में हम विविध प्रकार की ध्वनियों से ही घिरे हुए हैं, मगर इन ध्वनियों में हवा की सरसराहट और बच्चों की किलकारियाँ, पंछियों की चहचहाहट भी शामिल होती है। अपनी आँखें बंद करके गहरी श्वास लें और अपने आप को दिमाग़ में चल रहे विचारों के शोर से मुक्त करने का प्रयास करें। जैसे-जैसे आपका मन शांत होता जाएगा, आप आराम की मुद्रा में आते जाएँगे और अपने आसपास की विविध प्रकार की ध्वनियों के प्रति चैतन्य होते जाएँगे। आपको कुछ भी

करने की आवश्यकता नहीं है, सिवाय इन ध्वनियों को कान से और फिर हृदय से सुनने के। धीरे-धीरे अपने ध्यान को दुनिया की विविध ध्वनियों पर केंद्रित होने दें। आप महसूस करेंगे कि आप आत्मस्थित होते जा रहे हैं। अपने केंद्र की ओर आते जा रहे हैं। अंत में आपको कोई भी ध्वनि सुनाई नहीं देगी। बस ख़ामोशी रह जाएगी।

गहराई में केंद्रीभूत होना

अपने केंद्र तक जाकर अपने होने का एहसास करना इस अभ्यास का लक्ष्य है। अपनी आँखें बंद करें, गहरी साँस लें और महसूस करें कि आप अपने अंदर गहरे, और गहरे धँसते जा रहे हैं, जैसे किसी कुएँ में धँस रहे हों। कल्पना करें कि यह सुंदर, गहरा कुआँ असीमित गहराई का है, जिसमें आप उतरते जा रहे हैं। श्वास लेते समय यह महसूस करें कि आप इस शानदार कुएँ में स्थित शांत, सुखदायक, चिकित्सकीय गुणों वाली ऊर्जा को ग्रहण कर रहे हैं और दिनभर में अपने शरीर में एकत्रित हुए सारे नकासत्मक विचारों और नकारात्मक ऊर्जा को बाहर निकाल रहे हैं। आपकी भीतरी दुनिया का अपना सार, अपनी वास्तविकता और अपना प्रकाश है। इस नीरवता का अनुभव करें, यहाँ आपके पास कोई भी ध्वनि, कोई शब्द नहीं आ सकता। श्वास को गहरा और धीमा करें, इस शांति में जीवन के गहरे, निर्मल सार तत्त्व को महसूस करें।

जुड़ाव

अपनी आँखें बंद करें, गहरी और नियमित साँस ले। महसूस करें कि आसमान से कोई श्वेत, स्वच्छ प्रकाश आपके सिर के ऊपर गिर रहा है, आपके शरीर से नीचे आता हुआ यह आपके पैरों के माध्यम से धरती के केंद्र में उतरता जा रहा है। जैसे-जैसे यह प्रकाश आपके शरीर से गुज़रता है, महसूस करें कि यह आपके शरीर की हरेक कोशिका को प्रकाशित करता जा रहा है। कल्पना करें कि शरीर की हर कोशिका चमकदार और जीवंत हो गई है। अब इसी प्रकाश को धरती के केंद्र से आता हुआ महसूस करें और धीरे-धीरे आपके पैर, टाँगों, पीठ से होता हुआ सिर के ऊपर तक जाता हुआ महसूस करें। इसे भी हर कोशिका से, शरीर के हर रोम से जाता हुआ महसूस करें, उन्हें स्वस्थ और पुष्ट करता हुआ महसूस करें। यह आपको उस पृथ्वी तत्त्व से गहराई से जोड़ता है, जिसका आप अंश हैं।

अब दोनों प्रकाशों को अपने आप में से गुज़रता महसूस करें। सफ़ेद प्रकाश ऊपर से और हरा प्रकाश नीचे से आता हुआ महसूस करें। दोनों को अपने शरीर पर एकसार होता देखें। धरती और स्वर्ग के संबंध को महसूस करें, ऊर्जा के शांत पोषण को महसूस करें, यह विश्व आपका घर है, इसका अनुभव करें।

मंत्र

भले ही ज़ोर से उच्चारित किए जाएँ या नहीं, शब्द और ध्वनियाँ कंपन से निर्मित होती हैं, जो ध्यान करने के लिए उचित वातावरण बनाती हैं। अपनी आँखें बंद कर लें और गहरा श्वास लें। अपने लिए सार्थक लगते किसी शब्द या पंक्ति पर ध्यान लगाएँ। यह कोई मंत्र हो सकता है, कोई नाम हो सकता है, या विशिष्ट शक्ति या महत्त्व की कोई अवधारणा हो सकती है। हर बाहर जाती साँस के साथ अपने दिमाग़ में उन शब्दों को दोहराएँ। जब आपका ध्यान भटके, उसे अपनी साँस के साथ वापस इन शब्दों पर लेकर आएँ।

28. अपने आप को क्षमा करें

मेरे पास अवसाद के इलाज के लिए आने वाले एक वास्तुकार ने बताया, 'मैं इस बात के लिए ख़ुद को बेहद शर्मिंदा और अपराधी महसूस करता था कि मैंने शादी के बाद के दस सालों तक अपनी पत्नी से अच्छा व्यवहार नहीं किया। मैं उसे शारीरिक कष्ट देता था और उसके साथ लगातार दुर्व्यवहार किया करता था। अब वह मर चुकी है और बच्चों की भी शादी हो गई है और वे मुझसे दूर जा चुके हैं। अब मैं यह सोचता रहता हूँ कि मैं उसके साथ इतना क्रूर कैसे हो गया था? मेरे जगने के बाद यही विचार सबसे पहले मेरे मन में आता है और सोने से पहले भी यही विचार मन में चकराता रहता है। मुझे सचमुच नहीं पता कि मैं इस अपराध बोध से कब और कैसे उबर सकूँगा।'

हमने दूसरों को जो दर्द दिया है या दूसरों के जीवन में जो तबाही लाई है, क्या उसके लिए अपने आप को माफ़ करना संभव है?

अधिकांश मनोचिकित्सक यह मानते हैं कि अतीत में की गई ग़लतियों और बुरे कामों के लिए अपने आप को माफ़ करना संभव ही नहीं, बल्कि वर्तमान में जीने के लिए बहुत आवश्यक भी है। अतीत की ग़लतियों को याद करते रहना, अपनी स्मृति पर ज़ोर देते रहना या अपने व्यवहार के लिए बहाने गढ़ते रहना- लोग अक्सर यही तो किया करते हैं। इनमें से किसी में भी माफ़ करने की ताक़त नहीं है। इसके अलावा, स्वयं को माफ़ करना कठिन अनुभव है, जो एक रात में नहीं घट सकता।

अपने आप को माफ़ कर देने का यह मतलब हरगिज़ नहीं है कि आपने जो किया या कहा और जिसने दूसरों को तनाव में डाला या नुक़सान पहुँचाया, आप वह सब भूल जाओ। अपने आप को माफ़ करने का यह भी अर्थ नहीं है कि आप अपने किए के लिए ज़िम्मेदार नहीं हैं। अपने आप को माफ़ करने का सीधा-सा अर्थ है- यदि आपको पता होता कि यह ग़लत है, तो आपने इसे ऐसा न करके अलग

तरीक़े से किया होता। अपने आप को माफ़ करने का अर्थ यह स्वीकार करना है कि आपको नहीं पता था कि उस स्थिति में क्या किया जाना चाहिए और आपने अपनी ग़लती से सबक़ लिया है।

वास्तविक दुनिया में अधिकांश लोग उनके ख़िलाफ़ होते हैं, जो अपने आप को माफ़ कर देते हैं, क्योंकि वे आपको हमेशा अपनी ग़लतियों के अपराध बोध में डूबा देखना चाहते हैं। इसलिए ख़ुद को माफ़ करने में समय लगता है। अंततः ख़ुद को माफ़ करने का निर्णय लेना और माफ़ी देना हमारे हाथों में है, न कि लोगों के हाथों में।

माफ़ करने के तरीक़े का अभ्यास

यदि आप माफ़ करने के तरीक़े का अभ्यास करना चाहेंगे (चूँकि इसके लिए अभ्यास की आवश्यकता होती है), तो अपनी आँखें बंद करें और कल्पना करें कि आप ठीक उसी स्थान पर हैं, जहाँ आपने कोई ग़लती की थी। अब अपने आप से कहें, 'जब मैंने... किया था उस समय मैं दुखी और गुस्से में था। मैं इसके स्थान पर... कर सकता था, मगर मैंने ऐसा नहीं किया। आज जब मैं अपने किए या कहे के बारे में सोचता हूँ, तो मैं अपने आप को गुस्से, दुख, दर्द और कड़वाहट से घिरा पाता हूँ। मुझे यक़ीन है कि मैं उस स्थिति में कुछ बेहतर कर सकता था, कुछ और कह सकता था। फिर भी मैं उस घटना को याद करके होने वाले तनाव को ज़्यादा समय सहना नहीं चाहता। अतः मैं अपने आप से उस समय अच्छे व्यवहार के लिए की जा रही माँगों, अपेक्षाओं और शर्तों को ख़ारिज करता हूँ। अपने कार्यों और व्यवहार के लिए मैं ही एकमात्र उत्तरदायी हूँ। अब मैं मनुष्य होने के नाते स्वयं को प्रेम और स्वीकार्य भाव प्रेषित करता हूँ।'

इसके बाद कल्पना करें कि आपका भेजा गया प्रेम और स्वीकृति आपके अंदर अवशोषित हो रही है। अपने आप पर लगाई गई शर्तों को तोड़ने के बाद आपका मन और शरीर क्या महसूस कर रहा है, इसे महसूस करें। इन शब्दों को कहते हुए अपने आप को क्षमाप्रदाता और क्षमाग्राही, दोनों की भूमिका में आने की अनुमति दें। इस प्रेम और स्वीकार भाव को शरीर के हरेक हिस्से में जाता महसूस करें। क्षमा कर देने के बाद तनाव का हल्का होते जाना भी महसूस करें।

क्षमा करने से मन के घाव जल्दी भरते हैं।

> *अतीत की ग़लतियों के लिए भविष्य को सज़ा देने का कोई लाभ नहीं है। अपने आप को माफ़ करें, इससे ऊपर उठें और आगे बढ़ें।*
>
> –मेलेनी कोलोरिस

29. पति-पत्नी में लड़ाई! लड़ने में भी नियमों का पालन करें

यदि हम हिंदी फ़िल्मों जैसी किसी दुनिया में रह रहे होते, जहाँ बस प्यार ही प्यार होता है, तो हम लोग बेहतर तरीक़े से साथ-साथ रह पाते। मगर इस वास्तविक दुनिया में चीज़ें ज़्यादा जटिल हैं। जोड़ों के रूप में एक-दूसरे के साथ रहते हुए हम सब यह जानते हैं कि आपसी लड़ाई-झगड़ों से बचने का कोई रास्ता नहीं होता। फिर भी लड़ाई और बहस में क्या अंतर होता है? क्या लोग सचमुच एक-दूसरे से सहमत होते हैं या असहमति ही बनी रहती है? हाँ, उम्मीद हमेशा क़ायम रहती है। नीचे दी गई तकनीकों पर अमल करें। इनके द्वारा आप लड़ाई के सामान्य कारण, जैसे- वैचारिक मतभेद, भावनाओं के आघात और बातों से निबट पाएँगे।

संवाद सबसे पहले

संवाद ही वह कुंजी है, जिससे आपको अपने साथी को समझने में मदद मिलाती है। प्रभावी संवाद का पहला चरण है ध्यान से सुनना। किसी को यह जताना कि वह जो कह रहा है उसे आप ध्यान से सुन रहे हैं, बहुत ज़रूरी है। अक्सर होता यह है कि लड़ाई के बाद लोग लड़ाई के मुद्दे को ज़्यादा अच्छी तरह से समझने में कामयाब हो जाते हैं, क्योंकि भले ही हम गुस्से में हों, डरे हुए या दुखी हों, हम फिर भी संवाद कर रहे होते हैं।

जब हम दुखी होते हैं, तो अपने विचारों और भावनाओं को अलग-अलग करना हममें से अधिकांश लोगों के लिए कठिन होता है। भावनाओं और विचारों के बीच यह अलगाव करना ही बहुत आवश्यक होता है। सामान्यतः लड़ाई के समय दोनों ही साथियों के मुद्दे सही होते हैं। चूँकि आप साथ हैं, इसलिए समझौता करने की तैयारी होनी चाहिए।

कठोर वक्तव्य या कड़वी बातों से दूर रहें

यदि आप लड़ाई के समय पहले कड़वी बातें कह देते हैं और बाद में उसके लिए पछताते हैं, तो यह बाथटब में बच्चे को नहलाने के बाद पानी के साथ बच्चे को भी फेंक देने जैसी ही ग़लती है। यह समझना होगा, 'तुम्हारी मूर्खता भरी हरकतों के कारण मैं तुमसे नफ़रत करता/करती हूँ' और 'मैं तुम्हारी कुछ हरकतों से सचमुच परेशान हूँ, इससे मुझे महसूस होता है कि...' इन दोनों वाक्यों के बीच क्या अंतर है? बाद के वाक्य में चरित्र पर कोई आक्षेप न लगाते हुए अपनी बात कही जा रही है।

समय निकालें

जब बहस में बहुत गर्मी आ जाए, तो उसे शांत करने के लिए समय निकालें।

कभी-कभी ऐसा होता है कि आप कुछ समय के लिए अकेला रहना पसंद करते हैं। ऐसा करने से एक तो बहस की तीव्रता कम हो जाती है और आपको भी किसी मुद्दे के बारे में सोचने का समय भी मिल जाता है।

पुरानी आदतों को बदलें

इन तकनीकों को अमल में लाना कई बार मुश्किल हो जाता है। चूँकि जब हम दुखी होते हैं या ख़ुद को घिरा हुआ महसूस करते हैं, तो हम अपने बचाव में लग जाते हैं और हर बार एक ही तरह की बचाव व्यवस्था को काम में लाने लगते हैं, जिससे वह हमारी आदत में शुमार हो जाता है। किसी भी बहस या विवाद के समय लोग एक ही तरह की बात कहने के आदी हो जाते हैं। हममें से कितनों ने अपने पति या पत्नी को बहस के समय यह कहते सुना होगा कि तुम ऐसा क्यों करते हो?... पुरानी आदतें छूटना बहुत मुश्किल होता है, मगर उनके विकल्प अवश्य ही ढूँढ़े जा सकते हैं। 'हमेशा' और 'कभी भी नहीं' जैसे शब्द दूसरों के व्यवहार के बारे में कठोर टिप्पणी जैसे हो सकते हैं। इसके स्थान पर सकारात्मक वाक्य इस तरह हो सकता है, 'यदि तुम अपने कपड़े यहाँ-वहाँ फैलाकर न रखो, तो मुझे मदद मिलेगी।' या 'मुझे अच्छा लगेगा यदि तुम पानी पीने के बाद ख़ाली बोतल भर कर रख दोगे।' ऐसे कथनों पर प्रतिक्रिया सकारात्मक मिलेगी।

अधिक गंभीर मुद्दे

पति-पत्नी के बीच बहस के लिए घरेलू कामों के बँटवारे या ऐसे ही मामलों से बढ़कर और भी अधिक महत्त्वपूर्ण मुद्दे हो सकते हैं। जब विचारों में ख़ासा अंतर हो, तो यह समझना बहुत आवश्यक है कि दोनों में से किसके पास समस्या के सही हल तक पहुँचने का ज्ञान या हल तक पहुँचने के रास्ते की सही सूचना उपलब्ध है। जब ऐसे निर्णय लिए जाने हों, जिनसे समूचा जीवन बदल जाने वाला हो, जैसे- घर ख़रीदना या बच्चों की शादी, तो ऐसे में केवल अपने अहंकार के चलते एक-दूसरे के विरोध में खड़े हो जाने के बजाय समूह के रूप में आकर सभी कारकों पर विचार करना अपरिहार्य हो जाता है।

शांति प्राप्त करने का एक और तरीक़ा है, एक-दूसरे को एकांत या अपना-अपना समय और स्थान देना। लोग किसी चर्चा में हिस्सा लेने से पहले सोच-विचार के लिए स्थान और समय, दोनों ही चाहते हैं। जब बड़े निर्णय के समय मतांतर हो, तो परिवार के किसी बुज़ुर्ग या अनुभवी व्यक्ति की मदद लेना भी आवश्यक हो जाता है।

विवाहित जोड़ा तब उपयुक्त माना जाता है, जब दोनों को एक साथ एक ही समय में लड़ने की आवश्यकता महसूस होती है।

-जौं रास्टैंड

30. विचारों पर रोक लगाना

आपने अपने लिए दिनभर के लिए निर्धारित की गई कैलोरी से अधिक कैलोरी ले ली है या वह पदार्थ खा लिया है, जो आपने अपने लिए 'वर्जित' की सूची में डाला हुआ है। आप सोचते हैं कि एक बार खा ही लिया है तो अब खाते रहें, डायट प्लान अगले दिन से अमल में लाएँगे। आप खाते हैं, मगर अपने आपको योजना पर अमल न कर पाने के लिए कोसते भी हैं, अपने आप से घृणा भी करते हैं।

आप सुबह एक घंटा जल्दी उठकर व्यायाम करने के लिए घड़ी में अलार्म लगाते हैं, मगर लगातार उसे स्नूज पर करते जाते हैं। ख़ुद को एक आलसी व्यक्ति मानते हुए आप आश्चर्य करते हैं कि आपमें इच्छाशक्ति नाम की कोई चीज़ है भी या नहीं और आपको क्या करना चाहिए आप जानते भी हैं या नहीं।

आपने पूरे सप्ताह अपनी दिनचर्या व्यवस्थित रखी है, मगर सप्ताह के अंत में वज़न का काँटा बताता है कि आपने एक किलो वज़न बढ़ाया है। आप अचानक परेशान हो उठते हैं, तनाव में आ जाते हैं कि अब आप हमेशा के लिए मोटापे के शिकार होने वाले हैं।

छोटी-छोटी दिक़्क़तों का बतंगड़ बनाना, अव्यावहारिक निष्कर्ष पर पहुँचना, ये ऐसे लक्षण हैं जिनसे हर व्यक्ति किसी-न-किसी मात्रा में जूझता रहता है। इस तरह के नकारात्मक विचार ही उत्साह और अभिप्रेरणा को समाप्त करने वाले विचारों को जन्म देते हैं।

आप सोचेंगे कि ये विचार जो हमें हमारे दैनिक कार्यों के दौरान लगातार परेशान करते रहते हैं और मानसिक रूप से हमें थकाते हैं, इनसे निजात पाने के क्या उपाय हैं।

ये विचार हमेशा ही बुरे हों, ऐसा नहीं है। विचारों की विविधता और टकराव हमें वर्तमान चयन का आकलन करने और बेहतर विकल्प चुनने का भी मौक़ा देते हैं। लगातार विचारों के भँवर में घूमता मन कई बार अच्छे विचार भी दे सकता है। कई बार शंकाएँ भी हमें वर्तमान स्थिति को ठीक करने को प्रेरित करती हैं।

हालाँकि, जब हम अपने दिमाग़ में चल रहे नकारात्मक विचारों के प्रति भावनात्मक प्रतिक्रिया देते हैं, तो अपनी परेशानियों को बढ़ाते हैं। इसके चलते हम लगातार अनचाहे विचारों के घेरे में आते जाते हैं। क्या आपको ऐसा अनुभव हुआ है? ऐसे में इन विचारों को वहीं रोक देना आवश्यक होता है।

विचारों के प्रवाह को बाधित करना मन में नकारात्मक संवाद को रोकने का सबसे अच्छा तरीक़ा है। हाँ, यह याद रखें कि यह अभ्यास आपको लगातार करना होगा। जैसे-जैसे आप इस तरीक़े को लगातार काम में लाते रहेंगे, आप अपनी सोच

पर नियंत्रण हासिल करने लगेंगे और आपको स्वयं अनुभव होगा कि आपके मन में नकारात्मक संवाद की आवृत्ति घटती जा रही है।

बहरहाल, आपका अपने साथ रिश्ता बाक़ी सारे रिश्तों में सबसे महत्त्वपूर्ण रिश्ता है। अपने साथ सुदृढ़ रिश्ते के बिना किसी और के साथ अच्छा रिश्ता होना नामुमकिन है। यहाँ कुछ उपाय दिए जा रहे हैं, जो आपको स्वयं को खोजने में मदद करेंगे।

1. *अपने दिमाग़ की हलचल और आवाज़ों को शांत करें* - आप जानते हैं कि दिमाग़ी हलचल और अकारण आवाज़ें हमें कितना परेशान करती हैं। वे आवाज़ें जो आपको लगातार ख़रीदारी करने, पड़ोसियों से बात करने, बिल जमा करने, फ़ोन आदि करने को कहती रहती हैं। इन सब आवाज़ों के चलते आपके लिए और कुछ सुनना असंभव हो जाता है। इन आवाज़ों को रोकना पहला क़दम होना चाहिए। आप यह कैसे करेंगे? अपने जीवन को सरल बनाने के तरीक़े निकालकर।
2. *अपने बारे में स्वस्थ तरीक़े से सोचने का अभ्यास करें* - ऐसा करने के लिए आपको सबसे पहले यह विश्वास करना होगा कि आप बहुमूल्य हैं। आपके पास दुनिया को देने के लिए बहुत कुछ है। चूँकि आप अपने जीवन में आने वाले हर व्यक्ति के मुक़ाबले कहीं ज़्यादा बातचीत ख़ुद से करते हैं, अतः यह संवाद स्वस्थ संवाद के रूप में ही होना चाहिए। आप अपने आप से कैसे बात करते हैं, इसे ध्यान से सुनें। अपने संवाद में आ रही नकारात्मक बातों को लिख लें। उन बातों को चुनौती दें और उन्हें वास्तविक तथ्यों से प्रतिस्थापित करें। जैसे - 'तुम कभी भी कोई काम ठीक तरीक़े से नहीं करते हो।' चुनौती- 'नहीं, मैं सारे काम सही तरीक़े से करता हूँ। मैंने यह काम सही किया था, मैंने वह काम सही किया था। इस बार मुझसे ग़लती हुई है। मैं इस ग़लती से सीखूँगा, अगली बार इससे बेहतर करूँगा और सफल होऊँगा।'
3. *अपने दिल की सुनें* - जब हम बड़े हो जाते हैं, अपने दिल की बात सुनना लगभग छोड़ चुके होते हैं और केवल अपने दिमाग़ से काम लेते हैं। अपने आप को खोजने के लिए दिल और दिमाग़ के बीच फिर से रिश्ता जोड़ना होगा। अपनी भावनाओं को सचमुच महसूस करने के बजाय उनके बारे में लगातार सोचते रहना ज़्यादा आसान होता है। बजाय यह पूछने के कि आप किसी बात के बारे में क्या सोचते हैं, यह पूछें कि कैसा महसूस हो रहा है। अपने आप से पूछें कि यह क्यों महत्त्वपूर्ण है। आपके लिए क्या सुविधाजनक है? किस बात से परेशानी

होती है? यह ध्यान रखें कि इस संवाद में किसी लक्ष्य पर केंद्रित न हो जाएँ, क्योंकि आप किसी भावना को महसूस कर रहे हैं। भावनाओं के प्रति खुलापन रखें और उन्हें महसूस करने के तरीक़ों के प्रति सकारात्मक भाव रखें।

4. *अपनी वास्तविक शक्तियों और हुनर को बाहर लाएँ* - अपनी सहज प्रवृत्ति पर विश्वास करें। अपने बचपन की ओर देखें और उन सब बातों की सूची बनाएँ, जिन्हें आप बचपन में किया करते थे। स्वयं से पूछें कि अब आपने वह सब करना क्यों बंद कर दिया है। यदि आपको हमेशा से खेलों में रुचि थी, तो यह आपके स्व का हिस्सा है। ग़ौर करें कि आज भी दिन में थोड़ा-सा ख़ाली समय मिलने पर आपको क्या करने पर सबसे ज़्यादा ख़ुशी मिलती है। यदि आपको अपने स्व को पहचानने में मुश्किल हो रही है, तो अपनी पसंदीदा चीज़ों को बारे में प्रयोग करें और अनुभव से उन तक पहुँचें कि आपको क्या पसंद था।
5. *आंतरिक अभिप्रेरणा की तलाश करें* - मैं हमेशा से मानता हूँ और मैंने अनुभव से देखा भी है कि कुछ बातें ऐसी होती हैं, जिनके पीछे पुरस्कार की कोई अभिलाषा नहीं होती। वास्तव में, यह आंतरिक अभिप्रेरणा है, जो हमें उन बातों को करने के लिए अग्रसर करती है। किसी प्रतियोगिता की तैयारी, नौकरी के किसी असाइनमेंट पर काम करना या अपना प्रभाव बढ़ाने वाला कोई काम करना सामान्यतः इस श्रेणी में नहीं आएँगे। कुछ काम ऐसे होते हैं, जिन्हें हम केवल भीतरी ख़ुशी के लिए करते हैं और जिनसे प्रसन्न महसूस करते हैं।
6. *अपने अतीत पर फिर से नज़र डालें* - उस समय को याद करें, जब आप सबसे ज़्यादा ख़ुश हुए थे। उस समय आप क्या कर रहे थे? किसके साथ थे? उस समय आप किन कौशलों का उपयोग कर रहे थे? आप क्या हैं और जीवन से आप क्या चाहते हैं, इस सत्य को बताने की इच्छा रखें। आपके विचार से आपको जैसा 'होना चाहिए' था, उस तरह का बनने की क़वायद बंद कीजिए। इसके बजाय तय करें कि आप ज़िंदगी से जो चाहते हैं उसके साथ सहज हैं, और गह भी कि आप सारी दुनिया से कैसे नाता रखना चाहते हैं।

कैसे करें शुरुआत

आपका मन नकारात्मक ढंग से क्यों सोचता है, इस बारे में सोच-सोचकर अपना समय नष्ट न करें। इसके बारे में कुछ करना अधिक महत्त्वपूर्ण है।

ऐसे शब्द, वाक्य या कथन विकसित करें, जो आपके विचारों की दिशा बदलने में मदद करें। कुछ शब्दों या कथनों का चुनाव नीचे दिए गए वाक्यों में से कर सकते हैं -

- ✓ रुको!
- ✓ मैं इसके साथ सामंजस्य बिठा सकता हूँ
- ✓ मैं ठीक हूँ
- ✓ यह भी ठीक हो जाएगा, थोड़ा समय देना होगा
- ✓ बड़े आराम से
- ✓ मैं इसे स्वीकार कर सकता हूँ
- ✓ मैंने पहले भी यह किया है, फिर से कर सकता हूँ

कुछ काम

कुछ काम करने योग्य, जिनसे मदद मिलेगी -

- ✓ किसी से बात करें
- ✓ बैठ जाएँ
- ✓ गहरी और धीमी साँस लें
- ✓ धरती को स्पर्श करें
- ✓ शारीरिक श्रम करें
- ✓ पेड़ को छुएँ
- ✓ किसी शांत और सुंदर दृश्य की कल्पना करें
- ✓ रेडियो ऑन करें
- ✓ खुलकर गाएँ
- ✓ किसी धुन को गुनगुनाएँ
- ✓ किसी लकी चार्म को साथ रखें- उसे छुएँ
- ✓ बाहर घटने वाली घटनाओं, जैसे- हवा का चलना, सूरज का निकलना-डूबना, बारिश आदि पर ध्यान केंद्रित करें

यह जानना ज़रूरी है कि भले ही ये बार-बार आने वाले विचार हमें बहुत परेशान करते हों, मगर हम सभी को जीवन में कभी-न-कभी इनसे दो-चार होना ही पड़ता है। इनसे निबटने के लिए सही रणनीति के चयन में ही इसका उत्तर निहित है। जो भी हो यह ऑब्सेसिव कंपल्सिव डिसऑर्डर, यानी ओसीडी जैसा मामला नहीं है। ओसीडी एक बीमारी है, जिसके चलते लोग अनचाहे विचारों, कल्पनाओं और आवेगों

से घिरे रहते हैं और लगातार कुछ तरह के व्यवहारों को दोहराते रहते हैं। ओसीडी के लिए चिकित्सकीय सलाह आवश्यक होती है।

आप नकारात्मक मन के साथ सकरात्मक जीवन नहीं जी सकते।

–अज्ञात

31. दुख के साथ सामंजस्य बिठाना

अपने अभिभावकों, जीवनसाथी या अन्य प्रिय व्यक्तियों को खोना बड़ा ही दुखद होता है। जब तक यह हमारे साथ नहीं घटता, हममें से अधिकांश लोग यह जानते नहीं हैं कि इसका असर लंबे समय तक बना रहता है। इस दुख के बारे में हरेक के अनुभव अलग-अलग होते हैं। यहाँ दुख के विविध चरणों और उनसे निबटने के बारे में कुछ निर्देश दिए जा रहे हैं।

झटका लगना और नकारने की अवस्था में जाना

अपने प्रियजनों की मौत के पहले घंटे, दिन और कई सप्ताह तक आपको ऐसा लगता है कि जो कुछ घटा है आप उसे मान ही नहीं पा रहे हैं। उस समय यह महसूस हो सकता है कि आपके और आपकी भावनाओं के बीच एक शीशे की दीवार खड़ी हुई है।

क्या करना चाहिए?

ख़ुद को इन भावनाओं को अनुभूत करने दें। आप हाल ही में भावनाओं के बवंडर से गुज़रे हैं और इसके प्रभाव बहुत लंबे समय तक क़ायम रहने वाले हैं। यदि आप रोते नहीं हैं, तो ठीक है। यदि आप सारा समय रोते रहते हैं या ग़लत समय पर रोते हैं, तो उसमें भी कोई बुराई नहीं है।

इसे नकारने से बाहर आएँ। यह जानें कि स्तब्ध हो जाने का भी अपना उद्देश्य है। यह आपको मानसिक रूप से टूटने से बचाता है। यदि अपनों से दूरी और बेवजह की भावनाएँ आपको ज़्यादा व्यथित कर रही हों, तो सहायक तंत्र के रूप में अपने परिवार के लोगों और निकटतम मित्रों का सहारा लें।

दुख और अपराध बोध

जब नकार का भाव धीरे-धीरे तिरोहित होने लगता है, तो अंदर की भावनाएँ और गहराने लगती हैं। यह सबसे कठिन समय हो सकता है, जब सबकुछ अँधेरे से घिरा और भयावह दिखाई देता है। इस समय स्वयं को दोष देना भी आम हो जाता है। आप ख़ुद को अपने दिमाग़ में उस व्यक्ति से साथ हुई बातचीत को, निर्णयों को

वापस दोहराते हुए पाएँगे और अपने आप से सवाल करेंगे कि क्या आप इस स्थिति से बचने के लिए कुछ और कर सकते थे। यदि आपने जिन्हें खोया है वे मौत से पहले किसी दर्द या बीमारी की चपेट में थे, तो आप दर्द, अपराध बोध और राहत की मिली-जुली भावनाओं को भी महसूस कर सकते हैं। अपने दिमाग़ में आपको एक डाँटती और निर्देश देती आवाज़ भी सुनाई देगी, मगर इन सबसे छुटकारा बिलकुल सामान्य प्रक्रिया है।

इसके लिए योजना इस प्रकार हो सकती है

उन लोगों से या उन परिस्थितियों से बचें, जो आपको नीचा दिखाते हैं। यदि आपको लगता है कि कुछ लोग या कुछ परिस्थितियाँ आपके गुस्से को या दुख को बढ़ाते हैं, तो उनसे दूरी बनाना ही अच्छा होगा।

क्या हुआ इसके बारे में बात करना। किसी दुख से उबरना बहुत ही कठिन हो सकता है, मगर यह तब और भी कठिन हो जाता है, जब आप चुप्पी साध लेते हैं। अपने आसपास के लोगों को अपने दुख से अनभिज्ञ न बने रहने दें। जब भी सही समय हो, उन्हें बताएँ कि आप हाल ही में किस दुख से दो-चार हुए हैं। आप जितना सोचते हैं, लोग उससे ज़्यादा सहयोग भाव रखते हैं। इससे उनसे साझा रिश्ते बनाने में मदद मिलेगी।

अपने आप के प्रति करुणा का भाव रखें। जब गुस्से या कड़वाहट की भावनाएँ आपको दूसरे लोगों से अलग कर रही हों, तो अपने आप में करुणा भाव की अनुपस्थिति के लिए स्वयं को कोसने के बजाय उस करुणा को अपनी ओर मोड़ दें। आपको अपने लिए भी किसी कोमल, प्यारभरे संवाद की आवश्यकता है। स्वयं से सहानुभूति और प्रेम से बात करें, क्षमा करें और स्वयं को याद दिलाएँ कि आप हमेशा इन भावनाओं में उलझे नहीं रहेंगे।

स्वीकार भाव रखना

आपका दुख कितना ही बड़ा क्यों न हो, आपकी इच्छा हो या न हो, धीरे-धीरे आप वास्तविक दुनिया में लौट आएँगे। जीवन अपने तरीक़े से, अपने समय पर हमारे सामने कई संभावनाएँ खोलता है। पहले-पहल यह एक क़दम, दो क़दम पीछे लेने जैसा महसूस होता है। धीरे-धीरे आपका मन जो कुछ घट चुका है, उसे स्वीकार कर लेता है। निश्चित तौर पर समय के साथ आप अपनी शक्ति और लचीलेपन को वापस प्राप्त कर ही लेंगे।

इसे करके देखें

सार्थक अनुभव प्राप्त करें। यदि अपने दोस्तों से मिलना और उनके साथ समय

गुज़ारना यदि आपको बिस्तर से उठने में और ताज़गी पाने में मदद करता है, तो दोस्तों के साथ अधिक-से-अधिक समय बिताने का प्रयास करें।

खुश रहने में बुरा महसूस न करें। जीवन आगे बढ़ता जाता है। हम इसके प्रवाह के साथ बहने के लिए ही बने हैं। अपने आप से पूछें कि आपके प्रिय व्यक्ति आपके लिए क्या चाहते थे- क्या वे आपको सदा शोक में डूबा देखना चाहते थे या आपको जीवन में पुनः आनंद प्राप्त करता हुआ देखना चाहते थे?

दूसरों की मदद करें। कई लोग जब किसी शोक या नुक़सान के दौर से गुज़रते हैं, तो दूसरों की मदद करके उन्हें संतोष मिलता है। किसी की मदद करना आपको अपने खोल से बाहर लाता है और किसी ज़रूरतमंद की सहायता का दृष्टिकोण विकसित करता है। धार्मिक स्थलों पर सेवा कार्य करें या कठिन समय से गुज़र रहे किसी मित्र, सहकर्मी या पड़ोसी की मदद करें।

> *उस व्यक्ति को भूलना सचमुच कठिन होता है, जो आपकी स्मृतियों में बसा हुआ हो।*
>
> –अज्ञात

III

परवरिश – धरती का सबसे महत्त्वपूर्ण काम

32. अभिभावक बनना

अभिभावक बनना सामान्यतः रोमांचक समय होता है, मगर यदि आप और आपके साथी दोनों अभिभावक बनने के बाद आने वाली दिक़्क़तों और असुविधाओं के बारे में पहले से जागरूक होंगे, तो यह आगे मदद करेगा। एक बार जब आप बच्चे को इस दुनिया में लाने का निर्णय ले लेते हैं, तो उस समय अभिभावक होने के बारे में दो प्रचलित भ्रम होते हैं, जिनका शमन आवश्यक है।

पहला भ्रम यह है कि बच्चे को दुनिया में लाते हुए और उसकी परवरिश करते हुए अभिभावक हमेशा सकारात्मक महसूस करते हैं। यह हमेशा सच नहीं होता। यदि आप इसे लेकर नकारात्मक महसूस करते हैं, तो इसमें ख़तरा यह है कि आपको लगेगा कि सामान्यतः तो लोग अभिभावक बनने पर ख़ुशी महसूस करते हैं, यदि मैं नकारात्मक महसूस कर रहा हूँ, तो इसमें मेरे साथ ज़रूर कुछ गड़बड़ है।

हम सब प्राकृतिक रूप से अभिभावक होते हैं, यह दूसरा भ्रम है। अभिभावक बनने का कौशल वास्तव में सीखा जाता है। यदि आपने अपने छोटे भाई-बहनों की देखभाल की है, तो आपके साथ यह अनुभव रहेगा। फिर भी कभी-कभी आप दुविधाग्रस्त महसूस करेंगे और ग़लतियाँ करेंगे। अपने साथ कठोरता से पेश न आएँ। अपराध बोध को किनारे करें।

आपके रिश्तों पर प्रभाव

जैसे ही बच्चा जन्म लेता है, आपका जीवन बदल जाता है। आपकी नींद कम हो जाती है, धन अधिक व्यय होता है, आराम करने या बाहर जाने के लिए समय कम मिलता है, काम बढ़ जाता है और यौन संबंधों की आवृत्ति भी कम हो जाती है। बच्चा रिश्तों का संतुलन भी बदल देता है। आप दोनों, अर्थात आप और आपके जीवनसाथी, दोनों को अपने कर्तव्य और ज़िम्मेदारी का एहसास होना ज़रूरी है। एक महिला होने के नाते आपके पास एक बच्चा है, जो पूरी तरह से आप पर निर्भर है। पुरुष होने के नाते आपको पिता के रूप में नई ज़िम्मेदारी का अनुभव होगा, जो आपको कम बेपरवाही का रवैया अपनाने को प्रोत्साहित करेगा।

अभिभावकत्व की माँग

बच्चे के जन्म के तुरंत बाद आपको लग सकता है कि आप परस्पर विरोधी माँगों

के चक्र में उलझ गए हैं। माँ होने के नाते आपको अपने बच्चे को समय देना है जो भोजन, आराम, कपड़े बदलना, नहाना और सोना चाहता है। पिता होने के नाते आप इस नए रिश्ते में संलग्न होना चाहते हैं, किसी भूमिका में आना चाहते हैं, साथ ही अपने साथी का ध्यान भी चाहते हैं। आप दोनों ही अपने परिवार और दोस्तों की मुलाक़ातों और सलाहों से भी सराबोर महसूस करेंगे। फिर भी, एक-दूसरे के साथ समय बिताना, नज़दीक आना, मस्ती करना और बातचीत करना आवश्यक है। बच्चे के जन्म के बाद 30 प्रतिशत महिलाएँ अवसादग्रस्त महसूस करने लगती हैं। यह प्रसव के बाद की अवस्था होती है, जिसमें हॉर्मोनल बदलाव और रासायनिक असंतुलन के कारण ऐसा होता है। हालाँकि, यह तस्वीर का एक पहलू है, क्योंकि दूसरी ओर बच्चे की चिंता, घटता आत्मविश्वास, अत्यधिक थकान और अकेलापन भी इसके लिए ज़िम्मेदार होते हैं।

नए मेहमान के साथ जीवन को स्वीकार करना

1. *अपनी भावनाओं को खुलकर जताएँ* - अपनी भावनाओं और विचारों को दबाकर न रखें। अपने साथी से बात करें, एक-दूसरे को सुनें और बोलने के लिए प्रोत्साहित करें।
2. *एक-दूसरे को आराम दें* - किसी एक के द्वारा पूरे समय बच्चे की देखभाल करना सचमुच थकाने वाला हो सकता है। छोटे-छोटे काम, जैसे नैपी बदलना आदि बारी-बारी से करें, ताकि दोनों को आराम का मौक़ा मिले।
3. *दूसरे अभिभावकों के संपर्क में रहें* - छोटे बच्चों के अभिभावकों के संपर्क में रहना अच्छा आइडिया है, ताकि उनसे राय ली जा सके।
4. *अपनी रुचि के काम के लिए वक़्त निकालें* - थोड़ा समय उन कामों के लिए भी निकालें, जिन्हें आप बच्चे के आने से पहले शौक़ से किया करते थे। अपने साथी को भी ऐसा करने के लिए प्रोत्साहित करें।
5. *अपने अपराध बोध को बाहर निकालें* - अपने विचारों का अवलोकन करें, जिनमें मुझे करना चाहिए, करना होगा जैसे वाक्य होते हैं। उनके साथ जुड़े अपराध बोध को चुनौती दें।

> *जीवन उतार-चढ़ावों से भरा होगा। यह राह आसान नहीं होगी। मगर आपका अपने बच्चे के प्रति प्रेम इस कठिन राह पर आपका मार्गदर्शन करेगा और आपको इसके पार ले जाएगा।*
>
> -अज्ञात

33. इस हिंसक दुनिया में बच्चों को विनम्रता सिखाना

इस दुनिया में जहाँ हिंसा और दुष्टता अब सामान्य बातें बनती जा रही हैं, उनके प्रति स्वीकार्यता बढ़ती जा रही है, ऐसे में अभिभावक इस दुविधा में हैं कि वे अपने बच्चों को दयालु और विनम्र कैसे बनाएँ। आज बच्चों में दूसरों के प्रति करुणा और प्रेम का भाव विकसित करना पहले की अपेक्षा अधिक आवश्यक हो चला है। बच्चों को दूसरों की परवाह करने वाला बनाने से ही हिंसा का समाधान नहीं हो जाएगा, मगर आपको यह भी चिंता होती ही होगी कि आज चारों ओर बच्चे लगातार हिंसा से दो-चार हो रहे हैं चाहे वह टीवी हो, स्कूल या सड़क, यह हमारे बच्चों को कठोर और लापरवाह बना सकता है।

निश्चित ही, अभिभावक बच्चों के जीवन पर प्रभाव डालने वाली हरेक बात को नियंत्रित नहीं कर सकते। बच्चे अभिभावकों से दूर, वास्तविक दुनिया में काफ़ी समय बिताते हैं, जो कि बहुत कठोर, परवाह न करने वाली और नाख़ुश-सी है। सामान्यतः बच्चों का अपना व्यक्तित्व और अपना चरित्र होता है, जिसे अभिभावक बदल या नियंत्रित नहीं कर सकते। फिर भी कुछ बातें ऐसी हैं, जिनके द्वारा अभिभावक अपने बच्चों को न्यायप्रिय, परवाह करने वाला और ज़िम्मेदार बना सकते हैं।

अभिभावक होने के नाते हम क्या कर सकते हैं?

1. *बच्चों को अपनी भावनाओं और विचारों से अवगत कराएँ* - अपने बच्चों के लिए सबसे महत्त्वपूर्ण जो बात आप कर सकते हैं, वह यह कि उन्हें इस बात का एहसास दिलाएँ कि आपके लिए उनका दयालुता और ज़िम्मेदारी भरा व्यवहार करना कितना ज़रूरी है। जब आप अपने बच्चे को विचारहीन या दुष्टता का व्यवहार करते पाएँ, तो उसे उसी समय यह बताना होगा कि ऐसा व्यवहार स्वीकार्य नहीं होगा। इसके लिए आपको अपने बच्चे के साथ दृढ़ता और ईमानदारी से बात करनी होगी। अपनी बात का केंद्र बच्चे के काम पर रखें, न कि बच्चे पर। 'तुम अच्छे बच्चे नहीं हो' के बजाय 'तुमने यह काम अच्छा नहीं किया है' कहना अधिक उचित होगा। अपने बच्चों से बातचीत में स्पष्टता और ईमानदारी बरतें और उन्हें बताएँ कि क्या आपको अच्छा लगता है और क्या नहीं। अपनी बात संक्षेप में और स्पष्टता से रखें। आप उन्हें सही सलाह देना चाहते हैं, न कि अपराध बोध से ग्रस्त करना!
2. *अपने बच्चों के लिए आदर्श बनें* - मनोचिकित्सकों के अनुसार, अभिभावकों के दो प्रकार के आदर्श प्रारूप होते हैं, जो बच्चों को परवाह करने वाला बनाने में मदद करते हैं : दूसरों के प्रति दयालु, बच्चे के प्रति दयालु। दूसरे शब्दों में, शब्दों से ज़्यादा आचरण असर करता है। यदि आप स्वयं अपने आचरण में

लगातार दूसरों की परवाह करने वाले और करुणाशील हैं, तो आपके बच्चों में भी ये गुण आने की संभावना बहुत अधिक है। बच्चे लोक व्यवहार सीखने के लिए अपने अभिभावकों और अन्य बड़ों को देखते हैं, अवलोकन करते हैं और उनके समान व्यवहार करते हैं।

याद रखें, जब आपके शब्द और आपके व्यवहार में विरोधाभास हो, अर्थात आप कहते कुछ और हैं और करते कुछ और हैं, तो बच्चे आपकी बातों के बजाय आपके व्यवहार पर अधिक ध्यान देंगे। पुरानी चेतावनी कि 'मैं जो करता हूँ वह नहीं, बल्कि मैं जो कहता हूँ वह करो' यहाँ असफल हो जाती है, विशेषतः तब जब हमारा उदेश्य बच्चों को दयालुता और विनम्रता का पाठ पढ़ाना हो।

3. *अपने बच्चों के दयालुता भरे कार्यों की सराहना करें* – जब आप अपने बच्चों के साथ सम्मान का व्यवहार करते हैं और अच्छे कार्यों के लिए उनकी सराहना करते हैं, तो आप अनायास ही उन्हें यह संदेश दे रहे होते हैं कि सृष्टि के हर प्राणी को प्रेम और सम्मान देना चाहिए।

साथ ही उनके दयालुता के कार्यों के लिए उन्हें पुरस्कार भी देना चाहिए। विशेषज्ञ कहते हैं कि जिस तरह आप बच्चों को यह जताना चाहते हैं कि उनके लापरवाही या क्रूरता भरे कार्य आपको अच्छे नहीं लगते, उसी तरह उन्हें यह जताना भी ज़रूरी है कि आप उनके अच्छे व्यवहार के प्रशंसक हैं। उदाहरण के लिए, 'जब मैंने देखा कि तुमने सड़क पर गिर पड़े बच्चे की सहायता की, तो मुझे तुम पर गर्व महसूस हुआ। यह काम तारीफ़ के क़ाबिल है।'

बाहरी दुनिया के असर घटाने के लिए क्या करें

सभी अभिभावकों की यह चिंता स्वाभाविक है कि घर में किए जा रहे प्रयास बच्चों के बाहरी दुनिया के संपर्क में आते ही, यानी उनके मित्रों, पड़ोस में रोज़ होती हिंसा, टीवी कार्यक्रम, फ़िल्मों या स्वार्थी नायकों को सिर चढ़ाने वाली संस्कृति के प्रभाव में आते ही कमज़ोर पड़ने लगते हैं।

कुछ सकारात्मक रास्ते हैं, जिनके द्वारा आप बाहरी दुनिया के नकारात्मक प्रभाव को कम कर सकते हैं। आधुनिक जीवन में मीडिया में कई ऐसे विकल्प मौजूद है जो बच्चों के व्यवहार को विनम्र और दयालु बनाने में मदद करते हैं। सही पुस्तकें, टीवी कार्यक्रम और फ़िल्में सकारात्मक व्यवहार बढ़ाती हैं।

बच्चों को प्रेरणा देने के लिए उन्हें ऐसी पुस्तकें देनी चाहिए, जो विनम्र और सहृदय व्यवहार को बढ़ावा देती हों। ध्यान रखें कि बच्चे, विशेषतः किशोर बच्चे उन चरित्रों को पसंद नहीं करते जो अति आदर्श व्यवहार करें या जिनका चरित्र वास्तविकता से दूर दिखाई दे। अतः पुस्तक चुनते समय ऐसे चरित्र चुनें, जो अपने

काम परवाह और दूसरों की चिंता के साथ करते हों। आत्मकथा और जीवनियाँ भी अच्छा चयन हो सकती हैं। अपने बच्चों को उन प्रसिद्ध लोगों की जानकारी भी दें, जिन्होंने परोपकार का दायरा दूसरे जीवों तक फैलाया। सुंदरलाल बहुगुणा और उनका *चिपको* आंदोलन इसका बढ़िया उदाहरण है।

उन फ़िल्मों के बारे में पड़ताल करें, जिन्हें आपके बच्चे देखना चाहते हैं। क्या वे अत्यधिक हिंसक हैं? क्या वे अपराधियों का महिमामंडन करती हैं? क्या वे मनुष्य या पशुओं की हिंसा को महिमामंडित करके दिखती हैं? आप भले ही अपने बच्चों को इन सब बातों से पूरी तरह से दूर नहीं रख सकते हैं, मगर इस बारे में कुछ चर्चा उपयोगी सिद्ध हो सकती है। उनसे पूछें कि जब वे इस तरह की हिंसा देखते हैं, तो उन्हें क्या लगता है? क्या फ़िल्म का पात्र इस हिंसा के बजाय कोई और तरीक़ा अपना सकता था?

बच्चे टीवी पर किसी पात्र को दयालुता का व्यवहार करते देखते हैं, तो स्वयं भी उसे व्यवहार में लाते हैं। आप भले ही बच्चों का टीवी देखना कम करना चाहते हों, मगर उन्हें ऐसे कार्यक्रम देखने के लिए कहें जिनमें परवाह, मदद और दयालुता का समावेश हो।

बच्चों को स्वैच्छिक सेवा या निःस्वार्थ सेवा के लाभ बताएँ

स्वैच्छिक कार्य से हमारे बच्चों को यह बताया जा सकता है कि किसी को समय देना, दयालुता का व्यवहार करना और सेवा करना भौतिक वस्तुओं की प्राप्ति से कहीं ज़्यादा महत्त्वपूर्ण है। हर शहर में स्वयंसेवी संस्थाएँ होती हैं, जो वंचित समुदायों के साथ काम करती हैं और वे स्वैच्छिक सेवाओं का स्वागत करेंगी।

यदि सेवा कार्य कम आयु से ही शुरू कर दिए जाएँ, तो ये बच्चों के जीवन का हिस्सा बन जाते हैं- ऐसे काम जिन्हें वे करना चाहें। यह उन्हें सिखा सकता है :

तुम बदलाव ला सकते हो - बच्चे के लिए इससे आनंददायी और आश्चर्यचकित करने वाला संदेश कोई और नहीं हो सकता कि उसके द्वारा किए जा रहे काम से कुछ बदल सकता है।

त्याग के लाभ - किसी ग़रीब बच्चे को अपना कोई खिलौना देने से बच्चा सीखता है कि त्याग करना कई बार अच्छा होता है। अपने मनोरंजन के समय में से थोड़ा समय निकालकर सेवा के कार्य में लगाने से बच्चे यह भी सीखते हैं कि हमारे आराम और मनोरंजन से बढ़कर भी कुछ महत्त्वपूर्ण कार्य हैं और कुछ लोग इतने गरज़मंद भी हैं दुनिया में।

सहनशीलता - समाजसेवा के काम करते हुए बच्चे और युवा विविध पृष्ठभूमि, धर्म, योग्यता, आयु, आर्थिक स्तर और शिक्षा के लोगों के संपर्क में आते हैं और

दुनिया की वास्तविकता को समझते हैं। समाजसेवा का काम ग्रीष्मकालीन अवकाश के दौरान आराम से किया जा सकता है। इसमें उन्हें यह भी देखने को मिल सकता है कि अलग-अलग व्यक्तित्व के लोग भी किसी एक लक्ष्य को लेकर एक-दूसरे के साथ जुड़े होते हैं।

हमारे पास जो है, उसके लिए ख़ुशी महसूस करना - जो हमारे जैसे भाग्यशाली नहीं हैं, ऐसे लोगों की मदद करने और उनसे जुड़ने के बाद हमारे बच्चों को एहसास होता है कि उनके पास क्या है और इसके लिए उन्हें कृतज्ञ होना चाहिए।

> *हमारा काम यह नहीं है कि अपने बच्चों को इस कठोर और क्रूर दुनिया का सामना करने के लिए कठोर बनाएँ। हमारा काम है कि अपने बच्चों को ऐसी शिक्षा दें, जिससे वे इस दुनिया को कम क्रूर और निर्मम बनाएँ।*
>
> -एल.आर. नोस्ट

34. दादा-दादी, नाना-नानी के साथ गहरे रिश्तों का सौंदर्य

हर साल एक अक्टूबर को हम वृद्ध दिवस मनाते हैं। यह ऐसा दिन है, जब संवेदनशील लोग केवल बुज़ुर्गों की समस्याओं के बारे में ही बात नहीं करते, बल्कि घर में बुज़ुर्गों की मौजूदगी के लाभों के बारे में भी चर्चा करते हैं। इस बात का एहसास सभी को होना चाहिए कि घर के बुज़ुर्ग हमारे लिए किसी निधि के समान होते हैं। वास्तव में, किसी संसाधन की तरह, जो हमारे परिवार और समाज के विकास में बड़ी भूमिका निभाते हैं। वे, दरअसल, पीढ़ियों के बीच संबंध जोड़ने के जीवित और आध्यात्मिक पुल का काम करते हैं।

यदि आपने कभी अपने बच्चों की देखभाल के लिए अपने अभिभावकों या अपने साथी के अभिभावकों की सहायता ली हो, तो आप स्वयं भी यह जानते होंगे कि उनकी भूमिका कितनी कमाल की होती है। हालाँकि दादा-दादी, उनके बच्चों और उनके नाती-पोतों के बीच भौतिक दूरियाँ और परवरिश संबंधी मतभेद सामने आते ही हैं, फिर भी इनके बीच क़रीबी रिश्तों को प्रोत्साहित करने के बहुत-से लाभ हैं।

दादा-दादी, नाना-नानी के साथ अच्छे रिश्ते बच्चों को कई तरह से लाभान्वित कर सकते हैं। ये लोग बच्चों में अच्छी आदतें डालकर उनके लिए महान आदर्श का काम कर सकते हैं। वे बच्चों को परिवार के इतिहास और संस्कृति से परिचित करवा सकते हैं। दादा-दादी, नाना-नानी बच्चों को स्नेह देते हैं, उन्हें समय देते हैं जिससे, उनके मन में सुरक्षा का एहसास गहराता है। दादा-दादी, नाना-नानी बच्चों के स्वस्थ विकास का ख़याल रखते हैं। अपने पड़ोसियों या मित्रों के साथ सारी रात

बिताने से ज़्यादा दादा-दादी, नाना-नानी के साथ समय बिताना अधिक लाभदायक हो सकता है, साथ ही इससे बच्चों के स्वतंत्र विकास में भी मदद मिलती है। दूसरा लाभ यह है कि दादा-दादी, नाना-नानी के पास बच्चों के साथ खेलने और पढ़ने के लिए ज़्यादा समय होता है। वे बच्चों को पूरा समय देते हैं, उनका ध्यान रखते हैं, जिससे बच्चे के विकास और सीखने की क्षमता बढ़ती है।

दादा-दादी, नाना-नानी के संपर्क में किस तरह रहा जाए

आज की दुनिया में परिवार देश के अलग-अलग हिस्सों में छितराने लगे हैं। इसके साथ ही स्कूल की कसी हुई समय-सारणी और कार्यसूची दादा-दादी, नाना-नानी के साथ बिताए जाने वाले समय में कमी करती है। दूरी और समय की कमी के बावजूद आप नीचे दी जा रही बातों पर अमल करके बच्चों को दादा-दादी, नाना-नानी के साथ अधिकाधिक समय बिताने का मौक़ा दे सकते हैं।

लगातार मुलाक़ात करें - यदि बच्चों के दादा-दादी, नाना-नानी आपके शहर में ही रहते हैं, तो अपनी व्यस्त दिनचर्या में से कुछ समय निकालकर उनसे लगातार मिलते रहें और उन्हें भी अपने घर आने के लिए प्रोत्साहित करें। शहर से बाहर रह रहे दादा-दादी, नाना-नानी से मिलने के लिए भी त्योहारों, जन्मदिन आदि पर उनके पास जाया जा सकता है। मुलाक़ातें लगातार न भी हों, फिर भी अगली मुलाक़ात की कल्पना करने और उसकी योजना बनाने से बच्चे उस समय का महत्त्व समझेंगे।

तकनीक से संपर्क में रहें - फ़ोन, मैसेज और ईमेल के द्वारा संपर्क बनाए रखें और अपने बच्चों के फ़ोटो और आवाज़ की रिकॉर्डिंग दादा-दादी, नाना-नानी को भेजते रहें। यदि उनके पास कंप्यूटर नहीं हैं, तो उन्हें मोबाइल पर बच्चों के वीडियो भेजते रहें और उन्हें भी कहें कि वे अपनी आवाज़ में कहानियाँ आदि रिकॉर्ड करके भेजें, जिन्हें सोते समय बच्चों को सुनाया जा सके।

दादा-दादी, नाना-नानी के बारे में बात करें - अपने घर में दादा-दादी, नाना-नानी के फ़ोटो ऐसे स्थान पर लगाएँ, जिन्हें बच्चे देख सकें और मौक़े-ब-मौक़े उनकी ओर बच्चों का ध्यान आकर्षित करें, उनके बारे में बात करें। अपने परिवार के हर सदस्य के बारे में बच्चों से कोई-न-कोई अनुभव साझा करना अच्छा अवसर होगा।

पत्र लिखें - यदि आपका बच्चा पत्र पढ़ना पसंद करता है, तो दादा-दादी, नाना-नानी से उसे नियमित पत्र या मेल लिखने को कहें। आपस में संवाद बढ़ाने के लिए अपने बच्चों को कहें कि वे अपने दादा-दादी, नाना-नानी को सप्ताह में एक नियत दिन पत्र लिखें। ऐसा ही उनके दादा-दादी, नाना-नानी को भी कहा जाए, ताकि उनके बीच संवाद क़ायम हो सके। यह संवाद पत्र, ईमेल, वीडियो चैट आदि किसी भी ज़रिए हो सकता है।

रुचियों को आगे बढ़ाएँ - दादा-दादी, नाना-नानी के पास हुनर होते हैं, उनकी ख़ास रुचियाँ होती हैं, जैसे- कढ़ाई, बुनाई, खाना पकाना आदि। इन्हें वे अपने नाती-पोतों को भी सिखाना चाहेंगे। अपने बच्चों को यह सब सीखने के लिए समय और सामग्री, दोनों उपलब्ध करवाएँ।

परिवार वृक्ष बनाकर लगाएँ - छोटे और बड़े दोनों तरह के बच्चे अपने पूर्वजों के बारे में सुनना पसंद करते हैं। दादा-दादी, नाना-नानी को उनके बारे में कहानियाँ बताने को कहें। उन्हें चार्ट और क़लम देकर परिवार वृक्ष बनाने को भी कहा जा सकता है।

> *छोटे बच्चों के लिए जो दादा-दादी, नाना-नानी कर सकते हैं, वह कोई और नहीं कर सकता। दादा-दादी, नाना-नानी बच्चों के लिए उनके जीवन में छिटके सितारों के कणों की तरह होते हैं।*
>
> -अलेक्स हैली

35. सहोदरों के बीच स्पर्धा

'पापा, इसने मेरे रंगीन पेन फिर से ले लिए हैं!' मेरी बेटी अवनि चिल्लाई।

'पापा, ये मुझे चिढ़ाना और गुस्सा दिलाना बंद नहीं कर रही है!' मेरा बेटा अनादि चिल्लाया।

'पहले मैं! पहले मैं!' और मैं समझ ही नहीं पा रहा था कि कौन ज़्यादा ज़ोर से चिल्ला रहा है। यह घटना आपको भी जानी-पहचानी लग रही होगी, है न? यदि आपके घर में भी मेरे जैसे दो बच्चे हों, तो आपका उत्तर हाँ ही होगा, क्योंकि भाई-बहनों के झगड़े का वाक़या एक-सा ही होता है। जो भी हो, यदि सामान्य दिखाई देने वाले झगड़ों पर नज़र न रखी जाए, तो ये झगड़े उनके बड़े होने पर कठिन रिश्तों की बुनियाद बन जाते हैं।

बच्चे झगड़ा क्यों करते हैं?

विशेष आवश्यकताएँ - शिशु स्वभावतः अपने खिलौनों और अपनी वस्तुओं के प्रति रक्षात्मक भाव रखते हैं और अपनी इच्छा पर ज़ोर देना भी सीखते हैं। अतः यदि शिशु का भाई या बहन उसके खिलौने लेता है, तो शिशु गुस्सा दिखा सकता है। स्कूल जाने वाले बच्चों में समानता और निष्पक्षता का भाव प्रबल होता है अतः वे शायद यह न समझ पाएँ कि उससे उम्र में छोटे दूसरे भाई-बहन के साथ अलग व्यवहार क्यों किया जा रहा है या उसे यह भी लग सकता है कि दूसरे बच्चे को अधिक प्रधानता दी जा रही है। दूसरी ओर, किशोरवय के बच्चे निजता और

विभिन्नता का एहसास विकसित करने लगते हैं और हर के कामों में मदद करना, छोटे भाई-बहनों की मदद करना और एक-साथ समय बिताना उन्हें अच्छा लग सकता है।

निजी स्वभाव - आपके बच्चों के स्वभाव, जिसमें उनकी मनोदशा, स्वभाव और अनुकूलनशीलता शामिल हैं, उनके अपने व्यक्तित्व का हिस्सा है और इसी से तय होता है कि वे अपने भाई-बहनों के साथ किस तरह रहेंगे।

अभिभावकों की भूमिका - अभिभावक आपसी झगड़े और असहमतियों को जिस तरह दूर करते हैं, उससे सारे परिवार के लिए उदाहरण स्थापित होता है। अतः यदि आप और आपके साथी अपने झगड़ों को सम्मानजनक, सार्थक तरीक़े से हल करते हैं और अनावश्यक रूप से आक्रामक नहीं होते हैं, तो आपके बच्चे भी समस्याओं में घिरने पर उनसे बाहर निकलने के लिए उसी तरह के तरीक़े अपनाएँगे। यदि आपके बच्चे आपसी झगड़े के दौरान आपको ज़ोर से चिल्लाते, दरवाज़ा पीटते या बहस करते देखते हैं, तो वे भी झगड़े के दौरान ऐसा ही व्यवहार करेंगे। विनम्रता के साथ झुकना और बहस में समझौता करना उनके अपनाए जाने के लिए अच्छे उदाहरण हो सकते हैं।

जब लड़ाई शुरू हो जाए, तो क्या किया जाए

घर में भाई-बहनों के बीच लड़ाई होना सामान्य-सी बात है, मगर लड़ाई घर में किसी के भी लिए सुखद नहीं होती। हरेक परिवार एक हद तक ही विवाद सहन कर सकता है। अतः लड़ाई शुरू होने पर आपको क्या करना चाहिए?

1. जहाँ तक संभव हो, इस झगड़े में न उलझें। बीच में तभी पड़ें, जब किसी तरह की शारीरिक चोट की आशंका होने लगे। यदि आप हमेशा ही बच्चों की लड़ाई के बीच दख़ल देते हैं, तो आप दूसरी अन्य समस्याओं को बुलावा देते हैं। बच्चे अपनी समस्याओं के हल स्वयं निकालने के बजाय आपके दख़ल देने का इंतज़ार करते रहेंगे।
2. यदि आप बच्चों के द्वारा प्रयोग में लाई जा रही भाषा या नामों के प्रति चिंतित हैं, तो उन्हें सही शब्दों के प्रयोग की शिक्षा दी जानी चाहिए। यह बच्चों की लड़ाई के बीच दख़ल देने या लड़ते हुए बच्चों को अलग करने से कहीं अलग है।
3. बच्चों को तब तक अलग रखें, जब तक वे शांत न हो जाएँ। यह अच्छा होता है कि उन्हें शांत होने के लिए थोड़ा समय दिया जाए, लड़ाई-झगड़े के तुरंत बाद एक होने को न कहा जाए। नहीं तो उस समय तो लड़ाई शांत हो जाएगी, मगर थोड़ी देर बाद फिर से शुरू हो जाएगी। यदि इसे

आप किसी ऐसे अनुभव में बदलना चाहते हैं जिससे बच्चे कुछ सीखें, तो गुस्से की भावना के पूरी तरह शांत हो जाने का इंतज़ार करें।

4. लड़ाई में किस बच्चे का दोष अधिक है, इस पर बहुत ज़्यादा ज़ोर न दें। किसी भी लड़ाई के शुरू होने में दोनों का हाथ होता है, भले ही एक का ज़्यादा और एक का कम हो।
5. ऐसी स्थिति बनाने की कोशिश करें, जिसमें हरेक बच्चे को कुछ-न-कुछ मिले। जब उन दोनों को एक ही खिलौना चाहिए हो, तब एक साथ खेला जा सकने वाला कोई खेल सिखाया जा सकता है।
6. कौन-सा व्यवहार आपके लिए अपेक्षित है, स्वीकार्य है, इसके लिए कुछ नियम तय करें। बच्चों को बताएँ कि लड़ाई में अपशब्द कहना, पटका-पटकी करना, नाम बिगाड़ना, चिल्ला-चोट करना स्वीकार्य नहीं होगा। इसके साथ-साथ नियम बनाने में उनकी राय लें और नियम तोड़ने की सज़ा क्या होगी, इस बारे में भी उन्हें ही तय करने दें। इससे बच्चों में अपने किए की ज़िम्मेदारी लेने की आदत विकसित होती है, भले ही परिस्थितियों ने उन्हें ऐसा करने के लिए मजबूर क्यों न किया हो और सही-ग़लत के बारे में निर्णय लेने को निरुत्साहित क्यों न किया हो।
7. हमेशा बच्चों को लेकर यह न सोचें कि दोनों के साथ सबकुछ 'बराबर' और 'स्पष्ट' होना चाहिए। कभी-कभी एक बच्चे को दूसरे की तुलना में अधिक समय, ध्यान और विशेष वस्तुओं की आवश्यकता हो सकती है।
8. यह भी सुनिश्चित करें कि बच्चों को एक-दूसरे से अलग होकर अपने काम करने, अपने खिलौनों से और दोस्तों के साथ खेलने या गतिविधियाँ करने के लिए समय मिल सके।
9. चाहे आप फ़िल्म देख रहे हों, खेल खेल रहे हों या घर का काम कर रहे हों, परिवार के रूप में एक साथ मज़ा लें। इससे आप बच्चों के सामने एक-दूसरे के साथ समय बिताने और एक-दूसरे से जुड़ाव बनाने का शांतिपूर्ण तरीक़ा प्रस्तुत कर रहे होंगे। इससे उनके बीच का तनाव कम होगा, साथ ही आपको भी व्यस्त रहने में मदद मिलेगी। कई बच्चे अभिभावकों का ध्यान आकर्षित करने के लिए ही एक-दूसरे से लड़ते हैं। परिवार के साथ मिलकर मज़ेदार गतिविधियाँ करने से उनके बीच झगड़े कम होंगे।
10. यदि आपके बच्चे वीडियोगेम या टीवी रिमोट जैसी छोटी-छोटी चीज़ों के लिए लगातार लड़ते रहते हैं, तो उनके लिए एक साप्ताहिक समय

सारणी बनाएँ कि किस समय में कौन उन वस्तुओं के साथ खेलेगा या उनका उपयोग करेगा। यदि वे इसके बाद भी लड़ते हैं, तो उन्हें उन वस्तुओं का उपयोग न करने दें।

इस बात का ध्यान रखें कि कभी-कभी बच्चे अपने अभिभावकों का ध्यान आकर्षित करने के लिए लड़ते हैं। उस स्थिति में उनके साथ समय बिताने के साथ-साथ अपने लिए समय निकालें। जब आप वहाँ नहीं होंगे, तो उनकी लड़ाई ख़ुद ही ख़त्म हो जाएगी। इसके साथ ही, जब आपका धैर्य चुकने लगे तो उन बच्चों को अपने साथी को संभालने को दे दें, जिसका धैर्य आपसे अधिक हो।

> *सहोदर बच्चे वे हैं जिनके साथ हम जीवन का अभ्यास करते हैं, जो हमें निष्पक्षता, सहयोग, दया और परवाह करना सिखाते हैं। भले ही सिखाने के तरीक़े अक्सर कठोर होते हैं।*
>
> -पामेला डगडेल

36. बच्चों में सोचने की शक्ति और रचनात्मकता को बढ़ाना

वयस्कों के लिए कार्यशाला की तैयारी करने से कहीं ज़्यादा कठिन होता है बच्चों के लिए ऐसी तैयारी करना। पहला ज़रूरी काम होता है, उनका ध्यान लंबे समय तक अपनी ओर आकर्षित रख पाना। साथ ही वे सहभागिता और उचित व्यवहार करें, यह भी ज़रूरी होता है। इस तरह के परिणामों पर केंद्रित रखने के लिए किसी मनोचिकित्सक को अपने सारे कौशलों का इस्तेमाल करना पड़ सकता है। बच्चे आपसे दुनिया का कोई भी सवाल कर सकते हैं, उनकी शारीरिक भाव-भंगिमा आसानी से इस बात का सुराग़ दे सकती है कि उन्हें आपका विचार या उत्तर पसंद आया है या नहीं। 'अपने बच्चों को लक्ष्य प्राप्ति के लिए सशक्त बनाना' विषय पर आयोजित कार्यशाला की तैयारी करते समय यह अवश्यंभावी हो जाता है कि अभिभावक और शिक्षक बच्चों को अपनी समस्याओं को अच्छी तरह से सुलझाने के बारे में सोचने में मदद करें। वयस्कों का भी व्यवहार ऐसा हो सकता है जो रचनात्मकता को बढ़ाने के बजाय घटाता हो। यहाँ शोध आधारित कुछ सुझाव प्रस्तुत किए जा रहे हैं।

सोचने और समस्या समाधान का कौशल

बच्चों को किसी परिस्थिति का आकलन करने, इसके सबसे महत्त्वपूर्ण आयाम पर ध्यान देने और निर्णय लेने के कौशल को सीखना होगा। वयस्क रोज़मर्रा की गतिविधियों के माध्यम से उन्हें यह सिखा सकते हैं।

- ✓ बच्चों को कुछ पढ़कर सुनाते समय उनसे खुले सिरों वाले प्रश्न यानी क्या, क्यों और कैसे वाले प्रश्न पूछें।

- ✓ बच्चे जो कुछ देखें, पढ़ें या सुनें, उनमें से उन्हें महत्त्वपूर्ण बातें या बिंदु छाँटने को कहें।
- ✓ बच्चों को नई जानकारी की तुलना उनके पास उपलब्ध जानकारी से करने को कहें। उनमें समानता और अंतर को पहचानने कहें। इससे वे जानकारी को व्यवस्थित करना और उस पर सोचना व याद रखना सीखेंगे।
- ✓ बच्चों को सिखाएँ कि ऐसे किसी भी कथन को बिना तथ्य या प्रमाण के स्वीकार न करें, जो आम जानकारी से अलग हो।
- ✓ बच्चों को लिखने के लिए प्रोत्साहित करें। अपने विचारों को लिखने के लिए हमें उन्हें व्यवस्थित करना पड़ता है। यह किसी डायरी, कॉपी, मोबाइल या कंप्यूटर पर किया जा सकता है। उन्हें दिए जाने वाले प्रोजेक्ट में कोई जर्नल बनाना, किसी महान हस्ती को पत्र लिखना, अभिभावकों के समक्ष तर्क प्रस्तुत करना (पिकनिक पर जाने के लिए या विशेष ख़रीदारी करने के लिए) जैसी चीज़ें हो सकती हैं।
- ✓ बच्चों ने जो कुछ सीखा उसके बारे में उन्हें अपनी कल्पना का प्रयोग करके लिखने या सोचने को कहें। जैसे- हमारे देश की उत्तरी सीमा पर भीषण ठंड में सिपाही कैसे रहते होंगे? वे क्या पहनते होंगे?
- ✓ किसी कविता को लिखते समय या कोई चित्र बनाते समय पहले बच्चों को पहला मसौदा तैयार करने को कहें, उसके बाद उसमें सुधार के लिए कहें।
- ✓ किसी समस्या को कैसे हल किया जा सकता है, इसके लिए बच्चों को इसकी एक योजना बनाकर दिखाएँ, जिसमें वे समस्या के बारे में क्या जानते हैं, क्या नहीं और उसे हल करने के तरीक़े शामिल हों। इसके बाद उन्हें निर्णय लेने दें कि योजना कारगर रही या नहीं।
- ✓ बच्चों को कुछ बनाने को कहें, जैसे- घर के कामों को सरल बनाने के लिए कोई उपकरण।
- ✓ नक़्शा समझना, सूक्ष्मदर्शी का उपयोग करना सिखाएँ और इनके अभ्यास के अवसर भी दें।

रचनात्मकता

बच्चों की प्राकृतिक रचनात्मकता को प्रोत्साहित करने का महत्त्वपूर्ण तरीक़ा कठोर नियंत्रण से उन्हें दूर रखना है। जिन बच्चों को उनके अभिभावक लगातार निर्देशित करते रहते हैं, उनका आत्मविश्वास कम होता जाता है और रचनात्मक सोच के लिए

आवश्यक सहजता खो जाती है। निम्नलिखित बातें उनकी रचनात्मकता को विकसित करने में काम आ सकती हैं।

- ऐसा वातावरण निर्मित करें, जिसमें बच्चे की विशेष अभिरुचियों और क्षमताओं का पोषण हो सके। यदि बच्चे द्वारा किसी विशेष अभिरुचि का प्रदर्शन नहीं किया जाता, तो उसे विविध अनुभव और वस्तुएँ उपलब्ध कराएँ।
- स्वयं भी अपने पेशे या अभिरुचि को कलात्मक रूप से करें, ताकि बच्चों के लिए वे उदाहरण बन सकें।
- बच्चे की कमियों पर ध्यान देने और उनकी आलोचना करने के बजाय उसकी क्षमताओं और रुचियों पर ध्यान दें।
- ख़राब व्यवहार को हतोत्साहित करें और बच्चों की उनके सहपाठियों के दबाव (पीयर प्रेशर) से बचने में मदद करें। अभिभावक ऐसा तभी कर पाएँगे, यदि वे स्वयं सुरक्षित महसूस करते हों, स्वयं हिचकते न हों और अलग सोचने में ख़ुशी महसूस करते हों। वास्तव में, वे अपने व्यवहार को दूसरों की सोच के मुताबिक़ नहीं बदलते।
- बच्चों की सोच को खुलापन देने का प्रयास करें। उन्हें सांस्कृतिक विविधता से रूबरू करवाएँ और उसमें उन्हें नई संभावनाएँ तलाशने दें। रचनात्मक लोगों के साथ उनकी बातचीत हो सके, इसका प्रयास करें तथा जेंडर के आधार पर कृत्रिम रूप से गढ़ी गई भूमिकाओं से बाहर होकर सोचने वालों से भी उनका संपर्क कराएँ। लड़की तबला सीखना चाहती है या कराटे और फ़ुटबाल खेलना चाहती है। लड़के पाक कला में हाथ आज़माना चाहते हैं। बच्चों की अभिरुचियों का सम्मान करें और उन्हें स्वतंत्रता और ज़िम्मेदारी देकर उनका हौसला बढ़ाएँ।
- बच्चों को गर्मजोशी भरा सहयोग दें, उन्हें अपने लिए थोड़ा ठहरकर सोचने का समय दें।

बच्चों को रचनात्मकता के अवसर देना वैसे ही आसान है, जैसे उन्हें ख़ाली काग़ज़ पर क्रेयान से चित्र बनाने देना, संगीत की ताल पर किसी गिलास पर चम्मच बजाने देना, कंबल-तकियों से गुफा बनाने देना या किसी पसंदीदा फ़िल्मी गीत पर नाचने-कूदने देना। कभी-कभी किसी सादे काग़ज़ पर चित्रकारी भी बहुत महत्त्वपूर्ण हो सकती है। जो बच्चे लगातार चित्र बनाते हैं, वे पढ़ने और गणित में अच्छा प्रदर्शन करते हैं। वे किसी काम में ध्यान आसानी से केंद्रित कर पाते हैं। अपने लिए चित्रकारी की विषय वस्तु स्वयं ढूँढ़ना बच्चों को सशक्त बनाता है, वहीं अपने आसपास की दुनिया को देखने की दृष्टि भी देता है।

सीखने से रचनात्मकता आती है। रचनात्मकता सोच को प्रशस्त करती है। सोचने की प्रवृत्ति ज्ञान देती है। ज्ञान आपको महान बनाता है।

-ए.पी.जे. अब्दुल कलाम

37. बच्चों को फट पड़ने से रोकना

बच्चों को क़ाबू में रखना - चाहे बच्चा एक हो या अधिक, यह अभिभावकों के लिए चुनौती ही होती है। किसी-किसी दिन उनमें शांति बनाए रखना और अपने आप को भी शांत रखना असंभव-सा प्रतीत होता है। फिर भी आप उन पर लगातार गुस्सा करते हैं या कभी-कभी अपना आपा खोते हैं, इसका ध्यान रखना होगा। जब माहौल गर्म हो, तो अपने गुस्से को नियंत्रित करना सीखना होगा, ताकि बच्चों को भी ऐसा सिखाया जा सके।

यदि आप अपने बच्चे के ऊपर चीख़ते-चिल्लाते हैं, गुस्सा करते हैं, तो वह आपसे यही सीखेगा। इसके विपरीत, जब आप निराशाजनक स्थिति में या विपरीत परिस्थिति में भी शांति बनाए रखते हैं, तो आप अपने बच्चे को अनजाने में ही गुस्से और निराशा को नियंत्रित करने के तरीक़े सिखा रहे होते हैं।

तो आपके लिए बढ़िया प्रतिक्रिया क्या होगी? उदाहरण के साथ शिक्षण देना यही आपकी बेहतर तरक़ीब होगी। अपनी बात स्पष्टता से, शांति से और दृढ़ता से रखें, न कि गुस्से से, दोषारोपण करते हुए, कठोर आलोचना करते हुए, धमकाते हुए या निंदा करते हुए। यदि आप गुस्से में चिल्लाते या धमकाते हैं, तो अनजाने में आप बच्चों को वही व्यवहार सिखा रहे होते हैं, जिसे आप हतोत्साहित करना चाहते हैं। आपका बच्चा आपको गुस्से में इतना अक्षम महसूस करता है कि आप ख़ुद पर से नियंत्रण खोकर चिल्लाते हैं। इससे बच्चे को क्रोध की अवस्था में चिल्लाना न सिखाने में मदद नहीं मिलेगी।

शुरुआत करना

भावनाओं को नियंत्रित करना और व्यवहार का प्रबंधन करना कौशल हैं, जो बचपन से समय के साथ विकसित होते हैं। किसी और कौशल की ही तरह आपके बच्चे को आपकी मदद से उन्हें सीखना और अभ्यास में लाना होगा। याद रखें कि जो बच्चे लगातार अपना आपा खोते दिखाई देते हैं, उनमें निराशा और गुस्से पर क़ाबू पाने के लिए ज़रूरी स्व-नियंत्रण का अभाव होता है और उन्हें अपनी भावनाओं पर नियंत्रण सीखने के लिए अधिक मदद की आवश्यकता होती है। यहाँ कुछ बिंदु दिए जा रहे हैं, जो इस मामले में आपकी मदद कर सकते हैं -

अपने बच्चे को बोलने दें - यदि आपका बच्चा गुस्से के चरम पर है, तो पता लगाएँ

कि उसे क्या परेशान कर रहा है। बच्चे को आपसे बात करने को कहें। इस बात पर ज़ोर दें कि बात करते समय चिल्लाना, रोना, मचलना आदि व्यवहार न हो। एक बार बच्चा शांत हो जाए, तो उससे पूछें कि क्या हुआ था जिसने उसे इतना परेशान किया। आप कह सकते हैं, 'मुझे बताओ क्या ग़लत हुआ? किस बात ने तुमको इतना दुखी किया?' यह भी कह सकते हैं, 'बताओ तो इतने नाराज़ क्यों हो?' जब आप ऐसा करते हैं, तो आप बच्चे को अपनी भावनाओं को शब्दों में बाँधना सिखा रहे होते हैं। इससे आपको भी समस्या का समाधान खोजने में मदद मिलेगी।

ध्यान से सुनें - एक बार आपका बच्चा अपनी भावनाओं को व्यक्त कर दे, तो आपको उन्हें सुनना है और कहना है कि आप समझ गए हैं। कई बार कहे गए को सुनना और समझना ही बच्चों को अपनी मूल स्थिति में आने में मदद करता है। जो भी हो, जब आप अपने बच्चे की भावनाओं के बारे में बात करें, तो उसे बताएँ कि भले ही भावनाओं के अधीन होकर ही क्यों न किया हो, कुछ ख़ास तरह के व्यवहार स्वीकार्य नहीं होंगे। 'मुझे मालूम है तुम गुस्से में थे, फिर भी भाई को मारना अच्छी बात नहीं है।' 'गुस्से में होने पर भी प्लीज़, घर की चीज़ तोड़ना अच्छी बात नहीं है।'

स्पष्ट नियम बनाएँ - बच्चों का कौन-सा व्यवहार स्वीकार्य है और कौन-सा नहीं, इसके बारे में स्पष्ट नियम बनाएँ और ऐसा करते समय धमकाने, बहाने बनाने या निंदा करने से बिलकुल दूर रहें। यदि आप इसे स्पष्ट कर पाते हैं, तो आपका बच्चा यह समझ सकेगा कि उसकी हद कहाँ तक है। आप उससे क्या चाहते हैं, इसे विस्तार से बताएँ।

'हमारे परिवार में हम किसी को धक्का नहीं देते, किसी को मारते नहीं।'
'चिल्लाने की अनुमति नहीं है।'
'हम एक-दूसरे को उनके नाम लेकर नहीं बुलाते।'
'हम अपने परिवार में ऐसा नहीं करते।'
'तुम्हें जान-बूझकर चीज़ें फेंकने या तोड़ने की अनुमति नहीं है।'

बच्चों के लिए सामंजस्य बिठाने की रणनीतियाँ

1. *दूर चले जाएँ* - अपने बच्चे से कहें कि गुस्से के विस्फोट के पहले विवाद की जगह से थोड़ी देर के लिए दूर चला जाए। वहाँ से दूर, घर के आँगन या पिछवाड़े में जाने से बच्चे को शांत होने के लिए स्थान मिलेगा।
2. *गुस्से को बाहर निकालने का रास्ता देना* - आप बच्चे को उसकी नकारात्मक भावनाओं को बाहर निकालने के लिए कुछ सुझाव दे सकते हैं। सैर पर जाना, खेलने के लिए जाना, अपनी रुचि का कोई काम करना अच्छे चयन हो सकते

हैं। यदि बच्चे बड़े हों, तो वे अपनी भावनाओं के बारे में लिख सकते हैं या चित्र बना सकते हैं।

3. *बच्चे को अपनी मनःस्थिति में बदलाव लाना सिखाएँ* - ऐसा करना बच्चों और बड़ों, दोनों के ही लिए कठिन होता है। उदाहरण के लिए, गुस्से से शांत होने के लिए हमें अपनी मनोदशा पर ख़ासे नियंत्रण की दरकार होती है। जिस व्यक्ति या स्थिति ने परेशान किया हो, उसके बारे में सोचने के बजाय बच्चों को अपना ध्यान किसी और बात में लगाने को कहें। ऐसी वस्तुएँ या काम बताएँ, जिनसे मनोदशा सुधर सके। संभव हो तो इन्हें साथ मिलकर करें, ताकि दोनों ही इस बात को जान सकें कि अपने आप को ख़ुश महसूस करने पर किस तरह से मनोदशा बदल जाती है।

4. *भावनाओं को नाम देने में बच्चों की मदद करें* - बच्चों को अपनी भावनाओं को नाम देने में मदद करें। उदाहरण के लिए, 'मैं पागल हो रहा हूँ, क्योंकि मुझे अपना कमरा साफ़ करना है, जबकि मेरे दोस्त खेल के मैदान में पहुँच चुके हैं।' शब्द मिलने से बच्चे को घर के काम से मुक्ति नहीं मिलेगी, मगर उसे अपनी परेशानी का कारण समझ में आ जाएगा। इसके बाद आप उससे बहस के बजाय संवाद कर सकते हैं। दरवाज़ा पटकने के बजाय बच्चे ने अपनी बात कही, इसके लिए उसकी तारीफ़ भी करें।

5. *अपने बच्चे को शारीरिक गतिविधियों में संलग्न करें* - गुस्सैल बच्चों के लिए शारीरिक गतिविधियों में संलग्न रहना सचमुच मदद कर सकता है। घर के बाहर खेले जाने वाले खेलों में हिस्सा लेने के लिए बच्चों को प्रेरित करें। फुटबाल, कुश्ती और दौड़ना बच्चों के गुस्से पर नियंत्रण के लिए विशेष रूप से कारगर हो सकते हैं। वास्तव में, जो भी गतिविधि हृदय की गति को बढ़ाती है, ऊर्जा और तनाव को कम करने में सहायक हो सकती है।

6. *स्वभाव में लचीलापन लाएँ* - अभिभावक होना सचमुच थकाने वाला अनुभव होता है। लगातार 'नहीं' कहते रहना छोटे बच्चों का दिल तोड़ सकता है। कई बार 'नहीं' ही एकमात्र उत्तर होता है, जिसे कहना पड़ता है, मगर कभी-कभी बच्चों को मन की करने का मौक़ा भी देना चाहिए।

> *बच्चों को अपने व्यवहार की ज़िम्मेदारी लेनी होगी, ताकि वे यह सोचने वाले वयस्क न बनें कि किसी भी घटना के घटने में उनकी ग़लती नहीं है। सब दूसरों की वजह से हुआ है।*
>
> -अज्ञात

38. अपने बच्चे को अनुशासित करना

जैसे ही हम अनुशासन के बारे में बात करते हैं, सज़ा शब्द हमारे दिमाग़ में चमकता है। फिर भी वास्तविकता में अनुशासन सज़ा का पर्यायवाची शब्द नहीं है। हम सभी को अनुशासित होने की आवश्यकता पड़ती है और इसी तरह हमारे बच्चों को भी अनुशासित होने का प्रशिक्षण देना होता है, क्योंकि यही वह तरीक़ा है जिससे बच्चे ज़िम्मेदारी का व्यवहार करना और स्वयं पर नियंत्रण रखना सीखेंगे। अनुशासन के सही और विविध प्रारूपों के द्वारा बच्चे अपने कार्यों के परिणामों के बारे में सचेत होते हैं। इससे वे अपने शब्दों और कार्यों, दोनों की ही ज़िम्मेदारी लेना सीखते हैं। सबसे अच्छी बात यह है कि अनुशासन सही और सकारात्मक तरीक़े से बच्चे के अच्छे व्यवहार को बढ़ावा देता है और बुरे व्यवहार को हतोत्साहित करता है। कुछ अभिभावक सोचते हैं कि अनुशासन का मतलब मारना, झिंझोड़ना जैसे शारीरिक दंड या अपशब्द कहना, चिल्लाना या धमकाना है। यह अनुशासन नहीं है।

बच्चे कई कारणों से बुरा बर्ताव करते हैं

वे इस बात को समझने के लिए अभी बहुत छोटे होते हैं कि उनका व्यवहार स्वीकार्य नहीं है।

- वे गुस्से में हों, निराश हों या दुखी हों, उनके पास अपनी भावनाओं को व्यक्त करने का और कोई तरीक़ा नहीं होता
- वे बड़े बदलावों (जैसे छोटे भाई-बहनों का जन्म या स्कूल संबंधी कोई मुद्दा) के चलते तनाव में हों
- वे आपका पूरा ध्यान चाहते हों
- उन्हें लगता हो कि आपने उनके साथ अन्याय किया है और वे आपको सज़ा देना चाहते हों
- वे स्वयं को बंधन में महसूस करते हों और अधिक स्वतंत्रता चाहते हों

नियमों से बँधे रहने की आवश्यकता

आपको व्यवहार संबंधी नियमों के पालन में सततता रखनी होगी, अन्यथा आप बच्चे को नियमों के नाम पर भ्रमित करने का काम करेंगे। यदि आप अपने बच्चे की शरारतों से ख़ुश भी हों, तो उस ख़ुशी को अपने चेहरे पर न आने दें, अन्यथा बच्चे को लगेगा कि उसे शरारत करने की इजाज़त है। जहाँ तक संभव हो, नियमों को शिथिल न करें, वरना बच्चा यह न समझ सकेगा कि उसका किसी तरह का व्यवहार स्वीकार्य है या नहीं। स्वीकार्य व्यवहार को स्पष्ट परिभाषित करें, ताकि बच्चे

समझ सकें कि आपकी उनसे क्या अपेक्षा है। यह सुनिश्चित करें कि आपकी अपेक्षाएँ उनकी क्षमताओं से अधिक न हों। बच्चे को झूठी धमकियाँ न दें, नहीं तो वे आपकी बातों पर ध्यान नहीं देंगे। परिवार के लिए नियम बनाते समय बच्चे को भी शामिल करें।

किसी व्यवहार के नतीजों के बारे में विस्तार से बताएँ

सही अनुशासन बच्चे को यह सीखने में मदद करता है कि उनके हर काम के नतीजे भी होंगे, जिनकी ज़िम्मेदारी उनकी होगी। वास्तव में, काम के साथ ही उसके परिणामों की बात की जानी चाहिए, अन्यथा बच्चे दोनों बातों का जुड़ाव देख पाने में असमर्थ रहेंगे। बच्चों को नीचे दिए गए मामलों की तरह तर्कसंगत परिणाम जानना सिखाएँ।

- ✓ खाना खाते, खेलते या स्कूल का काम करते समय फैलाई गई गंदगी को वे ही साफ़ करें।
- ✓ बिखरे होने के चलते कोई खिलौना मिल न रहा हो, तो पहले वे सारे खिलौने व्यवस्थित करें।
- ✓ यदि शरारत की है, तो कुछ देर अकेले रहें।
- ✓ गुस्से में भरे होने पर कुछ समय अकेले ही खेलें।

'अलग बैठो' तकनीक

कई अभिभावक अपने बच्चों के व्यवहार को नियंत्रित करने के लिए उनके साथ 'अलग बैठो' तकनीक अपनाते हैं। इसका अर्थ है, बच्चे को थोड़ी देर अकेला छोड़ते हुए उसे अपने किए के बारे में सोचने को कहना। तीन साल से काम आयु के बच्चों में वह मानसिक परिपक्वता नहीं होती कि वे अपने किए गए काम के बारे में सोच सकें, यानी अलग बैठो की अवधारणा को समझ सकें, मगर बड़े बच्चों के लिए यह स्वयं का आकलन करने और अपने काम पर विचार करने का बेहतर अवसर हो सकता है। सामान्यतः यह समय एक मिनट का हो सकता है, जिसे बच्चे की आयु के मुताबिक़ बदला भी जा सकता है।

अंत में, यह बात भूलनी नहीं चाहिए कि हर बच्चा प्रेम और अभिभावकों की स्वीकार्यता चाहता है, अतः उनमें अच्छे व्यवहार को बढ़ावा देने का सबसे आसान तरीक़ा उनकी तारीफ़ करना और पुरस्कृत करना होगा।

कई अभिभावकों को ऐसा लगता है कि बच्चों द्वारा बदतमीज़ी किए जाने पर उनकी पिटाई करना अनुशासन लागू करने का एकमात्र तरीक़ा है। हालाँकि, पिटाई को बच्चों के प्रति दुर्व्यवहार मानते हुए और उन पर पिटाई के प्रभाव की चिंता के

चलते अभिभावक बच्चों के बुरे बर्ताव को क़ाबू में करने के लिए अन्य विकल्पों की तलाश में भी रहते हैं। बच्चों को अनुशासित करने के अन्य तरीक़ों की खोज करते हुए अभिभावकों को अनुशासन और सज़ा का फ़र्क़ समझना आवश्यक है।

अनुशासन बनाम सज़ा

अनुशासन बच्चों को अच्छे और बुरे की पहचान कराने का सकारात्मक तरीक़ा माना जाता है। सज़ा अनुशासित करने का ही एक तरीक़ा है। यह सज़ा शारीरिक हो सकती है, जैसे- पिटाई कर देना, या भावनात्मक हो सकती है, जैसे- बात करना बंद कर देना, थोड़ी देर के लिए अकेला या अलग कर देना या किसी सुविधा से वंचित कर देना। कई बार सज़ा अनुशासन की तकनीकों के व्यापक फ़लक का एक दूरस्थ सिरा होती है। अनुशासन बच्चों को स्वयं पर नियंत्रण करने और अपने व्यवहार की ज़िम्मेदारी लेने का तरीक़ा सिखाने का साधन है। जिन बच्चों की परवरिश सकारात्मक अनुशासन के माहौल में होती है, वे अपने व्यवहार को अच्छी तरह से समझते हैं, अपने तथा औरों के लिए स्वायत्तता प्रदर्शित करते हैं। जब अनुशासन की बुनियाद में सज़ा छिपी रहती है, तो बच्चे को सज़ा देने वाला व्यक्ति ही उसके व्यवहार के लिए ज़िम्मेदार हो जाता है।

परवरिश के तरीक़े

अधिकार-संपन्न या लोकतांत्रिक शैली बच्चों को प्रभावी रूप से अनुशासित करने का सकारात्मक तरीक़ा है। इस विधि में बच्चों के लिए व्यवहार के बुनियादी नियम-क़ायदे तय करना, समस्या समाधान के तरीक़ों पर ध्यान केंद्रित करना, की गई ग़लतियों के बारे में अभिभावकों और बच्चों के बीच बातचीत होना और उसमें ग़लतियों का सुधार कैसे होगा, इस पर बात करना शामिल होता है। अधिकार-संपन्न व्यवहार रखने वाले अभिभावक बच्चों को ज़िम्मेदारी के साथ निर्णय लेना और चयन करना सिखाते हैं। बुरे बर्ताव के लिए बुरी तरह से पिटाई करने के बजाय वे उस बर्ताव के नतीजे बच्चे को ही झेलने को कहते हैं, क्योंकि पिटाई से बुरा बर्ताव कम होने के बजाय बढ़ भी सकता है।

साधारणतः कभी-कभी की जाने वाली बच्चों की हल्की-फुल्की पिटाई उन्हें भावनात्मक रूप से नुक़सान नहीं पहुँचाती, मगर छोटी-छोटी बातों पर हमेशा होने वाली पिटाई भयानक पीड़ा पहुँचाती है, जिससे उनका आत्मविश्वास कमज़ोर पड़ जाता है और उनमें अवसाद की आशंका बढ़ जाती है। इससे उनके मन में कड़वाहट आ सकती है और गुस्सा व आक्रोश पनप सकता है। लगातार होने वाली पिटाई यह सिखाती है कि हिंसा किसी समस्या को सुलझाने का सही तरीक़ा है और इससे भविष्य में बच्चे का स्वभाव हिंसक होने के आसार बढ़ जाते हैं।

शारीरिक दंड के विकल्प

आदर्श छवि बनाना - अधिकांश बच्चे सही व्यवहार का पाठ अपने अभिभावकों के कार्य देखकर ही सीखते हैं। दूसरी ओर, अभिभावक बच्चों से जिस तरह के व्यवहार की अपेक्षा रखते हैं, उन्हें स्वयं भी उसी तरह का व्यवहार करने की ज़रूरत होती है। याद रखें कि यदि अभिभावक हमेशा चीख़ते-चिल्लाते या मारते-पीटते हैं, तो बच्चों के ऐसा करने की आशंकाएँ बहुत बढ़ जाती हैं।

नियम बनाना - इसके लिए यह ज़रूरी है कि नियम उचित, निष्पक्ष और यथार्थवादी हों तथा उन्हें बच्चों को विस्तार से समझाया जाए। साथ ही, उनका पालन न करने के परिणाम भी उन्हें बताए जाएँ। बच्चे की आयु और उसके विकास के स्तर को ध्यान में रखते हुए उसके लिए कुछ नियम तय किए जाएँ। नियम भंग करने पर मिलने वाले उचित नतीजे बच्चे को अपने व्यवहार पर विचार करने और किसी विशिष्ट व्यवहार से ख़ुद को जोड़कर देख पाने का मौक़ा देते हैं। किसी व्यवहार के परिणाम तय करते समय बच्चे को भी उनके बारे में सोचने और बात करने की स्वतंत्रता होनी चाहिए। इससे बच्चे का आत्मविश्वास बढ़ेगा और सहयोग के कौशल का विकास होगा। यदि बच्चों को उनके बर्ताव के परिणाम स्वयं निर्धारित करने में शामिल किया जाए, तो उनका गुस्सा और आक्रोश कम हो जाता है। उदाहरण के लिए, एक बच्चा जो सुबह जल्दी उठकर स्कूल जाने या बाहर जाने में आलस्य करता है, वह खेल या टीवी देखने के समय में कटौती करके इसकी भरपाई करेगा, यह तय किया जा सकता है।

अच्छे व्यवहार की तारीफ़ करें, पुरस्कार दें - जब बच्चे सही बर्ताव कर रहे हों, तो उन्हें इसके बारे में भी बताएँ। बच्चों को छोटी-छोटी चीज़ें, कुछ सुविधाएँ देकर, ज़िम्मेदारी बढ़ाकर या मौखिक प्रशंसा द्वारा अच्छे बर्ताव के लिए पुरस्कृत किया जा सकता है। अच्छे बर्ताव की प्रशंसा परिवार या मित्रों के सामने करना मददगार सिद्ध होता है।

चार्ट्स बनाना - बच्चे को सही व्यवहार करना सिखाने के लिए उसके व्यवहार की निगरानी करना और अच्छे व्यवहार को पुररकृत करना एक अच्छा तरीक़ा हो सकता है। किसी बच्चे का 'प्रगति चार्ट' सहयोग और आत्मविश्वास में बढ़त भी ला सकता है। चार्ट सहज और सरल होना चाहिए और एक बार में एक तरह के बर्ताव को ध्यान में रखते हुए सही प्रारूप में बनाया जाना चाहिए।

टाइम आउट - बुरे बर्ताव के लिए थोड़े समय के लिए बच्चे को किसी बरामदे या कमरे में अकेला छोड़ देना भी बच्चे को उस परिस्थिति से बाहर निकालने और शांत होने में मदद करने का उचित तरीक़ा हो सकता है। इससे बुरे बर्ताव पर तुरंत रोक लगती है और बच्चे को सकारात्मक मनोदशा के साथ पुनः उस परिस्थिति में जाने

में मदद मिलती है। इसका सही तरीक़ा बच्चे को उसके बुरे बर्ताव के बारे में बताते हुए टाइम आउट की आवश्यकता क्यों है, इसे बताना होगा। बच्चे को यह भी बताना चाहिए कि टाइम आउट कितने समय का होगा और कब शुरू होगा। इस समय का निर्धारण बच्चे की आयु और स्तर के आधार पर होना चाहिए। यह कम-से-कम पाँच साल के बच्चों के लिए उपयोगी होता है और इस उम्र के बच्चे के लिए पाँच मिनट का समय काफ़ी होता है। इसके बाद हर साल के लिए पाँच मिनट जोड़े जा सकते हैं। हालाँकि यदि इसके बाद भी बच्चा आक्रोशित और असहयोगी प्रतीत हो रहा हो, तो अनुशासन के अन्य तरीक़ों को काम में लाना चाहिए।

> *अनुशासन बच्चे को अपनी समस्याओं को स्वयं हल करने में मदद करता है। सज़ा बच्चे को समस्या के साथ जीने को बाध्य करती है। बच्चे समाधान की प्रवृत्ति वाले बनें, इसके लिए दंड या प्रतिकार के बजाय समस्या के समाधान पर बल देना होगा।*
>
> –एल.आर. नोस्ट

39. बच्चे चोरी क्यों करते हैं

बच्चों द्वारा चोरी करना एक आम समस्या है, जिसका सामना हरेक अभिभावक करता है, मगर उसके बारे में खुलकर बात नहीं करना चाहता। बच्चे चोरी क्यों करते हैं, इसके कई कारण हो सकते हैं और इससे निबटने के भी कई तरीक़े हो सकते हैं।

छोटे बच्चे चोरी नहीं करते। चार या पाँच साल के बच्चों में किसी वस्तु पर अधिकार की अवधारणा नहीं होती। वे यह नहीं समझते कि किसी की वस्तुएँ लेना ग़लत है। स्कूल में आने तक बच्चे के लिए यह जान लेना आवश्यक होता है कि चोरी करना बुरी बात है। इस उम्र के बच्चे अक्सर दूसरों की वस्तुएँ ले लेते हैं, क्योंकि उनमें स्व-नियंत्रण का अभाव होता है। किशोरावस्था के या उस अवस्था में आते बच्चे किसी आनंद या रोमांच के लिए या उनके मित्र ऐसा करते हैं इसलिए भी चोरी करते हैं। वे अपने जीवन पर नियंत्रण करने या किसी भावनात्मक आघात के चलते भी चोरी करते हैं।

चोरी करने का कारण कोई भी हो, अभिभावकों के लिए ज़रूरी है कि वे इस समस्या का हल बुद्धिमत्ता से निकालें। यदि अभिभावक केवल मारने-डाँटने जैसे अपने सहज तरीक़ों से ऐसी घटनाओं के प्रति प्रतिक्रिया देते हैं, तो उनकी यह प्रतिक्रिया ग़लत और विध्वंसक हो सकती है।

बच्चे चोरी क्यों करते हैं?

1. *बच्चा ख़ुद पर नियंत्रण नहीं रख पाता* - छोटे बच्चे आत्म-नियंत्रण में कठिनाई महसूस करते हैं। संभव है कि बच्चा यह जानता हो कि चोरी करना अच्छी बात नहीं है, फिर भी वह इसलिए चोरी करता हो कि उसका अपने आप पर नियंत्रण नहीं है। ऐसे में, आपको अपने बच्चे को इस योग्य बनाना होगा कि उसे जो भी चाहिए वह ईमानदार तरीक़े से ले। साथ ही बच्चे के मन की लालसा को कम करने के लिए भी काम करना होगा।
2. *बच्चे की बुनियादी ज़रूरतों का पूरा न हो पाना* - बच्चे अपनी आवश्यकताओं के लिए पूरी तरह से अपने अभिभावकों पर निर्भर होते हैं। जब बच्चे को यह लगने लगता है कि अभिभावक उसकी आवश्यकताओं को पूरा नहीं कर पा रहे हैं, तो वह निर्णय अपने हाथों में ले लेता है और इसका सबसे आसान तरीक़ा इच्छित वस्तु को उठा या चुरा लेने का होता है।
3. *बच्चा अधिक ध्यान चाहता हो* - बच्चों द्वारा चोरी करने का सबसे आम कारण यह है कि उन्हें अपने जीवन में भावनात्मक रिक्तता-सी महसूस होती है और वे इस रिक्तता की पूर्ति के लिए चोरी करते हैं। जब बच्चे की भावनात्मक आवश्यकताओं की पूर्ति नहीं होती, तो वे चोरी करते हैं। अक्सर चोरी करने वाले बच्चों को स्कूल में या अपने दोस्तों से दिक़्क़तें होती हैं। उनके पास अपनी भावनाओं को व्यक्त करने का कोई साधन भी नहीं होता।
4. *बच्चा अपने जीवन पर नियंत्रण करना चाहता है* - बच्चे अपनी कमज़ोरी से वाकिफ़ होते हैं। उनका अपने जीवन पर नियंत्रण बहुत कम होता है। कुछ बच्चे इससे परेशानी महसूस करते हैं। यदि बच्चा स्वयं को दूसरों पर निर्भर रहते देखने में दिक़्क़त महसूस करता है, तो वह विद्रोह या नियंत्रण जताने के लिए चोरी का सहारा लेता है।
5. *हमउम्र साथियों के दबाव को झेलने में असमर्थता* - बड़े बच्चे दोस्तों की हरकतों में शामिल हो जाते हैं या उन्हें दोहराते हैं। यदि बच्चा ऐसे बच्चों के समूह में है, जो चोरी करने को मज़ेदार काम मानता है, तो वह भी उस समूह का हिस्सा बनकर चोरी करेगा। कभी-कभी बच्चा साथियों के सामने अपने आप को बहादुर साबित करने के लिए भी चोरी करता है।

अभिभावकों को क्या करना चाहिए?

1. *शांत रहें* - असामान्य तरीक़े से प्रतिक्रिया न दें। यदि बच्चे ने एक बार चोरी की है, तो इसका अर्थ यह क़तई नहीं कि वह चोर है या जीवनभर के लिए

अपराधी बन गया है। यह सामान्य तौर पर बच्चों द्वारा की जाने वाली ग़लतियों से कोई अलग ग़लती नहीं है।

2. *यह आपके लिए नहीं है* - बच्चे ध्यान आकर्षित करने के लिए भी चोरी करते हैं। जब आपका बच्चा आपकी कोई वस्तु चोरी करता है और आप उसे अपने ऊपर आघात की तरह लेते हैं, तो आप बच्चे में चोरी करने के भाव को और बढ़ाते हैं।

3. *अपने बच्चे को अपराधी बनाकर कठघरे में खड़ा न करें* - बच्चे को चोरी करते हुए पकड़ें, ताकि स्थिति स्वयं सबकुछ बयाँ कर दे। आप सामने उपलब्ध प्रमाणों के बिना बच्चे पर आरोप नहीं लगा सकते। ऐसे में या तो बच्चा झूठ बोलेगा और आपकी डाँट उसे और बढ़ाएगी या फिर बच्चा अपनी ग़लती स्वीकार कर लेगा। यदि उसके सच बोलने पर आप उसे सज़ा देते हैं, तो अप उसे यह सिखा रहे होंगे कि सच बोलना अच्छी बात नहीं है। दोनों ही तरीक़ों में आप फँस जाते हैं। परिस्थितिजन्य साक्ष्यों से कुछ नहीं होगा। बच्चे का ग़लत आचरण यह पता चलने पर बढ़ जाएगा कि उसके अभिभावक उस पर विश्वास नहीं करते।

4. यह सुनिश्चित करें कि आपका बच्चा यह जाने कि उसने जो किया वह ग़लत था। उसे बताएँ कि चोरी के बारे में बड़ों की प्रतिक्रिया क्या होती है। चोरी किस तरह सज़ा का भी कारण बनती है। विशेषतः छोटे बच्चों को यह ज़रूर बताएँ।

परिस्थिति में सुधार लाना

1. *यदि बच्चा परिवार के बाहर किसी की वस्तु चुराता है* - बच्चे को ग़लती सुधारनी चाहिए। यदि उसने किसी दुकान या पड़ोसी के घर चोरी की है, तो यह सुनिश्चित करें कि वह चुराया गया सामान वापस करे। उसे माफ़ी माँगने को भी कहें। उसे वादा करना होगा कि वह आगे से ऐसा नहीं करेगा। आपको ग़लती सुधारने की इस प्रक्रिया में बच्चे के साथ रहना चाहिए।

2. *यदि आपका बच्चा आपके रुपए चुरा ले* - अंदाज़ लगाएँ कि कितना धन चोरी किया गया है और बच्चे को उसे वापस लौटाना होगा, इसे स्पष्ट करें। यह राशि उसके जन्मदिन आदि पर उपहार के रूप में एकत्रित हुई राशि में से ली जा सकती है।

3. *छिपा हुआ लालच* - रुपये ऐसी जगह न रखें, जहाँ बच्चे को वह आसानी से मिल जाएँ। उसके भाई-बहन को बताएँ कि आप उनके धन पर नज़र रखने वाले हैं। उन्हें कारण न बताएँ। उस बच्चे को ज़्यादा रुपये जिसमें छुट्टा मिलने की संभावना हो, देकर सामान ख़रीदने के लिए न भेजें।

याद रहे, चोरी करना आम परेशानी है। आपको इसे भी बच्चे द्वारा की गई अन्य

ग़लतियों की ही तरह देखना चाहिए। इस ग़लती को सुधारा तो जाना चाहिए, मगर इसे अपराध जैसा न माना जाए। यदि आप इससे सही तरीक़े से निबटते हैं, तो इसे जल्दी और आसानी से ख़त्म कर सकेंगे।

> *ग़लती करना बच्चों के सीखने का ज़रूरी भाग है। बच्चे अभिभावकों के सही निर्देशन में इसी तरह सीखते हैं।*
>
> –realsimple.com

40. बच्चे और उनका टीवी देखना

आधुनिक जीवन में टीवी एक आवश्यक हिस्सा हो गया है। इसमें समाचार, सूचना और खेल चैनलों के अतिरिक्त कुछ चैनल ऐसे भी होते हैं, जो ख़ालिस मनोरंजन और विशेषतः बच्चों के कार्यक्रमों के लिए बनाए गए हैं।

टीवी हमें वयस्कों और बच्चों की इच्छानुसार कार्यक्रम चयन करने का विकल्प देता है और हमारे सामने विविधता से भरे विकल्प रखता है। यह हमारे जीवन में और हमारे दिमाग़ में भी स्थान बना लेता है। कुछ लोग दिन में एक या दो घंटे टीवी देखते हैं और उसमें भी उनका चयन तयशुदा होता है। बाक़ी शायद तीन या चार घंटे टीवी के सामने बिताते हों। वास्तव में, आज स्कूल जाने वाले बच्चों या नौकरीपेशा लोगों के पास समय इतना कम होता है कि उन्हें शायद टीवी देखने की इतनी फ़ुर्सत न मिले। मगर बहुत-से लोग 7-8 घंटे भी टीवी देखते हैं और अपना ख़ाली समय टीवी के सामने ही बिताते हैं। इसके अलावा, कुछ लोग ऐसे होते हैं, जिन्हें टीवी की लत का शिकार या टीवी एडिक्ट माना जा सकता है। उन्हें उठने से लेकर सोने तक टीवी खुला चाहिए होता है। यह भी तय है कि ऐसे एडिक्ट लोग भी अपने बच्चे को इस लत से दूर रखना चाहते हैं। अभिभावक होने के नाते हम अपने बच्चों के लिए आदर्श व्यक्तित्व होते हैं, हम पर उन्हें सही दिशा देने की जवाबदारी होती है। अतः अभिभावकों को थोड़ा ठहरकर यह सोचना ज़रूरी है कि उनके बच्चे किस तरह से ढल रहे हैं।

1. *बच्चों के चैनल* – कुछ विशेष चैनल ऐसे होते हैं, जिन्हें ख़ासतौर पर बच्चों के लिए ही बनाया गया है। इनके कार्यक्रमों में हँसी-मज़ाक़ के साथ-साथ कुछ शैक्षिक अंश रहता ही है। ये बच्चों को परोक्ष रूप से सकारात्मक सोच रखने को भी प्रेरित करते हैं और साथ ही उनमें वे मूल्य भी रोपते हैं, जिन्हें आप महत्त्वपूर्ण मानते हैं, जैसे- सहायता करना, मित्रता की भावना आदि। ये बच्चों के लिए सबसे सुरक्षित चैनल होते हैं।
2. *चयन करना* – बच्चों को भी यह कहा जा सकता है कि वे बच्चों के चैनल में से अपनी पसंद के चैनल चुन लें। उन्हें अपनी पसंद के कार्यक्रम

चुनने की स्वतंत्रता दें और समय-सीमा निर्धारित कर दें।

3. *टीवी से पढ़ाई* - टीवी पर कुछ पूर्णतः शैक्षिक चैनल भी हैं। ये चैनल भूगोल, इतिहास, विज्ञान, जीव-जंतु, जंगली जीवन आदि विभिन्न विषयों के होते हैं। इसके अलावा शिक्षण केंद्रित कुछ विशेष कार्यक्रम भी प्रसारित किए जाते हैं, जिनमें तथ्यों को मज़ेदार तरीक़े से प्रस्तुत किया जाता है। वास्तव में, इन चैनलों को देखते समय बच्चों के साथ किसी बड़े का होना आवश्यक होता है, ताकि वे उनके प्रश्नों के उत्तर दे सकें, उन्हें निर्देशित कर सकें। बच्चों के प्रश्नों को बड़ों द्वारा महत्त्व दिया जाना और उनके उत्तर देना भी पारिवारिक मूल्यों का हिस्सा होता है। साथ ही यह उनके मन की बात जानने और साझा करने का बढ़िया माध्यम भी है।

4. *विशेष रुचि वाले क्षेत्र* - बड़े बच्चे अपनी कक्षा में मिले कार्य जैसे रिपोर्ट आदि के लिए या राजनीति अथवा खेलों में बढ़ती रुचि के चलते संभवतः समाचार चैनल भी देखना चाहें। इन्हें भी शामिल किया जा सकता है। कई बार टीवी पर बच्चों के लिए विशेष रूप से तैयार किए क्विज़ कार्यक्रम भी आते हैं, जिनसे सामान्य ज्ञान बढ़ता है। क्रिकेट आदि जैसे खेल तो हैं ही। कई बार टेनिस या फुटबॉल वर्ल्ड कप आदि के फ़ाइनल मैच स्थानीय लोगों के लिए अनुकूल और रुचि के नहीं होते। ऐसे में, उन कार्यक्रमों की सूची बनानी होगी, जिन्हें स्कूल और पढ़ाई की दृष्टि से देखा ही जाना चाहिए (मस्ट वाच)। इसके लिए एक सकारात्मक सुझाव यह हो सकता है कि देर रात तक ये मैच देखने से पहले एक झपकी ले ली जाए, ताकि आराम भी हो जाए।

   किसी भी कार्यक्रम को देखने की अनुमति देते समय अभिभावकों को कठोर के बजाय तर्कशील होना होगा। इन मामलों में अभिभावकों की सफलता बच्चों से उनके गर्मजोशी भरे रिश्ते पर निर्भर करती है, जिसके चलते बच्चे अभिभावकों की देखरेख में रहना स्वीकार करते हैं। यहाँ मिलजुलकर किसी नियम को बनाने और उसका पालन करने के पीछे के तर्कों पर बातचीत करने की संस्कृति काम करेगी, विशेषतः किशोरावस्था के बच्चों के मामले में।

5. *टीवी देखने की समय सीमा* - हर दिन और हर सप्ताह बच्चे कितने घंटे टीवी देखेंगे, इसकी समय सीमा तय करें। बच्चों के साथ इसके कारणों पर चर्चा करें। स्कूल जाने वाले बच्चों के लिए सप्ताह में सामान्यतः 10 से 12 घंटे टीवी देखना पर्याप्त होता है। इसे परीक्षा की अवधि में कम किया जा सकता है और छुट्टियों में बढ़ाया जा सकता है।

6. *विज्ञापनों को समझना* - बच्चे टीवी पर आ रहे विज्ञापनों से बड़ी आसानी से प्रभावित हो जाते हैं और स्क्रीन पर दिखाई जा रही वस्तुओं को ख़रीदने के लिए उत्सुक रहते हैं। इस पर आपको कोई रणनीति बनानी होगी। इसके लिए घर के बजट, परिवार की सेहत आदि के बारे में बच्चों से बात की जानी चाहिए। इससे वे केवल आपकी कही गई बात मानने या अच्छी बातों को ग्रहण करने के बजाय स्वयं अपने विवेक के आधार पर निर्णय ले पाएँगे। इसके लिए अभिभावकों को धैर्य रखना होगा, क्योंकि यह सतत ज़िम्मेदारी है।

7. *बच्चों की गतिविधियों के नियमन के लिए समय सारणी* - बच्चों के लिए रात की भरपूर नींद लेना आवश्यक है। बिस्तर पर जाने से पहले उन्हें शांत होने का मौक़ा दें। यदि वे सोने से बिलकुल पहले कोई डरावना दृश्य देखते हैं, तो संभव है उनकी नींद ख़राब होगी या उन्हें बुरे सपने आएँगे। यदि परिवार के सभी सदस्य रात का भोजन एक साथ करते हैं और इस दौरान दिनभर के अनुभव साझा करते हैं, तो इससे परिवार के बीच रिश्ते मज़बूत होने में मदद मिलती है और एक-दूसरे को समझने की भावना विकसित होती है। साथ बैठने के कई सारे लाभ हैं, जो टीवी के सामने बैठने भर से नहीं मिल सकते।

8. *टीवी के परदे पर हिंसा के नकारात्मक परिणाम* - इसमें कोई शंका नहीं है कि बच्चे जो भी देखते हैं, उसे स्वयं करने की कोशिश करते हैं। हमारे पास इसके कई उदाहरण हैं, जैसे- कई बच्चे बैटमैन या स्पाइडरमैन की तरह उड़ने का प्रयास करते हैं। यदि बच्चा घर में या स्कूल की किसी बात, जैसे- कक्षा में कमज़ोर प्रदर्शन या खेल में लक्ष्य प्राप्त न करने से परेशान हो, तो वह किसी भी वस्तु को मारना चाहता है। जब बच्चा परदे पर कोई हिंसक दृश्य देखता है, तो वह उसकी नक़ल करने का प्रयास करता है। टीवी पर दिखाई जा रही हिंसा बच्चों में हिंसक व्यवहार को बढ़ावा दे सकती है।

9. *जब नियम तोड़े जाएँ* - यदि टीवी देखने के लिए बनाए गए नियम सही और पारदर्शी हैं, तो उनका पालन आसानी से किया जाएगा। कभी-कभी नियम का टूटना स्वीकार किया जा सकता है और इसे सहजता से लेना चाहिए। टीवी के चैनल भी कंप्यूटर और मोबाइल की तरह आकर्षक और आसानी से पहुँच में आने वाले हैं। अतः यह हमारे ऊपर निर्भर है कि हम इन उपकरणों की गिरफ़्त में आने देने के बजाय बच्चों को उन पर नियंत्रण करना सिखाएँ।

टेलीविज़न एक सशक्त मीडिया जानकारी, मनोरंजन और मज़े का महत्त्वपूर्ण स्रोत है। इसके लिए संतुलित और सटीक चयन आवश्यक है, जिसमें टीवी देखना और परिवार के साथ मिल-जुलकर समय बिताना, दोनों शामिल हों।

> *जब टीवी अच्छा है, तो उससे बेहतर कुछ नहीं। जब टीवी बुरा है, तो उससे ख़राब कुछ नहीं।*
>
> –न्यूटन एन. मिनो

41. बच्चे और इंटरनेट सुरक्षा

'मेरा बच्चा विज्ञान का प्रोजेक्ट तैयार करने के लिए इंटरनेट पर कुछ ढूँढ़ रहा था और एक अक्षर ग़लत टाइप हो जाने से उसके सामने पोर्नोग्राफ़ी की वेबसाइट खुल गई।' एक ग्यारह साल के बच्चे की चिंतित माँ ने बताया। उनका कहना था, 'मुझे नहीं लगता यह सब देखने की उसकी अभी उम्र है। अब मुझे यह डर लगा हुआ है कि वह यह सब देखने का आदी न हो जाए। हम जब अपने-अपने काम पर जाते हैं, तो वह घर में घंटों अकेला रहता है।'

अधिकतर अभिभावक अपने बच्चों को यह सिखाते हैं कि अजनबियों से बात न करें, घर में अकेले होने पर किसी के भी लिए दरवाज़ा न खोलें और फ़ोन पर भी किसी अजनबी को कोई सूचना न दें। अभिभावक इन बातों पर भी नज़र रखते हैं कि उनके बच्चे कहाँ जा रहे हैं, किसके साथ खेल रहे हैं, टीवी पर कौन-से कार्यक्रम देख रहे हैं और किस तरह की पत्रिकाएँ-पुस्तकें पढ़ रहे हैं। बहरहाल, कई अभिभावकों को इस बात का एहसास नहीं होता कि इसी तरह का मार्गदर्शन बच्चों को उस समय भी चाहिए होता है, जब वे इंटरनेट के संपर्क में आते हैं।

अभिभावक क्या कर सकते हैं

इंटरनेट के बारे में सीखें - वेब कैसे काम करता है, आप इसके बारे में जितना ज़्यादा जानेंगे, उतना ही अपने बच्चों को इंटरनेट के ख़तरों के बारे में बताने और उनसे बचने के लिए तैयार हो सकेंगे। तकनीक के बारे में सीखने की इच्छा रखें, ताकि आप अपने बच्चों का साथ दे सकें और इंटरनेट के संभावित ख़तरों का उनके साथ सामना कर सकें।

बच्चों के साथ इंटरनेट पर समय बिताएँ - साथ-साथ इंटरनेट सर्फ़िंग करें और बच्चों से कहें कि वे आपको अपनी मनपसंद साइट्स बताएँ। अपने बच्चों की ऑनलाइन गतिविधियों से वाकिफ़ रहें और वे जिन साइट्स पर जाते हैं या जिन कार्यक्रमों को देखते हैं, उनके बारे में उनसे बात करें।

परिवार का कंप्यूटर खुली जगह पर रखें - सोने के कमरे में या पढ़ने के कमरे में रखने की तुलना में कंप्यूटर को कॉमन रूम या ऐसे कमरे में जहाँ सभी उठते-बैठते हों, रखना अधिक सुरक्षित होता है।

इंटरनेट के उपयोग को नियमित करें व उसकी जाँच करे - बच्चे द्वारा ऑनलाइन बिताया जाने वाला समय तय करें। कभी-कभी दोस्तों और रिश्तेदारों से संपर्क के लिए ऑनलाइन समय बिताया जा सकता है। साथ ही स्कूल में मिले कार्यों और अन्य सूचनाओं की प्राप्ति के लिए भी ऑनलाइन बिताया जाने वाला समय तय करें।

अनजान व्यक्तियों या अनजान समूहों के साथ बातचीत या संपर्क के ख़तरों से आगाह करें - बच्चे को आगाह करें कि स्क्रीन के माध्यम से किसी से भी बातचीत करना किसी अनजान व्यक्ति से बातचीत करने जैसी ही है। बच्चों को चेताएँ कि कभी भी किसी अजनबी से अपनी या अपने परिवार की निजी जानकारियाँ साझा न करें।

ऑनलाइन बने मित्रों से साथ अकेले जाने से बचें - बच्चे को सिखाएँ कि ऑनलाइन बने दोस्तों से अकेले मिलने के लिए सहमति न दें।

बच्चों को ऑनलाइन धोखाधड़ी और अनावश्यक ख़रीदारी से बचाएँ - बच्चे को किसी भी स्थिति में अपने क्रेडिट कार्ड का नंबर या किसी भी तरह का पासवर्ड न दें।

देखना हमेशा विश्वास योग्य नहीं होता - बच्चे को याद दिलाते रहें कि वे ऑनलाइन जो भी देखते या पढ़ते हैं, वह सब सच नहीं होता।

नियंत्रण रखें - इसके लिए ऑनलाइन उपलब्ध पैरेंटल कंट्रोल के विकल्प का इस्तेमाल करें। इसके द्वारा आप ऑनलाइन चैट, सर्फ़िंग आदि के समय निर्धारित कर सकते हैं, साथ ही बच्चों की इन गतिविधियों पर निगरानी भी बनाए रख सकते हैं।

ई-मेल इस्तेमाल करने की उम्र - बच्चे को निजी ई-मेल आईडी तभी बनाने दें, जब वह उसे संचालित करने लायक़ समझ रखता हो। छोटे बच्चे को अपनी उपस्थिति में ही ई-मेल देखने की अनुमति दें और वह भी दूर रहने वाले अपने रिश्तेदारों, दादा-दादी आदि से संपर्क के लिए ही।

सुरक्षा का ध्यान रखें - बच्चे के निजी वेबपेज, प्रोफ़ाइल सूचनाएँ और स्क्रीन पर डाली गई सामग्री पर निगाह रखें।

तमीज़दार रहना सिखाएँ - बच्चों को सिखाएँ कि ऑनलाइन संवाद करते समय भी उतनी ही तमीज़ बरतें, जितनी वे किसी से आमने-सामने की बातचीत में बरतेंगे। ख़राब लहज़े और अभद्र शब्दावली का इस्तेमाल न हो।

अजनबियों से दूर रहें - यह सुनिश्चित करें कि आपका बच्चा अपनी मेल सूची में या इंस्टेंट मैसेंजर में आने वाले सभी लोगों को जानता है। क्या उस सूची में सभी

नाम ऐसे हैं, जिन पर विश्वास किया जा सकता है? ऑनलाइन कल्चर ने दोस्ती के नाम को मैला और धुँधला कर दिया है। अतः बच्चों और किशोरों के लिए भी इस अंतर को जानना ज़रूरी है।

अनजान व्यक्ति के फ़ोन या मेल से सावधान रहें - बहलाने-फुसलाने वाले लोग अक्सर अपने लिए शिकार ढूँढ़कर उन्हें उपहार आदि का लालच देकर फुसलाने का प्रयास करते हैं। उनसे सावधान रहे।

अपनी आंतरिक भावना पर विश्वास रखें - यह सुनिश्चित करें कि आपका बच्चा इस बात को समझे कि यदि उसे किसी के साथ असहज या डरा हुआ महसूस हो रहा है, तो उन्हें तुरंत आपको या घर में किसी बड़े को बताना चाहिए। बच्चे को खुलकर बात करने को प्रोत्साहित करें।

बच्चे से बात करें - अपने छोटे और किशोर बच्चों से यौन उत्पीड़न, छेड़छाड़, बुलिंग या परेशान करना, चोरी आदि जैसे ऑनलाइन छोटे-बड़े ख़तरों के बारे में लगातार खुलकर बात करें। इस सबसे कैसे बचा जा सकता है, यह भी विस्तार से बताएँ।

वास्तविक रिश्ते बनाए रखें - अभिभावकों को यह याद रखना होगा कि ऑनलाइन रिश्ते कभी भी बच्चे को वास्तविक दुनिया में लोगों से रिश्ते बनाने के लिए तैयार नहीं कर सकेंगे। यह बच्चे को स्वयं सीखना होगा।

> *आपका अपने बच्चे की ऑनलाइन गतिविधियों में सक्रिय रूप से सहभागी होना यह सुनिश्चित करेगा कि वे इंटरनेट द्वारा प्रदत्त क़ीमती सूचनाओं का लाभ ले पाएँगे और किसी भी प्रकार के ख़तरे से सुरक्षित रह सकेंगे।*
>
> –kidshealth.org

42. बच्चों में सीखने की अक्षमता

अभिभावक उस समय बहुत चिंतित हो जाते हैं, जब उन्हें यह पता चलता है कि उनके बच्चे को स्कूल में सीखने में परेशानी आ रही है। स्कूल के कार्य न कर पाने के कई कारण हो सकते हैं, मगर इनमें से एक सामान्य कारण सीखने की अक्षमता है। ऐसी अक्षमता वाले बच्चे भी सामान्य बुद्धिमत्ता रखते हैं। वे निर्देशों का पालन करने, घर और स्कूल में ध्यान केंद्रित करने और अच्छे बच्चे बने रहने के लिए बहुत मेहनत करते हैं। इसके बावजूद वे स्कूल के कार्य को ठीक तरह से नहीं कर पाते और पीछे रह जाते हैं। आपको यह जानकर आश्चर्य होगा कि 10 में से 1 बच्चा सीखने की अक्षमता से पीड़ित होता है।

सीखने की अक्षमता का तात्पर्य क्या है?

सीखने की अक्षमता तंत्रिका तंत्र का एक डिसऑर्डर है, जो मस्तिष्क की विविध सूचनाओं को ग्रहण करने, बात समझकर उसके मुताबिक़ काम करने, स्मृति में सहेजने और प्रतिक्रिया देने की क्षमता को प्रभावित करता है। लर्निंग डिसएबिलिटी शब्द का प्रयोग ऐसे लोगों के लिए किया जाता है, जिनकी बुद्धिमत्ता औसत होने पर भी वे अकादमिक कौशल हासिल करने में कठिनाई महसूस करते हैं। ये कौशल स्कूल के लिए, अन्य स्थान पर काम करने या जीवन के सामान्य कार्यों के लिए भी बहुत आवश्यक होते हैं। एलडी शब्द अक्षमताओं के समूह की ओर इशारा करता है।

सीखने की अक्षमता की पहचान कैसे की जाती है?

अभिभावकों और शिक्षकों के लिए सीखने की अक्षमता का एक सबसे महत्त्वपूर्ण और स्थायी संकेत बच्चे का पढ़ाई में लगातार पिछड़ना है।

सीखने की अक्षमता कैसे पैदा होती है?

विशेषज्ञ इस बारे में अभी भी स्पष्ट नहीं हैं कि इसके वास्तविक कारण क्या हैं। *यह आनुवंशिक भी हो सकती है,* अर्थात यदि परिवार में किसी को यह बीमारी है, तो बच्चों में भी इसके होने की आशंका होती है। इसके अतिरिक्त, गर्भावस्था के दौरान और जन्म के समय बीमारी होने या चोट लगने पर भी लर्निंग डिसएबिलिटी की आशंका रहती है।

गर्भावस्था के समय दवाओं और शराब का प्रयोग करना - इससे बच्चे का वज़न कम हो सकता है, ऑक्सीजन कम हो जाती है, प्रसूति के समय दर्द का लंबे समय तक रहना भी बाद में सीखने की अक्षमता को जन्म दे सकता है।

जन्म के बाद की दुर्घटनाएँ - जन्म के बाद सिर में चोट, कुपोषण और विषैले पदार्थों के संपर्क में आने से भी सीखने की अक्षमता हो सकती है।

सीखने की अक्षमता आर्थिक, सांस्कृतिक और परिवेश में अंतर के कारण नहीं होती है। दरअसल, सीखने की अक्षमता के स्पष्ट कारण दिखाई नहीं देते।

क्या किया जा सकता है?

सीखने की अक्षमता जीवनभर चलती रहती है और कभी ख़त्म नहीं होती, मगर यह किसी व्यक्ति को उसके लक्ष्य प्राप्त करने से नहीं रोक सकती। यदि इस डिसऑर्डर की पहचान हो जाती है, तो मदद करना संभव होता है। यह गड़बड़ी हरेक व्यक्ति को अलग तरह से प्रभावित करती है और सामान्य से गंभीर तक हो सकती है। साथ ही सीखने की अक्षमता से ग्रस्त एक-तिहाई से अधिक लोग एडीएचडी (Attention

Deficit Hyperactivity Disorder) से भी ग्रस्त होते हैं, जिसके चलते उनके लिए किसी काम पर अपना ध्यान केंद्रित कर पाना और उसे ठीक से कर पाना कठिन हो जाता है।

यदि इसकी पहचान प्रारंभिक स्तर पर ही कर ली जाए, तो बच्चे को अकादमिक और सामाजिक रूप से व्यवस्थित जीवन जीने में मदद कर पाना संभव हो सकता है। यदि आपको लगता है कि आपके बच्चे में सीखने की अक्षमता के लक्षण दिखाई दे रहे हैं, तो इसके बारे में शिक्षकों से बात करें। अपने बच्चे में भाषायी विकास, मांसपेशियों के तालमेल, व्यवहार और सामजिक कौशलों के विकास के प्रारूप पर ध्यान दें, जो कि स्कूल में सफलता के लिए आवश्यक होते हैं। याद रखें, यह पहचान जितनी जल्दी हो सके, उतना ही बेहतर होगा। यहाँ तक कि नर्सरी के बच्चे भी सीखने की अक्षमता के लक्षण प्रदर्शित कर सकते हैं।

सीखने की अक्षमता से ग्रस्त बच्चे में निम्नलिखित लक्षण दिखाई दे सकते हैं -

- निर्देशों के समझने और उनका पालन करने में परेशानी।
- बताई गई बात को याद रखने में परेशानी।
- पढ़ने, लिखने, वर्तनी याद रखने और गणित करने में परेशानी होना और इसके चलते स्कूल में अच्छा प्रदर्शन नहीं कर पाना।
- दाएँ और बाएँ में अंतर करने में परेशानी, शब्दों की पहचान में दिक़्क़त, शब्दों या अंकों को पलटकर पढ़ना (जैसे- 25 और 52 में भ्रमित होना, 'b' और 'd' या ON और NO की पहचान में परेशानी)।
- चलने, खेलने या पेंसिल पकड़ने, जूते के फीते बाँधने में परेशानी महसूस करना।
- स्कूल का बस्ता, कॉपियाँ या अन्य वस्तुएँ आसानी से खो देना।
- समय की अवधारणा को न समझ पाना, 'आज, कल, परसों,' में दिक़्क़त महसूस होना।

इन सब बातों से चिंतित होने की आवश्यकता नहीं है। बच्चों में कौशलों के विकास में धीमापन दिखाई देता हो, वे सभी सीखने की अक्षमता से पीड़ित नहीं होते। प्रारंभिक स्थिति में पहचान हो जाने और शिक्षण की तकनीक अपनाने से इन परेशानियों से निजात मिल सकती है। सीखने की अक्षमता के बारे में जितनी हो सके उतनी अधिक जानकारी एकत्रित करें, ताकि आप बच्चे की मदद कर सकें और वह यह समझ सके कि वह अकेला नहीं है, उसके बड़े उसकी मदद के लिए हैं।

सीखने की अक्षमता से ग्रस्त एक आठ साल की बच्ची की माँ को मैंने सुझाव दिया कि जब भी बच्ची किसी वस्तु की माँग करे, वे उसे अपने साथ दुकान पर ले

जाएँ और उसे वस्तुओं पर लगे हुए लेबल पढ़ने को कहें। उसमें उसे वस्तु और ब्रांड का नाम अपनी माँ को पढ़कर सुनाना था। इस अभ्यास से उस बच्ची की वर्तनी में ख़ासा सुधार हुआ।

> *सीखने की अक्षमता पूरी तरह से ठीक नहीं हो सकती, मगर इसका उपचार सफलतापूर्वक किया जा सकता है और इससे ग्रस्त बच्चे भी खुशहाल और सफल जीवन जी सकते हैं।*
>
> -एन फ़ोर्ड

43. लोगों को शर्मीले स्वभाव से बाहर आने में मदद करें

अपनी समझ और परिपक्व दृष्टिकोण के चलते सकारात्मक प्रभाव डालने वाले कई सफल विद्यार्थी भी शर्मीले हो सकते हैं। दूसरी ओर, कुछ ऐसे बच्चे भी होते हैं, जो कक्षा में बहुत बढ़-चढ़कर उत्तर देते हैं, हर गतिविधि में उत्साह से हिस्सा लेते हैं, मगर वे औसत समझ वाले हो सकते हैं। ऐसे बच्चों के सहपाठी उनकी चतुराई और मुखरता के चलते उन्हें पसंद करते हैं, वहीं शर्मीले बच्चों के लिए दूसरे बच्चों के साथ अच्छे रिश्ते बनाना कठिन हो जाता है।

ऐसे व्यवहार (मुस्कराना, बातचीत के लिए सामान्य विषय ढूँढ़ना, सामान्य शारीरिक मुद्रा, आँखों का संपर्क आदि) जो अधिकतर बच्चों के व्यक्तित्व का हिस्सा होते हैं, शर्मीले बच्चों में इनका अभाव होता है। शर्मीले लोगों के साथ एक और दिक़्क़त यह होती है कि उन्हें नहीं पता होता है कि कुछ परिस्थितियों में किस तरह का व्यवहार करना है। कुछ लोगों में उन सामाजिक कौशलों का अभाव होता है, जो सामाजिक रिश्ते बनाने और उन्हें चलाने के लिए आवश्यक समझे जाते हैं। उदाहरण के लिए, कुछ बच्चों को यह नहीं पता होता कि कक्षा की गतिविधि में हिस्सा लेने के लिए किस तरह के प्रश्न पूछे जाएँ या बात किस तरह से शुरू की जाए। सामान्यतः कोई भी व्यक्ति सामाजिक संरचना में शर्मीला बनकर नहीं रहना चाहता। उसके अंतर्मुखी स्वभाव के पीछे कुछ ठोस कारण होते हैं, जिनके चलते वे दोस्ताना नहीं होते, अपने आप में सिमटे रहते हैं।

1. *स्वभाव या जैविक प्रभाव* - अलग-थलग रहना व्यक्ति के सहज स्वभाव का हिस्सा हो सकता है। बेहद संवेदनशील लोग भावनाओं पर चोट लगने के भय से सामाजिक रिश्तों से अलग रहते हैं। परिवार के लोगों और हमउम्र साथियों के साथ खुलकर बातचीत करने के लिए हरेक को पर्याप्त सहयोग की आवश्यकता होती है। कई बार लगता है कि कुछ परिस्थितियाँ या रिश्तेदार शर्मीले लोगों के लिए भय उत्पन्न कर रहे हैं।

2. *जीवन की तनावपूर्ण घटनाएँ* - कोई व्यक्ति, विशेषतः बच्चा किसी ख़राब अनुभव के बाद लोगों से कट सकता है। इसके अलावा, पुराने स्कूल से नए स्कूल में जाना, शहर बदलना या पड़ोस बदलना भी बच्चे के लिए तनाव का कारण हो सकता है, जिसके चलते वह लोगों के साथ घुलने-मिलने में परेशानी महसूस करने लगता है। नए भाई-बहन का आना, दादी-नानी या अन्य क़रीबी रिश्तेदार की मौत होना या घर-परिवार में परेशानी भी इस तरह के एकाकीपन का कारण हो सकती है।

3. *परिवार के साथ नकारात्मक संवाद* - जिन बच्चों के अभिभावक अति सख़्त या अति अनुशासित होते हैं या उनसे अति अपेक्षाएँ रखते हैं, उनके बच्चे अंतर्मुखी हो जाते हैं और समाज से कटने लगते हैं। यह आवश्यक है कि बच्चे स्वयं को सुरक्षित महसूस करें। बड़े हो रहे बच्चे नई-नई बातें करना चाहते हैं और इसमें किसी ग़लती पर उन्हें डाँट या मार का डर, विशेषतः दूसरों के सामने अपमान का डर नहीं होना चाहिए। अभिभावक अक्सर अपने काम में व्यस्त रहते हैं, जिसके चलते भी बच्चे अपने खोल में घुस जाते हैं और शर्मीले बन जाते हैं। अभिभावकों का स्नेहिल और गर्मजोशी भरा सहयोग बच्चों का आत्मविश्वास बढ़ाने में महत्त्वपूर्ण भूमिका निभाता है। जब किसी परिवार में लगातार अप्रिय स्थितियाँ बनती जाती हैं, तो इससे भी बच्चे लोगों से घुलने-मिलने और बातचीत करने में परेशानी महसूस करने लगते हैं।

4. *स्कूल का वातावरण या काम का तनाव* - आजकल की भारी प्रतिस्पर्धा में लोग अनचाहे ही शामिल होते चले जाते हैं। ख़राब प्रदर्शन या किसी ग़लती के चलते लोगों में छवि बिगड़ने के डर का बच्चों और बड़े, दोनों के व्यवहार पर प्रभाव पड़ता है। अक्सर अक्खड़ स्वभाव वाले लोगों को अच्छे नेता या सफल व्यक्तियों के रूप में स्थापित किया जाता है, जिसके चलते अन्य लोग अपनी राय ज़ाहिर करने या अपना मत देने में असहज महसूस कर सकते हैं। मुखर व्यवहार को प्रोत्साहित करना ज़रूरी है, वहीं अभिभावकों, भाई-बहनों या हमउम्र साथियों में एक-दूसरे का मज़ाक़ बनाना आदि को उत्पीड़न की श्रेणी में रखते हुए सख़्ती से रोका जाना चाहिए।

शर्मीले और अंतर्मुखी स्वभाव के बीच का अंतर

अंतर्मुखी शब्द अक्सर शर्मीले के समानार्थी के रूप में इस्तेमाल में लाया जाता है। हालाँकि व्यक्तित्व के इन दोनों रूपों में महत्त्वपूर्ण अंतर होता है। अंतर्मुखी लोग अपने एकांत का मज़ा लेते हैं। वे ख़ुद के साथ ख़ुश रहते हैं, उन्हें किसी और के साथ या

नए रिश्तों की कोई चाह नहीं होती। दूसरी ओर, शर्मीले लोग आमतौर पर लोगों के निकट तो आना चाहते हैं, मगर नहीं जानते कि यह कैसे होगा, अतः डरते हैं। कोई ख़ुद चाहकर शर्मीला नहीं होता। यदि आप शर्मीले होने की परिभाषा किसी और के साथ अजीब या असहज महसूस करना देते हैं, तो किसी को भी असहज महसूस करना पसंद न होगा। हाँ, कुछ लोग दूसरों के साथ रहना एकदम पसंद न करते हों। संक्षेप में, अंतर्मुखी लोग अकेले रहना पसंद करते हैं, ये लोग सीमित सामाजिक संवाद में ही प्रसन्न रहते हैं, जबकि शर्मीला होना स्वयं का चयन नहीं होता, व्यक्ति को ऐसा होने पर मजबूर होना पड़ता है।

सामाजिक भय (सोशल फ़ोबिया) और शर्मीले स्वभाव में अंतर

सामान्यतः कहा जाए तो सामाजिक भय वालों में लोगों के साथ घुलने-मिलने को लेकर चिंता की मात्रा शर्मीले लोगों की तुलना में कहीं अधिक होती है। सामाजिक भय अर्थात लोगों में घुलने-मिलने को लेकर भय रखने वाले व्यक्ति लोगों के साथ संपर्क को शर्मीले लोगों की बनिस्बत टालना पसंद करते हैं। संभव है कि शर्मीले व्यक्ति सामाजिक समारोहों में शामिल होते हों, मगर पूरी शाम अलग-थलग बैठे रहते हों।

हालाँकि, सामाजिक भय से ग्रस्त कुछ लोगों को किन्हीं परिस्थितियों में सामाजिक समारोहों में जाते हुए देखा जा सकता है, जबकि कुछ लोग इसकी कल्पना मात्र से ही चिंताग्रस्त हो जाते हैं।

दूसरे शब्दों में, शर्मीले स्वभाव के व्यक्तियों की तुलना में सामाजिक होने से डरने वाले लोगों में डर की भावना अधिक दिखाई देती है। शर्मीलेपन में कई अन्य बातें, जैसे- मुस्कराने, सामने वाले की आँखों में आँखें डालकर बात करने और किसी समूह में बात शुरू करने में परेशानी आदि शामिल हैं।

दशकों पहले एक मनोचिकित्सक जंग ने लोगों को बहिर्मुखी और अंतर्मुखी की श्रेणियों में बाँटा था। अंतर्मुखी व्यक्तित्व का होने में ऐसी बड़ी परेशानी तो नहीं है, पर अक्सर देखा जाता है कि अंतर्मुखी लोगों में औरों से घुलने-मिलने व रिश्ते बनाने का हुनर कम होता है। यदि यह हुनर हो, तो उनकी क्षमता बढ़ सकती है। अतः ऐसे में कम शर्मीले होने से उन्हें लाभ हो सकता है।

बाक़ी लोग किस तरह से मदद कर सकते हैं?

शर्मीले लोगों के संपर्क में आने वाले और उनसे बातचीत करने वालों से यह अपेक्षा होती है कि वे शर्मीले लोगों की भावनाओं के प्रति समानुभूति दर्शाएँगे। शर्मीले व्यक्ति को अपनी बात कहने के लिए सामान्य से अधिक प्रोत्साहन की आवश्यकता हो सकती है। शर्मीले लोग हमेशा ही लोगों से संपर्क की आवश्यकता और उनके द्वारा नकार दिए जाने के भय के बीच झूलते रहते हैं। हमें उनके भीतर चलते इस संघर्ष

को समझना होगा और इसे मान्यता भी देनी होगी। इसके लिए उन परिस्थितियों की कल्पना करना अच्छा हो सकता है, जिनमें पड़ने पर शर्मीले लोग स्वयं को व्याकुल या व्यग्र महसूस करते हैं। ऐसा करने से उन्हें यह सोचने में मदद मिलेगी कि उन परिस्थितियों में पड़ने पर क्या प्रतिक्रिया देनी है या किस तरह का उत्तर देना है।

लक्ष्य तय करें - शर्मीले लोगों को अपने लिए सामान्य व्यवहार संबंधी कुछ व्यावहारिक और किए जाने योग्य लक्ष्य तय करने चाहिए और उन्हें पूरा करने की कोशिश करनी चाहिए। इससे उन्हें बहुत मदद मिल सकती है।

नकारात्मक विचारों को चुनौती दें - सतत मदद और प्रोत्साहन से शर्मीला व्यक्ति स्वयं में मौजूद ख़ूबियों को उभारने का प्रयास कर सकता है, ताकि उसका आत्मविश्वास बढ़े। इससे उसे रचनात्मक विकल्प ढूँढ़ने में भी मदद मिलेगी।

सतत दबाव से बचें - यह याद रखना ज़रूरी है कि शर्मीलापन और सामाजिक भय हरेक आयु के बहुत सारे लोगों में बहुत सामान्य और सार्वभौमिक अनुभव हैं।

शर्मीले बच्चे

शर्मीलापन सामाजिक अनुभवों के प्रति अनुकूलात्मक प्रतिक्रिया हो सकता है। शर्मीले होने से बच्चे बाहरी वातावरण से थोड़े समय कट सकते हैं। आमतौर पर जैसे ही बच्चे अपरिचित लोगों से मिलते-जुलते हैं, शर्मीलापन जाता रहता है। वयस्कों की ही भाँति बच्चों का भी अपना स्वभाव होता है। कुछ अक्खड़ और दोस्ताना होते हैं, तो कुछ डरपोक होते हैं, जो अजनबियों से मिलने-जुलने के प्रति उदासीनता दर्शाते हैं।

शर्मीले बच्चों की पहचान

यदि आप नीचे दिए गए कथनों में से चार से अधिक कथनों से सहमति दर्शाते हैं, तो इस बात की प्रबल संभावना है कि आपका बच्चा शर्मीला है।

1. जब आप किसी से मिलने जाते हैं या अन्य लोगों से बातचीत करते हैं, तो आपका बच्चा आपसे चिपटा रहता है।
2. जब उन्हें आप या दादी-नानी जिनके वे बहुत क़रीब हों, सामने दिखाई न दें, तो वे बहुत विचलित हो जाते हैं।
3. वे बहुत कम बातें करते हैं और जब भी बोलते हैं नपे-तुले सामान्य शब्दों का इस्तेमाल करते हैं। शर्म के चलते कई बार वे हकलाते भी हैं।
4. आपके डाँटने पर वे तुरंत रोने-सुबकने लगते हैं।
5. वे अपनी समस्याओं के हल भी आपसे खोजने को कहते हैं।

6. वे आसानी से दोस्त नहीं बनाते और उन्हें दूसरे बच्चों के साथ बातचीत करना या कोई खेल खेलना दिक़्क़त भरा महसूस होता है। इसलिए वे अपने से कम आयु के बच्चों के साथ खेलना पसंद करते हैं, ताकि स्थिति पर उनका नियंत्रण बना रहे।
7. आपके बच्चे जानवरों, कीड़ों, आँधी-तूफ़ान आदि बातों से बहुत घबराते हैं, जिनसे सामान्यतः बच्चे नहीं घबराते।
8. वे रात को कई बार उठते हैं।

शर्मीलेपन के कारण

शर्मीलेपन के कुछ संभावित कारण ये हो सकते हैं -

1. परिवार के सदस्यों या माता-पिता के शर्मीले होने से बच्चों में भी यह स्वभाव आनुवंशिक होने की संभावना
2. अभिभावकों और बच्चों के बीच बहुत अधिक जुड़ाव होना
3. सामाजिक कौशलों का विकास कम या न के बराबर होना
4. अभिभावकों, भाई-बहनों या अन्य लोगों द्वारा बच्चे को लगातार प्रताड़ित किया जाना या उसकी आलोचना
5. आसपास की सामाजिक संरचना का बदलना, विशेषतः जब बच्चे को यह लगे कि वह सबके ध्यानाकर्षण का केंद्र बन गया है
6. अभिभावकों का अपने काम में बहुत व्यस्त रहना और इसके चलते बच्चे को कम समय देना, अर्थात उसकी भावनात्मक आवश्यकताओं की पूर्ति नहीं कर पाना
7. कुछ मामलों में बच्चे का हीन भावना से ग्रस्त रहना और स्वयं को अपने भाई-बहनों की तुलना में (जो संभवतः उनसे अधिक चतुर हों) अक्षम महसूस करना
8. कुछ बच्चों का स्वभावतः डरपोक होना। उन्हें अपने आसपास की लगभग हर वस्तु, हर परिस्थिति से डर लगना

बच्चों को शर्मीलेपन से बाहर आने में मदद करना

ऐसी कई तकनीकें हैं, जिनसे बच्चों में अनावश्यक शर्म को ख़त्म किया जा सकता है। ये उपाय कुछ बच्चों में अधिक कारगर हो सकते हैं और कुछ में कम। बस, यह जानना ज़रूरी है कि कब बच्चे का शर्मीला स्वभाव उसके लिए परेशानी बनता जा रहा है, और उसी समय उसका उपाय करना ज़रूरी है।

1. बच्चे की मदद का एक तरीक़ा उसे यह जताना है कि वह जैसा है, उसे वैसा ही स्वीकार किया गया है और लोग उसे समझते हैं। साथ ही बच्चे को अपनी भावनाओं को पहचानने और उनके बारे में बात करने को कहा जाए। बच्चे को यह समझने दें कि शर्मीले स्वभाव का होना कोई ख़राबी नहीं है और इसके लिए शर्म महसूस करने जैसा कुछ भी नहीं है।
2. बच्चे को शर्मीला कहने से बचें। जिन बच्चों को यह कहा जाता है कि वे शर्मीले हैं, वे अपने बारे में ऐसा ही सोचने लगते हैं और अपने आप को बदलने का प्रयास करना छोड़ देते हैं।
3. बच्चों के लिए बाहर जाने और लोगों से घुलने-मिलने के लक्ष्य तय करें और उसमें उनकी प्रगति का आकलन करें। रोज़ एक नया वाक्य बोलना या किसी नए व्यक्ति से बात करना कई बच्चों के लिए नया और व्यावहारिक लक्ष्य हो सकता है। ऐसे ही, अन्य लक्ष्य सारी कक्षा के सामने बोलना या शिक्षक से प्रश्न पूछना हो सकता है।
4. बच्चे के लिए मिसाल बनें। बच्चे व्यवहार की ज़्यादातर बातें अपने अभिभावकों से देखकर सीखते हैं। जो अभिभावक अपने बच्चों को सामाजिक बनाना चाहते हैं, उन्हें स्वयं भी बच्चों के सामने बाहरी लोगों के संपर्क में रहना होगा।
5. बच्चे को अनजान लोगों और अपरिचित परिस्थितियों के संपर्क में लाएँ। इसका जितना अधिक अभ्यास होगा, उतनी ही जल्दी उनकी शर्म दूर होती जाएगी। बच्चे को दूसरों के साथ बातचीत करने में मदद करें।
6. दूसरों के साथ बातचीत के अभ्यास में बच्चे की मदद करें। कुछ बच्चों को यह नहीं पता होता कि किस परिस्थिति में क्या कहा जाएगा। जैसे- किसी नए बच्चे से मिलने पर क्या बात की जाएगी। अभिभावक सामाजिक कौशलों के अभ्यास के लिए बच्चों को प्रोत्साहित कर सकते हैं।
7. बच्चे को स्वीकार करें और उसकी भावनाओं और रुचियों के प्रति संवेदनशील रहें। इससे बच्चे का आत्मविश्वास बढ़ेगा, हिचक कम होगी और उसके आत्मसम्मान में वृद्धि होगी।
8. बच्चे को कभी भी ऐसी स्थिति में न धकेलें, जिसमें वह धमकाया या डराया जा रहा महसूस करे। बच्चे को सुरक्षित महसूस कराएँ और सामाजिक संवाद में शामिल होने के लिए उसे रुचिकर संसाधन उपलब्ध कराएँ।
9. अपने शर्मीले होने के अनुभव भी बच्चे के साथ बाँटें।
10. बच्चे द्वारा किए गए प्रयासों की सराहना से उसमें स्वीकार्यता का भाव जागेगा, जैसे- 'तुमने मेज़ को बढ़िया तरीक़े से व्यवस्थित किया है,' 'तुमने

पौधों को पानी दिया है और पौधे बहुत ख़ुश दिख रहे हैं,' 'तुमने फ़र्श कितनी अच्छी तरह से साफ़ किया है जिससे तुम्हारा भाई इस पर घुटनों के बल चल सके,' 'हमें तुम्हारे साथ घूमना बहुत पसंद है!' ये सारे कथन प्रोत्साहन देने वाले हैं, जिनसे बच्चों का आत्मविश्वास बढ़ता है।

कई बार शांत लोगों के पास कहने के लिए बहुत कुछ होता है... बस, वे इस बारे में बहुत सावधान रहते हैं कि यह सब किससे कहना चाहिए।

–सुज़ैन गेल

44. यौवनारंभ के बारे में बच्चों को बताना

आठ साल की एक बच्ची के अभिभावक यह देखकर घबरा गए कि वह सेनेटरी नेपकिन को स्याही सोखने के लिए ब्लॉटिंग पेपर की तरह इस्तेमाल कर रही थी। जब उससे पूछा गया कि वह क्या कर रही है, तो उसका मासूम-सा उत्तर था कि उसने टीवी पर ऐसा करते देखा है। आज बच्चे टीवी और इंटरनेट जैसे संचार साधनों के माध्यम से सेक्स और यौन संबंधों की अधिकाधिक जानकारियों के संपर्क में आ रहे हैं। इससे अभिभावकों की ज़िम्मेदारी बढ़ जाती है कि वे इनके बारे में बच्चों को ठीक तरह से जानकारी दे। यौवनावस्था और उससे जुड़ी बातों के बारे में बातचीत करना अभिभावकों की महत्त्वपूर्ण ज़िम्मेदारी है, क्योंकि बच्चों तक विविध स्रोतों से आने वाली सारी सूचनाएँ सही नहीं होतीं।

आपका बच्चा आपके पास अपने शारीरिक परिवर्तनों के बारे में सवाल लेकर आएगा, इसका इंतज़ार न करें। हो सकता है कि ऐसा हो ही नहीं, विशेषतः उस स्थिति में जब बच्चा यह न समझ पाए कि इस संवेदनशील मुद्दे के बारे में आपसे बात की भी जानी चाहिए या नहीं। बच्चे जब तक 8 साल के होते हैं, उन्हें यह जान लेना चाहिए कि यौवनावस्था के दौरान शरीर में किस तरह के शारीरिक और मानसिक परिवर्तन होते हैं।

लड़के और लड़कियों के साथ बात करने का समय

लड़कियों को माहवारी शुरू होने से पहले ही इसके बारे में बताना ज़रूरी है। यदि उन्हें इस बात का पता न हो, तो संभव है माहवारी शुरू होने के संकेत दिखने पर वे घबरा जाएँ। अधिकांश लड़कियों को माहवारी 12 से 13 वर्ष में शुरू हो जाती है, जो कि यौवन की अवस्था शुरू होने से एक या दो साल पहले होता है। कुछ लड़कियों को 9 वर्ष की आयु में माहवारी आती है, तो कुछ को 16 वर्ष में भी शुरू हो सकती है।

सामान्यतः लड़कों में लड़कियों की तुलना में थोड़ी देर से, अर्थात 11 से 12

वर्ष के बीच यौवन के लक्षण प्रस्फुटित होते हैं। फिर भी संभव है कि दाढ़ी-मूँछ आने से पहले ही उनमें यौन परिपक्वता के लक्षण दिखाई देने शुरू हो जाएँ या उनका पहला स्खलन भी इस आयु में हो जाए।

क्या बात करनी होगी

अपने बच्चों से इस बारे में बात करते समय उन्हें आश्वस्त करें कि ये सारे शारीरिक परिवर्तन प्राकृतिक और सामान्य हैं। यदि किसी बच्चे को ऐसा लगे कि अकेले उसी में ये परिवर्तन आ रहे हैं, तो वह असुरक्षित और भयभीत महसूस कर सकता है।

कई बार किशोरवय के बच्चे इस दौर से गुज़रते समय असुरक्षित महसूस करते हैं, मगर वे यह जानकर सहज हो सकते हैं कि उनके जैसे सभी बच्चे इस अवस्था से गुज़रते हैं। साथ ही इस अवस्था के दौरान हॉर्मोन के कारण कई तरह के परिवर्तन नज़र आते हैं, जैसे- चेहरे पर कील-मुँहासे होना आदि। ये विकास की अवस्थाएँ हैं, जो हरेक के जीवन में आती हैं, पर अलग-अलग समय में।

बच्चों को यौवनावस्था के बारे में क्या जानना ज़रूरी है?

- ✓ लड़कियों का शरीर भर जाता है, विशेषतः जाँघों और पाँवों की तरफ़।
- ✓ स्तन भारी होने लगते हैं, कभी-कभी एक स्तन दूसरे की तुलना में ज़्यादा बड़ा हो जाता है।
- ✓ लड़के और लड़कियों के जननांगों और बग़ल में बाल आने लगते हैं और लड़कों के पाँवों के बाल कड़े और गहरे हो जाते हैं।
- ✓ लड़के-लड़कियों दोनों को मुँहासे हो जाते हैं और पसीना अधिक आने लगता है।
- ✓ दोनों में आवेग की अधिकता महसूस होने लगती है।
- ✓ लड़कों का शिश्न और वृषण आकार में बढ़ जाते हैं।
- ✓ लड़कों की आवाज़ भारी और गहरी हो जाती है।
- ✓ लड़कों की दाढ़ी-मूँछ आने लगती हैं और मांसपेशियाँ कड़ी हो जाती हैं ।
- ✓ कई बार लड़कों को स्वप्नदोष भी होने लगता है, यानी नींद में स्खलन हो जाता है।
- ✓ लड़कियों में माहवारी शुरू होने के बाद हर माह उनकी गर्भाशय की अंदरूनी सतह निषेचित अंडाणुओं की तैयारी के लिए रक्त से भरती है। यदि अंडाणु निषेचित नहीं होते, तो माहवारी आ जाती है, और यदि निषेचन हो जाता है, तो गर्भ ठहर जाता है।

✓ लड़कियों में तीन से सात दिन तक माहवारी चल सकती है, जिसमें वे सेनेटरी नेपकिन का उपयोग कर सकती हैं।

बात करने के लिए सुझाव

आपके बच्चे को यह पता हो कि आपसे किसी भी समय इन मुद्दों पर बात की जा सकती है। मगर इससे महत्त्वपूर्ण यह है कि आप इन मुद्दों पर बात करने के लिए समय निकालें। पहली बार आपको भी इन मुद्दों पर बात करने में थोड़ी झिझक-सी हो सकती है, लेकिन याद रखें कि बच्चों की झिझक आपसे कहीं अधिक होगी। अभिभावक होने के नाते यौवनावस्था और उससे जुड़ी सभी बातों, सभी लक्षणों पर जितना हो सके स्पष्टता और विस्तार से बात करना आवश्यक है। यदि आप इस विषय में सबकुछ गहराई से जानते हैं, तो आपके लिए यह आसान हो जाएगा। अपने बच्चे के प्रश्नों के उत्तर देने से पहले यह सुनिश्चित करें कि आपके पास आपके मन में उठ रहे प्रश्नों के उत्तर मौजूद हैं। यदि नहीं, तो पहले इस बारे में अपने प्रश्नों के उत्तर खोजने का प्रयास करें या अपने बच्चों के चिकित्सक की सलाह लें।

45. परिवार में प्रभावी संवाद का होना

मुश्किलों से जूझते एक परिवार में तीस साल के एक सदस्य ने बताया, 'मैंने अपने अभिभावकों को लगभग हरेक बात पर असहमत होते देखा है। मेरे अभिभावकों का वैवाहिक जीवन इसके चलते टूटने की कगार पर आ गया। मुझे और मेरे भाई को ये सारी बातें विस्तार से पता तो नहीं थीं, मगर घर में व्याप्त तनाव ने सबकुछ बदल डाला था। मेरा बड़ा भाई जो नामी एथलीट था, बीमार पड़ गया और उनका सारा ध्यान भाई की ओर केंद्रित हो गया। मैं भी सिर्फ़ इसलिए बीमारी का बहाना करता था कि अभिभावक मेरी ओर भी ध्यान दें। अभिभावकों के साथ बहुत ही कम संवाद के चलते मेरे भाई के लिए भी स्थिति गंभीर होती गई। बाद में यह स्थिति झूठे संवाद में बदलती गई। धीरे-धीरे मुझे समझ में आया कि मशीनरी के एक हिस्से की ख़राबी पूरे तंत्र को किस तरह से प्रभावित करती है, मगर इसे ठीक कैसे किया जाए, मैं यह न समझ सका।'

आज की दुनिया में परिवार की परिभाषा कई तरह के रिश्तों से भरी हुई है। यह वह तंत्र होता है, जहाँ दो या अधिक लोग जो एक-दूसरे पर किसी-न-किसी रूप में निर्भर होते हैं, जिनका इतिहास समान होता है, एक साझा वर्तमान वास्तविकता होती है और जो भविष्य में एक-दूसरे को प्रभावित करने की अपेक्षा रखते हैं, परिवार के रूप में साथ रहते हैं। परिवार का आकार और प्रारूप कोई भी हो, परिवार में जो भी संवाद होता है, वह हरेक सदस्य को प्रभावित करता है। यदि आप मोबाइल की टचस्क्रीन के किसी भी बिंदु को छूते हैं, तो बाक़ी सारे हिस्से भी

उसी अनुपात में हिलते हुए नज़र आते हैं। इसी तरह परिवार के एक सदस्य की भावनाएँ और व्यवहार परिवार के सभी सदस्यों को प्रभावित करती हैं। उदाहरण के लिए, यदि परिवार का कोई सदस्य घर से चला जाए या अभिभावक सेवानिवृत्त हो जाएँ या भाइयों में लड़ाई हो जाए और दोनों अबोला कर लें या किसी सदस्य की लॉटरी निकल आए, तो परिवार पहले जैसा नहीं रह पाता। हरेक घटना परिवार के भविष्य के संवाद को प्रभावित करती है। फिर भी, किसी भी घटना के चलते परिवार के बीच हो रहे सार्थक संवाद को बाधित न होने दिया जाए। परिवार के बीच होने वाले संवाद को अधिक प्रभावी और संतोषजनक किस तरह बनाया जा सकता है?

एक-दूसरे के निकट रहना और सीमाओं का ख़याल भी रखना

परिवार के अलावा अन्य किसी स्थान पर निकटता और निजता जैसे दो विपरीत बलों को एक साथ लागू होते देखा नहीं जा सकता। हम सभी अपने परिवार के सदस्यों के साथ निकटता रखना चाहते हैं, उसी के साथ रिश्तों में कुछ सीमाएँ भी निर्धारित करते हैं। सबसे अवश्यंभावी सीमा शारीरिक होती हैं, जैसे- किसी के शयनकक्ष में दस्तक देकर ही प्रवेश करना, या पर्दा होने की स्थिति में अंदर आने की अनुमति लेना आदि। अन्य सीमाओं में यौन, वित्त आदि जैसे कुछ विवादित मुद्दों पर चर्चा को मर्यादित रखा जाना शामिल है। इसके निर्धारण में हर परिवार को चुनौती का सामना करना पड़ता है कि किस तरह निकटता भी बनी रहे और सीमाओं का निर्धारण हो जाए व हरेक की निजता और स्वतंत्रता भी सुरक्षित रहे। कभी-कभी इन सीमाओं के क्षेत्र में कुछ लचीलापन लाना पड़ता है। स्वस्थ सीमा निर्धारण हमें विरोध को संतुलित करने और खुलेपन व निजता के बीच संतुलन बनाने में मदद करता है।

अनुकूलनशीलता के संतुलित स्तर को लागू करने का प्रयास करना

परिवार में आंतरिक (बच्चों बड़े होते जाने से उनकी ज़रूरतें बदलना) और बाहरी (सेवानिवृत्ति) कारणों से तनाव की स्थितियाँ निर्मित होती हैं। अतः परिवार में इन सब स्थितियों के संतुलन के लिए अनुकूलनशीलता बनाए रखना आवश्यक हो जाता है। पारिवारिक जीवन में बदलाव अपरिहार्य कारक है, अतः हरेक स्वस्थ परिवार के लिए समयानुकूल बदलावों को स्वीकार करना आवश्यक है।

प्रभावी संदेशों को प्रोत्साहित करें

प्रभावी संदेश वे माने जाते हैं, जिनसे यह स्पष्ट होता है कि हम दूसरे व्यक्ति का सम्मान करते हैं। अभिभावकों से मिले ऐसे संदेश बच्चों की सहयोग, संभाल और सम्मान की आवश्यकता को पूरा करने में मदद करते हैं। ये संदेश शादी जैसे रिश्ते में भी आवश्यक हैं। एक शोध के मुताबिक़, अपने वैवाहिक जीवन से संतुष्ट लोगों में सकारात्मक और नकारात्मक संवाद 5 और 1 के अनुपात में होता है। इनमें से

सकारात्मक संदेशों में लगाव के विविध तरीक़ों से लेकर अभिव्यक्ति और हास्य व समानुभूति भी शामिल होती है।

पारिवारिक विवादों को रचनात्मक रूप से निबटाना

परिवारों में विवाद होना स्वाभाविक और अवश्यंभावी है। प्रश्न यह नहीं है कि इन विवादों को किस तरह से रोका जाए, बल्कि प्रश्न यह है कि इन्हें किस तरह रचनात्मक तरीक़े से निबटाया जाए कि रिश्ते और भी प्रगाढ़ हो जाएँ। अधिकतर परिवारों में विवाद इस बात पर होता है कि सत्ता किसके हाथों में रहेगी, परिवार के नियम कौन गढ़ेगा और उनका पालन कौन करवाएगा। इसके अलावा, निकटता की आवश्यकताओं को लेकर भी मतांतर संभव है कि सदस्य कितना स्नेह देने और लेने की अपेक्षा रखते हैं। विवाद के समय शारीरिक और मौखिक हिंसा जितनी ख़तरनाक है, उतना ही गंभीर विवादों को टालते रहना भी होता है। परिवारों को यह समझना होगा कि अपने विवादों को सुलझाने के लिए पारिवारिक संवाद को बढ़ाना होगा। विवादों को टालना या अनदेखा करना तनाव उत्पन्न कर सकता है।

छोटे मुद्दों को छोटा ही रहने दें

परिवार में सदस्यों की राय और उसे प्रकट करने के तरीक़े में हमेशा अंतर रहेगा। जैसे कि मेरी माँ हमें बताया करती थीं, कुछ मुद्दों पर ध्यान देना आवश्यक होता है, मगर कुछ मुद्दों को टाल देना या गंभीरता से न लेना ही अच्छा होता है। यदि कोई मुद्दा बड़ा और गंभीर न हो, तो उसे एक ओर किया जा सकता है।

प्रशंसा और दोष दोनों साझा करें

मतांतरों पर बात करने के साथ-साथ यह भी ज़रूरी है कि परिवार के लोग यह जानें कि आप उनकी तारीफ़ करते हैं। सकारात्मक और प्रोत्साहन देने वाले संदेश हमें बिना रक्षात्मक हुए और विरोध का भाव रखे नकारात्मक संदेशों को सहने के लिए तैयार करते हैं।

आपका अपना परिवार कितना एकजुट और समन्वयशील है?

नीचे ओल्सन के परिवार की एकजुटता और समन्वयशीलता के लिए तैयार किया गया मापक दिया गया है। अपने परिवार को ध्यान में रखते हुए हरेक बिंदु का जवाब 1 से लेकर 5 तक इन मापांकों के अनुसार दीजिए :

कभी नहीं 1 2 3 4 5 हमेशा सही

1. परिवार के सदस्य बाहरी लोगों के बजाय एक-दूसरे के साथ अधिक निकटता महसूस करते हैं।

2. परिवार के सदस्य अपने विचारों को लेकर भयभीत नहीं रहते।
3. हमारा परिवार एकजुट होकर काम करता है।
4. परिवार के बड़े निर्णयों में हरेक सदस्य की राय ली जाती है।
5. परिवार के सदस्य एक-दूसरे के क़रीबी मित्रों को जानते हैं।
6. हमारे परिवार में सभी सदस्यों के बीच ज़िम्मेदारियाँ बँटी हुई हैं।
7. परिवार के स्नेह बंधन प्रगाढ़ हैं।
8. समस्याओं के निदान के लिए हमारे परिवार में नए-नए तरीक़े अपनाए जाते हैं।
9. परिवार के सदस्य अपनी रुचियाँ एक-दूसरे से साझा करते हैं।
10. घरेलू ज़िम्मेदारियाँ भी बारी-बारी से सभी वहन करते हैं।

बिंदु 1, 3, 5, 7 और 9 के लिए अपने अंकों की गणना करें। ये आपके परिवार की एकजुटता के अंक हैं। बिंदु 2, 4, 6, 8 और 10 को जोड़ें। ये आपके परिवार की समन्वयशीलता के अंक हैं।

एकजुटता के पैमाने पर 20 या इससे अधिक अंक बढ़िया, 10 या उससे कम अंक निम्न और 10 से 20 के बीच के अंक मध्यम माने जाते हैं। समन्वयशीलता के पैमाने पर 17 या उससे अधिक के अंक बढ़िया माने जाते हैं, 10 और उससे कम के निम्न और 10 से 17 के बीच के अंक मध्यम माने जाते हैं। अपने अंक देखकर सोचें कि आपका परिवार किस मानक पर है, क्या आप उससे संतुष्ट हैं? यदि नहीं तो स्थिति में सुधार के लिए आपकी योजना क्या है, इस पर विचार करें।

> *संवाद के बारे में सबसे बड़ी समस्या यह सोचना है कि आपसी संवाद तो हो ही जाता है।*
>
> –जॉर्ज बर्नार्ड शॉ

46. घर में शांति बनाए रखना

छोटे बच्चे घर में चारों ओर भाग रहे हैं? टीवी अपनी पूरी आवाज़ में चल रहा है, वीडियो गेम्स की पिंग-पिंग आपको पागल किए दे रही है? इसी बीच रिश्तेदार और दोस्त भी अक्सर घर आ धमकते हैं। और आपकी नौकरानी तो अक्सर ग़ायब ही रहती है। यह सब आपको बड़ा अपना-सा लग रहा है न? यदि हाँ, तो अब समय आ गया है कि अपने घर में भी शांति बनाए रखी जाए।

1. *सीमाएँ तय करने की इच्छा रखें* - इन सीमाओं का अर्थ समय, आवाज़ और अन्य गतिविधियों की सीमा तय करने से है और यह बच्चों और

अभिभावकों, दोनों के लिए है। यदि बच्चों को अपने अभिभावकों को सुबह उठाना पड़े कि वे उन्हें स्कूल तक छोड़ दें, तो यह बहुत ही गंभीर स्थिति कही जाएगी। बेहतर होगा कि अभिभावक भी बच्चों के साथ-साथ सोने जाएँ, ताकि सुबह समय पर जाग सकें। पूरी नींद लेना आवश्यक है, मगर उस समय न सोएँ जब बच्चों को स्कूल जाना हो।

2. *एक शांत घर की कल्पना करें* - आप क्या देखते हैं? उन सभी बातों को लिख लें, जो आप अपने घर में देखना चाहते हैं और उन्हें पाने की इच्छा को ही अपना लक्ष्य बनाएँ। अपने अवचेतन में ऐसे घर का चित्र बना लें। लगातार उस चित्र को अपने मन में लाते रहें और ऐसा घर बनाने का प्रयास करते रहें।

3. *शांत बैठकर सूची बनाएँ* - उन सभी बातों की सूची बनाएँ, जिनसे आपके घर में बहुत शोर होता हो या भगदड़ मचती हो। इन सभी बातों को हद में बाँधने की कोशिश करें, चाहे वह आगंतुकों का आना-जाना हो, टीवी की आवाज़ हो या कंप्यूटर का उपयोग कम करने की बात हो। साथ ही घर में बच्चों की ज़्यादा भाग-दौड़ पर भी बंदिश लगाएँ।

4. *कामों का चार्ट बनाएँ* - इस चार्ट में घर के हर सदस्य का नाम और उसके लिए निर्धारित काम लिखे होने चाहिए। साथ ही, उन कामों को ख़त्म करने की समय सीमा भी दी जानी चाहिए। काम जितना जटिल हो, उसे करने के लिए उतना ही समय दिया जाना चाहिए, जिससे शांति बनी रहे और एक साथ सारे कामों की भगदड़ मचाने के बजाय धीरे-धीरे एक-एक काम किया जा सके।

5. *कबाड़ को दूर करें* - घर में भरा कबाड़ तनाव और हड़बड़ी को बढ़ाता है और ठीक से सोचने की क्षमता घटाता है। आपके रास्ते में जितनी कम रुकावटें होंगी, आपका जीवन उतना ही शांत होगा। साथ ही साफ़-सफ़ाई का काम भी कम हो जाएगा। यदि आपके बच्चों को बहुत ज़्यादा खिलौने, किताबें और वीडियो गेम्स रखने की आदत है, तो उनसे बात करें कि अपनी चीज़ों को ठीक से रखना उनकी ज़िम्मेदारी है और उन्हें इन वस्तुओं को स्टोर में रखना होगा। यदि ये वस्तुएँ तीन बार से ज़्यादा फ़र्श पर बिखरी पाई गईं, तो वे किसी को दान दे दी जाएँगी। आपको अपनी बात पर क़ायम रहना होगा और यदि ऐसा अवसर आए, तो ऐसा करना भी होगा।

6. *बनाने के साथ ही सफ़ाई करते जाएँ* - खाना बनाते समय ही बीच-बीच में बर्तनों की सफ़ाई करते जाएँ, तो काम कम हो जाता है। इसी तरह से मेहमानों के आने पर उपयोग के लिए निकाली गईं वस्तुओं को भी उनके

जाने के बाद तुरंत यथास्थान रखें। सभी को ऐसा करने को प्रेरित करने के लिए नाम लिखे स्टोरेज बास्केट भी प्रयोग में लाए जा सकते हैं।

7. *खाने की योजना बनाएँ* - यदि आपके सामने हमेशा प्रश्न खड़ा रहता है कि रात के खाने में क्या बनाना है, तो सप्ताह में एक बार आधा घंटा बैठकर हफ़्तेभर के खाने की योजना बनाएँ। इसमें हर वस्तु के स्पष्ट उल्लेख की आवश्यकता नहीं है। कुछ चीज़ें परिवार की पसंद के अनुरूप तात्कालिक भी रखी जा सकती हैं। फिर भी, हर दिन के लिए एक-दो वस्तुएँ तय करके रखें। उदाहरण के लिए -

सोमवार	-	दाल, चावल, पनीर
मंगलवार	-	सब्ज़ी, पराठा, रायता
बुधवार	-	कोफ़्ते की सब्ज़ी, रोटी, हरा सलाद
गुरुवार	-	बिरयानी, क़बाब, रायता, सलाद
शुक्रवार	-	राजमा, चावल, मौसमी सब्ज़ी

इस सूची से आपको 'खाने में क्या बनाना है' का एक मोटा खाका मालूम हो जाएगा और उन्हें बनाने के तरीक़े आप तय कर सकते हैं। सप्ताहांत या छुट्टियों के दौरान परिवार की पसंद को प्रधानता दी जा सकती है। घर के समारोह और बाहर घूमने की योजनाएँ पहले से बनाई जा सकती हैं।

8. *आगंतुकों को घर के नियमों का आदर करने कहें* - सभी मेहमानों, बच्चों, परिजनों, मित्रों सहित घर में लगातार आने-जाने वाले तमाम लोगों को जानकारी दें कि आपने अपने लिए कुछ समय सीमाएँ तय की हैं। साथ ही, पारिवारिक रिश्तों को मज़बूत करने के लिए रविवार को परिवार के साथ दोपहर के भोजन पर बाहर जाया जा सकता है। इससे बाहरी व्यवधानों से बचा जा सकेगा और परिवार के साथ रिश्ते भी मज़बूत होंगे। इसके लिए कुछ समय तक फ़ोन बंद रखना और ईमेल न देखना भी इसमें शामिल होगा।

9. *सहेजकर रखें या खो दें* - जैसे ही कोई भी दस्तावेज़ या सूचना पत्र डाक के माध्यम से या बच्चों के स्कूल बैग में आपके पास आता है, उसे तुरंत पढ़ें। लिफ़ाफ़ों को कूड़ेदान में डालें और काग़ज़, पत्र तुरंत पढ़कर उन्हें फ़ाइल में लगाएँ। सप्ताह में एक दिन बिल अदा करने के लिए रखें। फ़ाइल में इकट्ठा काग़ज़ों की पड़ताल के लिए भी आपको समय निकालना होगा। उदाहरण के लिए, आपके बच्चे के स्कूल बैग में आई सूचनाओं के बारे में बच्चे से कब बात करनी है, इसका समय तय करना होगा और

उसके बाद उन पर हस्ताक्षर करने होंगे। उन्हें तुरंत स्कूल के बस्ते में रखना उचित होगा। यदि रुपये देने की सूचना है, तो तुरंत चेक काटकर बस्ते में रखें। इसमें ज़रा-सा समय लगेगा, मगर स्कूल और बच्चे के मुद्दों पर चर्चा करने के लिए पर्याप्त समय देना महत्त्वपूर्ण है।

10. *अपने आराम का समय निकालें* - दिन में या कम-से-कम सप्ताह में एक बार अपने लिए ऐसा समय निकालें, जब आप शांति और आराम से बैठे हों और कुछ न कर रहे हों। अपने आसपास की सारी वस्तुओं को दूर कर दें, मोबाइल आदि बंद कर दें। अपने परिवार वालों को भी ऐसा करने के लिए प्रेरित करें। इसके लिए घर का कोई कोना चुनें, जहाँ तकिए और गद्दे लगे हों और उस कोने को 'माँ के आराम का स्थान' या 'परिवार के आराम का स्थान' नाम दें। सबको बताएँ कि इस स्थान का उपयोग केवल आराम के लिए होना है और इसे परिवार के किसी भी सदस्य द्वारा दिन या रात, कभी भी उपयोग में लाया जा सकता है। इस स्थान पर टीवी, मोबाइल फ़ोन, संगीत या अन्य शोर-शराबा नहीं होना चाहिए।

शांति भी एक गुण है, जिसे आज के व्यस्त जीवन में प्राप्त कर पाना कठिन हो गया है। बहरहाल, संभव है कि हमने घर को शांत बनाने के कई साधारण तरीक़ों पर ध्यान न दिया हो। घर को और हमारे रोज़ के जीवन को शांत और सुखमय बनाने के लिए परिवार के हर सदस्य को प्रयास करने और योगदान देने को प्रोत्साहित किया जा सकता है।

शांति, शक्ति का पालना है।

-जे.जी. हॉलैंड

47. जब बच्चे घर से बाहर चले जाते हैं

आजकल बच्चों के लिए उच्च शिक्षा प्राप्त करना बहुत ही सामान्य हो गया है। इस दौरान संभव है, उन्हें अपने घर या शहर से भी बाहर जाना पड़े और इसके लिए अपने अभिभावकों को विदा कहना पड़े। पढ़ाई के बाद वे अक्सर नौकरी करने लगते हैं और वह जगह भी गृहनगर से दूर ही होती है। बच्चों का पढ़ाई या नौकरी के लिए घर से दूर जाना अभिभावकों के लिए दर्दभरा अनुभव हो सकता है, विशेषतः उस स्थिति में जब इससे पहले आपका बेटा या बेटी कभी लंबे समय के लिए घर से दूर न रही हो। संक्रमण के इस महत्त्वपूर्ण दौर में कई अभिभावक अपनी भावनाओं पर नियंत्रण करके बच्चों को कॉलेज या नई नौकरी के जीवन की तैयारी में मदद

करते हैं। साथ ही, बच्चे भी अपनी भावनाओं का दमन करके आगे आने वाली चुनौतियों का सामना करने के बारे में सोचने लगते हैं, ताकि सभी के लिए आगे की राहें आसान हो जाएँ।

1. *चिंता की भावना को पहचानें* – आपके और बच्चे में मन में इस समय चिंता की भावना होना सामान्य-सी बात है। कई परिवारों में यह अलगाव किसी नाटकीय दृश्य-सा सामने आता है, जबकि वास्तव में एक वयस्क ही दूसरे वयस्क से अलग हो रहा होता है। हालाँकि अभिभावक होने के नाते आपके मन में इस आशंका का उठना भी सामान्य है कि आपका बच्चा नई परिस्थिति में किस तरह से सामंजस्य बिठाएगा।
2. *धन के मामलों में अपने बच्चे के साथ व्यावहारिक रुख़ अपनाएँ* - ज़्यादातर विद्यार्थी कॉलेज में आते समय इन सब बातों की कोई ठोस योजना बनाकर नहीं आते कि वहाँ फ़ीस, पुस्तकें, रहने का कमरा और अन्य सुविधाओं के लिए भुगतान किस तरह किया जाएगा। हरेक युवा को यह पता होना चाहिए कि उसका परिवार उसे कितनी धनराशि भेज पाने में सक्षम है। अपने बच्चे को कॉलेज भेजने की ख़ुशी और उत्साह में संभव है अभिभावक भी वित्त संबंधी इस महत्त्वपूर्ण बात को अनदेखा कर देते हों। इस बारे में स्पष्टता रखने से बाद में होने वाली दिक़्क़तों और ग़लतफ़हमियों से बचा जा सकता है।
3. *अपनी भावनाओं को महसूस करें और उन्हें व्यक्त करें* – ऐसा भी समय होगा, जब आपका बच्चा कॉलेज जाने की तैयारी में लगा होगा और आपके मन में दुख, पश्चाताप, शंका आदि के भाव उमड़-घुमड़ रहे होंगे। अपनी भावनाओं को अपने परिवार, दोस्तों या अन्य सहयोगी व्यक्ति के साथ खुलकर व्यक्त करें।
4. *याद रखें, यह बालिग होने की तरफ़ बढ़ता क़दम है* – बच्चों का बाहर जाना 18 वर्ष की आयु में जीवन की बातें सीखने और सिखाने की प्रक्रिया है। इससे आपके बच्चे को दुनिया में अपना रचनात्मक स्थान बनाने में बहुत मदद मिलेगी। जब आपका बच्चा स्वतंत्र रूप से अपने निर्णय लेने लगेगा, तो यही वह समय है जब आपके द्वारा बच्चे की परवरिश के लिए किया गया परिश्रम अपना फल देगा। ख़ुद पर गर्व करें कि आपने यह कर दिखाया है।
5. *अपने लिए नया रचनात्मक उद्यम खोजें* – ऐसे अभिभावक जिनका एकमात्र बच्चा या घर का सबसे छोटा बच्चा भी बाहर चला गया हो, उन्हें यह लगता है कि नई चुनौतियाँ लेना अपनी ऊर्जा और भावनाओं

को सही राह देने का अच्छा तरीक़ा हो सकता है। ऐसे समय में उन बातों की सूची बनाएँ, जिन्हें आप तब करना चाहते थे, जब आपका बच्चा छोटा था। अब उन सब कामों को करने का आपका वक़्त आ गया है।

6. *एक-दूसरे को समय दें* - बच्चों की परवरिश के दौर में अभिभावक अक्सर एक-दूसरे की ओर ध्यान नहीं दे पाते। वे सभी बातें छूट-सी जाती हैं, जिनके बल पर पति-पत्नी के बीच का रिश्ता मज़बूत होता है। अब यह एक-दूसरे की आवश्यकताओं को समझने और एक-दूसरे को सहजता देने का बेहतर समय है।
7. *बच्चों के संपर्क में रहें* - बच्चा भले ही वयस्क है, अपने निर्णय और चयन ख़ुद कर रहा है, मगर उसे यह एहसास दिलाते रहें कि आप उसके लिए मौजूद हैं। बच्चे से साधारण और कठिन, दोनों ही तरह के मुद्दों पर बातचीत के लिए उपलब्ध रहें। उससे नियमित रूप से फ़ोन या ई-मेल के द्वारा बात करते रहें।

घर में अकेलापन महसूस करना

अधिकांश अभिभावक इस बात को समझते हैं कि उनके प्यारे बच्चे शिक्षा, नौकरी या शादी के चलते घर से दूर जाएँगे ही। बच्चों के जाने के बाद घर में अकेलापन सभी महसूस करते हैं। हममें से ज़्यादातर लोग परिस्थिति के साथ जल्दी सामंजस्य बिठा लेते हैं और अपने बच्चों के बिना जीना सीख लेते हैं, मगर कुछ लोग ऐसे भी होते हैं जिनके लिए यह सब करना मुश्किल होता है और वे बच्चों के जाने के बाद मानसिक परेशानियों से ग्रस्त हो जाते हैं। इससे वे अकेलापन, अवसाद और ख़ालीपन के एहसास से घिर जाते हैं। पुरुषों की तुलना में महिलाएँ इस अवसाद से अधिक जूझती नज़र आती हैं, क्योंकि बच्चों के साथ वे अधिक समय बिताती हैं।

अकेलापन जब 'रोग' बन जाता है

एम्प्टी नेस्ट सिंड्रोम के लक्षण उन अभिभावकों में अधिक दिखाई देते हैं, जो अपने बच्चों से बहुत अधिक जुड़ाव रखते हैं। इसके कुछ लक्षण ये हैं -

- लंबे समय तक बहुत रोना, सिसकना
- यह महसूस करना कि अब जीवन निरर्थक हो गया है
- दोस्तों और रिश्तेदारों से मिलने-जुलने या सामाजिक उत्सवों में जाने से हिचकना

अकेलेपन की बीमारी से कैसे निबटा जाए

अकेलेपन के कारण होने वाले अवसाद से निबटने का सबसे अच्छा तरीक़ा यह है कि अपने जीवन में बड़े परिवर्तनों के लिए हमेशा तैयार रहा जाए। इस अवस्था से पार पाने के लिए आप बच्चे के दूर जाने से पहले ही इस बारे में सारी सूचनाएँ इकट्ठा कर सकते हैं। बच्चे के लिए कॉलेज चुनते समय या उसके द्वारा नौकरी चुनते समय या शादी करके 'सैटल' होने जैसे मौक़ों पर ख़ुद को दृढ़ बनाए रखें। जब बच्चे के घर से बाहर जाने का समय आए, तो स्वयं को समझाएँ कि यह तो होना है। यह जीवन का एक चरण है, जिससे सभी अभिभावकों को गुज़रना होता है।

अपने पति/पत्नी और परिवार के अन्य सदस्यों से बात करें, संवाद साधें, ताकि आपका भी मन लगा रहे। नए दोस्त बनाएँ, नई रुचियाँ विकसित करें, सामाजिक कार्यों में व्यस्तता बढ़ाएँ और अपने आप को ख़ाली न रहने दें। जीवन के प्रति सकारात्मक रवैया रखें और पारिवारिक समारोह, कुछ कार्यक्रमों के आयोजन या बच्चों से मिलने जाने की योजना बनाएँ।

महिलाओं में बच्चों के दूर जाने से उत्पन्न हुआ अकेलापन और अवसाद रजोनिवृत्ति या वृद्ध होते अभिभावकों की देखभाल की चिंता से भी जुड़ जाता है।

अंत में सबसे महत्त्वपूर्ण यह कि बच्चों से नियमित रूप से बातचीत करें।

> *अभिभावक होने के नाते हमें यह जानना होगा कि कब हाथ बढ़ाना है और कब हाथ पीछे लेना है, कब मदद करनी है और कब उन्हें ग़लतियाँ करने की छूट देनी है और उसके बाद उन्हें सफलता के पथ पर अग्रसर होते देखकर, दूर जाता देखकर स्वयं को संयत और मज़बूत बनाए रखना है।*
>
> –अज्ञात

भाग-II

रास्ते के उतार-चढ़ाव

IV. युवा हमेशा निश्चिंत नहीं होते

V. वयस्कों के पास भी बहुत कुछ होता है

VI. अभिभावक - ईश्वर करें उनकी सारी मुश्किलें छोटी-सी रह जाएँ

IV

युवा हमेशा निश्चिंत नहीं होते

48. किशोरावस्था और मुश्किलें पैदा करने वाले अभिभावक

कभी-कभी अभिभावक भी मुश्किलें पैदा करने वाले हो सकते हैं। इसमें कोई शंका नहीं कि हरेक रिश्ते के लिए कुछ नापतौल, बातचीत और सामंजस्य आवश्यक होता है। यहाँ कुछ उपाय सुझाए जा रहे हैं, जिनके द्वारा कोई किशोर अपने अभिभावकों के स्नेह और देखभाल से लाभान्वित होते हुए अपनी स्वतंत्रता को भी क़ायम रख सकता है।

यदि आप किशोरावस्था की परेशानियों से जूझ रहे हैं, तो यह आपके जीवन का कठिन दौर हो सकता है। आप बचपन छोड़कर युवावस्था में आ रहे हैं, यानी बच्चे से युवा बनने की ओर अग्रसर हैं। इस समय आपको अपने शरीर में भी कई परिवर्तन होते दिखाई देंगे, जैसे- आपका क़द बढ़ जाएगा, जननांगों और काँखों पर बाल आने लगेंगे, चेहरे पर मुँहासे भी आ सकते हैं। आपकी आवाज़ भारी होने लगेगी, दाढ़ी-मूँछें आने लगेंगी और आपको जननांग में कड़ापन तथा स्खलन का अनुभव होने लगेगा। यदि आप लड़की हैं, तो आपके स्तन बड़े होने लगेंगे और माहवारी शुरू हो जाएगी।

इन सभी परिवर्तनों का कुल जमा प्रभाव यह होगा कि आप अंदर-बाहर पूरी तरह से बदला हुआ महसूस करने लगेंगे। यह आपके लिए ऐसा समय हो सकता है, जब आप ख़ुद को असहज महसूस करें और जब अभिभावक आपकी असहजता को न समझें, तो आप उन्हें भी नकार देना चाहें।

यौवन की ओर बढ़ने के नाते आपके सामने अकस्मात एक नई दुनिया के दरवाज़े खुल जाते हैं। आप नई-नई बातों और अनुभवों को अपनाना चाहेंगे, जैसे- नए फ़ैशन, नए तरीक़े से बाल बनाना, यहाँ तक कि हो सकता है धूम्रपान और शराब को भी आज़माना चाहें। आप स्वयं को इतना बड़ा समझने लगें कि अपने निर्णय ख़ुद ले सकते हैं और जब आपको ऐसा लगे कि आपके अभिभावक अभी भी आपको बच्चा ही समझ रहे हैं, तो आपके मन में उनके प्रति असंतोष पनपने लगता है। इससे गुस्सा आना जायज़ है, मगर इससे बचने का एकमात्र तरीक़ा यह है कि स्थिति को उनके नज़रिए से देखने की कोशिश की जाए। आपके व्यक्तित्व में तेज़ी से परिवर्तन हो रहे हैं। संभव है, अभिभावक इतनी जल्दी उन्हें समझ न पा रहे हों। इसके अलावा, चूँकि वे आपके प्रति अपनी ज़िम्मेदारी भी महसूस करते हैं, अतः आपकी चिंता करते हैं। जब आप अपने जीवन में, यानी स्कूल, मित्रों और

अन्य रुचि के कामों में बुरी तरह संलग्न हो जाते हैं और उनके लिए आपके पास समय नहीं रहता, तो इससे उन्हें भी दुख होना स्वाभाविक है। वे भी अपने आप को उपेक्षित-सा महसूस कर सकते हैं। और देखा जाए, तो आप कितने ही बड़े हो जाएँ, उनके लिए तो हमेशा बच्चे ही रहेंगे। आपका किशोरावस्था में आना केवल आपके ही विकास का समय नहीं है। अब अभिभावकों को भी अपनी भूमिकाओं का पुनरावलोकन करते हुए आपको अपने पंख फैलाने की स्वतंत्रता देनी होगी।

यदि आपके अभिभावक आपके व्यक्तित्व में आ रहे परिवर्तनों के साथ सामंजस्य नहीं बिठा पा रहे हैं, तो उनकी मदद करने की कोशिश करें। आप उन्हें शांति से समझा सकते हैं कि जो नियम-क़ायदे आप पर बचपन में लगाए गए थे, वे अब किशोरावस्था के लिए उपयुक्त नहीं हैं।

यहाँ आपके लिए कुछ सुझाव दिए जा रहे हैं, जिनके द्वारा आप अपने अभिभावकों को यह विश्वास दिला सकते हैं कि आप अब बड़े और समझदार हो गए हैं।

अभिभावकों के साथ ठीक तरह से सामंजस्य बिठाने के लिए

1. *दुनिया को बदलने की कोशिश न करें* - भले ही आपको यह लगता हो कि आपके आसपास की दुनिया में कई बदलाव लाने की आवश्यकता है, मगर यह बदलाव हमेशा छोटी-छोटी बातों से ही शुरू करना होगा। आपको जानकर हैरानी होगी कि यही वे बदलाव हैं, जो अपने अभिभावकों के साथ सहज महसूस करने के लिए आवश्यक हैं।
2. *विनम्र रहें* - अभिभावकों के साथ संवाद करते समय असभ्यता और अपमानजनक व्यवहार का प्रदर्शन क़तई उचित नहीं है। विनम्रता से बातचीत करते हुए संवाद के लिए अपनी इच्छा जताएँ। जब आप घर के किसी काम की ज़िम्मेदारी लेते हैं, तो इससे आपके अभिभावकों को यह संकेत मिलता है कि आप बड़े हो गए हैं। इससे काम तो पूरा होगा ही, आपकी समझदारी का प्रदर्शन भी हो सकेगा। आप रसोई के कामों में हाथ बँटा सकते हैं, बाग़ीचे में काम कर सकते हैं या घर की मशीनों को सुधारने में मदद कर सकते हैं। ये सभी काम आपकी समझदारी, विकास और हाथ बँटाने की इच्छा को प्रदर्शित करने के बेहतर ज़रिए हैं।
3. *अपनी भावनाओं को समझें* - अपने अभिभावकों के साथ बैठकर इस बारे में बातचीत करना उपयोगी होगा कि आप दोनों की कौन-सी बातें एक-दूसरे को परेशान करती हैं। याद रहे कि आप भी उनकी परेशानी का कारण हो सकते हैं और वे भी आपकी परेशानी बढ़ाने वाले हो सकते हैं। सार यही है कि उनके नज़रिए का आदर करें, ताकि आपके रास्ते आसान हो सकें।

4. *अच्छे श्रोता बनें* - अक्सर हम भावनाओं के ज्वार में इस क़दर बहते चले जाते हैं कि हम किसी को भी सुनना नहीं चाहते। संभव है, अभिभावकों से बातचीत करते समय उनकी हर बात से आपकी सहमति न हो, मगर इसका अर्थ यह नहीं है कि उनकी बात सुनी ही न जाए या उसे बकवास मान लिया जाए।
5. *समाधान खोजें* - समस्या बनने और उस पर ही टिके रहने के बजाय समाधान की तरफ़ बढ़ें। समस्या या विवाद की स्थिति आने पर संवाद को क़ायम रखते हुए समाधान सुझाएँ। अभिभावकों के साथ बातचीत बंद कर देना कोई समाधान नहीं है।
6. *अभिभावकों के डर को पहचानें* - यदि आप ध्यान से देखें, तो कई बार अभिभावक गुस्सा करते ज़रूर हैं मगर वास्तव में वे डरे हुए होते हैं कि आपके साथ कुछ ग़लत न घट जाए। अपने अभिभावकों से बात करते हुए उन्हें अपनी बात को और स्पष्ट करने को कहें, जैसे : वे ऐसा क्यों कह रहे हैं कि तुम अभी बहुत छोटे हो। उनके डर के कारण पता करें। मसलन, यदि उन्हें आपके बाहर जाने पर ऐतराज़ है, तो उन्हें बताएँ कि आप किसके साथ जा रहे हैं, कहाँ जा रहे हैं और कितने समय आप बाहर रहेंगे। यह भी किया जा सकता है कि शुरुआत में जब तक आप ख़ुद को सुरक्षित रखना न सीख लें, आप परिवार के किसी बड़े या अपने भाई-बहन को साथ ले जाएँ।
7. *सकारात्मक दृष्टिकोण रखें* - किशोरों द्वारा दी जाने वाली सामान्य प्रतिक्रियाएँ भी शिकायत की तरह ही दी जाती हैं। शिकायत करने के बजाय अपनी भावनाओं को विस्तार से बताएँ। इसका सबसे अच्छा तरीक़ा यह है कि 'यह ठीक नहीं है...मैं और खुश होता यदि...' जैसे कथनों को कहकर छोड़ देने के बजाय आप उनके बारे में विस्तार से बताएँ। अपनी प्राथमिकता को निवेदन के रूप में भी दर्शाया जा सकता है, जैसे : 'ठीक है, आज आपकी अनुपस्थिति में मैं घर में रह लूँगा, पर क्या कल दोपहर मैं अपने मित्र से मिलने जा सकता हूँ?'

चोपड़ा दंपती की शिकायत है कि उनका किशोरवय बेटा पिछले छह-सात महीनों से उनकी लगातार अवहेलना कर रहा है। वे बार-बार इसी बात पर टिके थे कि जब वह छोटा था तो उनकी हरेक बात मानता था। वे उस पर लगातार प्रश्नों की बौछार किए रहते थे कि कौन उसके मित्र हैं, वह कहाँ था, वह ठीक से पढ़ाई क्यों नहीं कर रहा आदि। अब समस्या इतनी गहरी हो गई है कि उनके बेटे ने स्पष्ट कह दिया है कि अब वह तभी पढ़ेगा, जब वे उसे बोर्डिंग स्कूल में दाख़िल करवाएँगे।

इस स्थिति से पार पाने के लिए किशोरों को उनके मित्रों को घर बुलाने के लिए प्रोत्साहित किया गया। दोनों अभिभावकों ने अपने बेटे की निजता को सुरक्षित रखने का वादा किया और बदले में उसे भी अपनी सभी गतिविधियों को अभिभावकों

के साथ साझा करने को कहा गया, जिनमें वह सप्ताहभर के दौरान व्यस्त रहने वाला था। रात का भोजन परिवार के साथ ही किया जाएगा, यह भी तय हुआ। जब दोनों ही ने अपनी-अपनी सीमाओं को समझा, तो उनके रिश्ते और संवाद ठीक हुए।

> *आप किस तरह से अच्छे वयस्क में बदल रहे हैं, यह देखना उन्हें ख़ुशी देता है। आइए, उन्हें एहसास दिलाएँ कि उन्होंने अपना काम बढ़िया तरीक़े से किया है।*
>
> —kidshealth.org

49. भावनात्मक असंतुलन और खानपान

हममें से अधिकांश लोगों ने यह सीखा है कि भोजन सुकून का एहसास दिला सकता है, कम-से-कम थोड़े समय के लिए तो ऐसा कर ही सकता है। परिणामस्वरूप हम भोजन के माध्यम से भावनात्मक तकलीफ़ों को भी ख़त्म करने का प्रयास करने लगते हैं। धीरे-धीरे भावनात्मक असंतुलन होते ही कुछ भी खा लेना हमारी आदत बन जाता है, जिसके चलते हम तनाव ख़त्म करने के अन्य कौशलों के बारे में जान ही नहीं पाते।

क्या आप भी ख़ुद को उस समय भी कुछ-न-कुछ खाता हुआ पाते हैं, जब आप भूखे न हों? क्या आप भोजन का उपयोग अपने तनाव, चिंता या ऊब को कम करने के लिए करते हैं? हम अक्सर यह जान ही नहीं पाते कि हमारी भावनाएँ किस तरह से हमारी खान-पान की आदतों को प्रभावित करती हैं। सामान्यतः यह हानिकारक प्रतीत नहीं होता, मगर तनाव के समय खाने की आदतों का दूरगामी असर किसी और परेशानी को जन्म दे सकता है, जिस पर नियंत्रण करना मुश्किल होता है।

भावनात्मक असंतुलन के दौरान अधिक मात्रा में खाया-पिया जाता है और ऐसी चीज़ों में जंक फूड की अधिकता होती है। विशेषज्ञों का कहना है कि आवश्यकता से अधिक आहार का 75 प्रतिशत हिस्सा तनाव के चलते खाया-पिया जाता है।

भावनात्मक असंतुलन के समय खाने-पीने की आदत से पार पाना

इससे पार पाने के लिए आपको वास्तविक भूख और भावनात्मक असंतुलन के चलते लग रही भूख के अंतर को समझना होगा। दोनों तरह की भूख का एहसास अलग-अलग होता है। जब आपका पेट कुलबुलाने लगता है और आपको सिर घूमता-सा लगता है या शरीर थका-सा लगता है, तो इसका अर्थ है आपको वास्तविक भूख लगी है।

तनाव के चलते कुछ न कुछ खाते-पीते रहने से संभव है कि आपको वास्तविक

भूख का एहसास ही न हो। भावनात्मक तनाव के कारण खाने का आदी हो चला शरीर भूख के संकेतों का इंतज़ार ही नहीं करता। वास्तव में, आप अपने आप को राहत पहुँचाने या फिर जश्न मनाने, शोक मनाने या ऊब को ख़त्म करने के लिए खाते हैं। इस भूख का समय से कोई रिश्ता नहीं होता। अर्थात आपको आधी रात को, दोपहर के तीन बजे या देर रात सिनेमा के शो में भी भूख लग सकती है।

खाने की इच्छा को उकसाने वाले भावनात्मक ट्रिगर को पहचानना

खाने की इच्छा को उकसाने वाली स्थितियों और भावनाओं को मुख्यतः पाँच श्रेणियों में बाँटा जा सकता है।

सामाजिक - अन्य लोगों के आसपास होने पर खाना। उदाहरण के लिए, दूसरों के उकसाने पर खाना, बहस होने पर खाना, समूह के साथ असहजता महसूस होने पर खाना आदि।

भावनात्मक - ऊब, तनाव, थकान, दबाव, अवसाद, अकेलापन, चिंता आदि महसूस होने पर अपने अंदर के अंतर को पाटने के लिए खाना।

परिस्थितिजन्य - अवसर है इसलिए खा लेना, जैसे- किसी रेस्तराँ में, टीवी पर किसी ख़ास चीज़ का विज्ञापन देखकर, यूँ ही गुज़रते हुए विज्ञापन देखने पर खा लेना। खाने की आदत टीवी देखने, सिनेमा देखने जाने आदि से भी जुड़ी होती है।

विचारों से - अपने आप में कमियाँ निकालने पर खाना या खाने के बहाने ढूँढ़ना जैसे : ख़ुद को अपने रूप-रंग के लिए, कमज़ोर इच्छाशक्ति के लिए कोसते हुए खाना ।

शारीरिक - शारीरिक आवश्यकताओं या अनियमितताओं के चलते खाना, उदाहरण के लिए- नाश्ता या दोपहर का भोजन न करने से बीच में भूख लगना या सिरदर्द या अन्य दर्द से राहत के लिए खाना।

आपकी भूख का ट्रिगर क्या है, इसे पहचानने के लिए अपने पास एक फूड डायरी रखें, जिसमें आप कब और क्यों खाते हैं और उसका कारण क्या है यह दर्ज करें। कौन-सा तनाव, विचार या भावना आपको ट्रिगर करती है और आप खा लेते हैं? आप कुछ ही समय में अपनी अधिक खानपान की आदतों के पैटर्न की पहचान करने लगेंगे।

इससे मुक्ति कैसे पाई जाए

भूख के ट्रिगर्स को पहचानना इस पर क़ाबू पाने की दिशा में पहला क़दम तो है, मगर यह पर्याप्त नहीं है। सामान्यतः जब तक आप इस पैटर्न की पहचान करते हैं,

भावनात्मक तनाव या असंतुलन की स्थिति में कुछ-न-कुछ खाना आपकी आदत में शामिल हो चुका होता है। अब आपको इस आदत को ख़त्म करना है।

भावनात्मक असंतुलन के दौरान कुछ भी खाने-पीने की आदत के विकल्प तलाशना दूसरा क़दम होगा। जब आप किसी ट्रिगर के उत्तर में भोजन की तरफ़ बढ़ते हैं, तो उस समय नीचे दी गई गतिविधियाँ करने का प्रयास करें-

पढ़ना या संगीत सुनना - कोई मनपसंद पुस्तक पढ़ना या मनपसंद संगीत सुनना आपकी मदद कर सकता है। इससे कुछ-न-कुछ खाने की आपकी इच्छा दब जाएगी।

सैर पर जाएँ - शुद्ध और ताज़ा हवा आपको ताज़गी देगी। व्यायाम और ताज़गी के बीच का संबंध सर्वविदित है।

नहाएँ - नहाने से ताज़गी आएगी, जिसके चलते अच्छा महसूस होगा और खाने पर से ध्यान हट जाएगा।

गहरी साँस लें या प्राणायाम करें - गहरी साँस लेने से चित्त शांत होता है। मन को शांति मिलने से दिमाग़ रचनात्मक कार्यों की ओर प्रवृत्त होगा, जिससे असमय भोजन से दूरी बनाने में आपको मदद मिलेगी।

इंडोर गेम खेलें - इस तरह की गतिविधि आपको दो बातों में मदद करेगी। आपको तनाव और ऊब से बचाएगी, साथ ही इंडोर खेल आपके कौशल को भी निखार सकते हैं। कैरम, शतरंज, मोनोपोली और स्क्रेबल समय बिताने के अच्छे साधन हैं, जिन्हें आप परिवार के साथ भी खेलकर आनंद ले सकते हैं।

किसी मित्र से बात करें - आज की दुनिया हमें बहुत व्यस्त रखती है, जिसके चलते हम अपने सामाजिक रिश्तों से दूर हो जाते हैं। फ़ोन या कंप्यूटर पर किसी मित्र से बातचीत करना ऐसे में मदद कर सकता है।

घर के कामों में हाथ बँटाएँ - भले ही घर के रोज़ के काम ठीक तरह से किए जा रहे हों, अलमारियाँ और दराज़ें फिर से जमाई जा सकती हैं। रसोई को भी नए तरीक़े से सजाया जा सकता है। घर में किया जाने वाला छोटा-मोटा रिपेयरिंग का काम भी आपकी राह देखता रहता है। उसे करने में समय लगाएँ।

कार/स्कूटर को धोएँ - समय निकालकर वाहनों को धोएँ। वाहनों के अलावा घर के दरवाज़े और खिड़कियाँ, पुस्तकों की अलमारी आदि भी आपका समय चाहती हैं। इस काम का बड़ा फ़ायदा यह है कि साफ़-सुथरी वस्तुओं को देखकर हमारा मन प्रफुल्लित हो जाता है और खाने की इच्छा थोड़े समय के लिए ख़त्म हो जाती है।

पत्र लिखें - अपने परिवार के सदस्य या मित्र को पत्र लिखने से उन्हें सचमुच ख़ुशी

होगी कि आपने अपनी ख़बर उन तक पहुँचाने और उनके हालचाल पता करने के लिए समय निकाला। इससे आपको भी ख़ुशी होगी, जो आपको असमय खाने की इच्छा से दूर रखेगी।

अपने मंगेतर से रिश्ता टूट जाने पर एक युवा सुशिक्षित, मगर बेरोज़गार युवती ने अपने आप को दिन में हर समय, यहाँ तक कि आधी रात में भी कुछ-न-कुछ खाते हुए पाया। इससे जैसे-जैसे उसका वज़न बढ़ा, अपने स्वास्थ्य और रूप-रंग के प्रति उसकी चिंता भी बढ़ने लगी। परामर्श के दौरान उसे अपनी मनोदशा और ली जाने वाली कैलोरीज़ का लेखा-जोखा रखने के लिए कहा गया। उसने तुरंत ही जान लिया कि वह अपने टूटे हुए रिश्ते के बारे में नकारात्मक तरीक़े से सोच रही थी, जिसके चलते असमय खाने की मात्रा बढ़ रही थी। इसे कम करने के लिए उसे अपनी भूख पर नियंत्रण करने के बजाय सोच पर नियंत्रण करने की आवश्यकता थी। उसने ऐसा ही किया और जल्दी ही जान लिया कि अब वह उस व्यक्ति के बारे में कम सोचने लगी है, क्योंकि उसका ध्यान अब हाथ में लिए गए काम की तरफ़ है। इससे उसका आत्मविश्वास बढ़ा और अधिक खाने की आदत ख़त्म हो गई।

> *अकेलेपन का एहसास आपको अधिक खाने के लिए उकसा सकता है। ख़ुद को अकेला रखने से बचें। कुछ मित्र बनाएँ। बाहर जाएँ और लोगों से मिलें।*
>
> –लॉरा हुसैन

50. कठिन अनुभवों से बाहर आना

लोग अपने जीवन में आए उन अनुभवों से कैसे निबटते हैं, जो उनके जीवन को समूचा बदल डालते हैं? किसी निकटतम व्यक्ति की मृत्यु, नौकरी छूटना, गंभीर बीमारी, आतंकवादी हमला या अन्य दुखद घटनाएँ जीवन के चुनौतीपूर्ण अनुभवों के उदाहरण हैं। कई लोग इनकी प्रतिक्रिया स्वरूप भावनाओं की बाढ़ में बहते जाते हैं या अनिश्चितता के भाव से भर जाते हैं।

फिर भी लोग सामान्यतः समय के साथ जीवन में बदलाव लाने वाली परिस्थितियों और तनावपूर्ण स्थितियों के साथ भी सामंजस्य बिठाना सीख लेते हैं। ऐसा वे कैसे कर पाते हैं? इसके लिए अपने आप को लचीला बनाने की आवश्यकता होती है। यह सतत चलने वाली प्रक्रिया है। इसके लिए समय और प्रयास, दोनों ही आवश्यक होते हैं। साथ ही कुछ ख़ास क़दम उठाने के लिए लोगों को संलग्न भी होना पड़ता है।

परिस्थितियों के साथ सामंजस्य बिठाने या स्वभाव में लचीलापन होने का अर्थ

यह हरगिज़ नहीं है कि ये लोग तनाव या विपरीत परिस्थितियों का सामना नहीं करते। भावनात्मक तनाव और दुख उन सभी लोगों के जीवन का हिस्सा होते हैं, जिन्होंने जीवन में बेहद कठिन परिस्थितियों का सामना किया हो। दरअसल, लचीलापन लाने का अर्थ जीवन में तनाव की मात्रा को नियंत्रित करना है।

लचीलापन कोई जन्मजात गुण नहीं है, जो लोगों में या तो होता है या नहीं होता। इसमें व्यवहार, विचार और कार्य सभी शामिल हैं, जिन्हें सीखा और समय के साथ अपने आप में विकसित किया जा सकता है।

किसी रिश्ते का टूटना

'मैं उससे बात न कर पाने या रोज़ न मिल पाने का दर्द बर्दाश्त नहीं कर पाऊँगा।' अकरम (परिवर्तित नाम) ने रोते हुए कहा था। 'मैं उसके बिना अपने जीवन की कल्पना तक नहीं कर सकता। उसके अलगाव ने मेरे सारे सपनों, इच्छाओं और नियति को समाप्त कर दिया है। मुझे नहीं पता मुझसे कहाँ ग़लती हो गई। मुझे विश्वास ही नहीं हो रहा है कि वह अब मेरे जीवन में नहीं है... कृपया मेरी मदद करें।'

अकरम जैसे कई लोग किसी महत्त्वपूर्ण प्रेम भरे रिश्ते के टूटने पर बेहद दर्द महसूस करते हैं। कई लोगों को ऐसा पहला अनुभव कॉलेज के दिनों में होता है, जब वे टूटे हुए रिश्ते के दर्द को भुलाकर सामान्य जीवन जीने के लिए मजबूर होते हैं। रिश्तों के टूटने का दर्द तब तक अनुभव नहीं किया जा सकता, जब तक यह स्वयं हमारे जीवन में नहीं घटता है। किसी रिश्ते के टूटने पर दुख और निराशा का भाव अंदर तक गहराना सामान्य प्रतिक्रिया है। मनोविज्ञान के अध्ययन बताते हैं कि किसी प्रेम भरे रिश्ते के टूटने पर लोग जिस तरह से प्रतिक्रिया देते हैं, वह सामान्यतः किसी निकट संबंधी की मौत या जानलेवा बीमारी के शिकार हो जाने पर दी जाने वाली प्रतिक्रिया के समान ही होती है।

रिश्ते टूटने पर दी जाने वाली सामान्य प्रतिक्रियाएँ

अस्वीकृति का भाव ख़तरनाक हो सकता है – रिश्ते की डोर टूट रही है या टूट चुकी है, इस बात पर विश्वास करना बहुत मुश्किल होता है। यह स्वीकार करना कठिन होता है कि एक समय में जिस साथी को हमने प्रेम करने वाला और विश्वासपात्र माना था, उसे अब हमारे प्रेम और भावनाओं की कोई क़द्र नहीं है। मगर जितनी जल्दी हो सके, इसे स्वीकार कर लेना अच्छा होगा।

दुख और निराशा का भाव आना सामान्य-सी बात है – रिश्ता टूटने की अवस्था में दुखी होना, निराश होना और हर समय रोने का मन करना सामान्य बातें हैं। कई बार आपको अपने पुराने साथी के पास वापस जाने या उससे संपर्क बनाने की भी

तीव्र इच्छा हो सकती है। किसी ख़ास समय, जैसे सुबह बिस्तर छोड़ते वक़्त बहुत परेशानी महसूस हो सकती है।

भय लगता है - दूसरे साथी के बिना जीवन बिताने की कल्पना करना भयावह और कठिन लग सकता है। आपको यह भय भी सता सकता है कि अब जीवन में आपको कभी भी प्रेम नहीं मिलेगा या आप कभी भी ख़ुश नहीं रहेंगे।

गुस्सा चिंता को बढ़ाएगा - साथी द्वारा रिश्ता तोड़े जाने और दर्द दिए जाने पर उस पर गुस्सा आना स्वाभाविक भावनात्मक प्रतिक्रिया है, मगर यह गुस्सा आपकी चिंता और परेशानी बढ़ाएगा।

अपने आप को दोष देने से बचें - संभव है कि रिश्ता टूटने के बाद आप अक्सर यह सोचने के लिए बाध्य हो जाएँ कि इस रिश्ते के टूटने में आपका क्या हाथ है। अपनी ग़लतियाँ तलाशने लगें और अपने साथी के साथ मोलभाव करते हुए रिश्तों को एक और मौक़ा देने का प्रस्ताव रखें। यदि आपने रिश्ता तोड़ने की पहल की है, तो आपको अपने साथी को दुखी करने के लिए अपराध बोध होना स्वाभाविक है।

ईर्ष्या नुक़सान भी करेगी - यदि रिश्ता टूटने के बाद आपके साथी ने किसी और के साथ रिश्ता जोड़ लिया है, तो आपको ईर्ष्या होना संभव है। अपनी क्षमताओं के बारे में सोचते हुए आपको आश्चर्य हो सकता है कि दूसरे में ऐसा क्या है, जो आपमें नहीं। वास्तव में, दूसरा आपसे कमतर है या बेहतर है इस बारे में आपको चिंता करने की आवश्यकता नहीं है। आपके पास अपनी ख़ूबियाँ हैं, अपने गुण हैं। रिश्ते किसी के गुण-अवगुण के चलते ही नहीं दरकते हैं, इसके लिए बाक़ी बातें और परिस्थितियाँ भी दोषी होती हैं।

दुविधा और उथल-पुथल होगी - अपने साथी के बिना आपको अपना जीवन व्यर्थ लग सकता है। आपके मन में प्रश्न भी उठ सकते हैं, दुविधा हो सकती है कि आपके साथी के बिना आपके जीवन का क्या अर्थ है।

अच्छा कैसे महसूस करेंगे

यदि आप स्वयं को रिश्तों की टूटन से उबारने के प्रयास में हैं, तो आप हमेशा उम्मीद करते हैं कि कब आप बेहतर महसूस करेंगे। समय हर घाव को भर देता है, यह कथन रिश्तों की टूटने पर भी सही बैठता है। इसके लिए हम समस्या के समाधान पर विचार करके समय के काम को आसान बना सकते हैं। भले ही यह प्रक्रिया पहले-पहल बहुत ही कठिन और दुष्कर लग सकती है, मगर रिश्ते टूटने के बाद कुछ खोने का और तड़प का एहसास समय के साथ ख़त्म हो जाएगा। किसी कठिन रिश्ते से बाहर निकलने के बाद आपको यह स्वीकार करना होगा कि यह

रिश्ता क्यों टूटा, इसका शायद कोई उत्तर नहीं है। हमें यह भी समझना होगा कि अक्सर मुश्किल रिश्तों से बाहर आकर लोगों की उन्नति ही होती है।

अपने तनाव को कम करने के लिए नीचे दिए गए कुछ उपाय किए जा सकते हैं -

1. *दोस्तों और परिवार से सहयोग लेना* - किसी दुख से पार पाने के लिए सामाजिक सहयोग सबसे महत्वपूर्ण कारक है। उन लोगों तक पहुँचें, जो आपकी चिंता करते हैं और जो आपकी भावनाओं को समझते हैं तथा आपको प्रोत्साहित करते हैं। दूसरों के साथ समय बिताना पहले कठिन प्रतीत हो सकता है, मगर बाद में उनके साथ रहते हुए आपको यह एहसास होगा कि दुनिया में कुछ और लोग ऐसे हैं, जो आपका ख़याल रखते हैं, आपसे प्रेम करते हैं, आपकी परवाह करते हैं।
2. *टूटे हुए रिश्ते को समाप्त करने की ओर क़दम उठाएँ* - रिश्ता टूटने के बाद भी अपने साथी के संपर्क में रहने से आपके मन की अशांति वैसी ही रहेगी और आपके स्वाभिमान की भावना ख़त्म होती जाएगी। यदि आपके साथी के संपर्क में रहने से आपको लगातार निराशा की अनुभूति होने लगे, तो अपने परिवार या मित्रों से मदद लें। कुछ परंपराएँ जैसे- विदाई पत्र लिखना (जिसे संभव है आप पोस्ट न करें), दी गई वस्तुएँ लौटाना, फ़ोटो, पत्रों आदि को नष्ट करना या वापस करना भी रिश्ते की टूटन को स्वीकार करने और उसे सहज भाव से लेने में मदद करेंगी।
3. *दैनिक समय सारिणी बनाएँ* - समय का नियोजन करना और दिनभर के लिए काम तय करना अपने साथी से दूर होने के तनाव को हटाने में सहायक हो सकता है। अपनी मानसिक ऊर्जा को अकादमिक काम जैसे अपने अधूरे पड़े कार्यों को पूरा करने में लगाएँ, जिससे आपको अपनी क्षमता और स्व पर नियंत्रण के भाव को बढ़ाने में मदद मिलेगी।
4. *अपनी रचनात्मक अभिव्यक्ति को बढ़ाने के लिए जीवन में परिवर्तन करें* - नई रुचियाँ विकसित करें, नई गतिविधियों में हिस्सा लें और नए रिश्ते बनाएँ, ताकि आप अपने जीवन को पुराने साथी के साथ से हटकर भी देख सकें। ऐसी वस्तुओं को करने पर ध्यान लगाएँ, जो आपके स्वभाव और कौशल को सामने लाएँ। ऐसी बातों से दूर रहें, जो आपको पुराने साथी की याद दिलाएँ। धार्मिक-आध्यात्मिक कार्यों, संगीत, चित्रकला, कविता आदि में ख़ुद को व्यस्त रखें, ताकि जीवन में संतुलन बना रहे और उसमें अर्थ भी नज़र आए।
5. *मनोचिकित्सक से मिलें* - मनोचिकित्सक से मिलें और उससे रिश्ता टूटने के बाद महसूस हो रही भावनाओं के बारे में बात करें। एक काउंसलर

आपको स्वयं की तरफ़ ध्यान वापस लाने में मदद करेगा, विशेषतः उन कौशलों और विशेषताओं की ओर जिनके कारण आप ख़ास हैं। इससे आपको मिले भावनात्मक आघात को भरने में मदद मिलेगी, साथ-साथ आपका आत्मविश्वास बढ़ेगा, जिससे इस सबसे बाहर निकलने का रास्ता दिखाई देगा।

अतीत से सीख लेने के लिए आपने आप से ये प्रश्न पूछें

अतीत में निजी शक्ति बढ़ाने से संबंधित अनुभव और स्रोतों पर ध्यान केंद्रित करना आपकी अनुकूलनशीलता को बढ़ाने में मदद करेगा। स्वयं के बारे में और चुनौतीदायक परिस्थितियों में अपनी प्रतिक्रिया के बारे में दिए गए प्रश्नों के उत्तरों पर विचार करने से आप इस बात का पता लगा सकते हैं कि आप मुश्किल की स्थिति में किस तरह प्रतिक्रिया दे सकते हैं।

इन प्रश्नों पर सावधानी से विचार करें –

- किस तरह की घटनाएँ मेरे लिए सबसे अधिक तनावदायक रही हैं?
- उन घटनाओं ने मुझे किस तरह से प्रभावित किया है?
- क्या मुसीबत के समय अपने जीवन में कुछ महत्त्वपूर्ण लोगों के बारे में सोचना मेरे लिए मददगार रहा है?
- मुश्किल की स्थिति में मैं किसके पास मदद के लिए गया?
- मुश्किल घड़ियों में मैंने ख़ुद के बारे में और दूसरों के साथ अपने संवाद से क्या सीखा?
- यदि कोई अन्य व्यक्ति मेरे ही जैसी स्थिति से गुज़र रहा हो, तो क्या उसकी मदद करना मेरे लिए कारगर हो सकता है?
- क्या मैंने जीवन की रुकावटों को पार किया है? यदि हाँ तो कैसे?
- वे कौन-सी बातें हैं, जिन्होंने भविष्य के प्रति मुझे आशान्वित किया?

जीवन की ओर लौटने की रणनीतियाँ

1. *संबंध बनाएँ* – परिवार के लोगों, मित्रों और अन्य लोगों के साथ अच्छे संबंध बनाना आवश्यक है। जो आपकी परवाह करते हैं और आपकी बात सुनते हैं, उनका सहयोग लेना आपकी अनुकूलनशीलता को बढ़ाएगा। कुछ लोगों को ऐसा भी लगता है कि किसी धार्मिक समूह में या स्थानीय समूहों में सक्रिय होने से सामाजिक दायरा बढ़ता है, जिससे सहयोग में वृद्धि होती है और खोई हुई आशा वापस आ सकती है। आवश्यकता के समय या मुश्किल घड़ी में दूसरों की मदद करना मददगार के लिए भी सहयोगी सबित हो सकता है।

2. *परेशानियों के एहसास को कम करें* - अपने जीवन में आने वाली परेशानियों को कभी न ख़त्म होने वाले परेशानियों के पहाड़ में तब्दील न करें। आप इस तथ्य को नहीं बदल सकते कि जीवन में बड़े-से-बड़ी समस्याएँ आती हैं, मगर उन समस्याओं की तरफ़ देखने के नज़रिए में और उन पर प्रतिक्रिया देने के तरीक़े में बदलाव लाया जा सकता है। केवल वर्तमान पर विचार करने के बजाय भविष्य को किस तरह से बेहतर बनाया जा सकता है इस पर विचार करना शुरू करें। उन सभी छोटे-छोटे तरीक़ों को दर्ज करें, जिनसे आप मुश्किल परिस्थितियों में थोड़ी राहत महसूस करते हैं और उनका सामना करने की हिम्मत पाते हैं।
3. *परिवर्तन जीवन का नियम है इसे स्वीकार करें* - परिस्थितियों के विपरीत हो जाने से हो सकता है कि पूर्व में तय किए गए लक्ष्य अब हासिल न किए जा सकें। न बदली जाने वाली परिस्थितियों को स्वीकार कर लेने से आप उन परिस्थितियों में बेहतर क्या किया जा सकता है, इस पर विचार कर सकेंगे।
4. *लक्ष्य की ओर बढ़ें* - अपने जीवन के लिए वास्तविक और व्यावहारिक लक्ष्य तय करें और उनकी ओर बढ़ने के लिए रोज़ कोई-न-कोई प्रयास करें, भले ही वह कोई छोटी-सी गतिविधि ही क्यों न हो। किसी असाध्य काम पर ध्यान केंद्रित करने के बजाय स्वयं से पूछें कि आज मैं ऐसा कौन-सा काम कर सकता हूँ, जो मुझे लक्ष्य तक जाने में मदद करेगा।
5. *सक्रिय रहें* - आगे बढ़कर निर्णय लें। परिस्थितियों को बदलने का प्रयास करें। ख़ुद को तनावग्रस्त करके समस्या से दूर भागने और यह सोचने कि सब अपने आप ठीक हो जाएगा के बजाय सही और समुचित कार्य करें। आप समस्या से भागने वाले शुतुरमुर्ग़ नहीं हैं। किसी भी समस्या को सुलझाने का पहला क़दम उसका सामना करना है।
6. *अपने आप को परखें* - अपने आप को पहचानने के अवसरों की तलाश करें। लोग संकट के समय स्वयं की पहचान करते हैं, अपने विकास के अवसर तलाश करते हैं और इससे उन्हें पता चलता है कि संकट के समय ने भी उन्हें बहुत कुछ सिखाया है। तकलीफ़ों और मुश्किल स्थितियों से पार पाए कई व्यक्तियों के रिश्ते बहुत मज़बूत हुए, विपरीत परिस्थितियों से लड़ने की ताक़त बढ़ी, अपनी क़ीमत का एहसास हुआ, अध्यात्म की ओर झुकाव बढ़ा और जीवन के प्रति सराहना का भाव बढ़ गया।
7. *सकारात्मक रहें* - अपने बारे में सकारात्मक दृष्टिकोण रखें। समस्याओं को सुलझाने की अपनी क्षमता पर विश्वास रखें। साथ ही हर स्थिति से तालमेल बिठाने की अपनी सहज प्रवृत्ति पर भी भरोसा रखें।
8. *विश्वास मददगार है* - आशावादी दृष्टिकोण रखें। इससे आपको यह विश्वास

करने में मदद मिलेगी कि जीवन में अच्छी घटनाएँ घटेंगी। अपने डर की ओर ध्यान लगाने और उससे चिपके बैठे रहने के बजाय आपको भविष्य में जो चाहिए, उसे कल्पना में देखें।

9. *अपनी देखभाल करें* – अपनी ज़रूरतों और भावनाओं की ओर ध्यान दें। अपनी मनपसंद और आराम देने वाली गतिविधियों में मन लगाएँ। अपना ध्यान रखने से आपका शरीर और मन विपरीत परिस्थितियों में अनुकूलित होने में आपकी मदद करेंगे।

10. *किसी के लिए जल्दी से कुछ करें* – मदद के लिए छोटे-छोटे प्रयास करें- किसी बुज़ुर्ग से मिलें, किसी बच्चे को कहानी पढ़कर सुनाएँ। इन कामों से आपको ख़ुशी मिलेगी और दूसरों को भी प्रसन्नता होगी। साथ ही आपने कुछ सकारात्मक हासिल किया है, आपको इसके लिए भी ख़ुशी होगी।

> *आप जो हासिल करना चाहते हैं, उसके लिए कभी भी देर नहीं होती है। हरेक समय सही समय है।*
>
> –जॉर्ज इलियट

51. मनोवैज्ञानिक परेशानियों के लिए मदद लेना

हर माह समाचार पत्र में मेरे स्तंभ पढ़ने वाले पाठकों द्वारा ढेरों प्रश्न पूछे जाते हैं कि हमें मनोचिकित्सक की मदद किस तरह से मिल सकती है। कई लोग इस बारे में आश्वस्त नहीं होते कि मनोचिकित्सक उनकी बात को गोपनीय रखेंगे।

वे अक्सर प्रश्न करते हैं, 'थैरेपी सत्र क्या होते हैं?' उनके मन में यह उत्सुकता भी होती है कि मानसिक समस्याओं के 'उपचार' में कितना समय लगता है।

इस बात की संभावनाएँ भी काफ़ी ज़्यादा हैं कि जीवन के किसी चरण में आप या आपके किसी निकट संबंधी को मनोवैज्ञानिक समस्या का अनुभव हो। अवसाद, डर, चिंता, ये सामान्य मनोवैज्ञानिक समस्याएँ हैं। जब ऐसी समस्याएँ आएँ, तो किसी की सहायता लेने में न हिचकें। यह भी जान लें कि व्यावहारिक रूप से मनोविज्ञान के क्षेत्र में हरेक व्यक्ति परामर्श या सलाह के लिए आए व्यक्तियों की बातों को गोपनीय बनाए रखने का महत्त्व जानता है। आपको मनोवैज्ञानिक समस्याओं के लिए मदद किस तरह से लेनी चाहिए? यहाँ कुछ दिशा-निर्देश दिए जा रहे हैं, ताकि एक सक्षम, परवाह करने वाले मनोचिकित्सक की तलाश की जा सके।

1. *मुझे पहले किसके पास जाना चाहिए* – यह अपने चिकित्सक से पूछें या उस व्यक्ति से, जो मनोविज्ञान पढ़ाता हो। ये आपकी ज़रूरत पूरी करने में मदद करेंगे। मनोविज्ञान की दोहरी प्रकृति होती है। शिक्षा और

चिकित्सकीय परामर्श, दोनों ही इसकी शाखाएँ हैं। यदि आपके पास इस तरह की सलाह के लिए कोई स्थानीय व्यक्ति नहीं है, तो स्थानीय चिकित्सकों के फ़ोन नंबर यलो पेज डायरेक्टरी से मिल सकते हैं।

2. *एक मनोचिकित्सक की तलाश करें* - समझ लें कि ऊपर दिए गए निर्देशों के अनुरूप आपको कई मनोचिकित्सकों के नंबर मिल जाते हैं। अब उनमें से किसी एक को चुनना हो, तो आपके चयन का आधार क्या होगा? पहली बात, हमेशा उनके बारे में जानकारी एकत्रित करें। मनोचिकित्सक सामान्यतः प्रशिक्षित पेशेवर होने चाहिए। किसी के भी पास जाने से पहले यह सुनिश्चित कर लें कि वह व्यक्ति मनोविज्ञान में पीएचडी या एमडी है या क्लीनिकल साइकोलॉजी में विशेषज्ञता प्राप्त है। एक परामर्शदाता विशिष्ट प्रकार की समस्याओं को हल करने में विशेषज्ञता प्राप्त होता है, जैसे-बच्चों में सीखने की अक्षमता का हल। दूसरी बात यह कि परामर्शदाता किस क्षेत्र में विशेषज्ञता हासिल किए हुए है, इसका पता लगाएँ। मसलन, कुछ बीमारियों के उपचार के लिए दवाओं की आवश्यकता होती है, अतः उसके लिए मनोचिकित्सक (साइकियाट्रिस्ट) बेहतर होते हैं। दूसरी ओर, विवाह संबंधी समस्याओं में किसी मनोवैज्ञानिक (साइकोलॉजिस्ट) की मदद लेना श्रेयस्कर होगा। अख़बारों में छपने वाले यौन परामर्श के लिए संपर्क करें, शराब छुड़वाएँ जैसे विज्ञापनों के फेर में क़तई न पड़ें।

3. *प्रगति के लक्षण* - किसी भी उपचार में कितना समय लगाना चाहिए? यदि उपचार सही चल रहा है, तो उपचारकर्ता और मरीज़ दोनों को ही इसका एहसास होगा। आपको अपने व्यवहार, विचारों और भावनाओं में लाभकारी बदलाव दिखाई देने लगेंगे। मगर यदि उपचार सही नहीं चल रहा हो तो? यह निर्णय कठिन तो है, मगर इसे लेना ही पड़ेगा। यदि आप परामर्शदाता के पास प्रति सप्ताह एक दिन या इससे ज़्यादा बार लगातार दो महीने से जा रहे हैं और आपको कोई प्रगति महसूस नहीं हो रही है, तो आपको परामर्शदाता से पूछना होगा कि क्या वह आपकी प्रगति से संतुष्ट है? पहली बार शुरुआत करते समय ही उपचार में लगने वाले अनुमानित समय के बारे में पूछा जा सकता है। सभी व्यक्ति और सभी की बीमारियों के प्रकार अलग-अलग होते हैं, इस तथ्य को ध्यान में रखते हुए समय का अनुमान लगाना थोड़ा कठिन तो होता है, मगर एक अनुभवी परामर्शदाता को प्रायः समय का अनुमान रहता है।

4. *आपको उपचार कब बंद करना चाहिए* - सबसे पहली और आवश्यक बात यह कि यदि आपको और आपके आसपास के लोगों को यह लग रहा हो कि उपचार शुरू करने के बाद आप ज़्यादा तनावग्रस्त, चिंतित,

अवसादग्रस्त हो गए हैं, तो एक क़दम पीछे ले जाकर अपने आप से पूछें कि क्या आप संतुष्ट हैं? कभी-कभी ये लक्षण अस्थायी भी होते हैं, फिर भी अपने चिकित्सक से इस बारे में बात अवश्य करें। यदि कोई चिकित्सक आपसे कहता है कि उपचार के बाद वह आपकी पूर्णतः सुखी जीवन की गारंटी लेता है या उपचार के बाद जीवन में सबकुछ बदल जाएगा, तो सावधान हो जाएँ। इसका अर्थ है, आप नियमों को न समझने वाले किसी कमज़ोर तरीक़े से प्रशिक्षित हुए परामर्शदाता से उपचार ले रहे हैं। इसे तुरंत बंद करना होगा।

ये दिशा-निर्देश अपने लिए कोई परामर्शदाता ढूँढ़ने में होने वाली ग़लतियों से बचने में आपकी मदद करेंगे। शुभकामनाएँ! याद रहे - यदि आप खोजने की तकलीफ़ उठाते हैं, तो हर तरह की प्रभावी मदद दुनिया में मौजूद है।

मदद माँगने में डरें नहीं। यह उन सबसे बहादुरी भरे कामों में से एक है, जो आप कर सकते हैं। इस मामले में आप अकेले नहीं हैं।

-निकोल लियांस

52. आपकी मदद कर रहे मनोवैज्ञानिक की मदद करना

कुछ समय पहले मेरे दफ़्तर में मेरी एक मरीज़ आई थी। मेरे सामने हाथ बाँधकर बैठती हुई वह बोली, 'हाँ, तो आप मुझसे किस बारे में बात करना चाहते हैं?'

उसकी बात ने मुझे याद दिलाया कि कई लोग जो वास्तव में उपचार के लिए आते हैं, ये नहीं जानते कि मनोवैज्ञानिक काउंसलर द्वारा दिए गए समय का उपयोग किस तरह किया जाना चाहिए। इस महिला की बातों से यह लगा कि वह ऐसा मानती है कि परामर्शदाता ने उनके रिश्तों की पूरी ज़िम्मेदारी ले ली है, वह उसका दिमाग़ पढ़ सकता है और हरेक परिस्थिति में सलाह देने के लिए तैयार बैठा है।

यह समझने लायक़ बात है कि लोग मनोवैज्ञानिक के पास जाने के बाद सारी शक्ति उसके हाथों में सौंप देते हैं। यह सामान्य व्यवहार का अंग है कि जब भी हम बड़ी परेशानी में होते हैं, तो उसके समाधान की ज़िम्मेदारी किसी और के हाथों में सौंपकर हम सुरक्षित महसूस करते हैं। इसमें दिक़्क़त यह है कि आख़िरकार अपने जीवन और काम के बारे में निर्णय तो आपको को ही लेने होते हैं। आपके अलावा कोई भी आपके निर्णयों को निर्धारित नहीं कर सकता।

मानव व्यवहार पर हुए शोधों के आधार पर मनोवैज्ञानिक जानते हैं कि अक्सर लोग अपनी सफलता का श्रेय स्वयं लेना और असफलता का ठीकरा किसी और के सिर फोड़ना चाहते हैं। परंतु लोग यह नहीं जानते कि वे मनोवैज्ञानिक से परामर्श ले

रहे हों या नहीं, यदि उनमें अपने निर्णयों की पूरी ज़िम्मेदारी उठाने की हिम्मत है, तो जीवन में सफलता के योग अधिक होते हैं।

मनोवैज्ञानिक आपके विचारों और व्यवहार में परिवर्तन को निर्देशित कर सकते हैं, मगर काम तो आपको ही करना होता है। परामर्शदाता द्वारा दी गई सलाह को आप अपने जीवन की परिस्थिति में किस तरह लागू करेंगे, यह भी पूरी तरह आप पर ही निर्भर है। परामर्श सत्र में बातें सही लग सकती हैं, मगर उनके परीक्षण की प्रयोगशाला आपकी वास्तविक दुनिया है। मनोवैज्ञानिक का परामर्श पेचीदा हो सकता है। परामर्शदाता आपकी सोच को उस दिशा में मोड़ सकता है, जिसके बारे में आपने अब तक न सोचा हो या समस्या के समाधान की संभावना के बारे में विचार न किया हो।

आमतौर पर लोग मनोवैज्ञानिक के पास तब आते हैं, जब समस्या बहुत बढ़ चुकी होती है। वे बहुत बेचैन होते हैं और तुरंत निदान चाहते हैं। इसके चलते कई बार परामर्शदाता को क्लाइंट्स की खीझ का भी सामना करना पड़ता है। लोग अक्सर परामर्श की प्रक्रिया से असंतुष्ट नज़र आते हैं, जबकि दिमाग़ में हुए नुक़सान को भरने में समय लगता है, उसके बाद ही अधिक सुरक्षा की ओर बढ़ा जा सकता है। यदि एक क्लाइंट होने के नाते आप अपनी कमज़ोरियों और ताक़त का सामना करने के लिए तैयार हैं, यदि आप अपनी अज्ञानता को पहले ही स्वीकार कर लेते हैं, तो साइकोलॉजिस्ट के काम की गति तेज़ हो सकती है और आप जल्दी लाभान्वित हो सकते हैं।

साइकोलॉजिस्ट का काम कार्य-उन्मुख न होकर प्रक्रिया-उन्मुख होता है। वह आपको सोचने के लिए प्रवृत्त करते हुए अपने हुनर और प्रतिभा की मदद से समस्याओं के समाधान खोजने में आपकी मदद कर सकता है। जैसे कोई वकील आपकी इच्छा जाने बिना आपकी वसीयत नहीं लिख सकता, कोई सीए आपकी आमदनी और वित्तीय लक्ष्य जाने बिना आपको टैक्स के बारे में सलाह नहीं दे सकता, ठीक वैसे ही मनोवैज्ञानिक भी आपके जीवन की पारस्परिक कठिन समस्याओं का पता तब तक नहीं लगा सकता, जब तक उसे ये न पता चले कि आप कैसा महसूस करते हैं। यह हर किसी की वास्तविकता के लिए अलग होता है।

अपने काउंसलर से आराम से चलने को कहें। उसके परामर्श के सही विवरण और कारण जानें। भले ही मनोवैज्ञानिक अपने क्षेत्र में विशेषज्ञता हासिल किए हुए हो, मगर संभव है उसे इस बात का एहसास न हो कि उसके द्वारा इस्तेमाल किए गए जुमले या उसकी बताई कुछ बातें आपको समझ में नहीं आई हैं। भले ही कोई प्रश्न कितना छोटा-सा या मूर्खतापूर्ण लग रहा हो, उसे पूछने में हिचकें नहीं। यह क़तई न भूलें कि आप मनोवैज्ञानिक के अध्ययन, ज्ञान और विशेषज्ञता के लिए धन

अदा कर रहे हैं। आपके प्रश्नों और अन्य विस्तृत जानकारियों के आधार पर वह आपके और आपके परिवार के लिए सही निर्णय लेने में आपकी मदद कर सकता है।

और अंत में, जब आप साइकोलॉजिस्ट की सहायता से समस्या के समाधान की ओर बढ़ रहे हैं, तो स्वयं भी कड़ी मेहनत के लिए तैयार रहें। बदलाव की प्रक्रिया आसान नहीं होती। याद करें जब आपने पहली बार कार चलाना सीखा था। उस समय आपको अपनी छोटी-से-छोटी हरकत पर ध्यान देना होता था। कुछ ऐसा ही उपचार शुरू करने के बाद करना होगा। व्यवहार संबंधी बातों के लिए आप और आपके मनोवैज्ञानिक ने जो कुछ निर्धारित किया है, उसे अमल में लाएँ। क्या काम करता है और क्या नहीं, इस पर ध्यान दें। फिर उसमें बदलाव करें। यह तब तक करते रहें, जब तक कि आप उस पर सहजता से काम न कर पाएँ।

ख़याल रखें कि आपका दिमाग़ अपनी चिंताओं के बोझ को शरीर को झेलने के लिए मजबूर न करे।

-एस्ट्रिड अलॉडा

53. किसी बड़ी बीमारी से ग्रस्त व्यक्ति की मदद करना

कई साल पहले जब मेरी माँ को स्तन कैंसर बताया गया था, तब मैं निराशा, चिंता, दुविधा और सबकुछ ख़त्म हो जाने के भावों से भर गया था। जब डॉक्टर्स ने बीमारी के चरण के बारे में निराश कर देने वाली रिपोर्ट्स दीं, तो मुझे हरदम लगता था कि इन दुखद सूचनाओं में से कितनी सूचनाएँ मुझे अपनी माँ के साथ साझा करनी चाहिए। एक पढ़ी-लिखी महिला होने के नाते यूँ भी वे अपनी रिपोर्ट्स पढ़तीं और उनके बारे में डॉक्टर से चर्चा करती थीं। उनके उपचार के सात सालों के दौरान अस्पताल में मेरा संपर्क कई मरीज़ों और उनके घरवालों के साथ हुआ, जो कठिन परिस्थितियों का सामना कर रहे थे। उनके साथ हुए संवाद ने उन कई तरीक़ों को सामने ला खड़ा किया, जिनके द्वारा परिवार के सदस्य और स्वयं मरीज़ इन परिस्थितियों का सामना करते हैं। ऐसे भी सदस्य दिखाई दिए, जो बीमारी होने को ही नकार रहे थे और यह आश्वस्त कर रहे थे कि आपको कुछ नहीं हुआ है। कुछ ऐसे परिवार भी थे, जिन्होंने मरीज़ को यह नहीं बताया था कि उसे कैंसर है।

जब आपके प्रिय व्यक्ति को ऐसी बीमारी हो जाती है, जिससे जीवन का अंत होने की आशंका हो, तो आप निराशा और असहायता के भाव से घिर जाते हैं। इस समय मन में कई तरह की भावनाएँ आना स्वाभाविक हैं। कुछ लोग इससे जल्दी उबर जाते हैं, जबकि कुछ लोग लंबे समय तक इस अस्त-व्यस्त दशा में उलझे रहते हैं।

ऐसी स्थिति में डॉक्टर्स तो अपना काम करते ही हैं, परिवार और मित्र भी

मरीज़ को इस बड़ी बीमारी का सामना करने में सहायता दे सकते हैं। जब कोई व्यक्ति गंभीर बीमारी से ग्रस्त होता है, तो उसे यह एहसास दिलाना ज़रूरी होता है कि उसकी देखभाल और परवाह की जा रही है। परिवार के लोग बीमार से किस तरह से बात कर रहे हैं, यह भी महत्त्वपूर्ण होता है।

सहयोग कैसे दिया जाए

1. *परिवार के बीच किसी भी बात को गुप्त न रखा जाए* - दूसरे शब्दों में, ईमानदारी सबसे अच्छी नीति है। हम अपने परिजनों से प्रेम करते हैं और इसी के चलते हम उन्हें किसी भी बुरी ख़बर से बचाए रखना चाहते हैं। मगर किसी बड़ी बीमारी को छिपाए रखने के परिणाम घातक हो सकते हैं। परिवार के सदस्य से सीधे संवाद करें और स्पष्ट रूप से बीमारी के बारे में बताएँ। यदि बीमारी की गंभीरता के बारे में कुछ तथ्य छिपाना चाहते हैं, तो उसका ठोस कारण आपके पास हो। इस बारे में परिवार के अन्य सदस्यों से बातचीत करना भी अच्छा होगा।
2. *अपने बच्चों को बातचीत में शामिल करें* - संभव है कि उस परिस्थिति के बारे में बच्चों की समझ सीमित हो, फिर भी आसपास क्या चल रहा है, इसे बच्चों को बताना अच्छा होगा। अनभिज्ञता की स्थिति में बच्चे कई बार अपने आप को सभी परेशानियों का कारण मानने लगते हैं। वे अपने अभिभावक की बीमारी को उनके द्वारा की गई किसी ग़लती के परिणाम के रूप में देखते हैं। स्पष्ट रहें, ईमानदार रहें और बच्चों को यह जानने दें कि प्रश्न पूछना सही है। इससे उनकी चिंता का शमन करने में मदद मिलेगी। याद रहे, एक बच्चा किसी बीमार सदस्य को ख़ुशी देने और उसके होंठों पर हँसी लाने का कारण बन सकता है।
3. *चुनिंदा लोगों तक बात ले जाएँ* - आपके आसपास जो भी है, हरेक को बीमारी के बारे में बताना ज़रूरी नहीं है। यह ख़बर जिन लोगों के साथ साझा करनी है, उन्हें सावधानी से चुनें। इससे कुछ रिश्ते निखरेंगे और कुछ तनाव में आएँगे। महत्त्वपूर्ण यह है कि यह सूचना उन्हीं के साथ साझा की जाए, जो सहयोग और हिम्मत देने का प्रबल भाव रखते हों।
4. *परिवार और दोस्त किस तरह मदद कर सकते हैं इस पर स्पष्टता रखें* - लोग आपके काम आना चाहते हैं। किसी की मदद माँगने या कोई काम करवाने, जैसे- एक समय का खाना बनाने या बच्चों को गृहकार्य करवाने आदि के लिए कहने में शर्म महसूस न करें।
5. *मरीज़ के साथ रहें* - अंतिम बात, यदि आपका प्रिय व्यक्ति किसी भयंकर बीमारी

से पीड़ित है, तो उस बीमारी के बारे में जानकारी इकट्ठा करें, भावनात्मक सहयोग मिल सके ऐसे कामों में मदद करें। कई बार हमें रोने के लिए एक कंधा चाहिए होता है। मेरी माँ को भी उपचार के दौरान एक कंधे की आवश्यकता थी और मुझे यह आवश्यकता उनकी मृत्यु के बाद महसूस हुई।

मैं भले ही लंबे समय से बीमार हूँ, मगर मैं लंबे समय से शानदार भी रहा हूँ।

–लारू डकेट

54. क्या आपका कोई पीछा कर रहा है?

किसी व्यक्ति द्वारा दूसरे का पीछा किया जाना न केवल अवांछित है, बल्कि यह उत्पीड़न जैसा भी होता है। पीछा करने वाले का उद्देश्य ख़तरनाक हो या न हो, यह कृत्य परेशान करने वाला और कई बार ख़तरनाक भी हो सकता है। पीछा करने वाले लोग एक तरह के जुनून में होते हैं और कई मामलों में भ्रम के शिकार भी हो सकते हैं, अर्थात मन में अवास्तविक और अव्यावहारिक धारणाएँ लिए हो सकते हैं। किसी पीछा करने वाले का शिकार बनना बहुत ही विभ्रमकारी, चिंताजनक और बेचैन करने वाला अनुभव हो सकता है।

पीछा करने वालों के प्रकार

सामान्य जुनून रखने वाले लोग – ऐसी स्थिति में पीछा करने वाले और पीड़ित के बीच पहले से पहचान या रिश्ता होता है, जैसे : जान-पहचान वाले, ग्राहक, कार्यस्थल की पहचान वाले, पुराने मित्र या प्रेमी आदि। इस रिश्ते में पीछा करना किसी कारण से रिश्ता टूट जाने या रिश्तों में खटास आने के बाद शुरू होता है।

दीवानगी या कामोन्माद – इस तरह की क्रियाविधि के पीछे का भ्रम यह होता है कि पीड़ित व्यक्ति पीछा करने वाले व्यक्ति के प्रेम में है। इस बीमारी के बुनियादी लक्षण यही होते है कि पीछा करने वाले व्यक्ति को इस बात का विश्वास होता है कि दूसरा व्यक्ति उसके प्रेम में है, मगर इज़हार नहीं कर रहा है। वह सोचता है कि पीछा करने की क्रिया उस छिपे हुए प्रेम को बाहर लाने का तरीक़ा है।

प्रेम का जुनून – इसमें पीड़ित व्यक्ति मीडिया के ज़रिए जाना-पहचाना होता है। पीछा करने वाले लोग ऐसे प्रसिद्ध लोगों के प्रेम में जुनून की हद तक पड़ जाते हैं, मगर उन्हें इस बात का भ्रम नहीं होता कि सामने वाला व्यक्ति भी उनके प्रेम में है।

नकारे गए लोग – किसी रिश्ते में अस्वीकृति मिलने पर इस तरह के लोग पीछा करते हैं। इस क्रिया में सुलह और बदला लेने, दोनों की ही भावनाएँ शामिल होती हैं।

ऐसे व्यक्ति अक्सर कुछ खोने के एहसास, अवसाद, दुख, गुस्से, ईर्ष्या की भावनाओं से भरे रहते हैं।

अक्षम लोग - ये लोग बौद्धिक रूप से कमतर और सामाजिक रूप से अक्षम होते हैं और इन्हें किसी-न-किसी से निकटता की चाह होती है। मगर पीड़ित व्यक्ति के मन में उनसे निकटता की कोई चाह नहीं होती।

आक्रोश से भरे लोग - इसमें पीछा करने वाले व्यक्ति का लक्ष्य पीड़ित को तनाव में लाना और डराना होता है। कई बार इन्हें लगता है कि उनके साथ अन्याय हुआ है। इनमें बदला लेने की प्रवृत्ति होती है।

हिंसक प्रवृत्ति के लोग - पीड़ित व्यक्ति के डरने से पीछा करने वाले व्यक्ति नियंत्रण के आनंद और उन्माद का अनुभव करते हैं। ऐसे में, पीड़ित व्यक्ति को अपने व्यवहार, शब्दों और भंगिमाओं का ध्यान रखना होगा, ताकि उनसे ऐसे संकेत न मिलें जिससे पीछा करने वाले की मंशा पूरी हो सके।

एक युवा विवाहित महिला प्राध्यापक को एहसास हुआ कि उनकी कक्षा का एक विद्यार्थी उनकी मेज़ के पास आने के अवसर खोजता रहता है। कई बार उन्हें यह भी लगा कि वह उनके पीछे घर तक आता है। जल्दी ही उन्हें यह भी पता चला कि उसने उनका मोबाइल नंबर भी हासिल कर लिया है और वह हर दिन उन्हें ढेरों मैसेज भेजता है। जब उनके दोस्तों ने उन्हें यह बताया कि यह युवा उनके बारे में और जानकारी इकट्ठा कर रहा है, तो वे डर गईं और उन्होंने उसके ख़िलाफ़ कार्रवाई का निर्णय लिया।

क्या किया जाए यदि आपका कोई पीछा कर रहा हो?

जब आपको यह पता चल जाए कि कोई आपका पीछा कर रहा है और आप उस व्यक्ति से अब और बातचीत नहीं करना चाहते, तो आपको कुछ विकल्प अपनाने होंगे। सबसे पहले इस बात को समझें कि आप एक जटिल समस्या से घिरे हैं और इसके बारे में कोई क़दम उठाना बहुत ही ज़रूरी है। अक्सर लोग पीछा किए जाने की बात को सहजता से लेते हैं या अपनी नित्यचर्या में किसी भी तरह के बदलाव के लिए राज़ी नहीं होते। यदि आपका भी पीछा किया जा रहा है और आपको इसका एहसास हो रहा है, तो आप अकेले नहीं हैं। बहरहाल, यह महत्त्वपूर्ण है कि अपनी सुरक्षा और अपनी स्थिति पर नियंत्रण के एहसास को बढ़ाया जाए। समस्या को नकारना इसे सुलझाने के रास्ते की बड़ी रुकावट है।

आप पीछा करने वाले को हतोत्साहित करने और परिस्थिति को अपने पक्ष में करने के लिए कुछ क़दम उठा सकते हैं। आप एक से अधिक विकल्प भी अपना सकते हैं।

1. पीछा करने वाले को सिर्फ़ एक बार सीधे-सीधे यह बताएँ कि वह जो कर रहा है या कर रही है, वह पूरी तरह से अवांछित है। इसके बाद किसी तरह की बातचीत को बढ़ावा न दें। पहली बात आपको उस व्यक्ति को स्पष्टतः कहनी होगी कि उसका आपमें रुचि लेना पूरी तरह से अस्वीकार्य है और इस तरह की कोई भी हरकत आगे गवारा नहीं की जाएगी।
2. अपने मोबाइल फ़ोन को हमेशा अपने पास रखें और जब भी आपको ख़तरा महसूस हो, तुरंत उसका इस्तेमाल करें। साथ ही, ख़तरे की स्थिति में प्रयोग की जाने वाली अपनी योजनाओं के बारे में अपने किसी क़रीबी मित्र या परिवार के सदस्य को भी बताएँ, जिनसे आप मुश्किल के समय संपर्क करेंगे।
3. बिना देखे फ़ोन रिसीव न करें। पीछा करने वाले की ओर से आए किसी भी कॉल का उत्तर न दें। संभव है वह फ़ोन पर आपको किसी बहस में उलझाने या आपसे सहानुभूति प्राप्त करने का प्रयास करे। मसलन, आपसे कहा जाए कि वह समस्याओं से घिरा हुआ है और केवल आप ही उसकी समस्या को सुलझा सकते हैं।
4. अपने परिवार और मित्रों को अपनी स्थिति से अवगत कराएँ और उन्हें आपके बारे में किसी भी तरह की निजी जानकारी किसी को भी न देने के लिए सचेत करें। परिवार और मित्र आपकी सुरक्षा और भावनात्मक सहयोग के बड़े स्रोत बन सकते हैं।
5. यदि संभव हो तो अकेले बाहर जाने से बचें। साथ ही, अपने बाहर जाने के समय, जगह आदि के बारे में केवल अपने परिवार और क़रीबी मित्रों को ही बताएँ।
6. स्वयं को जागरूक रखें कि आपको पीछा करने वाले से किसी भी तरह का संपर्क नहीं करना है। इसमें हर तरह के संपर्क शामिल हैं, जैसे- किसी और का फ़ोन नंबर माँगना, पीछा करने वाले को परेशान करना, मैसेज और पत्रों का जवाब देना आदि। पीछा करने वाला इनके ग़लत अर्थ लगा सकता है।
7. पुलिस को सूचना दें। महिलाएँ इस बारे में महिला पुलिस से शिकायत कर सकती हैं। पुलिस पीछा करने वाले से ज़बरदस्ती यह सब बंद करवा सकती है, जो कि आपसे नहीं हो सकता।
8. अपनी स्थिति की चर्चा पेशेवर परामर्शदाता से भी करें। किसी से बातचीत आपको उन सभी बातों को भी सामने रखने का अवसर देगी, जिन्हें आप अपने परिवार और मित्रों के सामने न कर पा रहे हों।

सहयोग करने और पीछा करने के बीच बारीक़ अंतर है और चलिए, हम सब इनमें से सही तरफ़ ही रहें।

–जॉस वेडन

55. अपने गुस्से के स्तर की पहचान करें

हम सभी को गुस्सा आता है। आता है न? हममें से अधिकांश लोगों को इस गुस्से की वजह का भी पता होता है। पर कई बार ऐसा भी होता है कि हम अपने भीतर अचानक भड़की गुस्से की आग और उसकी तीव्रता को लेकर ख़ुद चक्कर में पड़ जाते हैं। हमें उन छिपी हुई भावनाओं के बारे में जानकर भी आश्चर्य होगा, जिनके चलते हम ऐसी प्रतिक्रियाएँ देते हैं। लोगों के गुस्सा ज़ाहिर करने का तरीक़ा एक-सा शायद ही होता है। अतः यदि आपको ऐसा लगता है कि जो लोग चीख़ते-चिल्लाते हैं, वे सबसे ज़्यादा गुस्सा करने वाले लोग होते हैं, तो आपको गुस्से के दृश्यों को और क़रीब से, ग़ौर से देखना चाहिए।

गुस्सा एक ऐसी भावना है, जिसके बारे में सबसे ज़्यादा ग़लतफ़हमियाँ हैं और जिसका सबसे ज़्यादा दुरुपयोग किया जाता है। हम इस भावना को क्यों अभिव्यक्त करते हैं? वास्तव में, गुस्से के पीछे जो भावना छिपी हुई होती है, वह हमें कमज़ोर बना रही होती है और गुस्सा हमें उन क्षणों में ताक़तवर और अपने आप पर नियंत्रण होने का अनुभव देता है।

ऐसे कई कारक हैं, जो किसी गुस्से भरी प्रतिक्रिया की संभावना को बढ़ा देते हैं। सबसे पहली बात, यदि हमने अपने अभिभावकों को पहले किसी समस्या पर गुस्सा होते और उसके बाद उसका समाधान खोजते हुए देखा हो, तो हमारा तरीक़ा भी इसी तरह का होता है। अतः गुस्सा करने के तरीक़े भी सीखे जाते हैं। दूसरी बात, यदि हम निराश हैं, तनावग्रस्त महसूस कर रहे हैं, तो हमारी प्रतिक्रिया गुस्से भरी होने की संभावना अधिक है। तीसरी बात, जब हम बहुत थके हुए हों, उस समय भी गुस्सा आने की संभावना अधिक होती है। चौथी बात, यदि हम अपनी भावनाओं के बारे में खुलकर बात करने या उनको प्रदर्शित करने के बजाय दबाकर रखते हैं, तो हमारे मन का तनाव मौक़े-बेमौक़े प्रेशर कुकर के दबाव की तरह गुस्से के रूप में फटकर बाहर आ जाता है।

गुस्से की शैलियाँ

हम सभी गुस्से की अपनी-अपनी शैली विकसित कर लेते हैं। यहाँ कुछ प्रचलित शैलियों का ज़िक्र किया जा रहा है।

1. *मैड हैटर ड्राइवर* – ये वे लोग हैं जो जल्दी में होने पर या निराशा की अवस्था में चिल्लाते हैं, बुरा-भला कहते हैं ।

2. *सकर्स* - जो लोग गुस्सा होने पर बोलना और दूसरों की ओर देखना बंद कर देते हैं।
3. *सेफ़ हेवन अब्यूजर्स* - ये लोग अपना गुस्सा उन्हीं पर निकालते हैं जिनसे ये प्यार करते हैं।
4. *डिस्ट्रेक्टर* - वे अपने गुस्से के शिकार व्यक्ति को अनदेखा करके गुस्सा दिखाते हैं, जैसे- अख़बार पढ़ने का नाटक करना, रेडियो ज़ोर से बजाना, बताए गए काम को जानबूझकर भूल जाना आदि। मुश्किल के समय में वे किसी शुतुरमुर्ग़ की तरह अपना सिर रेत में छिपा लेते हैं, यानी कुछ भी पूछने पर उत्तर होता है, 'मुझे नहीं पता, मैं थक गया हूँ, मैं भूल गया' आदि।
5. *ब्लेमर* - ऐसे व्यक्ति जो अपनी ग़लती की ज़िम्मेदारी कभी भी स्वीकार नहीं करते, वरन हमेशा दूसरों को ही दोष देते रहते हैं।
6. *एवेंजर* - ये ऐसे लोग होते हैं, जो यह विश्वास करते हैं कि उन्हें किसी भी बात के लिए किसी से भी बदला लेने का अधिकार है और इसके लिए वे कोई भी कारण दे सकते हैं।

आपका गुस्सा कैसा है?

नीचे लिखे गए कथनों में से आपके लिए जो सही है, उसके लिए एक अंक दें -

1. लोग आपको बताते हैं कि अब शांत हो जाइए।
2. आप अक्सर ख़ुद को तनावग्रस्त महसूस करते हैं।
3. कार्यस्थल पर आप उन बातों को नहीं कहते, जो आपके मन में होती हैं।
4. जब आप परेशान होते हैं, तो आप अपने आप को टीवी देखने, पुस्तक पढ़ने या सोने में व्यस्त रखते हैं।
5. आप स्वयं को शांत रखने के लिए लगभग रोज़ धूम्रपान करते हैं या अल्कोहल का सहारा लेते हैं।
6. आपको नींद आने में तकलीफ़ होती है।
7. अक्सर आपको लगता है कि लोग आपको समझ नहीं पाते या ग़लत समझते हैं।
8. लोग आपसे कहते हैं कि आप इतना चीख़ा-चिल्लाया न करें।
9. आपके स्नेही लोग कहते हैं कि आप उन्हें बहुत दुख पहुँचाते हैं।
10. आपके दोस्त आपके साथ ज़्यादा समय बिताना पसंद नहीं करते।

आपका कुल योग क्या है?

0-2 प्रबंधनीय या सीमा के भीतर - आपको शांत रहने के प्रशिक्षण से लाभ मिल सकता है।

3-5 सामान्य - आपको यह जानना होगा कि किन बातों से आपको तनाव होता है, साथ ही तनाव प्रबंधन के तरीक़े सीखने होंगे।

6 या इससे ज़्यादा - आपको गुस्से की समस्या है और इसके लिए आपको किसी विशेषज्ञ से गुस्से पर नियंत्रण और प्रबंधन के तरीक़े सीखने होंगे।

> *अपने शब्दों का स्तर उठाइए, आवाज़ नहीं। फूलों को बारिश खिलाती है, न कि बिजली की कड़क।*
>
> -मोहम्मद जलालुद्दीन रूमी

56. भावनात्मक उत्पीड़न की पहचान

ऐसा हर व्यवहार उत्पीड़न की श्रेणी में आता है, जिसका उपयोग दूसरे व्यक्ति को नियंत्रण में लेने या उस पर शासन करने के लिए किया जाता है और जिसके लिए भय, अपमान और शाब्दिक या शारीरिक दुर्व्यवहार का सहारा लिया जाता है। भावनात्मक उत्पीड़न, उत्पीड़न का वह प्रकार है, जो अपनी प्रकृति में शारीरिक से ज़्यादा भावनात्मक होता है। इसमें शाब्दिक हिंसा या गाली-गलौज से लेकर सूक्ष्म रणनीति के तहत की जाने वाली आलोचना, धमकी, हेरफेर या ख़ारिज करना, सभी शामिल होते हैं।

किसी की भी मंशा अपमानजनक रिश्तों में रहने की या ऐसा माहौल पैदा करने की नहीं होती है, मगर ऐसे व्यक्ति जिन्हें बचपन में अभिभावकों द्वारा शाब्दिक हिंसा का शिकार बनाया गया हो, वे बड़े होने पर ख़ुद को ऐसा ही करते हुए पाते हैं। यदि आपके अभिभावक हमेशा आपके अनुभवों और भावनाओं को अपने प्रभाव में लेते आए हैं और आपके व्यवहार पर कड़ी निगरानी रखते आए हैं, तो आप शायद यह नहीं सीख पाएँ कि अपने मानक कैसे तय किए जाएँ, अपनी राय कैसे बनाई जाए या अपनी भावनाओं और धारणाओं की पुष्टि किस तरह से की जाए। नतीजतन, आपके साथ रिश्ते में जुड़े किसी भावनात्मक उत्पीड़क का नियंत्रणकारी और कठोर व्यवहार आपको सहज और सामान्य ही लगेगा, भले ही उससे आपका भावनात्मक रूप से कितना ही नुक़सान हो रहा हो।

भावनात्मक उत्पीड़न सुनियोजित तरीक़े से पीड़ित का आत्मविश्वास, अपनी योग्यता का एहसास और ख़ुद पर भरोसा ख़त्म कर देता है। भले ही यह लगातार

नीचा दिखाकर किया जाए, अपमानित करके किया जाए या किसी 'निर्देशन,' 'शिक्षण' या 'सलाह' के आवरण के भीतर किया जाए, परिणाम एक-से ही होते हैं।

भावनात्मक उत्पीड़न के प्रकार

भावनात्मक उत्पीड़न कई प्रकार का हो सकता है। इसके तीन सबसे ज़्यादा प्रचलित प्रकार हैं- गुस्सा उतारना, नीचा दिखाना और अस्तित्व को नकारना।

1. *गुस्सा उतारना* -

   एक पोलियो का मरीज़ मेरे पास उसके माता-पिता के द्वारा लाया गया। वह घर से भाग गया था और दो साल बाद उसका पता लगाया जा सका। यह सामने आया कि वह शारीरिक रूप से विकलांग था, अतः उसके पिता उसे कोसते थे, उसे बुरी तरह से पीटकर अपना गुस्सा जताते थे। इसी के कारण वह घर से भाग गया था। उसके पिता ने कहा कि वे तो ऐसा इसलिए कर रहे थे, ताकि उनका बेटा आगे के जीवन में अच्छा कर सके। गुस्सा उतारने में नाम बिगाड़ना, आरोप लगाना, दोष मढ़ना, धमकाना और आदेश देना भी शामिल है। ऐसे में, उत्पीड़न करने वाला व्यक्ति दूसरे पर अपनी सत्ता प्रदर्शित करना चाहता है और ऐसा करके वह दूसरे व्यक्ति के समानता और स्वायत्तता के अधिकारों का हनन करता है। ये अधिकार स्वस्थ और परिपक्व रिश्तों के लिए बहुत आवश्यक हैं। यह उत्पीड़न अनावश्यक सहयोग, आलोचना, सलाह देना, कुरेदकर पूछना, समाधान सुझाना, प्रश्न पूछना आदि के रूप में भी हो सकता है। यह सब प्रकट रूप में 'मदद' करने के प्रयास के समान ही दिखाई देता है, मगर कई बार ऐसा करके व्यक्ति सामने वाले व्यक्ति पर अपना प्रभुत्व जमाना और उस पर नियंत्रण करना चाहता है। ऐसी स्थिति में 'मुझे तुमसे ज़्यादा आता है' का भाव छिपा रहता है, जो कि रिश्तों में असमानता और असहजता पैदा करता है।

2. *अस्वीकृति के भाव में रहना* -

   जब उत्पीड़क अपनी वास्तविकता को नकारता है, तब असहमति का भाव उत्पन्न होता है। उदाहरण के लिए, यदि पीड़ित व्यक्ति उत्पीड़क को किसी घटना के बारे में कहता है, तो उत्पीड़क इस बात को यह कहकर साफ़ नकार देता है कि उसने ऐसा कहा ही नहीं, उसने ऐसा किया ही नहीं, मुझे नहीं पता यह क्या और किस बारे में कहा जा रहा है आदि। अपनी बात पर डटे रहना भी अस्वीकृति का ही एक तरीक़ा है, जिसमें बात पर ध्यान न देना, बातचीत बंद कर देना या सज़ा के तौर पर भावनात्मक रूप से अलग हो जाना शामिल है। इसे कई बार मूक उपचार कहा जाता है। एक अन्य मामले में एक लड़की को परामर्श की आवश्यकता पड़ी, क्योंकि दो साल पहले वह दसवीं की परीक्षा में

अनुत्तीर्ण हो गई थी तथा उसके बाद उसके और उसकी माँ के बीच संवाद न के बराबर होता था। दूसरी ओर, उसकी माँ का कहना था कि उन्होंने ऐसा कुछ नहीं किया। ज़रूरी सूचनाएँ अपनी बेटी तक पहुँचाती रहीं। चूँकि उन्होंने अपनी बेटी पर कभी हाथ नहीं उठाया था, अतः वे अपने आप को अपनी बेटी के प्रति किसी तरह के गुस्से के इज़हार के लिए दोषी मान ही नहीं रही थीं।

3. *कम करके आँकना –*

यह अस्वीकृति का ही छोटा रूप है। ऐसा करते समय उत्पीड़क घटना के घटने से इनकार नहीं करता, मगर वह पीड़ित की भावनात्मक स्थिति या प्रतिक्रिया पर ही सवाल खड़ा कर देता है। जैसे- इतनी गंभीर बात तो नहीं थी, तुम तो बेहद संवेदनशील हो, तुम बढ़ा-चढ़ाकर बता रहे हो आदि। इससे यह जताने की कोशिश की जाती है कि पीड़ित व्यक्ति की भावनाएँ और धारणाएँ ग़लत हैं, जिन पर विश्वास नहीं किया जाना चाहिए। यह स्थिति शादीशुदा जोड़ों के साथ बातचीत में अक्सर उपस्थित होती है, जहाँ एक साथी दूसरे पर राई का पहाड़ बना देने के आरोप लगाता है, जबकि उसे पता होता है कि दूसरे की शिकायतें सही हैं।

आपकी पीड़ा को मान्यता न मिलने देना भी हिंसा का ही एक रूप है।

–आंद्रेई लेंकोव

57. दुखी रहने और अवसाद के बीच का अंतर

हम सभी कभी-न-कभी अपने आप को दुखी महसूस करते हैं। कविताएँ और कला की प्रेरणा भी दुख और निराशा ही होती हैं। दुख की अधिकता को ही अवसाद की स्थिति मान लिया जाता है, मगर चिकित्सकीय दृष्टिकोण से दुख और अवसाद की स्थिति में काफ़ी अंतर होता है। दुखी होना मनुष्य के जीवन का हिस्सा है। दुख महसूस करना किसी दर्दनाक परिस्थिति के प्रति मनुष्य की प्राकृतिक प्रतिक्रिया होती है। हम सभी जीवन में किसी-न-किसी समय दुख का अनुभव करते ही हैं। जबकि अवसाद भौतिक रोग है, जो ख़राब मनोदशा के अलावा भी कई लक्षणों को जन्म देता है।

दुखी मनोदशा हम सभी को महसूस होती है। इसके कई नाम और कई विवरण हैं। लोगों को अच्छा महसूस नहीं होता, मुँह लटक जाता है। दुख की अवस्था से हम परिचित होते हैं और आसानी से दुखी हो भी जाते हैं। दूसरी ओर, अवसाद हमें पंगु बना देने वाली स्थिति के रूप में सामने आ सकता है, जो हमारी दिनचर्या को प्रभावित कर सकता है। दुख की स्थिति को समझना आसान होता है। दुख के

साथ कोई 'कलंक' जुड़ा हुआ नहीं होता। दुख को देखा जा सकता है, महसूस किया जा सकता है, इसके बारे में बात की जाती है। हम खाते समय, खेल देखते समय, अपने सहकर्मियों के साथ काम करते समय इसके बारे में बात कर सकते हैं। इसे उपन्यासों में और फ़िल्म तथा टीवी के परदे पर देखा जा सकता है। हम अपने प्रिय धारावाहिकों में नायकों को दुख से ग्रस्त देखते हैं। चूँकि इसकी पहुँच थोड़ी है, दुख हमेशा ऊपरी तह तक ही रहता है और कारण समाप्त होते ही ख़त्म हो जाता है। यह मानव मानस की गहराई में नहीं जाता। हम इसके कारण के बारे में सोचते हैं और थोड़ी देर में दुख का भाव समाप्त हो जाता है।

साथ ही, हम यह जानते हैं कि दुख का कारण या उद्गम कहाँ है। यह किसी साक्षात्कार में असफलता, किसी के द्वारा किए गए अपमान, कार्यस्थल पर तनाव या निराशा के कारण उत्पन्न होता है। हम अपनी असुविधा को प्रदर्शित करते हैं और फिर से पहले जैसे हो जाते हैं। हम चार्ली चैपलिन की तरह हैं- फिसलते हैं, गिरते है, फिर अपने आप को झाड़कर खड़े होते हैं और आगे बढ़ जाते हैं।

यहाँ तक कि जब हम दुखी होते हैं, तो भी हम अपने बच्चों की देखभाल करते हैं, काम करते हैं और अपनी रुचियों में भी मज़ा लेते हैं। हम एक-सी मनोदशा में न हों, पर फिर भी गंतव्य तक पहुँचते ही हैं। कुछ मामलों में दुख एक सकारात्मक और प्रोत्साहन देने वाला बल भी साबित हो सकता है। यह हमें अपनी परिस्थितियों का पुनः आकलन करने में मदद कर सकता है। वास्तव में, यह हमें अपने आप को अलग से देखने की भी ताक़त दे सकता है। दुख जीवन की घटनाओं के प्रति हमारी प्रतिक्रियाओं को चुनौती दे सकता है, साथ ही नया दृष्टिकोण भी दे सकता है।

अवसाद इस सबसे बिलकुल अलग अवस्था है। यह गंभीर मानसिक बीमारी है और सौभाग्य से दुख के समान प्रचलित नहीं है। अवसाद को सामान्य शब्दों में नर्वस ब्रेकडाउन भी कहा जाता है। याद रहे, दुखी व्यक्ति को आराम की आवश्यकता होती है, मगर अवसादग्रस्त व्यक्ति को उपचार की ज़रूरत होती है।

यदि आपको नीचे दिए गए लक्षणों में से कुछ लक्षण दिखाई दे रहे हैं, तो परामर्श लें-

- लगातार दुख का, चिंता का या 'ख़ालीपन' का एहसास होना
- सतत निराशा का अनुभव होना
- अपने आप को ग़लत समझना, लाचारी, मूल्यहीनता का बोध होना
- अपने पसंदीदा कामों और गतिविधियों (यौन संबंध भी) जिन्हें पहले आप पसंद करते थे, से मन हट जाना
- ऊर्जा का कम होना, थकान रहना, 'काम की गति धीमी' हो जाना
- ध्यान केंद्रित करने, याद रखने और निर्णय लेने में दिक़्क़त महसूस होना

- नींद न आना, जल्दी नींद खुल जाना या बहुत देर तक सोते ही रहना
- भूख और वज़न का कम होना या बढ़ जाना
- मौत या आत्महत्या के विचार आना
- बेचैनी, चिड़चिड़ापन रहना
- लगातार सिरदर्द, पेट की ख़राबी और दर्द बने रहना, जो उपचार से भी ठीक न हो

निश्चय ही मौक़े-बेमौक़े महसूस होने वाले लक्षण ख़ुश रहने के आपके अपने प्रयासों से या आपको परेशान करने वाली चीज़ों को दूर कर देने से स्वयं ही ख़त्म हो सकते हैं। फिर भी, अपने जीवन को अपने पूरे हुनर और ज्ञान के साथ मज़े से अपनी संपूर्ण क्षमता के साथ जी लेने के लिए किसी मनोचिकित्सक की मदद लेना एक सकारात्मक क़दम हो सकता है।

> *दिक़्क़त यह है –*
> *जब आप अवसाद के शिकार हो जाते हैं, तो आपको न केवल बेहद असहाय और अकेला-सा महसूस होता है, बल्कि आपको यह भी पता होता है कि शायद ही कोई आप पर विश्वास करे कि किसी के लिए जीवन इतना दुखदायी भी हो सकता है। इस तरह के अकेलेपन से ज़्यादा मैं कुछ सोच ही नहीं सकता।*
>
> -गिल्स आंद्रेई

V

वयस्कों के पास भी बहुत कुछ होता है

58. टाइप ए व्यक्तित्व को सुधारना

समान्यतः ए टाइप के व्यक्तित्व के लोग वे होते हैं, जो कम-से-कम समय में अधिक-से-अधिक पाने के भयानक और कठिन संघर्ष में लगातार लगे हुए होते हैं। टाइप ए के लोग अति महत्त्वाकांक्षा और प्रतिस्पर्धा की भावना से भरे होते हैं। इनमें धीरज कम होता है, समय में काम करने का दबाव होता है और गुस्से व बैर की अधिकता होती है। इससे अलग व्यक्तित्व के लोग जिन्हें बी टाइप व्यक्तित्व के नाम से जाना जाता है, टाइप ए के लोगों से बिलकुल उलट होते हैं, जीवन के प्रति लचीला रवैया रखते हैं और आराम के भाव से जीते हैं।

ए टाइप व्यक्तित्व के लोगों के लक्षणों को नीचे दी गई तीन श्रेणियों में बाँटा जा सकता है।

1. *समय के प्रति अधीरता* - इस तरह के लोग बेहद अधीर होते हैं। उन्हें इस बात को लेकर हमेशा दिक़्क़त रहती है कि किसी काम में इतना समय क्यों लग रहा है। जिन कामों में लगने वाले समय को अन्य लोग उचित मानते हैं और उन्हें लगता है कि ये काम कम-से-कम इतना समय तो लेंगे ही, वही ए टाइप के लोगों को हमेशा लगता रहता है कि इन कामों में समय अधिक या व्यर्थ ख़र्च हो रहा है। वे हमेशा जल्दी में रहते हैं।
2. *हमेशा बैर या दुश्मनी की मुद्रा में रहना* - यह स्थिति तब महसूस की जाती है, जब किसी घटना या कारण के प्रति व्यक्ति के द्वारा प्रदर्शित बैर का भाव अक्सर न्यायसंगत और उचित नहीं होता, अर्थात घटना छोटी-सी होती है, पर उसकी प्रतिक्रिया बहुत तीव्र होती है।
3. *भविष्य में होने वाली अनहोनियों की सतत आशंका* - टाइप ए व्यक्तित्व के लोगों में भविष्य में आने वाले संकटों की आशंका हमेशा ही बनी रहती है। वे हमेशा अनहोनियों की आशंका में जीते हैं।

टाइप ए के लोग क्या कर सकते हैं?

विचारों का तरीक़ा बदलें - अभ्यास करने से आप अपने विचारों की जाँच कर सकते हैं और उनके तरीक़े को नकारात्मक से सकारात्मक बना सकते हैं। खुद में और अपने आसपास के लोगों में विश्वास जागने से आपकी टाइप ए प्रवृत्ति में बदलाव हो सकता है।

अपनी भावनाओं के बदल जाने का अभिनय करें - भले ही आपकी आदत पूरी तरह से बदली न हो, कभी-कभी ऐसा अभिनय भी करें। भले ही आपको पूरी तरह से शांत और स्थिरचित्त महसूस न हो रहा हो, मगर ऐसा दिखाएँ कि आप लोगों के साथ बहुत ही धीरज और अच्छी तरह से पेश आ रहे हैं। धीरे-धीरे यह व्यवहार आपकी आदत बन जाएगा। फिर आप ऐसा महसूस करने लगेंगे कि शांत रहना आपके व्यक्तित्व का हिस्सा बनता जा रहा है। हमेशा मुस्कराते रहना आपको इस स्थिति में मदद कर सकता है। यह सकारात्मक अभ्यास का एक हिस्सा है, जो आपको और आपके आसपास के लोगों को शांत रखने में मदद करेगा।

डायरी लिखें - डायरी लिखने की आदत आपके तनाव को कम करने में मदद करेगी और स्वास्थ्य ठीक रखेगी। यदि सही तरह से लिखी जाए, तो यह टाइप ए के लक्षणों को कम करने में भी मदद करेगी। आप इस डायरी को किस तरह से बदलाव के लिए उपयोग में ला सकते हैं, इसके लिए कुछ सुझाव हैं -

1. एक दिन में आप कितनी बार गुस्सा हुए, लोगों के साथ बदतमीज़ी की या अत्यधिक निराशा में डूबे, इसे दर्ज करें। अपनी प्रवृत्तियों के प्रति और आपकी प्रतिक्रिया को प्रभावित करने वाली बातों के प्रति अधिक जागरूक होना स्वयं में बदलाव लाने की दिशा में महत्त्वपूर्ण क़दम होगा।
2. अपनी भावनाओं के बारे में लिखें- इससे आपको उन्हें आगे बढ़ाने और उनकी तीव्रता को कम करने में मदद मिलेगी और आप भावनाओं के अधीन होने से बच सकेंगे।
3. समस्याओं के समाधान लिखें - अपनी समस्याओं को लेकर मन में दुविधाएँ बनाए रखने के बजाय उनके समाधान काग़ज़ पर लिख लेना आपकी परेशानी को कम करेगा। साथ ही आप इन नोट्स को उलट-पुलट कर पिछली समस्याओं के हल के मुताबिक़ वर्तमान समस्याओं को सुलझा सकते हैं।

खेल बनाएँ - जब आप सड़क पर परेशान अवस्था में हों, तो इसे एक खेल का रूप दे दें। सड़क पर चलते हुए 'बेवकूफ़ों' की गिनती करें। ऐसा ही जीवन में भी किया जा सकता है। यदि आप यह देखने के आदत डाल लेते हैं कि आप परेशान करने वाली कितनी स्थितियों को दर्ज कर सकते हैं, तो आप हमेशा लोगों के व्यवहार को समझने के प्रयास में लगे रहेंगे।

साँस की गतिविधियाँ - जब अगली बार आपका चिल्लाने का मन हो रहा हो, तो क्यों न चिल्लाने के बजाय कुछ गहरी साँसें ले ली जाएँ? हाँ, जब आप गुस्से से फटने वाले हों, तो कुछ गहरी, धीमी साँसें चमत्कार कर सकती हैं। इन गतिविधियों को सीखिए और आपके पास तनाव को ख़त्म करने वाला वह साधन होगा, जिसे आप कहीं भी, कभी भी उपयोग में ला सकते हैं।

अपने पालतू को प्रेम करें- पालतू पशु-पक्षी रखकर और उसकी देखभाल करके आप तनाव मुक्त हो सकते हैं और स्वास्थ्य लाभ भी ले सकते हैं। चहलक़दमी करते समय कुत्ते को साथ ले जाना आपको राहत देता है, सामाजिक बनाता है, प्रकृति के समीप आने का मौक़ा देता है और व्यायाम भी कराता है। जानवर की देखभाल करना और उससे निःस्वार्थ प्रेम पाना आपको अपने अंदर की इंसानियत से भी परिचित करवाएगा। मछलीघर में मछलियों को निहारना भी रक्तचाप को कम करता है।

अपने परिवार के साथ जुड़ाव बनाएँ- प्यार जताएँ। परिवार के सदस्यों की, दोस्तों की, अधीनस्थों की और अधिकारी की खुले मन से तारीफ़ करें। उसी तरह से जो लोग आपकी ओर स्नेह प्रेषित करें, उनकी सराहना को स्वीकार भी करें। अपने परिवार को आलिंगन और चुंबन देना तय करें। कभी-कभी उनसे मज़ाक़िया लहज़े में भी बात करें। बच्चों जैसी बात करना भी अच्छा रहेगा। दूसरों के हँसाने के लिए मूर्खता की जा सकती है।

> *मैं अपने ए टाइप व्यक्तित्व को ख़त्म कर दूँगी। जब आपके पास एक बच्चा होता है, तो अस्तव्यस्तता भी मायने नहीं रखती।*
>
> -टिफ़नी थिसेन

59. वैवाहिक जीवन में विवादों का प्रबंधन

आशा और सुधीर, दोनों पच्चीस वर्ष से ऊपर के हैं। उनकी शादी हुए दो साल बीत चुके हैं। अपनी-अपनी रुचियों के कई काम करते हुए वे इतने व्यस्त रहते हैं कि उन्हें एक-दूसरे के साथ समय बिताने का अवसर कम ही मिलता है। आशा की शिकायत है कि सुधीर जब उसके साथ होता भी है, तब भी उसके दिमाग़ पर दफ़्तर ही सवार रहता है। वह अपनी भावनाओं को उसके साथ साझा नहीं करता और मनोदशा ठीक न होने पर भी कारण नहीं बताता। इसके उलट, सुधीर की शिकायत है कि आशा का स्वभाव बहुत ही अधिकारपूर्ण है और उसे महिला सहकर्मियों के साथ उसके उठने-बैठने या बातचीत करने पर भी दिक़्क़त होती है। दोनों ही घर की ज़िम्मेदारियाँ साझा करने के लिए तैयार नहीं हैं और शादी के बाद अपने आप को एक 'जाल' में उलझा हुआ महसूस करते हैं। उनके बच्चे नहीं हैं, क्योंकि उन्हें लगता है कि बच्चों के आने से उनके बीच के विवाद और बढ़ जाएँगे। क्या आपको कभी यह देखकर आश्चर्य होता है कि वह क्या है, जो कुछ शादियों को सफल और कुछ को एकदम असफल बना देता है?

चूँकि आजकल महिला और पुरुष की भूमिकाओं में अनिश्चितता का भाव अधिक आ गया है, पति और पत्नी के लिए शादी के बाद अपनी-अपनी ज़िम्मेदारियों

को समझना और उन्हें अलग करके देखना मुश्किल हो चला है। हालाँकि पारंपरिक ढाँचों से मुक्ति के माध्यम से रिश्तों में मधुरता आ सकती है, मगर अनिश्चितता निराशा और चिंता को बढ़ाने का कारण बन सकती है। बहरहाल, शादी के माध्यम से ही स्त्री और पुरुष एक-दूसरे के निकट आते हैं, अधिकार, निष्पक्षता और ज़रूरतों की पूर्ति से जुड़े जवाब खोजते हैं।

शादीशुदा जोड़े अपने बीच के विवादों को ये रणनीतियाँ अपनाकर सुलझा सकते हैं -

1. *विवाद की पहचान करें* - यह सुनने में भले ही आसान लगता हो, मगर यह अक्सर सबसे मुश्किल हिस्सा होता है। विवाद इस क़दर चिंता को बढ़ाने वाले होते हैं कि शादीशुदा जोड़े या तो इनसे बचने लगते हैं या इनकी उपस्थिति को ही नकारने लगते हैं। इसके चलते एक-दूसरे में खोट देखना, एक-दूसरे से ऊब होना और मतभेद रहना आम हो जाता है। विवाद की पहचान करने से मतभेद की धुंध को साफ़ करने तथा समस्याओं के रचनात्मक समाधान खोजने में मदद मिलती है।
2. *समस्या को पहचानना* - यहाँ हमारी सबसे बड़ी परेशानी लोगों को निर्णयात्मक दृष्टि से देखना और समस्या की प्रकृति पर विचार करने के बजाय दूसरे पर दोष मढ़ने की प्रवृत्ति के कारण पैदा होती है। बजाय यह कहने के कि 'जब तुम मुझसे मेरी प्राथमिकता के बारे में नहीं पूछते हो, तो मुझे अकेला सा लगता है,' हम कहते हैं, 'तुम बहुत स्वार्थी हो।' दोनों ही साथियों को एक-दूसरे पर दोष लगाए या किसी तरह की धारणा बनाए बिना समस्या को देखकर उसके बारे में अपनी भावनाओं को व्यक्त करना चाहिए।
3. *विकल्प खोजें* - दोनों को ही समस्या के समाधान के कई विकल्प खोजने चाहिए और उनके लाभ और हानियों का अन्वेषण करना चाहिए। दोनों की सहमति से तय किए गए विकल्प चुनने से दोनों में एक होने का भाव जागता है, जो उनके रिश्ते को और अधिक सहयोगपूर्ण बनाता है।
4. *संवाद पर बल दें* - स्वस्थ संवाद ख़ुशनुमा वैवाहिक जीवन के लिए बहुत महत्त्वपूर्ण है। अक्सर लोगों को लगता है कि यदि शादी के बाद उनके साथी की आदतें ठीक न लगीं, तो वे उन्हें बदल सकते हैं। मगर इसमें संवाद ही एकमात्र माध्यम है जिसके द्वारा अपने मन की बात साथी से कही जा सकती है। ऐसे लोग जो धीरज से सुनकर अपने आप में बदलाव लाना चाहते हैं, अच्छे साथी साबित होते हैं। यौन संबंधों से जुड़ी अधिकांश समस्याएँ भी संवाद की कमी के चलते ही पैदा होती हैं।

5. *कार्ययोजना पर अमल करना* – समाधान के बारे में बात करने के बाद आप जितनी जल्दी उसे अमल में लाएँगे, उतना ही अच्छा होगा। दोनों साथियों को क्या, कब, किसके द्वारा और कैसे करना है इस बात की स्पष्टता होनी चाहिए। साथ ही, एक तय समय के बाद उस स्थिति को एक बार फिर आकलित करने और ज़रूरी बदलाव करने की भी सलाह दी जाती है।

क्या है जो विवाह को गतिमान बनाए रखता है?

यहाँ लोगों द्वारा दिए गए कुछ कारणों की सूची बनाई गई है –

पुरुष

मेरी पत्नी मेरी बढ़िया मित्र है

एक इंसान के रूप में मैं अपनी पत्नी को पसंद करता हूँ

विवाह लंबे समय का वादा है

विवाह पवित्र है

हम लक्ष्यों और उद्देश्यों को लेकर सहमत होते हैं

मेरी पत्नी और दिलचस्प हो गई है

मैं अपने रिश्ते को सफल होता देखना चाहता हूँ

सामाजिक सुरक्षा के लिए लंबे समय तक चलने वाली शादी आवश्यक है

हम साथ-साथ ख़ूब हँसते हैं

मुझे अपनी पत्नी की उपलब्धियों पर गर्व है

हम जीवन के दर्शन पर सहमति रखते हैं

यौन जीवन के बारे में हम एकमत हैं

कैसे और कितनी बार प्रेम दर्शाना है, इस बारे में हम एकमत हैं

मैं अपनी पत्नी पर भरोसा करता हूँ

हमारी रुचियाँ और शौक़ एक जैसे हैं

महिलाएँ

मेरे पति मेरे सबसे अच्छे मित्र हैं

मैं एक व्यक्ति के रूप में अपने पति को पसंद करती हूँ

विवाह लंबे समय का वादा/प्रतिबद्धता है

शादी पवित्र है

हम लक्ष्यों और उद्देश्यों को लेकर सहमत होते हैं
मेरे पति और भी दिलचस्प हो गए हैं
मैं अपने रिश्ते को सफल होता देखना चाहती हूँ
हम साथ-साथ ख़ूब हँसते हैं
मुझे अपने पति की उपलब्धियों पर गर्व है
हम जीवन के दर्शन पर सहमति रखते हैं
सामाजिक सुरक्षा के लिए लंबे समय तक चलने वाली शादी आवश्यक है
यौन जीवन के बारे में हम एकमत हैं
कैसे और कितनी बार प्रेम दर्शाना है, इस बारे में हम एकमत हैं
हम एक-दूसरे से विचार साझा करते हैं
हम किसी भी मुद्दे पर शांति से बातचीत करते हैं
मुझे अपने पति की उपलब्धियों पर गर्व है

शादी तभी ठीक तरह से निभती है जब पति-पत्नी आपस में बातचीत करके ऐसा प्रयास करते हैं कि दोनों ही को सबकुछ न सही, थोड़ा-बहुत अपने मन जैसा मिल सके।

–इवान इम्बर ब्लैक, पीएचडी

60. विवाहेतर संबंध

किसी शादीशुदा जोड़े का वैवाहिक जीवन सुखी और लंबा होगा या नहीं, यह बहुत कुछ इस बात पर निर्भर करता है कि शादी के बाद वे कैसे रहते हैं और उनकी आपसी अनुकूलता कितनी है। इसके साथ हरेक साथी स्वयं को बदलने के लिए कितना तैयार है, इस पर भी बहुत कुछ निर्भर करता है। पुराने शादीशुदा जोड़ों की तुलना में आज के जोड़ों में बड़ा फ़र्क़ यह है कि हरेक की भूमिकाएँ पहले के समान बाँटी हुई नहीं हैं। साथ ही एक साथ रहने के बाद अधिकार, निष्पक्षता और अपनी ज़रूरतों की पूर्ति आवश्यक प्रतीत होती है, इसमें कमी आने से विवाहेतर संबंधों में पड़ने की संभावना बनी रहती है।

विवाह जैसे संबंध पर किसी बाहरी रिश्ते का प्रभाव बहुत घातक हो सकता है, भले ही यह रिश्ता एक रात का हो या लंबे समय तक चलने वाला। ऐसा रिश्ता जितनी लंबी अवधि तक चलता है, उसमें भावनात्मक संबद्धता उतनी ही बढ़ जाती है। इसके चलते पहले से मौजूद वैवाहिक रिश्ते में वापस लौटना बहुत मुश्किल हो जाता है।

लोग अक्सर कहते हैं कि यदि उनके साथी ने किसी और से संबंध रखे, तो वे उसे छोड़ देंगे। मगर वास्तव में ऐसा होता नहीं है। अधिकांश जोड़े साथ बने रहते हैं। ज़्यादातर विवाहेतर संबंध अपने आप में ही विध्वंसकारी होते हैं और उनका खुलासा हो जाने पर उनके दूरगामी परिणाम और भी भयानक हो जाते हैं।

क्या आपको पूर्व में विद्यमान रिश्ते में रहना चाहिए?

हर रिश्ते में उतार-चढ़ाव आते रहते हैं। अपने आप से कुछ प्रश्न पूछें, उनके उत्तर यह तय करेंगे कि आपका रिश्ता आपके लिए अब भी ख़ुशी और सुकून का स्रोत हैं या फिर अब उसे ख़त्म कर देना चाहिए।

- ✓ क्या मैं अपने साथी की परवाह करता/करती हूँ?
- क्या हम एक-दूसरे के लिए चाहत खो चुके हैं?
- ✓ क्या मैं अपने साथी के सहयोग के लिए कुछ भी कर सकती/सकता हूँ?
- ✓ क्या हमारी रुचियाँ एक-सी हैं?
- यदि मेरा साथी मुझे छोड़कर चला जाता है, तो मुझे कैसा लगेगा?
- ✓ क्या हम एक-दूसरे का सम्मान करते हैं?
- क्या मुझे रिश्ते से मोहभंग जैसा महसूस होता है?
- ✓ क्या रिश्ते में हम दोनों का विकास हो रहा है?
- हम साथ-साथ आगे बढ़ रहे हैं?
- क्या हम अलग-अलग सा महसूस करते हैं?
- ✓ क्या हमें कम-से-कम बच्चों की ख़ातिर एक-दूसरे के साथ रहना चाहिए?
- क्या अलग हो जाने पर मुझे अच्छा महसूस होगा?

विवाहेतर यौन संबंध बनाने के दांपत्य जीवन पर बुरे परिणाम होते हैं। कुछ लोग यौन संबंधों में विविधता चाहते हैं। लोग अतिरिक्त भावनात्मक सहयोग और गोपनीयता का रोमांच भी चाहते हैं। बहुत से वैवाहिक रिश्ते विवाहेतर संबंधों का दाग़ मात्र लग जाने के बाद जीवित नहीं रह पाते। कई लोगों के लिए रिश्ते में बेवफ़ाई उनके नैतिक मूल्यों को धक्का पहुँचाने वाली होती है, उनकी सुरक्षा पर आघात करने वाली और मन में घृणा पैदा करने वाली होती है। यदि शादी टिकी भी रहे, फिर भी रिश्ते में अविश्वास और डर आ जाता है कि पता नहीं कब उनका साथी फिर से उनसे धोखा कर दे। विवाह के परिणाम दोनों साथियों के जुड़ाव, उनकी प्रतिबद्धता, सहनशक्ति की सीमा, प्रेम और सबसे अधिक उनके इस संबंध को बनाए रखने में विश्वास पर निर्भर करते हैं।

जब आपको यह पता चलता है कि आपका साथी आपको धोखा दे रहा है, तो आप उसी दुख में डूब जाएँगे जो साथी के वियोग के चलते हो सकता था। दुविधा, कुछ खो जाने का दुख, हार का एहसास, और अपने आप को दोष देने के चलते इस परिस्थिति को स्वीकार करने में समय लगेगा। जब विवाहेतर रिश्ते का पता चलता है, तो पहली बार में आप स्वयं को धक्का-सा लगने की स्थिति में महसूस करते हैं, दिमाग़ सुन्न हो जाता है, अविश्वास से भर जाता है और इसके बाद गुस्सा और ईर्ष्या की भावनाएँ आती हैं। अगली स्थिति निराशा और अवसाद की होती है।

फिर भी, अभी सबकुछ ख़त्म नहीं हुआ है। असहायता का भाव अब अपने आप को सँभालने और फिर से खड़ा करने में बदल जाता है। इस विश्वास को फिर से बनाया जाना संभव है, वैवाहिक रिश्ते को फिर से आकार देना संभव है, जिससे रिश्ते की ज़रूरतों का सामना किया जा सके और आपने साथी के साथ फिर से दोस्ती के रिश्ते को क़ायम किया जा सके। आप मन में यह विश्वास रख सकते हैं कि आप दोनों ही एक-दूसरे को अच्छी तरह से समझते हैं।

रिश्ते को पुनर्जीवन देना

✓ बात करने का प्रयास करें - यह संवाद नाटकीय नहीं, बल्कि प्रभावी हो।

✓ इस बात को याद करने का प्रयास करें कि आप अपने साथी को पसंद क्यों करते थे, एक-दूसरे का आदर क्यों किया करते थे।

✓ इस बात को पहचानें कि आप दोनों ही पहले की तुलना में बदले हैं। मगर प्यार, सम्मान देने के नए कारण खोजें और एक-दूसरे के साथ का आनंद लें।

✓ अपने साझा लक्ष्यों की पड़ताल करें।

✓ अपने विचारों और भावनाओं को साझा करें और दूसरे की आकांक्षाओं और परेशानियों को भी समझें।

✓ लड़ाई के बाद फिर से एक साथ हो जाएँ- यह सबसे प्यारी बात है, जो आप कर सकते हैं।

'पर मैं कुछ भी ग़लत नहीं कर रही हूँ, हम केवल दोस्त हैं।' सारिका ने ज़ोर देते हुए आपने पति राज से कहा, जब राज ने उसके द्वारा पुरुष सहकर्मी के साथ अधिक समय बिताने की बात का उल्लेख किया। सारिका को अपने उस सहकर्मी को निजी मेल और संदेश भेजने में कुछ भी दिक़्क़त नज़र नहीं आ रही थी।

सारिका का पति शांत और शर्मीले स्वभाव का था। वह उनमें से नहीं था, जो स्वयं संवाद शुरू करें। सारिका को उसके साथ होने पर भी हमेशा अकेलापन महसूस होता था। राज अपने बच्चों के लिए एक अच्छे पिता की भूमिका निभा रहा था। फिर

भी, जब सारिका को यह अपेक्षा होती थी कि उसका पति उसकी ज़रूरतों को लेकर संवेदनशील रहे, तो ऐसा नहीं होता था। उसे लगता था कि वह उसे समझता ही नहीं।

दूसरी ओर, सारिका का सहकर्मी अच्छा श्रोता था और उसकी मनोदशा को आसानी से समझ लेता था। वह मज़ाक़िया स्वभाव का, हमेशा हँसने वाला था। चूँकि वे दोनों एक-दूसरे के साथ अधिक समय बिताने लगे थे, अतः सारिका के पति राज और उसके परिवार के सदस्यों को इस बारे में चिंता होने लगी थी।

सारिका को इस बात का एहसास ही नहीं हुआ कि उसके ऐसा करने से राज को कैसा लगेगा। राज ने अपने आप को ठगा हुआ और पराजित महसूस किया। यहाँ तक कि उसे ऐसा लगने लगा कि सारिका अब उससे प्रेम नहीं करती। ऐसा लगने लगा था कि उसे अपने पति से ज़्यादा अपने सहकर्मी की चिंता है। राज को यह भी लगने लगा कि क्या सारिका उसे छोड़ना चाहती है? उसे लगने लगा कि सारिका के लिए उसकी भावनाएँ महत्त्वपूर्ण नहीं हैं।

इस जोड़े की कहानी आजकल शादीशुदा जोड़ों के वैवाहिक जीवन में पैर पसारती समस्या की ओर इशारा करती है। कोई भी शादी उस समय अनिश्चित स्थिति में आ जाती है, जब दोनों में से कोई एक बाहर के किसी व्यक्ति से संबंध बना लेता है और उसके साथ ज़्यादा समय बिताने लगता है तथा निजी जानकारियाँ भी अपने साथी के बजाय उससे साझा करने लगता है।

उस समय यह चाहे जितना दुखदायक लगे, लेकिन कुछ रिश्ते किसी बाहरी प्रेम संबंध के बाद और भी सशक्त हो जाते हैं, क्योंकि दोनों साथी एक ऐसे रिश्ते की ओर बढ़ते हैं, जिसमें कोई दुराव-छिपाव न हो और पारदर्शिता हो। यह अहम है कि किसी बाहरी प्रेम संबंध के बाद दोनों के लिए नई भूमिका में आना ज़रूरी होता है। दोनों ही के द्वारा यह प्रयास किए जाने होंगे कि दूसरे साथी को अपराधबोध और असहायता के भाव से बचाया जा सके। नींद की गोलियाँ खाना, बहुत अधिक शराब पीना और बहुत अधिक भोजन से बचना चाहिए। यह भी ध्यान रखें कि कोई भी प्रेम प्रकरण 6-8 महीने से ज़्यादा चलता नहीं है, अतः तब तक इंतज़ार किया जा सकता है।

1. *कारण जानें* - रिश्ता पहले के समान गतिमान हो जाए, इसके पहले आपको पता लगाना होगा कि प्रेम प्रकरण स्थापित होने के कारण क्या थे।
2. *नई शुरुआत करें* - बाहरी प्रेम प्रकरण रिश्ते को ख़त्म कर देता है। अब इस रिश्ते को आप दोनों को कुछ सहमतियों के साथ फिर से खड़ा करना होगा।
3. *अपनी भावनाओं के बारे में बात करें* - यदि आप बहस किए बिना संवाद

कर सकें, तो अपने साथी से इस बारे में बात करें कि उसके प्रेम प्रकरण की बात से आपको कैसा महसूस हुआ था और इस बातचीत के लिए हर सप्ताह कम-से-कम 50 मिनट निकालें। इसके बाद किसी और समय प्रेम प्रकरण के बारे में बात न करें।

4. *बदलाव के लिए तैयार रहें* - हरेक साथी को नए रिश्ते में नई भूमिका निभानी होगी। जिसने ग़लती की होती है, वह अक्सर ज़्यादा अड़ियल और मज़बूत हो जाता है। नए रिश्ते में सम्मान, सहनशक्ति और ग़लतियों के प्रति सकारात्मक रवैये के चलते लगातार पुराना आदर्श तरीक़े का विश्वास अधिक व्यावहारिक विश्वास से बदलता जाता है।

परिवार तब टूटते हैं जब लोग वे संकेत ग्रहण कर लेते हैं, जो आप नहीं चाहते और उन संकेतों को ग्रहण नहीं करते, जिन्हें आप चाहते हैं।

-रॉबर्ट फ्रॉस्ट

61. किसी प्रेम प्रकरण के बाद रिश्ते में पुनर्स्थापित होना

किसी मनोचिकित्सक के लिए सबसे कठिन काम किसी ऐसे व्यक्ति को जीवन में पुनर्स्थापित करना होता है, जिसे हाल ही में पता चला हो कि उसके पति या पत्नी के विवाहेतर संबंध हैं। इस बेवफ़ाई के पीछे का कारण क्या था, इसे पहचानना कई बार कठिन होता है। कई बार वैवाहिक जोड़े ऐसे विवरणों के साथ आते हैं, जिनसे यह समझने में बिलकुल भी मदद नहीं मिलती कि वास्तव में हुआ क्या था। इस स्थिति को और ख़राब बनाने के लिए जिस साथी ने बेवफ़ाई की होती है, वह दूसरे की बात को सहयोगात्मक तरीक़े से सुनना भी नहीं चाहता। साथ ही, जो कुछ घट चुका है, उसके लिए भी अस्वीकृति का भाव हो सकता है- शायद अपनी ग़लती दूसरे पर थोपने का प्रयास करने के लिए। दुर्भाग्य से ऐसी प्रतिक्रियाएँ दूसरे साथी के मन में केवल नकारात्मक भावनाओं को बढ़ाती ही हैं। जो भी हो, यह भी सही है कि बहुत से जोड़े इस बेवफ़ाई के भँवर से बाहर आ जाते हैं। इस घटना को भुलाकर रिश्तों को पूर्ववत गहरा और क़रीबी बनाना संभव होता है। आइए देखते हैं, शुरुआत किस तरह की जाए -

प्रश्न पूछें

सबसे पहले तो आप अपने साथी से तथ्यों की जानकारी चाहेंगे, जैसे- कितनी बार मिलते थे? कब दोस्ती की हद पार करके प्रेम के रिश्ते में आए? क्या यौन संबंधों में लिप्त थे? कितनी बार यौन संबंध बनाए? कहाँ? इस प्रेम प्रकरण के बारे में और कौन जानता है? इसके बाद जब आप अपने साथी की भावनाओं के बारे में सोचने

लगेंगे, तो प्रश्न बदल जाएँगे। अब आप यह जानना चाहेंगे कि किन कारणों से वह दूसरे प्रेम प्रकरण में पड़ा। क्या इस प्रकरण ने आपकी शादीशुदा ज़िंदगी की किसी कमज़ोरी पर प्रकाश डाला है?

अपने गुस्से पर नियंत्रण करें

आपको रोने, चीख़ने और अपने साथी पर फट पड़ने की इच्छा होगी। मगर इस तरह आपके भावनाओं के विस्फोट करने से आपका साथी सारी बात बताने में कठिनाई महसूस कर सकता है, जिससे रिश्ते का पूरी तरह से जीवित होना बाधित हो सकता है। सच्चाई को जानने के लिए अपने साथी की भावनाओं के प्रति करुणा का भाव रखें। वह साथी जो इस मामले में दोषी होता है, इस डर से पूरी बात बताने में हिचकता है कि इससे आपके पास उसके अपराध की पूरी सूची बन जाएगी, जो आपको बाद में परेशान करेगी।

आरोप-प्रत्यारोप के लिए तैयार रहें

आपका साथी जिसका प्रेम प्रकरण बाहर चल रहा हो, वह आप पर अपना गुस्सा उतार सकता है या आपके ऊपर ही धोखा देने का आरोप लगा सकता है। यहाँ केवल प्रेम प्रकरण पर ही ध्यान केंद्रित करें। याद रहे, दूसरे पर आरोप लगाना रक्षात्मक प्रतिक्रिया का हिस्सा होता है।

आपको कैसा लगा, इस बारे में बात करें

अपनी शंकाओं, निराशाओं, छले जाने के एहसास और अकेलेपन की भावनाओं के बारे में बताएँ, साथ ही अपने गुस्से, दुख और ठेस के बारे में भी बात करें। जैसे ही आपका साथी अपनी पूर्व प्रेमिका या प्रेमी से अलग हो जाता है, आप दोनों के बीच लगाव की एक खिड़की खोल दें। अब क़दम पीछे न हटाएँ। आपसे यह सब जल्दी से और आसानी से भूल जाने की और साथी को माफ़ी देने की अपेक्षा नहीं है।

सहयोग लें

परिवार और दोस्तों से फिर से जुड़ना आपको अकेला महसूस करने से बचाएगा। याद रखें, बाक़ी सार्थक रिश्ते झटकों को सोखने वाले की भूमिका निभाएँगे और आपको क़दम-क़दम पर धक्कों से बचाएँगे। इस प्रेम प्रकरण को छिपाने का प्रयास न करें, अन्यथा यह अपने साथी और अन्य लोगों के प्रति आपकी भावनाओं की तीव्रता को कम करेगा।

तभी क्षमा करें, जब आप इसके लिए तैयार हों। आप किसी प्रेम प्रकरण को कभी भूल न पाएँगे, मगर दुख की सारी स्मृतियाँ समय के साथ धुँधला जाएँगी। क्षमा

कर देना आपको अपने दुख से आगे चलने के लिए और अपने साथी से फिर से जुड़ने के लिए तैयार कर देता है। जब आपको लगे कि अब आप अपनी नकारात्मक भावनाओं से बाहर आना चाहते हैं, आपके साथी ने ईमानदारी को अपना लिया है और आपका विश्वास जीतने के लिए वह प्रयास कर रहा है, तो आप भी माफ़ी की तैयारी करें।

> *सच्चे रिश्ते को कुछ भूलों के लिए ख़त्म न करें। कोई भी परिपूर्ण नहीं है। कोई भी पूरी तरह सही नहीं है। अंत में स्नेह बंधन हमेशा संपूर्णता से बेहतर होता है।*
>
> –अज्ञात

62. बुरे रिश्ते के जाल में फँसना

कोई बुरा रिश्ता कैसा होता है, इसकी व्याख्या करना मुश्किल होता है, मगर कई लोग इसका अनुभव करते हैं। यह जोड़ों के बीच मनमुटाव, भाई-बहन के मध्य विवाद, सहकर्मियों से झड़प आदि की जड़ में हो सकता है। एक बुरे रिश्ते का अर्थ केवल थोड़ी देर की असहमति या मनमुटाव नहीं होता, क्योंकि जब दो या अधिक लोग एक-दूसरे के साथ रहते हैं, तो ऐसी स्थितियाँ तो बनती ही रहती हैं। बुरे रिश्ते का मतलब ऐसे रिश्ते से है, जिसमें लगातार निराशा और क्रोध विद्यमान रहता है। इस रिश्ते में संभावना दिखती तो है, मगर वह पहुँच के बाहर होती है। ऐसे रिश्तों में वह सब ग़ायब होता है, जिसकी दोनों व्यक्तियों को ज़रूरत होती है। ऐसे रिश्ते आत्मसम्मान को ख़त्म करने और दोनों को आगे बढ़ने व उन्नति के रास्ते रोकने का काम करते हैं।

बुरे रिश्ते में बने रहना न केवल सतत तनाव देता है, वरन यह शारीरिक हानि भी पहुँचा सकता है। ऐसे रिश्ते में शारीरिक उत्पीड़न की बहुत आशंका होती है। यदि शारीरिक उत्पीड़न न भी हो, फिर भी लगातार तनाव बने रहने से शरीर की ऊर्जा ख़त्म हो जाती है। शरीर में रासायनिक परिवर्तन होते हैं, जिनके कारण उसकी प्रतिरोध क्षमता कम हो जाती है और बीमारियों की आशंका बढ़ जाती है। लगातार ऐसे रिश्ते में रहने की वजह से इससे भागने की प्रवृत्ति जागती है, जो शराब और अन्य नशों की आदत में बदल जाती है। यह आत्महत्या के प्रयास में भी बदल सकती है। जो भी हो, हममें से अधिकतर व्यक्ति यह जान ही नहीं पाते कि रिश्ता इतना ख़राब हो चुका है कि उससे बाहर निकल जाना चाहिए।

कब आप फँसे हुए होते हैं?

1. जब आप जानते हों कि यह रिश्ता आपके लिए बहुत ही ख़राब हो चुका है

और शायद दूसरों ने भी आपको यह बताया हो, फिर भी आप इससे बाहर निकलने के लिए कोई क़दम न उठाते हों।

2. आप इस रिश्ते में बने रहने के लिए अपने आप को ऐसे कारण देते हैं, जो सही नहीं होते या इतने सटीक नहीं होते कि इस रिश्ते के घातक पहलुओं के विपरीत सही बैठ सकें।
3. जब आप रिश्ते को ख़त्म करने के बारे में सोचते हैं, तो भयानक चिंता और भय में डूब जाते हैं। यह आपको इस रिश्ते में अटकाए रखता है।
4. जब आप रिश्ते से बाहर आने के लिए कोई क़दम उठाते हैं, तो आपको शारीरिक असहजता जैसे लक्षण दिखाई देते हैं, जो रिश्ते में वापस जाने पर ही ठीक होते हैं।

यदि इनमें से कई बातें आपके ऊपर लागू होती हैं, तो संभवतः आप न सिर्फ़ एक मृत रिश्ते में जकड़े हुए हैं, बल्कि आपने अपने जीवन पर से भी नियंत्रण खो दिया है। इससे बाहर निकलने के लिए सबसे पहले आपको यह मानना होगा कि आप शिकंजे में फँसे हुए हैं। उसके बाद आप इससे बाहर निकलने की अपनी अक्षमता को समझने का प्रयास कर सकते हैं। इस तरह से आपको यह दृष्टि मिलेगी कि इस रिश्ते को ठीक किया जा सकता है या फिर इससे बाहर निकलना ही एकमात्र रास्ता है।

रिश्ते में फँसने के कारण

ऐसे कई कारक हो सकते हैं, जो आपको एक ख़राब रिश्ते में भी बने रहने के लिए प्रभावित कर सकते हैं।

1. कुछ कारण बेहद सतही हो सकते हैं, जैसे- आर्थिक अक्षमता, बच्चों पर पड़ने वाला प्रभाव, दूसरों के द्वारा अस्वीकार किया जाना।
2. इसकी गहराई में रिश्ते के बारे में वे धारणाएँ होती हैं, जो आपके मन में कुछ सामान्य और कुछ गहरे रिश्ते के बारे में होती हैं। ये धारणाएँ समाज में व्याप्त जुमले हैं, जैसे- 'प्यार मिटता नहीं,' 'यदि आप रिश्ते को न निभा पाएँ तो आप असफल हैं,' 'अकेले रहना त्रासद है,' 'मैं आकर्षक और दिलचस्प नहीं हूँ,' 'यदि मैं प्रयास करूँ तो इस रिश्ते को बचा सकती हूँ।'
3. आपके अवचेतन में कुछ भावनाएँ होती हैं, जो आपको रिश्ते में अटकाए रखती हैं। ये भावनाएँ बचपन में पैदा होती हैं। ये अक्सर आपकी जानकारी के बिना विकसित होती रहती हैं और आपके जीवन पर ख़ासा प्रभाव डालती हैं।

बुरे रिश्ते से बाहर कैसे आया जाए

1. अपनी 'ख़ुशहाली' को जीवन की पहली प्राथमिकता बनाएँ।

2. अपनी ज़रूरतों को प्रभावी तरीक़े से पूरा करने पर ध्यान दें।
3. अपनी कमियों और समस्याओं का सामना करें।
4. दूसरों को नियंत्रित या प्रबंधित करना छोड़ दें, अपनी ज़रूरतों पर ध्यान केंद्रित करें, दूसरों को बदलने से आपको सुरक्षा नहीं मिलेगी।
5. 'आध्यात्मिक विकास' की ओर ध्यान दें। पता लगाएँ कि आपको किस बात से शांति मिलती है और उस बात के लिए रोज़ कम-से-कम आधे घंटे का समय निकालें।
6. रिश्ते के खेल में फँसा ही न जाए, यह सीखें। ख़तरनाक भूमिकाओं में न पड़ें, जिनमें अक्सर आप फँसते हैं। जैसे- मददगार, दोषारोपण करने वाला, पीड़ित आदि।
7. ऐसे लोग और दोस्त जो आपको समझते हैं, उनका सहयोग लें, एक सहयोगी समूह बनाएँ।
8. आपने क्या महसूस किया और क्या सीखा, इसे सबके साथ साझा करें।
9. पेशेवर मदद लें।

आपको ऐसे हर व्यक्ति को अपने जीवन से जाने देना होगा, जिसके कारण आप अपने आप से प्यार न कर पाएँ। आपके जीवन में वही व्यक्ति होने चाहिए, जो आपको आगे बढ़ने में मदद करें।

–टोनी गैस्किन्स

63. अवसादग्रस्त व्यक्ति के साथ जीवन बिताना

अवसाद एक ऐसी बीमारी है जिसमें शरीर, मनोदशा और विचार, सभी बुरी तरह से प्रभावित होते हैं। इसका प्रभाव व्यक्ति के खाने और सोने के तरीक़े और वह अपने बारे में तथा अन्य चीज़ों के बारे में क्या और किस तरह सोचता है, इस पर भी पड़ता है। अवसाद की बीमारी मूड स्विंग जैसी नहीं है। यह कोई निजी कमज़ोरी नहीं है, जिसे अपनी इच्छाशक्ति से या स्वयं चाहने पर ठीक किया जा सकता हो। अवसादग्रस्त लोग स्वयं अपने आप को इससे बाहर निकालकर स्वस्थ हो सकें, ऐसा संभव नहीं होता। यदि इसका इलाज न किया गया, तो इसके लक्षण कई दिन, महीने या कई बार तो सालों चलते रहते हैं। सही इलाज अवसाद से ग्रस्त लोगों की सहायता कर सकता है। दुर्भाग्य से, किसी अवसादग्रस्त व्यक्ति के साथ रहना अन्य व्यक्ति के लिए बड़ा ही निराशाजनक अनुभव हो सकता है। मनोदशा में रोज़ आता बदलाव और हर बात के प्रति नकारात्मक रवैया परिवार के अन्य सदस्यों और मित्रों के लिए परेशानी उत्पन्न करने वाला हो सकता है।

1. अवसादग्रस्त व्यक्ति के साथ रहने वाले लोग उसकी सबसे बड़ी मदद यह कर सकते हैं कि उसे बीमारी की पहचान और उसके इलाज को शुरू करवाने में मदद करें। इसके अंतर्गत व्यक्ति को बीमारी के लक्षण ख़त्म हो जाने तक उपचार लेने के लिए प्रेरित करना या लक्षणों में वांछित सुधार न दिखाई देने पर दूसरा उपचार लेने की राय देना भी शामिल है। कभी-कभी अवसादग्रस्त व्यक्ति के लिए चिकित्सक से समय लेना और उसके साथ जाना भी आवश्यक हो सकता है। इसका अर्थ व्यक्ति दवा ठीक से ले रहा है या नहीं, इस पर नज़र रखना भी हो सकता है। अवसादग्रस्त व्यक्ति को चिकित्सक के निर्देशों का पालन करने के लिए प्रोत्साहित किया जाना चाहिए।
2. दूसरी महत्त्वपूर्ण बात उसे भावनात्मक सहयोग देना है। इसमें समझदारी, धैर्य, स्नेह और प्रोत्साहन, सभी शामिल होंगे। अवसादग्रस्त व्यक्ति के साथ संवाद करें और उसकी बातों को ध्यान से सुनें।
3. उसके द्वारा व्यक्त की गई भावनाओं को ख़ारिज न करें, मगर वास्तविकता की ओर इशारा करें और उसके मन में आशा जगाएँ। अवसादग्रस्त व्यक्ति को सैर पर चलने, बाहर समय बिताने, फ़िल्म और अन्य गतिविधियों के लिए आमंत्रित करें। यदि वह आपके आमंत्रण को अस्वीकार करे, तो उससे शालीनता से आग्रह करें। उसे ऐसी गतिविधियों में शामिल होने के लिए प्रेरित करें, जिनसे ख़ुशी मिलती हो, जैसे- खेल, सांस्कृतिक और धार्मिक गतिविधियाँ। बस ध्यान रहे, कम समय में यह सब बहुत अधिक करने के लिए उस पर दबाव न बनाएँ। अवसादग्रस्त व्यक्ति के लिए दूसरे का साथ और रोज़मर्रा से कुछ अलग आवश्यक है, मगर उससे बहुत अधिक की माँग उसमें असफलता की भावना बढ़ाने का कारण भी बन सकती है।
4. अवसादग्रस्त व्यक्ति के आलस्य या अनिच्छा को दोष न दें, न ही उससे यह अपेक्षा करें कि वह इस सबको झटककर बाहर आ जाएगा। अधिकतर व्यक्ति उपचार के साथ-साथ धीरे-धीरे बेहतर होने लगते हैं। इसे दिमाग़ में रखें और अवसादग्रस्त व्यक्ति को भी इस बात का विश्वास दिलाएँ कि वह धीरे-धीरे बिलकुल ठीक हो जाएगा।
5. इस समय विचारशील और संवेदनशील रहने का प्रयास करें। यदि आपके जीवनसाथी का पाँव टूट जाए, तो आप सोचेंगे कि वह इस समय दर्द में है और आप उसे पूरा आराम करने देंगे। आप चाहेंगे कि उसकी ऊर्जा और क्षमताएँ अभी उपयोग में न लाई जाएँ, क्योंकि वह आपकी इच्छानुसार अपने आप को एकदम स्वस्थ नहीं कर सकता। अवसादग्रस्त व्यक्ति के बारे में भी कुछ ऐसा ही सोचना होगा।
6. उकसाने का काम न करें। हर रिश्ते में कोई-न-कोई बिंदु ऐसा होता है, जिसे

छेड़ते ही किसी भी समय लड़ाई की शुरुआत हो सकती है। उदाहरण के लिए, फ़र्श पर पड़े गंदे मोज़े, रिमोट गुम हो जाना, कार में पेट्रोल न होना आदि कोई भी बात लड़ाई को उकसा सकती है। आपको पता है कि आपका साथी किस बात पर भड़कता है। जब वह अवसाद की अवस्था में है, तो उसे उकसाने का काम न करें।

7. भले ही सामने वाला प्रत्युत्तर न देता हो, पर दयालुता के छोटे-छोटे काम मदद करते हैं और प्रशंसित होते हैं।
8. छोटे-छोटे तरीक़ों से अपने साथी का बोझ कम करना बड़े काम का साबित हो सकता है। घर के लिए ख़रीदारी करने, बच्चों को बाहर खेलने ले जाने या उनका गृहकार्य कराने जैसे काम स्वयं करें। भले ही शब्दों में न कहा जाए, मगर इससे यह भावना प्रेषित होगी कि आप समझते हैं कि सांसारिक काम भी कितने मुश्किल हो सकते हैं।
9. जब पीड़ित व्यक्ति पूरी तरह से अवसादग्रस्त न हो, मगर अवसाद के लक्षणों की शुरुआत हो रही हो, तो इनके लिए अग्रिम निर्देश तय किए जा सकते हैं जिनमें इन लक्षणों को देखने पर व्यक्ति की प्रतिक्रिया इस तरह से निर्धारित की जा सकती है। यह विविध चरणों में हो सकती है –

पहला चरण	–	मुझे अकेला छोड़ दो;
दूसरा चरण	–	दयालु रहो, धीरज रखो, सजग रहो;
तीसरा चरण	–	चिकित्सक से परामर्श के लिए ज़ोर दो;
चौथा चरण	–	मुझे अस्पताल ले जाओ

एक मरीज़ में अवसाद शुरू होने की स्थिति में रंगों का दिखना बंद हो जाता था। अनुभव से उसने सीखा कि यह शुरू होते ही उसे अपने पति को इसके बारे में बताना होगा, क्योंकि जब स्थिति और गंभीर हो जाएगी, तो वह यह सब बताने योग्य ही नहीं रहेगी।

10. स्वयं को अवसाद के बारे में अद्यतन करें। अवसाद के बारे में आप जो कुछ जान और सीख सकते हैं, उसे सीखने का प्रयास करें। अपने मित्रों के परामर्शदाता से भी बात करने के लिए तैयार रहें। विद्वान व्यक्ति द्वारा इस बारे में सुनना और किसी प्रकाशित सामग्री को पढ़ना आपके दृष्टिकोण को किस तरह बदल सकता है, यह जानकर आपको भी हैरानी होगी। भले ही आप यह जानते हों कि अवसाद एक बीमारी है जो कि मरीज़ के बुलाने से नहीं आती, फिर भी आपको इसके बारे में और बहुत कुछ जानने की आवश्यकता

है। बहुत से तथ्यों पर हम विश्वास नहीं करते, मगर इन तथ्यों के बारे में जानने के बाद न केवल आप अपने साथी की मदद और अच्छे से कर पाएँगे, वरन इससे यह भी पता चलेगा कि आप अपने साथी की चिंता करते हैं और इसके चलते बीमारी के बारे में और जानना चाहते हैं।

जीवन तूफ़ान के गुज़र जाने का इंतज़ार करने का नाम नहीं है। बारिश में नृत्य किस तरह किया जाए, जीवन तो यह सीखने का नाम है।

-विवियन ग्रीन

64. देखभाल करने वालों का तनाव

किसी बीमारी का दर्द और यातना मरीज़ के साथ-साथ उसकी देखभाल करने वाले भी झेलते हैं। अक्सर हम इस बात का एहसास नहीं कर पाते कि मरीज़ की देखभाल करने वाले लोग भी भयंकर तनाव से गुज़रते है। कई साल पहले जब मेरी माँ को स्तन कैंसर बताया गया था, उस समय मुझे पहली बार एहसास हुआ कि देखभाल करने वाले कितने तनाव से गुज़रते हैं। उनकी देखभाल के दौरान केवल मैंने ही नहीं, सारे परिवार ने असामान्य उथल-पुथल का सामना किया। रिश्तेदारों और मित्रों ने वह सब किया, जिसे करके वे माँ को अच्छा महसूस करा सकते थे, मगर उनमें से कुछ ही लोग इस बात की थाह ले पाए कि इस बीमारी ने घर के स्वस्थ व्यक्तियों को भी ज़ाहिर तौर पर प्रभावित किया है।

देखभाल करने वाले तनाव में क्यों आते हैं?

केयरटेकर, यानी बीमार और असहाय लोगों की देखभाल करने वाले परिजन, मित्र या अन्य लोग। केयरटेकर को बीमार व्यक्ति को कई तरह से सहयोग देना होता है, जिनमें नहाने, कपड़े बदलने और खाने जैसे रोज़मर्रा के कामों से लेकर आगंतुकों से बातचीत करना और ख़रीदारी जैसे कामों में सहायता शामिल हैं। जिन्हें अक्षमता या किसी बीमारी के चलते सहायता की आवश्यकता होती है, उनमें से अधिकांश लोग आमतौर पर बुज़ुर्ग या विकलांगताओं से पीड़ित बालिग बच्चे अथवा बीमारी से जूझते या चोट से उबरते प्रियजन मित्र होते हैं।

शारीरिक अक्षमता वाले व्यक्ति की देखभाल करना शारीरिक और मानसिक रूप से चुनौती भरा हो सकता है। केयरटेकर अक्सर यह महसूस करने लगते हैं कि जिस व्यक्ति की वे देखभाल कर रहे हैं, उसके बिना वे जीवित न रह सकेंगे। इसके चलते उन्हें अवसाद हो सकता है और वे शारीरिक अस्वस्थता के शिकार भी हो सकते हैं।

केयरटेकर का तनाव कुछ ऐसा है, जो कई लोगों के जीवन में रोज़ की बात बन गया है। इसमें अच्छा-ख़ासा समय, प्रयास और काम लगता है। कई केयरटेकर अपनी रोज़ की ज़िम्मेदारियों, नौकरी, बच्चों की देखभाल और बीमार की देखभाल के बीच संतुलन बनाने के लिए जूझते रहते हैं। लगातार तनाव से केयरटेकर को ऊर्जा ख़त्म हो जाने जैसा लग सकता है और वे अस्वस्थ भी महसूस कर सकते हैं। वास्तव में समय-समय पर केयरटेकर को अपराधबोध, निराशा और गुस्सा भी महसूस हो सकता है।

किसी वृद्ध या अक्षम व्यक्ति की देखभाल करने के लिए केयरटेकर को भी किसी अन्य व्यक्ति की मदद की आवश्यकता होती है। कभी-कभी दोस्त और पड़ोसी मदद करते हैं, मगर ज़्यादातर केयरटेकर को अपने प्रियजनों की देखभाल का काम स्वयं ही करना होता है। शोध बताते हैं कि इसके चलते केयरटेकर के बीमार होने या अवसाद का शिकार होने की आशंका अधिक होती है- ख़ासकर उस स्थिति में, जब उन्हें परिवार, मित्रों और समाज से पर्याप्त सहयोग नहीं मिल पाता।

बर्नआउट सिंड्रोम से बचाव के लिए क्या किया जा सकता है?

केयरटेकर सहारे और सहायता के लिए किसी से कह सकता है। संभव है, परिवार के दूसरे सदस्य, मित्र और पड़ोसी अलग-अलग तरीक़ों से उनकी मदद कर पाएँ। हो सकता है कि सहायता के लिए कहना आसान न हो और आपको अपने आग्रह को बहुत ही स्पष्ट और अपेक्षा केंद्रित बनाना पड़े। फिर भी, दूसरों से मदद लेना केयरटेकर और मरीज़, दोनों के ही लिए उपयोगी हो सकता है।

स्वस्थ और संतुलित भोजन लें, जिसमें फल-सब्ज़ियाँ बहुतायत में हों - अपने चिकित्सक से मल्टीविटामिन सप्लीमेंट्स लेने के लिए भी सलाह लें।

पर्याप्त नींद और आराम लें - ज़रूरी लगे तो नींद के समय को छोटे-छोटे अंतराल में बाँट लें, मगर अपने आराम और नींद के साथ समझौता न करें। आपको ठीक तरह से काम करने के लिए भरपूर आराम की भी आवश्यकता है।

सप्ताह के अधिकतर दिनों में व्यायाम के लिए समय निकालें - नियमित व्यायाम तनाव को कम करने में सहायक होता है। यह आपके स्वास्थ्य को बेहतर बनाने और सहनशक्ति बढ़ाने में मददगार होगा।

आवश्यकता पड़े तो परामर्श लें - अपने चिकित्सक से अपने भीतर उभर रहे अवसाद या बीमारी के लक्षणों के बारे में चर्चा करें।

अपने दोस्तों के संपर्क में रहें - सामाजिक गतिविधियाँ आपके तनाव को कम करेंगी और आपको बाहरी दुनिया के संपर्क में रखेंगी।

धार्मिक और आध्यात्मिक समूह मदद का स्रोत बन सकते हैं। इसके सदस्य भी केयरटेकर को सहयोग और सहारा दे सकते हैं।

तनाव कम करने वाली गतिविधियाँ आपके लिए बेहतर होंगी। भले ही इन्हें कम समय के लिए किया जाए, मगर आप इनमें नियमित भागीदारी सुनिश्चित करें। ध्यान लगाना, संगीत सुनना, गाना, चित्रकारी और ऐसी ही अन्य गतिविधियों का आप रोज़ मज़ा ले सकते हैं।

> *कभी-कभी हम सबसे अच्छी बात यह कर सकते हैं कि कुछ न सोचें, किसी बात पर हैरान न हों, किसी बात को दिल से न लगाएँ, कोई कल्पना न करें...बस गहरी साँस लें और विश्वास रखें कि सबकुछ अच्छे के लिए ही होगा।*
>
> –अज्ञात

65. सड़क पर क्रोध को प्रबंधित करना

हम सभी कभी-न-कभी अपने आप को सड़क पर रोष व्यक्त करने के लिए दोषी पाते हैं। कुछ स्थितियों में यह बिलकुल भी संभव नहीं हो पाता कि आप शांति बनाए रख सकें, विशेषतः जब सामने वाला वाहन चालक ग़लत तरीक़े से आपसे आगे निकलने का प्रयास करते हुए दुर्घटना की आशंका बढ़ाए। सड़क पर गुस्सा दिखाना भी दुर्घटना, हिंसा और अन्य अपघातों को जन्म दे सकता है। एक बार जब आपको इसकी आदत पड़ जाती है, तो आप उन्माद जैसी स्थिति में आ जाते हैं और बहुत आक्रामक ढंग से गाड़ी चलाने लगते हैं। कई बार यह अन्य चालकों से बदला लेने जैसा भी होता है।

अपने गुस्से को दबाना या उसे उभरने देना, दोनों ही स्थितियों में यह गुस्सा आपके स्वास्थ्य के लिए हानिकारक है। आप कुछ क़दम अपनाकर ट्रैफ़िक जाम में फँसने या ख़राब ड्राइवरों से पाला पड़ने पर अपने गुस्से को क़ाबू में रख सकते हैं।

सड़क पर आते गुस्से का इलाज

चूँकि गुस्सा इन सारी प्रतिक्रियाओं के केंद्र में होता है, अतः यह ज़रूरी है कि आप अपनी भावनाओं को स्वस्थ स्थिति में रखें। इसका इलाज सड़क के गुस्से के कारणों और व्यक्तित्व की विभिन्नता के चलते अलग-अलग व्यक्तियों के लिए अलग-अलग हो सकता है।

✓ *यातायात के नियम सीखें* – क्या आपको यातायात के सभी नियम मालूम

हैं? आजकल यातायात के सभी नियमों की जानकारी के बग़ैर भी ड्राइविंग लाइसेंस हासिल कर लेना कठिन नहीं है। इसमें कोई आश्चर्य नहीं कि बहुत से ऐसे लोग जिन्होंने अभी केवल वाहन को साधना भर सीखा है, उन्हें रास्ते पर आड़ी-तिरछी गाड़ियाँ दौड़ाने में कोई भय नहीं लगता। यह जाँचें कि क्या आपका वाहन चालन और यातायात के नियमों का ज्ञान पर्याप्त है?

✓ *धीमा शांत संगीत* - मधुर संगीत वाहन चालक के हाव-भाव और मनःस्थिति को प्रभावित करता है, विशेषतः जब यह संगीत चालक से जुड़ाव रखता हो। आक्रामक संगीत उन वाहन चालकों की पसंद होता है, जो लगातार यातायात के नियम भंग करते हैं और दूसरे चालकों पर गुस्सा उतारते हैं। आप शांतिदायक संगीत बजाकर अपने गुस्से को क़ाबू में रख सकते हैं। यह भी सुनिश्चित करें कि संगीत धीमी आवाज़ में चलाया जाए।

✓ *गुस्सा करने वाले वाहन चालकों को समझना* - गुस्से को शांत करने का सबसे बढ़िया उपाय उसके कारण को समझना होता है। एक बार आपको स्थिति समझ में आ जाए और उस पर आपका नियंत्रण हो जाए, तो गुस्सा कम हो जाता है। इससे आप ख़राब ड्राइविंग के पीछे के कारणों को समझ सकेंगे। जिन आक्रामक वाहन चालकों से आप मिलते हैं, संभव है उनके कई महत्त्वपूर्ण कामों के लिए उन्हें देर हो रही हो या कोई चिकित्सकीय इमरजेंसी हो। बेशक, आप ग़लत भी हो सकते हैं, मगर ऐसा सोचना आपको सड़क पर कई गुस्सेभरी बहसबाज़ी से बचा लेगा।

✓ *हँसकर टाल दें* - हँसना सड़क के गुस्से की सबसे बढ़िया दवा है। नियम तोड़ने वाले वाहन चालक क्यों ग़लत तरीक़े से निर्देशित मिसाइल की तरह वाहन चलाते हैं, इसके लिए कोई बेवक़ूफ़ाना कारण खोजकर उस पर हँसा जा सकता है। मज़ेदार कारण सोचें, जैसे- पेट में मरोड़ हो रही है या दस्त लगे हैं, इसीलिए वे भागे जा रहे हैं। इससे गुस्से के बजाय आपके पास मज़ेदार चुटकुलों का ढेर होगा।

✓ *उन्हें जाने दें* - कुछ लोग हमेशा भयानक जल्दी में होते हैं। उनकी नज़रों में दूसरे वाहन, यातायात की बत्तियाँ और अन्य चीज़ें उन्हें ब्रेक लगाने पर मजबूर करने वाली बाधाओं की तरह होती हैं। उनकी गति में बाधा डालना केवल हिंसक प्रतिक्रियाओं को जन्म देगा, जिससे दुर्घटना संभावित हो सकती है। उन पर गुस्सा करने के बजाय उन्हें जाने दें। यदि लगे, तो अपने वाहन की गति धीमी कर लें या लेन बदल लें। आप अपने गंतव्य तक तो यूँ भी पहुँचेंगे ही।

- ✓ *परिणामों का डर रहे* - दुर्घटना अपने आप में एक भयावह घटना है। उस भय या डर पर ध्यान दें। रास्ते पर आपको ऐसा वाहन चालक बनना है, जो हर हाल में अपनी सुरक्षा कर सके।
- ✓ *प्रार्थना गुनगुनाएँ* - प्रार्थना करने से आपको ईश्वर की उस इच्छा की याद आएगी, जिसमें वह चाहता है कि आप हरेक के साथ दयालुता का व्यवहार करें। साथ ही प्रार्थना मन को शांत करती है, उग्र भावनाओं का शमन करती है और आपको बेहद आरामदायक स्थिति में ले आती है।
- ✓ *आपके यथास्थान पहुँचने पर आपके लिए क्या विशेष होगा, उस पर ध्यान दें* - हरेक गंतव्य कुछ अच्छी चीज़ों के साथ आता है। संभव है, दफ़्तर के मामले में आपको पदोन्नति की या सहकर्मियों के दोस्ताना व्यवहार की याद आए, दूसरी ओर आपका घर आपके लिए अपने प्रिय व्यक्तियों के साथ मज़ा करने, आनंद लेने का स्थान हो। ये बातें ध्यान में आते ही गुस्से की अवस्था में भी किसी का भी दिल उमंग से गमक सकता है। व्यस्त और भीड़भरे रास्ते पर वाहन चलते समय इन बातों पर ध्यान लगाएँ।

ये सभी तरीक़े बहुत प्रभावी हैं। जो भी हो, ट्रैफ़िक में फँसने के दौरान कभी-कभी आपके द्वारा चुने गए उपाय का प्रभाव कम हो सकता है। ऐसा लगने पर दूसरा उपाय करें। आप इन उपायों के पीछे छिपे तर्क को समझते हुए अपने उपाय भी निकाल सकते हैं, जो आपके व्यक्तित्व के लिए सही बैठते हों। अपने आप को गुस्से का शिकार न बनने दें।

जो आप अनुभव करते हैं वह जीवन का 10 प्रतिशत है। बाक़ी 90 प्रतिशत तो आपकी प्रतिक्रिया पर निर्भर है।

-डोरोथी एम. नेडेरमेयर

66. अकेलेपन को मात देना

अकेलापन बाक़ी दुनिया से अलग हो जाने, कट जाने की एक दर्दनाक भावना है। यह ऐसी भावना है, जिसमें जीवन के किसी के चले जाने से रिक्तता महसूस होती है। कई बार जीवन में बड़े बदलाव होते हैं, जैसे- कॉलेज जाने के लिए घर छोड़ना, नौकरी बदलना या किसी नई जगह पर जाना। ये ऐसी स्थितियाँ हैं, जिनमें आदमी को अकेलापन महसूस हो सकता है।

इसके पीछे वास्तविक दोष हमारे इस नज़रिए का है कि हम अलग होने की

घटना को देखते किस तरह हैं। अकेलेपन के तीव्र एहसास के साथ क्रमशः ये भावनाएँ आती हैं, 'मैं सचमुच इसके लायक़ नहीं हूँ,' 'मेरे अधिक मित्र नहीं हैं, क्योंकि मैं आकर्षक नहीं हूँ।' कम आत्म-सम्मान वाले लोग अक्सर यह विश्वास कर लेते हैं कि दूसरे उनके बारे में जानने या उनसे निकटता बढ़ाने में रुचि नहीं लेंगे। ऐसे में उनका अकेलापन उनके व्यक्तित्व का प्रमाण बन जाता है।

अकेलेपन के प्रभाव

जिन लोगों को अकेलापन महसूस होता है, वे अक्सर अवसादग्रस्त, चिंतित या रुष्ट हो जाते हैं। कुछ लोगों को अकेलेपन के कारण पेटदर्द, सिरदर्द और ऊर्जा का कम होना जैसे शारीरिक लक्षण भी महसूस होते हैं। वे अक्सर अपनी बहुत आलोचना करते हैं और अपने दुख में ही डूबे रहते हैं। बाक़ी लोग अपने अकेलेपन के विकल्प के रूप में अपने आप को काम में डुबोए रखते हैं। कुछ लोग अपने रिश्तों में बेहद अधिकार जताने वाले, बेवजह चिपकने वाले और दूसरों पर निर्भर हो जाते हैं। कुछ लोग ख़ुद को खानेपीने, शराब या अन्य मादक द्रव्यों की ओर धकेल देते हैं।

इस तरह के सभी व्यवहार भले ही तात्कालिक लाभ देने वाले प्रतीत हों, वास्तव में ये स्वयं को नुक़सान पहुँचाने वाले और पराजित करने वाले होते हैं। इससे अकेलेपन से ग्रस्त आदमी की अवास्तविक, अतार्किक धारणाओं अर्थात दूसरों के साथ या दोस्ती के लायक़ न होने, को बल मिलता है।

अकेलेपन से पार पाना

यहाँ कुछ सुझाव दिए जा रहे हैं -

1. अपने नकारात्मक विचारों की वास्तविकता को चुनौती दें। अकेलेपन की जो भावना हम महसूस करते हैं, उनकी जड़ में यही अवास्तविक, अतार्किक विचार होते हैं, जो जीवन की परिस्थितियों के ग़लत अर्थ निकालने के कारण जन्म लेते हैं। संभव है, आप यह जानते ही न हों कि आप अपने बारे में नकारात्मक विचार रखते हैं। अतः अपने विचारों को सावधानी से परखिए, उनमें से हरेक नकारात्मक विचार के लिए जीवन की परिस्थितियों में से उदाहरण ढूँढ़िए। (जैसे, यदि आप यह सोचते हैं कि आपके किसी से भी अच्छे संबंध नहीं बन सकते, तो अपने दोस्तों के बारे में सोचें, जिनसे आपके अच्छे रिश्ते थे)। वे हमेशा रहेंगे।
2. यह अपने ऊपर ध्यान देने और अपने बारे में और सीखने का बढ़िया समय है। अपनी उन निजी रुचियों को विकसित करने के लिए समय निकालें, जिन्हें पहले आप न कर पाएँ हों।

3. दूसरों के साथ रिश्ते बनाने को लेकर काम करें। तत्काल प्रतिक्रिया देने वाला, उग्र, आकुलता भरा और बेवजह 'चिपकने' वाला व्यवहार छोड़ दें, जिसके चलते लोग आपसे दूर भागते हैं।
4. अपनी सकारात्मक छवि प्रस्तुत करें। दूसरों का एक दोस्ताना मुस्कान के साथ अभिवादन करें, गर्मजोशी से हाथ मिलाएँ और सीधे आँखों में झाँककर बात करें। दूसरों को आपकी शारीरिक भाव-भंगिमाओं से यह जान लेने दें कि आपको उनके साथ बातचीत करना पसंद आ रहा है।
5. आपके जीवन में किन आवश्यकताओं की पूर्ति नहीं हो पा रही है, उनकी पहचान करें। (उदाहरण के लिए, सार्थक दोस्ती, सामाजिक कार्यों में संलग्नता, अकेले रहने में सुरक्षित अनुभव करना आदि)।
6. नई दोस्ती को पुराने अनुभवों के आधार पर न परखें। नई दृष्टि के लिए तैयार रहें।
7. धीरज रखें। याद रखें कि नए लोगों के साथ सहज होने और रिश्ते प्रगाढ़ करने में समय लगता है।
8. पुराने दोस्तों से फिर से जुड़ने के प्रयास करें। उस दोस्त को ई-मेल, फ़ोन करें जिससे आपने बहुत लंबे समय से बात न की हो। उसे पत्र लिख सकते हैं या कार्ड भी भेज सकते हैं।

याद रहे, सभी आपके जैसे नहीं हैं और आपको भी हरेक से दोस्ती की आशा रखने की आवश्यकता नहीं है।

यह ध्यान रखना ज़रूरी है कि अकेलापन एक सामान्य अनुभव है, जिसका आपके व्यक्तित्व या चरित्र पर कोई प्रभाव नहीं पड़ता। सभी लोग, भले ही उनके सामाजिक संपर्क प्रबल हों या न हों, जीवन में कभी-न-कभी अकेलेपन का अनुभव करते हैं। ख़ुद के साथ सहज होना और अकेले होकर भी अपना समय आनंद से बिताना सीखें। ख़ुद को नए रिश्ते बनाने और मौजूदा रिश्तों में निकटता बढ़ाने का चांस लेने के लिए प्रेरित करें।

कुछ लोगों के लिए अकेलेपन का पैमाना यह नहीं होता कि उनके कितने दोस्त हैं, बल्कि यह होता है कि वे बाहरी दुनिया से कितने कटे हुए हैं। एक पढ़ी-लिखी मगर घर सँभालती महिला के लिए अपने आप को बाहरी दुनिया से कटा हुआ महसूस करना बहुत स्वाभाविक होता है, जब उसका पति लगातार टूर पर रहता हो। परेशानी और निराशा की अवस्था में उसने मेरी सलाह ली और मैंने उसे पुराने स्कूल-कॉलेज के समय के दोस्तों, परिजनों, रिश्तेदारों आदि से फ़ोन, मैसेज के माध्यम से पुनः संपर्क बनाने को कहा, ताकि उसे विश्वास हो जाए कि उसके जीवन में अभी लोग मौजूद हैं।

कभी-कभी वह सैर पर बाहर जाती थी, तो उसे लोगों को देखकर अच्छा लगता था। उसने तय किया कि अपने बच्चों को स्कूल छोड़ने और वापस लाने के लिए वही जाएगी। ऐसा करते हुए उसने स्कूल के बाहर खड़ी माताओं से बातचीत करनी शुरू कर दी। उसे हमेशा उत्साह बढ़ाने वाला जवाब नहीं मिलता था, मगर वह उसे दिल पर नहीं लेती थी। धीरे-धीरे उसे सकारात्मक प्रतिक्रियाएँ मिलने लगीं और इससे उसे अपने अकेलेपन से पार पाने में ख़ासी मदद मिली।

अंटार्कटिका के बीसवें वैज्ञानिक अभियान दल का सदस्य होने के नाते मुझे हिमालय के क्षेत्र में कठोर प्रशिक्षण से गुज़रना था। इस समय इस अभियान के मेरे सहयोगियों के साथ ने मुझे व्यस्त और मज़े में बनाए रखा। फिर भी अंटार्कटिका पहुँचने के बाद लगा कि प्रशिक्षण में बताई गई बातें अब असफल हो रही हैं। हममें से अधिकतर लोगों को अकेलेपन के एहसास ने घेरना शुरू कर दिया था। कई बार अपने आसपास किसी दूसरे के होने से हम अपने आप में और अधिक सिमट जाते थे। कभी-कभी एक-दूसरे के प्रति चिढ़ या खीझ का भाव भी सिर उठाने लगता था। स्वयं को दुनिया से कट जाने, अलग-थलग पड़ जाने के इस अहसास से दूर करने के लिए हमें समय और प्रयास, दोनों की ही आवश्यकता थी।

अकेलापन मूलतः संतोषजनक रिश्तों की अनुपस्थिति को दर्शाने वाली एक अवस्था है। अकेलेपन को एकांत मानकर भ्रमित नहीं होना चाहिए, क्योंकि एकांत वस्तुनिष्ठ अवस्था है, जिसमें हम लोगों की अनुपस्थिति को महसूस करते हैं और उसका आनंद लेते हैं। इसके विपरीत, अकेलापन वह भाव है जिसमें लोगों से घिरा होने पर भी व्यक्ति स्वयं को अकेला महसूस कर सकता है, यदि वे उसके दिल के क़रीब न हों तो। इसके उलट, कई लोगों से घिरे रहने वाले व्यक्ति कभी-कभी स्वयं एकांत में रहना चाहते हैं, ताकि यह जान सकें कि उनके जीवन में क्या घट रहा है।

अकेलेपन की जड़ में कई कारक शामिल होते हैं। मसलन, जिन बच्चों की परवरिश गर्मजोशी भरे और सहयोगात्मक रवैया अपनाने वाले अभिभावकों के बीच हुई होती है, उन्हें बड़े होने पर अकेलेपन का एहसास कम होता है। जिनके अभिभावक अप्रिय और असहयोगी रवैये के थे, उन्हें अकेलेपन का एहसास अधिक परेशान करता है। ऐसे लोग जिनमें आत्मसम्मान की कमी होती है, और जिनमें समाज में घुलने-मिलने का कौशल कम होता है, अकेलेपन के शिकार ज़्यादा हुआ करते हैं। उनका यह विश्वास कि वे अनुपयोगी है, दूसरों से सकारात्मक मान्यता को ग्रहण करने में रुकावट बन जाता है और इससे वे अकेलेपन को ख़त्म करने की दिशा में कोई काम नहीं कर पाते।

हम अकेलेपन का सामना किस तरह करते हैं, यह इस पर निर्भर करता है कि हम इसके कारणों को किस तरह देखते हैं। जो लोग अकेलेपन की भावना से

अधिक ग्रस्त रहते हैं, वे इसका दोष अपनी अक्षमताओं पर मढ़ते हैं। (जैसे- 'मैं अकेला हूँ, क्योंकि मैं प्यार करने योग्य नहीं हूँ, अप्रिय हूँ।') इससे उन्हें और ख़राब महसूस हो सकता है। इसके विपरीत, जब लोग इसमें बाहरी कारकों की भूमिका के बारे में (जैसे- 'बड़े समूह में लोगों के साथ वार्तालाप करना सचमुच मुश्किल होता है') या अपने प्रयासों के बारे में ('मैं शाम को काम जल्दी ख़त्म करूँगा, ताकि मैं और लोगों से मिल सकूँ') सोचने लगते हैं, तो उन्हें ख़ुद को दोष देने की प्रक्रिया और अकेलेपन से बाहर आने में मदद मिलती है।

अकेलेपन की भावना को महसूस करने से पहले हमें यह स्वीकार करना होगा कि हमें अकेला महसूस हो रहा है। कभी-कभी इसे स्वीकार करना भी कठिन हो जाता है। इसके बाद हमें उन भावनाओं को किसी-न-किसी तरह से अभिव्यक्त करना होगा। मैंने अंटार्कटिका में रहते हुए हर दिन अपनी पत्नी को एक पत्र लिखा, जिसमें मैंने अपने अकेलेपन की भावना को व्यक्त किया- बावजूद इसके कि वहाँ से पत्र भेजना या प्राप्त करना असंभव था। इसके अलावा चित्र बनाना, गीत लिखना या ऐसी ही किसी गतिविधि जिससे आपके अकेलेपन की भावना को बाहर लाया जा सके, पर विचार किया जा सकता है।

अकेलेपन से लड़ने के लिए व्यक्ति को निष्क्रियता छोड़कर सक्रिय होना होगा। जो लोग अकेलेपन का उत्तर निष्क्रियता से देते हैं, यानी घंटों तक टीवी देखते हैं, देर तक सोते हैं, रोते हैं, उनमें अकेलेपन का एहसास और बढ़ता है। इसके बनिस्बत जो लोग सक्रिय तकनीक अपनाते हैं, यानी पढ़ते-लिखते हैं, दोस्त से बात करते हैं, वे अकेलेपन से जल्दी उबर आते हैं।

इसके अलावा, सामाजिक सरोकार वाली गतिविधियों में संलग्न होने (जैसे वंचित समुदाय के लिए काम करना) के माध्यम से कई काम हो सकते हैं। एक तो इससे हमारा दिमाग़ अकेलेपन के भाव से बाहर आ जाता है, क्योंकि हम किसी उद्देश्यपूर्ण कार्य से स्वयं को जुड़ा हुआ पाते हैं। इससे हमें समान रुचि वाले लोगों से मिलने का मौक़ा मिलता है और हमारे नए संपर्क बनाने के कौशल में वृद्धि होती है। इससे हमारे जीवन को एक खाका मिलता है, ताकि हम उसके आगे जाकर सोच सकें। इससे हमें यह भी याद आता है कि अतीत में हम यह सब करके कितने प्रसन्न हुआ करते थे।

लोगों के पीछे न भागें। स्वयं एक मिसाल बनें और उन्हें अपनी ओर आकर्षित करें। कठिन परिश्रम करें और अपनी पहचान बनाएँ। जो लोग आपके जीवन से जुड़े हैं, वे स्वयं ही आपको खोज लेंगे और आपके साथ रहेंगे।

-विल स्मिथ

67. पैनिक अटैक से सामंजस्य बिठाना

पैनिक अटैक तनाव के सबसे भयावह लक्षण के रूप में आता है और हर दस में से एक वयस्क इसका शिकार बनता है। यदि आपको पहले कभी भी पैनिक अटैक नहीं आया है, तो आपके लिए यह समझना बहुत ही मुश्किल होगा कि इससे पीड़ित व्यक्ति किस मुश्किल से गुज़रते हैं। कल्पना करें कि आप ट्रेन में बैठकर अपने शहर से दूसरे शहर में जा रहे हैं। अचानक आपको पता चलता है कि बदमाशों का एक समूह चाक़ू और बंदूक़ें लिए आपके डिब्बे में घुस आया है। आपका घबरा जाना स्वाभाविक है। आपका दिल ज़ोर-ज़ोर से धड़कने लगेगा, आप पसीने से लथपथ हो जाएँगे और उस स्थान से तथा उस परिस्थिति से भाग खड़ा होना चाहेंगे।

अब सोचें कि आप उसी ट्रेन में बैठे हुए ऐसी ही कल्पना कर रहे हैं। आप इतने ही डरे हुए हैं। बस, फ़र्क़ यह है कि उस ट्रेन में वास्तव में कोई बदमाश नहीं आए हैं। वहाँ ऐसा कुछ भी नहीं घट रहा है, बाक़ी यात्री शांति से आपस में बातचीत कर रहे हैं और हाथों में समाचार पत्र-पत्रिकाएँ लिए पढ़ रहे हैं। जैसे ही आपको इस बात का एहसास होता है, आप इस बात को समझने की कोशिश करते हैं कि आख़िर आपके साथ यह हो क्या रहा है। आपका दिमाग़ अचानक एक निर्णय पर पहुँचता है...'मैं पागल हो रहा हूँ... मुझे हृदयाघात होने वाला है... मैं स्वयं पर से नियंत्रण खो रहा हूँ... मैं मरने वाला हूँ' आदि।

हरेक व्यक्ति कभी-न-कभी इस तरह के लक्षणों का अनुभव करता है और ऐसा शरीर के 'लड़ो या भागो' प्रतिक्रिया तंत्र के चलते होता है। जब आपकी कार लगभग दुर्घटनाग्रस्त होने वाली हो, उस समय शारीरिक भावना को याद करें। आपका शरीर स्वतः ही इस ख़तरे का सामना करने की प्रक्रिया में आने लगता है। पैनिक अटैक में भी शरीर और दिमाग़ इसी अवस्था में आ जाते हैं, अंतर यही होता है कि बाहर ख़तरे की ऐसी कोई स्थिति मौजूद नहीं होती। हमें अपने आप को लगातार यह याद दिलाते रहना होगा कि पैनिक अटैक जो हमें बाज़ार, कार्यस्थल या अन्य किसी भी स्थान पर आना संभव है, इसकी जड़ें शरीर के जीवनरक्षक तंत्र में छिपी हुई हैं। यह अटैक आपको कोई हानि नहीं पहुँचाएगा। न तो इससे आपको दिल का दौरा पड़ेगा, न ही आप पागल होंगे, न ही बेहोश होकर गिरेंगे।

पैनिक अटैक क्यों आता है?

वैसे तो पैनिक अटैक बिना किसी कारण के भी आना संभव है, पर सामान्यतः यह तभी प्रकट होता है जब हम किसी चिंता या तनाव से घिरे हुए हों। यह बढ़ता हुआ तनाव जब किसी ऐसी स्थिति के साथ जाकर जुड़ जाता है, जिसमें आप ख़ुद को घिरा हुआ या डरा हुआ महसूस करें, तो इसके कारण ऐसे लक्षण शरीर में उत्पन्न

हो जाते हैं मानो आपके साथ कुछ बहुत ही बुरा घटने वाला है, जैसे- दिल का दौरा पड़ना, बेहोश होना, पागल होना आदि। दूसरी प्राकृतिक प्रतिक्रिया उस स्थान से भाग खड़े होने की होती है।

याद रहे कि भले ही पैनिक अटैक दुखद और डरावने होते हैं, मगर वे नुक़सानदेह नहीं होते। मगर यदि आपने पैनिक अटैक के डर से कुछ स्थितियों से बचना शुरू कर दिया, तो धीरे-धीरे आप अपनी गतिशीलता खोने लगेंगे। आपके दिमाग़ में जब पैनिक अटैक का डर पनपने लगे, तभी यदि आप इसे समझ लें और इससे पार पाने का प्रयास करें, तो आपको एहसास होगा कि आप इस डर पर विजय पा सकते हैं।

इन बातों को अमल में लाकर देखें

1. *तार्किक बनें* - याद रखें, पैनिक अटैक आना सामान्य बात है। शारीरिक लक्षण भले ही विकराल-से लगें, मगर इनसे कोई नुक़सान नहीं होगा।
2. *वर्तमान में बने रहें* - पैनिक अटैक के समय आपके शरीर में क्या-क्या हो रहा है, आपको कैसा लग रहा है, इस पर ध्यान दें। अपने शरीर की गतिविधि को धीमा करें, पेशियों को ढीला छोड़ दें और 'शांति' शब्द पर ध्यान केंद्रित करने का प्रयास करें।
3. *आगे की न सोचें* - यह न सोचें कि ऐसा होने से आगे क्या हो सकता है। क्योंकि यह केवल आपकी कल्पना ही होगी, यथार्थ नहीं।
4. *अपनी चिंता को मापें* - अपनी चिंता पर ध्यान दें और उसे 10 से 1 तक लाने का प्रयास करें। अपने आप को शांत होता हुआ महसूस करें।
5. *उसी स्थिति में बने रहें* - यदि आप पैनिक अटैक उत्पन्न करने वाली स्थिति से भाग खड़े होते हैं, तो अगली बार वह स्थिति और भी ख़तरनाक हो जाएगी।
6. *धीमी और गहरी साँस लें* - अपनी साँस पर ध्यान दें, नाक से गहरी और धीमी साँस लें और धीरे-धीरे छोड़ें।
7. *किसी से बात करें* - पैनिक अटैक की स्थिति में किसी निकट मित्र या रिश्तेदार से बात करें।

साँस लीजिए। कभी भी साँस लेना न भूलें। आप इसे कर सकते हैं। यह हमेशा नहीं बना रहेगा।

-जोडी अमान

68. बर्नआउट से बचाव

32 साल के एक अतिव्यस्त दाँतों के डॉक्टर ने अपने आप को शहर की अलग-अलग जगहों पर स्थित दो क्लीनिक में लगातार काम करते हुए पाया। ज़्यादातर दिनों में वह रात को देर से घर आता था और इतना थका होता था कि उसमें रात का भोजन करने तक की शक्ति नहीं बचती थी। काम के दबाव, परिवार की ज़िम्मेदारियों और आर्थिक परेशानियों ने उसे निचोड़कर रख दिया था। वह इस सारी स्थिति से तालमेल बिठाने में अपने आप को असमर्थ महसूस कर रहा था। उसे जल्दी ही यह अनुभव होने लगा कि यह सब बेहद थका देने वाला था, इतना कि रविवार के अवकाश में भी वह तरोताज़ा महसूस नहीं कर पाता और स्थिति से सामंजस्य न बिठा पाने का भाव उस पर हावी होता दिखाई देने लगा था।

इस तरह का तनाव किसी को भी हो सकता है। वे तनाव में डूबे पेशेवर लोग हो सकते हैं, मशहूर हस्तियाँ हो सकती हैं, काम के बोझ तले दबे कर्मचारी हो सकते हैं या घर की महिलाएँ भी हो सकती हैं। आजकल बर्नआउट एक आम शब्द बन गया है।

यदि आप लगातार तनाव में रहते हैं और यह तनाव आपको असहाय और बेहद निर्बल किए दे रहा है, आपको मोहभंग-सा महसूस हो रहा है, तो हो सकता है कि आप भी बर्नआउट के शिकार हैं। बर्नआउट के कारण उत्पन्न नाख़ुशी और अलगाव का भाव आपकी नौकरी, रिश्तों और स्वास्थ्य के लिए ख़तरा बन सकता है। बर्नआउट भावनात्मक, मानसिक और शारीरिक रूप से अत्यधिक थकावट की स्थिति है, जो लगातार और अत्यधिक तनाव के कारण उत्पन्न होती है। यह तब पनपती है, जब आप पर तनाव हावी हो जाता है और लगातार आने वाली माँगों को पूरा करने में स्वयं को असमर्थ पाते हैं। बर्नआउट ठीक हो सकते हैं, बशर्ते लक्षणों को प्रारंभिक अवस्था में ही पहचान लिया जाए। अधिक समय हो जाने पर इससे बाहर आने में समय और प्रयास, दोनों ही अधिक लगते हैं। हालाँकि, आप अपनी प्राथमिकताओं को फिर से तय करके, अपने लिए समय निकालकर और सहयोग लेकर अपने संतुलन को पुनः प्राप्त कर सकते हैं।

आप भी बर्नआउट के रास्ते पर हैं, यदि आपको ऐसा लगता है कि -

- हर दिन बहुत बुरा दिन है
- अपने काम या परिवार की परवाह करना ऊर्जा का अपव्यय है
- आप हमेशा थका हुआ महसूस करते हैं
- आपको लगता है कि आप कितना भी काम करें, कुछ भी बदलने वाला नहीं है या कुछ भी तारीफ़ के क़ाबिल नहीं है

- काम करना बहुत ही एकरस और बिना चुनौती का है
- आप बेहद तनावपूर्ण और अराजक माहौल में काम करते हैं
- आराम और सामाजिक गतिविधियों के लिए समय निकाले बिना लगातार काम करते रहना
- बहुत से लोगों से बहुत सारी बातों की अपेक्षा करना
- दूसरों से पर्याप्त मदद लिए बिना अत्यधिक ज़िम्मेदारियाँ अपने ऊपर ओढ़ लेना
- पर्याप्त मात्रा में नींद न लेना
- निकटतम, सहयोगी रिश्तों का अभाव होना

बर्नआउट के कारण

बर्नआउट के कई कारण हो सकते हैं। कई मामलों में बर्नआउट नौकरी से जन्म लेता है। जो भी हो, काम के अत्यधिक बोझ से दबे और काम का आकलन ठीक से न होने से परेशान हर व्यक्ति को बर्नआउट की संभावना बनी रहती है, चाहे वह दफ़्तर का मेहनती कर्मचारी हो जिसे दो साल से लंबी छुट्टी और वेतन की बढ़ोतरी दोनों ही न मिली हो या घर में रहने वाली माँ हो, जिसके ऊपर बच्चों और घर को सँभालने की भारी ज़िम्मेदारी हो।

बर्नआउट केवल भारी काम या अधिक ज़िम्मेदारियों और तनाव से ही नहीं होता, इसके लिए आपकी जीवनशैली और व्यक्तित्व के गुण जैसे अन्य कारक भी ज़िम्मेदार होते हैं।

बर्नआउट से बचाव

✓ *अपने दिन की शुरुआत किसी आरामदायक ढंग/विधि से करें*- उठते ही बिस्तर से कूदकर काम पर लग जाने के बजाय कम-से-कम पंद्रह मिनट ध्यान, व्यायाम या प्रेरणादायक सामग्री पढ़ने में बिताएँ।

✓ *खाने-पीने, व्यायाम और सोने की संतुलित आदतें अपनाएँ*- जब आप उचित आहार लेते हैं, नियमित शारीरिक गतिविधियों में लगे रहते हैं और आराम करते हैं, तो आपमें जीवन की उलझनों और माँगों को पूरा करने की ऊर्जा और उत्साह, दोनों ही बने रहेंगे।

✓ *अपनी सीमाएँ तय करें*- अपने आप को अति विस्तार न दें। अतिरिक्त समय लेने वाली हर गतिविधि को नहीं कहना सीखें। यदि आपको यह मुश्किल लगता है, तो अपने आप को याद दिलाएँ कि कुछ बातों के लिए 'नहीं' कहने से

आपको उन बातों के लिए 'हाँ' कहने की गुंजाइश मिलेगी, जिन्हें आप वाक़ई करना चाहते हैं।

✓ *तकनीक से थोड़े समय के लिए दूर रहें*- हर दिन थोड़ा समय ऐसा तय करें, जब आप पूरी तरह से तकनीक से विलग रह सकें। अपना लैपटॉप दूर रखें, फ़ोन बंद कर दें और ई-मेल आदि न जाँचें।

✓ *अपने रचनात्मक पहलू को विकसित करें*- कुछ नया करने की कोशिश करें। ऐसा कोई मज़ेदार प्रोजेक्ट शुरू करें या पसंदीदा शौक़ अपनाएँ, जिसका आपके काम से कोई लेना-देना न हो।

✓ *तनाव का प्रबंधन करना सीखें*- जब आप बर्नआउट के रास्ते पर चल रहे हों, तो आपको कभी-कभी असहाय महसूस हो सकता है। आपको अपने तनाव पर और अधिक नियंत्रण रखने की आवश्यकता है। तनाव प्रबंधन के तरीक़े सीखकर आप अपना संतुलन वापस पा सकते हैं।

✓ *धीमे-धीमे चलें*- वादों और गतिविधियों को जितना कम कर सकें, उतना कम करने का प्रयास करें। अपने आप को आराम करने, चिंतन करने और स्वस्थ महसूस करने का समय दें।

✓ *सहयोग लें*- अपने प्रिय व्यक्तियों से सहयोग माँगें। कई बार दूसरे व्यक्ति से अपनी भावनाओं को साझा करना ही आपके मन के बोझ को कम कर देता है।

अब समय आ गया है कि हर उस रास्ते को छोड़ दिया जाए, जो हमारे लिए हानिकारक है और अपने जीवन की गुणवत्ता को संरक्षित किया जाए।

-एल.एम. ब्राउनिंग

69. मदद उपलब्ध है! मनोवैज्ञानिक रोगों के लिए स्व-सहायता समूह

आजकल अधिकांश लोग अपने जीवन में मनोचिकित्सा और ध्यान की न्यूनतम गतिविधियों को अपना रहे हैं, वे भी वही जो उनके चिकित्सकों द्वारा बताई गई हैं। ऐसे में, यह बहुत ही आवश्यक हो जाता है कि लोग स्व-सहायता समूह की मदद से आराम पाएँ। दुनिया के दूसरे हिस्से में आपको बलात्कार पीड़ित से लेकर किसी पालतू की मौत से दुखी हरेक व्यक्ति के लिए इस तरह के स्व-सहायता समूह काम करते हुए मिलेंगे। फिर भी हम लोग इन विकल्पों की ओर कम ही ध्यान देते

हैं। यह स्पष्ट हो चुका है कि इसकी आवश्यकता बड़े पैमाने पर महसूस की जा रही है।

सामान्यतः लोगों को यह पता ही नहीं होता कि इस बारे में आगे कैसे जाया जाए। संभवतः मनोवैज्ञानिक रोगों की प्रकृति इस बात पर विश्वास करना मुश्किल बना देती है कि मदद इस बीमारी से पीड़ित अन्य लोगों की ओर से भी आ सकती है। बहुत से लोग जिनसे मैं मिला हूँ, ऐसा मानते हैं कि यह बीमारी सिर्फ़ उन्हें ही है, हालाँकि ऐसे कई लोग उस बीमारी से पीड़ित होंगे। स्व-सहायता समूह में ऐसे ही लोग होते हैं, जो एक जैसी बीमारी से पीड़ित होते हैं। इस समूह के सदस्य एक-दूसरे को मदद प्रदान करते हैं। इस तरह के समूह उन अभिभावकों के लिए बहुत ही लाभदायक होते हैं, जिनके बच्चे किसी मानसिक गड़बड़ी से पीड़ित हों।

एक बार आप अच्छे पेशेवर को सूचीबद्ध कर लेते हैं, उसके बाद स्व-सहायता समूह चलाना बड़ी बात नहीं रह जाती। लोग और पेशेवर इसे दुनियाभर में फैलाने में मदद करेंगे। आपको सिर्फ़ कुछ प्रचार सामग्री और पहली बैठक की योजना और कार्यसूची बनानी होगी। पहली बैठक के बाद समूह के साथी स्वयं अपनी कार्यसूची प्रस्तुत करें, जिसमें थोड़ा समय अपनी समस्याओं और अनुभवों को साझा करने के लिए दिया जाए। इसके साथ-साथ रुचि के विषयों पर कुछ शैक्षिक कार्यक्रम, गतिविधियाँ और परामर्श आदि भी आयोजित किए जा सकते हैं।

कुछ सामान्य नियम

स्व-सहायता समूह सबसे पहले तो इस बात को सुनिश्चित करते हैं कि आप अकेले नहीं हैं।

- ✓ इन समूहों के लिए यह बेहद आवश्यक है कि वे सदस्यों की गोपनीयता बरक़रार रखें।
- ✓ एक-दूसरे की आलोचना को प्रतिबंधित किया जाए।
- ✓ सभी सदस्यों को अपने अनुभव साझा करने के लिए प्रेरित किया जाए, पर इसे अनिवार्य न बनाया जाए।
- ✓ इस समूह द्वारा लोगों को भावनात्मक सहयोग देने की दिशा में प्रशिक्षित किया जाना चाहिए।
- ✓ ध्यान के बारे में अधिक जानकारी भी सदस्यों की मदद कर सकती है।

प्रारूप

कोई भी स्व-सहायता समूह सप्ताह में कम-से-कम 75 मिनट के लिए मेल-मुलाक़ात करे, तो बेहतर है। इसमें हिस्सेदारी के लिए कोई शुल्क नहीं लिया जाता। समूह के

बारे में शहरभर में प्रचार किया जाता है और इसमें कोई भी हिस्सा ले सकता है। यदि समूह के किसी साथी को बैठकों में आने के बाद भी लाभ नहीं हो रहा है, तो समूह का प्रधान जो सामान्यतः पेशेवर परामर्शदाता होता है, उसे अतिरिक्त मदद लेने के लिए निर्देशित कर सकता है। लोग कॉलेज-स्कूल के हॉल, धर्मस्थल के परिसर या पार्क आदि में मिल सकते हैं। यह सबसे अच्छा रहता है कि लोग किसी भी सदस्य के घर पर न मिलें। धन का सहयोग स्वैच्छिक होता है। एक सदस्य जिसे कंप्यूटर की जानकारी हो, सदस्यों के साथ संपर्क बनाए रखने का काम कर सकता है। एकत्र की गई राशि का उपयोग बीमारियों पर हो रहे ताज़ा शोध आदि के प्रिंटआउट लेने के लिए किया जा सकता है।

ठीक होने के सिद्धांत

जिस एक स्व-सहायता समूह के बारे में ज़्यादातर लोगों ने सुना है, वह है 'अल्कोहल एनोनिमस' और लोग अपने स्व-सहायता समूहों के संचालन के लिए इन्हीं के तय प्रारूप और सिद्धांतों का अनुसरण करते हैं। इन सिद्धांतों पर चर्चा और उन्हें अमल में लाने की प्रक्रिया ही बीमारी से बाहर आने का माध्यम बनती है।

1. अपनी भावनाओं को महसूस करें
2. कुछ भी अचानक नहीं घटता है
3. निराशावादी सोच को चुनौती दें
4. अपनी प्राथमिकताओं को निर्धारित करें
5. सीधे संवाद करें
6. अपना ध्यान रखें
7. ज़िम्मेदारियाँ लें और दूसरों से उन्हें लेने की अपेक्षा भी करें
8. नायकों की खोज करें
9. उदार बनें
10. निकटता बढ़ाएँ
11. चीज़ों से अलगाव का अभ्यास करें
12. मुश्किल के समय लोगों की मदद लें

चिकित्सक की भूमिका

स्व-सहायता समूह में चिकित्सक सदस्यों को बीमारी के बारे में तकनीकी जानकारी देते हैं और उपचार की नवीन विधियों के बारे में बताते हैं। संभव है, वह चिकित्सक स्वयं भी इस तरह की समस्याओं से दो-चार हुआ हो या उसने अपने परिवार के

किसी सदस्य को इससे जूझते हुए देखा हो, जिसके चलते वह पूरे अधिकार से मरीज़ को वह आशा और समझ दे सकता है, जो पारंपरिक चिकित्सक की भूमिका में संभव नहीं है। इससे समूह के बाक़ी सदस्य भी विश्वास और समानुभूति के महत्त्व के बारे में सीखते हैं। सभी सदस्यों को समूह के सहयोगी व्यवहार से सहायता मिलती है।

> *समूह हरेक व्यक्ति के लिए उपलब्ध हैं भले ही वे किसी भी आयु, जाति, वर्ग, स्थिति और लिंग के हों।*
>
> — mentalhealth.org.au

70. क्या इस शादी को बचाया जा सकता है?

वैवाहिक परामर्श शादीशुदा जोड़ों के बीच के विवाद सुलझाने, उन्हें एक-दूसरे को अच्छी तरह से समझने और अपने रिश्तों को बेहतर बनाने के लिए अतिरिक्त मदद की तरह है। इसके द्वारा जोड़ों को अपने ख़राब रिश्तों को बेहतर और स्वस्थ रिश्तों में बदलने के लिए सुझाव दिए जाते हैं तथा तरीक़े सुझाए जाते हैं।

किसी शादी को बनाए रखने, बल्कि स्वस्थ और सुखी बनाए रखने के लिए मेहनत करनी पड़ती है। लंबे समय तक टिकने वाली, सफल शादियाँ बनाए रखना आजकल मुश्किल होता जा रहा है। हरेक शादी में दिक़्क़तें, समस्याएँ होती हैं। शादीशुदा जोड़ों का इन ऊबड़-खाबड़ रास्तों पर से गुज़रना सामान्य-सी बात है। समस्या बड़ी हो या छोटी, यदि आप इसे सुलझाने में असमर्थ रहते हैं, तो यह किसी की मदद लेने का सही समय है। परामर्शदाता से बातचीत करना कोई शर्म की बात नहीं है और इसका ऐसा भी अर्थ नहीं है कि आपकी शादी बेहद कठिन संकट से गुज़र रही है। वास्तव में, इसका अर्थ एकदम उलट है। इससे यह पता चलता है कि आप इस समस्या को ख़त्म करके शादी बचाए रखना चाहते हैं।

तीन क़दम

शादी में आ रही किसी भी समस्या को सुलझाने हेतु पति-पत्नी के लिए सबसे पहला क़दम यह स्वीकार करना है कि हाँ, शादी में समस्या है। एक आधारभूत समस्या जिससे सभी जोड़े दो-चार होते हैं, वह यह कि दोनों में से एक को तो समस्या दिखाई देती है, मगर दूसरा यह स्वीकार करने को तैयार ही नहीं होता। इसी तरह, एक साथी इसे दूसरे की समस्या भी मान लेता है। मगर यह समझना होगा कि यदि कोई बात एक साथी को भी परेशान करती हो, तो उसका असर दोनों पर और उनके शादीशुदा जीवन पर पड़ेगा ही।

दूसरा क़दम यह है कि हरेक व्यक्ति को ज़िम्मेदारी लेनी होगी कि वह उस

समस्या को उत्पन्न करने और उसे बनाए रखने में समान रूप से दोषी है। सामान्यतः यह एक व्यक्ति का किसी काम को किया जाना या भूल जाना होता है, जो दूसरे व्यक्ति की प्रतिक्रिया को उकसाता है। ऐसा कम ही होता है जब कोई एक ही व्यक्ति समस्या के लिए पूरी तरह से दोषी हो। अपने कार्यों, शब्दों और चरित्र की ज़िम्मेदारी लेना अथवा उनसे मुकरना किसी भी समस्या को सुलझाने के लिए बहुत महत्त्वपूर्ण है।

तीसरा क़दम जो संभवतः सबसे कठिन है, वह है अपने व्यवहार को बदलने की इच्छा रखना। इसमें कुछ बातों को करना या न करना, कुछ बातों को कहना या न कहना शामिल है। कुछ ऐसी बातें होंगी, जिनकी ओर आपका साथी आपका ध्यान आकर्षित करेगा। जो भी हो, एक सामान्य नियम आपको मानना होगा कि यदि आपकी कोई भी बात, काम या विचार आपके साथी को दुख पहुँचाता है, चुभता है तो आपको उसे बंद करना होगा। इसके स्थान पर सकारात्मक विचारों को अपनी बातचीत में स्थान दें।

अपने परामर्शदाता से अव्यावहारिक अपेक्षाएँ रखने से बचें। वैवाहिक परामर्शदाता का काम शादीशुदा जोड़ों को एक-दूसरे को ठीक से समझने में मदद करना होता है। परामर्शदाता जोड़ों को उनके रिश्ते को समझने के लिए सहायता और मार्गदर्शन देता है।

ध्यान रहे कि वैवाहिक परामर्श कठिन होता है। वास्तव में, किसी भी रिश्ते में आ रही समस्याओं को सुलझाना कठिन ही होता है। इसका अर्थ है मुश्किल बातों को सुनना और कहना, दोनों ही मुश्किल है। इसका अर्थ है यह स्वीकार करना कि आप ग़लत हैं। परामर्श आपकी शादी को बचाने और रिश्ते को सुधारने में मदद करता है। बहरहाल, यह तभी काम कर पाएगा, जब आप विश्वास करेंगे कि आपकी शादी बचाने लायक़ है।

> *एक अच्छी शादी दो ऐसे लोगों का मेल है, जो क्षमा करने में विश्वास रखते हैं।*
>
> –रुथ बेल ग्राहम

71. चिंता पर विजय पाना

चिंता वास्तव में परेशानी, डर और आशंका की मिली-जुली भावना है, जो किसी स्थिति की प्रतिक्रिया के रूप में उत्पन्न होती है और अत्यंत ज़बरदस्त, डरावनी, असुरक्षित और असहज दिखाई देती है। आप चिंता को परीक्षा के पहले के डर के रूप में, बड़े समूह में प्रस्तुति से पहले की घबराहट में और ऐसे समय जब आपको

लगे कि आप बड़े ख़तरे में है, भी महसूस कर सकते हैं। चिंता उस समय उपयोगी हो सकती है, जब इसके चलते आप किसी चिंता उत्पन्न करने वाली स्थिति में त्वरित प्रतिक्रिया देते हैं और तुरंत क़दम उठाते हैं। उदाहरण के लिए, चिंता आपको परीक्षा के लिए व्यवस्थित ढंग से पढ़ाई करने या आपको किसी प्रस्तुति के लिए अपनी तैयारी ठीक से करने अथवा असहज लगने वाली स्थिति से दूर जाने की प्रेरणा देती है। जो भी हो, चिंता नुक़सानदेह भी हो सकती है, विशेषतः तब जब अपने आवेग के चलते यह आपको सही कार्य करने से रोकती है या उलटे निर्णय लेने को उकसाती है।

चिंता की पहचान किस तरह करें

नीचे दी गई चेकलिस्ट आपको यह तय करने में मदद करेगी कि आपके द्वारा महसूस की जाने वाली समस्याओं के लिए क्या चिंता ज़िम्मेदार है?

- क्या मैं दिन के अधिकांश हिस्से में बेचैन महसूस करता हूँ?
- क्या चिंता के चलते मैंने अपनी गतिविधियों को रोका या कम किया है?
- क्या मुझे पैनिक होने जैसे लक्षण महसूस होते हैं?
- क्या मैं कुछ परिस्थितियों या बातों से बहुत डरता हूँ?
- क्या मैंने चिंता से निबटने के लिए कई टोटकों या विचार प्रक्रियाओं का सहारा ले रखा है?
- क्या मेरी चिंता किसी दुखद घटना से जुड़ी हुई है?

यदि इन प्रश्नों में से कुछ के उत्तर हाँ में हैं, तो आपको चिंता के लक्षणों को लेकर कुछ और विशेष प्रश्नों के जवाब देने होंगे। ऐसी कई स्थितियाँ हैं, जिनमें चिंता ही सबसे प्रभावी होती है।

चिंता का उपचार

यदि चिंता के लक्षण आपके नित्य प्रति जीवन में बाधा डालते हैं, दैनिक गतिविधियों को प्रभावित करते हैं या आपने चिंता से निबटने के लिए अपनी कुछ गतिविधियों को सीमित कर दिया है, तो आपको पेशेवर की मदद की आवश्यकता है। गतिविधियों को सीमित करने का तात्पर्य है बाहर जाना कम करना, काम पर या स्कूल न जाकर घर पर ही बने रहना, खाना न बनाना, केवल बना-बनाया या बाहर का खाना खाना आदि। वर्तमान में चिंता के उपचार के लिए अत्याधुनिक विधियाँ उपलब्ध हैं, मसलन-साइकोथैरेपी, कॉग्निटिव बिहेवियर थैरेपी और दवाएँ।

आप क्या कर सकते हैं?

चिंता के अनुभव से जुड़ी या उसके लिए उत्तरदायी घटनाओं की पहचान करना सामान्यतः लाभदायक होता है।

- किस बात से चिंता उत्पन्न होती है?
- चिंता के साथ किस तरह के विचार या शारीरिक लक्षण उत्पन्न होते हैं?
- चिंता किस क़दर परेशान और विक्षुब्ध करने वाली है?
- आप चिंता से कैसे निबटते हैं?

इन घटनाओं की पहचान करने से आपको चिंता की प्रकृति के बारे में महत्त्वपूर्ण सूचनाएँ मिल सकती हैं और इसे कम करने के तरीक़े भी मिल सकते हैं। साथ ही, आप कुछ ऐसे बदलाव कर सकते हैं, जो चिंता के लक्षणों को कम करने में मदद करें।

✓ अपने आप को नियमित रूप से शारीरिक गतिविधियों में व्यस्त रखें।
✓ पोषक और संतुलित आहार लें।
✓ पर्याप्त नींद लें।
✓ दोस्तों और परिवार से भावनात्मक सहयोग लें।
✓ अपने जीवन के सकारात्मक पक्षों पर ध्यान दें।
✓ चिंता के विचारों का निरीक्षण करें और नकारात्मक विचारों में बदलाव लाने की कोशिश करें।
✓ उन गतिविधियों की पहचान करें जो आपकी व्यग्रता को बढ़ाती हैं। उनमें संलग्नता कम करें या उन्हें और सहज बनाएँ।
✓ यदि आपको शारीरिक दिक़्क़तें, जैसे- जी मिचलाना, बहुत भूख लगना, दर्द आदि महसूस हो जिनसे आपकी दिनचर्या बाधित हो रही हो, तो चिकित्सकीय परामर्श लें।
✓ शराब और दवाओं का सेवन बिलकुल न करें, चाय और कॉफ़ी भी कम मात्रा में लें।
✓ वे मौक़े या घटनाएँ जो आपके नियंत्रण से बाहर हों, उनकी ज़िम्मेदारी न लें।

चिंता कोई स्थायी स्थिति या विकलांगता नहीं है। आत्मविश्वासी लोग भी चिंताग्रस्त हो सकते हैं, जिसे वे प्रयासों से दूर कर सकते हैं। मन को शांत रखते हुए ध्यान करना, अपने आप से बात करना प्रारंभिक अवस्था में मददगार हो सकता है। आपकी दिनचर्या को प्रभावित करने वाली चिंता के सीधे उपचार में परामर्शदाता माहिर होते

हैं। अक्सर घर के बड़े और भाई-बहन भी मन में चिंता बिठाते हैं। जैसे- पानी से डरते हैं अतः तैरते नहीं हैं, ट्रैफ़िक का डर होता है अतः ट्रैफ़िक में तालमेल नहीं बिठा पाते या ड्राइविंग स्कूल में सिखाई जाने वाली वाहन चालन की तकनीकों को नहीं सीख पाते।

एक सर्वमान्य तथ्य यह है कि जिस गतिविधि से आपको सबसे ज़्यादा डर लगता है, उसे सबसे अधिक करें और उस डर से पार पा लें। साथ ही, परामर्शदाता के साथ-साथ परिवार और मित्र भी इस चिंता और डर से बाहर आकर व्यवस्थित जीवनशैली अपनाने में आपकी मदद कर सकते हैं।

चिंता आपके जीवन को रोक देती है।

–अमांडा सेफ़्राइड

VI

अभिभावक - ईश्वर करें उनकी सारी मुश्किलें छोटी-सी रह जाएँ

72. परिवार भी निष्क्रिय और बेकार हो सकते हैं

कई लोगों को अपना बचपन इतनी मुश्किलों में बिताना पड़ता है कि वे इसी आशा में जीते हैं कि बड़े होकर अपने परिवार और बचपन की कड़वी यादों को पीछे छोड़ देंगे। फिर भी, कई लोग परिवार से दूर हो जाने के बाद भी उसी तरह की दिक़्क़तों को महसूस करते रहते हैं, जैसी वे परिवार के साथ रहते हुए किया करते थे। आदर्श रूप में बच्चों की परवरिश ऐसे माहौल में होनी चाहिए, जहाँ वे स्वयं को सार्थक और मूल्यवान समझें। वे यह सीखें कि उनकी भावनाएँ और ज़रूरतें अहम हैं और उन्हें प्रकट किया जा सकता है। जो बच्चे इस तरह के सहयोगी वातावरण में पलते हैं, वे बड़े होकर स्वस्थ और खुले रिश्ते विकसित करते हैं।

हालाँकि परिवार अपने बच्चों की भावनात्मक और शारीरिक ज़रूरतों की पूर्ति करने में असफल भी साबित हो सकते हैं। साथ ही परिवार में संवाद की जो प्रथा होती है, वह बच्चों को अपनी भावनाओं और ज़रूरतों के बारे में खुलकर बताने से रोक भी सकती है। ऐसे परिवारों में जहाँ बच्चे यह महसूस करते हैं कि परिवार के लिए उनकी भावनाएँ और ज़रूरतें महत्त्व नहीं रखतीं, वहाँ बड़े होते बच्चों में सामान्यतः आत्मविश्वास की कमी दिखाई देती है। शायद उन्हें परिवार नामक इकाई के अन्य घटकों द्वारा अधिक संजीदगी से लिए जाने की आवश्यकता होती है, मगर ऐसा नहीं होने से वे बड़े होने के बाद असंतोष भरे रिश्ते बनाते हैं।

निष्क्रिय या बेकार परिवारों के प्रकार

- जहाँ एक या दोनों अभिभावक किसी लत का शिकार होते हैं या कोई नकारात्मक आदत या व्यवहार, जो परिवार के सभी सदस्यों को प्रभावित करता है।
- जहाँ एक या दोनों अभिभावक नियंत्रण के लिए मुख्यतः धमकी या शारीरिक हिंसा का प्रयोग करते हैं। ऐसे में बच्चों को हिंसा देखनी पड़ती है।
- जहाँ एक या दोनों अभिभावक बच्चों के साथ किसी संपत्ति की तरह व्यवहार करते हैं और उनका मनचाहा उपयोग करते हैं, शोषण करते हैं।
- जहाँ एक या दोनों अभिभावक बच्चों को भावनात्मक सहयोग देने में असमर्थ रहते हैं।
- एक या दोनों अभिभावक बच्चों पर मज़बूत अधिकारवादी नियंत्रण बनाए रखते हैं।

ऐसे परिवारों में बच्चों के साथ क्या होता है?

जब परिवार निष्क्रिय या बेकार हो जाते हैं, तो बच्चों को कई चुनौतियों का सामना करना पड़ता है। उन्हें अभिभावकों की लड़ाई में किसी के पक्ष में आने का दबाव भी सहना पड़ सकता है।

- यह भी हो सकता है कि बच्चे अभिभावकों द्वारा कही जा रही और की जा रही बातों में अंतर स्पष्ट महसूस करें। अर्थात वे कह कुछ रहे हों और उनके व्यवहार में बच्चा देख कुछ और रहा हो।
- चूँकि ऐसे घरों के वातावरण में नकारात्मकता शामिल हो ही जाती है, अतः बच्चों को यह लग सकता है कि उन पर ध्यान नहीं दिया जा रहा है या उनके विचारों और कामों की व्यर्थ ही आलोचना हो रही है।
- ऐसे परिवारों में कई बार अभिभावक बेहद दख़लंदाज़ी करने वाले हो जाते हैं, वे बच्चों की गतिविधियों में अत्यधिक संलग्नता दिखाते हैं और उन्हें लेकर ज़रूरत से ज़्यादा सुरक्षात्मक हो जाते हैं।
- यह भी हो सकता है कि अभिभावक बच्चों से एकदम दूरी बना लें, उनमें रुचि न लें और उन्हें अलग-थलग कर दें।
- परिवार के अन्य सदस्य भी नकारे जाने या सहयोग में कमी महसूस कर सकते हैं।
- सहज और ख़ुशी भरा संवाद किसी परिवार के स्वस्थ वातावरण का संकेत है। जब कोई परिवार निष्क्रिय या बेकार हो जाता है, तो उस परिवार के सदस्य आपस में खुलकर बातचीत करने में परेशानी महसूस करने लगते हैं।
- जब परिवार में हरेक को नशे या शराब का प्रयोग करने की छूट हो, तो वहाँ इनके प्रयोग के लिए बेवजह के समारोह करने के बहाने ढूँढ़े जा सकते हैं।
- एक त्रासद, मगर अक्सर घटने वाली घटना यह है कि किसी को घर के बाहर खदेड़ दिया जाता है। ऐसा बच्चे के साथ भी हो सकता है, जिसे बिलकुल भी पता नहीं होता कि यह हो क्या रहा है और अब वह कहाँ जाएगा या क्या करेगा।
- शारीरिक उत्पीड़न किसी भी तरह की समस्या का सही उत्तर नहीं हो सकता है। जब यह गंभीर, अंधाधुंध या लगातार होने लगता है और वह भी बिना किसी कारण के, तो यह ख़तरनाक हो सकता है।

बदलाव लाना

कुछ बातें हैं, जिन्हें आप अपना सकते हैं –

- उन दर्दनाक और परेशानी भरे अनुभवों को याद करें, जो आपके बचपन में हुए थे।
- अपने उन विश्वासों, व्यवहार और धारणाओं की सूची बनाएँ, जिन्हें आपको बदलना ज़रूरी लगता हो।
- इसके नीचे उन विश्वासों, व्यवहार और धारणाओं की सूची बनाएँ, जिन्हें आप किसी और से प्रतिस्थापित करना चाहते हैं।
- अपनी सूची में से एक नाम लें और उसके विकल्प के रूप में चुने गए व्यवहार को अभ्यास में लाना शुरू कर दें। सबसे सरल चीज़ पहले लें।
- एक बार जब आप उस व्यवहार को बदलने में कामयाब हो जाएँगे, तो सूची में से अगले नाम को लें।
- परिपूर्ण होने की कोशिश से बचें और परिवार को भी ऐसा बनाने की कोशिश न करें।
- इस बात को समझें कि आप दूसरों के जीवन पर नियंत्रण नहीं कर सकते। आपके पास दूसरों को बदलने की ताक़त नहीं है।
- यह पहचानें कि आप क्या घटते हुए देखना चाहते हैं। इसे पहचानें कि जब आप अपने सामान्य व्यवहार से अलग हटकर व्यवहार करेंगे, तो आपके परिवार या दोस्तों की प्रतिक्रिया पहले से उलट हो सकती है। उनकी प्रतिक्रियाओं का अनुमान लगाएँ (जैसे रोना, चीख़ना, अन्य प्रतिक्रियाएँ) और यह तय करें कि आपकी प्रतिक्रिया क्या होगी।

यदि आप अपने आप को व्यवहार के पुराने प्रारूप पर जाता हुआ महसूस करें, तो निराश होने की आवश्यकता नहीं है। बदलाव धीरे-धीरे आते हैं, मगर जैसे-जैसे आप अभ्यास जारी रखेंगे, ये बदलाव आपके जीवन का हिस्सा बनते जाएँगे।

> *प्रेम घर से ही शुरू होता है। हम कितना प्रेम करते हैं, यह मायने नहीं रखता, बल्कि हमारे हर काम में कितना प्यार छिपा है, यह मायने रखता है।*
>
> –मदर टेरेसा

73. बच्चों के डर से निबटना

हर बच्चे में किसी-न-किसी चीज़ को लेकर डर मौजूद होता है। डर भी प्रेम, ख़ुशी, गुस्सा, दुख और बुरा लगने की तरह ही एक भावना है। छोटे बच्चे बहुत ही मनमौजी और अप्रत्याशित व्यवहार वाले होते हैं। जीवन के प्रारंभिक दिनों में बच्चों का जीवन भयमुक्त होता है। वे किसी भी अनजानी जगह या वस्तु का सामना निर्भीकता से कर लेते हैं। जैसे-जैसे बच्चा बड़ा होने लगता है, उसकी कल्पनाशक्ति और जिज्ञासा भी विकसित होती जाती है। वह कुछ कामों से जुड़े भय की पहचान करता है और उसके पीछे के कारणों को भी जान लेता है। जैसे ही उसके मन में यह संबंध स्पष्ट हो जाता है, उसकी जागरूकता उसे सावधान कर देती है और एक हद तक भयभीत भी।

भय बचपन का सामान्य हिस्सा होते हैं। कुछ डर कुछ ख़ास आयु में सामान्य-से होते हैं। कभी-कभी बच्चों का भय किसी बात के बारे में ज्ञान की कमी के चलते उपजता है। उदाहरण के लिए- जिस तरह पानी बहकर गटर में जाता है, मैं भी एक दिन गटर में बहकर चला जाऊँगा। मज़ेदार बात यह है कि बच्चे का डर उसके अभिभावकों के डर जैसा ही होता है, यानी अभिभावक जिस बात से डरते हैं उसी से बच्चे भी डरने लगते हैं। साथ ही डर अभिभावकों की प्रतिक्रिया या टिप्पणियों से भी बढ़ सकता है। जैसे- यदि अभिभावक किसी मकड़ी को देखकर चिल्लाने लगते हैं, तो बच्चा भी ऐसा ही करता है।

बच्चों में आयु के विविध चरणों में लगने वाले सामान्य डर

6 माह	किसी बाहरी व्यक्ति के आ जाने का डर
8 माह	गिरना, माँ-बाप से अलग होना
1 साल	तेज़ आवाज़, जानवर, नहाना, अभिभावकों से अलग हो जाने का डर
2 साल	अभिभावकों से अलग होना, टॉयलेट जाने का प्रशिक्षण, नहाना, सोना
3 साल	अभिभावकों का खो जाना, टॉयलेट जाने का प्रशिक्षण, नहाना, सोना, बच्चे के लिए अपरिचित शारीरिक बनावट वाले व्यक्ति जैसे- अपंग, दाढ़ी-मूँछ वाले, त्वचा के अलग रंग वाले
4 साल	आवाज़ें, जानवर, सोने जाना, दैत्य और प्रेत, अभिभावकों से दूर होना, मौत, तलाक़
5 साल	आवाज़ें, जानवर, खो जाना, स्कूल जाना, अभिभावकों से दूर जाना, चोट लगना, मौत, तलाक़

कुछ सामान्य डर

अँधेरे से डर - यह बचपन का सबसे आम डर होता है। कई बार बड़ों में भी यह डर देखा जा सकता है। यदि आपका बच्चा अँधेरे से डरता है, तो आप उसे अपने कमरे का दरवाज़ा खोलकर और नाइट लाइट चालू करके सोने को कह सकते हैं।

मौत का डर - कुछ बच्चे मौत से डरते हैं। उन्हें समझ में नहीं आता कि उनके पालतू या आसपास के लोग क्यों मर जाते हैं, उन्हें क्या हो जाता है। अभिभावकों को बच्चों को यह समझाना ज़रूरी है कि बीमार व्यक्ति या जानवर स्वर्ग में भगवान के पास चला गया है। दूसरी ओर, अभिभावक यह भी समझा सकते हैं कि वह व्यक्ति बूढ़ा हो गया था और जीते-जीते थक गया था, इसलिए उसकी मौत हो गई। यह ज़रूरी है कि अभिभावक बच्चों को सहज बनाए रखें और उन्हें यह विश्वास दिलाएँ कि वे आने वाले कई सालों तक उनके साथ रहेंगे।

अलगाव का डर - शिशुओं और छोटे बच्चों में अभिभावकों से अलगाव का डर सामान्य होता है। मगर बड़े बच्चों और किशोरों में यह डर नहीं होना चाहिए। उनमें ऐसा लगना सेपरेशन डिसऑर्डर के लक्षण हो सकते हैं। इस बीमारी में बच्चे अपने अभिभावकों से चिपटे रहते हैं और उनके बिना रात को सोते तक नहीं हैं।

सामाजिक डर - सामाजिक डर से पीड़ित बच्चे हमेशा अपमानित होने के भय से घिरे रहते हैं। जब उन्हें लोगों के सामने प्रस्तुति देनी हो, दूसरों के साथ बातचीत करनी हो, लोगों के साथ खाने-पीने जाना हो, कक्षा में बोलना हो या किसी प्रतियोगिता में हिस्सा लेना हो, इन सभी स्थितियों में वे भयभीत महसूस करते हैं। डर और चिंता के चलते वे दिल की धड़कन बढ़ना, पसीने से लथपथ होना, चेहरा लाल होना, दस्त लगना, पेशियों का अकड़ना जैसे शारीरिक लक्षणों से पीड़ित हो जाते हैं।

बच्चों की मदद करना

नीचे दिए गए चरण आपको बच्चे के डर और चिंताओं से निबटने में मदद करेंगे -

- बच्चे का डर एक रात में चला जाएगा, ऐसी अपेक्षा *न करें*
- अपने बच्चे को उसके डर के लिए शर्मिंदा *न करें*
- बच्चे को डर का सामना करने को मजबूर *न करें*। इससे स्थिति और भी ख़राब हो सकती है

उदाहरण के लिए, यदि आपके बच्चे को कुत्ते से डर लगता हो, तो घर में कुत्ता पाल लेना उसे और भी भयभीत कर सकता है। बच्चों को यह भी न कहें कि डर से पार पाकर ही वे बड़े बन सकेंगे। इससे बच्चों पर अनावश्यक दबाव उत्पन्न हो सकता है। इस बात को समझें कि छोटा-सा दिखता डर भी भयंकर हो सकता है।

बच्चे के लिए यह वास्तविक है, जो उसकी चिंता का कारण बनता है। इस डर के बारे में खुलकर बात करने से मदद मिल सकती है। बच्चों के डर को कम करके आँकना और यह सोचना कि यह एक रात में ख़त्म हो जाएगा, ठीक नहीं है। इससे डर नहीं भागेगा। इसके बजाय डर को समझने का प्रयास करें, जैसे- 'तेज़ आवाज़ तो बिलकुल तूफ़ान जैसी है, इससे तो डर लग सकता है।'

जिस बात से डर लगता हो, उसके बारे में ऐसी सूचना दें जो मददगार हो। जैसे : 'कुत्ते भौंकते इसलिए हैं कि वे इसी तरीक़े से बातचीत करते हैं और जब वे किसी को देखकर ख़ुश होते हैं तो और भी ज़्यादा भौंकते हैं।'

अपने बच्चे को उसके अपने तरीक़े से डर से निबटने का मौक़ा दें। हो सकता है कि यह काम थोड़ी धीमी गति से हो, मगर बच्चों को उनके तरीक़े से इसे करने दें। मसलन, यह बच्चे को ही तय करने दें कि तैरते समय आपके आसपास होने पर उसे कब अपना चेहरा पानी के भीतर डालना है। इससे उसे डर से बाहर आने में मदद मिलेगी।

बच्चा टीवी पर क्या देखता है, इसका ध्यान रखें। कई कार्यक्रम और फ़िल्में बड़े होते बच्चों के लिए अति की तरह होती हैं और उनके डर को बढ़ा सकती हैं।

अभिभावकों से अलग होने के बच्चों के डर के साथ बहुत ही सावधानी से निबटना होगा। यदि वे बच्चे को कुछ दिनों के लिए किसी और के पास छोड़कर बाहर जाना चाहते हैं, तो उन्हें उस नए व्यक्ति से साथ सामंजस्य बिठाने के लिए बच्चे को पर्याप्त समय देना होगा।

जैसे-जैसे बच्चे का आत्मविश्वास बढ़ता जाता है, वे अन्य भावनाओं की ही तरह डर पर भी विजय पा लेते हैं। वे दुनिया को एक सुरक्षित स्थान की तरह देखने लगते हैं और उन्हें लगता है कि डर एक सामान्य-सी बात है, जिस पर विजय पाई जा सकती है।

मुझे विश्वास है कि हमारे जीवन में घटने वाली हरेक घटना डर पर प्रेम की विजय का अवसर लेकर आती है।

-ओपरा विन्फ्रे

74. मानसिक बीमारियों के बारे में बच्चों के साथ चर्चा करना

हमारे देश में मानसिक बीमारी से पीड़ित लोग बड़ी संख्या में मौजूद हैं। यह स्वाभाविक है कि जब बच्चों का पाला ऐसे व्यक्तियों से पड़ता है, तो वे उनके बारे में जानने को उत्सुक होते हैं जिनका व्यवहार सामान्य से अलग हटकर है। बहुत से अभिभावक इससे शर्मिंदा होकर उनके प्रश्नों को टाल देते हैं।

बच्चे सहज रूप से ही जिज्ञासु होते हैं। उनके मन में मानसिक बीमारियों को लेकर भी प्रश्न उत्पन्न होते हैं। वयस्कों के ही समान बच्चों के लिए भी मानसिक बीमारी को समझना चुनौती हो सकती है। समाज में इसके बारे में व्याप्त भ्रम, दुविधाएँ और ग़लत जानकारी चिंता उत्पन्न करती है, रूढ़िबद्ध धारणाएँ बनाती हैं और इसे कलंक या लांछन की तरह प्रचारित करती हैं। पिछले 50 सालों में मानसिक बीमारियों की पहचान और इलाज के क्षेत्र में बड़े प्रयास हुए हैं, जिनमें सफलता भी हासिल हुई है। अभिभावक बच्चों को यह समझने में मदद कर सकते हैं कि मानसिक बीमारियाँ भी अन्य बीमारियों की ही तरह होती हैं, जिनका उपचार संभव है।

बच्चों से मानसिक बीमारियों के बारे में बात करने से पहले अभिभावकों को उनके बारे में व्यवस्थित जानकारी होनी चाहिए। कुछ अभिभावकों को इसके लिए थोड़ी तैयारी की ज़रूरत भी महसूस हो सकती है। अभिभावकों को मानसिक बीमारियाँ क्या हैं, किसे हो सकती हैं, किस कारण से होती हैं, इनकी पहचान किस तरह से की जा सकती है और कितने उपचार उपलब्ध हैं आदि के बारे में पूछे गए प्रश्नों के उत्तर देने के लिए तैयार होना चाहिए।

बच्चों को मानसिक बीमारी के प्रभाव बताते समय उसकी तुलना शारीरिक बीमारी से करना अधिक उपयुक्त हो सकता है। उदाहरण के लिए, अधिकतर लोगों को सर्दी-बुख़ार हो जाता है, मगर कुछ ही लोग निमोनिया के शिकार होते हैं। जिन्हें सर्दी-खाँसी हो जाती है, वे अपने दैनिक कार्य आराम से करते रहते हैं, मगर निमोनिया के मरीज़ को अस्पताल जाना ही पड़ता है और दवा खानी ही पड़ती है। इसी तरह दुख, चिंता, गुस्सा या अनिद्रा की तकलीफ़ें अधिकांश लोगों में होती हैं, मगर जब ये बहुत ही तीव्र रूप में आ जाती हैं, लंबे समय तक चलती रहती हैं और स्कूल, कामकाज व रिश्तों पर प्रभाव डालने लगती हैं, तो ये मानसिक बीमारी का लक्षण हो सकती हैं।

कैसे बताया जाए

मानसिक बीमारियों के बारे में बताते समय अभिभावकों को कुछ बिंदुओं को ध्यान में रखना चाहिए, ताकि बच्चे यह सब सुनते समय सहज रहें और इसे ठीक से समझ सकें।

- ✓ सीधे तरीक़े से बात करें।
- ✓ बच्चे की आयु और समझ के हिसाब से बात रखें।
- ✓ उसी समय चर्चा करें, जब बच्चा सुरक्षा और सुकून महसूस कर रहा हो।

- ✓ चर्चा के दौरान बच्चे की प्रतिक्रिया पर ध्यान दें।
- ✓ यदि बच्चा दुखी या ऊहापोह में दिखाई दे, तो रुक जाएँ।

यह ज़रूरी है कि वे आपके द्वारा दी जा रही सूचनाओं को समझने की क्षमता रखते हों।

प्री-स्कूल के बच्चों से संवाद

छोटे बच्चों से बात करते समय सूचनाएँ और विस्तार कम ही होने चाहिए, क्योंकि उनकी समझ सीमित होती है। वे उन्हीं बातों पर ध्यान केंद्रित कर सकते हैं, जिन्हें वे देख पाते हैं। जैसे- उनके मन में किसी व्यक्ति के असामान्य व्यवहार को देखकर प्रश्न उठ सकता है। रोते-चीख़ते, गुस्से में चिल्लाते या दुख का प्रदर्शन करते लोगों पर भी उनका ध्यान जाता है।

स्कूल जाने वाले बच्चों से संवाद

बड़े बच्चे अधिक विशिष्ट जानकारी की अपेक्षा रखते हैं। वे अपने या परिचित परिवार में भावनात्मक अथवा व्यवहार संबंधी दिक़्क़तों से ग्रस्त लोगों के बारे में ज़्यादा सवाल पूछ सकते हैं। उनके प्रश्न या चिंताएँ सीधी होती हैं- 'वह रो क्यों रहा है?' 'वह अपने आप से बात क्यों कर रहा है?' वे अपनी और अपने मित्रों या रिश्तेदारों की सुरक्षा को लेकर चिंता महसूस कर सकते हैं। ज़रूरी है कि उनके प्रश्नों के सीधे और ईमानदार उत्तर दिए जाएँ। इससे वे अपनी सुरक्षा और चिंताओं को लेकर आश्वस्त हो सकेंगे।

किशोरवय के बच्चों के साथ संवाद

किशोरवय के बच्चे सामान्यतः अधिक सूचनाएँ ग्रहण कर पाने और जटिल प्रश्न पूछने के क़ाबिल होते हैं। वे अपने अभिभावकों के मुक़ाबले अपने दोस्तों और हमउम्र साथियों से ज़्यादा खुलकर बात करते हैं। परिणामस्वरूप उनके पास मनोरोगों के बारे में कई ग़लत सूचनाएँ हो सकती हैं। किशोरवय के बच्चे दोतरफ़ा संवाद में अधिक सकारात्मक तरीक़े से हिस्सा लेते हैं, मगर एकतरफ़ा संवाद या लेक्चर उन्हें आकर्षित नहीं कर पाता।

मानवीय व्यवहार का दायरा काफ़ी व्यापक है। 'सामान्य' कहना इसे संकीर्ण कर देने जैसा है। किसी भी मामले में हमारी अपनी कई मनोवैज्ञानिक परेशनियाँ होती हैं, जिन्हें हमें स्वयं हल करना होता है। हमारे बच्चों को भी यही करना होता है। बच्चों से मानसिक अस्वस्थता के बारे में बात करना अभिभावकों को इस संबंध में सूचना और मार्गदर्शन देने का अवसर प्रदान करता है। मानसिक अस्वस्थता के बारे में

जानने से उसे लेकर व्याप्त भ्रम और डर दूर हो जाते हैं और उसकी पहचान, उपचार व मानसिक तौर पर अस्वस्थ लोगों के प्रति करुणा का भाव सुगम हो जाता है।

मानसिक रोग संक्रामक नहीं होते। मनोरोगी के प्रति करुणा रखने से आप इसकी चपेट में नहीं आ जाएँगे।

—multitaskingmumma.com

75. बच्चों में आत्मसम्मान बढ़ाना

वयस्क के रूप में हम सभी आत्मसम्मान का अर्थ और महत्त्व जानते हैं, मगर जब भी अभिभावक और शिक्षक बच्चों में ऊँचे आत्मसम्मान की बात करते हैं, तो उनका तात्पर्य यह होता है कि बच्चे अपने बारे में अच्छा महसूस करें। छोटे बच्चों में आत्मसम्मान का अर्थ होता है कि वे अपने बड़ों और उन सभी लोगों के द्वारा जो उनके लिए महत्त्वपूर्ण हैं, कितने स्वीकारे जाते हैं और सम्मानीय माने जाते हैं।

इन प्रारंभिक सालों में बच्चों का आत्मसम्मान इसी धारणा पर टिका होता है कि उनके जीवन में जो बड़े लोग महत्त्वपूर्ण हैं, उनके लिए वे कितना मायने रखते हैं। बच्चे जितना इस बात पर यक़ीन करते हैं कि उनमें ऐसे गुण हैं जिनके चलते उनके बड़े और हमउम्र साथी उन्हें महत्त्व देते हैं, उनके जीवन और आत्मसम्मान के विकास पर उसका उतना ही बड़ा प्रभाव पड़ता है।

बच्चे अपने बारे में अच्छा महसूस करें और उनका आत्मविश्वास विकसित हो, इसमें अभिभावक महत्त्वपूर्ण भूमिका निभा सकते हैं। यह बहुत ज़रूरी है कि अच्छे आत्मसम्मान को बढ़ावा दें। जो बच्चे अपने बारे में सकारात्मक भाव रखते हैं वे आत्मनिर्भरता से काम कर सकते हैं, साथ ही ज़िम्मेदारियों को निभा सकते हैं। मज़बूत आत्मसम्मान का भाव उन्हें अपनी उपलब्धियों पर गर्व करने और अपनी निराशाओं और विफलताओं का सामना करने योग्य बनाता है। एक आत्मविश्वासी बच्चा हमउम्र साथियों के दबाव को भी आसानी से झेल लेता है और नए काम, नई चुनौतियाँ लेने के लिए तैयार रहता है। सावधानीपूर्वक दिया गया प्रोत्साहन बच्चों को सकारात्मक और नकारात्मक, दोनों ही भावनाओं को प्रबंधित करने में मदद करता है। बच्चे दूसरों की सहायता कर रहे हैं यह देखना अपने आप में एक उपलब्धि होती है।

शब्द और क्रियाएँ बच्चे के आत्मविश्वास पर भारी प्रभाव डालते हैं। बच्चे और किशोर अपने बड़ों, साथियों, भाई-बहनों के द्वारा कहे गए सकारात्मक कथनों को याद रखते हैं। सकारात्मक कथनों का इस्तेमाल नियमित रूप से किया जा सकता है। 'मुझे तुम्हारा यह तरीक़ा पसंद है..., या 'तुम अब यह अच्छा करने लगे हो...,' 'मैं तुम्हारे इस तरीक़े की तारीफ़ करती हूँ...' ये कुछ ऐसे कथन हैं, जो बच्चे का

आत्मविश्वास बढ़ाने में मदद करते हैं। बच्चे की ओर ध्यान देने और उसकी तारीफ़ करने के लिए अभिभावक उसे एक मुस्कान दे सकते हैं, उसकी पीठ थपथपा सकते हैं और उसे अपने से लिपटा सकते हैं।

बच्चों में स्वस्थ आत्मसम्मान विकसित करने में मदद करें

1. *प्रशंसा में उदारता बरतें* - अभिभावकों को बच्चे के अच्छे कार्यों, उसकी प्रतिभा या गुणों पर ध्यान देने की आदत डालनी होगी। बच्चों द्वारा किए गए हरेक अच्छे कार्य की प्रशंसा करना न भूलें।
2. *सकारात्मक कथन कहना सिखाएँ* - बच्चे द्वारा स्वयं के बारे में बनाई गई नकारात्मक धारणाओं को ख़त्म करके उसे अपने बारे में सकारात्मक रूप से सोचना सिखाएँ। ऐसी आलोचना से बचें, जिसके शर्मिंदगी या उपहास के रूप में बदलने का ख़तरा हो। दोष मढ़ना और नकारात्मक निर्णय आत्मसम्मान घटाने का काम करते हैं और भावनात्मक असंतुलन को जन्म देते हैं।
3. *हमउम्र साथियों से अच्छे रिश्ते बनाने के लिए प्रेरित करें* - जैसे-जैसे बच्चे बड़े होते जाते हैं, वे अपने हमउम्र साथियों द्वारा अपने आकलन को लेकर ज़्यादा ही संवेदनशील होते जाते हैं। आप और बच्चे के शिक्षक हमउम्र साथियों के साथ मज़बूत रिश्ते बनाने में उसकी मदद कर सकते हैं।
4. *छोटे बच्चों को काम में जोड़ना* - बच्चों को केवल मज़ेदार गतिविधियों के बजाय उन गतिविधियों से ज़्यादा लाभ मिलता है, जिनमें उन्हें किसी चुनौती का सामना करना पड़े। उदाहरण के लिए, आप बच्चों को भोजन बनाने में मदद या पालतू की देखभाल करने जैसे घरेलू कामों में लगा सकते हैं। यह चुनौती उनकी योग्यता बढ़ाएगी, साथ ही किसी काम को पूरा करने की उपलब्धि का संतोष भी देगी। बच्चे ज़िम्मेदारी मिलने और उसे पूरी करने का मज़ा लेते हैं।
5. *बच्चों को निर्णय लेना सिखाएँ* - बच्चों ने जब-जब सही निर्णय लिए हों, उन्हें पहचानकर उनका उल्लेख करें। बच्चों को अपनी समस्याएँ स्वयं सुलझाने दें। इससे उनका ख़ुद पर विश्वास बढ़ता है। इसकी जगह यदि आप उनकी समस्याएँ सुलझाते रहेंगे, तो वे हमेशा आप पर ही निर्भर रहेंगे। बच्चों को विकल्पों के बारे में सोचने को प्रेरित करें। निर्णय लेने का महत्त्वपूर्ण आयाम इस बात को जानना भी है कि हमेशा किसी प्रश्न का एक ही सही उत्तर या समस्या का एक ही समाधान नहीं होता, वरन बहुत से उत्तर, बहुत से समाधान हो सकते हैं।
6. *प्रश्नों के उत्तर देने का समय निकालें* - बच्चों का आत्मसम्मान तब बढ़ता है, जब उन्हें घर में हर बात मालूम होती है। घर में आने वाले मेहमान के बारे में

जानकारी होना मेहमान का अच्छी तरह से स्वागत करने में उनकी मदद करेगा। घर में आने वाला कारीगर क्या करता है, इसके बारे में जानने से भी बच्चे में यह भाव जागृत होगा कि घर में उसे महत्त्वपूर्ण समझा जाता है।

7. *पराजय भी जीवन का हिस्सा है* - आप बच्चे को सफलता और ख़ुशियों के साथ-साथ हार के साथ सामंजस्य बिठाने की कला सिखाकर उसके आत्मसम्मान में बढ़ोतरी कर सकते हैं। संकट या निराशा के समय जब आप बच्चे को यह एहसास दिलाएँगे कि आपका प्यार और सहयोग उसके साथ हमेशा रहेगा, तो इससे उसका आत्मविश्वास बढ़ेगा। संकट का समय बीत जाने पर आप बच्चे को यह सोचने में मदद कर सकते हैं कि ग़लती कहाँ हुई थी। इससे होगा यह कि अगली बार संकट आता है, तो अतीत से मिली सीख के आधार पर वह उससे पार पा सकता है।
8. *बच्चों को दिखाएँ कि अपने ऊपर भी हँसा जा सकता है* - उन्हें दिखाएँ कि जीवन हमेशा गंभीरता से बिताना ज़रूरी नहीं होता। कई बार चिढ़ाने में भी मज़ा होता है। उनकी ख़ुशहाली के लिए आपका हँसोड़ होना ज़रूरी है।

साहस हमेशा दहाड़ता नहीं है। कभी-कभी साहस केवल यह कहने वाली एक धीमी आवाज़ होता है, 'मैं कल फिर कोशिश करूँगा।'

-मैरी ऐन रैडमशेर

76. गर्भस्थ शिशु की मौत

एक चौबीस साल की शादीशुदा महिला गर्भपात के दुख से उबर नहीं पा रही थी। उसने बताया, 'मुझे हमेशा दुखी और निराश-सा महसूस होता रहता है। पति और अभिभावकों के सहयोग के बाद भी मैं इस बात को स्वीकार नहीं कर पा रही हूँ कि मेरे अंदर पनप रहा अंश ख़त्म हो चुका है। जिन लोगों से मैं मिलती हूँ, वे अनायास पूछ बैठते हैं कि मेरे कितने बच्चे हैं। मैं बहुत दुविधा में हूँ कि मुझे लोगों को वास्तविकता से अवगत कराना चाहिए या नहीं। क्या मृत बच्चा मेरा बच्चा कहलाएगा? क्या इस बारे में चर्चा करने से लोगों के साथ मेरे संवाद में कोई अवरोध खड़ा हो जाएगा? मेरे लगातार शोकाकुल रहने से मेरे पति भी परेशान और बेचैन होने लगे हैं। मुझे दूसरे बच्चे की तीव्र इच्छा है, मगर इसकी योजना बनाने में भी मुझे अपराध बोध-सा होता है। ऐसा लगता है जैसे मैं अपने मृत बच्चे की ओर से मुँह मोड़ रही हूँ।'

गर्भस्थ शिशु की मृत्यु एक ख़ास क़िस्म के दुख को जन्म देती है, क्योंकि यह केवल शारीरिक हानि और कष्ट का ही अनुभव नहीं होता, बल्कि इसके साथ

भावनात्मक टूटन का एहसास भी जुड़ा होता है। इससे पीड़ित होने वाली हरेक महिला इस शोक को अपने तरीक़े से और अपना समय लेकर मनाती है। शोक को किसी पैमाने पर माप पाना असंभव है, साथ ही यह कहना भी ठीक नहीं है कि पहले कुछ माह में गर्भपात होना बाद के माह में गर्भपात होने से अच्छा होता है अथवा गर्भपात का दर्द भ्रूण हत्या या मरा हुआ बच्चा पैदा होने की तुलना में कम होता है। पुरुषों के लिए इसे समझना भी मुश्किल का काम होता है, क्योंकि भले ही पिता होने के नाते वे भी बच्चे से स्नेह रखते हैं, मगर उससे वह शारीरिक जुड़ाव नहीं होता जो एक माँ का होता है। इसलिए एक महिला का दुख उनके लिए घटी हुई घटना से एकदम अलग-सा प्रतीत होना या अनुपातिक रूप से अत्यधिक लगना संभव है।

एक गर्भपात हो जाने के बाद दूसरे बच्चे की इच्छा रखना एक स्वाभाविक बात है, फिर भी इस स्थिति में लगभग सभी लोग यह अनुभव करते हैं कि उस बच्चे का स्थान कोई नहीं ले सकता। वास्तव में, दूसरे बच्चे का स्वागत करने से पहले उन्हें पहले बच्चे को विदा करने और उसके शोक से उबरने के लिए समय चाहिए होता है। इसके लिए एक साल या उससे भी अधिक का समय लग सकता है। इस बात का भी डर अक्सर व्याप्त रहता है कि आप दूसरे बच्चे को उस बच्चे जैसा स्नेह नहीं दे सकेंगे और यह भी कि उस बच्चे की यादों को प्रतिस्थापित किया जाना विश्वासघात करने के समान होगा।

अपने दुख से उबरना

अपने गर्भस्थ शिशुओं की मृत्यु के बाद जिन महिलाओं ने मुझसे बात की, उनका कहना था कि उन्हें इस दुख से बाहर आने के लिए किसी अपने प्रिय व्यक्ति के सहारे की आवश्यकता है। चूँकि पति-पत्नी एक-दूसरे के सबसे क़रीब होते हैं, अतः उचित तो यह है कि वे ही एक-दूसरे को यह सहूलियत दें। मगर हमारी संस्कृति में आदमियों का शोक मनाना वर्जित है, अतः ऐसा हमारे परिवेश में नामुमकिन-सा लगता है। लड़कों को बड़ा इसी तरह किया जाता है कि वे मज़बूत हैं, इतने कि किसी स्त्री को सहारा दे सकें। ऐसा समझा जाता है कि आदमियों को अटल और भावनाहीन होना चाहिए, हाँ, निजी जीवन में वे इसके विपरीत कर सकते हैं। इसमें सबसे मुश्किल स्थिति यह होती है कि अपनी भावनाओं को नियंत्रित करने की उलझन में उलझा पुरुष किसी स्त्री के लगातार शोक प्रदर्शन से खीझ सकता है, कुपित हो सकता है। वह उसे ख़ारिज कर सकता है। इसीलिए इस समय परिवार, दोस्तों और पड़ोसियों का सहयोग काफ़ी मायने रखता है।

भरोसा बनाए रखने की आवश्यकता

एक ऐसा दोस्त जो भरोसेमंद हो, आपकी बात को बिना कोई राय बनाए सुने,

शोकाकुल महिला को ताक़त दे सकता है। वह महिला जो अकेली हो या उसका पति अपने काम में इस क़दर व्यस्त हो कि उसके पास महिला के लिए समय ही न हो, उसे ऐसे दोस्त की तत्काल आवश्यकता होती है। यह ध्यान में रखना होगा कि हम सभी को एक-दूसरे की आवश्यकता होती है और किसी से मदद माँगना कमज़ोरी की निशानी नहीं है।

दुख को दबाए रखने के ख़तरे

यदि बच्चे की मौत का दुख दबाया जाता रहा, उसे बाहर निकालने का रास्ता न मिले, तो वह बाद में किसी और रूप में उभर सकता है और पति-पत्नी के आपसी रिश्ते को आगे जाकर इस क़दर विषाक्त कर सकता है कि उसका कारण पता लगाना कठिन हो जाए। कुछ जोड़ों के बीच एक मृत बच्चा पैदा होने या गर्भपात होने के कई साल बाद, जब उनका परिवार पूरा हो गया था, यौन जीवन से संबंधित समस्याएँ अचानक आने लगीं। गर्भधारण करने की आयु समाप्त हो जाने के बाद मृत बच्चे या गर्भपात का दर्द अधिक महसूस होता है।

शोक व्यक्त करना

पति-पत्नी के लिए हर दिन थोड़ी देर एकांत में बैठना और अपनी भावनाएँ साझा करना उपयोगी होगा। कुछ लोगों को यह अनावश्यक महसूस हो सकता है या लग सकता है कि एक-से दुख पर चर्चा क्या करना! मगर जब हम गंभीर रूप से बीमार होते हैं, तो बीमारी को गंभीरता से लेते हुए हम उससे ग्रस्त हो चुके अन्य व्यक्ति से इस बारे में बात करेंगे कि उसे कैसा महसूस हो रहा था। शोक संतप्त पति-पत्नी को भी नियमित समय की आवश्यकता होती है, जहाँ वे एक-दूसरे के साथ रहें, बाहर निकलें। इसके बाद धीरे-धीरे उन्हें अपने शोक से बाहर आकर बाहरी दुनिया के संपर्क में आना होगा। धीरे-धीरे दर्द की अनुभूति कम होती जाएगी और बच्चे की मृत्यु के शोक का धागा जीवन के वस्त्र में महीनता से बुना हुआ महसूस होने लगेगा।

> *तुम हमारे लिए एक छोटे-से चमत्कार जैसे थे, मगर अब तुम हमारे लिए आसमान के देवदूत हो, जो हम सभी को देख रहा है।*
>
> –केल्स रसेल

77. मोटे बच्चों की मदद करना

अलग-अलग समय काल में बच्चों के विकास की दर अलग-अलग होती है। कोई बच्चा अधिक वज़न वाला है या नहीं, यह हमेशा बता पाना आसान नहीं होता। जब आप यह सोचते हैं कि आपके बच्चे का वज़न अधिक है, तो पहले चिकित्सक

से परामर्श लें। वे आपके बच्चे के क़द और वज़न को मापकर बता पाएँगे कि आपका बच्चा स्वस्थ की श्रेणी में आता है या नहीं। याद रखिए कि आप अधिक वज़न वाले बच्चों को किस तरह से मदद करते हैं, उसी में सफलता की कुंजी छिपी हुई है।

अधिक वज़न वाले बच्चों की मदद करना

✓ *सारे परिवार को शामिल करें* - अच्छे खानपान और शारीरिक व्यायाम की आदतें केवल अधिक वज़न वाले बच्चे द्वारा नहीं, वरन सारे परिवार द्वारा अपनाई जानी चाहिए। स्वादिष्ट और योजनाबद्ध आहार जिसमें भोजन के सभी तत्व शामिल हों, साथ ही हर सदस्य की पसंद की चीज़ें भी हों, यह सुनिश्चित करता है कि सभी लोग भोजन नामक इस महत्त्वपूर्ण गतिविधि का आनंद ले रहे हैं। एक साथ खाना खाने से सभी को अच्छा महसूस होता है, जिससे भोजन शरीर को लगता है। साथ ही 'भावनात्मक संतोष' भी मिलता है।

✓ *भोजन पर प्रतिबंध चिकित्सक के निर्देश पर ही लगाएँ* - चिकित्सक के परामर्श के बिना अपने बच्चे को किसी तरह के प्रतिबंधित भोजन पर न रखें। यदि बच्चे पर्याप्त मात्रा में भोजन नहीं लेंगे, तो वे ठीक से वृद्धि नहीं करेंगे और सक्रिय नहीं रह पाएँगे। इसका प्रभाव उनके सीखने पर भी पड़ता है।

✓ *सहयोगी रहें* - अपने बच्चे को एहसास दिलाएँ कि उससे सभी प्यार करते हैं, वह विशिष्ट है और महत्त्वपूर्ण है। बच्चों की अपने बारे में राय अक्सर अभिभावकों की राय के मुताबिक़ ही बनती है।

✓ *अपने बच्चे के प्रति स्वीकार भाव रखें* - जब अभिभावक बच्चों को स्वीकार करते हैं, तो बच्चे भी अपने बारे में अच्छा महसूस करते हैं।

✓ *अपने बच्चे को सुनें* - बच्चे अपने वज़न को लेकर क्या सोचते हैं, उसे भी सुनें। अधिक वज़न वाले बच्चे यह जानते हैं कि उनका वज़न सामान्य से अधिक है। उन्हें अभिभावकों के सहयोग, प्रोत्साहन और समझे जाने की आवश्यकता होती है।

✓ *भोजन की स्वस्थ आदतों को प्रोत्साहित करें* - फल और सब्ज़ियों का प्रयोग अधिक करें। स्थानीय बाज़ार में बच्चे को साथ ले जाएँ और उसे ख़रीदारी करने का मौक़ा दें।

✓ *स्नैक्स को लेकर सावधानी बरतें* - ठंडे पेय, अत्यधिक कैलोरी वाले डिब्बाबंद जूस, चिप्स, कैंडी, कुकीज़ आदि कम ही ख़रीदें। डिब्बाबंद खाना स्वास्थ्यवर्धक नहीं होता और इसका इस्तेमाल सप्ताह में एक बार से अधिक नहीं किया जाना चाहिए। स्नैक्स में रूप में फलों के रस, शेक और ताज़े फलों का इस्तेमाल

किया जाना चाहिए। चोकरयुक्त गेहूँ के ककड़ी या खीरा, गाजर, टमाटर, पनीर, चना डालकर बनाए गए स्वादिष्ट सैंडविच ज़रूर लेने चाहिए। दूसरा स्वादिष्ट पारंपरिक और पौष्टिक आहार दही-पपड़ी है।

फल, दूध, दही, सूखे मेवे, अंकुरित अनाज की भेल, ढोकला, मूँगफली और मक्का के दाने स्वादिष्ट और पौष्टिक स्नैक्स हैं। आलू के चिप्स, पिज़्ज़ा और अन्य अधिक कैलोरी वाले पदार्थ न लें। आटे से बने बिस्किट, सोयाबीन के स्नैक्स या पनीर के टुकड़े बढ़िया आहार हैं। गर्मी के दिनों में एक गिलास लस्सी या नींबू पानी भी ताज़गी देने वाला हो सकता है। पैकेटबंद बने बनाए भोजन से बचना चाहिए, क्योंकि उसका भी मोटापा बढ़ाने में ख़ासा योगदान होता है। सामग्री यदि आसानी से उपलब्ध हो, तो 12 साल के बच्चे अपने लिए स्नैक्स बना सकते हैं। हरेक क्षेत्र के अपने पारंपरिक भोज्य पदार्थ और फल होते हैं, जो स्वादिष्ट और पौष्टिक दोनों ही होते हैं। इसके साथ ही आपके घर के आसपास भी ऐसे छोटे-बड़े उद्योग होते हैं, जो घर में बने स्नैक्स बेचते हैं। ये स्नैक्स ताज़े, शुद्ध और उचित दाम वाले होते हैं। ये आपका समय और धन, दोनों ही बचाते हैं।

बच्चों के द्वारा स्नैक्स बनाए जाने से उनके ख़ाली समय का इस्तेमाल होगा और ऊब के चलते खाते रहते की आदत भी ख़त्म हो जाएगी।

- ✓ *हर दिन नाश्ता ज़रूर करें* - नाश्ता न करने से भूख ज़्यादा लगती है, साथ ही बच्चे थकान भी महसूस करते हैं, जिससे वे दिनभर अस्वास्थ्यकर चीज़ें खाते रहते हैं।
- ✓ *पौष्टिक भोजन बनाएँ और परिवार के साथ भोजन करें* - एक साथ भोजन करने से बच्चे भोजन के विविध प्रकारों का आनंद लेना सीखते हैं।
- ✓ *निराश न हों* - कई बार बच्चे नई बनाई गई डिश को पहली बार में ठीक से नहीं खाते। कुछ बच्चों को तो यह नया पदार्थ दस बार परोसना पड़ता है, तब वे उसे खाने के लिए राज़ी होते हैं।
- ✓ *खाद्य पदार्थ को किसी पुरस्कार के रूप में प्रस्तुत न करें* - बच्चे को सब्ज़ी खाने के लिए राज़ी करने उसे आइसक्रीम या मीठा खिलाने का वादा न करें। बच्चों को जब कोई पदार्थ कम महत्त्व का लगता है, तो वे उसे नापसंद करने लगते हैं।
- ✓ *थोड़ा-थोड़ा परोसें* - इससे आप बच्चे से और खाने के लिए पूछ सकते हैं, यदि वह भूखा महसूस कर रहा हो। बच्चे को पौष्टिक और स्वास्थ्यवर्धक भोजन देना आपका काम है, पर उसे कितना खाना चाहिए यह उस पर ही छोड़ दें।

शारीरिक गतिविधियों को प्रोत्साहित करें

वयस्कों की तरह बच्चों को भी शारीरिक गतिविधियों में संलग्न होने की आवश्यकता होती है। यहाँ कुछ सुझाव हैं, जिनके द्वारा बच्चों को शारीरिक रूप से सक्रिय बनाया जा सकता है।

- ✓ अच्छी मिसाल रखें। यदि बच्चे आपको शारीरिक गतिविधियों का मज़ा लेते हुए देखते हैं, तो वे भी उन गतिविधियों के लिए प्रेरित होते हैं। इस आदत से वे जीवनभर सक्रिय बने रहते हैं।
- ✓ अपने बच्चे को आस-पड़ोस की विविध खेल और शारीरिक गतिविधियों जैसे बास्केटबॉल, फ़ुटबॉल या डांस की कक्षा या टीम में शामिल होने को कहें।
- ✓ बच्चे की आवश्यकताओं के प्रति संवेदनशील रहें। यदि बच्चा खेल गतिविधियों में शामिल होने में असमर्थता महसूस करता है, तो उसे अपनी पसंद की गतिविधियाँ तलाशने में मदद करें, जिनमें वह रुचि ले सके और उसे निराशा महसूस न हो।
- ✓ परिवार के रूप में भी सक्रियता बनाए रखें। सक्रिय भागीदारी के काम बाँटें, जैसे- बिस्तर लगाना, कार धोना, खाने की मेज़ से जूठे बर्तन हटाना आदि। चिड़ियाघर आदि घूमने जाएँ या पास के बग़ीचे में सैर करें। अंतर्मुखी, मगर कला में रुचि रखने वाले बच्चों के लिए कला प्रदर्शनी और संग्रहालय की सैर भी अच्छे विकल्प हो सकते हैं।
- ✓ जब तक बच्चों का शरीर तैयार न हो, अपने किशोर होते बच्चों को बड़ों की शारीरिक गतिविधियों, जैसे- जॉगिंग, वज़न उठाना या बाइक पर स्टंट आदि से दूर रखें। मज़ेदार शारीरिक गतिविधियाँ बच्चों के लिए बढ़िया रहती हैं।

हमें इस बात को सुनिश्चित करना होगा कि हमारे बच्चे अपने बारे में अच्छा महसूस करें, भले ही उनका वज़न .ज्यादा हो या कम।

–मिशेल ओबामा

78. बच्चों में अलगाव का डर

पहली बार स्कूल जा रहे बच्चों का स्कूल के दरवाज़े या बस स्टॉप पर बुक्का फाड़कर रोना एक सामान्य दृश्य होता है। इस अवसर पर बड़े बच्चे कम रोते हैं, मगर छोटी वय के बच्चों को तो समझाना भी मुश्किल हो जाता है। नए स्कूल के बारे

में, नई किताबों, बस्ते या नए दोस्तों के बारे में दिए गए सारे प्रलोभन अभिभावकों की उपस्थिति के सुरक्षित एहसास को छोड़ते समय धरे के धरे रह जाते हैं। हम अभिभावकों को इस मौक़े पर क्या करना चाहिए? क्या यह अचानक सामने आता है?

अलगाव का डर या चिंता बाल विकास का एक चरण है, जिसमें बच्चे अपने प्राथमिक देखभालकर्ता यानी माँ और पिता से दूर होने में डर का अनुभव करते हैं। जैसे-जैसे शिशु बड़े होते जाते हैं, वे प्रत्यक्ष देखी और महसूस की जा सकने वाली कई भावनाओं का अनुभव करने लगते हैं। आठ महीने से पहले शिशु इस दुनिया के लिए इतने नए होते हैं कि उन्हें सामान्य बातों, ख़तरों और नई परिस्थितियों के बारे में ज्ञान नहीं होता। अतः कोई भी अनुभव उनके लिए सामान्य ही होता है, डरावना नहीं।

विकास की सामान्य अवस्था में इस प्रारंभिक अवधि में घर के माहौल के साथ परिचय तथा अभिभावकों के आसपास होने पर सुरक्षा का एहसास होना शामिल होता है। इसके बाद अपरिचित स्थान या लोग डर पैदा करने लगते हैं, क्योंकि अब शिशु महसूस करने लगते हैं कि कुछ असामान्य-सा आसपास है।

8 से 14 महीने के बच्चे नए लोगों से मिलने और नए स्थानों पर जाने पर भयभीत होने लगते हैं। वे अपने अभिभावकों और परिवार के अन्य सदस्यों को पहचानने लगते हैं और उनके साथ सुरक्षा का अनुभव करते हैं। अभिभावकों से दूर हो जाने पर वे डरा हुआ और असुरक्षित महसूस करते हैं।

अलगाव का डर विकास का सामान्य चरण ही है। यह अचानक नहीं आता और वास्तव में इससे बच्चों को अपने परिचित वातावरण का संज्ञान लेने में मदद मिलती है। यह अवधि थोड़े ही समय तक रहती है- जब तक बच्चे यह न समझने लगें कि उनके अभिभावक केवल दृष्टि से ओझल हुए हैं, वास्तव में ग़ायब नहीं हुए, वे लौट आएँगे। इसी दौरान उनमें अपने स्व की पहचान करने की इच्छा भी जागृत होती है।

अलगाव के डर का समाधान सुरक्षा के पर्याप्त एहसास पर निर्भर करता है। वे घर के वातावरण में मौजूद सुरक्षा और विश्वास के भाव से अभिभावकों के अतिरिक्त अन्य लोगों पर, शिक्षकों पर विश्वास करना सीखते हैं, साथ ही यह भी विश्वास निर्मित करते हैं कि उनके अभिभावक वापस आएँगे।

भले ही बच्चे विकास के इस चरण को भलीभाँति पार कर लें, पर अलगाव का डर किसी तनाव के चलते भी लौटकर आ सकता है, जैसे- पहली बार स्कूल जाते समय या थोड़ी देर के लिए अस्पताल में रहने की आवश्यकता पड़ने पर। अधिकांश बच्चे जब अभिभावकों से अलग हो जाते हैं और नए वातावरण में जाते हैं, तो डर महसूस करते हैं।

जब बच्चे अस्पताल आदि में हों और बीमारी, दर्द जैसी किसी चिंता से ग्रस्त हों, तो उन्हें सुरक्षा, आराम और अभिभावकों के सहारे की आवश्यकता होती है। जब उस समय में अभिभावक अपने बच्चों के पास नहीं रह पाते, तो बच्चे तनावग्रस्त हो सकते हैं। इसीलिए यह सलाह दी जाती है कि किसी चिकित्सकीय प्रक्रिया के दौरान माता-पिता को बच्चों के साथ रहना चाहिए। बच्चे के दर्द के एहसास को कम करने भी आपकी उपस्थिति ज़रूरी है, क्योंकि चिंता किसी भी दर्द को बढ़ा देती है।

अलगाव के डर के लक्षण

- अभिभावकों या देखभाल करने वाले से अलग होने पर बेहद तनावग्रस्त हो जाना
- अभिभावकों को खो देने या उनके साथ कोई घटना घटने का डर होना
- अलग होना पड़ेगा, इस डर से स्कूल या अन्य स्थानों पर न जाना
- किसी बड़े के बिना सोने न जाना
- रात को बुरे सपने आना
- शारीरिक अस्वस्थता

अलगाव के डर का उपचार

सामान्यतः इस डर के लिए किसी उपचार की आवश्यकता नहीं होती। यदि इस अवस्था में बच्चे के किसी रोग या चोट का इलाज होता है, तो अभिभावकों को उसके साथ रहना चाहिए। यदि किसी कारणवश अभिभावक न जा पाएँ, तो बच्चे का उस परिस्थिति से पहले परिचय कराना उपयोगी होगा। जैसे- उसे डॉक्टर के दवाख़ाने पर पहले ले जाना, डॉक्टर से परिचय करवाना, स्कूल में दाख़िले से पहले किसी शाम को स्कूल में घुमाने ले जाना। यदि ऐसा न किया गया, तो बच्चा रोकर, चीख़कर और अड़ियल रवैया दिखाकर अपनी चिंता जताएगा।

कुछ स्कूल और अस्पताल ऐसे विशेषज्ञ भी उपलब्ध कराते हैं, जो बच्चों को उस संस्था की कार्यविधि ठीक से समझाते हैं। वे मित्रवत, सहयोगपूर्ण ढंग से और बिना डराए हुए बच्चों को यह सब बताते हैं। वे बच्चों को उस स्थिति के बारे में बताते हैं और उन्हें आश्वस्त करते हैं कि उनके अभिभावक उनका इंतज़ार कर रहे हैं, और कहाँ इंतज़ार कर रहे हैं यह भी बताते हैं (जैसे घर में खाने की मेज़ पर)। बड़े बच्चों जिनमें अलगाव का डर समाप्त नहीं हुआ होता, या तनाव के कारण यह डर फिर लौट आया होता है, उनके लिए प्रभावी उपचार के तहत अभिभावक और बच्चों की काउंसिलिंग, परवरिश के तरीक़ों में बदलाव की सलाह और तनाव ख़त्म करने की दवा दी जाती है। गंभीर मामलों के उपचार में एकल मनोचिकित्सा, परिवार को परामर्श और परिवार के लिए थैरेपी भी शामिल होती है।

एक माँ होने का मतलब है अपनी उन ताक़तों को जानना, जिनके बारे में आपको पता नहीं था और उन डरों से लड़ना, जिनके अस्तित्व के बारे में आपको एहसास भी नहीं था कि ऐसे भी डर होते हैं।

-लिंडा वुटेन

79. किशोरावस्था में मानसिक समस्याओं की चेतावनी देने वाले लक्षण

एक तेरह साल की लड़की ने सहपाठी को उसके भारी शरीर का मज़ाक़ बनाते हुए सुना। यह वह कभी-कभी सुनती ही रहती थी, मगर जब एक लड़की ने सीधे ही यह कहा कि वह किसी 'महिला' की तरह दिखाई देती है, तो वह उस पर बुरी तरह से झपट पड़ी। उसके बाद उसने कक्षा से ग़ायब रहने के बहाने ढूँढ़ने शुरू कर दिए। फिर उसने स्कूल जाना ही बंद कर दिया। उसके अभिभावकों ने उसे स्कूल भेजने के लिए हरसंभव प्रयास किए, मगर इससे स्थिति सुधरने के बजाय बिगड़ती ही चली गई। एक समय ऐसा आया कि उस लड़की ने अपने कमरे में किसी के भी आने-जाने पर रोक लगा दी, यहाँ तक कि वह चाहती थी कि उसका खाना भी कमरे के बाहर रख दिया जाए, ताकि कोई उसे खाना ले जाते हुए भी न देख सके।

10 से 18 वर्ष की आयु के बीच हर बच्चा शारीरिक और मानसिक परिवर्तनों के कठिन दौर से गुज़रता है, जहाँ वह अपने बारे में बेहद सचेत और परेशान रहता है। इस समय वह अभिभावकों पर निर्भरता ख़त्म करके आत्मनिर्भर वयस्क बनने की ओर बढ़ रहा होता है। किशोरावस्था के इस चरण में समायोजन करने का यह समय बेहद संवेदनशील होता है और अभिभावकों तथा बच्चों, दोनों ही को भावनात्मक परेशानियों से गुज़रना पड़ता है।

किशोरावस्था के ढेर सारे दबाव होते हैं - सबके द्वारा पसंद किया जाना, स्कूल में बेहतर कर पाना, परिवार के साथ सामंजस्य बिठाना, निर्णयों में हिस्सा लेना आदि। इनमें से अधिकतर चुनौतियाँ दरकिनार न की जा सकने वाली होती हैं, हालाँकि वे सहज ही चिंता को जन्म देती है। कभी-कभी तो अभिभावक और बच्चे, दोनों ही यह सोचने लगते हैं कि सचमुच कुछ गड़बड़ हो रही है। यह हरेक के लिए भले ही सही न हो, मगर यदि आपका किशोरवय बच्चा उदास या मायूस महसूस करता है या उसे अपना अस्तित्व बेकार लगता है, तो ये मानसिक स्थिति के बारे में चेतावनी देने वाले लक्षण हो सकते हैं। इन पर ध्यान दिया जाना और विशेषज्ञ का परामर्श लेना आवश्यक होगा।

मानसिक स्वास्थ्य की दिक़्क़तें वास्तव में दर्द देने वाली होती हैं। ये किशोरावस्था में पहुँचे बच्चे की दिनचर्या को गड़बड़ा देने वाली भी हो सकती हैं। इससे स्कूल

के प्रदर्शन पर ख़राब प्रभाव पड़ सकता है, कम अंक मिलने या पढ़ाई में पिछड़ने जैसी समस्याएँ सामने आ सकती हैं। इससे ग्रस्त बच्चा दोस्तों की संख्या में कमी या परिवार से विवाद का अनुभव कर सकता है। अति प्रतिक्रिया जैसे प्रतीत होने वाले, गुस्से या तनाव के दौरों का लगातार आना भी इसके लक्षणों में शामिल है। यदि आप किशोरवय बच्चे के अभिभावक हैं और आपका बच्चा लगातार अपराधबोध या अनुपयोगिता के बोध से पीड़ित रहता है, तो आपको सचेत हो जाना चाहिए। वयस्कों की तुलना में किशोरवय के बच्चे छोटी-छोटी बातों को लेकर ज़्यादा परेशान हो जाते हैं। किसी नुक़सान या किसी परिजन की मृत्यु पर ये परेशान बच्चे अपेक्षा से अधिक दुख मनाते हैं। किशोरवय के बच्चे बेवजह की आशंकाओं से तनाव महसूस करते हैं और किसी मुद्दे को लेकर अपने हमउम्र बच्चों की तुलना में अधिक परेशान महसूस कर सकते हैं। जो बच्चे अपनी शारीरिक संरचना, हाव-भाव, शक्ल-सूरत को लेकर बहुत चिंतित रहते हैं और इसके चलते पेटदर्द, साँस रुकना या सिरदर्द जैसे शारीरिक लक्षणों के शिकार हो जाते हैं, उन्हें परामर्श की आवश्यकता होती है। यह भी संभव है कि हमारा किशोर बच्चा यह मानने लगे कि उसके दिमाग़ पर किसी और ने क़ब्ज़ा कर लिया है, जिसके चलते उसे दहशत और डर का सामना करना पड़ रहा है। किशोरावस्था में होने वाले शारीरिक परिवर्तनों के चलते लैंगिक संबंधों के बारे में भी असंतुलित विचार मन में घर करते जाते हैं।

हमें इन बच्चों के अकादमिक प्रदर्शन से लेकर नियमित गतिविधियों में कम होती रुचि तक, हर बड़े बदलाव पर नज़र रखनी होगी। खाने-पीने या सोने की आदतों में अनायास और आकस्मिक बदलाव भी बच्चों की दिक़्क़तों का संकेत होते हैं। अकेले रहने की इच्छा करना, रोज़मर्रा के काम करने में भी परेशानी महसूस करना, दिनभर ख़्याली पुलाव पकाते रहना, परिवार और मित्रों से अलग-थलग रहने की इच्छा करना, ये कुछ ऐसे संकेत हैं जिनसे यह तय किया जा सकता है कि बच्चे को मदद और परामर्श की आवश्यकता है। कभी-कभी किशोर कुछ ऐसी अनजानी आवाज़ें सुनते हैं, जिनके बारे में वर्णन करना मुश्किल होता है।

एक परेशान किशोर सामान्यतः अपने ध्यान भटकने और निर्णय लेने में अक्षमता के चलते समस्या महसूस कर सकता है। ऐसे बच्चों के व्यवहार में स्पष्ट आभास हो सकता है कि उन्हें ध्यान केंद्रित करने और स्थिर बैठने में परेशानी हो रही है। यह आगे जाकर विचारों के ऐसे अति प्रवाह में बदल सकती है, जिसे थामना कठिन होता है। यदि किशोर बच्चे में मानसिक परेशानियाँ विकसित हो रही हों, तो उसमें स्वयं को चोट लगने, दूसरों को चोट पहुँचा बैठने, कुछ 'बुरा' कर बैठने की चिंता दिखाई दे सकती है। इस दौरान भोजन और नींद में लगातार ख़लल के साथ-साथ बुरे सपने आना भी अनुभव में आता है। संभव है, व्याकुल किशोर चीज़ों को धोते, साफ़ करते या एक ही काम को दिन में कई बार करते नज़र आएँ।

यह आवश्यक है कि व्यवहार के कुछ प्रारूपों को लेकर सजग रहा जाए। किशोरों में प्रयोग करके देखने की उत्सुकता होती है, जो शराब और अन्य नशों की ओर ले जा सकती है। अत्यधिक खाने और फिर उल्टी करने की भी आदत दिखाई दे सकती है। इसके साथ वज़न कम करने के लिए एनीमा या जुलाब लेने की आदत भी दिख सकती है। शरीर सौष्ठव के बारे में बनी धारणा के चलते वे भोजन पर नियंत्रण या अत्यधिक व्यायाम करते भी नज़र आ सकते हैं। किशोरों का व्यवहार जब अन्य लोगों को लगातार परेशान करने लगे, संपत्ति का नुक़सान करने लगे, नियम तोड़ने लगे, तो इसका तात्पर्य है उन्हें मदद की आवश्यकता है। जीवन के लिए घातक सिद्ध होने वाली किसी भी गतिविधि में यदि बच्चों की संलग्नता हो, तो उसके बारे में बच्चों से और उनके शिक्षक, मनोचिकित्सक या फ़िज़ीशियन से बात करना आवश्यक है।

मानसिक बीमारी, शारीरिक बीमारी से किसी भी तरह भिन्न नहीं होती।

—teenmentalhealth.org

80. क्या आप अपने बच्चे को बिगाड़ रहे हैं?

बिगड़ना शब्द बड़ा ही भारी और हम अभिभावकों के लिए कई ग़लत अर्थ लिए हुए है। आप किसी भुनभुनाती सास को अपनी बहू से कहते पा सकते हैं कि तुम्हारे बच्चे 'बिगड़े' हुए हैं। आपको अपने दयालु दादा-दादी याद आ सकते हैं, जो बचपन में आपको 'बिगाड़ने' पर आमादा रहते थे। आपने किसी बाज़ार में 'बिगड़े' हुए बच्चों को ज़िद करते और अपनी बात मनवाते देखा होगा। पहली बात तो यह कि हम सब यह जानते हैं कि हम सभी अपने बच्चों को थोड़ा-बहुत बिगाड़ते हैं। चाहे आपको बच्चों के लिए कुछ सीमाएँ तय करने में मुश्किल आती हो या अपने बच्चों को बहुत अधिक चीज़ें ख़रीदकर देते हों, हम सभी एक समय पर कम-से-कम प्रतिरोध वाला रास्ता चुनते हैं। स्वाभाविक है कि यदि यह कभी-कभी हो, तो इससे कभी किसी बच्चे को नुक़सान नहीं होगा। फिर भी आपको थोड़ा-सा समय निकालकर ख़ुद से एक महत्त्वपूर्ण पूछना चाहिए कि क्या अपने छोटे बच्चे को मनमानी करने देना या उसे बिगाड़ना आपके जीवन का एक पैटर्न बन गया है? यदि उत्तर हाँ में है, तो अब इसके लिए कोई उपाय ढूँढ़ने का समय आ चुका है।

भावनात्मक रूप से बिगड़ा हुआ बच्चा

अभिभावकों के रूप में हमारा पहला लक्ष्य अपने बच्चों को प्रेम देना होता है। बहरहाल, यह समझना भी ज़रूरी है कि आप अपने बच्चे को हमेशा ख़ुश और संतुष्ट रखें, यही प्रेम नहीं है। कई अभिभावक यही समझते हैं कि उनका बच्चा जब

संतुष्ट और ख़ुश होगा, तभी वह यह समझेगा कि उसके अभिभावक उसे प्रेम करते हैं। जबकि वास्तविकता यह है कि प्रभावी और स्नेहशील परवरिश वही होती है, जो यह जानती है कि बच्चे को कब गुस्से का अनुभव कराना है, कब प्रेम का, भले ही इसके परिणाम थोड़े नकारात्मक ही क्यों न हों।

इस समस्या का एक आम उदाहरण अपने बच्चे को उसकी प्रतिक्रियाओं के स्वाभाविक परिणाम सहने से दूर रखना है, ताकि उसे भावनाओं के आघात से बचाया जा सके। यदि आपका छोटा बच्चा इसलिए दुखी है कि उसके व्यवहार के चलते उसका खिलौना ले लिया गया है या आपका छह साल का बच्चा इसलिए दुखी है कि उसे जन्मदिन पर मनचाहा उपहार नहीं मिला, तो यह आपका काम है कि अपने बच्चों को इस नकारात्मक अनुभव और भावना के साथ सामंजस्य बिठाना सिखाएँ।

अपने बच्चे को सिखाएँ कि वह अपने लिए निर्मित अवांछित भावों का सामना करे। यह आप दोनों के लिए कष्टदायक अनुभव हो सकता है। यही नहीं, यदि आप हर बार अपने बच्चे को नकारात्मक भावनाओं का सामना करने देते हैं, नाख़ुशी की उसकी भावनाओं को अभिव्यक्त करने देते हैं, तो आपकी परवरिश एक ऐसे व्यक्तित्व को गढ़ रही होती है, जिसमें सुपात्रता का भरपूर भाव समाहित है।

बच्चों को असफलता का सामना न करने देना उन्हें अपनी ज़िम्मेदारी को महसूस करने से दूर करता है। साथ ही वे आत्मकेंद्रित किशोर के रूप में विकसित होते हैं, जो बड़े होने के बाद समाज में या कार्यस्थल पर किसी भी कठिन स्थिति का सामना करने में स्वयं को असफल पाते हैं। ऐसा इसलिए क्योंकि उनमें अपनी मनचाही स्थिति के विपरीत स्थिति का सामना करने का सामर्थ्य ही नहीं होता।

सीमाएँ तय करें

अपने बच्चों के लिए कुछ सीमाएँ तय करना अभिभावकों के लिए संभवतः सबसे कठिन काम होता है। हम अपने बच्चों को कभी भी दुखी और उदास नहीं देखना चाहते। इससे भी ख़राब स्थिति यह होती है जब आपका एक ही बच्चा हो और आप उसके लिए सीमाएँ तय करना चाहें, तो वह अपनी बात मनवाने के लिए ऐसा करता हो मानो दुनिया का अभी अंत होने वाला है। परिणामस्वरूप, आप भी उसके नाराज़ या अप्रसन्न हो जाने के डर से उसके साथ दृढ़ता से पेश आने से बचते हैं और ऐसा ही चलता रहता है।

अपने बच्चे से कहें, 'जब तक तुम अपने खिलौने नहीं उठाते, टीवी नहीं देखोगे।' उसके खिलौने आप न उठाएँ! इससे उसे एक गतिविधि से दूसरी की तरफ़ जाने से पहले, पहली को समेटने का संदेश मिलेगा। उसे बताना होगा कि खेलकर

आने के बाद सीधे टीवी देखने से पहले उसे हाथ धोने हैं। उसे आपके द्वारा सिखाई गई अच्छी आदतों का पालन अपनी गतिविधियों के दौरान स्वयं करने की छूट दें।

याद रखें, हर उस बार जब आप सीमा तय नहीं करते हैं, बच्चे उसे दर्ज करते चलते हैं। हर समय जब आप जाने देते हैं, वे समझते हैं कि वे आपसे जीत गए हैं। उनके साथ दृढ़ रहने और सीमाएँ तय करने से उन्हें यह पता चलेगा कि आप नियमों के पालन को लेकर काफ़ी सजग हैं। अभिभावक होने के नाते सीमाएँ तय करने को नकारात्मक के बजाय सकारात्मक तरीक़े से देखना आपको नियमों का पालन आसानी से करवाने में मदद करेगा।

बहुत अधिक देना

बच्चों को आवश्यकता से अधिक वस्तुएँ देकर बिगाड़ने के बारे में चर्चा की जानी चाहिए। हमारी संस्कृति में ऐसा समय कभी भी नहीं रहा, जब बच्चों को इतनी अधिक अनावश्यक वस्तुओं से अटा दिया गया हो। टीवी, कंप्यूटर, पत्र-पत्रिकाओं और सिनेमा ने सभी को यह विश्वास दिला दिया है कि बच्चों को अधिकाधिक चीज़ों की आवश्यकता होती है। अच्छी ख़बर यह है कि आप घर में कुछ नियम बनाकर भौतिकतावाद को रोक सकते हैं। पहला सुझाव : अभिभावक बच्चों को यह बताएँ कि उनकी कमाई कितनी है। पैसा केवल एटीएम से नहीं निकलता, बल्कि इसे कमाने के लिए बहुत कुछ करना पड़ता है। इस प्रशिक्षण को शुरू करने के लिए किंडरगार्टन की आयु बेहतर आयु है।

दूसरी बात यह कि अपने बच्चों से ग़रीबी के बारे में बात करें। विशेषतः यह कि इसका अर्थ है कम वस्तुओं की उपलब्धता होना। कुछ बच्चे ग़रीबी में जीते हैं, जिसका अर्थ होता है साफ़ कपड़े न होना। इस बात को वे ठीक से समझ सकते हैं, क्योंकि उन्होंने किसी बस्ती के क़रीब से गुज़रते हुए कार में से ऐसे बच्चों को खेलते देखा था। पोषण, शिक्षा और स्वच्छता की कमी पर बच्चों का ध्यान कम जाएगा या उन्हें ये बातें कम समझ में आएँगी।

अंतिम बात यह कि उन्हें हमउम्र साथियों के दबाव में आकर या उनकी देखादेखी किसी वस्तुओं के लेने की ज़िद पर क़ाबू पाना सिखाएँ। अतः अगली बार जब वे आपको बताएँगे कि कैसे उनके मित्रों के माता-पिता उनके लिए चीज़ें ख़रीदते हैं, तो उन्हें बताएँ कि उनके घर के ख़रीदारी के नियम अलग होंगे और हमारे घर के नियम अलग हैं। उन्हें कहें कि उनके पास क्या नहीं है, इस पर ध्यान लगाने के बजाय उनके पास जो कुछ है उस पर ध्यान दें।

अपने बच्चों को सिर चढ़ाना, उन्हें बिगाड़ना एकमात्र सरलतम कार्य है, जो

अभिभावक होने के नाते हम कर सकते हैं। उन्हें सादा जीवन अपनाने और ज़मीन से जुड़े रहने की सीख देना अधिक कठिन काम है। अक्सर अभिभावक यह भी तर्क देते हैं कि उन्हें जो नहीं मिला वे अपने बच्चों को उपलब्ध कराना चाहते हैं, अतः वे बच्चों को सब कुछ उपलब्ध कराते हैं। भले ही अभिभावक स्वयं ग़रीबी में या बहुत ही कड़क स्वभाव के माता-पिता के कड़े अनुशासन में बड़े हुए हों, वे इसकी भरपाई करने के लिए बच्चों को अनावश्यक सिर चढ़ाते रहते हैं।

एक बार ठीक से सोचें कि आपको किस तरह से बड़ा किया गया था। इससे आपको यह समझने में आसानी होगी कि आप बच्चों को अत्यधिक चीज़ें उपलब्ध कराने के चक्कर में किस तरह इस जाल में फँसते गए और बच्चों को बिगाड़ते गए। इससे आप इस चक्कर से ख़ुद को अलग कर पाएँगे और अपने बच्चे को ऐसा माहौल दे पाएँगे, जहाँ वह आपके प्यार की तुलना केवल अधिकाधिक वस्तुओं की उपलब्धि के तौर पर या उसकी हर बात मानने से ही नहीं करेगा, वरन उसे प्रेम में अंतर्निहित तथ्य समझ में आएँगे।

अपने बच्चों के जीवन को प्रभावित करने वाले हम अकेले नहीं होते,
अतः अच्छा होगा कि हमारा प्रभाव सकारात्मक ही हो।

-डॉ. फ़िल

81. नींद में चलने की बीमारी

नींद में चलने की बीमारी को लंबे समय तक वर्णित न की जाने वाली, समझी न जाने वाली बीमारी के रूप में देखा जाता रहा। इसके साथ जुड़े किसी भूत-प्रेत के साये के अंधविश्वासों ने इसे और जटिल बना डाला था। वास्तव में, नींद में चलना एक डिसऑर्डर है, जो नींद में भी किसी गतिविधि में संलग्नता को दिखाता है।

बच्चों में इस डिसऑर्डर के होने का कारण अब भी अनजाना है, मगर यह थकान, नींद न आने या चिंता से जुड़ा हुआ हो सकता है। वयस्कों में नींद में चलना मानसिक डिसऑर्डर के कारण होता है, मगर इसे नशे और शराब की आदतों तथा कुछ चिकित्सकीय स्थितियों के परिणाम के रूप में भी देखा जाता है। वृद्ध लोगों में नींद में चलना ऑर्गेनिक ब्रेन सिंड्रोम के कारण हो सकता है।

नींद में चलने की सामान्य गतिविधि में नींद में उठकर बैठना और उठकर यहाँ-वहाँ चलना शामिल होता है, वहीं जटिल गतिविधि में फ़र्नीचर इधर-उधर खिसकाना, बाथरूम जाना, तैयार होने लगना जैसी गतिविधियाँ शामिल होती हैं। कुछ लोग नींद में वाहन भी चलाने लगते हैं। गतिविधियों की यह अवधि कुछ मिनट से शुरू होकर आधे घंटे तक चलती रह सकती है।

कुछ सामान्य भ्रांतियाँ

एक भ्रांति यह है कि नींद में चलने वाले को जगाना नहीं चाहिए, यह ख़तरनाक हो सकता है। जबकि, नींद में चलने वाले को जगाने में कोई ख़तरा नहीं होता। हाँ, अचानक जागने पर व्यक्ति का भ्रमित या असंतुलित होना सामान्य है। दूसरी भ्रांति यह है कि नींद में चलने वाले व्यक्ति को चोट नहीं लगती, जबकि सच यह है कि नींद में चलते हुए ही संतुलन खोने या फिसलने से चोट लगने का ख़तरा सर्वाधिक बना रहता है।

नींद में चलने की बीमारी किसी भी आयु में हो सकती है, मगर यह 6 से 12 साल के बच्चों में अधिक देखी जाती है। यह बच्चों, युवाओं और बुज़ुर्गों, सभी को हो सकती है। यह कई परिवारों में पीढ़ी-दर-पीढ़ी भी देखी गई है।

नींद में चलने के रोग के लक्षण

- सोते समय आँखें खुली होना
- चेहरा भावहीन होना
- नींद में उठकर बैठना और जागे हुए जैसा व्यवहार करना
- नींद में चलने लगना
- नींद में ही अन्य गतिविधियाँ करना
- जागने पर कुछ भी याद न रहना
- जागने पर भ्रमित, असंतुलित और परेशान होना
- नींद में निरुद्देश्य और बेकार की बातें करना

नींद में चलने की बीमारी है, तो करें ये सुरक्षा उपाय

✓ यदि नींद में चलने की बीमारी है, तो शराब और अन्य नशे का प्रयोग नहीं करना चाहिए।

✓ थकान, अनिद्रा से बचना चाहिए, क्योंकि इनके कारण नींद में चलने का दौरा आ सकता है।

✓ तनाव, चिंता और विवादों से बचा जाए, क्योंकि इनसे स्थिति और बिगड़ सकती है।

नींद में चलने की बीमारी के लिए किसी विशिष्ट उपचार की आवश्यकता नहीं है। मगर चोट से बचाव के लिए सुरक्षा उपायों का पालन करना ज़रूरी होता है। इसमें चोट लगने वाली चीज़ों को कमरे से हटा देना शामिल है, ताकि उलझने और गिरने से बचा जा सके। सीढ़ियों को छोटा दरवाज़ा लगाकर बंद किया जा सकता है। नींद

में चलने की बीमारी के लिए साइकोलॉजिस्ट के पास जाने की आवश्यकता आमतौर पर नहीं होती, मगर यदि इसके साथ अन्य लक्षण उभर रहे हों, यह दौरा लगातार पड़ रहा हो या नींद में की जाने वाली गतिविधियाँ घातक हों जैसे वाहन चलाना, तो मनोवैज्ञानिक से परामर्श लेना चाहिए।

> *और अब भी मेरा देवदूत किसी चमकीले स्वप्न में है। जब आदमी सोया हो तो आत्मा को आवाज़ दो, नींद के पार हमारे इच्छित विषयों पर कुछ नए विचार आएँगे और अपनी महिमामय झलक दिखाएँगे।*
>
> –हेनरी वॉन

भाग-III

सुनो! मदद यहाँ उपलब्ध है!

VII. जब हमारे बच्चों को मुसीबतें घेरती हैं

VIII. कुछ गंभीर मुद्दे जो केवल वयस्कों के लिए नहीं होते

IX. अभिभावक बदलाव ला सकते हैं

VII

जब हमारे बच्चों को मुसीबतें घेरती हैं

82. मानसिक रोग को लेकर भ्रांतियाँ

मानसिक रोग को लेकर फैली भ्रांतियों से संबंधित कई सवाल खड़े हैं। मानसिक रोग से ग्रस्त लोग भी शारीरिक रोग ग्रस्त लोगों के ही समान देखभाल और उनकी स्थिति को समझने की दरकार रखते हैं। मानसिक अस्वस्थता शारीरिक अस्वस्थता से अलग नहीं होती। यह ऐसी बीमारी नहीं है, जिसके लिए किसी को दोषी ठहराया जाए। अभिभावक सामान्यतः इसके लिए अपने आप को दोषी मानते हैं। कई लोग ऐसा मानते हैं कि मनोरोग मानसिक शक्ति या इच्छाशक्ति की कमी से होते हैं। मगर मानसिक रोग केवल बीमारी दूर हो जाने की इच्छा मन में रखने से ही हरगिज़ ठीक नहीं होते। अतः ऐसा कहना क़तई उपयोगी नहीं है।

मानसिक रोग के बारे में कुछ तथ्य

क्या आप जानते हैं कि कुल आबादी में से दस प्रतिशत लोग मानसिक अस्वस्थता से पीड़ित हैं? इन दस प्रतिशत में से दस प्रतिशत की स्थिति गंभीर है और उनमें से दस प्रतिशत लोगों को तत्काल अस्पताल में भर्ती करने की ज़रूरत है। इसका अर्थ है हमारे देश में दिमाग़ी बीमारी से ग्रस्त लोगों की संख्या बहुत अधिक है।

- ✓ 'मानसिक रोग' एक व्यापक अवधारणा है, जिसका प्रयोग बीमारियों के समूह के लिए किया जाता है, ठीक उसी तरह जैसे हृदय रोग के अंतर्गत कई बीमारियों को लिया जाता है।
- ✓ लोगों के जीवन में मानसिक रोग के दौर आते-जाते रह सकते हैं।
- ✓ कुछ लोग अपने जीवन में ऐसी बीमारी को एक बार महसूस करते हैं और फिर पूरी तरह से ठीक हो जाते हैं।
- ✓ कुछ लोगों के लिए यह बीमारी जीवनभर की साथी बन जाती है।
- ✓ अधिकांश मानसिक रोगों के प्रभावी उपचार मौजूद हैं।
- ✓ हम यह तो जानते हैं कि अधिकतर मानसिक बीमारियाँ दिमाग़ की कार्यविधि में गड़बड़ी होने से पैदा होती हैं, मगर सही मायने में कौन-सी बातें इन्हें उकसाती हैं इसका पता नहीं होता।
- ✓ तनाव कुछ मानसिक बीमारियों का कारण बन सकता है या उन्हें लंबा खींच सकता है।

- ✓ मानसिक रोग के कारण भी तनाव उपजता है।
- ✓ मानसिक बीमारी से ग्रस्त लोगों को बहुत परेशानियाँ झेलनी पड़ती हैं। वे अपनी बीमारी को लेकर विचलित और डरे हुए रहते हैं।
- ✓ यह रोग अचानक उनके जीवन का हिस्सा बन गया है। चूँकि उन्हें बाहर वालों की अस्वीकृति और भेदभाव का सामना करना पड़ता है, इसलिए इससे सामंजस्य बिठाने के लिए सारे परिवार को बहुत प्रयास करने पड़ते हैं।

कुछ प्रश्न और उनके उत्तर

प्रश्न : क्या मानसिक बीमारी का तात्पर्य दिमाग़ की ख़राबी या बौद्धिक अक्षमता से है?

उत्तर : नहीं, ये भी मधुमेह, हृदय रोग, दमा जैसी अन्य बीमारियों की ही तरह हैं। यह सचमुच विचारणीय है कि शारीरिक बीमारी से ग्रस्त लोगों को जहाँ फूल भेंट किए जाते हैं, उनके साथ सहानुभूति का व्यवहार किया जाता है और उन्हें सहयोग दिया जाता है, वहीं मानसिक बीमारी से ग्रस्त लोगों के लिए ऐसा देखने में नहीं आता।

प्रश्न : क्या मानसिक बीमारियाँ असाध्य और जीवनभर चलने वाली होती हैं?

उत्तर : नहीं, यदि सही तरीक़े से इलाज किया जाए, तो लोगों को इस बीमारी से पूरी तरह से छुटकारा मिल सकता है। यह बीमारी भी शारीरिक बीमारी की ही तरह होती है जिसे उपचार की आवश्यकता होती है। इस उपचार को भी प्रबंधित किया जा सकता है, जिसके चलते व्यक्ति अपनी दैनिक गतिविधियों में हिस्सा ले सके। लोगों के जीवन में मानसिक बीमारियाँ आती-जाती रह सकती हैं। मानसिक बीमारियाँ शारीरिक बीमारियों की तुलना में अधिक जटिल होती हैं। कुछ लोगों को केवल एक दौरा आता है और वे बिलकुल ठीक हो जाते हैं। दूसरों के लिए यह जीवनभर का दर्द बन सकती है। उन्हें लगातार उपचार की ज़रूरत होती है। हालाँकि कुछ लोग गंभीर मनोरोगों के कारण अक्षम भी हो जाते हैं, मगर अधिकतर लोग इन बीमारियों के बावजूद एक अच्छी ज़िंदगी बिताने में सफल हो जाते हैं।

प्रश्न : क्या कुछ लोग मानसिक रूप से बीमार ही पैदा होते हैं?

उत्तर : मानसिक बीमारियों के कारण अब भी स्पष्ट नहीं हैं। परिवार में कुछ मानसिक बीमारियाँ पीढ़ी-दर-पीढ़ी चल सकती हैं। कुछ और कारक भी इनके लिए उत्तरदायी होते हैं, जैसे- तनाव, रिश्ते टूटना, उत्पीड़न, बेरोज़गारी, सामाजिक अलगाव, दुर्घटना और जीवन के लिए ख़तरनाक रोग।

प्रश्न : क्या मानसिक बीमारियाँ किसी को भी हो सकती हैं?

उत्तर : हाँ, यहाँ तक कि मनोवैज्ञानिक और मनोचिकित्सक, दोनों में भी यह बीमारी आ सकती है। मनोरोग किसी को भी हो सकते हैं। कई लोग मानसिक बीमारी को नर्वस ब्रेकडाउन कहने में सहूलियत महसूस करते हैं। मानसिक बीमारियों के बारे में खुलकर बात करने के प्रति व्याप्त उदासीनता इसके जल्दी उपचार में बाधक बनती है। कई लोगों के लिए मानसिक बीमारी या ब्रेकडाउन का अर्थ मानसिक रूप से विक्षिप्त होने से होता है।

प्रश्न : क्या मानसिक बीमारी से ग्रस्त लोग ख़तरनाक होते हैं?

उत्तर : नहीं, बिलकुल नहीं। इसके विपरीत यह धारणा कुछ ग़लत और भयावह रूढ़िवादी धारणाओं के चलते बनी है। मानसिक बीमारियों से ग्रस्त बहुत ही कम लोग ख़तरनाक होते हैं। यहाँ तक कि गंभीर बीमारियों से ग्रस्त लोगों का भी यदि सही उपचार चल रहा हो, तो वे किसी को नुक़सान नहीं पहुँचाते।

मानसिक स्वास्थ्य आपकी पहुँच में है!

अच्छे मानसिक स्वास्थ्य के लिए कुछ उपाय–

- ✓ मानसिक बीमारी को भी उजागर करें और इसे अन्य शारीरिक बीमारियों की तरह ही मानें।
- ✓ समुदाय को ग़लत धारणाओं पर आधारित व्यवहार छोड़ने के लिए शिक्षित करें।
- ✓ बचपन और युवावस्था से ही अच्छी आदतों और व्यवहार को अपनाकर मानसिक स्वास्थ्य को मज़बूत करें।
- ✓ रिश्तों में टूटन, दुर्घटना आदि जैसे जीवन के दर्दनाक हादसों के साथ सामंजस्य बिठाना सीखें।
- ✓ मानसिक बीमारी से पीड़ित मित्र या रिश्तेदार को देखभाल और उपचार में सहयोग दें।
- ✓ जिससे भी आप मिलें, मानसिक बीमारी के बारे में खुलकर बात करें। यह आश्चर्यजनक है कि कितने ही लोग मानसिक बीमारियों से ग्रस्त हैं, फिर भी समाज में अस्वीकृति के डर से इसके बारे में बात करने से हिचकते और डरते हैं।
- ✓ शिक्षा, रोज़गार जैसे जीवन के हर क्षेत्र में भेदभाव को रोकें।

यदि हम अपने समाज में मानसिक बीमारी के प्रभावों को कम करना चाहते हैं, तो हमें इसके बारे में तथ्य जानने होंगे और हमारे अपने व्यवहार और धारणाओं को दुरुस्त करना होगा।

–cmha.ca

83. नशे की लत का दुष्चक्र

हर साल 26 जून का दिन नशीली दवाओं के दुरुपयोग और अवैध नशीली दवाओं की तस्करी के अंतरराष्ट्रीय विरोध दिवस के रूप में मनाया जाता है।

नशाख़ोरी और नशीली दवाओं से संबंधित घटनाएँ अक्सर सुर्ख़ियों में रहती हैं। एक ओर जहाँ सारा देश नशाख़ोरी के फैलाव से हैरान है, वही अधिकांश लोग यह भी सोच रखते हैं कि यह सब उनके साथ नहीं होता, अन्य लोगों के साथ ही होता है।

वास्तविकता यह है कि नशे की लत के शिकार हुए अधिकांश लोगों का बचपन और युवावस्था भी मेरी-आपकी ही तरह बीती है। अंतर यही होता है कि उम्र के एक पड़ाव पर उनमें नशे के प्रति 'झुकाव की संभावनाएँ' उठ खड़ी हुई थीं। एक बार कोई व्यक्ति नशे की गिरफ़्त में आ जाता है, तो उसके 'चरित्र का निर्धारण' नशे की लत के द्वारा होने लगता है। पर किसी आदमी में ऐसा क्या होता है, जो उसे नशे के प्रति अधिक संवेदनशील बनाता है?

नशे की लत में पड़ने के कुछ कारण

हालाँकि इसके लिए तयशुदा कारण नहीं बताए जा सकते, क्योंकि इनमें विविधता हो सकती है। वैसे भी, व्यक्ति नशे का पहली बार उपयोग किसी उत्सुकता के चलते ही करता है।

1. कुछ लोग ऊब, तनाव या थकान से बचने के लिए नशे का सहारा लेते हैं।
2. अपने मित्रों और हमउम्र साथियों के दबाव के चलते मज़े के लिए और अपने आप को आधुनिक दिखने के लिए नशा करते हैं।
3. किसी व्यक्ति से ख़ास लगाव हो और उसके साथ रिश्ते में प्रेम और आपसी समझदारी की कमी होना भी कई मामलों में नशे की गिरफ़्त में आने का कारण बन जाता है।
4. नशे की लत में पड़ने वाले अधिकतर लोग जीवन में कई तरह की निराशाओं से पीड़ित होते हैं।

नशे की लत के लक्षण

1. पहले जिन दैनिक गतिविधियों को मज़े से किया जाता था, उनमें रुचि का ख़त्म होना
2. भूख और वज़न का घटना
3. अस्थिर या असंतुलित चाल
4. आँखों का लाल होना, अस्पष्ट दृष्टि
5. शरीर पर इंजेक्शन के निशान, कपड़ों पर रक्त के धब्बे
6. जी मिचलाना, उल्टी करना और शरीर में दर्द
7. उनींदापन, सुस्ती और निष्क्रियता
8. तीव्र चिंता, घबराहट, निराशा और बेहद पसीना आना
9. घर में सुइयों, सीरिंज और अजीबोग़रीब सामग्री का होना
10. मनोदशा में बदलाव और गुस्से की अधिकता
11. भावनात्मक अलगाव
12. याददाश्त में कमी
13. व्यक्ति का अकेले रहना पसंद करना, शौचालय में अधिक समय बिताना
14. घर की वस्तुओं, रुपए-पैसे आदि का ग़ायब होना

नशे की लत का दुष्चक्र

इसके बारे में कुछ आम परिस्थितियों के ज़रिए विचार करते हैं। एक व्यक्ति को कुछ तकलीफ़ है, वह नाख़ुश है या शारीरिक कष्ट से परेशान है। संभव है, एक किशोर के रूप में उसका प्रेम प्रकरण टूट गया हो। यह एक ऐसा व्यक्ति है, जिसकी नौकरी नहीं लग रही हो और वह आगे क्या होगा को लेकर परेशान हो। या वह कोई मध्यम आयु का व्यक्ति हो सकता है, जो अपने जीवन में आ रहे उतार-चढ़ावों को लेकर परेशान हो।

1. यह व्यक्ति अपनी परेशानियों से दूर भागने के लिए शराब, नशे की दवा या तंबाकू का सहारा लेता है। इन्हें लेकर उसे अच्छा लगता है, उसे परेशानियों का सामना करने की हिम्मत महसूस होती है। अतः नशा उसके लिए महत्त्वपूर्ण बन जाता है।
2. अब व्यक्ति धीरे-धीरे नशे की मात्रा बढ़ाने लगता है। अब वह नशे के जाल में फँस जाता है। जिन समस्याओं को वह नशीली दवा या शराब के सहारे से दूर करना चाहता था, वे ही अब स्मृति में धुँधली होती जाती

हैं। इस बिंदु पर आकर वह नशा कैसे मिलेगा, इस बारे में ही सोचने लगता है। वह नशे के प्रति अपनी आसक्ति को नियंत्रित करने में असमर्थ होता है और नशे के भयावह परिणामों को अनदेखा करने लगता है।

3. नशे की लत का शिकार हुआ यह व्यक्ति अपने परिवार और मित्रों को इस बारे में बताने से बचने लगता है। वह अपनी बेईमानी और अपराध के परिणामों के बोझ से परेशान होने लगता है। वह लोगों से कटने लगता है और ऐसे व्यवहार का उसके पास कोई ठोस कारण नहीं होता। उसका व्यवहार अजीब-सा होने लगता है।
4. वह जितना अधिक नशे का इस्तेमाल करता है, उसे और अधिक अपराधबोध होने लगता है। वह और भी निराशा में घिरने लगता है। वह अपनी ईमानदारी खो देता है, नशे के लिए रुपयों की जुगत की ख़ातिर झूठ बोलता है। उसके रिश्ते और नौकरी में उसका प्रदर्शन अचानक गिरते जाते हैं।
5. अब उसके जीवन में नशीली दवा और शराब प्रधान रूप लेते जाते हैं। उसे नौकरी से निकाल दिया जाता है। उसकी बचत, अपेक्षाएँ, सपने, सभी नशे की लत के दर्दनाक और भावनाओं को ख़त्म करने वाले प्रभाव के चलते केवल नशे को पाने के लिए नष्ट हो चुके होते हैं। इस पर विडंबना यह कि उसका शरीर इस बाहरी रसायन को स्वीकार कर चुका होता है, अतः उसे नशा कम चढ़ने लगता है और वह नशीले पदार्थ की अधिकाधिक मात्रा लेना चाहता है, ताकि वह ठीक से काम कर सके।
6. जैसे-जैसे वह लगातार नशा करता जाता है, उसका शरीर नशे का आदी बनता जाता है। यही वह समय होता है, जब व्यक्ति लत में पड़ने का अनुभव करता है। अब नशा उसकी ज़रूरत बन जाता है और इसे पाने के लिए वह कुछ भी करने को तैयार हो जाता है। नशा न करने के दर्द से बचने के लिए वह कुछ भी कर गुज़रता है। और यही वह समय होता है, जब वह पूरी तरह नशे की गिरफ़्त में आ चुका होता है।

उपचार कैसे होता है?

नशे की लत भी एक बीमारी है, जिसका इलाज संभव है। उपचार के लिए जाने का अर्थ है आप समस्या को पहचानते हैं और इसे ठीक करना चाहते हैं। आधी लड़ाई तो इसी से जीत ली जाती है।

परामर्श और सलाह - इसमें मरीज़ को उपचार लेने के लिए प्रेरित किया जाता है, प्रोत्साहित किया जाता है।

डिटॉक्सिफ़िकेशन - यह उपचार का महत्त्वपूर्ण हिस्सा है। और यहीं से परिवार व अन्य प्रियजनों की भूमिका शुरू होती है। मरीज़ से बात करें, उसके साथ गतिविधियों में हिस्सा लें, उसमें रुचि दिखाएँ, जागरूक रहें, नशे की गिरफ़्त में फिर से तो नहीं आ रहा है, इसके सारे लक्षणों पर ध्यान दें। उसे एहसास दिलाएँ कि वह अकेला नहीं है, सारा परिवार उसके साथ है।

व्यवहार का उपचार - सुनिश्चित करें कि नशीले पदार्थ न मिल पाएँ। दोस्तों के समूह में बदलाव करें। परिवार के माहौल को बदलें। परिवार में संवाद एवं आपसी सहयोग सुनिश्चित करें। व्यक्ति को समाज के संपर्क में आने और नए दोस्त बनाने के लिए प्रेरित करें। उसे मानसिक रूप से सशक्त बनाने में मदद करें। इस सबके लिए किसी पेशेवर की मदद की आवश्यकता होती है।

> *पीछे जाकर फिर से शुरुआत नहीं की जा सकती, मगर आज फिर से शुरू किया जा सकता है और इसे नया अंजाम दिया जा सकता है।*
>
> –मरिया रॉबिन्सन

84. नशे की लत से बाहर आने के बारह चरण

अधिकतर लोग लत को केवल शराब और नशीली दवाओं से जोड़कर देखते हैं, मगर इसके अलावा जुए और यौन संबंधों की लत भी हो सकती है। हालाँकि, हर तरह की लत से बाहर आने के तरीक़े एक-से हो सकते हैं। यदि आपने 'अल्कोहलिक्स एनोनिमस' के बारे में सुना हो, तो आपने लत से छुटकारा पाने और आरोग्य प्राप्ति के इसके बारह चरणों के बारे में भी सुना होगा। बारह चरणों का यह कार्यक्रम एक स्व-सहायता समूह द्वारा संचालित किया जाता है, जिसे नशे की लत के शिकार लोगों द्वारा ही बनाया गया है। इसमें से सबसे प्रसिद्ध एए अर्थात अल्कोहलिक्स एनोनिमस ही है, मगर इसके अलावा नशीली दवाओं, यौन, जुआ, अधिक खाना, तंबाकू आदि की लत के लिए भी इस तरह के कार्यक्रम हैं।

बारह चरणों के इस कार्यक्रम में लोग सामान्यतः सप्ताह में एक दिन किसी सार्वजनिक स्थल पर मिलते हैं। इन बैठकों में सदस्य खुले रूप से इस बात पर चर्चा करते हैं कि किस बात ने उन्हें नशे की लत की ओर धकेला और किस बात ने उन्हें मदद लेने को प्रेरित किया। जो सदस्य इस लत से बाहर आने में परेशानी महसूस कर रहा होता है, समूह के सदस्य उसकी मदद करते हैं और लत को जीत लेने वाले की तारीफ़ की जाती है। कई बैठकों की शुरुआत प्रार्थना से होती है। बाक़ी समय में सदस्यों की निजी कहानियाँ और आपबीती शामिल की जाती हैं।

'बारह चरणों' का तात्पर्य उन क़दमों से है, जो इस कार्यक्रम का हिस्सा हैं

और जिन्हें लत छोड़ते हुए व्यक्ति को अपनाना होता है। पहला चरण यह स्वीकार करना है कि नशे की लत उनकी एक समस्या है। भले ही हरेक लत के लिए चरण अलग-अलग हो सकते हैं, मगर उनके पीछे का विचार एक-सा होता है। लत को स्वीकार करने के साथ-साथ सदस्यों को अतीत में की गई ग़लतियों की ज़िम्मेदारी भी लेनी होती है। इसके साथ हरेक को अपने अंदर ज़रूरी परिवर्तन लाने के लिए भी प्रतिबद्ध होना होता है। इसका अर्थ है हर उस व्यक्ति के प्रति क्षमाप्रार्थी होना, जिसे उसने नशे की लत के चलते आहत किया है।

ये सभी कार्यक्रम, जिनमें एए यानी अल्कोहलिक्स एनोनिमस अधिक प्रचलित है, अपनी प्रकृति में आध्यात्मिक कार्यक्रम हैं। भले ही इन बारह चरणों में ईश्वर का नाम कई बार आता है, मगर यह कार्यक्रम धार्मिक भावना को लिए हुए नहीं है। सदस्यों से अपेक्षा होती है कि वे किसी सर्वोच्च शक्ति के सामने अपनी ग़लतियों की माफ़ी माँगें और उससे सहायता की अपेक्षा करें।

किसी नशे की लत के शिकार आदमी को अपनी दिक़्क़त को स्वीकार करने और उसमें सुधार लाने को राज़ी करने के साथ-साथ यह कार्यक्रम सदस्यों को उनके जीवन का नियंत्रण अपने हाथों में लेने और समस्याओं के समाधान तथा भावनात्मक सहयोग देने की पेशकश करता है, ताकि वे भविष्य में भी नशे के लालच में न आने पाएँ। ये कार्यक्रम पुनर्वास कार्यक्रम नहीं होते। इन्हें नशे के शिकार व्यक्ति को पुनः जीवन में स्थापित करने का, यानी स्वास्थ्य लाभ का कार्यक्रम माना जाना चाहिए।

आधारभूत बारह चरण

1. पहला चरण है कि हम यह स्वीकार करते हैं कि शराब के आगे हम शक्तिहीन हो गए थे। हमारा जीवन अस्त-व्यस्त और नियंत्रण से बाहर हो गया था। गुस्से से लेकर तनाव झेलने की शक्ति तक, सबकुछ अनियंत्रित हो गया था। अतः यह स्वीकार करें कि आपको मदद की आवश्यकता है। अन्य नशों के मामले में शराब के स्थान पर उन नशों को रखा जा सकता है।
2. दूसरा चरण यह मानना है, 'हमारे ऊपर कोई सर्वोच्च शक्ति है, जो हमारे मानसिक स्वास्थ्य को पुनः बहाल करेगी।' इसके पीछे की धारणा यह है कि जो हमारे नियंत्रण के बाहर है, हम उसे नियंत्रित नहीं कर सकते। एक बार यह मान लिया जाए कि इस बात को आप अकेले प्रबंधित नहीं कर सकते, तो आगे काम आसान हो जाता है।
3. तीसरा क़दम 'अपने निर्णयों को संकल्प बनाना और उसके साथ यह समझकर जीना है कि यह हम ईश्वर की इच्छा से और उसकी मर्ज़ी के लिए कर रहे हैं, क्योंकि हम समझते हैं कि ईश्वर क्या चाहता है।' इस ईश्वर को पारंपरिक

भगवान के रूप में देखना ज़रूरी नहीं है। आप धरती या देवी, किसी में भी विश्वास कर सकते हैं। यहाँ विचार फिर से यही है कि आप अपनी परिस्थिति के नियंत्रण में नहीं हैं। आपकी आध्यात्मिकता को आपके भीतर छिपी शक्ति को बाहर लाने में कामयाब होना चाहिए।

4. चौथा चरण 'अपने भीतर स्व को खोजना और उसका निडर नैतिक आविष्कार करना है।' यानी, अपने अंदर की गहराई में झाँकना और क्या ग़लत हुआ है या हो रहा है, इसकी पहचान करना और वहीं से शुरुआत करना।
5. पाँचवाँ चरण है कि 'जो कुछ ग़लत हुआ है उसे ईश्वर (जैसा कि उसे आप समझते हैं) के सामने, अपने आप से और अन्य व्यक्तियों के सामने स्वीकार करना।' अपनी ग़लती को स्वीकार करना कठिन होता है, अतः ख़ुद को जबरन इसके लिए मजबूर न करें।
6. छठा चरण इस बात के लिए राज़ी होना है कि 'हम इस बात के लिए तैयार हैं कि ईश्वर हमारे चरित्र के इन अवगुणों को पूरी तरह से दूर करें।' यहाँ फिर आप अपना नियंत्रण त्यागकर ईश्वर के हाथों में दे रहे हैं।
7. सातवाँ चरण 'ईश्वर से विनम्रता से अपनी कमज़ोरियों को दूर करने की प्रार्थना करना है।' इस चरण में आत्मसमर्पण का भाव बढ़ जाता है।
8. आठवाँ चरण 'उन सभी लोगों की सूची बनाना है, जिन्हें हमने नशे की लत के चलते दुख पहुँचाया है और अब उनमें बदलाव चाहते हैं।' यह चरण आपके जीवन की धारा को पुनः प्राप्त करने और अपने मन के हरेक अपराधबोध को दूर करने में मदद करता है।
9. नवाँ चरण उन लोगों से सीधे संपर्क करके अपने व्यवहार में बदलाव लाना और उनके सामने अपनी ग़लती को स्वीकार करना है। लोगों से सीधे बात करने से आप पूर्व में किए गए ग़लत व्यवहार के अपराधबोध से उबर सकेंगे।
10. दसवाँ चरण 'अपने आप पर लगातार कड़ी नज़र रखना और जहाँ भी ग़लती हो जाए, उसे स्वीकार करना है।' स्वयं की ओर निकटता से देखने का साहस और अपनी ग़लतियों का एहसास करना विनम्र होकर सुधार के लिए अग्रसर होने के लिए महत्त्वपूर्ण है।
11. ग्यारहवाँ चरण 'प्रार्थना और ध्यान के द्वारा ईश्वर से अपने संपर्क को मज़बूत करना है। चूँकि हम उसे समझ चुके हैं, अब उसकी इच्छा जानने के लिए प्रार्थना करना और सहायता की माँग करनी है।' ईश्वर से सहायता की इच्छा करने से तनाव दूर होता है और मन में यह विश्वास दृढ़ होता है कि आप उस परम शक्ति के नियंत्रण में हैं, जो हर बात को ठीक कर सकती है।

12. अंतिम चरण 'इन चरणों को अपनाने के बाद स्वयं की आध्यात्मिक उन्नति करना है। हमने ईश्वर का संदेश दूसरों तक पहुँचाया और अपने सभी कामों में उसके सिद्धांतों का पालन किया।'

एक बार जब आपको लगे कि अपने जीवन की किसी भी परेशानी के लिए आपने इन सभी चरणों को पूरा कर लिया है, तो जो कुछ आपने सीखा उसे अपनाएँ, व्यवहार में लाएँ और दुनिया तक ले जाएँ। आप यह देखकर चकित रह जाएँगे कि किस तरह दूसरे लोग आपसे अपने जीवन को बदलने का साहस प्राप्त करेंगे।

यदि आप इस पर काम करेंगे तो यह काम करेगा, अतः इस पर काम करें क्योंकि आप इसे करने के योग्य हैं।

—floridahousedetox.com

85. बुलिमिया - भोजन संबंधी डिसऑर्डर

23 साल की एक युवती को उसकी स्थूलकाय माँ मेरे पास परामर्श के लिए लेकर आई थी। माँ ने बताया कि कमज़ोर-सी दिखाई देने वाले वह लड़की एक बार में तीन वयस्कों के बराबर का खाना खा लेती है। फिर कुछ मिनटों बाद उसे बेहद अपराधी-सा महसूस होता है और वह उल्टी कर देती है। युवती ने अपना अपराधबोध कम करने की ग़रज़ से बताया कि उसकी माँ भी उसके साथ उतना ही खाना खाती है। इसके परिणामस्वरूप इतना सारा खाना खाकर माँ का तो वज़न ख़ूब बढ़ गया, मगर बेटी का वज़न तीव्रता से कम होता गया। बेटी के ऐसे व्यवहार के पीछे का कारण उसके रिश्ते का टूटना था, जिसके चलते उसे अपराधी महसूस होता रहा और उसने अपने प्रेमी द्वारा अस्वीकार कर दिए जाने की अपनी वेदना को अत्यधिक मात्रा में अत्यधिक वसा वाला अस्वास्थ्यकर भोजन करके ठीक करना चाहा। अगले कई सत्रों में उसे घर से बाहर निकलकर कुछ काम तलाश करने के लिए प्रोत्साहित किया गया, साथ ही उसकी शैक्षणिक योग्यता को बढ़ाने के लिए उसे दीर्घकालीन दूरस्थ शिक्षण कार्यक्रम में पंजीयन कराने के लिए कहा गया। अगले कुछ सप्ताह में लड़की ने अपने कैलोरी ग्रहण की मात्रा को नियंत्रित कर लिया और उसके परिवार ने भी उसे नकारात्मकता और अकेलेपन से लड़ने में सहयोग दिया।

आपने अपने आसपास ऐसे कई लोगों को देखा होगा, जो अत्यधिक मात्रा में खाते हैं, मगर उनका वज़न सामान्य ही रहता है। कुछ लोगों की पाचन गति बहुत अच्छी हो सकती है, मगर अन्य लोगों में इतना खाने के बाद तुरंत उसे उलटने की इच्छा होती है। इसे ही बुलिमिया कहा जाता है। ऐसी बीमारी जिसमें खाना और

उसे बाहर निकालना शामिल होता है। बिंज ईटिंग के अंतर्गत व्यक्ति ख़ूब खाता है, उसे ऐसा महसूस होता है कि खाने पर उसका नियंत्रण नहीं रह गया है। बिंज का समय कुछ मिनटों से लेकर कुछ घंटों तक हो सकता है। पर्जिंग का अर्थ खाए गए खाने से निजात पाना, यानी उसे उपवास, उल्टी, व्यायाम, दस्त की दवा आदि के ज़रिए बाहर निकाल देना है।

ऐसा किनके साथ होने की संभावना अधिक होती है?

बुलिमिया सामान्यतः युवा महिलाओं को होता है, जिनका वज़न सामान्य होता है और जो अमूमन स्वस्थ दिखाई देती हैं। वे अपने शरीर के वज़न, आकार आदि को लेकर हमेशा असंतुष्ट रहती हैं। उनके लिए भोजन, वज़न और बाहरी वेश अत्यधिक महत्त्वपूर्ण होता है। बुलिमिया से ग्रस्त लोग सर्वश्रेष्ठ की चाह रखते हैं, मगर उनमें इच्छाशक्ति की कमी होती है और अपूर्णता का एहसास होता है। इससे ग्रस्त कई लोगों को अपनी क्षमताओं पर संदेह होता है। कई बार वे स्वयं भावनात्मक रूप से असुरक्षित महसूस करते हैं, अतः गुस्से, दुख, चिंता, तनाव और ऊब को नियंत्रित नहीं कर पाते। अवसाद के दौरे महिलाओं में और कई बार पुरुषों में भी सामान्यतः देखे जाते हैं।

बुलिमिया कैसे शुरू होता है?

व्यक्ति वज़न घटाने के लिए आहार में कमी करना शुरू करता है। यह वज़न को किलोग्राम में कम करने या शरीर को इंचों में घटाने की वास्तविक या स्वास्थ्य आधारित ज़रूरत के मुताबिक़ नहीं होता। यह निजी धारणा होती है। आहार पर बहुत अधिक नियंत्रण किए जाने से खाने के प्रति लालच बढ़ता है और अधिक कैलोरी वाले भोजन की तरफ़ झुकाव होने लगता है।

भोजन के प्रति उपजती लालसा को वह अधिक खाकर तृप्त करता है। यहाँ भोजन सुकून का स्रोत बनता जाता है। सुकून के साथ-साथ अधिक खाने का प्रयोग चिंता, गुस्सा, अवसाद, निराशा, अकेलापन, थकान, ऊब, अस्वीकृति और असफलता जैसी भावनाओं को दबाने के लिए भी किया जाता है। और फिर वज़न घटाने के लिए उसे बाहर निकालना शुरू हो जाता है। अधिक खाए गए भोजन को बाहर निकाल देना सबसे मुफ़ीद जान पड़ता है। ऐसा करके व्यक्ति को लगता है कि अब वह वज़न बढ़ने की समस्या और इससे उपजी असहज करने वाली भावनाओं पर नियंत्रण कर सकता है। अब यह आदत विकसित हो चुकी होती है। इस स्थिति में पहुँचकर बुलिमिया की भावना नियंत्रण से बाहर, डराने वाली और जकड़ने वाली होती है।

कुछ चेतावनी देने वाले लक्षण

बुलिमिया से ग्रस्त व्यक्ति में कुछ लक्षण देखे जाते हैं। यह याद रहे कि हर व्यक्ति अलग है, अतः किसी में भी ये सारे लक्षण एक साथ दिखाई नहीं देंगे।

अपने खाने की आदतों को छिपाकर रखना – सब लोगों के बीच बैठकर ढेर सारा खाना खाने में आती शर्म के चलते अलमारी या काम करने की मेज़ पर खाना छिपाने की आदत लग सकती है।

शरीर के आकार और वज़न के प्रति जुनून – अत्यधिक खाने की आदत पर नियंत्रण न होना। इसके चलते शरीर के वज़न पर नियंत्रण की कोशिश करने की प्रवृत्ति जन्म ले सकती है।

अवसाद – अपने खाने की आदतों पर नियंत्रण न कर पाने के चलते असहायता और नाउम्मीदी का भाव मन में जाग सकता है।

आहार पर अत्यधिक नियंत्रण और अधिक व्यायाम – बुलिमिया में अधिक खाने के कारण शरीर में होने वाले बदलावों को नियंत्रित करने के लिए आहार पर अत्यधिक नियंत्रण और अधिक व्यायाम का सहारा लिया जाता है।

मासिक चक्र में बदलाव – पोषक तत्वों की कमी के चलते लड़कियों और महिलाओं में मासिक चक्र अनियमित हो सकता है।

अत्यधिक ख़र्च करना – अधिक खाने की इच्छा अधिक धन ख़र्च करने की इच्छा में भी बदलती है, जिससे बना सोचे-विचारे पैसे उड़ाने की आदत बनती जाती है।

पेट में तकलीफ़ – ख़ूब खाने और खाकर उलट देने का यह चक्र पेट की समस्याओं को जन्म दे सकता है।

आप कैसे मदद कर सकते हैं?

बुलिमिया के शिकार व्यक्ति को यह जानने दें कि आप उसके लिए चिंतित हैं और उसके बारे में कोई राय क़ायम नहीं कर रहे हैं। बुलिमिया का शिकार व्यक्ति स्वयं ही बड़े भावनात्मक संघर्ष के दौर से गुज़र रहा होता है। भोजन और वज़न के बारे में उस व्यक्ति की धारणाओं को लेकर बहस न करें। उसे यह जताना ज़रूरी है कि उसके शरीर के आकार और वज़न से परे जाकर आप केवल उसकी चिंता करते हैं।

दुराव-छिपाव बुलिमिया का ही एक हिस्सा है। यदि व्यक्ति इस बात को स्वीकार नहीं करना चाहता कि उसे बुलिमिया है, तो यह समझें कि इस बारे में सीधे बात करना तकलीफ़देह हो सकता है। उसे यह बताएँ कि आप बात करने के लिए हमेशा उपलब्ध हैं।

जब व्यक्ति मदद लेने से लगातार इंकार करता रहता है, तो किसी पेशेवर से यह परामर्श लेना होगा कि आगे कैसे बढ़ा जाए। याद रखें कि इससे बाहर आने की प्रक्रिया धीमी होती है। एक समय में एक दिन लें और अपने आसपास के सभी लोगों को ऐसा ही करने को प्रोत्साहित करें। विशेषज्ञ की मदद से मरीज़ और उसका परिवार अपनी सामान्य अवस्था में वापस आ सकते हैं।

खाने की बीमारी के पीछे के मनोवैज्ञानिक तथ्य

हम सभी समय-समय पर अपने खानपान की आदतों में बदलाव करते रहते हैं। कभी वज़न में कमी करने के लिए हम भोजन में कमी करते हैं या परहेज़ रखते हैं। कभी-कभी हम वज़न बढ़ाने के लिए अधिक खाते हैं। ये तरीक़े सही वज़न और आकृति पाने के लिए स्वस्थ तरीक़े हो सकते हैं, मगर इस बीमारी से ग्रस्त लोगों में खाने की अस्वस्थ आदतें होती हैं। वे या तो बहुत अधिक खाते हैं या बहुत ही कम खाते हैं। कभी-कभी लोग इतना कम खाते हैं कि लगता है वे भूखों मरना चाहते हैं। इसे एनोरेक्सिया नर्वोसा कहा जाता है। इसके विपरीत कुछ लोग एक बार में अत्यधिक मात्रा में खा लेते हैं और उसके बाद उल्टी करके भोजन बाहर निकाल देते हैं। (इसे बुलिमिया नर्वोसा कहते हैं)।

याद रखने योग्य सबसे महत्त्वपूर्ण बात यह है कि खाने की बीमारियाँ हमेशा भोजन या वज़न के बारे में ही नहीं होतीं। दर्द, चिंता, दुर्बल इच्छाशक्ति या अपने जीवन पर नियंत्रण की कमी भी इसका कारण हो सकती है। दुर्भाग्य से, इसके साथ खाने की आदतों के जुड़ जाने से ये लोग अपने आप को अवास्तविक रूप में देखने लगते हैं, अर्थात मोटापे का शिकार हुआ महसूस करने लगते हैं।

दोनों ही तरह की बीमारियों का उपचार संभव है। इसके लिए बीमारी से ग्रस्त व्यक्ति को जितनी जल्दी हो सके विशेषज्ञ से परामर्श लेना चाहिए।

एनोरेक्सिया के लक्षण

- भूख होने पर भी पर्याप्त भोजन न करना और इसके कारण शरीर का 15 प्रतिशत से अधिक वज़न कम हो जाना
- ख़ुद को मोटे, बेडौल व्यक्ति के रूप में देखते हुए पतला होने की कोशिश में जी-जान लगा देना
- मोटे होने और अपने आप पर नियंत्रण खोने का भयंकर डर
- अत्यधिक व्यायाम करने की आदत होना

सामान्यतः एनोरेक्सिया वज़न कम होने से शुरू होता है और शारीरिक बीमारी तथा परहेज़ इसके आगामी परिणाम होते हैं। अपने शरीर बारे में मनचाही टिप्पणियाँ

सुनना व्यक्ति को यह विश्वास दिलाने लगता है कि यदि पतला होना अच्छा है, तो इससे भी पतला हो जाना और भी अच्छा होगा। भूख को दबाने की इस प्रक्रिया के साथ शरीर ठीक से प्रतिक्रिया नहीं देता और अनियमित भोजन व्यवहार व्यक्ति के जीवन में प्रधान होते जाते हैं।

बुलिमिया के लक्षण

- व्यक्ति को जब नियंत्रण की कमी महसूस हो और स्वयं से घृणा महसूस हो। एक समय में भर-भरकर खाना, जिसमें भोजन की भारी मात्रा शामिल हो।
- अत्यधिक भोजन के चलते वज़न में संभावित वृद्धि को रोकने के लिए खाए गए भोजन को बाहर निकालने की कोशिश करना।
- खाने पर नियंत्रण और अत्यधिक व्यायाम को शामिल करके वज़न को नियंत्रित रखने का प्रयास करना।

बुलिमिया से ग्रस्त व्यक्ति का वज़न अपने क़द की तुलना में थोड़ा-सा ज़्यादा होता है अतः एनोरेक्सिया की तुलना में इनकी पहचान करना कठिन होता है।

बुलिमिया 'पतले होने की चाह' में आहार पर नियंत्रण से शुरू होता है, कम पोषण से थकान महसूस होती है जो अधिक खाने के लिए उत्प्रेरक का काम करती है।

खाने के बाद उल्टी करना राहत का अनुभव कराता है, मगर यह अस्थायी होता है और जल्दी ही अवसाद और अपराधबोध में बदल जाता है। व्यक्ति इस पैटर्न को तोड़ने के कई प्रयास करता है मगर खाने/उल्टी करने/व्यायाम का यह दुष्चक्र उसे अपने घेरे में लेता जाता है और व्यक्ति उससे जुड़ा हुआ महसूस करने लगता है। अब वह इसके द्वारा नियंत्रित महसूस करने लगता है।

बुलिमिया से ग्रस्त व्यक्ति शरीर में रासायनिक असंतुलन भी महसूस कर सकता है, जिससे आलस्य और अवसाद की अनुभूति होती है और सोच में असमंजस होता है।

ये बीमारियाँ किस कारण से होती हैं?

इन बीमारियों के कारण अस्पष्ट हैं। इसमें शारीरिक, मानसिक और सामाजिक कारक सभी शामिल हैं। कुछ लोगों के लिए इन सबके साथ-साथ कमतर इच्छाशक्ति भी इसमें योगदान देती है।

सामाजिक प्रभाव - इसमें शरीर के आदर्श आकार और वज़न के लिए पश्चिमी मीडिया ने जो भी झूठे प्रतिमान गढ़े हैं, उसका असर अन्य लोगों पर पड़ता है और मोटे लोग इसे नकारात्मक तरीक़े से लेते हैं।

निजी कारक - जीवन के बड़े बदलाव, जैसे- किशोरावस्था में प्रवेश, रिश्ते टूटना, बच्चे का जन्म, प्रिय की मृत्यु, ज़िम्मेदारियों का भय, परिवार के बीच कमज़ोर संवाद या परिवार द्वारा ध्यान न दिया जाना, बड़े हो जाने पर भी स्वतंत्रता न मिलना, यह मानना कि बड़ी उपलब्धि ही परिवार का प्रेम और स्नेह सुरक्षित करती है आदि उन्हें इस बीमारी की ओर धकेलते हैं।

शारीरिक कारक - इसमें किशोरावस्था में आए रासायनिक या हॉर्मोनल असंतुलन शामिल होते हैं।

क्या उपचार उपलब्ध हैं? खाने-पीने की आदतों में बदलाव आना केवल बुलिमिया और एनोरेक्सिया के कारण ही नहीं, बल्कि कई अन्य बीमारियों के चलते भी हो सकता है। अतः इसके लिए किसी चिकित्सक से शारीरिक परीक्षण करवाना सबसे अधिक आवश्यक है। एक बार परीक्षण हो जाए, तो कई चिकित्सक इस उपचार में संलग्न होंगे, क्योंकि ये बीमारियाँ लोगों को शारीरिक और मानसिक, दोनों रूपों से प्रभावित करती हैं। अतः उपचारकों में मनोचिकित्सक, मनोवैज्ञानिक, चिकित्सक, आहार सलाहकार और सामाजिक कार्यकर्ता, सभी शामिल होते हैं।

भोजन न ग्रहण करने से हुई अत्यंत कुपोषण की स्थिति में अस्पताल में दाख़िले की आवश्यकता भी पड़ सकती है। उपचार में अवसाद और हॉर्मोनल असंतुलन को दूर करने की दवाएँ भी शामिल होंगी। आहार परामर्श द्वारा सही आहार लेने के लिए मार्गदर्शन दिया जाएगा। काउंसलिंग द्वारा मन के नकारात्मक विचार दूर करने में मदद मिलेगी। साथ ही व्यक्ति के परिवार और मित्रों को भी उसके सहयोग के लिए सलाह दी जाएगी।

आहार की बीमारियों के प्रकार

आहार की तीन बड़ी बीमारियाँ होती हैं।

1. *एनोरेक्सिया नर्वोसा* - इस बीमारी में लोगों के मन में अपनी छवि वास्तविक से अलग और विकृत होती है। वे अपने आप को मोटा और भारी महसूस करते हैं। वे खाने से बचते हैं, भयंकर व्यायाम करते हैं और दूसरों के सामने खाने से बचने जैसी असामान्य आदतें बना लेते हैं। उनका वज़न बहुत कम हो जाता है और भूख मौत के द्वार तक भी ले जा सकती है।
2. *बुलिमिया नर्वोसा* - इससे पीड़ित व्यक्ति अत्यधिक आहार ले लेते हैं और उसके बाद उससे मिलने वाली कैलोरी और वज़न बढ़ने के डर से उसे उल्टी, एनीमा, व्यायाम आदि के द्वारा बाहर निकाल देते हैं। ये

हमेशा गोपनीय बने रहना चाहते हैं और अपने खान-पान को लेकर शर्मिंदा और अपराधी महसूस करते हैं और जैसे ही वे तनाव और नकारात्मक भावनाओं से मुक्त होते हैं, उनका पेट फिर से ख़ाली हो जाता है।

3. *बिंज ईटिंग* - बुलिमिया के ही मरीज़ों की तरह इन्हें भी खाने के लगातार दौरे पड़ते रहते है और खाने पर इनका नियंत्रण नहीं रहता। अंतर यही है कि ये लोग खाए गए भोजन को उलटते नहीं है।

किसे जोख़िम है?

किशोर और युवा महिलाएँ इसकी अधिक शिकार होती हैं। फिर भी मीडिया में दिखाए मुताबिक़ यह समस्या केवल किशोरवय की लड़कियों को ही नहीं होती। बड़ी महिलाएँ, पुरुष और लड़के भी इसकी चपेट में आ सकते हैं। कई बार लोगों में यह बीमारी होती है, मगर इसका पता उनके परिवार और मित्रों तक को नहीं चल पाता। चूँकि उन लोगों को यह समझ में आ जाता है कि उनका व्यवहार सामान्य से अलग है, इसलिए वे स्वयं ही सामाजिक होने से बचने लगते हैं, लोगों से कटने लगते हैं और अपने खाने के तरीक़ों के दिक़्क़त भरा होने को नकारने लगते हैं।

यह बीमारी कैसे होती है?

कुछ मनोवैज्ञानिक कारण लोगों में यह बीमारी पैदा करते हैं। निष्क्रिय या ख़राब परिवार और रिश्ते इसका एक कारण हैं। व्यक्तित्व के लक्षण भी इसमें सहयोग करते हैं। खाने की बीमारी से पीड़ित अधिकतर व्यक्तियों की इच्छाशक्ति कम होती है, उनमें असहायता की भावना घर करती है और वे अपने रूप को लेकर अत्यंत असंतोष से घिरे रहते हैं। हरेक बीमारी के साथ व्यक्तित्व के ख़ास लक्षण जुड़े रहते हैं। एनोरेक्सिया से ग्रस्त लोग परिपूर्णतावादी होते हैं, जबकि बुलिमिया से ग्रस्त लोग आवेगशील होते हैं।

इस बीमारी के प्रति संवेदनशील व्यक्ति में यह बीमारी होने के लिए कई परिस्थितियाँ ज़िम्मेदार होती हैं। संभव है, परिवार के लोग और मित्र लगातार व्यक्ति की शारीरिक संरचना को लेकर उसका मज़ाक़ उड़ाते हों। संभव है कि वे व्यक्ति ऐसे खेलों में हिस्सा लेते हों, जिनमें ख़ास तरीक़े की शारीरिक बनावट और कम वज़न की दरकार हो। उत्पीड़न, प्रियजन की मौत जैसी नकारात्मक भावनाएँ भी इसे उत्प्रेरित कर सकती हैं। यहाँ तक कि एक सुखद घटना जैसे बच्चे का जन्म भी अपने पीछे लेकर आई नई भूमिका और शारीरिक संरचना की अवधारणा के चलते बीमारी का कारण बन सकती है।

एक बार जब व्यक्ति असामान्य खानपान के व्यवहार में फँस जाता है, तो

यह समस्या स्वयं ही बढ़ती जाती है। अधिक खा लेने के बाद शरीर एक दुष्चक्र में अटकता जाता है, क्योंकि व्यक्ति खाई हुई चीज़ को निकालना भी चाहता है, ताकि वह अतिरिक्त कैलोरी और मानसिक परेशानी से निजात पा सके, और फिर रोज़ की दिक़्क़तों से बचने के लिए अत्यधिक खाना शुरू हो जाता है।

इसके परिणाम क्या होते हैं?

आहार की बीमारियाँ शरीर को उजाड़कर रख देती हैं। शारीरिक समस्याएँ, जैसे- ख़ून की कमी, धड़कन बढ़ना, बाल और हड्डियों की कमज़ोरी, दाँत ख़राब होना और मासिक चक्र की अनियमितता भी इसके साथ आती हैं। आहार की बीमारी से ग्रस्त लोग रक्तचाप, मधुमेह और मोटापे से जुड़ी अन्य बीमारियों के भी शिकार बन सकते हैं।

आहार की बीमारियाँ अवसाद जैसी अन्य मानसिक बीमारियों से भी जुड़ती हैं। यह स्पष्ट है कि आहार की बीमारी से पीड़ित व्यक्ति बाक़ी लोगों की तुलना में मानसिक बीमारियों जैसे- चिंता विकार और मादक द्रव्यों के सेवन से ज़्यादा पीड़ित हो जाते हैं।

उपचार किस तरह से मदद करता है?

मनोचिकित्सक और अलग-अलग उपचार क्षेत्रों के विशेषज्ञों का दल इन बीमारियों के उपचार में बहुत ही महत्त्वपूर्ण भूमिका निभाता है। इस उपचार के हिस्से के अनुसार शारीरिक बीमारी के लिए चिकित्सक को बुलाया जाता है, जो यह बता सकता है कि मरीज़ को शारीरिक रूप से कोई ख़तरा तो नहीं है। आहार विशेषज्ञ पोषक आहार के लिए मार्गदर्शन दे सकता है।

एक बार मनोचिकित्सक महत्त्वपूर्ण मुद्दों की पहचान करके उपचार की योजना बना लेता है, तो वह व्यक्ति को अपने मन की नकारात्मकता को सकारात्मक विचारों से प्रतिस्थापित करने की सलाह देता है। मनोचिकित्सक और मरीज़ एक साथ मिलकर वज़न के बजाय स्वास्थ्य पर ध्यान केंद्रित कर सकते हैं। या मरीज़ भोजन की एक डायरी बना सकता है, ताकि वह यह जान सके कि किस तरह की परिस्थितियाँ अधिक खाने को उत्प्रेरित करती हैं।

मरीज़ के विचारों और व्यवहार में परिवर्तन ही पर्याप्त नहीं है, लंबे समय तक छुटकारे को सुनिश्चित करने के लिए मरीज़ और मनोचिकित्सक दोनों को एक साथ मिलकर अधिक आहार के पीछे छिपे गंभीर मानसिक मुद्दों पर काम करना होगा, जो अन्य गंभीर बीमारियों के संकेत होते हैं। मनोचिकित्सा के जरिए मरीज़ के निजी रिश्तों को सुधारने के लिए भी काम किया जाना चाहिए।

आहार संबंधी बीमारियाँ भेदभाव नहीं करतीं। ये सभी आयु, लिंग और स्थान के लोगों को हो सकती हैं।

—nedawareness.org

86. स्वयं को नुक़सान पहुँचाना

लोग स्वयं को नुक़सान क्यों पहुँचाते हैं?

राकेश उम्र के तीसरे दशक में है। वह एक लड़की से एकतरफ़ा प्यार करता था, जिसने कभी भी उसके प्रेम निवेदन का जवाब नहीं दिया था। इसी के चलते आवेग और बेचैनी में एक दिन राकेश धातु के अक्षर ले आया। उन अक्षरों से लड़की के नाम की स्पेलिंग बनाने के बाद उसने उन्हें गर्म किया और उससे अपना हाथ जलाकर नाम की छाप बना ली। मज़े की बात यह कि उसने वह नाम लड़की या अपने दोस्तों को दिखाया तक नहीं।

क्या वह दर्द सही था? ऐसी गतिविधियों से क्या हासिल होता है?

इस घटना के लिए कई व्याख्याएँ मौजूद हैं और इस तरह के व्यवहार की पहचान के लिए कई शब्द मौजूद हैं। इसे स्वयं को हानि पहुँचाना, स्वयं को घायल करना या स्वयं को नुक़सान पहुँचाना, कुछ भी कहा जा सकता है।

कुछ मनोवैज्ञानिक इसे स्वयं को हानि पहुँचाना कहते हैं। इसका अर्थ है अपने शरीर को दर्द देना। इसके साथ-साथ काटना, जलाना, त्वचा पर घाव बनाना, घावों को कुरेदना, बाल खींचना, सिर को पटकना, हथौड़े या अन्य वस्तु से मारना या शराब और नशीली दवाओं का अत्यधिक सेवन करना भी इसके दायरे में है। इसका सामान्य उदाहरण अपनी त्वचा को चाकू या रेज़र से तब तक काटना है, जब तक कि ख़ून न बहने लगे या दर्द न हो। इस्त्री या सिगरेट से त्वचा को जलाना भी स्वयं को हानि पहुँचाने की प्रवृत्ति के सामान्य उदाहरण हैं।

स्वयं को हानि पहुँचाने का व्यवहार अलग-अलग तरह के लोगों में जीवन की अलग-अलग यातनाओं के लक्षणों के रूप में पाया जाता है। ऐसा व्यवहार लोगों में पर्सनैलिटी डिसऑर्डर, मानसिक मंदता जैसी मानसिक बीमारियों के लक्षण के रूप में भी दिखाई दे सकता है।

स्वयं को नुक़सान पहुँचाने वाले व्यवहार के कारण

ऐसा व्यवहार करने वालों का बचपन इस तरह से बीता होता है, जहाँ उन्हें अपने अभिभावकों का बहुत ध्यान रखने और उन्हें सहयोग देने की लगातार ज़रूरत पड़ती है। यदि बच्चा विकास के शुरुआती वर्षों में इस तरह की स्थिति से रूबरू होता है,

तो उसमें यह भावना घर कर जाती है कि वह बहुत ज़िम्मेदार है और अपने गुस्से को वह किसी और पर प्रकट नहीं कर सकता, वरन उसे उस क्रोध या नाराज़गी को अपने ही ऊपर उतारना है। यह बच्चा गुस्सा महसूस करता है, मगर उसे किसी और पर न उतारकर ख़ुद पर ही उतरना होता है। इसके चलते अपने आप को नुक़सान पहुँचाना बच्चे का स्वभाव बन जाता है।

इस तरह के स्वभाव के लोगों को बचपन में अपने प्रिय व्यक्ति, जैसे भाई-बहन या अभिभावक द्वारा शारीरिक, मानसिक या यौन उत्पीड़न का शिकार बनाया गया होता है। इसका परिणाम अक्सर रिश्ते में टूटन या अलगाव के रूप में सामने आता है। दरअसल, किसी उत्पीड़न या दुर्व्यवहार से जुड़ी दर्दनाक भावनाओं से दूर भागने के लिए ही शारीरिक कष्ट का रास्ता अपनाया जाता है।

जो व्यक्ति अपने आप को नुक़सान पहुँचाते हैं, उन्हें चिंता, गुस्सा और दुख को बर्दाश्त करने में दिक़्क़त महसूस होती है। हाथ या पाँव को काटना इस दर्द को बर्दाश्त करने की तकनीक के रूप में काम में लाया जाता है। ये घाव व्यक्ति को तनाव और चिंता से तात्कालिक राहत देने का काम करते हैं।

इस तरह की गतिविधियों में हिस्सा लेने वाले लोग सामान्यतः आकर्षक, बुद्धिमान और सक्रिय होते हैं। अत्यधिक तनाव और क्रोध की अवस्था में वे अपने आप को अभिव्यक्त करने में असमर्थ महसूस करते हैं और ख़ुद को शक्तिहीन-सा महसूस करने लगते हैं।

कुछ अलग तरीक़े के व्यवहार भी कई बार स्वयं को हानि पहुँचाने वाले व्यवहारों के अंतर्गत गिने जाते हैं। हाथों या शरीर पर टैटू बनवाने वाले या नाक, कान, हाथ छिदवाने वाले व्यक्तियों को भी स्वयं को नुक़सान पहुँचाने वालों की श्रेणी में रख दिया जाता है। भले ही इन व्यवहारों में सामाजिक स्वीकार्यता अलग-अलग अंशों में शामिल होती है, मगर ये व्यवहार स्वयं को नुक़सान पहुँचाने वाले व्यवहार से अलग होते हैं। ये लोग कुछ बनवाने या पहनने की प्रक्रिया के तहत यह दर्द सहन करते हैं। जबकि स्वयं को नुक़सान पहुँचाने की प्रवृत्ति वाले लोग अपनी भावनात्मक स्थिति से भागने के लिए शरीर पर काट-पीट करते हैं।

आप जिस गुस्से को अपने आप पर निकाल रहे हैं, आप उसके लिए नहीं बने हैं।

-शैरिल रेनफ़ील्ड

87. फ़ोबिया - डर से कुछ अधिक

32 साल की किरण को बचपन से ही कुत्तों से डर लगता है। वह कुत्तों से आतंकित

महसूस करती है, क्योंकि बचपन में उसे एक पड़ोसी के कुत्ते ने काट लिया था। उस समय से वह कुत्तों से कोई रिश्ता नहीं रखना चाहती, यहाँ तक कि कुत्ते की तसवीर तक नहीं देखना चाहती और वास्तविक कुत्ते के तो आसपास भी नहीं फटकती। उसका विश्वास है कि कुत्ते बहुत ही ख़तरनाक होते हैं। किरण को हमेशा यह डर लगा रहता है कि यदि वह कुत्ते के आसपास भी जाएगी, तो कुत्ता उसे काट लेगा और वह गंभीर रूप से घायल हो जाएगी। उसने शादी से पहले अपने भावी पति के सामने यही शर्त रखी कि शादी के बाद वह अपने पालतू कुत्ते को किसी और को दे देगा। इसके चलते उनके रिश्तों में भारी तनाव उत्पन्न हो गया था। उसे पास-पड़ोस में आने-जाने से डर लगता है और वह अपने बच्चों को पड़ोस के बग़ीचे तक में नहीं ले जाती। यदि किसी घर के सामने कुत्ता बँधा हुआ भी हो, तो वह उस घर के आसपास भी नहीं जाएगी। इस चक्कर में वह कुछ लोगों के घर आती-जाती ही नहीं है। उसे सपने में भी कुत्ते दिखाई देते हैं, जो उसकी नींद में ख़लल डालते हैं। उसे यह भी पता है कि कुत्ते को लेकर उसका डर असामान्य और अन्य लोगों से बहुत ज़्यादा है। फिर भी वह अपने डर और कुत्ते वाले स्थान से दूरी बनाए रखने की आदत को छोड़ नहीं पा रही है। कुत्तों के प्रति उसका यह अतिशय डर उसके और उसके परिवार के लिए समस्या का कारण बन गया है और इसके चलते वह घर से बाहर निर्भय होकर घूम भी नहीं पाती है।

हममें से अधिकांश लोग किसी-न-किसी ऐसी बात या स्थिति से डरते हैं, जो शायद दूसरों के लिए डरावनी न हो। ये बातें या घटनाएँ शुरुआत में हमें डराती हैं, मगर लगातार उन स्थितियों से दो-चार होने पर हम उनके साथ सामंजस्य बिठाना सीख लेते हैं। मगर कुछ लोगों में कुछ बातों या स्थितियों, जैसे- जानवर, बंद स्थान, ऊँचाई, लिफ़्ट, वाहन चालन, सुरंग, पानी, हवाई यात्रा और बहते ख़ून आदि को लेकर भयानक और असामान्य भय व्याप्त हो जाता है, जिसे फ़ोबिया कहा जा सकता है।

फ़ोबिया क्या है?

फ़ोबिया केवल साधारण डर नहीं है, वरन यह तर्कहीन भय होता है। आप शायद दुनिया के सबसे ऊँचे पहाड़ पर आसानी से चढ़ जाएँ, मगर दफ़्तर के दसवें माले पर जाने में डर महसूस करें। फ़ोबिया से ग्रस्त लोग यह समझते हैं कि उनका डर निराधार और तर्कहीन है, मगर फिर भी उसका सामना होते ही या सामना होने की कल्पना तक से वे आतंकित हो जाते हैं।

फ़ोबिया के भी कई प्रकार होते हैं। यह किसी वस्तु विशेष से जुड़ा हुआ डर हो सकता है या किसी सामाजिक संरचना में शर्मिंदगी उठाने का डर भी हो सकता

है। इससे जुड़े लोग इस क़दर आतंकित होते हैं कि उस डर के कारण के सामने जाने से पूरी तरह बचना चाहते हैं।

वस्तु विशेष से जुड़े डर में जानवर, बंद स्थान, ऊँचाई, लिफ़्ट, वाहन चालन, सुरंग, पानी, हवाई यात्रा और ख़ून आदि को लेकर डर शामिल हैं, जबकि सामाजिक फ़ोबिया में नए लोगों से मिलना, बॉस से बात करना, भाषण देना आदि से डर शामिल हैं। अधिकांश लोगों में ये डर सामान्य मात्रा में होते हैं, जो धीरे-धीरे ख़त्म हो जाते हैं, जबकि फ़ोबिया वाले लोगों में ये डर जीवन का हिस्सा बन जाते हैं। ये जीवन में दख़लंदाज़ी करने लगते हैं, जिससे निजी जीवन, कार्यक्षेत्र और रिश्ते अधिक या कम मात्रा में प्रभावित होते हैं।

क्या फ़ोबिया सामान्य है?

सामान्यतः 10 में से 1 व्यक्ति फ़ोबिया या आतंक का शिकार होता है। कोई नहीं जानता कि इनका कारण क्या है, हालाँकि यह कई परिवारों में पीढ़ी-दर-पीढ़ी होता है और विशेषतः महिलाओं में अधिक दिखाई देता है। यह किशोरावस्था में उपजता है। फ़ोबिया अचानक शुरू होते हैं और बचपन के डर से ज़्यादा स्थायी होते हैं। बड़ी उम्र में होने वाले केवल 20 प्रतिशत फ़ोबिया अपने आप ख़त्म होते हैं, अन्यथा ये लगातार बने रहते हैं। जब बच्चों को किसी जानवर आदि से डर लगता है, तो ये डर समय के साथ चला जाता है। मगर कुछ लोगों में कुछ डर लगातार बने रहते हैं और कोई नहीं जानता कि ये डर कुछ लोगों में क्यों बने रह जाते हैं और कुछ में क्यों लुप्त हो जाते हैं।

उपचार का तरीक़ा

जब ये फ़ोबिया व्यक्ति के जीवन में दख़ल देने लगते हैं, तब उपचार से मदद मिलती है। सफल उपचार में सामान्यतः कॉग्निटिव बिहेवियर थैरेपी शामिल होती है, जिसे डी-सेंसेटाइजेशन या एक्सपोजर थैरेपी कहा जाता है। इसमें मरीज़ को सुरक्षित ढंग से उन सारी चीज़ों के संपर्क में लाया जाता है, जिनसे उसे डर लगता है। यह तब तक जारी रहता है, जब तक उसका डर कम नहीं हो जाता। इस उपचार से तीन-चौथाई मरीज़ों को आराम मिलता है। श्वास की क्रियाएँ और ध्यान भी चिंता को कम करते हैं।

बिहेवियर थैरेपी कुछ प्रतिक्रियाओं को बदलने और अवांछित व्यवहार को रोकने के लिए कई तकनीकों के उपयोग पर काम करती है। उदाहरण के लिए, डायफ्रेमिक श्वास गतिविधि जिसमें धीमी और गहरी साँस ली जाती है, से तनाव को कम किया जा सकता है। चूँकि तनाव के चलते लोग उथली और तेज़ साँसें लेते हैं और अक्सर धड़कन बढ़ने, असहज महसूस करने और ऐसे ही अन्य लक्षणों के शिकार हो जाते

हैं, इसलिए यह गतिविधि आवश्यक होती है। एक्सपोजर थैरेपी में मरीज़ को उन्हीं चीज़ों के बार-बार संपर्क में लाया जाता है, जिनसे उसे डर लगता है। कॉग्निटिव बिहेवियर थैरेपी में तनाव और चिंता को उत्पन्न करने वाली उस स्थिति में किस तरह प्रतिक्रिया दी जाएगी, इस पर काम किया जाता है। मसलन, चिंता की अधिकता के चलते जब व्यक्ति को असहज लगने लगता है, तो वह सोचता है कि मैं मरने वाला हूँ। ऐसे में, थैरेपिस्ट उस व्यक्ति के सामने ऐसी स्थिति उत्पन्न करता है, जैसे- उसे एक घेरे में तब तक गोल घूमने को कहता है, जब तक उसे चक्कर न आने लगें। सामान्य अवस्था में चक्कर आने पर उसे लगता है कि वह मरने वाला है, मगर इस समय वह अपने नकारात्मक विचारों को ठीक करते हुए सोचेगा कि यह तो थोड़ी देर की दिक़्क़त है, छोटी-सी परेशानी है। मैं इसे झेल सकता हूँ।

जान लें कि सबसे बड़ा डर अज्ञात का डर होता है। इस अज्ञात से मिलने का साहस जुटाएँ।

-जोनाथन लॉकवुड ह्यूई

VIII

कुछ गंभीर मुद्दे जो केवल वयस्कों के लिए नहीं होते

88. आचरण के विकार या व्यवहार संबंधी बीमारियाँ

विक्रम बहुत जल्दी तैश में आ जाता था, विशेषतः जब वह कार चला रहा होता था। हालाँकि यह गुस्सा केवल अपशब्दों तक ही सीमित रहता था, कभी हिंसा में तब्दील नहीं हुआ। उसे एक नई कार इसलिए ख़रीदनी पड़ी कि उसकी कार के काग़ज़ उसके राज्य में मान्य नहीं हो रहे थे। दंड और टैक्स से बचने के लिए उसे बेवजह एक नया वाहन ख़रीदना पड़ा। उसे इसके बजाय अपने काग़ज़ों को नियमानुसार करवाना महत्त्वपूर्ण नहीं लगा।

वह एक सुशिक्षित परिवार का आकर्षक युवा था, जिसके पास कई सारे क्रेडिट कार्ड थे। उसने क्रेडिट कार्ड के ज़रिए अपनी आय सीमा से बाहर जाकर ख़रीदारी की। बहुत सोच-विचार और खोजबीन करके उसकी सगाई हुई और फिर विवाह संपन्न हुआ। मगर जल्दी ही उसकी पत्नी को उसकी शराब पर निर्भरता का पता चल गया। वह अपना इलाज कराने के लिए तैयार नहीं हुआ। एक बार उसकी बहन का सीज़ेरियन ऑपरेशन था, जिसके लिए उसे सुबह 4 बजे अस्पताल में पहुँचना था, मगर वह तड़के 3 बजे नशे में धुत और मदहोश घर लौटा।

अक्सर उसके काम उलझन में डाल देने वाले होते थे और किसी परिस्थिति में अपेक्षित निर्णय लेने की कमज़ोर क्षमता को दिखाते थे। इसी के चलते विक्रम को मल्टीनेशनल कंपनी के एक बड़े असाइनमेंट से हाथ धोना पड़ा।

आचरण संबंधी विकार, यानी कंडक्ट डिसऑर्डर का तात्पर्य है कि व्यक्ति सामाजिक नियमों और दूसरों के अधिकारों की अवहेलना करता है। यह सामान्यतः पुरुषों में होने वाला विकार है। इससे पीड़ित लोग हरेक व्यक्ति से आदतन परेशानी महसूस करते रहते हैं, चाहे वह अभिभावक हो, शिक्षक हो या दोस्त। भले ही वे अपने आसपास के लोगों के सामने कितने ही सशक्त बनने का अभिनय करें, वास्तव में उनकी इच्छाशक्ति बहुत कम होती है। निराशा को झेल पाने की उनकी कम क्षमता, उग्रता, चिड़चिड़ापन, गुस्से में फट पड़ना और लापरवाही इसके संकेत हैं।

यह स्थिति वयस्कों में होने वाले एंटी सोशल पर्सनैलिटी डिसऑर्डर का कारण भी बन सकती है।

भयंकर झूठ बोलना, धोखा देना, शारीरिक उग्रता और लोगों तथा जानवरों के साथ दुष्टता इस बीमारी के सामान्य लक्षण हैं। वे बर्बरता से किसी की संपत्ति को नुक़सान पहुँचा सकते हैं या अग्निकांड करके हमेशा के लिए नष्ट कर सकते हैं।

चोरी भी एक लक्षण है। इस बीमारी से पीड़ित कई व्यक्ति नशीली दवाओं, शराब और तंबाकू की चपेट में आ जाते हैं। साथ ही ये कम उम्र में ही कई लोगों के साथ यौन संबंध बना लेते हैं।

यह विकार पुरुषों में यौवनारंभ से पहले और महिलाओं में यौवनारंभ के बाद होता है। इनमें से अधिकांश लोग सामान्य आईक्यू वाले होते हैं, मगर तर्कशक्ति और अभिव्यक्ति की क्षमता कम होती है। अतः वे दिए गए निर्देशों के पालन में दिक़्क़त महसूस करते हैं। मगर उनकी जोड़-तोड़ करने और समस्या सुलझाने की क्षमता अच्छी होती है।

इस विकार के जोख़िम कारकों में परिवार में एंटीसोशल पर्सनैलिटी डिसऑर्डर का होना, यौन उत्पीड़न, शारीरिक या मानसिक उत्पीड़न का होना, सीखने की अक्षमता और ऐसे माहौल का होना जो गड़बड़ियों को आकर्षक बनाता है, शामिल हैं।

इस विकार वाले लोग आकर्षक दिखाई दे सकते हैं। वे रिश्ते भी बनाते हैं, मगर उनके लिए ये रिश्ते नाम के होते हैं। जब भी लगे वे ये रिश्ते तोड़ सकते हैं और शादी जैसे रिश्तों में भी उनका जुड़ाव उथला और अर्थहीन होता है। उनमें लोगों की कमज़ोरियों का पता लगा लेने की जन्मजात क्षमता होती है और वे इन कमज़ोरियों का उपयोग अपने स्वार्थ के लिए करने के लिए सदैव तत्पर रहते हैं। उन्हें ऐसा करके आनंद मिलता है।

वे प्रेम से लेकर शर्म तक, किसी भी भावना को सच्चाई से प्रदर्शित करने में असमर्थ रहते हैं। उन्हें बहुत जल्दी गुस्सा आता है और जल्दी चला भी जाता है, मगर मन में शिकायतें, मनमुटाव संचित किए रहते हैं। वे किसी भी भावनात्मक अवस्था में हों, उनकी भावी प्रतिक्रिया या व्यवहार का अंदाज़ लगाना मुश्किल होता है।

दुख यह है कि ये किसी भी नौकरी में ज़्यादा समय तक टिक नहीं पाते, क्योंकि जल्दी ऊब जाते हैं और लगातार परिवर्तन चाहते हैं। वे एक क्षण के लिए ही जीते हैं- न तो अतीत को याद करते हैं, न ही भविष्य की योजना बनाते हैं। अपने कार्यों या प्रतिक्रिया के परिणाम क्या होंगे, इसका अनुमान नहीं लगा पाते। उन्हें तत्काल परिणाम, प्रशंसा और पुरस्कार की अपेक्षा होती है।

इस स्थिति का कोई ऐसा उपचार नहीं है, जो पूरी तरह से काम करे। इसके साथ के विकारों, जैसे- सीखने की अक्षमता, नशे की लत आदि का इलाज और उन्हें ख़राब माहौल से दूर रखना और सही सज़ा देना ही आचरण विकार से पीड़ित व्यक्ति की मदद कर सकता है। उन्हें सकारात्मक सामाजिक कौशलों के विकास के लिए प्रेरित करना आवश्यक है। विशेषज्ञ की मदद और परिवार के सहयोग से रिश्तों में प्रतिबद्धता और ज़िम्मेदारी का निर्वहन करना और अपने कामों की ज़िम्मेदारी लेना उनके स्वभाव में आ सकता है।

हमारे भीतर उत्पन्न होने वाले विकार का शुरुआती कारण उस वास्तविकता की चाह करना है, जिसका वादा दूसरे ने किया होता है।

–जे. कृष्णमूर्ति

89. आश्रित व्यक्तित्व

हम सभी समय-समय पर किसी और के द्वारा देखभाल की जाना पसंद करते हैं, मगर जब यह आवश्यकता बाध्यकारी, व्यापक और अत्यधिक लालसा वाली बन जाए, तो यह दूसरे पर निर्भरता का व्यवहार बन जाता है। इसे आश्रित व्यक्तित्व विकार, यानी डिपेंडेंट पर्सनैलिटी का नाम दिया जाता है। इस विकार का अर्थ ऐसी स्थिति से है, जब व्यक्ति अपने साधारण कार्यों और निर्णयों के लिए दूसरों पर निर्भर हो जाता है और हर छोटे से लेकर बड़े मामले में दूसरे की मदद चाहता है। यह विकार जो बचपन से जन्मता है, किसी के द्वारा देखभाल किए जाने की ज़रूरत और अलग होने से भय को छिपाए हुए होता है। अर्थात डिपेंडेंट पर्सनैलिटी को व्यापक रूप से आश्रित और निरीह व्यक्तिव के साथ-साथ अकेला किए जाने के डर से जोड़कर देखा जा सकता है। इस विकार से ग्रस्त व्यक्ति चिंतित और निराश रहते हैं। वे तय समय से ज़्यादा देर तक अकेले रहने पर असहज और अकेलापन महसूस करते हैं। रिश्ते टूटने पर आत्महत्या तक कर सकते हैं। वे अपने जीवन में बड़े और महत्त्वपूर्ण निर्णय लेने के लिए दूसरों पर निर्भर रहते हैं, इस रिश्ते से उस रिश्ते की ओर बढ़ने लगते हैं। ऐसे व्यक्ति उत्पीड़क रिश्तों में भी रहते हैं, हमेशा अस्वीकृति का भय बने रहना सामान्य होता है। वे हमेशा अवसादग्रस्त और असहाय-सा महसूस करते हैं।

लक्षण

1. दूसरों की सलाह और आश्वस्ति के बिना रोज़मर्रा के निर्णय लेने में भी परेशानी महसूस करते हैं।
2. अपने जीवन के महत्त्वपूर्ण कार्यों या घटनाओं के लिए दूसरों से ज़िम्मेदारी लेने की अपेक्षा रखते हैं।
3. सहयोग कम होने या अस्वीकार किए जाने के भय से दूसरों से असहमति दर्ज नहीं करते।
4. अपने आप काम करने में दिक़्क़त महसूस करते हैं (आत्मविश्वास की कमी और उत्साह तथा ऊर्जा की कमी के कारण)
5. दूसरों से दुलार और सहयोग लेने के लिए किसी भी सीमा तक जा सकते हैं, स्वयं को अच्छी न लगने वाली बातें भी कर सकते हैं।

6. अपने आप पर विश्वास न होने के कारण अकेले रहने पर भय महसूस करते हैं।
7. एक रिश्ता टूट जाने पर तुरंत दूसरा रिश्ता जोड़ना चाहते हैं।
8. वे स्वयं को छोड़ दिए जाने या देखभाल से वंचित रहने को लेकर पहले से ही आशंकित रहते हैं।

इस विकार से ग्रस्त लोगों का अपनी क्षमताओं और योग्यताओं पर विश्वास बहुत ही कम होता है। इन्हें सामान्यतः निर्णय लेने और अपने लिए प्रोजेक्ट चुनने में दिक़्क़त होती है। छोटे-छोटे निर्णयों के लिए दूसरों पर व्यापक निर्भरता उन्हें उस व्यक्ति के प्रति आवश्यकता से अधिक विनम्र और सहयोगी बना देती है। वे दूसरों के साथ असहमति व्यक्त नहीं करना चाहते और जिन लोगों पर वे विश्वास करते हैं, उनकी सहमति और स्वीकृति के लिए वे किसी भी हद तक जा सकते हैं। इसके अलावा, अकेले रहने से डर महसूस करना भी सामान्य लक्षण है। इस विकार से ग्रस्त किशोर अपने कार्यों और निर्णयों के लिए अपने अभिभावकों पर निर्भर करते हैं, जैसे- उन्हें क्या पहनना चाहिए, अपना ख़ाली समय कैसे बिताना चाहिए, उन्हें कैसा कॉलेज चुनना चाहिए आदि।

आश्रित व्यक्तित्व विकार महिला-पुरुष दोनों में हो सकता है। ये बचपन से ही शुरू हो जाता है। यह जीवन में पहले हुई किसी भयंकर बीमारी या अलगाव के विकार से जुड़ा हो सकता है। डिपेंडेंट पर्सनैलिटी डिसऑर्डर के लिए प्रारंभिक उपचार मनोचिकित्सा है, जिसके साथ चिंता से लड़ना सिखाने, दृढ़ता विकसित करने और निर्णय लेने की क्षमता विकसित करने पर भी काम किया जाना चाहिए।

प्रमुख कार्य यह है कि मरीज़ को अपनी ज़िम्मेदारी स्वयं लेना सिखाया जाए।

-रोनाल्ड जे. कोमर

90. नपुंसकता के पीछे का मनोवैज्ञानिक पहलू

क्या आपको राखी सावंत द्वारा मीडिया में दिया गया बयान याद है, जिसमें उसने एक व्यक्ति को नपुंसक कहा था? उस व्यक्ति को यह लांछन इस क़दर अपमानजनक लगा कि उसने आत्महत्या कर ली। नपुंसक शब्द के गंभीर सामाजिक निहितार्थ होते हैं। इसे सावधानी से इस्तेमाल में लाना चाहिए। इसके लिए पुरुष की जटिल यौन कार्यप्रणाली को समझना होगा।

नपुंसकता क्या है?

वह व्यक्ति जो यौन संबंध बनाने के लायक़ नहीं होता, जिसमें यौन संबंधों के समय

यौनांगों में उत्तेजना नहीं होती। इसके अलावा, ज़्यादा समय उत्तेजना क़ायम न रह पाना, सही समय पर स्त्री अंग में प्रवेश न करा पाना, स्खलन न होना आदि लक्षण पुरुष में हो सकते हैं। इससे मरीज़ में अधूरेपन का भाव पैदा हो जाता है। उत्तेजना कम होना चालीस साल से अधिक के पुरुषों में सामान्य होता है और उम्र के साथ यह कमी अधिक होती जाती है।

नपुंसकता के क्या कारण हैं?

नपुंसकता के कारण सामान्यतः मनोवैज्ञानिक होते हैं, जिनमें 'परफ़ॉर्मेंस' की चिंता, अपराधबोध, अवसाद और असफलता का भय शामिल है। पहले शारीरिक कारणों का निदान आवश्यक होता है। बढ़ती आयु के अलावा मधुमेह, रक्तचाप और मोटापा जैसी बीमारियाँ भी इसका कारण बनती हैं। धूम्रपान, शराब और शारीरिक गतिविधियों की कमी समस्या को और भी बढ़ा देते हैं। अवसाद, चिंता, तनाव और परेशानी भरे रिश्ते भी यौन उत्तेजना को कम करते हैं।

इसका पता कैसे लगाया जाता है?

इसके लिए चिकित्सक पूरी पूछताछ करके यह पता लगाते हैं कि यह अक्षमता शारीरिक बीमारी के कारण है या मनोवैज्ञानिक कारणों से। इसी तरह से एक गहन शारीरिक परीक्षण भी किया जाता है। शारीरिक कारणों की जाँच ले लिए रक्त परीक्षण भी किया जा सकता है। लिंग के आकार और कार्यों के लिए कुछ मामलों में विशेष परीक्षण भी किए जा सकते हैं। बीमारी का पता लग जाने पर व्यक्ति को मनोचिकित्सक के पास परामर्श के लिए भेजा जा सकता है।

उपचार के तरीक़े

मनोवैज्ञानिक कारणों से होने वाली उत्तेजना की कमी का उपचार अधिक सावधानी से किया जाता है। दुर्भाग्य से, लोगों के डर और चिंता का लाभ उठाते हुए कई नीम-हकीम उन्हें ठगने के लिए उठ खड़े होते हैं। नपुंसकता के इलाज का दावा करने वाले ऐसे लोगों के विज्ञापन समाचार पत्र आदि में देखे जा सकते हैं। वास्तव में, यह समस्या केवल चिंता और तनाव के चलते होती है और इस तरह के इलाज आदि इस समस्या को और भी ख़राब कर सकते हैं।

मनोवैज्ञानिक उपचार के साथ-साथ उत्तेजना में मददगार कुछ दवाएँ दी जा सकती हैं। मनोवैज्ञानिक सामान्यतः यौन संबंधों के बारे में ग़लत धारणाओं और रूढ़ियों को दूर करने के लिए यौन शिक्षा का सहारा लेते हैं। विवाहित जोड़ों के मामले में दोनों के साथ समस्या की चर्चा करने से मनोवैज्ञानिकों को समस्या के मूल कारण तक पहुँचने में मदद मिल सकती है।

नपुंसकता या यौन अंग में तनाव की कमी का उपचार संभव है। स्वस्थ यौन जीवन सामान्य वयस्क जीवन की कुंजी है।

मनुष्य के रूप में अपनी आंतरिक गरिमा और मूल्यों को क़ायम रखें।
आपने जो भी ख़ुशी पाई, उसे सराहें।

–इलियट डी. कोहेन, पीएचडी

91. अवसाद - आप इससे पार पा सकते हैं

क्या आप कभी अवसाद के शिकार हुए हैं? यदि आपका उत्तर 'हाँ' है, तो इसमें आश्चर्य की कोई बात नहीं है। कई बार जीवन में आप जिन चुनौतियों का सामना करते हैं या दबाव महसूस करते हैं, उनसे आप अत्यधिक भयभीत हो सकते हैं। अतः यदि समय-समय पर आप या आपके परिचित अपने आप को साहसहीन और निराश महसूस करें, तो इसमें कुछ आश्चर्यजनक नहीं है। फिर भी, कभी-कभी निराश होने और एक विकार के रूप में अवसाद से ग्रस्त होने में अंतर है।

अवसाद कभी-कभी होने वाली उदासी से बढ़कर है। यह रोज़ के उतार-चढ़ाव, सामान्य स्थिति से कहीं अधिक होता है। यदि निराशा और उदासी के साथ अन्य लक्षण भी दिखाई दें और ये लक्षण लंबे समय तक, कई सप्ताह तक चलते रहें, तो यह स्थिति अवसाद में बदल सकती है। नैदानिक अवसाद या क्लीनिकल डिप्रेशन एक गंभीर स्वास्थ्य समस्या है, जो व्यक्ति के समूचे जीवन को प्रभावित करती है। भावनाओं के साथ-साथ इससे व्यवहार, शारीरिक स्वास्थ्य, व्यक्ति कैसा दिखता है, उसके शैक्षिक प्रदर्शन, सामाजिक गतिविधियों तथा रोज़ के निर्णय लेने और दबावों को सहने की प्रक्रिया में भी बदलाव आता है। आश्चर्यजनक बात यह है कि मनोवैज्ञानिक भी नहीं जानते कि अवसाद के कारण क्या हैं। मगर इसके पीछे कई शारीरिक और भावनात्मक कारक ऐसे होते हैं, जिनके चलते किसी व्यक्ति में अवसाद का मनोविकार उत्पन्न होने की संभावना होती है। पिछले दशक में हुए शोध यह बताते हैं कि अवसाद आनुवंशिक भी होता है, अर्थात इसका प्रभाव पीढ़ी-दर-पीढ़ी देखा जाता है।

जीवन के कटु अनुभव तथा तनाव से निबटने में परेशानी महसूस होना, इच्छाशक्ति की कमी, भविष्य के प्रति गहन निराशा जैसी कुछ निजी दिक़्क़तें अवसाद की आशंका को बढ़ाती हैं। अवसाद के परिणाम गंभीर हो सकते हैं। इसका संबंध स्कूल में ख़राब प्रदर्शन, शराब और नशे के सेवन, समस्याओं से दूर भागने, निराशा और अनुपयोगिता की भावनाओं से जुड़ता है। आत्महत्या भी अवसाद से जन्म लेती है। अवसाद के कई प्रकार होते हैं। कई लोग अपने जीवन में एकाध बार ही अवसाद का अनुभव करते हैं, जबकि कुछ के जीवन में यह लगातार किसी-न-किसी रूप में

मौजूद रहता है। कभी-कभी अवसाद बिना किसी कारण के हो सकता है, जबकि कभी-कभी इसके पीछे जीवन के तनाव और परेशानियाँ छिपी होती हैं।

अवसाद से ग्रस्त व्यक्ति कभी तो दैनिक गतिविधियाँ जैसे बिस्तर से उठना या तैयार होना तक ठीक से नहीं कर पाते हैं। कुछ लोग सामान्य काम तो कर लेते हैं, मगर उनके काम करने और सोचने के तरीक़े से यह स्पष्ट दिखाई देता है कि वे सामान्य तरीक़े से सोच नहीं पा रहे हैं।

क्या अवसाद का उपचार संभव है?

हाँ, अवसाद का उपचार किया जा सकता है। व्यवस्थित परामर्श और कई अवसादरोधी दवाएँ मौजूद हैं, जिनका प्रयोग मनोचिकित्सक अवसाद के उपचार की प्रक्रिया में करते हैं। कुछ लोग केवल परामर्श से ही ठीक हो जाते हैं। अवसाद की अधिकता वाले लोग अवसादरोधी दवाओं से राहत महसूस करते हैं। अधिकांश लोगों को परामर्श और दवाओं के सम्मिलित उपचार से आराम मिलता है, जिसमें दवाओं का प्रयोग जल्दी राहत के लिए और परामर्श का उपयोग जीवन की समस्याओं के साथ प्रभावी रूप से निबटने के लिए किया जाता है।

अवसाद से बाहर आने के लिए सबसे महत्त्वपूर्ण और सबसे कठिन क़दम व्यक्ति द्वारा यह स्वीकार करना है कि वह अवसाद से ग्रस्त है और उसे मदद की आवश्यकता है। अक्सर लोगों को पता ही नहीं होता कि वे अवसाद में हैं। अतः वे मदद के लिए कह ही नहीं पाते। किशोर और वयस्क दोनों की ही समस्या एक-सी होती है। वे अपने में या दूसरों में अवसाद के लक्षणों की पहचान नहीं कर पाते।

अवसाद के लक्षण क्या हैं

नीचे दिए गए लक्षणों में से यदि कोई भी लक्षण दो सप्ताह से ज़्यादा बना रहता है, तो यह अवसाद का संकेत हो सकता है।

- क्या दुख या 'ख़ालीपन' की भावना लंबे समय तक बनी रहती है? हताशा, नकारात्मकता और अपराधबोध बना रहता है?
- क्या निर्णय लेने में तकलीफ़ महसूस होती है?
- क्या ध्यान केंद्रित करने और चीज़ों को याद रखने में समर्थ नहीं हैं?
- क्या सामान्य गतिविधियों से भी ध्यान हट गया है या रुचि ख़त्म हो गई है? जैसे खेल, फ़िल्में, फ़ोन पर बात करना आदि?
- क्या उन्हें परिवार के साथ ज़्यादा परेशानियाँ महसूस होने लगी हैं?
- क्या उनमें ऊर्जा की कमी, कामों की 'गति धीमी होना,' उत्साह की कमी होना नज़र आता है?

- नींद आने, नींद से जागने में परेशानी महसूस होती है?
- क्या भूख की समस्या है? वज़न घटना या बढ़ना देखा जा रहा है?
- अचानक सिरदर्द, पेटदर्द, पीठ में दर्द या जोड़ों में भयानक दर्द होने लगता है?
- क्या उनके व्यवहार में अचानक परिवर्तन आया है? क्या वे अशांत या चिड़चिड़े हो गए हैं?
- क्या अकेलापन अच्छा लगता है?
- क्या कक्षा या कार्यस्थल से अनुपस्थित रहते हैं?
- क्या शराब या नशीली दवाओं का सेवन अधिक मात्रा में किया जा रहा है?
- क्या वे मौत या आत्महत्या की बात करते हैं? क्या कभी आत्महत्या का प्रयास किया है?

यदि इनमें से कई प्रश्नों के उत्तर हाँ में हैं, तो आपके मित्र को मदद की आवश्यकता है। ऐसा न सोचें कि कोई और इस समस्या का हल निकालेगा। नकारात्मक सोच, असामान्य व्यवहार और शारीरिक परिवर्तनों की ओर तुरंत ध्यान दिया जाना आवश्यक है। आप उसे बात करने और अपनी समस्याओं को बताने के लिए प्रोत्साहित कर सकते हैं। व्यक्ति को किसी पेशेवर से तुरंत मदद मिले, इसका ध्यान रखें।

> *अवांछित चीज़ों-बातों के लिए लगातार शिकायत करना नकारात्मक तरंगों को उत्पन्न करता है। आज अपना ध्यान इस ओर लगाएँ कि क्या ग़लत है और क्या सही है और आपकी इच्छित चीज़ों को किस तरह होना चाहिए। अपने प्यार, ऊर्जा और मानसिक शक्ति को उस ओर लगाएँ, जो आप पाना चाहते हैं।*
>
> –जैक्सन किडार्ड

92. अवसाद से जूझने का साहस करना

मैं इसका कारण नहीं हूँ
मैं इसे ठीक नहीं कर सकता
मैं इसे पूरी तरह से नियंत्रित नहीं कर सकता
मगर मैं इसके साथ सामंजस्य बिठा सकता हूँ

अवसाद पर हुए शोध आम जनता में इसके प्रति उत्सुकता जगाने में सफल रहते हैं।

ब्रिटेन में जाकर बसे हुए एशियाई लोगों में अवसाद की दर चेताने वाली हद तक बढ़ती जा रही है, मीडिया में भी इस तरह की ख़बरें छाई रहती हैं। पहले ऊँची इमारतों में रहने वाले लोगों में अवसाद की बढ़ती समस्या हमारे लिए उत्सुकता और आश्चर्य का कारण बनती थी, अब छोटे बच्चों में बढ़ती अवसाद की समस्या और इनके प्रति अभिभावकों और शिक्षा संस्थानों की ज़िम्मेदारी हमारे लिए मंथन का विषय है।

याद करें, पिछली बार कब आपको अवसादग्रस्त जैसा महसूस हुआ था। किस बात से आप आहत हुए थे? संभव है, आपको किसी की आलोचना का शिकार होना पड़ा हो और उसके बाद आप तनाव के लंबे दौर से गुज़रे हों। या शायद किसी निकट के व्यक्ति की मौत के बाद हुए अकेलेपन के एहसास ने आपको अवसाद में डाला हो। इन सब परिस्थितियों में अवसाद का महसूस होना न केवल सामान्य है, बल्कि वह आपको अपने जीवन के नए मोड़, नई स्थिति से सामंजस्य बिठाने में भी मदद करता है। बहरहाल, कभी-कभी ऐसा भी होता है, जब अवसाद के पीछे कोई ठोस कारण दिखाई नहीं देता। संभव है, आपको दिनभर ख़ालीपन महसूस होता हो, मगर ऐसा क्यों हो रहा है, इसका ठोस कारण समझ में न आता हो।

अवसाद के लक्षण क्या हैं? एक अवसादग्रस्त व्यक्ति जल्दी थक जाता है, उसके मन में किसी लक्ष्य को प्राप्त करने के चाह नहीं रह जाती और उसकी ऊर्जा में कमी आ जाती है। इच्छाशक्ति कम होती है और सारा ध्यान जीवन के नकारात्मक पहलुओं पर रहता है। किसी तरह से जीवन के सारे सकारात्मक पहलू खो गए-से लगते हैं। निजी उपलब्धियाँ न के बराबर रह जाती हैं। उदाहरण के लिए, यदि आप किसी अवसाद के शिकार व्यक्ति द्वारा बनाए गए चित्र की तारीफ़ करें, तो उसका उत्तर होगा- ओह! यह सब बनाना आसान तो था... या वह कहेगा कि उसके ब्रश और रंग बढ़िया थे, इसलिए चित्र अच्छा बना है। वह अपनी उपलब्धि के लिए सम्मानित महसूस नहीं करेगा।

चूँकि अवसादग्रस्त व्यक्तियों का आत्मविश्वास कम होता है, अतः वे हर बात को बढ़ा-चढ़ाकर लेने के आदी हो जाते हैं, जो ग़लत भी हो सकता है। अवसादग्रस्त व्यक्ति कभी ख़ुश नहीं रहते और ऐसी गतिविधियों से भी बचते हैं, जो मज़ेदार या आनंददायी हों। उनके आँसू आसानी से आ जाते हैं और नींद लेना व दिन में ख़्वाब देखना अत्यधिक बढ़ जाता है। अवसाद का एक ख़तरेभरा संकेत यह है कि व्यक्ति लोगों के संपर्क में आने से क़तराने लगते हैं और दूसरों से बातचीत करने से बचने लगते हैं।

चूँकि व्यक्ति ख़ुश नहीं रहना चाहता, इसलिए आपको भी उलझन लग सकती है कि उसकी मदद कैसे की जाए। यह समझने का प्रयास करें कि एक सामान्य व्यक्ति

कभी भी पूरी तरह से यह नहीं समझ सकता कि अवसादग्रस्त व्यक्ति कैसा अनुभव करता है। साथ ही, अवसाद सहित सभी मनोवैज्ञानिक समस्याओं के साथ सामाजिक लांछन जुड़े होते हैं। अवसादग्रस्त व्यक्तियों को देखभाल और सहयोग की आवश्यकता तो होती ही है, उन्हें पेशेवर की मदद की भी आवश्यकता पड़ सकती है।

यहाँ एक पत्र के कुछ अंश दिए जा रहे हैं। इसे 49 वर्ष की एक घरेलू महिला ने लिखा था, जो 29 साल तक गंभीर अवसाद में रही। वह एक अवसादग्रस्त व्यक्ति की ओर से ये बातें कहना चाहती थी -

1. कृपया मुझसे अवसाद से 'बाहर निकल आने को न कहें।' यह मेरे हाथ में नहीं है। इच्छाशक्ति और अवसाद के बीच में कोई संबंध नहीं है।
2. जबकि मैं थकान और चिंता से घिरी हुई हूँ और अपने दुखों से बाहर निकलने के लिए आत्महत्या जैसे विकल्प पर विचार कर रही हूँ, मुझसे यह न कहें कि 'व्यस्त रहो और ख़ुद के बारे में सबकुछ भूल जाओ।'
3. मुझे आलसी न कहें। मुझे भी एक अच्छे दिन काम करना अच्छा लगता है, मगर अवसाद मेरी सारी ऊर्जा को खींच लेता है। कोई-कोई दिन ऐसा भी होता है, जब मुझे अपने आप को जबरन बिस्तर से बाहर निकालना पड़ता है।
4. जब मैं आपके पास सहयोग के लिए आती हूँ, तो मुझे सिर्फ़ इसलिए 'नहीं' न कहें कि आपको मेरी बातें समझ में नहीं आती हैं। आपका प्रेम निःस्वार्थ रहने दें। यदि आप मेरा ख़याल रखने का दिखावा भर करेंगे, तो मुझे इसका एहसास हो जाएगा।

अल्पकालिक और दीर्घकालिक रणनीतियाँ

अल्पकालिक रणनीतियाँ - भावनाओं को समझें और संपर्क बनाए रखें। रोने से डरें नहीं। आप पर्याप्त नींद लेना सुनिश्चित करें। किस बात से अवसाद हो रहा है, उस पर ध्यान दें। यदि बेचैनी हो, तो अपने मित्र या परिवार के सदस्य से बात करें। अपनी पसंद के काम में स्वयं को व्यस्त रखें। अपने आप को श्रेय देना सीखें, इससे स्वयं पर विश्वास जागेगा। अपने आप को जितना हो सके व्यस्त रखें। अकेले रहने से बचें। यदि हो सके तो किसी भी समस्या पर सकारात्मक निर्णय लें। वर्तमान पर ध्यान दें, अतीत या भविष्य पर नहीं।

दीर्घकालिक रणनीतियाँ - महिला हैं तो जाँचें कि ये स्थितियाँ मासिक धर्म से पहले तो उत्पन्न नहीं होतीं। नियमित व्यायाम करें। यदि आप अवसाद के चलते खा या

सो नहीं पा रहे हैं या ऊर्जाहीन महसूस कर रहे हैं, तो तुरंत मनोचिकित्सक के पास जाएँ। किसी परामर्शदाता या मनोवैज्ञानिक से मिलें। अवसाद की अवस्था में बड़े निर्णय लेने से बचें।

तुम्हें अभी शायद उन बीते हुए ख़ुशी भरे दिनों की याद नहीं होगी, मगर मैं बता रहा हूँ, तुमने उस ख़ुशी को अनुभव किया था और उसी ख़ुशी को तुम फिर से अनुभव करोगे।

–जे.डी. बैली

93. आत्महत्या से बचाव के लिए आप क्या कर सकते हैं?

कुछ लोग मरना चाहते हैं। दरअसल, उनकी ज़िंदगी में जो भी चल रहा होता है, वे उसे तत्काल रोकना चाहते हैं। दुर्भाग्य से, ऐसा नहीं हो सकता। मूलतः इस बात का एहसास करना ज़रूरी है कि अवसाद महसूस करना, नाख़ुश होना, खोया महसूस करना, भय महसूस करना और नियंत्रण से बाहर होना ग़लत नहीं है। किसी भी बुरी परिस्थिति में निराश होना या असहाय महसूस करना सामान्य है। शायद यह सोचना भी ग़लत नहीं है कि यदि आप नहीं होंगे, तो सब ठीक हो जाएगा। इस तरह की भावनाएँ होना कमज़ोरी की निशानी नहीं हैं। हरेक व्यक्ति दर्द के साथ अलग-अलग तरीक़े से निबटता है। किसी परिस्थिति के बारे में एक व्यक्ति की भावनाएँ दूसरे से गहन हो सकती हैं।

यह एक भ्रामक धारणा है कि जो लोग आत्महत्या की बात करते हैं, वे वास्तव में ऐसा करते नहीं हैं। यह सही नहीं है। बल्कि आत्महत्या करने वाले लोगों में से 70 प्रतिशत लोग ऐसा करने से पहले अपने प्रिय व्यक्ति से इस बारे में बात करते हैं या कुछ चेतावनी देने वाले संकेत देते हैं। साथ ही यह भी ग़लत धारणा है कि इन संकेतों के आधार पर किसी व्यक्ति से यह पूछना कि कहीं वह आत्महत्या के बारे में तो नहीं सोच रहा है, उसके मन में आत्महत्या का विचार बिठा देता है। इसके विपरीत, किसी व्यक्ति से ऐसा पूछकर आप उसे स्वयं को अभिव्यक्त करने का एक सुरक्षित मौक़ा दे रहे होते हैं, साथ ही सहयोग का हाथ भी बढ़ा रहे होते हैं। उसका उत्तर जो भी हो, हमें स्वयं किसी राय पर पहुँचे बिना सहयोगी मुद्रा में बने रहना ज़रूरी है।

निम्नलिखित विशिष्ट और महत्त्वपूर्ण संकेतों की ओर ध्यान दें –

- *दुखी होना* – यदि व्यक्ति अतीत, वर्तमान और भविष्य की बुरी बातों को सोचकर दुखी हो।
- *निजी व्यवहार में बदलाव* – यदि लोगों से उनके रिश्तों में, मिलने-जुलने

के तरीक़ों में अचानक बड़ा बदलाव दिखाई दे, जैसे- परिवार और मित्रों से दूरी बनाना या घर में अकेले न रहना।

- *उदासीनता* - अपने रहन-सहन या भविष्य के प्रति उदासीनता भी एक गंभीर रूप से अवसादग्रस्त व्यक्ति की ओर इशारा हो सकता है, जिसे आपकी मदद की ज़रूरत है।
- *जोख़िम लेने की प्रवृत्ति* - लापरवाही, दुर्घटना की ओर प्रवृत्त करने वाला व्यवहार या शराब और नशीली दवाओं का अत्यधिक सेवन करना।
- *अंतिम रूप देने वाली व्यवस्थाएँ करना* - अचानक से अपनी वसीयत लिखना, निजी वस्तुओं को बाँट देना आदि कुछ ऐसे संकेत हैं, जो यह बताते हैं कि व्यक्ति शायद आत्महत्या के बारे में सोच रहा है।
- *ख़ुद को हानि पहुँचाना और आत्महत्या का प्रयास करना* - अपने आप को घायल कर लेना या इसी तरह की गतिविधियों द्वारा स्वयं को हानि पहुँचाने का प्रयास करना आत्महत्या की इच्छा को दर्शाता है। पहले आत्महत्या का प्रयास किया जाना भविष्य में भी इस जोख़िम का संकेत देता है।
- *मौखिक अभिव्यक्तियाँ* - (स्पष्ट या अस्पष्ट) कथन, जैसे- 'मैं चाहता हूँ कि मैं मर जाऊँ' या 'मुझे लगता है कि मरे हुए लोग ज़िंदा लोगों से ज्यादा सुखी होते हैं' व्यक्ति के मन में चल रहे आत्महत्या के विचार का संकेत देते हैं और इससे यह इशारा मिलता है कि वह आत्महत्या को अपनी सभी समस्याओं के निदान के रूप में देख रहा है।

आत्महत्या का विचार रखने वाले लोग अपनी परिस्थिति को समझने का या इसे किसी-न-किसी तरह पूरी तरह से बदलने का विचार रखते हैं। उन्हें लगातार अकेला और अनसुना-सा महसूस होता रहता है। उनके साथ थोड़ा समय बिताएँ, उनके प्रति चिंता ज़ाहिर करें। अकेलापन और हताशा दूर करने का यह अहम तरीक़ा है। वे अपनी परिस्थिति को सुधार पाएँ और जीवन की चिंताओं को थोड़ा कम कर सकें, इसके लिए सतत सहयोग आवश्यक है।

✓ शांत और सहयोगी रहें।

✓ उन्हें यह जानने दें कि अपने दर्द के बारे में बात करना सामान्य है।

✓ एकदम सलाह देने के बजाय उनकी बात को गंभीरता से सुनें।

✓ उनके सहयोगी व्यवहार (जैसे- आपसे अपने मन की बात साझा करना) का उल्लेख करें।

✓ उनकी भावनाओं और अनुभवों को सामान्य रूप से समझने का प्रयास करें।

- ✓ उनमें आशा की लौ जगाएँ।
- ✓ यह अपेक्षा जगाएँ कि उनकी मदद की जा सकती है।
- ✓ समस्या को पहचानें, मगर आत्महत्या इसका समाधान है, इस विचार को ख़ारिज करें।
- ✓ उन्हें किसी पेशेवर की मदद लेने को कहें और आवश्यक हो तो आप उनके साथ जाएँ।
- ✓ ऐसी वस्तुओं को उनकी पहुँच से दूर करें, जिनके द्वारा वे स्वयं को हानि पहुँचा सकें, घर में अकेले रहने के अवसर कम दें।
- ✓ सामाजिक और मनोरंजक गतिविधियों में हिस्सा लेने के लिए प्रोत्साहित करें।

क्या यह आश्चर्य की बात नहीं है कि हमारे देश में हर साल क़रीब 1 लाख लोग आत्महत्या करते हैं और दुनियाभर में आत्महत्या करने वालों का 10 प्रतिशत भारत में बसता है। इसमें से भी पुरुष और युवा वर्ग में आत्महत्या के मामले अधिक देखे जाते हैं।

आत्महत्या से बचाव के बारे में केवल 10 सितंबर को विश्व आत्महत्या रोकथाम दिवस पर ही चर्चा न करें। इसे रोका जा सकता है, बस प्रयास करें।

रास्ते का रोड़ा बनने वाले पत्थरों से कामयाबी की तरफ़ बढ़ने वाली सीढ़ियाँ बनाना जीवन का एक रहस्य है।

–जैक पेन

94. नाटकीय या हिस्ट्रिऑनिक व्यक्तित्व

रश्मि पैंतीस पार की विवाहित महिला है। वह एक बड़े परिवार से नाता रखती है और उसका बचपन मध्यमवर्गीय परिवार में बहुत-से लोगों के बीच बीता, जहाँ सबमें प्रतिस्पर्धा रहती थी। उसके परिवार का कहना था कि उसका व्यवहार कई बार हद से बाहर, अतिरंजित हो जाता है और वह पुरुषों के साथ बड़े ही लुभावने अंदाज़ में पेश आती है, जिसमें रिश्तेदार भी होते हैं। उसके व्यवहार में आता ऐसा नाटकीय बदलाव उसके बच्चों और परिवार के अन्य सदस्यों को परेशान कर देता है। उनके परिवार को जब यह एहसास हुआ कि समस्या बढ़ती जा रही है और वे सामाजिक रूप से अलग-थलग पड़ते जा रहे हैं, तो वे मदद माँगने के लिए आए।

हिस्ट्रिऑनिक पर्सनैलिटी डिसऑर्डर, ड्रामेटिक पर्सनैलिटी डिसऑर्डर्स नामक स्थितियों के समूह का एक प्रकार है। इस विकार से पीड़ित लोगों में सघन, अस्थिर

भावनाएँ होती हैं और उनके मन में स्वयं की छवि विकृत होती है। इन लोगों की आत्मशक्ति अपने ऊपर विश्वास या अपनी योग्यता के एहसास से न आकर दूसरों की स्वीकृति पर निर्भर रहती है। उनमें अपने ऊपर ध्यान दिए जाने की अत्यधिक चाह होती है और इसी के चलते वे नाटकीय या अनुचित व्यवहार करते हैं। यह विकार पुरुषों की तुलना में महिलाओं में और वह भी किशोरावस्था में अधिक देखा जाता है। यह विकार 2 से 3 प्रतिशत जनसंख्या में देखा जाता है, और इसकी अधिकांश शिकार महिलाएँ ही होती हैं। अत्यधिक गंभीर मामलों में यह दुर्भावनापूर्ण व्यवहार का पैटर्न भी हो सकता है, जिसके चलते जीवन में परेशानियाँ आ सकती हैं। सामान्य विकार की अवस्था में लोग सामान्य जीवन जी सकते हैं, हाँ, अधिक तनाव और बाहरी दबाव के कारण विकार के लक्षण फिर से उभर सकते हैं और सामान्य दिनचर्या को बाधित कर सकते हैं।

लक्षण

नाटकीय व्यक्तित्व विकार से ग्रस्त व्यक्तियों में निम्नलिखित लक्षण दिख सकते हैं -

- ध्यान आकर्षित करना, जब सबका ध्यान उनकी ओर न हो, तो असहज महसूस करना। इन्हें देखकर आपको तीन-चार साल के बच्चे की याद आ सकती है, जो अच्छे व्यवहार से या शरारत करके सबका ध्यान अपनी ओर आकर्षित करना चाहता है। सार्वजनिक स्थलों पर इनकी ओर ध्यान देना आवश्यक है, साथ ही जब ये चाहें तो इन्हें अकेले रहने देने का अवसर देना भी महत्त्वपूर्ण है। हालाँकि वयस्कों के साथ इसमें अलग तरह की चुनौतियाँ सामने आती हैं।
- अनुचित यौन व्यवहार करना। इसमें पुरुष और महिलाओं दोनों के द्वारा अत्यधिक कसे हुए वस्त्र पहनना और यौन इच्छा को इशारों से जगाने की मंशा पाई जाती है।
- लगातार बदलने वाली और सतही भावनाओं का प्रदर्शन, जैसे- चाबियाँ घुमाना, ऊँची एड़ी के जूते पहनकर ज़ोर से आवाज़ करते हुए चलना, नितंबों को हिलाना या हाथों को घुमाना, ताकि लोगों का ध्यान आकृष्ट किया जा सके।
- बात करने के तरीक़े को इस तरह से अतिरंजित करना, जो नक़ली लगे और बहुत ही अस्पष्ट हो, प्रश्न के उत्तर या बातचीत के सूत्र को आगे बढ़ाने जैसा कुछ न हो।
- बात-बात में नाटकीय हो जाना, डर, प्रेम या आत्मविश्वास की भावनाओं का अतिरंजित और अत्यधिक प्रदर्शन करना।

- ये लोग प्रभावित होने वाले, अत्यधिक विश्वास रखने वाले, आसानी से धोखा खानेवाले होते हैं, जो दूसरों से सुरक्षा पाने के लिए स्वयं को भेद्य या असहाय दिखाने का अभिनय करते हैं।
- ये दूसरों से सहज ही प्रभावित हो जाते हैं, भीड़ का अनुसरण करते हैं। लोगों का ध्यान आकर्षित करने के लिए प्रचलित फ़ैशन या गतिविधियों का बिना सोचे-समझे अनुसरण करते हैं, भले ही वे उनके व्यक्तित्व पर न जँचें।
- बिना किसी प्रमाण के कुछ धारणाएँ बना लेते हैं और उन पर अड़े रहते हैं।

जो लोग इस तरह का व्यवहार प्रदर्शित करते हैं, उनमें अन्य नकारात्मक बातें भी होती हैं, जो उन्हें दूसरों का ध्यान आकर्षित करने के लिए मजबूर करती हैं -

- आलोचना या अस्वीकृति के प्रति बहुत ही संवेदनशील होना।
- निराशा को सहने की ताक़त न होना और दिनचर्या से जल्दी ऊब जाना। अक्सर नए काम हाथ में ले लेना और उन्हें बीच में ही छोड़ देना।
- करने से पहले न सोचना।
- उतावली में निर्णय लेना।
- स्व-केंद्रित होना, दूसरों के प्रति चिंता या परवाह शायद ही दिखाना।
- रिश्ते क़ायम रखने में तकलीफ़, दूसरों से संबंधों में धोखा या झूठ को शामिल करना।

कारण

इस विकार का सटीक कारण तो ज्ञात नहीं है, मगर कई मानसिक स्वास्थ्य विशेषज्ञ ऐसा मानते हैं कि इस विकार को बढ़ाने में आनुवंशिक और परवरिश के दौरान सीखे गए, दोनों ही कारक योगदान देते हैं। उदाहरण के लिए, यदि परिवार में कई लोगों को यह विकार हो, तो संभव है कि आने वाली पीढ़ी भी इससे ग्रस्त हो। हालाँकि किसी अभिभावक में यह विकार हो, तो उसका बच्चा उसके व्यवहार का अनुसरण करते हुए भी इस विकार का शिकार बन सकता है। इसके अलावा, अन्य कारक जैसे बचपन में सज़ा या आलोचना का सामना न करना, बच्चे द्वारा एक तय तरीक़े से व्यवहार किए जाने पर उसे कोई इनाम दिया जाना (सकारात्मक प्रोत्साहन) भी इसका कारण बन सकते हैं। इसके अलावा, किसी बच्चे पर अभिभावकों द्वारा अप्रत्याशित ध्यान दिया जाना भी इस दुविधा को जन्म देता है कि किस तरह का व्यवहार अभिभावकों को अच्छा लग सकता है।

व्यक्तिगत मनोवैज्ञानिक परामर्श इसके लिए सबसे प्रभावी उपचार होता है। इस उपचार में व्यक्ति को अपने पारस्परिक कौशल के साथ सामंजस्य बिठाना सिखाया जाता है। कई मामलों में नाटकीय व्यक्तित्व विकार से पीड़ित लोगों के सामाजिक व्यवहार कौशल बढ़िया होते हैं। वे इन कौशलों का इस्तेमाल लोगों का ध्यान आकर्षित करने के लिए चालाकी से किया करते हैं। इस बारे में एक भ्रांति यह है कि इस विकार से ग्रस्त लोग कमज़ोर होते हैं या उन्हें इससे बाहर आने का प्रयास करना चाहिए, मगर यहाँ यह समझना ज़रूरी है कि इस विकार से ग्रस्त लोग जान-बूझकर अपने आप को इसमें फँसाए हुए नहीं रखते हैं। ऐसा नहीं है कि वे इससे बाहर आना नहीं चाहते। दरअसल, यह उनके हाथ में होता नहीं है।

> *मैं अपनी अति संवेदनशीलता से जो हरेक से आश्वासन, स्वीकृति की चाह रखती है, घृणा करती हूँ। प्रेम पाने और दूसरों द्वारा समझे जाने की इस क़दर लालसा होना निश्चित ही असामान्य है।*
>
> –अनैस निन

95. शिजोफ़्रेनिया या पागलपन

आपने ऐसे कई व्यक्तियों को देखा होगा जिन्हें अलग-अलग आवाज़ें सुनाई देती हैं। या उन्हें लगता है कि दूसरे लोग उनके दिमाग़ को पढ़ रहे हैं, उनके दिमाग़ पर नियंत्रण कर रहे हैं या उन्हें नुक़सान पहुँचा रहे हैं। वे इस सबसे ख़ासे भयभीत हो जाते हैं। ये लक्षण उन्हें डरा देते हैं, अलग-थलग कर देते हैं और उनमें शिजोफ़्रेनिया या पागलपन विकार के लक्षण दिखाई देने लगते हैं।

शिजोफ़्रेनिया या पागलपन का पहला संकेत सामान्यतः युवा या किशोरवय में दिखाई देता है। बहुत ही कम मामलों में इसके संकेत बचपन में मिलते हैं। इसके लक्षणों में मतिभ्रम, दुविधा, अव्यवस्थित सोच, असामान्य भाषण या व्यवहार और सामाजिक दुराव आदि हैं। ये व्यक्ति को दूसरों से कटने पर मजबूर कर देते हैं, जिससे वह दुखी हो जाता है और परिवार के लोग प्रारंभ में उसके व्यवहार से उलझन में पड़ जाते हैं।

शिजोफ़्रेनिया ऐसी बीमारी है जो अजीब सोच, अजीब विचार प्रणाली और असामान्य व्यवहार को जन्म देती है। मानसिक विकारों के साथ जुड़ी ग़लत धारणाओं के चलते कई अभिभावक पहले-पहल तो इसे भूत-प्रेत का प्रकोप मानकर व्यक्ति को बुरी आत्माओं से छुटकारा दिलाने का दावा करने वाले तांत्रिकों और बाबाओं से संपर्क करते हैं। जब ऐसे कई प्रयास निष्फल साबित होते हैं, तब कहीं जाकर मरीज़ को चिकित्सा के लिए ले जाया जाता है।

किशोरों और युवाओं में शिजोफ्रेनिया के कुछ चेतावनी देने वाले संकेत दिखाई देते हैं -

- उन्हें ऐसी आवाज़ें सुनाई दे सकती हैं या ऐसी चीज़ दिखाई देती है, जो वास्तव में होती नहीं हैं। (मतिभ्रम)
- वे असामान्य और असंतुलित व्यवहार और बातें करते हैं।
- उन्हें असामान्य और बेतुके विचार आते हैं, जो उन्हें परेशान करते हैं।
- कुछ लोग टीवी पर दिखाई गई बातों और सपनों को वास्तविक मान सकते हैं।
- उन्हें अचानक दुविधापूर्ण विचार घेर सकते हैं।
- इस विकार में मनोदशा में लगातार बदलाव होता रहता है। कभी अत्यधिक चिंता और डर लगने लगता है।
- वे हमेशा इस विचार से पीड़ित रहते हैं कि लोग उनके बारे में कुछ कह रहे हैं या 'उन पर क़ाबू पाना चाहते हैं।'
- वे अपनी वास्तविक आयु से छोटे की तरह व्यवहार करते हैं।
- उन्हें अपने हमउम्र के लोगों से सामंजस्य बिठाने और दोस्त बनाने में तकलीफ़ होती है।
- शिजोफ्रेनिया अलगाव को जन्म देता है। ये लोग अलग-थलग रहने को प्रधानता देते हैं।
- इनकी मनोदशा निजी साफ़-सफ़ाई के प्रति के प्रति इन्हें उदासीन कर देती है।

शिजोफ्रेनिया से ग्रस्त बच्चे समय के साथ बदलते जाते हैं। उदाहरण के लिए, जो बच्चे पहले टीवी मज़े से देखा करते थे, वे अब अधिक शर्मीले और अकेलापन पसंद करने वाले हो जाते हैं। वे अपनी ही दुनिया में खोये रह सकते हैं।

कभी-कभी तरुण अजीब-से डर और विचारों की बात करते हैं। वे या तो अभिभावकों से चिपटने की कोशिश करने लगते हैं या ऐसी बातें कहते हैं, जिनका कोई अर्थ नहीं होता। इन दिक़्क़तों को बच्चे के शिक्षक भी महसूस करने लगते हैं।

शिजोफ्रेनिया एक गंभीर मानसिक बीमारी है। इसका कारण अधिक स्पष्ट नहीं है, फिर भी हाल ही के शोध यह सुझाते हैं कि दिमाग़ी परिवर्तन, जैव-रसायन, आनुवंशिक और पर्यावरणीय घटक इसमें महत्त्वपूर्ण भूमिका अदा करते हैं। इसकी पहचान जल्दी करना और जल्दी उपचार प्रदान करना महत्त्वपूर्ण है।

शिजोफ्रेनिया के कई प्रकार हैं। हरेक के कुछ अलग लक्षण हो सकते हैं, मगर

सभी में व्यक्तित्व का असंतुलन, वास्तविकता को तोड़ना-मरोड़ना और निजी जीवन को ठीक से न जी पाना सामान्य लक्षणों के रूप में मौजूद रहते हैं।

कभी-कभी शिजोफ्रेनिया एकांतप्रियता और अनुचित सामाजिक व्यवहार के रूप में धीमे-धीमे बढ़ता है। कभी-कभी अत्यंत गहन भावनात्मक आघात और दुविधाओं के चलते शिजोफ्रेनिया की शुरुआत अचानक हो जाती है। ऐसी स्थिति से पहले एकांतप्रिय, असुरक्षित और अपने आप में खोये रहने वाले युवाओं में अचानक लंबे समय तक तनाव का दौर चलते रहने पर ऐसी अवस्था आती है।

इन लक्षणों से ग्रस्त बच्चों का संपूर्ण परीक्षण करने की आवश्यकता होती है। इन्हें व्यापक उपचार योजना की दरकार होती है। उपचार और व्यक्तिगत परामर्श, पारिवारिक परामर्श और ज़रूरत पड़ने पर विशेष परामर्श (स्कूल, गतिविधि) की आवश्यकता होती है। मनोरोग चिकित्सा इस तरह के लक्षणों और समस्याओं में बहुत उपयोगी सिद्ध होती है। इस उपचार के साथ-साथ बच्चे पर मनोचिकित्सक और परिवार को निगरानी रखनी चाहिए।

वास्तव में शिजोफ़्रेनिया दिमाग़ी बीमारी है, जो लोगों से स्पष्ट और तार्किक रूप से सोचने की शक्ति छीन लेती है। उपचार से कई ऐसे लोगों को मदद मिली है और वे अच्छी और उत्पादक ज़िंदगी जी पाते हैं।

—mindsfoundation.org

IX

अभिभावक सारा बदलाव ला सकते हैं

96. उद्दंड व्यवहार का विकार

अधिकतर बच्चे समय-समय पर विरोध जताते हैं, ख़ासकर जब वे भूखे हों, गुस्से में हों, तनाव में हों या निराशा की अवस्था में हों। संभव है कि वे अपने अभिभावकों, शिक्षकों और अन्य बड़ों से बहस करें, पलटकर जवाब दें, बात न मानें और उनकी उपेक्षा करें। उद्दंडता का व्यवहार दो-तीन साल के बच्चों और किशोरावस्था के लिए सामान्य होता है। फिर भी असहयोगी और शत्रुतापूर्ण व्यवहार जब लगातार आदत में आ जाए, तो यह चिंता का विषय बन जाता है, क्योंकि समान वय के अन्य बच्चों की तुलना में ये बच्चे अलग दिखाई देते हैं, विशेषतः जब इससे बच्चे के सामाजिक, पारिवारिक और शैक्षिक जीवन पर प्रभाव पड़ने लगता है।

उद्दंड व्यवहार का विकार (ओडीडी) एक डिसऑर्डर है, जिसमें बच्चे बड़ों के नियमों और आग्रह को अनसुना और ख़ारिज करते जाते हैं। वे निष्क्रिय होते हैं, दूसरों को गुस्सा दिलाने के तरीक़े खोजते हैं या मुखर होकर स्पष्ट मना कर देते हैं। वे अपनी ग़लतियों और परेशानियों के लिए दूसरों को दोषी ठहराने के आदी होते हैं। जब उनसे पूछा जाए कि वे इस क़दर उद्दंडता क्यों दिखा रहे हैं, तो वे कह सकते हैं कि वे तो अनुचित नियमों के ख़िलाफ़ काम कर रहे हैं।

उद्दंडता के इस विकार के लक्षण आठ वर्ष की आयु से शुरू होते हैं और सामान्यतः किशोरावस्था के बाद इनकी शुरुआत नहीं होती। लड़कों में यौवनारंभ के पहले इसकी शुरुआत होती है, मगर इसके बाद अनुपात क्षीण हो जाता है। ये बच्चे कम आत्मशक्ति, मनोदशा में बदलाव, निराशा को सहने की कम शक्ति और गुस्से में फट पड़ने जैसे लक्षण भी प्रदर्शित करते हैं।

लक्षण

- लगातार गुस्सा आना
- बड़ों से अत्यधिक बहस करना
- बड़ों के नियमों और आग्रहों के प्रति लगातार अवज्ञा और विरोध दिखाना
- लोगों को गुस्सा दिलाने जानबूझकर प्रयास करना
- अपने दुर्व्यवहार और परेशानियों के लिए दूसरों को दोषी ठहराना
- दूसरों की बातों को दिल पर ले लेना और गुस्सा हो जाना
- लगातार नाराज़गी और असंतोष महसूस करना

- क्रोध में निम्नस्तरीय और घृणास्पद बात करना
- बदला लेने की इच्छा करना

इसका उपचार कैसे होगा?

इसका उपचार कई कारकों, जैसे- बच्चे की आयु, लक्षणों की गंभीरता और उपचार में शामिल होने की बच्चे की योग्यता पर निर्भर करेगा। उपचार में सामान्यतः निम्नलिखित बातों का मिश्रण शामिल होता है -

मनोचिकित्सा - इसके द्वारा बच्चे में अपने गुस्से को व्यक्त और उसे नियंत्रित करने के ज़्यादा प्रभावी तरीक़े विकसित करने में मदद की जाती है। कॉग्निटिव बिहेवियर थैरेपी में बच्चे का व्यवहार बदलने के लिए उसकी सोच में बदलाव लाने पर काम किया जाता है।

पारिवारिक उपचार - इसका उपयोग परिवार के सदस्यों के बीच संवाद बढ़ाने और उसे प्रभावी बनाने के लिए किया जा सकता है। पैरेंट मैनेजमेंट ट्रेनिंग नामक एक विशेष तकनीक के द्वारा अभिभावकों को अपने बच्चे के व्यवहार में परिवर्तन लाने के सकारात्मक तरीक़े सिखाए जाते हैं।

दवाएँ - इसके तनावपूर्ण लक्षणों और एडीएचडी व अवसाद जैसी मानसिक अवस्थाओं के लिए कई दवाएँ भी उपचार हेतु दी जा सकती हैं।

अभिभावक ऐसे बच्चों की मदद किस तरह से कर सकते हैं?

- ✓ हमेशा सकारात्मक रुख़ अपनाएँ। बच्चे की तारीफ़ करें और जब वह सहयोगात्मक रवैया अपनाए या लचीलापन दिखाए, उसे सकारात्मक प्रोत्साहन दें।
- ✓ यदि अपने बच्चे के साथ चल रहे आपके विवाद अधिक गहराते जा रहे हैं, तो थोड़ा समय निकालें, अवकाश लें और इसे बेहतर बनाने का प्रयास करें। यह आपके बच्चे के लिए भी एक बढ़िया उदाहरण होगा।
- ✓ आयु के अनुरूप और व्यावहारिक सीमाएँ तय करें और उन्हें लाँघने के परिणाम भी तय करें।
- ✓ विकार पीड़ित अपने बच्चे को नियंत्रित करने से अपना ध्यान हटाकर दूसरे कामों में भी लगाएँ, ताकि आपका सारा समय और ऊर्जा केवल बच्चे को नियंत्रित करने में ही ख़र्च न हो जाए। उसके साथ काम करें और बच्चे के शिक्षक, परिवार के सदस्य आदि जैसे अन्य बड़ों से भी इस काम में मदद लें।
- ✓ इस स्थिति में आपको भी बहुत धीरज रखने की आवश्यकता है, अतः अपने तनाव पर भी नियंत्रण रखें।

इस विकार के लक्षण प्रदर्शित करने वाले बच्चे का आकलन व्यापकता में किया जाना चाहिए। इसके साथ अन्य विकार, जैसे- ध्यान केंद्रण में कमी और अतिसक्रियता (एडीएचडी), सीखने में अक्षमता, मनोदशा के विकार (अवसाद, दोहरा व्यक्तित्व), चिंता जैसे विकार तो नहीं हैं, इसकी जाँच करना भी महत्त्वपूर्ण है। इस सब विकारों का उपचार किए बिना इस विकार का उपचार कठिन होगा।

सीखने और सामान्य व्यवहार के लिए 'स्मार्ट' लक्ष्य निर्धारित करें, यानी जो स्पष्ट (स्पेसिफ़िक-एस), मापे जाने योग्य (मेज़रेबल-एम), प्राप्त किए जा सकने वाले (अटैनेबल-ए), प्रासंगिक (रिलेवेन्ट-आर) समय सीमा (टाइमस्केल-टी) से बँधे हों।

–sess.ie

97. अटेंशन डेफ़िसिट हाइपरएक्टिविटी डिसऑर्डर

राजेश जो एक आठ साल का बच्चा है, उसके अक्षर बहुत ख़राब हैं। उसे शिक्षक के निर्देश समझने में भी दिक़्क़त होती है। वह बेहद चुलबुला है, कुछ मिनटों से ज़्यादा एक स्थान पर टिक नहीं सकता। उसकी माँ उसे बेहद अधीर और चंचल की संज्ञा देती है। राजेश के इस चुलबुलेपन के चलते उसे दूसरे लोगों के घर पर नहीं ले जाया जाता, क्योंकि वह उनके घर की चीज़ों को भी नुक़सान पहुँचाता है। उसकी माँ शिकायत करती है कि राजेश की दिनचर्या पर सतत निगाह रखना घर के सभी सदस्यों के लिए बहुत थकाऊ और खीझ पैदा कर देने वाला काम है। हालाँकि वह अपने प्रति उसके व्यवहार की शिकायत नहीं करती, मगर कोई भी इस बात का अंदाज़ लगा सकता है।

राजेश को अटेंशन डेफ़िसिट हाइपरएक्टिविटी डिसऑर्डर है, जिसे सामान्य शब्दों में हाइपरएक्टिविटी या अति सक्रियता कहा जाता है। इस विकार में ध्यान केंद्रण का समय बहुत कम होता है, ध्यान भटकना और अत्यधिक शारीरिक सक्रियता भी देखी जाती है। संक्षेप में, ये बच्चे किसी भी काम पर पर ध्यान नहीं दे पाते, क्योंकि उन्हें इसमें दिक़्क़त महसूस होती है। इस विकार के शिकार बच्चों की अनुमानित संख्या 1 से 5 प्रतिशत तक है।

हालाँकि शिशु और बच्चे, दोनों ही इस विकार के लक्षण दर्शा सकते हैं, मगर इससे ग्रस्त बच्चे प्राथमिक कक्षाओं में अधिक मिलते हैं, जहाँ शिक्षक यह अनुभव करते हैं कि कुछ बच्चों को कक्षा की नियमित गतिविधियों में हिस्सा लेने में, कक्षा में ध्यान लगाने में तकलीफ़ महसूस हो रही है। इस विकार से पीड़ित बच्चों को ध्यान केंद्रित न हो पाने की समस्या के कारण अपने कक्षाकार्य और गृहकार्य, दोनों में ही मुश्किल होती है।

इस विकार के संभावित कारण आनुवंशिकी या गर्भ में गड़बड़ी हो सकती हैं। इसके अलावा परिवार की कार्यशैली और माहौल भी इसका कारण हो सकते हैं। सामान्यतः लड़कियों की तुलना में लड़के चार गुना हाइपर एक्टिव होते हैं। इस अंतर का कारण गुणसूत्र एक्स और वाय के चलते लड़के और लड़कियों के मस्तिष्क में होने वाला फ़र्क़ है। संतुलित आहार और विटामिनों की कमी भी इस विकार की ओर ले जा सकती है।

हाइपर एक्टिव बच्चों की मदद के लिए कई तरह की मनोचिकित्सा और दवाओं का इस्तेमाल किया जाता है। कारण तो अज्ञात हैं, मगर वयस्कों के दिमाग़ को सक्रिय करने वाली दवाएँ इन बच्चों के दिमाग़ को शांत कर देती हैं। साथ ही ऐसे बच्चों की सामाजिक दुनिया को समझना भी आवश्यक है। इस दुनिया में शिक्षक का स्थान बहुत महत्त्वपूर्ण है, जो बच्चे के सामाजिक और अकादमिक व्यवहार पर निगाह बनाए रख सकते हैं।

इस विकार पर बचपन की तुलना में किशोरावस्था में कम ध्यान दिया जाता है। कई लोगों में यौवनारंभ होते-होते इस विकार की तीव्रता कम हो जाती है, मगर किशोरावस्था में यह अकादमिक और सामाजिक जीवन में निर्णायक भूमिका निभा सकता है। शोध कहते हैं कि बचपन में इस विकार से ग्रस्त एक-तिहाई बच्चे किशोरावस्था में इससे मुक्त हो जाते हैं।

विकार से ग्रस्त बच्चे की मदद करना

इस विकार से ग्रस्त बच्चों के प्रति अभिभावकों का सकारात्मक रवैया और स्कूल का सहयोग अत्यंत आवश्यक है। इसके अतिरिक्त अन्य ज़रूरी बिंदु इस प्रकार हैं -

सही मौखिक निर्देश - आपके निर्देश बहुत स्पष्ट और संक्षिप्त हों यह सुनिश्चित करें और बच्चे से इन्हें दोहराने के लिए कहें। इन निर्देशों की ओर ध्यान देने के लिए आप बच्चे को प्रोत्साहित कर सकते हैं, उसकी मदद कर सकते हैं और उस पर नज़र रख सकते हैं।

नियमित दिनचर्या बनाएँ - नित्यचर्या को तय करें, उसे व्यवस्थित और अनुमान योग्य बनाएँ। इसमें कम-से-कम विकल्प रखें।

सामाजिक कौशलों का विकास करें - यह सुनिश्चित करें कि आपका बच्चा छोटे समूह में जिसमें चार से ज़्यादा लोग न हों, बातचीत करे। बच्चे से उसके कार्यों और उनके परिणामों के उस पर और दूसरों पर पड़ने वाले प्रभावों के बारे में बात करें। बच्चे को सिखाएँ कि जब वह उकसावे में महसूस करे, तो उसे वहाँ से दूर चले जाना चाहिए या शिक्षकों अथवा अभिभावकों से बात करनी चाहिए।

अभिभावकों और शिक्षकों के बीच के तालमेल- स्कूल और घर में हुई बच्चे की

गतिविधियों को दर्ज करने हेतु अलग डायरी बनाएँ। सकारात्मक और ख़राब, दोनों ही तरह के व्यवहार की चर्चा बच्चे से करें। कक्षा के सामने सकारात्मक व्यवहार का उल्लेख करें।

बच्चे का आत्मविश्वास बढ़ाएँ - बच्चों को उन गतिविधियों में हिस्सा लेने को कहें, जिनमें उनके जीतने की संभावना अधिक हो। इसमें व्यावहारिक लक्ष्य तय करना और उनकी सफलता पर उन्हें मौखिक और लिखित रूप से बधाई देना ज़रूरी है। भले ही सफलता न मिले, उनके द्वारा किए गए प्रयास की सराहना करें, ताकि वे स्वयं को महत्त्वपूर्ण समझें।

> *मैं एक शांत शरीर और मन में साँस लेता हूँ। मैं हँसते हुए साँस छोड़ता हूँ। वर्तमान ही वह क्षण है जिसे मैं जानता हूँ और जिसमें जीता हूँ।*
>
> -थिच न्हात हान्ह

98. हाइपर एक्टिव बच्चे को शांत करना

आज के भागदौड़ भरे युग में अधिकांश लोगों के लिए समय निकालना बड़ी चुनौती बन गया है। हाइपर एक्टिव बच्चों के अभिभावकों के लिए अपनी अत्यंत व्यस्त दिनचर्या में से समय निकालकर बच्चों पर नज़र रखना और साथ ही सामाजिक दबाव से सामंजस्य बिठाना सचमुच कठिन होता है। इसकी परिणति अक्सर गुस्से की अधिकता, डाँट-फटकार, ऊँची आवाज़ और कभी-कभी हाथ उठाने के रूप में भी होती है। चीख़ने और डाँटने से बच्चे तात्कालिक रूप से तो डर जाते हैं, पर इससे समस्या का समाधान नहीं निकलता। नीचे दिए जा रहे सुझाव शायद एडीएचडी से ग्रस्त बच्चे के मामले में पूरी तरह से काम न कर पाएँ, मगर उन बच्चों के लिए कारगर होने की संभावना है जिनका सक्रियता स्तर अत्यधिक उच्च है।

हाइपर एक्टिव बच्चों को शांत करने के कई तरीक़े हैं। इन तरीक़ों को काम में लेने में उतना ही समय लगता है, जितना बच्चे पर चिल्लाने या उसे डाँटने में, मगर इनके प्रभाव एकदम अलग होते हैं।

बच्चे को शांत करने के लिए कुछ सुझाव

शरीर को शांत करने का सबसे बढ़िया तरीक़ा गहरी साँस लेना है। निराशा और नियंत्रण से बाहर होने की अवस्था में अपने बच्चे को नाक से गहरी साँस लेना सिखाएँ। वास्तव में, आपको भी अभिभावक होने के नाते गहरी साँस लेने का अभ्यास करना चाहिए।

दिनभर के तनाव के बाद बच्चे को नमक मिले गुनगुने पानी से नहलाना चाहिए, ताकि वह आराम का अनुभव करे।

बच्चे को सैर पर ले जाएँ या यदि वह बड़ा हो तो उसे पास के मैदान में अथवा घर के बाहर की सुरक्षित सड़क पर भेजें। चलने से, किसी फ़र्श पर पाँव पटकने से शरीर की अतिरिक्त ऊर्जा का दहन हो जाता है और दिमाग़ शांत हो जाता है।

याद रहे, हमारे घरों में बच्चों की मालिश की परंपरा रही है। अपने हाइपर एक्टिव बच्चे की भी थोड़ी-सी मालिश करें। स्पर्श बहुत महत्त्वपूर्ण होता है। माथे को सहलाना, कंधे की मालिश या बालों में हल्के से अँगुलियाँ घुमाना बच्चे की उग्रता को शांत कर सकता है।

हाइपर एक्टिव बच्चे को रचनात्मक दिशा प्रदान करने के लिए घर में एक डिब्बा रखें, जिसे 'बोरडम बॉक्स' का नाम दिया जा सकता है। इस डिब्बे में उसकी रुचि की रचनात्मक वस्तुएँ, जैसे- कलर बॉक्स, रंग भरने वाली किताबें, पहेलियाँ, क्ले मॉडलिंग, आभूषण बनाने की किट आदि रखें। हाइपर एक्टिव बच्चे जल्दी ऊब जाते हैं और उनके दिमाग़ को नई-नई चीज़ों की दरकार होती है।

जब बच्चा अत्यधिक तनाव में रहा हो या थक चुका हो, तो ये त्वरित शांति देने वाली तकनीकें उसे राहत पहुँचाने में मदद करती हैं। ऐसे ही कई तरीक़े हैं, जिन्हें बच्चों को सिखाया जा सकता है, ताकि वे रोज़मर्रा के तनाव की अवस्था में अपने आप को शांत करना सीख सकें और परिस्थिति से सामंजस्य बिठा सकें।

घर के माहौल को शांतिपूर्ण बनाएँ

माहौल को व्यवस्थित करें। हाइपर एक्टिव बच्चे के लिए ऐसे शयन कक्ष की आवश्यकता होती है, जिसमें कोई भी फ़ालतू सामान न रखा गया हो। उसके प्लास्टिक के सामान (जो हमारी नज़रों में प्रायः 'कबाड़' होता है) और खिलौनों को व्यवस्थित रखें और इन्हें प्लास्टिक के बड़े डिब्बों में एकत्रित करें।

प्राकृतिक रोशनी कमरे में आए, इसके लिए परदे खोल दें। कमरे में पोस्टर और वॉल हैंगिंग जैसी सामग्री कम-से-कम लगाएँ। बच्चे के कमरे की दीवारों पर चटख़ रंगों के बजाय हलके शांत रंगों का उपयोग करें।

समय सारिणी का उपयोग करें

सभी बच्चे ऐसे घरों में बढ़िया पनपते हैं, जहाँ नियमितता, ढाँचागत स्थिरता और तय दिनचर्या हो। हाइपर एक्टिव बच्चों को विशेष रूप से ऐसे ढाँचे और योजना की आवश्यकता होती है, जिसमें वे सुरक्षित महसूस करें। इन बच्चों के लिए अत्यधिक

अनुशासित माहौल काम करता है। हर दिन तय समय पर उठने, खाने, स्कूल का काम करने आदि से इन्हें मदद मिलती है। रात को सोने और दिन में आराम का समय भी तय होना चाहिए।

आराम के लिए स्थान तय करें

यदि संभव हो तो घर ही में ऐसा स्थान चुनें, जिसे आराम कक्ष का नाम दिया जा सके। इसका आकार में बड़ा होना ज़रूरी नहीं हैं, मगर यह गतिविधि वाले अन्य स्थानों से अलग होना चाहिए। इस छोटे-से कोने में, जो बालकनी में भी हो सकता है, एक आरामदायक कुर्सी, कुछ पुस्तकें, रंग भरने वाली किताबें और अन्य शांतिदायक गतिविधियों की सामग्री हो सकती है।

अपने बच्चे को गुस्से या बेक़ाबू भावनाओं की अवस्था में इस स्थान पर जाकर आराम करने या स्वयं को व्यस्त करने के लिए प्रोत्साहित करें। मगर इस स्थान को सज़ा देने के लिए उपयोग में न लाएँ। घर का यह कोना एक सकारात्मक स्थान है, जहाँ बच्चा शांत होने के लिए जा सके, रुचि के काम कर सके या बस अकेले रहने का मज़ा ले सके।

बच्चे को डायरी लिखने की आदत डलवाएँ

जो बच्चे लिखना जानते हैं, उनके लिए अपने मन को हल्का करने और दिमाग़ में चल रही हलचल को शांत करने के लिए अपने विचारों को डायरी में लिख डालना आसान उपाय हो सकता है। यह तरीक़ा हाइपर एक्टिव बच्चों को अपना तनाव और भावनाओं का आवेग काग़ज़ पर उलट देने का रास्ता देता है।

बच्चों में उनकी आयु के मुताबिक़ रोज़ एक या दो पन्ने लिखने की आदत डलवाएँ। इसमें वे वह सब लिखें, जो उनके मन में आता हो। वे लिख सकते हैं कि 'मुझे स्कूल से नफ़रत है... छोटे बच्चे का रोना मुझे गुस्सा दिला रहा है...' आदि। धीरे-धीरे वे यह जानना सीख जाएँगे कि उनके मन में क्या चल रहा है। यह सब लिखने के बाद काग़ज़ को फाड़कर फेंका जा सकता है।

बच्चे के ये निजी विचार किसी के पढ़ने के लिए नहीं हैं, अतः इन्हें कभी भी किसी और के द्वारा पढ़ा नहीं जाना चाहिए। बच्चे की निजता का सम्मान करें। उसे यह एहसास दिलाएँ कि वह बिना किसी डर के अपने मन की हर बात लिख सकता है।

खानपान पर नज़र रखें

कुछ अभिभावकों ने यह निष्कर्ष निकाला है कि खानपान में शर्करा की मात्रा घटा देने से हाइपर एक्टिव बच्चे को शांत करने में मदद मिलती है। यदि बच्चा खाने-पीने

में नखरे करता है, तो आपको सुनिश्चित करना होगा कि उसके द्वारा लिए जा रहे आहार में समस्त पोषक तत्वों की पूर्ति हो रही है। शीतल पेय के बजाय पानी पीने की आदत डलवाएँ। उसके लिए भोजन को रुचिकर बनाएँ, जिसमें अलग-अलग रंगों की सब्ज़ियाँ और अलग-अलग आकार की रोटियाँ शामिल की जा सकती हैं। एक संपूर्ण थाली से बच्चे को यह समझने में मदद मिल सकती है कि उसने कितना खाया।

दिमाग़ को व्यस्त रखने वाली गतिविधियाँ हाइपर एक्टिव बच्चे के लिए उपयोगी होती हैं। अभिभावकों और बच्चे, दोनों के द्वारा एक साथ ध्यान लगाया जा सकता है। जूट के वॉल हैंगिंग पर की गई ऊन की कशीदाकारी जैसी कुछ चीज़ों पर ध्यान लगाना बच्चे का फ़ोकस और रचनात्मकता बढ़ाने में मदद कर सकता है।

मस्तिष्क की शांति बुद्धिमत्ता का सबसे सुंदर गहना है।

-जेम्स एलन